唐詩三百首新賞

邱燮友 總主編

五南圖書出版公司 印行

作者簡介

邱燮友

筆名童山，福建省龍巖縣人。臺灣師範大學國文學系退休教授，現爲東吳大學兼任教授，在研究所及大學部講授中國文學史專題、李白詩學專題研究、杜甫詩學專題研究、陶謝詩、詩選及習作等課程。

一歲隨父母來臺，定居花蓮港；七歲時，正值一九三七年七七抗戰，舉家遷回龍巖，在家鄉完成小學、初中、高中的基礎教育。一九四九年再度來臺，次年進入臺灣省立師範學院（臺師大前身）國文系，一九五四年畢業，並參加預官訓練，以及在中學任教兩年，然後再考入國立臺灣師範大學國文研究所進修，一九五九年畢業，便留校任講師、副教授、教授。在教育界任教已逾半世紀。曾任臺師大夜間部副主任、僑生輔導主任委員、國文系所主任、所長；並出任玄奘大學人文社會學院主任祕書、宗教所所長；元智大學中語系主任，香港珠海學院客座教授等職。

擅長中國文學史、樂府詩、中國詩學，著有《中國文學史初稿》、《國學導讀》、《新譯唐詩三百首》、《新譯古文觀止》、《新譯千家詩》、《唐代民間歌謠》、《童山詩論卷》、《品詩吟詩》、《白居易》、《中國歷代故事詩》、《臺灣人文采風錄》等。提倡詩文朗讀，不遺餘力，著有《詩葉新聲》、《唐詩朗誦》、《唐宋詞吟唱》、《散文美讀》、《美讀與朗誦》等；且致力於詩歌創作，除了《童山詩集》、《天

山明月集》、《童山人文山水詩集》，近年更積極從事古典詩、現代詩創作，自二〇〇九年起出版《花開並蒂》、《並蒂詩花》、《並蒂詩風》、《並蒂詩情》等詩集。歷年著述與教學不曾間歇，並以此為終身志業。

黃麗容

最高學歷：中國文化大學中國文學系博士
任職學校：淡水眞理大學語文學科專任副教授
任教科目：經典詩選與習作、本國語文
博士論文：《李白詩色彩學》
著　　作：《李白紀遊詩時空美學》、《本國語文讀本》、《李白詩色彩學》

張寶云

最高學歷：中國文化大學中國文學系博士
任職學校：東華大學華文文學系專任助理教授
任教科目：現代華文詩選讀、詩創作、中國大陸文學
博士論文：《顧城及其詩研究》
著　　作：《鄭愁予詩的想像世界》、《回家——顧城精選詩集》、《身體狀態》

孫貴珠

最高學歷：國立臺灣師範大學國文研究所博士
任職學校：大同大學通識教育中心專任副教授
任教科目：大一國文、國語文能力表達、職場軟實力、電影與文化
博士論文：《唐代音樂詩研究》
得獎紀錄：1. 大同大學一〇四學年度教學優良之特優教師
2. 大同大學一〇二學年度優良教師
3. 大同大學九十八學年度優良教師
著　　作：〈大學國文通識化課程規劃與教材取向之商榷反思〉、〈顧況音樂詩平議〉、〈從摹寫聲音三至文綜觀唐人摹擬聲情手法之沿襲與創新〉、〈唐、宋琵琶詩、詞中「金鳳」一詞之詮解〉

王珍華

最高學歷：中國文化大學中國文學系博士
任職學校：國防醫學院前專任助理教授
任教科目：國文、臺灣小說、中國現代小說選、古典小說選、《紅樓夢》賞讀、詩詞欣賞
博士論文：《馮夢龍《三言》小說寫作藝術之研究》

著　作：〈「話本」由來與「擬話本」的區別〉、〈論〈杜十娘怒沉百寶箱〉的寫作藝術〉、〈論話本小說〈碾玉觀音〉之審美特徵〉、〈論賈母處世哲學中的矛盾〉等

徐月芳

最高學歷：中國文化大學中國文學系博士
任職學校：臺北海洋技術學院專任副教授
任教科目：國文
博士論文：《魏晉南北朝書牘研究》
得獎紀錄：1.（一〇〇）教協安字第一〇〇〇四號
中華民國一〇〇年九月二十八日在學校從事教育工作居滿十五年，中華民國私立教育事業協會特頒贈大勇獎狀乙只
2. 依臺教體署國（一）字第一〇四〇〇〇五二四一號
中華民國一〇四年四月二十四～二十十六日參加《二〇一五節慶、遊戲與觀光國際學術研討會》，發表〈唐代節俗飲酒詩〉，獲選優秀論文
3. 中華民國一〇三年九月二十八日獲選一〇二學年度績優導師獎
著　作：〈王維「輞川集」中的儒、道、釋色彩〉、〈《石頭記》脂評本蘇州方言詞彙綜探〉、〈盛唐飲酒詩中的儒懷、道影、佛心〉、〈賴和小說發出時代「吶喊」〉、〈魯迅〈故鄉〉的寫作技

巧探析〉、〈《三言・警世通言・蘇知縣羅衫再合》初探〉、〈《詩經》飲酒詩初探〉、〈論唐詩、宋詞中的鞦韆活動〉、〈唐代節俗飲酒詩〉、〈唐朝駢文書牘寫作藝術〉、〈李漁《閒情偶寄》園林種植休閒觀〉、《蘇軾奏議書牘研究》

王碧蘭

最高學歷：中國文化大學中國文學系博士

任職學校：國立臺灣戲曲學院高職部專任教師

任教科目：國文

博士論文：《田漢詩歌研究》

林素美

最高學歷：中國文化大學中國文學系博士

任職學校：中國文化大學、德明財經科技大學兼任助理教授

任教科目：大一國文、大學寫作

博士論文：《漢賦題材之研究》

劉奇慧

最高學歷：國立臺灣師範大學國文研究所博士
任職學校：國立空中大學人文學系兼任助理教授
任教科目：詩選、古典短篇小說選讀、現代文學、兒童讀物
博士論文：《唐代節令詩研究》
得獎紀錄：1.民國八十四年獲得天下文化主辦之《傳燈百萬徵文比賽》大專組二獎
2.民國九十九年六月一日獲選爲中華民國斐陶斐榮譽學會「斐陶斐榮譽會員」
著　　作：《陸游紀夢詩研究》、〈蘇軾〈超然臺記〉的修辭探析〉、〈試探《詩經》中「碩人」一詞的義蘊〉、〈《孟子》寓言的寓意與藝術特色探析〉

黃美惠

最高學歷：中國文化大學中國文學系博士
任職單位：國立故宮博物院導覽解說志工
博士論文：《《紅樓夢》與蘇州李家之研究》
著　　作：〈大某山民評點《紅樓夢》之研究〉、〈《紅樓夢》繡像圖詠上、下〉、〈魏晉國度——論陸機《文賦》與音樂、書法〉、〈二〇一三～二〇一七年受邀「中國語文月刊——故宮文物故事」專欄〉

熊智銳

最高學歷：中國文化大學中國文學系碩士
任職學校：臺北市內湖社區大學講師
任教科目：唐詩欣賞與習作指導
碩士論文：《李白遊仙詩研究》
著　　作：《中小學校情境教育研究》、《開放型的班級經營》、《三年乙班教室裡的笑聲》、《國民小學總務行政》、《唐詩新品賞》等

簡彥姈

最高學歷：國立臺灣師範大學國文研究所博士
任職學校：輔仁大學、空中大學兼任助理教授
任教科目：大一國文、中國文學專題、小品文選、詞曲選、愛情文學
博士論文：《陸游散文研究》
著　　作：《今人說古話——文言文趣味典源》（合著）、《陸游散文新論》、《詞苑新聲——名家詞導讀》、《陸游史傳散文探論——以《南唐書》爲例》等

總主編序

一

清代康熙年間，命曹寅召集翰林學士，一起編輯《全唐詩》，於康熙四十六年（一七〇七）四月十六日完成，共錄二千二百餘家，收集唐代詩歌，共四萬八千九百餘首，費時約十年之久，完成一部詩歌總集。但一般人不可能將約五萬首詩全部閱讀一遍，於是有唐詩選本的出現，清乾隆二十九年（一七六四），孫洙和其妻子劉蘭英，將唐詩的精華，選七十七家，包括無名氏兩家，將他們的詩選三百一十首，號稱《唐詩三百首》，以蘅塘退士之名編成。是書以分體排列，但原刻本已不得見，今所見乃道光十五年（一八三五）章燮的注疏本。大抵章注本仍保留原刻本的規模，只增選了十首，合計爲三百二十首，流傳於世。

二

詩歌的欣賞，要求平易近人，人人能讀，又能朗朗上口。例如李白的〈夜思〉，也有稱作〈靜夜思〉：

床前明月光，疑是地上霜。舉頭望明月，低頭思故鄉。

這首詩，淺白易懂，望月思鄉，人之常情；同時以月光如地上霜比喻，帶來美感。其實這首詩，也可以深究，如果我們再追究，李白這首詩是什麼時候寫的，地點在何處？又有一番趣味。所以我們欣賞詩歌，可以留意下面幾個要訣：

㈠慢讀品詩（Slowly read poetry），我們發現李白〈靜夜思〉，敦煌寫本又作：

窗前山月光，疑是地上霜。舉頭望山月，低頭思故鄉。

詩中作「床前」或「窗前」，又作「明月」或「山月」，這裡便可以細讀品賞。「床前」是月光斜照，「窗前」是月光當空照；「明月」是平原的月光，「山月」是山區的月光。唐人敦煌寫本作「山月」，可知李白二十五歲時，離開四川的故鄉，剛離開故鄉，望月思鄉，是人之常情，所以這首詩，是他離鄉不久寫的。加上「山月」，說明他寫這首詩的地點是在湖北安陸，因為安陸是山區，所以才用「山月」，不用「明月」。

㈡欣賞詩歌，傳統的方法，是用子夏的〈詩大序〉，採用賦、比、興的分析法：賦是平鋪直敘，比、興是譬喻法或暗示、象徵法。詩要多用比、興，才有詩趣和詩境。例如王昌齡的〈芙蓉樓送辛漸〉：「洛陽親友如相問，一片冰心在玉壺。」這種比喻，非常高妙，如洛陽親友問起王昌齡在外做官的情形，以「一片冰心在玉壺」比喻其品行清廉高潔，眞是妙問巧答，是詩的語言，而有詩趣。如果作「洛陽親友如相問，兩袖清風不貪汙。」那就太直接而沒有詩趣。詩是彎曲的語言，才顯得詩的意味興趣，又有弦外之音，意在言外。

㈢詩歌的欣賞，可用跨科系的方法，發現新意。例如用建築或繪畫、攝影美學，轉化爲詩歌美學的欣賞，我們可以用「黃金比例」（Golden Ration）或「黃金切割」（Golden Section），來說明詩歌美學的黃金比例。也就是三分之二是主題，三分之一是烘托主題或點題。我們不妨舉米勒的〈拾穗〉爲例：〈拾穗〉的畫面，三分之二是大地，畫三個女子在麥田收割後拾穗的情景。麥田主人無意將麥穗收盡，留些殘餘的麥穗，讓貧家婦女挑拾。那三位婦女拾穗的畫面占三分之二，其他畫面是天空和農莊，約占三分之一，這樣的比例，是最美的畫面，可稱爲黃金比例的美學。

將黃金比例轉化爲詩歌的黃金比例美學，例如孟郊的〈遊子吟〉：「慈母手中線，遊子身上衣。臨行密密縫，意恐遲遲歸。誰言寸草心，報得三春暉。」前四句是對母親的懷念，後二句是將遊子比作寸草心，怎能報答如「三春暉」母愛的偉大？這首詩前四句占三分之二，對母親的懷念，是主題；後兩句，是讚揚母愛的偉大，是點題。這樣的比例，正好合乎繪畫美學中的黃金比例。黃金比例的運用很廣，如生活的黃金比例「三八制」，八小時工作，八小時休閒，八小時睡眠，「三八制」是生活的黃金比例；又如人體美學，也可以用黃金比例來說明它的美學原則。

㈣詩歌情節的安排，有三S的鋪敘法，所謂三S，本為法國莫泊桑短篇小說的研究法：即⑴驚奇（Surprise），⑵懸疑（Suspension），⑶滿意（Satisfaction），這三S，也可以轉化為對詩歌情節安排的欣賞。詩歌情節的安排，在敘事詩中，尤其顯著。例如杜甫的〈觀公孫大娘弟子舞劍器行〉，詩中形容公孫大娘弟子的舞姿，是何等的令人驚奇，因而想起公孫大娘的舞姿，想起玄宗皇帝，也想起自己晚年不知投身何處的懸疑手法，讀完整首後，這首詩在情節上的安排，的確令人滿意。

㈤詩歌的分類：由點、線、面到立體，第三度空間（3th Dimensional）的寫實世界，到第四度空間（4th Dimensional）想像詩歌的描寫。其中包括第四度空間的文學，如神話、寓言、志怪、遊仙、虛擬、虛幻、玄思、禪語等，均屬於此類的詩歌。例如王維的〈桃源行〉，是依據東晉陶淵明的〈桃花源記〉改寫的詩歌，桃花源是虛擬的地點，是想像中的地方，如同〈木蘭詩〉中的木蘭，也是想像中的人物，哪有「同行十二載，不知木蘭是女郎？」女子混跡軍中，十二年不被發現，這現象可能發生嗎？其實木蘭也是虛擬的人物，屬於第四度空間想像的文學。

文學的欣賞，以上僅略舉數端，說明詩歌的賞析是多方面的。我們要發揮高度的想像力，從眞實的層面，到想像的空間，才能眞正欣賞詩歌的奧祕，得到讀詩的樂趣。詩人的思考，是存在的眞，他將存在的眞，寫下一篇篇的詩篇；讓讀者享受詩人最眞實的語言，而表現眞實的存在。宇宙會故意留下小破綻，在未來的牆上，開一扇小窗，讓你探測未來。那面牆上的小窗，便是詩人留下的詩歌，讓你窺見詩人心靈的奧祕，也讓你窺見生命的過去和未來。

三

本書參與編寫的學者，共十一人（不含本人），都是我在大學、研究所教學中指導過的學生，他們幾乎都擁有博士學位，如今大部分都在大學教書。就學歷而言，都是文學博士、高材生；就教學而言，大多在大學中任職，從事文學教育的工作，又對中國詩歌有高度的愛好。讓他們一起合編一部書，是極難得的組合；就如同詩歌，是高難度情意的濃縮，也是高密度文字的排列組合。

邱燮友

目次

七古樂府 …… 177

五言律詩……217

七言律詩……383

七絕樂府 667

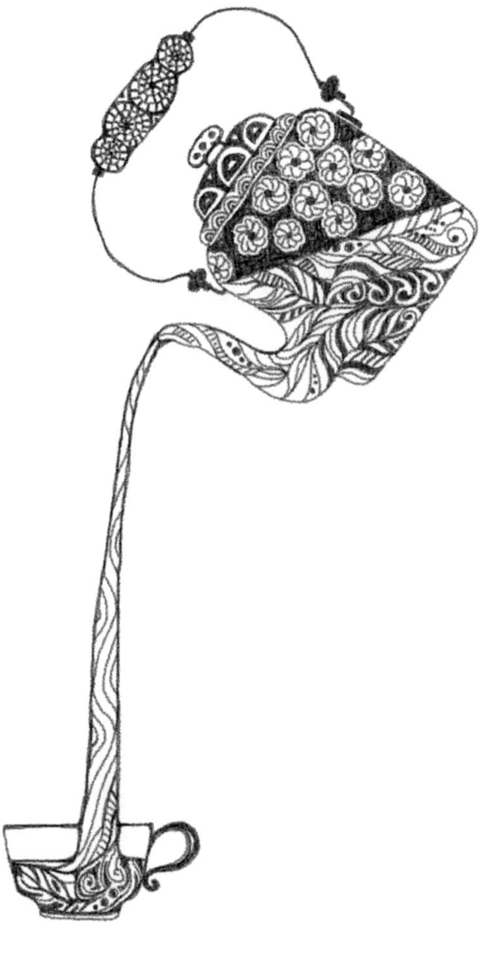

五言古詩

感遇（其一）——張九齡

孤鴻海上來，池潢不敢顧。側見雙翠鳥，巢在三珠樹。
矯矯珍木巔，得無金丸懼？美服患人指，高明逼神惡。
今我遊冥冥，弋者何所慕？

張九齡的〈感遇〉詩總共有十二首，這是其中的第四首。蘅塘退士所編的《唐詩三百首》只選錄兩首，今本的《唐詩三百首》都從章燮注疏本增至四首，這是第一首。

這十二首〈感遇〉詩，可以說是承繼初唐詩人陳子昂三十八首〈感遇〉之後的同名作品，而陳子昂的這些〈感遇〉詩，皎然的《詩式》早就說過：「子昂〈感遇〉，其源出於阮公〈詠懷〉。」由此可知兩人的〈感遇〉詩，都源自阮籍的〈詠懷〉詩，是抒發心情之作。至於兩人的〈感遇〉詩有何不同？明人胡應麟《詩藪．內編》說：「唐初承襲梁、陳，陳子昂獨開古雅之源，張子壽（張九齡）首創清澹之派。」由此可知陳子昂的詩是古典雅正，而張九齡的詩偏向清新淡泊。

又清代沈德潛的《唐詩別裁》也說：「唐初五言古漸趨於律，風格未遒，陳正字（陳子昂）起衰而詩品始正，張曲江（張九齡）繼之而詩品乃醇。」由此可知陳子昂的詩一掃六朝華麗而趨向雅正之風，張九齡的詩則是真摯清新。葉嘉瑩《葉嘉瑩說初盛唐詩》說：「張九齡確實受到了陳子昂的影響。只是陳子昂〈感遇〉所寫的都是向外追求，有待於人才完成自我價值的；而張九齡所寫的，則是無待於人，不需要別人欣賞而自己完成自己的價值。」由這話更清楚兩人〈感遇〉詩的不同。

我們來看這首〈感遇〉詩是如何「不需要別人欣賞而自己完成自己的價值」？這詩共有十句，全詩用比喻的手法寫成，似詠物，而實是借物諷喻，言外之意很深。前面兩句描寫一隻孤單的鴻雁從海面上飛過來，這鴻雁是雁中最大的鳥，牠飛過小小的水池，當然不會向下面的汙水池張望。這「不敢顧」實是「不屑顧」之意。第三、四句則描寫這隻鴻雁牠側眼看見有兩隻羽毛生得很漂亮的翠鳥，這對翠鳥把巢築在很珍貴的三珠樹上。第五句至八句是問話，在問這一對翠鳥，牠們高高地棲宿在珍貴的三珠樹頂上，難道就不怕彈丸的射擊嗎？一般的人，有時穿上了一件華麗的

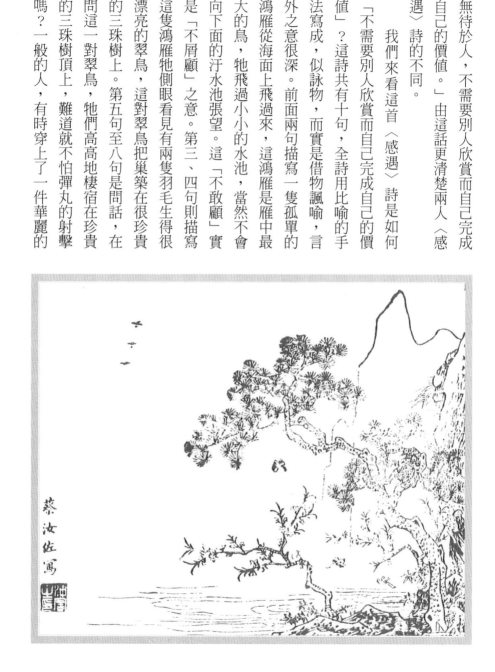

衣服尚要提防別人的指指點點，就是居在高位也要隨時隨地注意自己的行爲，深怕一個小錯誤，就像犯了罪似的要受到很大的懲罰，所以不能不小心，就像《論語．泰伯》中引《詩經》說的：「戰戰兢兢，如臨深淵，如履薄冰。」而你們這對翠鳥能安穩的棲宿在三珠樹上嗎？能不畏懼金彈丸來攻擊嗎？能永遠安穩的處居在高位嗎？恐怕是不能的，「美服患人指，高明逼神惡」，哪能永遠無憂無懼，安安穩穩的處在高位。最後二句詩人又回到孤鴻的身上，詩人自比鴻雁，現在我像孤鴻一般在廣大無窮的天空中自由飛翔，那些想射鳥的人，對我還有什麼企圖呢？即使有企圖，又能奈我何？

這是一首以孤鴻自比有感而發的詩，詩人以孤鴻自比，而詩中的「雙翠鳥」則是暗指李林甫和牛仙客兩人。開元二十四年（七三六），張九齡因直諫，遭到李林甫和牛仙客的讒言毀謗被唐玄宗罷了相位。隔年，詩人又被貶爲荊州刺史，這首詩大約寫於那時，所以詩的最後兩句才會說「今我遊冥冥，弋者何所慕」，現在我已遠離朝廷到外縣了，你們還想要對我如何？這首〈感遇〉詩的「不需要別人欣賞而自己完成自己的價值」就在詩中的這一份孤傲和自重。

（賞析者：林素美）

感遇（其二）——張九齡

蘭葉春葳蕤，桂花秋皎潔；欣欣此生意，自爾爲佳節。
誰知林棲者，聞風坐相悅。「草木有本心，何求美人折？」

這是張九齡十二首〈感遇〉詩中的第一首，在《唐詩三百首》中爲第二首。詩人借物起興，自比春蘭秋桂這兩種香草，借這兩種香草來抒發自己清高的品格和氣節。「草木有本心」是指春蘭和秋桂這兩種香草本身就是高雅有品性的植物，這是它們的本質，也是它們的特色，不必外求，更不必孤芳自賞，也不求人知，就如《葉嘉瑩說初盛唐詩》所說：「張九齡所寫的，則是無待於人，不需要別人欣賞而自己完成自己的價值。」

詩的前兩句說：「春天來時，蘭葉生長茂盛；秋天來了，桂樹綻放潔白的花朵。」這兩句借用屈原《九歌．禮魂》中「春蘭與秋菊，長無絕兮終古」的句子。「春蘭與秋菊」正是世人所稱讚的四君子「竹」、「蘭」、「梅」、「菊」中的兩種，所以屈原的用意已很清楚。此處詩人即景生情，用的是故鄉的植物，把秋菊換成秋桂。這兩句是對句，「桂花」對「蘭葉」，「秋」對「春」，「皎潔」對「葳蕤」，用字精鍊優美。蘭用「葉」、桂用「花」也是對應於後面「草木有本心」句而來。

詩人借用「蘭葉」、「桂花」來比喻賢人君子，是詩的植物意象，也是詩人的自比。所以三、四句才會說「欣欣此生意，自爾爲佳節」，這兩種植物自有它們欣欣向榮的生息，在這美好的春秋兩季中自然的成長。這裡的「自」字，表明了蘭桂有能自我肯定的特質，有著不屑諂媚求人的品格，爲後面的「草木有本心」作了說明。前二句蘭桂是分寫蘭桂的芬芳，此處的「欣欣此生意」可以說把它們拉在一起，述說著植物欣欣向榮的繁盛，而下一句「自爾爲佳節」，又說明蘭桂各自在適當的時節有它們的生命光輝。詩人一直強調的是植物的本質，這本心是不必外求的。

這首詩前面四句，單獨寫蘭桂這兩種植物而沒有寫人，到第五句用了「誰知」一詞作轉折而引出那些喜歡蘭桂的「林棲者」，這些人大概都是隱者，他們都以蘭桂自比，這些清高、有氣節、有品格的人，自然因爲喜歡蘭桂的幽雅聞風而來，他們互相欣賞也很開心的聚集在一起。這似乎在說有一些人和詩人一樣，懂得欣賞蘭桂的芬芳，他們和詩人有同樣的品格和氣味，因爲欣賞蘭桂的品性而相聚在一起，如此之下詩人是不孤單的，詩人是有朋友的。可是詩人將話鋒一轉，最後二句說：「草木有本心，何求美人折？」這裡詩人把那些自命風雅的「林棲者」比作美人。既然「草木有本心」，是指蘭桂有著無意與人相爭的胸懷，所以它們不求人知，也不必孤芳自賞，它們自有高雅良善的本性，何必外求。這裡雖說蘭桂，其實就是在說詩人自己，所以詩人也守著自己良善的本心，不和人結黨營私，寧願清高孤獨的活著。這首詩在詠物的背後，寄寓著生活的哲理，饒富深意。

（賞析者：林素美）

感遇（其三）——張九齡

幽人歸獨臥，滯慮洗孤清。持此謝高鳥，因之傳遠情。
日夕懷空意，人誰感至精？飛沉理自隔，何所慰吾誠？

這是張九齡十二首〈感遇〉詩中的第二首，在《唐詩三百首》中爲第三首。這首詩寫他歸隱後的心境，也寫他對唐玄宗的忠誠，可是君王被小人矇騙，忠臣見逐，這份赤膽忠誠始終無法傳達。詩的前兩句說：「自從他回到故鄉隱居後，獨自過著清心寡欲的日子；久處山林中，可以洗滌他心頭的悲憤和不滿。」這不滿和悲憤當然是指他受到李林甫讒言被貶後的傷痛，也是他辭官退隱的無奈。詩的三、四句詩人想請高飛的鳥兒，代爲傳達他對朝廷的一片忠心，他雖已被貶官，但報效國家的熱情是不會變的。「持此謝高鳥，因之傳遠情。」從詩意來看，高鳥已傳達他的忠心，所以他才百般的感激高鳥，可是現實是殘酷的，哪有什麼高鳥可以代他傳達一片忠誠之心，這只是詩人的假想而已。因爲沒有人可以作他的高鳥代爲傳達他的忠誠之心給君王，所以詩人才會說：「日夕懷空意，人誰感至精？」這是他無奈的嘆息。

詩人懷抱著報效國家的忠誠之心，可惜君王不知，反將他貶官。他這份忠心是失落的，滿懷的忠誠之心渴望君王能看得到，奈何誰能爲他傳達這份赤誠的忠心給遠方的君王？沒有人，所以他只好寄託於高鳥，但是鳥兒哪懂他的心？這不過是詩人的一種自我安慰罷了，當初在朝廷上，君王都不能體會他的忠誠，而今置身山林中，已沒有在朝的優勢，還有誰能代爲傳達他的這片至誠之心？情勢已變，朝野相隔，他一片忠君的熱誠如何能得到慰藉呢？

在今本《唐詩三百首》中，張九齡這四首〈感遇〉詩，第一篇以孤鴻自喻，又用孤鴻和雙翠鳥作對比，寓意很深，借物比興很有特色。第二篇以春蘭和秋桂自況，比喻的手法也很高明。第四篇也以丹橘來自勉，比之其他三篇，這一篇則顯得有些平淡，但借助高鳥來傳達他的忠心，可以說還是他〈感遇〉詩借物詠懷的特質，可是他的高鳥何在？他想謝謝高鳥爲他傳達一片忠心，但是此高鳥不存在，是空言，所以他才會淪落在野，才會被貶官，才會辭官退隱。在朝廷中，他的忠心都成泡影了，被貶了官離開了朝廷，在地方任官的他無法讓君王體會他的忠君愛國之心，辭了官的他更是不可能了。讀這首詩更能體會他遭受李林甫讒言被貶後的悲傷心情，也難怪他會說：「飛沉理自隔，何所慰吾誠？」詩中的「人誰感至精？」和「何所慰吾誠？」明白的訴說著詩人的委屈和不平。

（賞析者：林素美）

感遇（其四）——張九齡

江南有丹橘，經冬猶綠林；豈伊地氣暖？自有歲寒心。
可以薦嘉客，奈何阻重深？運命唯所遇，循環不可尋。
徒言樹桃李，此木豈無陰？

這是張九齡十二首〈感遇〉詩中的第七首，在《唐詩三百首》中爲第四首。這首詩也是詠物起興的詩，詩人以丹橘自比，表面上是詠物詩，但言外之意無窮。這詩含有較多的典故，第一句「江南有丹橘」，就讓人不由得聯想起屈原《九歌．橘頌》的句子：「后皇嘉樹，橘徠服兮。受命不遷，生南國兮。」同樣是江南，同樣是詠橘，張九齡的這首詩，實是借屈原之作來自況。

〈橘頌〉上說：「綠葉素榮，紛其可喜兮。」張九齡則說：「經冬猶綠林」，更進一步讚頌丹橘，即使到了冬天，還是一片綠林。詩人進一步說，難道是江南氣候終年溫暖的緣故，才使丹橘能整年翠綠嗎？用一問一答的方式呈現：「其實是這種樹自有耐寒的本性」。此處「心」字是雙關語，和「草木有本心」的「心」字相同，是指丹橘自有耐寒的本性。這裡用「歲寒心」來比喻人的堅貞品德。「歲寒心」出自《論語．子罕》：「歲寒，然後知松柏之後凋也。」這話是說明松柏的本質，在此則比作丹橘的本質，這也是〈橘頌〉中說的「蘇世獨立，橫而不流兮」的本性和美德。

詩的五、六句說「可以薦嘉客，奈何阻重深？」是指可以將它獻給尊貴的賓客享用，奈何進獻的道路既危險、漫長，障礙又多。這句話比喻賢者可以舉薦給朝廷任用，但不幸舉薦的道路被阻塞了，暗示當舉良才爲國所用，然而此時小人當道，良才被棄。爲何要「薦嘉客」？對於讀書人來說，建功立業是一生的志業，奈何此時小人當道，賢才見棄。所以後面詩人才把這一切的不幸歸之於命運，「運命唯所遇，循環不可尋。」這種命運是上天注定的，相遇是一種緣分，賢人能得明君重用，也是一種緣分，沒有這種緣分，強求不得，所以應該抱持著隨遇而安的態度，才不會苦了自己，因爲這是萬物循環的道理，無法強求，無法追尋。這話是詩人被貶後，對政治失落的自我安慰。

最後兩句說：「徒言樹桃李，此木豈無陰？」世人總喜歡種植桃樹李樹，認爲種植桃樹李樹好處很多，不必去種植橘樹。其實橘樹和桃樹李樹一樣，都能綠葉成蔭供人乘涼，只是世人見解膚淺，不識橘樹的優秀。這裡我們可以借用《九歌·橘頌》上的幾句話來看橘樹的本質，〈橘頌〉說：「秉德無私，參天地兮。」是說橘樹無私的德性和天地同長久；「行比伯夷」、「可師長兮」則說橘樹的本性就像伯夷一樣清高是可以爲人師表，作人表率的。可惜丹橘爲人忽略，就像詩人的忠誠之心不能爲君王賞識，君王在奸臣的讒言和瞞騙中辜負了他的忠心，就像橘的美德和本質爲人所忽視一樣。這裡有不平和憤恨之氣，但又說了這一切都是命，無法強求。詩人有無力回天的無奈和聽天由命的悲傷，所以借丹橘自比，自我安慰。

（賞析者：林素美）

下終南山過斛斯山人宿置酒——李　白

暮從碧山下，山月隨人歸。卻顧所來徑，蒼蒼橫翠微。
相攜及田家，童稚開荊扉。綠竹入幽徑，青蘿拂行衣。
歡言得所憩，美酒聊共揮。長歌吟〈松風〉，曲盡河星稀。
我醉君復樂，陶然共忘機。

這首詩可能是李白天寶初供奉翰林時之作品。據詹鍈《李白全集校注彙釋集評》第十八卷云：「此詩於天寶三載（七四四）」。又據安旗《李白全集編年注釋》：「天寶二年」李白寫了此詩表達與終南山隱士斛斯山人共飲，陶然相忘世俗名利之樂。

首四句是摹寫李白下終南山之景，「暮從碧山下，山月隨人歸。」呈現太白俯視之景，頓感人的視覺與位置由高而下，「碧山」指終南山，《李白全集校注彙釋集評》云：「終南山，秦嶺山峰之一，在西安市南。又稱南山。」詩篇前二聯描述高空俯視空間，是三度空間景象，在物理學相對論和據愛因斯坦（Albert, Einstein, 1879-1955）、英費爾德（Infeld, Leopold, 1898-1968）《物理學的進化》研究來看，李白透過視覺和觸覺感官，展現關注圖像和特定位置及高度立體空間，從這三度立體空間「碧山」、「山月」，已可使人感到李白建構一己現實仕途景況，或許供奉翰林一職令太白興起了嚮往「忘機」生活。抑或喻指高處不勝寒，與內心期待不符的孤寂感，只有「山月」伴著李白。這一立體高空景象喻指自己仕途，亦託寓己心。

次四句「相攜及田家，童稚開荊扉。綠竹入幽徑，青蘿拂行衣。」指李白來到山下斛斯山人的家。太白心情已隨著二度平面空間景象「綠竹入幽徑，青蘿拂行衣」有了和諧感。「綠竹」屬綠色系，「青蘿」之青是藍色系，從色彩學色相環理論來看，這兩色屬於三十六度至七十二度間夾角，是調和色彩組合，也是類似色。據林書堯《色彩認識論》與林文昌《色彩計劃》研究，綠色系色彩詞會產生中性冷、沉重、沉靜的視覺經驗，易形成平靜、安心、和平、可靠、信任、淳樸、理想、希望、活力等心理感覺。這調和色彩組合，鋪陳太白傾慕隱士與自然為伍、安心淳樸的自由生活。熱愛自由的李白，喜歡飲酒暢談，唯有與隱士共傾「美酒」，得以「歡言」，也唯有這般自由暢飲暢談，才能紓解在仕途遭遇之困鬱和孤寂。也暫時「醉」而「忘機」。

綜觀全篇之脈絡，首兩聯分舉三度高空景象，中兩聯則以二度平面景狀，末處則言情。先由高維度再到低維度，形塑物態高度變化，表露詩人視覺位置和心情之轉變，末則抒情言意，呼應前面詩句景象和詩色安排，一則恰好寫出李白對仕隱抉擇的矛盾和猶豫。這正是足以作為李白代表作的好詩。

（賞析者：黃麗容）

月下獨酌——李　白

花間一壺酒，獨酌無相親；舉杯邀明月，對影成三人。
月既不解飲，影徒隨我身；暫伴月將影，行樂須及春。
我歌月徘徊，我舞影零亂；醒時同交歡，醉後各分散。
永結無情遊，相期邈雲漢。

這首詩據安旗主編《新版李白全集編年注釋》云：「天寶三載（七四四）」、「當係本年春去朝前夕一時之作。」安旗認為所寫的乃是「飲酒行樂，然孤獨之感，窮愁之緒，情溢乎辭。」李白所寫是月夜下獨自一人飲酒的景象。首二聯將兩人至三人角色交插其中，於是孤獨的太白邀請天上明月共飲，身影隨之而來，驀然交感聚衆三人，喧鬧環生，這眞是兩句神來之筆。詩情由冷而熱。「明月」是高空景象，是太白想像中酒友，與地面人兒互動，呈顯了虛實交錯之景，或者是李白酒醉之際、清醒之前的幻遊景象。此處特意表現非現實景，將太白內在寂寞情思賦予虛構空間，脫離現實感，也增加詩篇美感。「邀明月」和「成三人」，表徵內心強烈孤獨與欲超脫現實中抱負未展，卻無可奈何的困境。詹鍈《李白全集校注彙釋集評》引朱諫語：「無情者，月與我雖曰三人，然月與影本無情也。」又引安旗語：「月影無知無情之物，而與之遊，故曰無情遊。一說無情猶忘情，即忘卻世俗之情，亦通。」「明月」和地面上太白，正摹寫兩種空間位置並置，是三度空間景象的月和零度定點空間景象的李白。在地面上的李白，望向天上明月，詩篇觀察視角是用全知廣角，依（美）魯道夫・阿恩海姆（Rudolf Arnheim）《藝術與視知覺》（Art and Visual Perception）研究，這形塑了視覺上對立、矛盾的心理感覺，產生由低維度到高維度的高度空間落差。在宗白華《中國詩畫中所表現的空間意識》：「詩人對宇宙的俯仰觀照由來已久，……詩人雖不必直用俯仰字樣，而他意境是俯仰自得，遊目騁懷的。」指出藉高空視點，可產生無限延伸空間美感。

詩篇中間四句將「我」、「月」、「影」並置，「徘徊」與「零亂」傳遞著詩人酒醉視覺的迷茫和狂想，也再一次將一低維度和高維度的空間景象組合，或實景或虛景交錯，描摹出我、月和影跳躍互動的想像視覺空間感知，產生詩人醉後幻升與月同飲，或明月下凡與我、影子共聚，依羅素（Bertrand Russell）《相對論ABC》研究，人的視覺和觸覺，可產生物理空間感知和感受。一低一高的空間景象組合，託寓詩人醉後縱遊天際與月、影子有情交歡，醒時由幻境返回現實的無情和不如意，而灑脫分散。

綜顧全篇，這零度空間和三度空間景象組合，呈顯既虛又實的意象，喻指太白仕途不如意的空虛感，流露尋索仙道之期待落空。

（賞析者：黃麗容）

春　思——李　白

燕草如碧絲，秦桑低綠枝。當君懷歸日，是妾斷腸時。
春風不相識，何事入羅幃？

李白〈春思〉，是一首閨愁的詩，以女子的口吻，道出心中的哀愁。一般人往往將此詩解釋為春去的相思；其實「春思」，是春日的怨愁，「思」要讀去聲，便是春天的憂愁。

唐人律詩，四句對仗的詩，稱「絕律」，例如王之渙的〈登鸛雀樓〉；六句對仗的詩，稱「小律」，例如李白的〈春思〉、孟郊的〈遊子吟〉；八句的律詩，稱「今律」；一般的律詩，以八句為準則。八句以上為「排律」，如〈長恨歌〉、〈琵琶行〉便是。律詩除了今律，其他都是律詩的變體，如絕律、小律、排律，除此之外，還有「拗律」，拗就是不合格律，如崔顥的〈黃鶴樓〉，前四句不合律，也沒對仗，後四句都是平起格的律詩，既對仗，又合平仄。另外，「偷春格」的律詩，也是律詩的變體，宋人魏慶之的《詩人玉屑》有云：律詩首聯便對仗，次聯反而不對仗，就如梅花偷得春光而先開放，稱之為「偷春格」。例如王勃的〈送杜少府之任蜀州〉，開端「城闕輔三秦，烽煙望五津。與君離別意，同是宦遊人。」首聯便對仗，次聯不對仗，這便是偷春格的律詩。

其次，六句的律詩，又合乎所謂黃金比例（Golden Ration）或黃金切割（Golden Section）的詩歌美學。

黃金比例的美學，是來自繪畫美學，例如法國畫家米勒（Millet），他的主要代表作：〈拾穗〉、〈晚禱〉、〈牧羊女〉等，這些畫面的處理，三分之二是大地，三分之一是天空；〈拾穗〉是三位婦女在大地上拾穗，占畫面的三分之二，三分之一是地平線上的天空和農莊，這種安排是最美的畫面，稱爲繪畫中的黃金比例美學。我們把繪畫美學，轉化爲詩歌美學，這種手法，是詩歌鑑賞的新觀念。因此李白的〈春思〉，前四句：「燕草如碧絲，秦桑低綠枝。當君懷歸日，是妾斷腸時。」兩兩對仗，占三分之二，是詩歌的主題；後兩句：「春風不相識，何事入羅幃？」占三分之一，點出閨怨的題旨。這在詩歌句法的安排，恰好合乎詩歌美學的黃金比例。其他如漢代的樂府詩〈江南可採蓮〉；又如唐人孟郊的〈遊子吟〉，也都合乎黃金比例的詩歌美學。

李白〈春思〉的內容，是描寫當春天來臨，女子和丈夫分居兩地，一在燕，一在秦，兩地相思。尤其是春天，「春風不相識，何事入羅幃？」而引來閨怨的情意。如同六朝樂府：「春林花多媚，春鳥意在哀。春風不相識，吹我羅裳開！」也是春天閨怨的詩。可見李白的〈春思〉，具有六朝詩歌的風采。

（賞析者：邱燮友）

望嶽——杜甫

岱宗夫如何？齊魯青未了。造化鍾神秀，陰陽割昏曉。
盪胸生曾雲，決眥入歸鳥。會當凌絕頂，一覽眾山小。

唐玄宗開元二十三年（七三五），杜甫到東都洛陽考進士，落第而歸，於是開始漫遊齊趙之地，過著「放蕩齊趙間，裘馬頗清狂」（〈壯遊〉）的生活。開元二十八年，杜甫二十九歲時，到兗州省親，探望父親杜閑後，由齊入魯，途中經過泰山，而創作了此詩。

詩題「望嶽」，點出全詩聚焦於「望」泰山。岱宗，指的是東嶽泰山（在今山東省泰安縣北五里），因為古代的帝王祭祀泰山，尊它為五嶽之首，所以稱為岱宗。《史記‧貨殖列傳》云：「故泰山之陽則魯，其陰則齊。」泰山北邊為齊，南邊為魯。首二句「岱宗夫如何？齊魯青未了」，先以設問法，提出問題：「泰山的形勢如何？」又回答：「泰山和齊、魯兩地相連接，青綠的山色綿延不絕啊！」杜甫以自問自答的方式，交代了泰山的地理位置和連綿不絕的山勢，詩歌一開頭，便呈現磅礡壯觀的氣勢。

泰山高峻，山前日光照射到之處為陽，較為明亮，山後日光照射不到之處為陰，較為陰暗。「造化鍾神秀，陰陽割昏曉」二句，承接「青未了」的句意，描寫泰山巍峨壯麗、鍾靈毓秀，一個「割」字，更突顯泰山山勢高峻，天地間的一明一暗，皆被分「割」為泰山的陰面和陽面，山前山後、明暗形成強烈對比。

「盪胸生曾雲，決眥入歸鳥」二句，刻畫杜甫細「望」山中雲氣瀰漫，層出不窮，令他心胸隨之蕩漾。「決」，決裂，「眥」，眼眶，「決眥」，指張大眼睛。杜甫「望」泰山已久，「望」到倦鳥歸巢的薄暮時分，由於張大眼睛，且目不轉睛的「望」著泰山，雖眼界爲之開闊，但他的眼眶似乎感到快決裂了。

年輕的杜甫，因「望」泰山而激發出「會當凌絕頂，一覽衆山小」的雄心壯志。《孟子．盡心上》云：「孔子登東山而小魯，登泰山而小天下。」末二句運用懸想示現的修辭技巧，杜甫許下宏願：「將來一定要登上泰山最高峰，那時，我向下俯瞰，群山會變得十分渺小。」想像自己「登泰山而小天下」的情景，流露出杜甫對自己的期許，有朝一日，必定能攀登人生的高峰，實現「致君堯舜上，再使風俗淳」的濟世安邦理想，不虛此生。

詩中前四句寫杜甫「望」泰山的綿延不絕，聚天地的靈秀於此；後四句寫杜甫「望」泰山後，引發「登泰山而小天下」的感慨，抒發杜甫青年時代的凌霄壯志。「望」泰山所見之景，空間由遠景至近景，層遞展開；時間由白天推移至傍晚，直線前進。此詩刻畫泰山的巍峨遼闊，也藉登泰山的行動，抒發杜甫年輕時的豪情壯志。清代浦起龍《讀杜心解》評此詩云：「杜子心胸氣魄，於斯可觀。取爲壓卷，屹然作鎮。」

（賞析者：劉奇慧）

贈衛八處士——杜甫

人生不相見，動如參與商。今夕復何夕？共此燈燭光。
少壯能幾時？鬢髮各已蒼。訪舊半爲鬼，驚呼熱中腸。
焉知二十載，重上君子堂。昔別君未婚，兒女忽成行。
怡然敬父執，問我：「來何方？」問答乃未已，驅兒羅酒漿。
夜雨剪春韭，新炊間黃粱。主稱：「會面難，」一舉累十觴。
十觴亦不醉，感子故意長。明日隔山岳，世事兩茫茫。

唐肅宗乾元元年（七五八）六月，杜甫因上疏救房琯，而被貶爲華州司功參軍。冬天，杜甫回洛陽老家陸渾莊省親。乾元二年春天，杜甫四十八歲，從洛陽回華州，途中經過友人衛八處士家，受到他的盛情款待，住了一夜，短暫相聚後又再度別離，杜甫百感交集而寫了這首贈別詩。衛八處士，是杜甫少年時的友人，他排行第八，隱居蒲州，名字不可考。杜甫與衛八處士二十年未曾見面，因此乍見之下，容顏已改，兩鬢華髮，感慨人世滄桑變幻，牽動微妙思緒，遂化爲此詩文字。

詩中前四句，寫出今夜的相聚非常不容易，因此詩人十分珍惜：「人生不相見，動如參與商。今夕復何夕？共此燈燭光。」參星和商星皆屬於二十八星宿，一個在東邊，一個在西邊，一個傍晚時出現，一個清晨時出現。詩人感嘆：「人生不能常相見，猶如參星與商星般此起彼落，難以會面。今夜是何等美好的夜晚，我們倆能在此共賞溫馨的燭光。」安史之亂已三年多，唐軍雖已收復兩京，但叛軍仍跋扈，百姓隨著動盪不安的局勢，飽嘗亂離之苦。因爲重逢不易，因此詩人更深刻感受到相聚之溫暖情誼。

二十年未見面，變化最大的是容貌，杜甫如此刻畫彼此的容顏變化和舊友近況：「少壯能幾時？鬢髮各已蒼。訪舊半爲鬼，驚呼熱中腸。」在柔和的燭光下，杜甫驀然驚覺衛八處士和自己的鬢髮皆已蒼白，感慨曾有過的青春年華已悄然流逝，談及舊友，多半竟然已辭世，不禁失聲驚呼，心中難過不已。在戰亂之中，生命的殞逝，何等匆促！

接下來，杜甫筆鋒一轉，「焉知二十載」以下八句，摹寫他和衛八處士孩子的互動。一別二十年，在干戈亂離中能和少年時的友人衛八處士重逢，到他家中拜訪，杜甫的心情是欣喜極了！昔日和衛八處士分別時，他仍未婚，今日見到他兒女成群，個個彬彬有禮。衛八處士的孩子微笑而恭敬的問父親的好友杜甫：「請問您從哪兒來？」杜甫輕輕以一句「問答乃未已」，省略了彼此間一來一往的對話，剪裁精當。衛八處士吩咐兒子拿酒菜來招待客人，流露待客的盛情。「夜雨剪春韭」以下六句，細膩的描繪衛八處士款待杜甫的眞摯情誼，他冒著夜雨去採收新鮮的春韭入菜，新煮的米飯還摻著黃粱，香噴噴的飯菜，宛如主人親切淳樸的情意。主人感嘆：「我們今夜能重逢，眞是不容易啊！」一口氣豪爽的飲了十杯酒，仍沒有醉意，可見主人的情意深長。在亂世中，能在寧謐的夜裡，伴著溫馨柔和的燭光，和好友平安的吃一頓晚餐，是多麼值得珍惜與眷戀的美好時光啊！末二句「明日隔山岳，世事兩茫茫」，寫惜別之情。杜甫和衛八處士心中都深深明白：闊別二十年，好不容易才能在今夜重逢敘舊；明天早晨一別後，從此山岳阻隔，世事又變幻莫測，下一次再見面，不知又是何時？

好友相隔二十年才能重逢，但人生能有幾個二十年？足見兩人此次重逢是何等珍貴，極不容易！本詩先寫久別重逢之喜悅，再以故舊多半凋零之悲，襯托出今晚重逢之難得；接著，敘述老友款待之殷勤熱情，令杜甫心中倍感溫馨，但詩人又感嘆世事變化難料，下次再會面的機會渺茫。

明代王嗣奭《杜臆》評此詩曰：「信手寫去，意盡而止，空靈婉暢，曲盡其妙。」詩中以淡淡的筆觸敘寫平實的眞情，敘事手法溫婉細膩，情景交融，不僅寫出濃郁的人情味，也寫出聚散無常的人世滄桑感。清代仇兆鰲《杜詩詳注》評此詩云：「首敘今昔聚散之情。次言別後老少之狀。末感處士款情，因而惜別也。」此詩敘事、寫景、抒情兼具，飽含淳樸自然的藝術美。

（賞析者：劉奇慧）

佳人

杜甫

絕代有佳人，幽居在空谷。自云良家子，零落依草木。
關中昔喪亂，兄弟遭殺戮。官高何足論？不得收骨肉。
世情惡衰歇，萬事隨轉燭。夫婿輕薄兒，新人美如玉。
合昏尚知時，鴛鴦不獨宿。但見新人笑，那聞舊人哭？
在山泉水清，出山泉水濁。侍婢賣珠迴，牽蘿補茅屋。
摘花不插髮，采柏動盈掬。天寒翠袖薄，日暮倚修竹。

唐肅宗乾元元年（七五八）六月，房琯被貶邠州，杜甫因疏救房琯，由左拾遺被貶謫為華州司功參軍。乾元二年秋天，杜甫棄官，舉家遷居秦州（今甘肅天水），投奔東柯谷的從姪杜佐，生計艱難，有隱居之意，便寫下了此詩。這首詩敘寫戰亂中一位棄婦的哀怨與堅貞不移的氣節，詩中也寄託杜甫當時鬱鬱不得志的身世之感。司馬相如〈長門賦〉云：「夫何一佳人兮，步逍遙以自虞。魂踰佚而不反兮，形枯槁而獨居。」賦中寫陳皇后被棄獨居的幽怨。杜甫〈佳人〉詩題，或源於此。漢代李延年〈北方有佳人歌〉：「北方有佳人，絕世而獨立。」本詩前二句，化用其意，寫「絕代佳人」的傾城美貌。

詩中前四句敘寫因戰亂遭棄而幽居在孤寂空谷中的絕世佳人，雖有傾國傾城之美貌，卻遇人不

淑，被丈夫遺棄，令人有紅顏薄命之嘆！佳人自述出身於官宦之家，娘家人曾為高官顯要，但命運乖舛，導致她今日淪落於荒山的空谷，和草木相依，處境堪憐。佳人貌美，卻幽居於空谷；出身高貴之女子，卻流落於荒野之間，這四句運用映襯手法，形成強烈的對比。

「關中昔喪亂」以下六句，佳人娓娓訴說，在安史之亂中，人命如草芥，娘家兄弟皆慘遭殺戮。關中，指潼關以西，此句寫天寶十五載（七五六），安史叛軍攻陷長安，侵略關中。兄弟們官職雖高，但又有何用呢？他們慘死於戰亂之中，卻連屍骨都無法收斂。世間的人都厭惡衰敗凋零的景況，萬事也如風中轉動的燭火一般，飄忽不定，忽明忽暗。

娘家的衰落，也牽動佳人在婆家的處境和地位。「夫婿輕薄兒」以下六句，敘寫薄倖的郎君，見她娘家衰敗，也另娶貌美如玉的新人，遺棄了她。「合昏」，即「合歡花」，又稱「夜合花」，早上開花，夜晚合起來。夜合花尚且知道朝開夜合，鴛鴦也從來都不獨宿。可是薄情寡義的郎君，卻只聽到新人歡愉的笑聲，哪聽得到舊人哀怨的哭聲呢？「夫婿輕薄兒，新人美如玉」與「但見新人笑，那聞舊人哭」皆爲對仗句，古詩不避重出之字，運用映襯法，突顯佳人處境之艱難。娘家衰落，夫家無依，佳人淪落到無家可歸的境地。被遺棄的佳人，只好隱居於荒山空谷的茅屋中。

「在山泉水清，出山泉水濁」二句，典故出自《詩經．小雅．谷風之什．四月》：「相彼泉水，載清載濁。」敘述泉水在山中是清澈的，但泉水流出山中，就變得混濁了。清代楊倫《杜詩鏡銓》云：「仇（兆鰲）註：謂守正清而改節濁也，他說皆未當。」此二句暗喻佳人在山中過著清苦的生活，貞節如山中清澈之泉水；若改節離開山中，就如泉水流出山中，變得混濁。

末六句敘寫佳人生活清貧，但品格高潔。侍婢出門典當珠玉回來，她和婢女牽一些藤蘿來修補殘破的茅屋。佳人摘了花，卻不插在鬢髮上，她也常採了滿把的柏枝。「女爲悅己者容」，郎君薄倖，佳人也無心插花妝扮。天氣寒冷，佳人翠袖單薄，孤寂的在夕陽西下的暮色中，獨自倚著修長的竹子。不畏寒冬的「柏」和修長勁節的「修竹」，皆象徵佳人堅貞的品格情操。

詩中首四句先寫佳人之絕世美貌與出身高貴，但卻隱居於山谷之中。接著寫佳人娘家遭橫禍，婆家失依靠，佳人唯有隱居於山中茅屋，過著清苦但高潔的生活。末六句純粹以「賦」的手法敘寫佳人的處境，不加議論，但意在言外，佳人貞潔高貴的形象，躍然紙上，可見杜甫詩筆之妙處。杜甫此首詠佳人之詩，格調高雅，塑造出一位美麗而品格高尚的佳人形象。杜甫忠於君國，但卻落得攜家帶眷，棄官漂泊秦州，衣食無著落的景況，處境和詩中的佳人有些相似，因此藉此詩寫棄婦之幽怨，也寄寓自己不得志的身世之感。

（賞析者：劉奇慧）

夢李白二首之一——杜 甫

死別已吞聲，生別常惻惻。江南瘴癘地，逐客無消息。
故人入我夢，明我長相憶。恐非平生魂，路遠不可測。
魂來楓林青，魂返關塞黑。君今在羅網，何以有羽翼？
落月滿屋梁，猶疑照顏色。水深波浪闊，無使蛟龍得。

這是杜甫寫的紀夢詩，杜甫因思念李白，而夜夢李白。唐肅宗乾元二年（七五九）秋天，四十八歲的杜甫身在秦州（今甘肅天水），創作了〈夢李白〉這兩首紀夢詩。唐玄宗天寶三載（七四四），時在洛陽的杜甫，初識李白，兩人一見如故，相談甚歡，同遊梁、宋，成爲莫逆之交。兩人在天寶四載分手，至今已十五年。

唐肅宗至德元載（七五六）十二月，永王李璘邀李白入幕府。隔年，永王李璘敗亡，李白被捕入潯陽獄（今江西省九江市），中間一度獲釋。乾元元年，李白又流放夜郎（今貴州省桐梓縣一帶）。隔年春夏之交，李白遇赦，但身在秦州的杜甫，並不知此事，他聽到有關李白行蹤的各種不同傳聞，當時有人說李白在流放夜郎途中墮水身亡，令杜甫心生煩憂，秋夜裡頻頻夢到李白，因此寫下了〈夢李白〉二首。

首四句「死別已吞聲，生別常惻惻。江南瘴癘地，逐客無消息」，寫出杜甫對李白的牽掛思念之情，因路途阻隔，音訊不通，心中更是擔憂哀傷不已。人生遭遇死別的痛苦，難免吞聲飲泣；而生離的哀傷，更令人摧心剖肝，遠勝於死別的痛苦。杜甫與李白自洛陽一別，迄今已是第十五年。杜甫輾轉聽到李白被流放到夜郎，但不知其生死安危，亦不知此時李白已遇赦，回到江陵。杜甫以爲李白仍在江南一帶，氣候炎熱、潮溼，流行瘴癘之疾，不知李白身體是否無恙？因消息不通，杜甫愈擔憂遭流放的李白。此四句寫的是入夢前，杜甫對李白的牽掛與想念。

接下來八句，敘寫杜甫的夢境。「故人入我夢，明我長相憶。恐非平生魂，路遠不可測」四句，寫出因杜甫思念日久，夜間李白翩然入夢，彷彿明瞭杜甫對他長久的思念之情。杜甫夢中乍見深切思念已久的李白，心中的欣喜自不待言；但轉念一想，李白不是已流放夜郎，身在南方，怎會驀然出現在北方？杜甫揣想，眼前所見的李白，雖然丰采依舊，但恐怕並非李白的生魂，因爲南方與北方之間，路途何其迢遙啊！「魂來楓林青，魂返關山黑。君今在羅網，何以有羽翼」四句，細膩的刻畫在杜甫夢中，李白魂魄往返江南與秦州的情景。《楚辭・招魂》云：「湛湛江水兮上有楓，目極千里兮傷春心，魂兮歸來哀江南。」李白的魂魄夜裡從江南來秦州時，江南一帶的楓林顯得青青鬱鬱，杜甫心中何等欣喜；當李白的魂魄返回江南時，秦州的關塞則變得黯淡無光，杜甫的心情也惆悵不已，寫出杜甫和李白的深厚情感。但杜甫心中存疑：李白此時身陷江南的囹圄之中，如何能插翅飛越萬里江山，來到秦州與杜甫相會？按：高步瀛《唐宋詩舉要》云：「長相憶下倒接恐非平生魂二句，疑眞疑幻之情，千古如生，再以魂來魂返寫其迷離之狀，然後入君今二句，纏綿切至，惻惻動人。」故據此更動《唐詩三百首》章燮注本將君今二句置於第四聯之次序。

末四句「落月滿屋梁，猶疑照顏色。水深波浪闊，無使蛟龍得」，寫夢醒之後，杜甫惺忪睡眼產生的幻覺和對李白的關懷叮嚀。杜甫醒來，見到落月的光輝照在屋梁上，心中仍懷疑是映照著李白的容顏，仔細端詳，才知道是自己的錯覺。杜甫想到摯友李白星夜歸去，路途遙遠，夜色深沉，水深浪湧，波濤險惡，殷殷叮囑李白萬般小心，莫爲蛟龍獵獲。驚濤駭浪的情景，正是李白此時艱難處境的眞實寫照。

明代陸時雍云：「是魂是人，是眞是夢，都覺恍忽無定，親情苦意，無不備極，眞得屈〈騷〉之神。」清代浦起龍《讀杜心解》云：「人之相知，貴相知心。公當日文章契交，太白一人而已。二詩傳出形離精感心事，筆筆神來。」全詩一開頭，字字淒傷，籠罩著悲愁的氛圍。入夢前，杜甫憂心忡忡，擔心李白的安危，積思成夢，才有了後續李白入夢的種種驚疑未定的相會場景。縱使夢中得償宿願，終於見到了常常思念的李白，但杜甫心中仍充滿懷疑，不敢置信李白眞的出現在眼前。杜甫夢醒之後，彷彿李白的容顏仍徘徊在眼前，絮絮關心李白留意自身的安危，魂魄歸返江南的水路上，切莫落入蛟龍口中，可見兩人交誼之深長。

（賞析者：劉奇慧）

夢李白二首之二

杜　甫

浮雲終日行，遊子久不至。三夜頻夢君，情親見君意。
告歸常局促，苦道來不易。江湖多風波，舟楫恐失墜。
出門搔白首，若負平生志。冠蓋滿京華，斯人獨憔悴。
孰云網恢恢，將老身反累。千秋萬歲名，寂寞身後事。

這首紀夢詩創作於乾元二年（七五九），當時杜甫四十八歲。杜甫比李白小十一歲，敬重推崇李白，曾寫了十餘首給李白的詩。杜甫〈與李十二白同尋范十隱居〉云：「余亦東蒙客，憐君如弟兄。醉眠秋共被，攜手日同行。」杜甫與李白曾有梁、宋遊，「醉眠共被」、「攜手同行」，情逾兄弟。杜甫〈春日憶李白〉云：「白也詩無敵，飄然思不群。清新庾開府，俊逸鮑參軍。」杜甫〈不見〉一詩，也寫對李白的真摯情誼：「世人皆欲殺，吾意獨憐才。敏捷詩千首，飄零酒一杯。」杜甫敬重、推崇李白的詩歌才華，憐惜、迴護李白之情，流露於字裡行間。因此，當杜甫知道李白被流放夜郎時，自然是牽掛於心，憂思成夢。〈夢李白〉二首之一，是杜甫初次夢見李白時所作的詩，接著連續數夜，他又夢見李白，因此再創作了〈夢李白〉二首之二。

仰望天上的浮雲而思念遊子，是中國古典詩歌中常用的比興例子。「浮雲終日行，遊子久不至」，寫天上的浮雲終日隨風飄盪，可是遠遊的故人卻久久不來。「三夜頻夢君，情親見君意」，連續三個夜晚都夢見李白來訪，可見李白對杜甫的情眞意摯，也稍慰杜甫對李白的殷切思念之情。上篇「故人入我夢，明我長相憶」，寫李白瞭解杜甫對他的思念，故來入夢；下篇前四句寫杜甫頻頻夢見李白，感受到李白的眞情，互相映照，突顯兩人的眞摯友情。

緊接著八句，寫李白匆匆告辭的憔悴身影。「告歸常局促，苦道來不易。江湖多風波，舟楫恐失墜」四句，細膩的刻畫李白魂歸江南前的哀怨。李白在夢中和杜甫寒暄一番，每次告辭歸去，總是匆促不已，苦苦的抱怨：「我每次到此，十分不容易。江湖上風波險惡，我總是擔心小船會意外墜水。」江湖風波險惡，象徵李白被流放到江南的瘴癘之地，甚至身陷囹圄，人生走到了困頓坎坷的境地。「出門搔白首，若負平生志。冠蓋滿京華，斯人獨憔悴」四句，描寫李白離開杜甫家門時的情景。李白走出門外總是搔搔花白的頭髮，彷彿心情悵惘，辜負了平生的壯志。這段文字，描繪李白來去匆匆，江湖波濤洶湧，路途遙遠而艱難，他總是神情落寞，憂心忡忡，滿懷未能伸展平生抱負的無奈。京城裡滿是達官顯要，冠蓋雲集，唯有李白這麼一個才氣縱橫

的詩人，卻報國無門，困頓潦倒，孤獨一人，黯然憔悴。

末四句「孰云網恢恢，將老身反累。千秋萬歲名，寂寞身後事」，抒發杜甫對李白處境的感慨。《老子》云：「天網恢恢，疏而不失。」意指天理廣大，看似不周密，實則無所不包。像李白這麼才華洋溢的詩人，年已六十歲，應是在家中含飴弄孫，安享晚年的時候，沒想到年老時，卻因永王李璘案獲罪，長流夜郎，甚至鋃鐺入獄，失去自由，怎麼還能說「天網恢恢」呢？李白生前如此困頓，縱然死後留下千秋萬世的盛名，人已寂然無知，又有何用呢？李白比杜甫年長十一歲，兩人惺惺相惜，杜甫對於李白的文學才華，極爲推崇，已預知李白詩名必定流傳千古，只惋惜李白獻身無路，命途坎坷。杜甫爲李白嘆息，也是爲自己嘆息，因爲杜甫也是命運多舛。清代浦起龍《讀杜心解》云：「次章，純是遷謫之慨。爲我耶？爲彼耶？同聲一哭！」可謂確評。

本詩先寫杜甫三夜頻頻夢見李白，再寫李白夢中匆促告別之情景，最後對於李白的晚年際遇，寄予無限的同情，也憐惜推崇李白的文學才華，足見兩人莫逆之情誼。浦起龍《讀杜心解》比較此二首詩云：「始於夢前之淒惻，卒於夢後之感慨，此以兩篇爲起訖也。『入夢』，明我憶。『頻夢』，見君意。前寫夢境迷離，後寫夢語親切。」清代仇兆鰲《杜詩詳註》評此二首云：「前云『波浪蛟龍』是公爲白憂，此云『江湖舟楫』是白又自爲慮。」〈夢李白〉二首，前後呼應，詩歌內容與藝術技巧極富變化，可見杜甫構思、布局之巧妙。

（賞析者：劉奇慧）

送別

王維

下馬飲君酒，問君何所之？君言不得意，歸臥南山陲。
但去莫復問，白雲無盡時。

王維有多首與「送別」主題相關的作品，此詩篇幅較短，雖未在題目中點明送何人出行，只在詩文中以「君」字籠統稱呼。但正由於不點明送行的對象，讀者反可以自行代入個人的生命情境，將想像置入，以符合此情境中有關於行者的暗示。

一開篇是一個當下的敘事場景：「下馬飲君酒，問君何所之？」使人想見一場突如其來的相逢，卻又緊接著是告別的感傷。讀

者對「行者」的認識，一方面來自於「君言不得意」的落魄遭遇；另一方面又得知，由於官場失意，便以「歸臥南山陲」，來當作生命的出路。古代的知識分子「窮則獨善其身，達則兼善天下」，窮困時持道家精神，通達時持儒家精神，在時代的變局中，知識分子雖然心懷家國，然而卻常有身不由己的感慨。

此詩最後一段表明：「但去莫復問，白雲無盡時」，前句有落魄者為維持自尊的一點傲氣，後句又有人事滄桑、變化無盡之感，對這份友誼、對生命處置的態度，以「白雲無盡」的意象收攝，彷彿可以回到自然的狀態，有依順、亦有著各種隱藏的變化。此詩最後的結尾不完全落入感傷的格局，又有白雲的自然意象順勢接出，反能流露出淡然悠遠的餘味。

清人沈德潛《唐詩別裁》云：「白雲無盡，足以自樂，勿言不得意也。」則點明「白雲」一詞所象徵的回歸自然精神，正是此詩的主旨。

（賞析者：張寶云）

送綦毋潛落第還鄉——王 維

聖代無隱者，英靈盡來歸。遂令東山客，不得顧採薇。
既至金門遠，孰云吾道非？江淮度寒食，京洛縫春衣。
置酒長安道，同心與我違。行當浮桂棹，未幾拂荊扉。
遠樹帶行客，孤城當落暉。吾謀適不用，勿謂知音稀。

這首詩題目中有送別字樣，但細看其中的主題則是慰問落第者。綦毋潛，字孝通，荊南人，與李頎、王維、張九齡等詩人有往來。

此詩開篇先從社會景況入手，藉由歌頌盛世，暗示知識分子不應隱居東山，學伯夷、叔齊採薇而食。次段「既至金門遠，孰云吾道非」，其中的「金門」指的是京都的官署之門，因門旁有金馬，又名爲「金馬門」，此句引申爲遠離京城之意。然而即使遠離「金門」，也不要否定自我的理想性。王維一面陳述友人落第無緣得官，一面慰勉友人還鄉之後，「江淮度寒食，京洛縫春衣」，可在江淮度過寒食節，期待他日能再來兩都縫製春衣。如今不得已置酒送別，因此感到內心的牽掛。「行當浮桂棹，未幾拂荊扉」，則表明行船離去之後，不久便能返抵家門。「遠樹帶行客，孤城當落暉」，以具體的意象延伸，暗喻王維送別時依依難捨的心境。最後王維鼓勵綦毋潛，不要因爲暫時的不如意，而灰心喪志，將送別的主題，拓展成友誼的祝福、未來的期許。

沈德潛《唐詩別裁集》評論此詩說道：「反覆曲折，使落第人絕無怨尤。」《青軒詩緝》中亦提及：「右丞（王維）遠樹帶行客，孤城當落暉。帶字、當字極佳，非得畫中三昧者不能下此二字。」點明詩意與繪畫之間隱微的聯繫，兩者常能相互啟迪，對創作者及讀者而言，詩畫合一的呈現更能發揮想像的效能。

（賞析者：張寶云）

青谿

王維

言入黃花川，每逐青谿水；隨山將萬轉，趣途無百里。
聲喧亂石中，色靜深松裡；漾漾汎菱荇，澄澄映葭葦。
我心素已閒，清川澹如此。請留盤石上，垂釣將已矣。

詩題命名爲「青谿」，既古雅又有顏色，使讀者從題目便可進入文字動態的影像之中。

譯成語體文如下：一進入黃花川，便每每要沿著沉靜的溪水行去；依隨著山勢彎轉旋繞，不到百里的行程卻令人充滿興味。水聲喧嗚於亂石之中，山色沉靜，整個廣大的背景是幽深的山林。隨波泛漾，水草浮沉於波流間，澄明的水色亦倒映出岸邊蘆

葦的姿態。我的心境素樸且閒適，入眼的景象也因此顯得清淨澹然。想請求與盤石一樣，相依相留於青山綠水之間，以便在江上垂釣度過餘生。

此詩前、中段都著意在景物的描繪上，後段才回到自身心境的回應。前中段讀者所得到的聲音、意象、語法盡是繁麗如織錦的語言鋪陳，但後段卻以「素」「閒」、「清」、「澹」、「盤石」、「垂釣」等較為留白淡遠的文字，來平衡先前極盡富足的感官體驗，使全詩設色有濃有淡、音韻有急有緩，落盡繁華之後，才見眞淳的領悟，全詩便因而深淺有致、隨勢變化。其中，王維引用東漢嚴子陵垂釣富春江的典故，表達自身對歸隱的嚮往。全詩固然描敘詩人對青谿的喜愛，但也反映王維在仕途失意後自甘淡泊的心境變化。如此寫來含而不露，耐人尋味。

明人張岱曾評述：「王右丞（王維）如秋水芙蕖，倚風自笑」，與此詩清麗自然的語言風格，約略可以相互呼應。

（賞析者：張寶云）

渭川田家——王　維

斜光照墟落，窮巷牛羊歸。野老念牧童，倚仗候荊扉。
雉雊麥苗秀，蠶眠桑葉稀。田夫荷鋤立，相見語依依。
即此羨閒逸，悵然吟式微。

讀者首先可注意此詩對於典故的運用，與其他作品形成「互文」的關係性，將更易達至詩文彼此交相聯繫的呼應。依據《關鍵詞二百》對「互文性」的解釋：「互文性」是正文引用其他文本，使彼此形成一種新鮮的網絡關係，於是將原先固定的概念，重新塑造成互爲參證的開放系統。從此詩可聯繫南朝梁范雲〈贈張徐州稷〉詩作：「軒蓋照

墟落，傳瑞生光輝。」庾信〈歸田〉詩云：「原蠶始更眠。」陶淵明〈歸園田居〉五首之三：「帶月荷鋤歸。」《詩經・邶風・式微》：「式微，式微，胡不歸？」等語句，都與王維新創的作品，形成新鮮擴張且具有對話性質的互文關係。

而此詩的形制，也容易使人聯想到王維是否有意承繼田園詩人陶淵明的風格，由陶淵明所建立的詩人形象及風格體式，例如〈歸去來辭〉、〈歸園田居〉五首等，都帶有文人歸隱山林的生命志向；更往外擴張，可以想見田園詩、山水詩的文學系譜、道家思想來源、政治對文人的影響等相關議題。足見歸園田居的生活，道家的精神旨趣，是歷代知識分子另一種安頓生命的選擇。王維以古詩自由疏放的體式抒發一己之見，讀者卻可從此詩向外連結到許多類似的背景、議題或生命情境，不只與王維達成呼應，亦同時與相類似情境的生命達成共感，詩成爲彼此聯繫的橋梁，共享歷史長河中知識分子時而在朝、時而在野的心境轉折。

（賞析者：張寶云）

西施詠——王　維

豔色天下重，西施寧久微？朝爲越溪女，暮作吳宮妃。
賤日豈殊眾？貴來方悟稀。邀人傅脂粉，不自著羅衣。
君寵益嬌態，君憐無是非。當時浣紗伴，莫得同車歸。
持謝鄰家子，效顰安可希？

西施原是春秋時代越國苧蘿山的美女，越王句踐教范蠡將西施選送給吳王夫差，意圖使她成爲吳宮的寵妃，繼而影響朝政，因此使吳王遭逢滅國。但此詩的主旨，是通過借詠西施而抒發對現世的感憤不平。譏諷那些由於偶然的機遇受到恩寵的人，不要過於驕傲勢利，否則一旦成爲東施效顰，不過是暴露自身的醜態罷了。

此詩創作的背景是盛唐時代，在繁華的社會下卻隱藏著政治危機：奸邪小人執掌大權，紈綺子弟憑著世族門閥的關係也躍居朝堂之上，反而才俊之士不能受到重用。

自《楚辭》以降，便有將香草美人譬喻爲才德之士的傳統。此詩便有表裡兩層的解讀進路：一層是表面上所指明美人西施的生平故事及議論，另一層是將西施的故事議論整個當成譬喻的「喻依」，那眞正意有所指的「喻體」爲何？便是讀者可以參與想像的核心。

表象上一開始敘述以西施的姿色，早晚都將成爲吳宮的寵妃。然而一旦受寵之後，「邀人傅脂粉，不自著羅衣。君寵益嬌態，君憐無是非。」此四句隱含的批判諷刺，不免使人聯想到王維當時的政局，清人吳喬《圍爐詩話》便指明：「當是爲李林甫、楊國忠、韋堅、王鉷輩而作。」則隱藏的主旨便呼之欲出。

最後說：「當時浣紗伴，莫得同車歸。持謝鄰家子，效顰安可希？」將東施效顰之輩一併列入嘲諷之列，喻意尖銳，雖未指名道姓，卻仍是一首涉及政治主題的作品，由此便可看出詩人眞正的關懷面向。

（賞析者：張寶云）

秋登蘭山寄張五

孟浩然

北山白雲裡，隱者自怡悅。相望始登高，心隨雁飛滅。
愁因薄暮起，興是清秋發。時見歸村人，沙行渡頭歇。
天邊樹若薺，江畔洲如月。何當載酒來？共醉重陽節。

這是一首登高懷友的五言古詩，通篇押入聲韻，韻腳為六月（「發」、「歇」、「月」）與九屑（「悅」、「滅」、「節」）通押。孟浩然秋日登蘭山（一作萬山），遙望北面之山，因為好友張五就隱居在那兒，於是隨興賦此詩寄之，並邀他重陽節前來登高共醉。

全詩共分為三章：一、二句為首章，先點出題中「張五」二字，謂好友張五為北山隱逸之士，「北山白雲裡，隱者自怡悅。」北山籠罩在煙霧瀰漫的白雲裡，隱士張五自得其樂地生活其中。此二句化用陶弘景〈應詔詩〉：「山中何所有？嶺上多白雲；只可自怡悅，不堪持贈君。」相傳梁武帝曾多次邀陶弘景入朝為官，卻被以該詩婉拒。這般高風亮節的品格，正是隱者張五的最佳寫照，也是孟浩然畢生所追求的價值。

三至十句為次章，再點明題中之「秋登蘭山」，道出詩人秋日登山之所見所聞、所思所感。「相望始登高，心隨雁飛滅。」孟浩然為了與友人張五相望，才登上高處，誰知他的心情竟隨鴻雁掠過空中而逐漸低落？「愁因薄暮起，興是清秋發。」為對偶句，意謂當遠山暮色逐漸升起時，同時引發詩人內心的愁緒；而涼爽的清秋天氣，卻激起他登高臨遠的高昂興致。「時見歸村人，沙行渡頭歇。」先摹寫近景：觸目所及，不時可見村人歸來，有的在溪沙上行走，有的在渡頭邊歇息。如此景象，只見村人，不見友人，怎不令他悵然若失？接著，分別從遠處與低處勾勒出所見景物：「天邊樹若薺，江畔洲如月。」亦爲對偶，是說天邊的樹木，細小如蒺藜；江畔的沙洲，微小似眉月。美景當前，更增添心中對好友的思念。

最後二句爲末章，則明揭題中「寄」字，並提出重九登高共醉之約：「何當載酒來？共醉重陽節。」什麼時候我們帶著酒來登山？不如就一起暢飲共度重陽節！此二句用陶淵明重陽載酒的典故，據蕭統〈陶淵明傳〉載：「淵明……嘗九月九日出宅邊菊叢中，坐久之，滿手把菊，忽値（王）弘送酒至，即便就酌，醉而歸。」陶淵明不爲五斗米折腰，歸隱田園，任眞自得。清高的隱士形象，恰與張五、孟浩然輩不謀而合，故詩末有意藉陶淵明暗喻友人，亦用以自比。

本詩描寫秋日登山之景與思念好友之情，情景交融，渾然天成。尤其對雲山、鴻雁、村人、遠樹、江洲等景物之刻畫，清新自然，從而流露出彼此間眞摯的友誼，詩中有畫，感人至深。

（賞析者：簡彥妗）

夏日南亭懷辛大——孟浩然

山光忽西落，池月漸東上。散髮乘夜涼，開軒臥閒敞。
荷風送香氣，竹露滴清響。欲取鳴琴彈，恨無知音賞。
感此懷故人，中宵勞夢想。

一作〈夏夕南亭懷辛大〉。辛大，詩人之摯友，在其堂兄弟間排行老大，故以行第稱之。高步瀛《唐宋詩舉要》云：「浩然有〈西山尋辛諤〉詩，疑即辛大。」全詩描寫夏夜乘涼的悠閒自得，藉以抒發對老友的懷念之情。

前八句點明題中「夏日南亭」四字，摹寫詩人夏夜在南亭的閒適情景。開端：「山光忽西落，池月漸東上。」採對偶手法，山上的太陽忽然西落了，池邊的月亮漸漸從東方升起。此處藉由夕陽西下、皓月東升，爲夏夜乘涼設景，用語清新，別開生面。詩人自己接著入鏡：「散髮乘夜涼，開軒臥閒敞。」他剛沐浴後，披散著頭髮，夜裡在南亭乘涼，隨手推開窗戶，恣意躺臥亭中，享受難得的悠閒情調。此二句看似平淡自然，卻別有出處，見諸陶淵明〈與子儼等疏〉云：「常言五、六月中北窗下臥，遇涼風暫至，自謂是羲皇上人。」這時，當心情放鬆、腦袋放空之際，嗅覺與聽覺自然敏銳起來：「荷風送香氣，竹露滴清響。」荷香在夜風中飄送，傳來芬芳氣息；露水從竹葉尖滴下，發出清脆聲響。該聯對偶工整，歷來讚譽有加，如宋宗元《網師園唐詩箋》云：「『荷風』、『竹露』亦寫夏景者所當有，妙在『送』字、『滴』字耳。」沈德潛《唐詩別裁》亦云：「荷風竹露，佳景亦佳句也。……一時嘆爲清絕。」由於荷香宜人，滴水悅耳，此外更無聲息，勾勒出一幅靜謐美麗的夏夜風情畫。正因如此天籟觸動了詩人的心弦，故云：「欲取鳴琴彈，恨無知音賞。」心想取來鳴琴彈奏一曲，可惜身邊沒有知音客懂得欣賞。「知音」用《呂氏春秋》「高山流水」典故：伯牙鼓琴，鍾子期聽之，志在泰山，則巍巍乎若泰山；志在流水，則湯湯乎若流水。後鍾子期辭世，伯牙破琴絕絃以悼知音。詩中因景致清幽而想彈琴，又因無人知賞過渡到夏夜懷人的主題上。此時，多希望老朋友就在身旁，閒話清談，共賞佳景。

再由第八句「知音」二字，引出末聯：「感此懷故人，中宵勞夢想。」關鍵在於「勞」字，有二種解法：一作「勞苦」，意謂有感於此，使他懷念起辛大，直到半夜，頻頻夢見此人，強調思念之勞苦；一作「勞煩」，意指有感於此，使他懷念起老友，兩人若是心有靈犀，勞煩前來夢中相會，以解思念之苦。雖說後者語意較長，但二義仍可並存。此處以「故人」呼應前句「知音」，並揭示題中「懷辛大」之意。詩人因情而有夢，最後，以夢中相會作結，餘韻無窮。

詩中描寫閒適自得的情趣，懷念故人之餘，傳達出不遇知音的感慨。全詩情感細膩，語言流暢，層遞自然，極富韻味。孟浩然詩之特色，在於擅長捕捉生活中的詩意感受。誠如皮日休〈郢州孟亭記〉所云：「先生之作，遇景入詠，不拘奇抉異。」本詩即其代表作之一，雖然只是輕描淡寫夏夜乘涼的閒情逸致，卻能漸入佳境，詩意盎然。

（賞析者：簡彥伶）

宿業師山房待丁大不至——孟浩然

夕陽度西嶺，群壑倏已暝。松月生夜涼，風泉滿清聽。
樵人歸欲盡，煙鳥棲初定。之子期宿來，孤琴候蘿徑。

本詩或作〈宿業師山房待丁公不至〉。業師，指法名業的僧人，疑與〈疾愈過龍泉寺精舍呈易業二上人〉之「業上人」爲同人，其生平不詳。丁大，即丁鳳，家族中排行老大，孟浩然另有〈送丁大鳳進士赴舉〉詩，可見兩人之交情。此詩乃詩人夜宿山間，友人久候不至，一時心血來潮而作。通篇著眼於一個「待」字，老友不至，他亦處之若素，毫無怨言。全詩用去聲二十五徑韻，「暝」、「聽」、「定」、「徑」叶韻。其中「暝」、「聽」二字爲韻腳，應讀爲去聲。

該詩可分爲二章，前六句點明題意「宿業師山房」：先從黃昏景色切入，「夕陽度西嶺，群壑倏已暝。」夕陽越過了西山，群谷瞬間變得昏暗。起首二句採視覺摹寫法，描寫暮色初至，大地光影的迅速變化。接著，「松月生夜涼，風泉滿清聽。」用視覺、觸覺、聽覺摹寫及對偶技巧，勾勒出一幅有聲有色的美麗夜景：松間的明月，增添夜晚的涼意；風中的流泉，充滿清新的聲響。此二句文字流麗，意境清幽，堪稱古今寫景之佳句。再引出「樵人歸欲盡，煙鳥棲初定。」亦爲對偶。隨著時間越來越晚，打柴的樵夫差不多都已回來，暮靄中的歸鳥也剛返巢棲息。以上爲詩人夜宿業師山房之見聞，描摹生動，造語清新，頗能展現自然詩的特色。

末二句闡發「待丁大不至」之旨：「之子期宿來，孤琴候蘿徑。」之子，此人，指丁大。明明跟他約好來業師山房住一宿，此時竟讓作者獨自抱著絃琴，等候在布滿藤蘿的小路上。此處以「之子」點出丁大，以「候」字呼應題中之「待」，首尾圓合，緊扣題意。故沈德潛《唐詩別裁》評云：「山水清音，悠然自遠，末二句見不至意。」詩人置身山房中，景致幽美，心情閒適，雖久久不見好友蹤影，仍舊抱琴靜候，足見其風度淹雅及對友人的信任。

誠如蕭繼宗《孟浩然詩說》所云：「此首寫自昏至夕期人不至，字字精當。……首二句，言良時之易逝；三四言風物之宜人；五六言群動之就息，皆爲第七句『之子期宿來』作勢。結語極婉，眞所謂一往有深情者。」綜觀孟浩然這三首五言古詩，前數句都先寫景以托情，至末兩句才切應詩題，或有所寄（〈秋登蘭山寄張五〉），或有所懷（〈夏日南亭懷辛大〉），或有所待（〈宿業師山房待丁大不至〉），作法相同。此種結構布局：前數句寓情於事物之中，營造出整體氛圍；末二句始讓情感噴薄而出，直接闡明題旨，爲古典詩慣用之謀篇手法，亦古今公認之詩歌佳構。

（賞析者：簡彥姈）

同從弟南齋翫月憶山陰崔少府

——王昌齡

高臥南齋時，開帷月初吐。清輝淡水木，演漾在窗戶。
苒苒幾盈虛，澄澄變今古。美人清江畔，是夜越吟苦。
千里其如何？微風吹蘭杜。

〈同從弟南齋翫月憶山陰崔少府〉是王昌齡翫月憶友之作。初始六句，除了首句點明地點外，其餘五句皆著力寫月，從月亮初升，到月光映照在水面、樹上，繼而蕩曳於窗上，細膩且眞實地呈現詩人望月時，視角的移動。之後，再因年光流轉，聯想到月盈月缺、古今變遷。於是，無限情懷與想像，遂由此而生。以上五句，可謂句句不離「月」字，且詩人將月光由遠而近

開展的描摹手法，一方面勾勒出月光的清幽淡遠，一方面刻畫出月光的流動，尤其「演漾」一詞，讓畫面瞬間變成動態，靈動搖曳之姿躍然紙上。雖然，「月」與「盈虛」、「今古」之聯想闡發，常見於古典詩詞中，但「苒苒幾盈虛，澄澄變今古」，因接續前三句月色之描寫且對仗工整，同時開啓後四句之遙想憶念，故而較「盈虛日月同」（唐代宋昱〈樟亭觀濤〉）、「明月幾盈虛」（唐代張蠙〈寄友人〉）等語句眞實深刻。

最後四句，筆鋒轉至懷想友人，但不寫自身如何傷感、懷念，而是想像好友崔少府，同樣面對此一月色，在月明星夜裡獨自苦吟。即便雲山萬重、相隔千里，但友人崔少府的德行文章，卻宛如蘭杜之馨香，遠近通曉。不同於「一泓秋水一輪月，今夜故人來不來」（唐代喻鳧〈絕句〉（一作〈憶友人〉））的直白，迥異於「山長水遠無消息，瑤瑟一彈秋月高」（唐代許渾〈寄宋阮〉）的質樸，詩人對故友的懷想與慕念，顯得深層且具新意。整首詩自點題、切題，至呼應主旨，一氣呵成。且景中有情，情中蘊景，在翫月憶舊之作中，可謂別開生面。

（賞析者：孫貴珠）

尋西山隱者不遇——邱為

絕頂一茅茨，直上三十里。扣關無僮僕，窺室唯案几。
若非巾柴車？應是釣秋水。差池不相見，黽勉空仰止。
草色新雨中，松聲晚窗裡。及茲契幽絕，自足蕩心耳。
雖無賓主意，頗得清淨理。興盡方下山，何必待之子？

這首詩以「尋西山隱者不遇」為題，就已點明詩人上西山去找尋隱者，可惜隱者不在家，心中有感而發之作。詩的前二句「絕頂一茅茨，直上三十里。」是寫「西山」的頂端有一座茅屋，這座茅屋正是隱者的居處。「我從山下走上西山的山頂去拜訪這位隱者，要走上三十里的路。」這位隱者一定是他認識的朋友，即使不是他的朋友，也是他仰慕的人，所以詩人才會走那麼遠的路去拜訪他。

詩接著說：「扣關無僮僕，窺室唯案几。」是描寫他拜訪隱者，但隱者不在家。因為他敲了隱者家的門，沒有人在家，連個僕人也沒有，只看到屋子內的桌椅而已。僮僕為何不在？當然都隨著主人出門去了。因為僮僕都不在，所以無法問主人去了何處，因此詩人才會有下面的句子：「若非巾柴車？應是釣秋水。」詩人猜測著主人是不是推著柴車到別處去遊山了？也許是去溪邊垂釣了。因為是秋天，所以詩人用「釣秋水」來形容到溪邊垂釣。推著柴車到處遊山玩水，不也正是隱者悠閒的生活寫照嗎？這裡由不遇而點出隱者的生活。因此詩人下一句才會說：「差池不相見，黽勉空仰止。」雖然錯過了，沒有見到他，但是我心中對他還是有無限的敬仰之意。因爲詩人仰慕隱者，才會千里迢迢走這一趟，沒有遇見隱者，怎麼會不感到可惜呢？就一般人來說是如此，但因爲他對隱者有無限的仰慕和敬佩之心，所以不遇又如何？

詩的前八句寫「西山」，寫「不遇」，但沒有提到「西山」上的風景，下面的這四句「草色新雨中，松聲晚窗裡。及茲契幽絕，自足蕩心耳。」就是此刻西山上隱者住處美麗風景的描寫。詩人說這裡的草色在新雨中是多麼的青翠，松濤聲也陣陣從晚窗吹過來；如此幽美的地方，怎能不叫人「蕩心」。「蕩心」兩字說得多好，這樣的地方多麼適合隱者居住，雖然沒有見到主人，也能感受到隱者居處的閒適和自然。就是這種讓人感到清爽舒服的原因，所以在這短短的時間裡，在此處，尋訪不遇的他也能感受隱者隱居中高雅的心情，這種清爽舒服的心情是令人愉快的，所以他又何必一定要見到主人呢？因此詩人最後才會說「興盡方下山，何必待之子？」這一句話的典故出自《世說新語・任誕》中王子猷的故事。《世說新語》說：「王子猷居山陰，夜大雪，……忽憶戴安道，時戴在剡，即便夜乘小船就之。經宿方至，造門不前而返。人問其故，王曰：『吾本乘興而來，興盡而返，何必見戴？』」這段故事是說王子猷深夜去拜訪友人戴安道，沒想到戴安道剛好不在，他沒有等戴回來，直接就回家了。人家問他，爲何不等朋友回家，他的回答是：「乘興而來，興盡而返，又何必一定要見到戴安道本人呢？」詩人用的正是這個典故，說明自己乘興而來，也盡興而返，又何必一定要見到隱者？尋訪不遇本是一件失望的事，但詩人用另一種心情來看此事，將失望的事變成愉快的事，所以雖然是不遇也另有一番悠閒的心情。這就是此詩的主題，不遇又如何，西山給人的這份悠閒雅靜，就是此趟所得。

（賞析者：林素美）

春泛若耶溪

綦毋潛

幽意無斷絕，此去隨所偶。晚風吹行舟，花路入溪口。
際夜轉西壑，隔山望南斗。潭煙飛溶溶，林月低向後。
生事且瀰漫，願爲持竿叟。

本詩爲詩人寫他春天乘船漫遊若耶溪所見所思。詩體爲五言古詩體的山水詩。若耶溪，在浙江紹興東南，溪下有潭，潭水清澈，衆山倒影，景色如畫。相傳西施曾在此浣紗。詩人說：悠閒美好的情意綿綿沒完沒了，我就此隨船漂流，隨遇而安。晚風吹拂著行船，岸旁的花路引著我的船進入溪口。傍晚時，船轉入西邊的山谷，隔山可以望見南斗

星。潭面上飄搖著濃郁的水氣煙霧，林間的月亮，低低地落在後面。回想生平的俗事如此渺茫難測，我但願就此做個垂釣的漁翁。

這是一首遊覽抒懷的山水詩，約作於詩人掛冠歸隱之後。詩題〈春泛若耶溪〉，一、二兩句破題，隱含歸隱山林後的淒清與曠達，隨遇而安，任船行止，一如陶淵明〈五柳先生傳〉中的「曾不吝情去留」。第三、四句，「晚風吹行舟」。點出「泛」字，「花路入溪口」點出「春」字和若耶溪的「溪」字，時間、空間、景色俱現。接下來五、六句，由「晚風」而「際夜」，是時間的流動；由「花路」而「西壑」，由「溪口」而「隔山」而「望南斗」，是空間的流動。七、八兩句總結前言又暗轉新意，在此山光水色、潭煙霧靄下，夜空中的明月低低追隨在我（詩人）後面，似與我爲友爲伴。至此，詩人於美景如畫的山木攬勝之餘，能不因景生情？於是結出：回頭想想往事縹緲，且／就讓它過去吧，願／如果能讓我持著釣竿，在此垂釣，那該多好！一「且」一「願」，心靈表述，最堪玩味。

明代胡震亨《唐音癸籤》評綦毋潛此詩云：「舉體清秀，蕭蕭跨俗。」

（賞析者：熊智銳）

宿王昌齡隱居

常建

清溪深不測，隱處唯孤雲。松際露微月，清光猶爲君。
茅亭宿花影，藥院滋苔紋。余亦謝時去，西山鸞鶴群。

這首詩由題目即知是作者夜宿在王昌齡舊時隱居的地方，有感而發所寫的詩。這首詩被歸入山水隱逸詩，在盛唐時已享有名聲，和〈題破山寺後禪院〉並列，是常建詩作中的代表。

常建和王昌齡是開元十五年（七二七）的同榜進士，他們除了是同榜的宦友外，也成爲好友。王昌齡在還沒有考中進士時，曾經隱居在石門山上。石門山在現在安徽省含山縣的境內，當時常建做盱眙縣尉，盱眙縣就是現在安徽省盱眙縣，與石門山分處在淮河的南北兩地。常建只做過盱眙縣尉，之後就辭官歸隱於武昌樊山，他大概是在辭官歸隱時渡過淮河，就繞道到石門山一遊，並且在王昌齡的舊隱居處住了一夜。這詩即是當時的作品，這是一首寫景的感懷詩，詩裡雖然大多是寫景，但有比興之意。

前兩句「清溪深不測，隱處唯孤雲。」是描寫王昌齡隱居的石門山上的風景。「深不測」是說溪水流入石門山，就看不見水的源頭，不知水流向何處去了。巍峨的石門山上，一眼望去看見的只有孤雲一片。「孤雲」是指「山中的這片白雲」，這句話是比喻隱者的高風亮節。這句話是有典故的，齊、梁時，有「山中宰相」之譽的隱士陶弘景之詩：「山中何所有？嶺上多白雲。只可自怡悅，不堪持贈君。」是說山裡面只有白雲，這些白雲可以讓隱士感到舒服快樂，而這份快樂和舒服只有隱士自己知道，是沒有辦法贈送給別人，別人也沒有辦法體會這種感覺。從此後人就用「山中白雲」來稱呼隱士，也用來比喻隱士人格的高風亮節。

接著四句還是描寫他夜宿在石門山上王昌齡隱居處的風景。「松際露微月，清光猶爲君。茅亭宿花影，藥院滋苔紋。」今夜，常建在王昌齡住過的舊隱居處舉頭望向高山上的松樹，松樹梢頭露出了微弱的月光，因爲在高山上，這清光是如此的明亮。明亮的月光一直以來都是隱士最好的朋友，雖然今日主人不在，但清暉依舊，明月依然多情相伴。這兩句是描寫隱居地的清幽，下兩句則是描寫此地的寂寞和淒清。因爲主人不在了，所以沒有人整理，落花散落在茅屋外的亭子上，整個路面都長出了青苔。這裡本來是主人種草藥的院子，現在不見草藥，只見遍地的青苔和落花。這句話是爲此地的孤寂感到傷心。所以詩人描寫此地的風景心中多多少少流露出一種惋惜之情，如果此地的主人能回來該有多好！如果能和主人一起在此隱居該有多好！爲此地沒有了隱者而心生感嘆。所以最後詩人才會說：「余亦謝時去，西山鸞鶴群。」我也即將歸隱於西山，和清風鸞鶴相伴，而好友呢？你何時再歸隱此山中？這時的王昌齡身在官場中，如果他能回來，這地方就不會如此荒涼。這裡用「亦」字是詩人表示他學以前的王昌齡今後要過隱居生活，而王昌齡啊！你何時會回來呢？詩人有意召喚王昌齡歸隱山林，像他一樣，做一位隱士，如此，下次就可以來拜訪他了。

（賞析者：林素美）

與高適薛據登慈恩寺浮圖——岑參

塔勢如湧出，孤高聳天宮。登臨出世界，磴道盤虛空。
突兀壓神州，崢嶸如鬼工。四角礙白日，七層摩蒼穹。
下窺指高鳥，俯聽聞驚風。連山若波濤，奔湊如朝東。
青槐夾馳道，宮館何玲瓏。秋色從西來，蒼然滿關中。
五陵北原上，萬古青濛濛。淨理了可悟，勝因夙所宗。
誓將掛冠去，覺道資無窮。

〈與高適薛據登慈恩寺浮圖〉是岑參狀寫慈恩寺塔氣勢以及體現自身感悟之詩。亦是岑參與高適、杜甫、儲光羲等詩人同遊唱和之作。全詩分爲望塔、登塔、塔頂、寶塔周遭、頓悟五部分。起始兩句，摹寫慈恩寺塔巍峨高聳之樣貌，一「湧」一「聳」之形容，將慈恩塔的磅礴，表現得極爲宏偉傳神。三至六句，書寫登上慈恩寺後，詩人舉目所見、胸中所感：置身慈恩寺蜿蜒曲折之階梯，逐步拾級而上，回頭觀看寺塔高峻崢嶸、巧奪天工的建築藝術，不禁嘆爲觀止。接著，七至十句，描寫詩人登上塔頂之後，俯視周遭景致，深感飛鳥之渺小、山風之急迅，從而襯托慈恩塔之高大聳立、孤危傲然。自「連山若波濤」至「萬古青濛濛」八句，詩人連續用排比句法，狀摹慈恩塔頂四方景致，或雄渾、或精巧、或蒼茫、或空寞。可謂句句有景，景中含情，而末句「萬古青濛濛」所透露之空遠悠然，無形中亦爲結尾掛冠求去預留伏筆。末尾四句，道出詩人想要辭官學佛之意念，並頓悟：佛理有助於濟世之道之追尋。因此，出世之念油然而生，決意就此追求至高至深之佛理。整首詩不僅緊扣題旨，著力描寫「登」寺之情狀與見思，對慈恩寺塔之巍峨氣勢與壯麗景致之摹寫，亦可謂寫實逼眞、如在目前。雖然，岑參此詩深憂遠慮之思，不若同登慈恩寺之杜甫〈同諸公登慈恩寺塔〉一作，但其繪景狀物之筆力、幽遠意境之營造，仍有其獨到、令人神往之處。

（賞析者：孫貴珠）

賊退示官吏（并序）——元　結

癸卯歲，西原賊入道州，焚燒殺掠，幾盡而去。明年，賊又攻永，破邵，不犯此州邊鄙而退，豈力能制敵歟？蓋蒙其傷憐而已！諸使何為忍苦徵斂！故作詩一篇以示官吏。

昔歲逢太平，山林二十年。泉源在庭户，洞壑當門前。
井稅有常期，日晏猶得眠。忽然遭世變，數歲親戎旃。
今來典斯郡，山夷又紛然。城小賊不屠，人貧傷可憐？
是以陷鄰境，此州獨見全。使臣將王命，豈不如賊焉？
令彼徵斂者，迫之如火煎。誰能絕人命？以作時世賢。
思欲委符節，引竿自刺船，將家就魚麥，歸老江湖邊。

癸卯歲，是指唐代宗廣德元年（七六三），這年「賊入道州」，當時的元結任道州刺史。道州，今湖南省道縣。第二年盜賊又攻入永州（今湖南省零陵），攻破邵地（今湖南省邵陽市），然而盜賊並沒有「焚燒殺掠」此州，爲什麼？因爲這地方太窮了，窮得讓盜賊自動退走，不忍搶奪，所以這詩的序文上說：「豈力能制敵歟？蓋蒙其傷憐而已！」然而連盜賊都不忍心搶奪如此窮苦的地方，卻有租庸使還要來徵斂賦稅，強索人民的財物，元結見此內心不平，故作此詩給徵收賦稅的官吏，問問這些沒良心的官吏，「諸使何爲忍苦徵斂！」這詩的序文一開始就已經點明這首詩爲何而作。

全詩共分四章：首章六句敘述早年的太平年，人民過著安居樂業的生活。家家戶戶的門前都有清澈的水源，山谷洞穴也橫臥在家門前。這是比喻人民生活的安定和樂，所以當時的田租和賦稅人人都繳得起，且收稅也有固定的期限，不會浮濫徵收，人民可以睡個安穩的覺。

次章八句由「忽然遭世變」到「此州獨見全」，敘述他離開山林，出來當官，來到道州當刺史這一、二年的經過。此時時局有了變化，到處遭逢賊亂。他到道州的第一年，是廣德元年，也就是癸卯歲。這年，西原賊進入道州，既是焚燒房子又是掠奪人民的東西。道州的人民傷亡慘重，舊有的四萬餘戶，經盜賊來過後，剩下不到四千戶的人民。第二年，賊人又來了，攻永州，破邵陽，因爲「城小賊不屠，人貧傷可憐？是以陷鄰境，此州獨見全。」這地方因爲「城小」，因爲「人貧」，所以「賊不屠」城，沒想到盜賊也有同情心，也可憐人民的生活困苦，所以沒有屠城，這個小城才能保全下來，然而卻還是有沒良心的租庸使不顧人民生活的困苦要強徵賦稅，這種行為眞是連盜賊都不如，所以引起元結寫此詩為民請命。

第三章六句敘述朝廷派租庸使前來徵收賦稅，租庸使強硬的作法，比盜賊還可怕。盜賊都因地窮人貧而不忍心搶劫了，然而奉了皇命來催徵賦稅的租庸使，連盜賊都不如，他們強迫人民繳稅，讓人民的生活更加困苦了。這是元結為民請命的初衷，也是元結關心人民疾苦的表現，所以元結不得不批評官吏的橫徵暴斂，說他們連盜賊都不如。這些徵稅者，催稅催得那麼急迫，逼迫刺史要限時收齊，不然「失其限者，罪至貶削」。他能為了要做一個聽話的好刺史，不顧人民的死活，向苦難中的人民強徵稅收嗎？他不願意，所以末章四句才會說：「思欲委符節，引竿自刺船，將家就魚麥，歸老江湖邊。」詩人表明自己的心跡，寧可棄官終老於江湖之中，自己撐船，帶領家小歸隱江湖，也不願做個酷吏，增加人民的困苦。可是他走了，別的刺史就不徵稅了嗎？然而作為一個愛民的好官，他能做的也只有辭官，不作「絕人命」的人。

這詩反映現實社會的無情，詩人同情人民貧苦的生活，為人民請命。作為一員官吏，他是如此的愛民、恤民。這首詩敘述平實，不雕琢也不矯飾，感情眞誠平淡。元結在政治上是一位愛民的好官，在文學上他反對「拘限聲病，喜尚形似」浮華的詩歌，主張文學的作用在於「救時勸俗」，所以他寫下很多為人民請命的詩。

（賞析者：林素美）

郡齋雨中與諸文士燕集——韋應物

兵衛森畫戟，燕寢凝清香。海上風雨至，逍遙池閣涼。
煩痾近消散，嘉賓復滿堂。自慚居處崇，未睹斯民康。
理會是非遣，性達形跡忘。鮮肥屬時禁，蔬果幸見嘗。
俯飲一杯酒，仰聆金玉章。神歡體自輕，意欲凌風翔。
吳中盛文史，群彥今汪洋。方知大藩地，豈曰財賦強。

此詩爲韋應物晚年於蘇州刺史任內的詩作，詩開端道：「兵衛森畫戟，燕寢凝清香。海上風雨至，逍遙池閣涼。」詩話推爲一代絕唱，取其肅穆清華的氣象。篇中又道「自慚居處崇，未睹斯民康」，又〈寄李儋元錫〉也道：「邑有流亡愧俸錢」，其詩多有忠君與憂民、愛民之言。

第一、二聯順敘在州衙門裡衛士森嚴，像畫戟般的排列著，宴客廳堂，漫渙著淡雅香氣。海風迎面來，涼爽的池閣，令人感到逍遙而自在。此詩開始就點出肅穆清華的氣象。

前面寫了地利、天時，第三聯（第五、六句）接著點出文士燕集的人和。「煩痾近消散」，溽暑帶來的煩悶，此時幾乎都消散了，乃一喜；「賓客盡東南之美」（見最末兩聯），文士聚集一堂，再加上一喜，眞所謂「四美具，二難并」的良辰美景（見王勃〈滕王閣序〉）。

第四聯自慚以下，與諸文士暢懷。卻見字字謙遜，處處有儒家氣度。「自慚居處崇，未睹斯民康」，自慚居高位而不能讓百姓安居樂業。

第五聯（第九、十句）「理會是非遣，性達形跡忘」，只要明白事物的道理，就能解決是非。只要性情曠達，就不會拘泥於形象小節。（這正好和前面的「逍遙」二字呼應）。

第六、七、八聯的宴飲場景「鮮肥屬時禁，蔬果幸見嘗」，正值炎夏禁用鮮魚和肥肉，幸好還有蔬菜和水果，可以代替品嚐；「俯飲一杯酒，仰聆金玉章」，低頭啜一口酒，抬頭傾聽詩章，「神歡體自輕，意欲凌風翔」，神自歡愉，體自輕盈，彷彿可以凌風飄起與之一同飛翔。

除此之外，全詩還有多處流露憂國憂民，忠君愛民之言：「自慚居處崇，未睹斯民康」、「吳中盛文史，群彥今汪洋」、「方知大藩地，豈曰財賦強」。而末兩聯點出，文士燕集之蘇州（吳中）之名不虛傳；有著名流文士的匯集，文風鼎盛，更何況它的財賦十分富足！

全詩共十聯，可見詩人掌握文字的能力，及其淡遠中「無一字造作，氣象近道」的特質。

全詩為五言古詩，押下平聲七陽韻：香、涼、堂、康、忘、嘗、章、翔、洋、強，一韻到底。

再者，本詩僅第八聯、第十聯二聯不對仗，其餘八聯全都對仗；甚至第三聯、第五聯，第六聯三聯是為上下有因果或有邏輯關係的流水對。

（賞析者：黃美惠）

初發揚子寄元大校書

韋應物

悽悽去親愛，泛泛入煙霧。歸棹洛陽人，殘鐘廣陵樹。
今朝爲此別，何處還相遇？世事波上舟，沿洄安得住？

這是一首詩人與友人臨別抒懷的詩。代宗廣德元年（七六三），二十七歲的韋應物被任命爲洛陽丞，在乘船離開廣陵（揚州）赴任的途中，寫下這首贈別校書郎元結的五言古詩。前半正寫題面，末敘後會難期；「世事」是喻體，「沿洄安得住」的波上舟是喻依，惜別難留是意旨——語重情長。

第一、二聯言事，「悽悽去親愛，泛泛入煙霧」：詩人悲傷地離開了親愛的朋友，輕輕進入迷茫的江霧之中。他坐上回洛陽的船，回頭看，晨鐘的餘音嬝繞，從廣陵那邊的樹林裡傳過來。這兩句有四個形象：歸棹、洛陽人、殘鐘、廣陵樹。

第三聯「今朝爲此別，何處還相遇」，今天和你分別，以後不知在什麼地方可以再相見？

結尾點出「世事波上舟，沿洄安得住」：世上的事情，好像波浪上的船一樣，水勢順流而下，怎能止得住呢？全詩淡遠如其人，指事述情，明白易見。

全詩爲五言古詩，押去聲七遇韻：霧、樹、遇、住。

（賞析者：黃美惠）

寄全椒山中道士

韋應物

今朝郡齋冷，忽念山中客。澗底束荊薪，歸來煮白石。
欲持一瓢酒，遠慰風雨夕。落葉滿空山，何處尋行跡？

此詩作於唐德宗建中四年（七八三）或興元元年（七八四）秋日，正值詩人任滁州刺史。因寂靜而憶道士，詩句末了有欲訪的意思，但又恐不遇，此即是寫「寄」字的緣由。

今天衙門裡，備覺寒冷，忽然想起山中的一位朋友。這位道士大概仍在深澗底下捆著柴，把它拿回去煮了白石當食糧充飢！我想拿一瓢酒，到遠處風雨的夜裡去安慰他。怎奈片片的落葉，

堆滿著空山，在什麼地方可以找到他的行蹤呢？

第一、二聯「今朝郡齋冷，忽念山中客。澗底束荊薪，歸來煮白石」，煮白石用事，按《晉書‧鮑靚傳》：「靚……嘗行部入海，遇風，飢甚，取白石煮食之以自濟。」此處用煮白石爲喻，指山中道士生活清苦。同時暗喻道士如神仙之不食人間煙火。

全詩秋意濃：「郡齋冷」、「風雨夕」、「落葉滿空山」著重於秋景之描寫。其中第二、四聯在烘托這位山中客高逸、絕塵的道士形象：「束荊新」、「煮白石」、「何處尋行跡」；第一、三聯言詩人對這位修行道士的情誼：冷寂中「忽念山中客」、「欲持一瓢酒，遠慰風雨夕」。末聯「落葉滿空山，何處尋行跡」與賈島名句「只在此山中，雲深不知處」（〈尋隱者不遇〉），其境界有著異曲同工之妙。

這首詩篇幅短小，句子渾含不刻畫，頗有陶淵明之風。

全詩爲五言古詩，押入聲十一陌韻：客、石、夕、跡。

（賞析者：黃美惠）

長安遇馮著

——韋應物

客從東方來，衣上灞陵雨。問客何爲來？采山因買斧。
冥冥花正開，颺颺燕新乳。昨別今已春，鬢絲生幾縷？

這首詩可能作於大曆四年（七六九）或十二年。根據韋詩所寫，馮著是一位有才有德而失志不遇的名士。他先在家鄉隱居，清貧守眞，後來到長安謀仕。頗擅文名，但仕途失意。約在大曆四年應徵赴幕到廣州。十年過去，仍未獲官職。首敘其所從來，次敘其所爲事，是正寫「遇」字。末寫去春告別，今又逢春，有傷時序易遷的意思。

首聯第一句「客從東方來」，直白的口語，似樂府民歌，源自漢樂府「客從遠方來」，而灞陵在長安東方，故曰「客從東方來」。第二句「衣上灞陵雨」，是說馮著從灞陵來，衣上還沾著灞陵的雨點，形象有點狼狽。此聯亦有《詩經・豳風・東山》：「我來自東，零雨其濛」的意謂。

第二聯「問客何爲來？采山因買斧」：詩人問朋友爲什麼進城來，朋友回答，因爲到山裡採柴，要到此地來買一柄斧頭。這句話更增加了馮著的狼狽——落魄到必須親自開山打柴。而「問客何爲來」與前面「客從東方來」二句重複「來」字，也像樂府詩不注重斟字酌句。

第三聯「冥冥花正開，颺颺燕新乳」：鏡頭拉開，詩人環顧四周，如今花朵隱隱約約正要開放，空中飛舞著新生的小燕。接著第四聯，「昨別今已春，鬢絲生幾縷」：去年一別，到現在已經是春天了，兩邊的鬢髮上，又添了幾根白髮絲。

詩人用明媚春光來反襯出馮著的落魄，像光鮮亮麗中一道襤褸，更見其困頓；其表現手法一如杜甫對李白的憐惜，「冠蓋滿京華，斯人獨憔悴」（〈夢李白〉二首之二），或對李龜年的嘆惋，「正是江南好風景，落花時節又逢君」（〈江南逢李龜年〉）。

全詩爲五言古詩，僅第三聯對仗，押上聲七麌韻：雨、斧、乳、縷。

（賞析者：黃美惠）

夕次盱眙縣

韋應物

落帆逗淮鎮，停舫臨孤驛。浩浩風起波，冥冥日沉夕。
人歸山郭暗，雁下蘆洲白。獨夜憶秦關，聽鐘未眠客。

這首詩抒寫旅途中的鄉愁，當作於唐德宗建中三年（七八二），時詩人出任滁州刺史。盱眙，唐縣名，屬臨淮郡，今在安徽省。韋應物自長安赴滁州經過此地。全詩前六句寫景，末二句寫情，可以想見其鄉愁與孤寂。

首聯寫事由：在淮河邊的城鎮（盱眙縣）落下了船上的風帆，逗留在臨淮鎮上，停船的地方是靠近一個孤零零的驛站旁邊。此句點出了「夕次」的題意。但「落帆」、

「停舫」意象增強、重複。

第二聯、第三聯、第四聯寫詩人徹夜未眠所見：這時颳著大風，吹起水中的波浪，太陽已從西方落下，天空一片暗沉沉，已是昏晚時候了。行人歸返時，山郭裡已經天黑，雁鳥飛到下面的沙渚——蘆花洲上，閃著白茫茫的一片。我獨自在夜裡心中想念那秦關，耳朵聽著鐘聲，做一個徹夜未眠的異鄉遊子。這裡的「雁」與「蘆洲」也透露出秋意。

末聯言詩人獨自在夜裡，觸動了鄉愁，直到晨鐘傳來，都不能成眠。「獨夜」正呼應了首聯的「孤驛」，而「憶秦關（長安）」的情緒也是由前聯「人各自回家、雁成群而宿」的情境所觸發的。此處採用倒裝句法，「獨夜憶秦關，聽鐘未眠客」就是「聽鐘未眠客，獨夜憶秦關」。除了適應字數、聲調，更具加強語氣的作用。

「雁下蘆洲白」是很突出的意象，「白」字看似無理，想卻眞切。此「白」指的不是蘆花，而是白茫茫的一片水面。日已西沉，晚霞盡褪，天光猶亮，江水也閃著白光。不知韋應物的「蘆洲白」是否來自王維的「日落江湖白，潮來天地青」（〈送邢桂州〉）。或兩者皆學陶詩，見《後山詩話》評說：「右丞（王維）、蘇州（韋應物），皆學於陶，王得其自在。」可得證。

全詩爲五言古詩，第一、二、三聯對仗，押入聲十一陌韻：驛、夕、白、客。

（賞析者：黃美惠）

東郊——韋應物

吏舍跼終年，出郊曠清曙。楊柳散和風，青山澹吾慮。
依叢適自憩，緣澗還復去。微雨靄芳原，春鳩鳴何處？
樂幽心屢止，遵事跡猶遽。終罷斯結廬，慕陶直可庶。

這首詩寫於大曆十四年（七七九）春詩人在鄠縣令任上。內容描述他久困官舍，一時欣然出東郊，歡暢不已，而心生慕陶之情。全詩先敘東郊玩賞之可愛，末寫到歸隱正意，頗具名士氣度。

首聯言事：詩人先敘自己在官府裡終年拘束著，今天走到域外東郊，覺得眼界開曠，見到早晨清朗的陽光。

第二、三、四聯寫東郊春景及詩人心中的暢快：楊柳在和煦的春風中飄拂，那青翠的山色，把詩人胸中的積慮都沖淡了。詩人身體依靠在樹林裡，正好休息一會兒。沿著澗邊走回來之後，又走了過去。細雨濛濛地下在長著芳草的高原上，春天的鳩鳥，不知道在什麼地方鳴叫著？

最後第五、六聯感嘆：詩人本來喜歡這種幽靜的地方，奈何心意常被俗務所阻撓，平日不過照著交辦的事情去做，形跡上還脫不掉匆忙急促的樣子。所以只有等到辭去了官職，到這裡結了廬舍，才能使他達到陶淵明般的境界！

這首五言古詩，全詩平鋪直敘，語句平淡。然而，平淡之中卻多有出處，如「微雨靄芳原」，讓人聯想到陶淵明的「微雨從東來，好風與之俱」（〈讀山海經〉十三首之一）；「終罷斯結廬」，也可與陶詩「結廬在人境，而無車馬喧」（〈飲酒〉二十首之五）連結；而整首詩的情感，正回應了陶淵明的「久在樊籠裡，復得返自然」（〈歸園田居〉五首之一），在在追隨陶淵明的樂趣。

另外，「依叢適自憩」的「依叢」，明顯來自盧照鄰的「遊絲橫惹樹，戲蝶亂依叢」（〈春晚山莊率

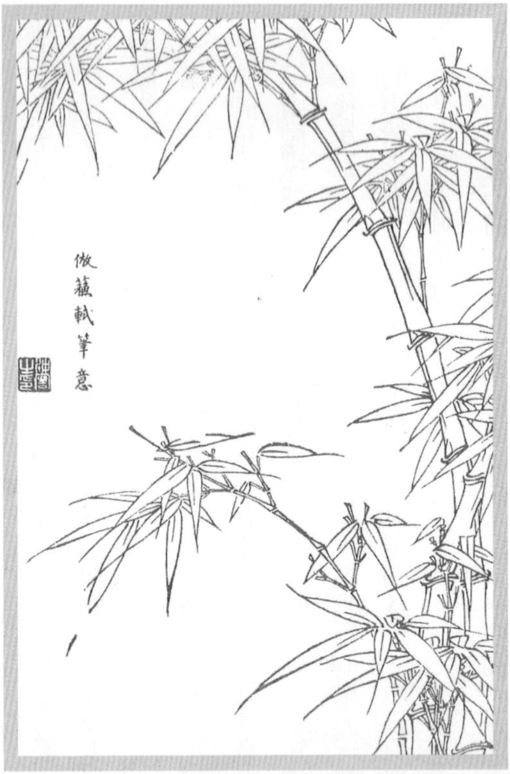

題〉）；而「春鳩鳴何處」，應出於王維的「屋上春鳩鳴，村邊杏花白」（〈春中田園作〉）。整體而言，本詩是否也有王維高唱「即此羨閒逸，悵然吟式微」（〈渭川田家〉）的意味？

全詩為五言古詩，第二、四、五聯對仗，押去聲六御韻：曙、慮、去、處、遽、庶。

（賞析者：黃美惠）

送楊氏女——韋應物

永日方慼慼，出行復悠悠。女子今有行，大江泝輕舟。
爾輩苦無恃，撫念益慈柔。幼爲長所育，兩別泣不休。
對此結中腸，義往難復留。自小闕內訓，事姑貽我憂。
賴茲托令門，仁卹庶無尤。貧儉誠所尚，資從豈待周。
孝恭遵婦道，容止順其猷。別離在今晨，見爾當何秋？
居閒始自遣，臨感忽難收。歸來視幼女，零淚緣纓流。

這是詩人爲遠嫁到楊家的長女送行之詩。深念女兒「無母之苦」是此篇主旨。中間寫送別時憐愛她，訓誡她，離情依依，語含淒楚。結聯是寫詩人內心餘波蕩漾。

前五聯描述送女出嫁的場景：詩人心疼長女常過著憂慼的日子，這次出行，又覺得路途非常遙遠。這女子今天出嫁了，是坐著小船在大江中逆流而上的。可憐你們從小就沒有了母親，所以我撫養你們，格外來得疼愛。你一直幫我照顧你那年幼的妹妹，如今要分別，姐妹倆都哭泣不已。我面對這種光景，心裡很是難過！但是女大當嫁，理當前往夫家，我也不能把你留在這裡啊！

第六、七、八、九聯則敘及父代母職，再三叮囑女兒。詩人想起長女從小就失去母親，不曾受到閨中的教養。此次嫁出去，對於事奉翁姑，也許有不周到的地方，這不免使詩人擔憂。幸而長女現在所嫁的是良好的人家，翁姑定是仁慈爲懷，總不會發生什麼怨尤的事情吧！貧窮的人，原應該崇尚儉樸，那麼妝奩等物，難道一定要豐富才是嗎？我希望你到了夫家，第一要孝順恭敬，遵守婦道。平時的儀容和舉止，也要依照法度才是。

後三聯又回到別離的傷感：父女別離是在今天早晨，不知道以後與女兒會面，當在什麼時候？平日閒居時，凡有什麼悵惘尙能自己排遣，可是遇到現在的感慨，心情實在難以平復。送長女出門後，獨自回家，見到幼女，詩人不覺心酸，眼淚沿著帽帶流了下來。

本詩是送女兒出嫁到楊家，從詞句篇段的組織上，前面道：「女子今有行，大江泝輕舟。爾輩苦無恃，撫念益慈柔。幼爲長所育，兩別泣不休。」篇末道：「歸來視幼女，零淚緣纓流。」全詩不曾說出楊氏女是長女，但讀了這幾句，關係自然明白。

韋應物深念女兒無母之苦，全篇語語淒楚，表現了詩人高雅閒淡外的另一種風格。

全詩爲五言古詩，押下平聲十一尤韻，一韻到底：悠、舟、柔、休、留、憂、尤、周、猷、秋、收、流。

（賞析者：黃美惠）

晨詣超師院讀禪經——柳宗元

汲井漱寒齒，清心拂塵服。閒持貝葉書，步出東齋讀。
眞源了無取，妄跡世所逐。遺言冀可冥，繕性何由熟？
道人庭宇靜，蒼色連深竹。日出霧露餘，青松如膏沐。
澹然離言說，悟悅心自足。

這是一首五言古詩，約作於元和元年（八〇六）詩人被貶到永州（湖南省零陵縣）時。詩人志欲報國，卻在三十三歲，正値英年有爲時遭貶爲永州司馬，政治上的挫折、面對前途的憂慮，以及到永州後，接踵而至的各種打擊，都讓他心力交瘁，從而也促使他到佛教中去尋求精神與感情上的寄託。詩題中的「院」指龍興寺淨土院；「超師」指住持僧重巽，因有學養、有道行，又「善言佛」，故詩人稱之爲「超師」。

詩的頭四句：「汲井漱寒齒，清心拂塵服。閒持貝葉書，步出東齋讀。」是寫晨起至超師院讀經的情形。詩人被貶永州後，名義上是朝廷命官，實際上是無職又無舍的「閒員」，因此初到永州只能寄住在龍興古寺內。龍興寺住持重巽，正坐禪於此，柳宗元「自幼好佛」，又因借住寺院之便，拜重巽爲師，到寺中誦經。爲了表現虔敬之心，他一早起來就汲取井水漱牙，彈冠振衣，爲讀經而準備。「貝葉書」是指佛經，「讀」佛經表達了詩人欲在佛經中尋求內心寧靜與解脫，但「閒」字卻在不經意間透露出詩人無事可忙的「閒」官身分。

下面四句：「眞源了無取，妄跡世所逐。遺言冀可冥，繕性何由熟？」是寫讀「經」的感想。詩人因家世習佛，故對佛學有所認知，他認爲佛教以無所執著爲解脫之方，以心性明覺爲得力之源，可惜世人並不瞭解這種眞諦，反而去追逐荒誕之跡及虛妄名利，但他認爲佛經是佛教的遺言，後人可藉由讀經而得其眞味；不過瞭解佛理是一回事，眞正的明心見性，放下所有，又實在難以做到。可見詩人瞭解習佛的目的，也知道明心見性之難。

接著四句，「道人庭宇靜，蒼色連深竹。日出霧露餘，青松如膏沐。」是寫寺院之景。這是詩人對讀經環境的流連賞玩，「靜」字既是寫庭宇的幽靜無聲，也是寫詩人此時內心的寧靜；「深」字，是形容庭院竹林之茂盛，亦是佛理高奧、精微的寫照。龍興寺環境幽靜，讓人心如止水，是最好的習禪得道處所。旭日東升後，院中青松上的霧露還未散盡，它經過霧露滋潤的樣子，就如人經過梳洗再塗以膏沐般清新優美，這份清幽的景致，也讓人在不知不覺中進入禪境，此刻詩人心境之寧靜恬淡不言自明。

結尾二句：「澹然離言說，悟悅心自足。」是抒情，抒發的是詩人流連在這份寧靜恬淡景致中悟道的心境。即他本就對佛說有所認知，這時來到超師院又有更深的體會，也因此在偶對晨光時，心中頓有所悟，而這種悟道之樂，是難以言說的。

整首詩自晨起讀經始，至日出禪悟終，詩人直抒胸臆，既寫出他到佛教忘我中尋求安慰的心理，也寫出他偶有所得，禪悟後那種滿足愉悅又寧靜的心態，全詩意境清新又充滿禪味。

（賞析者：王珍華）

溪 居

柳宗元

久爲簪組累，幸此南夷謫。閒依農圃鄰，偶似山林客。
曉耕翻露草，夜榜響溪石。來往不逢人，長歌楚天碧。

〈溪居〉是一首五言古詩，寫的是詩人被貶永州期間的生活情形，約作於元和六年（八一一）。

首句「久爲簪組累，幸此南夷謫」，意即自己長久以來受官職羈絆，一直無法悠閒度日，幸虧被貶南荒，無事可忙才得以逍遙自在的過日子。但衡諸實情，柳宗元才志兼具，既背負著重振家聲之大任，又懷有經國濟民之宏願，剛開始仕途也頗爲順遂，後因加入永貞革新，而被貶至素有「南荒」之稱的永州。照理說，他無法光宗耀祖，心中應該有憾；又因懷才不遇，當有滿腹委屈才是，但詩的開頭卻說「久爲簪組」所累，而「南夷謫」是幸事，可見這是違心之論，是詩人故作安適之態，事實上，他的心情是「去國魂已遠，懷人淚空垂」（〈南澗中題〉），正話反說，只是曲折地表達自己壯志難酬的苦悶、被貶的幽憤而已。

次四句：「閒依農圃鄰，偶似山林客。曉耕翻露草，夜榜響溪石。」則是續上句語意，寫出在此生活閒適之情。他與種菜的老農爲鄰，一樣早起耕種，夜來無事則划著船遊山玩水，有時就像是隱居山林中的人。這種閒適之態，似乎是他已融入永州生活、也享受著農村之樂，心中無所怨。但

「曉」、「夜」二字寓有「日月淹留」之意，「閒」字又與光宗耀祖、經國濟民有衝突，從而隱約透露出他有志難伸，有才而不被重用的幽怨，似乎這也是強顏歡笑，故作曠達。

最後兩句「來往不逢人，長歌楚天碧」，是直抒胸臆，即他無事可忙，也見不到一個人，只好獨自在碧藍楚天下放聲高歌。從字面上看，詩人似乎頗逍遙自在也自得其樂，但「不逢人」寓有「無故交」之意；而曰「楚天」固然是因南夷屬楚之故，應該也隱含著以屈原自比的意思，藉以抒發忠而遭貶，懷才不遇的憤慨，故這兩句隱藏在字面下的仍是他內心的哀傷與寂寞。

由此可知，整首詩在字面上看似平和淡泊，實則含蓄深沉，意在言外。因詩人遭貶永州後，親朋故舊棄他而去，母親、女兒又相繼去世，昔日同僚亦接踵而亡，其心境之幽憤可想而知。但經過五、六年的謫居生活，自知回京無望，心境上也轉向於寄情山水、隨遇而安，故寫於此時的〈溪居〉詩已露淡泊閒適之態，但內心又不甘「老死瘴土」，故詩作在委婉深切中，還是不自覺透露出蘊藏於內心深處的寂寞，沈德潛《唐詩別裁》就說：「愚溪諸詠，處連蹇困厄之境，發清夷澹泊之音，不怨而怨，怨而不怨，行間言外，時或遇之。」葉嘉瑩亦說：「柳宗元所有的詩都有一種反面的哀傷在裡面，所以『來往不逢人，長歌楚天碧』是在寫他自己的寂寞。」這些說法都極為中肯，因為他想要寄情山水以排遣苦悶，山水的確也安慰了他，但那種「賢者不得志」的苦悶與孤獨，始終是他生命中無法承受之重，也是他詩中揮之不去的陰影，故詩作最後總還是會以自傷不遇的詠嘆作結，這也正是他山水詩的一種特色。

（賞析者：王珍華）

五古樂府

塞下曲二首之一

王昌齡

蟬鳴空桑林，八月蕭關道。出塞復入塞，處處黃蘆草。
從來幽并客，皆向沙場老。莫學游俠兒，矜誇紫騮好。

〈塞下曲〉二首之一是王昌齡書寫邊塞景致、反映戰爭無奈之作。全詩分為寫景、抒情兩部分。起首四句，著重邊塞情景的描摹。第一句「蟬鳴空桑林」營造出淒清蕭颯的氛圍，尤其「空」字，讓蟬鳴聲與桑林產生連結，更加突顯了空曠的意象與蟬鳴聲迴盪於空間的感受。

第二句「八月蕭關道」，緊接著點出時序在秋季，三、四兩句除了呼應身赴沙場者旅途勞頓辛苦外，亦描繪出邊塞的蒼涼荒蕪。同時，秋色的黯淡，亦暗示著征戰不息帶來的虛無破敗。隨著景致的轉變，心境也隨之變化。從外在景物的空曠、蕭索，到身心的疲憊困頓，再到視覺的慘淡冷落，一步步鋪陳，並為「從來幽并客，皆向沙場老」的感慨，埋下伏筆。雖然「老於沙場」、「死於沙場」的描述，常見於邊塞之作，如「髑髏皆是長城卒，日暮沙場飛作灰」（常建〈塞下曲〉）、「黃河東流流九折，沙場埋恨何時絕」（李益〈塞下曲〉），但王昌齡於此並非一味述說沙場的殘酷、征戰的痛楚，而是將筆觸轉至好武、喜戰、浮誇的遊俠兒，一方面與前兩句「從來幽并客，皆向沙場老」的命運，形成強烈對比；一方面則以反諷的口吻，表達詩人對戰爭引發種種悲劇的嘆惋。相較於同是描寫塞外之作，不僅情景兼敘，甚至多了反諷批評，更深層地傳遞了詩人對戰爭的體驗與感受。

（賞析者：孫貴珠）

塞下曲二首之二

王昌齡

飲馬渡秋水，水寒風似刀。平沙日未沒，黯黯見臨洮。

昔日長城戰，咸言意氣高。黃塵足今古，白骨亂蓬蒿。

〈塞下曲〉二首之二是王昌齡書寫邊塞景物、慨嘆戰爭慘烈之作。雖然同是述寫戰爭帶來的可怕傷亡，但王昌齡此詩卻是從塞外環境的惡劣苦寒，寫到今昔感慨。起首兩句，著重行軍戰士的切身體驗，並點出本以爲秋意寒涼的時節，到了塞外，竟已是氣候嚴寒的景況。不同於〈塞下曲〉二首之一的秋蟬、空桑、黃蘆，此詩以馬、水、風簡筆

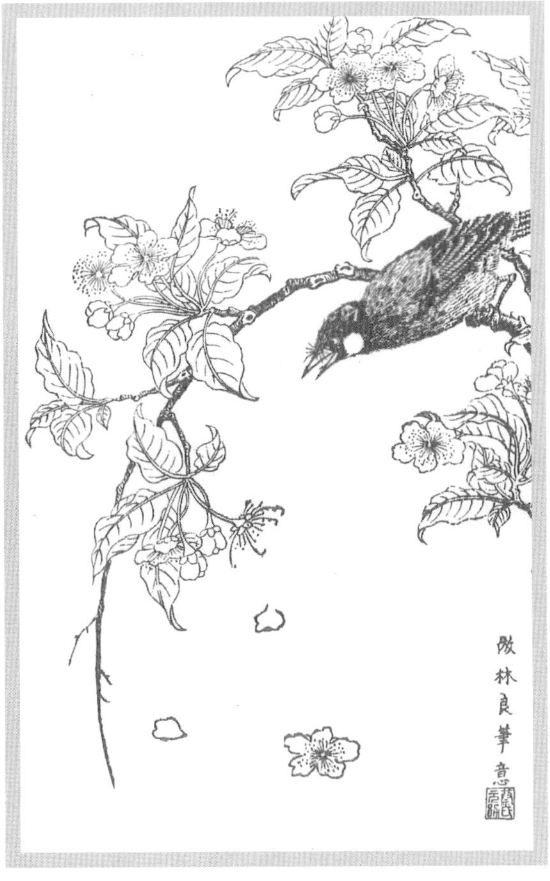

勾勒出塞外景象。「水寒」、「風似刀」字簡意深地刻畫出塞外的嚴寒天候與難熬。三、四兩句，描寫在廣袤無垠的沙漠中，隱約望見臨洮城。寒冷空曠的景致，令人興起今昔對照之感。「黯黯」一語，亦為後續情感之轉折埋下伏筆。五、六兩句，筆鋒轉至過去長城內外戰事頻仍時，戰士們士氣高昂。結尾卻心生感嘆：如今黃沙漫漫，只見逝者白骨，淹沒於荒煙蔓草中，而戰爭引發的悲淒，從未隨著時間流逝，有所改變。與征戰有關之邊塞詩中，常見以「白骨」、「戰骨」之多，作為詩人慨嘆之媒介，例如：「古來唯見白骨黃沙田」（李白〈戰城南〉）、「戰場白骨纏草根」（岑參〈輪臺歌奉送封大夫出師西征〉）、「寒月照白骨」（杜甫〈北征〉）、「年年戰骨埋荒外」（李頎〈古從軍行〉）、「年年戰骨多秋草」（張籍〈關山月〉）等。但王昌齡以白骨亂棄，今古皆然的淒涼景象，強化了戰爭的無情與可怕。

全詩句句扣緊與戰爭相關的人、事、物，卻未見詩人以抨擊的口吻，苛責戰爭背後的原因，寫作手法極為獨特。

（賞析者：孫貴珠）

關山月——李白

明月出天山，蒼茫雲海間。長風幾萬里，吹度玉門關。
漢下白登道，胡窺青海灣。由來征戰地，不見有人還。
戍客望邊色，思歸多苦顏；高樓當此夜，嘆息未應閒。

這首詩是摹寫征人久戍不歸與想念家鄉親人之情。據詹鍈《李白全集校注彙釋集評》第三卷云：「初唐詩人崔融〈關山月〉云：『月生西海上，氣逐邊風壯。萬里度關山，蒼茫非一狀。漢兵開郡國，胡馬窺亭障。夜夜聞悲笳，征人起南望。』對本詩影響尤爲明顯。」

開篇首兩聯「明月出天山」已可使人感到高空景觀之美，據康丁斯基（Kandinsky）《藝術的精神性》研究，高度空間景象選擇，源自於創作者內在心靈需要。詩人觀覽明月上升躍出天山，月在天山之上，「長風幾萬里」吹送到長安家鄉，唯有長風才能萬里傳送思親之情。兩個高度空間景象，呈現太白觀察視角，仰望「月」和「天山」，運用高度空間景物，展現觀察者的認知空間，也因高空位置，興發對凡塵、遠方親人思念關注，及孤獨無依的孤寒感。

篇腹頷聯、頸聯，運用「白登道」的白登山與「青海灣」表現三度空間景象和二度平面空間景象組合。據詹鍈《李白全集校注彙釋集評》云：「青海灣，即今青海省海湖。」湖因青色得名。湖是平面景狀，在愛因斯坦（Albert Einstein）《相對論入門：狹義和廣義相對論》研究，二度空間也稱二

次元，即指平面狀空間。李白藉平面狀空間表露廣闊無邊奔放之情感，及茫然失序的憂嘆。

其次，此處詩篇色彩：「白登道」和「青海灣」爲對比設色，依瀧本孝雄、藤沢英昭《色彩心理學》和林書堯《色彩認識論》研究，對比即是在色相環中兩個色彩形成介於一百零八度至一百四十四度之角度，形成對比關係。容易產生刺激、醒目的視覺感受，使詩歌情意噴薄而出，達到攝撼人心，壯大的美感效益。此所謂「漢下白登道，胡窺青海灣」的詩歌對比設色，引出了匈奴困漢高祖於白登山之難，胡人在青海灣伺機突襲之危險。白、青兩色對比表徵了由失敗、哀傷的白色感覺，至寒冷、後退消極的青色感覺。

全詩高聳三度空間景象安排與白、青對比詩色謀篇，表現寂寥孤高的詩歌情意，呈現強烈磅礡詩色美感。李白藉立體高遠空間、活躍對比色，形塑遙念故鄉、急欲罷征平虜返家之情。

（賞析者：黃麗容）

子夜四時歌四首（春歌）——李白

秦地羅敷女，採桑綠水邊。素手青條上，紅妝白日鮮。
蠶飢妾欲去，五馬莫留連。

這首詩是吳歌雜曲，屬樂府詩。

據詹鍈《李白全集校注彙釋集評》引《晉書・樂志》云：「吳歌雜曲，並出江南。東晉以來，稍有增廣。其始皆徒歌，既而被之管絃。」又引吳晉《樂府古題要解》卷上：「〈子夜〉，舊史云：晉有女子曰子夜所作，聲至哀。晉武帝太元中，琅玡王軻家有鬼歌之。後人依四時行樂之詞，謂之〈子夜四時歌〉，吳聲也。」以女子意象語言，摹寫秦羅敷堅貞的情志。

先說本詩色彩謀篇，「素手青條上，紅妝白日鮮」以「素手」白色與「青條」青色並置，「紅妝」紅色與「白日」白色並列。這乃是以無色彩白和有色彩的青、紅對比，太白安排兩組對比色在詩腹，產生錯綜強烈視覺色彩詞組合，傳遞女子與眾不同的脫俗美貌，儀止不凡。對比色可使畫面產生濃烈、誇張感，此外，也使詩篇有動心駭目的氣象，白色和青色的組合，依瑞士學者約翰內斯・伊頓（Johannes Itten, 1888-1967）《色彩藝術》之色相環理論，白、青對比，屬於有無色彩對比。這積極組合表徵秦地羅敷外貌出眾，在採桑綠水邊，她是受人矚目的採桑美人。其次，李白用「紅妝」的紅和「白日」的白並列，聚焦在女子美麗的粉紅容貌，經日曬下，女子嬌美紅顏更加可人。積極紅色感，喻示著女子臉部溫暖、愉快和健康美麗，依林書堯《色彩認識論》研究，紅色是暖色系，心理溫度較高，易產生喜氣洋洋、愉快等心理感受。藉由紅、白色相對比，突顯詩意焦點，也產生強烈情感之效。

其次，李白以「手」、「紅妝」臉兩部位象喻女子不凡，並且用部分代表全部，由女子行止儀節至嬌美容貌，摹寫羅敷出色外表和內在性格。這首詩乃是用女性意象爲詩篇主旨，運用女性體態語言，寫女性內心情緒。依劉文潭《現代美學》研究：「當人想要達到與別人溝通感情的目的，而藉某種外在的形跡表現他自己的情感。」女子素手摹寫手部，「青條上」，表徵女子手部膚色白皙和樸質採桑的舉止生活，也象喻羅敷外在美麗和內心樸質無華。她不追求名利物質，心有所屬，即使太守接近，羅敷也不改堅貞高潔的志向。

綜觀全篇，李白詩的設色謀篇與女性意象，恰好寫出其浪漫強烈的形色美感，展現跨越性別觀點立場，具通透縱逸的創意摹寫特色。

（賞析者：黃麗容）

子夜四時歌四首（夏歌）——李白

鏡湖三百里，菡萏發荷花。五月西施采，人看隘若耶。
回舟不待月，歸去越王家。

本詩是吳歌雜曲，屬樂府詩。這是一首摹寫西施乘舟採蓮，因美貌遠播，而被越王選中送入吳宮。據詹鍈《李白全集校注彙釋集評》引朱諫云：「言鏡湖之濶，初夏之時，西施乘舟以採蓮。觀之者衆，而地有所不能容。迴舟月下而歸於越王之家，貯於崇臺之上，衣羅縠而習於歌舞，美質終難以自棄也。」

其次論本詩空間景象。這首詩乃是以平面狀景象摹寫，李白採用自然廣闊的湖面景狀，廣角模式數量詞、形容詞等修辭語法，摹繪太白眼中、心中的湖面空間感知，表現二度平面空間視覺觀點。「鏡湖三百里，菡萏發荷花」爲首聯，取鏡湖之平面狀空間，表現廣闊寬大的「面」。李白運用側面描寫，先營造廣寬大景，再摹寫衆人因爭睹西施美貌，使鏡湖聚集

許多人而變狹窄擁擠，西施風采馳名遠近，可以想見。詩篇次聯「五月西施采，人看隘若耶。」突顯鏡湖寬遠，人人因等待西施乘舟採蓮而擠滿湖面，似乎使若耶溪變狹窄了。太白採用平面空間寬大與狹隘變化，表示人群占據大量空間，使視覺上有了由寬變狹窄的感受。這二度平面空間的寬窄變化，正是用來側寫西施的美，此也達到摹景傳神之效用。韋納爾・卡爾・海森堡（Werner Karl Heisenberg, 1901-1976）《物理與哲學》認爲空間變化是與事物位置變化息息相關，而空間變化也與事物時間有緊密關係。由「鏡湖三百里」至「人看隘若耶」，太白取用兩個空間景狀，連續出現在詩篇的首聯及次聯。這正是以空間連續變化來摹寫西施美貌遠近知名之盛況。鏡湖大空間因等待西施採蓮群眾愈多，使空間趨窄，加上時間因素，此可知因時增人增，人增而空間愈擠愈狹小。若據物理學相對論之二度空間場之變化論之，李白取時間變化、平面空間由廣大而狹窄，這運用一寬大一狹窄的空間變化，傳達詩歌以側寫讚嘆西施之美，也透顯了詩歌空間景象之秩序美。「三百里」、「隘若耶」二處象喻視覺景象差異，亦側寫西施美人風采，令眾人爭睹之震撼和感動。這平面景象美帶出豐富詩意和想像力。也正反映李白擅長摹寫女性意象，及塑造獨特女性美感的浪漫詩特色。

（賞析者：黃麗容）

子夜四時歌四首（秋歌）——李　白

長安一片月，萬户擣衣聲；秋風吹不盡，總是玉關情。
何日平胡虜？良人罷遠征。

這首詩據《唐詩解》卷三：「此爲戍婦之辭，以譏當時戰伐之苦也。言於月夜擣衣以寄邊塞。而北風吹不盡者，皆我思念玉關之情也。」李白在此詩摹寫戍婦爲征人織布擣衣之思情。

詩篇首聯「長安一片月，萬戶擣衣聲」，摹寫一靜一閙；一高空景象一平面景狀。兼具聽覺意象與視覺意象。詩歌表現視覺空間景象，也呈現圖像美感。詩人運用其敏鋭觀察力，放眼世界，任取天地萬物爲題材，化入詩中，重塑出心海中空間和世界。黃永武《中國詩學・設計篇》〈詩的時空設計〉云：「詩是耳聽的風景，說它是時間中的畫圖；或者說詩是視覺的音樂，說它是畫圖樣的時間。」李白運用聽覺寧靜秋夜和喧鬧擣衣聲，產生強烈聲音反差，創造出詩人欲噴薄之詩歌意旨——征婦們趕忙爲征夫洗衣、備衣，專注誠摯情思，在寒冷月夜下，尤顯可貴。其次，李白採用「月」和「萬戶」兩個空間景狀，是高度空間與平面空間的組合，康丁斯基（Kandinsky）《藝術的精神性》：「空間突出或凹入，往前或退縮，……使之共鳴或相對立。」三度高空景象和一平面景象，便形成一高一低的畫面，產生有力、強烈視覺落差，造成特別吸引力，藉著高低不協調的物景，使詩歌視覺畫面產生活力，此時此刻長安征婦在月夜下不畏寒冷，爲征夫擣衣，高度空間的月和長安城萬

戶，鋪陳出高低、冷熱、靜默與忙碌擣衣聲等對立強烈之感官感受，亦形成彼此襯托，引起征婦思愁與獨居等待丈夫之孤獨。

詩篇末聯轉爲敘述口吻，以「何日平胡虜？良人罷遠征」二句寫征婦自問自答，何時平定胡虜？丈夫返家定居才是征婦衷心願望。綜觀全詩，李白作品通篇取具象意象和抽象情思並行，先描景後寫情。將詩篇開端之景與詩末聯之情思互相對照，「月」的高空孤寂形象，與「萬戶擣衣聲」內心惴惴不安、急切擣衣的女子群體形象，也就鮮明生動地相互感發、相互渾融。

總論全詩，李白在詩篇前端取高遠月景，與長安城廣大萬戶之景，皆爲現實景物情事，其中充注著征夫征婦間濃郁思情和孤寂不安之感，這也是太白詩篇前後呼應，情景交融的體現。

（賞析者：黃麗容）

子夜四時歌四首（冬歌）——李白

明朝驛使發，一夜絮征袍；素手抽鍼冷，那堪把剪刀！
裁縫寄遠道，幾日到臨洮？

這首詩摹寫戍婦爲征夫縫製征衣之情思。據詹鍈《李白全集校注彙釋集評》引朱諫語云：「言戍者在邊守臨洮，以備吐蕃。其妻在家憂夫之寒，汲汲焉絮征袍以寄之也。忍苦寒而理針剪，縫此征袍。臨洮之遠相去幾程，未知何日而可到也。寒期已迫，乃恐衣到之遲遲也。」

詩篇首聯採用時間對比，表露征婦連夜爲征夫趕製冬天棉衣之緊迫感：「明朝」、「一夜」是明顯的日夜對比，一方面突顯驛使準時離開的制式規定，也和征婦緊張製衣不及的急迫感形成對照，官方規定的冷酷無情與征婦躊躇滿懷整夜不休的有情，引出篇章後兩句縫製過程的細心和耐心，「素手抽鍼冷，那堪把剪刀！」纖細白皙的手即便在寒夜冰凍氣候下，仍持續地細細來回抽針縫製。本詩兼具女子手部動作細節摹寫，與時間、氣候連結，將征婦克服萬難、不辭辛苦的形象表露無遺。

詩篇採用女性意象書寫，將女子體態、身勢精確摹寫出來。體態語言是一種非語言型態。朱利葉斯・法斯特《體態語言》認爲體態語言包括面部表情、眼神、手勢、身體姿態。讀者可以因其形體想見其人物之內心思想情感或情緒。人們是可以用語言表達情感想法，也可以用表情和身體姿態表現情緒意念。女性體態語言是古今創作者著墨的材料，亦是呈現豐富情思的方式。劉文潭《現代美學》言：「藝術是在表達情感，……始於當人想要達到與別人溝通感情的目的，而藉某種外在的形跡表現他自己的情感。」人體肢體中，手部是可表達人的情思情緒，手部的細節摹寫，時可呈現女子身分、特定場合，手的動作細節摹寫，也可展現女性心靈細膩、微妙的心理狀態。本詩中篇腹「素手抽鍼冷，那堪把剪刀！」正是取女子手部動作細節，在天寒地凍的時候，爲了遠地出征丈夫禦寒冬衣，連夜趕製，「素手」和「抽鍼」摹寫女子白皙柔弱細細一針針來回縫衣的動作和形象，連結篇首的「明朝」、「發」、「一夜」、「冷」，強化觸覺意象和時間意象，征婦手又凍心又急，卻謹慎細膩地細細來回抽針，表露女性內在專一情感，爲丈夫著想的情思。

全篇既摹寫女性形象，又表達征婦思夫之情，成功地藉著女子形象突顯深刻詩篇情意。

（賞析者：黃麗容）

長干行

李白

妾髮初覆額，折花門前劇；郎騎竹馬來，遶床弄青梅。
同居長干里，兩小無嫌猜。十四為君婦，羞顏未嘗開；
低頭向暗壁，千喚不一回。十五始展眉，願同塵與灰；
常存抱柱信，豈上望夫臺？十六君遠行，瞿塘灩澦堆；
五月不可觸，猿聲天上哀。門前遲行跡，一一生綠苔；
苔深不能掃，落葉秋風早。八月蝴蝶來，雙飛西園草。
感此傷妾心，坐愁紅顏老。早晚下三巴，預將書報家；
相迎不道遠，直至長風沙。

〈長干行〉是李白初遊金陵時所作。詹鍈《李白全集校注彙釋集評》：「《樂府遺聲》都邑三十四曲中有〈長干行〉。」又云：「長干在金陵，賈客所聚。篇中長風沙在池陽，金陵上流地也。」此詩今多以為早年遊金陵時寫的。這詩篇寫作時間有另一說：此詩成於開元十四年（七二六）。本詩詩旨是吟詠賈人婦望夫情。（亦見《李白全集校注彙釋集評》）

本詩敘述手法為直敘，又可稱「平敘」、「順敘」，指運用平鋪直敘的方式，把事或人依時間發展順序，或自頭至尾陳敘出來。〈長干行〉是一商人婦回憶情景，將兩人初識、童年生活、長大初婚

等，依時序先後一一摹寫伸展。開篇首聯、頷聯等處的詩句：「妾髮初覆額，折花門前劇；郎騎竹馬來，遶床弄青梅。同居長干里，兩小無嫌猜。」「初覆額」指商婦年紀小，是才剛蓄長瀏海的兒童，只知摘花和同伴玩耍。「騎竹馬」是指商人還正是騎著竹竿馬與人玩打仗遊戲的年紀。「遶床」指童伴們繞著井上欄杆奔跑互擲青梅作戰玩樂。李白取用三個行動摹寫商人與商婦童年緣起時光。詩篇其次摹寫兩人成婚及婚後數年的生活：「十四爲君婦」、「十五始展眉」、「十六君遠行」藉時間順敘，十四歲、十五歲完全表達二人婚姻結合之初始磨合，詩篇篇腹和篇末之句子：「早晚下三巴」則直敘商人長年不在身邊，商婦思念丈夫，盼著何時丈夫歸來，她將不辭辛苦，遠道迎接他回來。這類依時序或因果發展的寫法，使章法結構環環相扣相承，似乎在述說著追思中的故事。也藉著時間帶出的臉部肢體摹寫，傳達兩人婚姻生活中一點一滴的情感互動：「低頭向暗壁」、「始展眉」、「遲行跡」等，串連象喻商婦舊夢與對商人遠地經商的思念留戀。

本詩使用女性意象書寫句法及結構，太白善於取女性化用詞、句型等語句，表達女性具體感和神似聯想。運用悲、泣、疑、要求、預測、情緒字詞、感覺、幻想等，塑造女子意象，例如篇首：「十四爲君婦，羞顏未嘗開」、「低頭向暗壁」、「豈上望夫臺」、「天上哀」、「感此傷妾心」、「坐愁紅顏老」等，「羞」、「低頭」、「豈」、「哀」、「感」、「傷」、「愁」，富含女子感覺情緒，有女子悲喜感受。此外，李白亦運用細膩肢體動作，表達人物內心世界，例如：「低頭」、「向暗壁」、「不一回」、「始展眉」，採用女子頭部、臉部動作等表情或細節，暗喻愛情萌發、害羞性格，這些動詞、形容詞環繞商婦外貌表情，摹寫種種女性心理狀態及曲折情感。

環視全篇，李白全用女子立場著筆，是望夫早歸而不得之心，不僅多情繾綣，更復至遠道相迎不辭辛苦。

（賞析者：黃麗容）

烈女操——孟郊

梧桐相待老，鴛鴦會雙死。貞婦貴殉夫，舍生亦如此。
波瀾誓不起，妾心古井水。

這是一首歌頌女子堅貞守節的詩，屬古樂府詩中「琴曲歌辭」一類。

詩的首二句：「梧桐相待老，鴛鴦會雙死。」詩人以梧桐、鴛鴦起興，比喻貞婦至死不渝的愛情觀。詩人會以此爲喻，是因在傳統文化中，牠們彼此相守、不願獨活的形象常被當成是恩愛夫妻和永恆愛情的象徵，故以此起興，寫夫妻間的恩愛關係，既貼切又易解。

三、四句「貞婦貴殉夫，舍生亦如此。」承上聯續寫貞婦的節操。即一位有節操的貞婦，在丈夫死後，她會爲情而殉身的作法就如梧桐、鴛鴦會同生共死一樣，也是貞婦節操與勇氣的表現。

五、六句「波瀾誓不起，妾心古井水」是結句，表示貞婦即使獨活，心亦平靜如古井之水，縱有風吹也不再興起一點波瀾。換言之，捨生殉愛是貞婦節操的極致表現，或有其不得已的原因無法殉死時，貞婦亦心如止水，不爲外在任何形勢所干擾。詩人以此作結，等於是將貞婦堅定不移、剛烈不屈的節操與品格，做了更完美的陳述，因爲無論生死，其心始終如一。

整首詩從字面來看似乎是爲了宣揚封建道德觀念而作，並不值得讚許。但若從另一個角度來看，孟郊一生堅守節操，事母至孝，其詩風「高古，妙絕時人」，此詩或許別有寄託；即詩人借歌頌

烈女立志堅貞的品德，寄寓自己雖一生清苦、不用於時，卻也不會隨世俗任意改變操守之意。總而言之，此詩語言明白曉暢，卻不流於平庸淺薄，沈德潛《唐詩別裁》云：「寫貞心下語嶄絕。」吳喬《圍爐詩話》亦云：「東野（孟郊）〈烈女操〉、〈遊子吟〉等篇，命意眞懇，措詞亦善。」推崇之意，不言而喻。

（賞析者：王珍華）

遊子吟——孟　郊

慈母手中線，遊子身上衣；臨行密密縫，意恐遲遲歸。
誰言寸草心，報得三春暉？

〈遊子吟〉是一首頌揚母愛偉大，感人至深的樂府詩，作者於題下自註云：「迎母溧上作。」可知孟郊此詩作於赴任溧陽（今江蘇省宜興縣西）縣尉時。孟郊早年喪父，生活窮困潦倒，又屢試不第，飽嚐世態炎涼，只有母親始終支持，才有今日成就，故上任時特意從家鄉接母親來溧陽奉養，並作此詩感念母親的養育之恩。

首二句「慈母手中線，遊子身上衣」，寫溫暖的母愛。詩人由慈母手中的針線落筆，寫慈母的愛就像她手中一針一線爲遊子縫製的衣裳般。次言「臨行密密縫，意恐遲遲歸」，是說母愛之深切，就如同她爲離家遊子所細密縫製的隨行衣裳，因爲怕遊子離家後，若長久不歸會沒有衣服禦寒。這四句用語雖平常，卻極傳神地表現出母愛的細膩周密，因爲「線」和「衣」是日常之物，表達慈母心最眞切直接，而「線」和「衣」兩者間的緊密關係，又喻有母子骨肉相連之意；而下接「密密縫」三字，既有使衣服耐穿的意思，又有密密縫進濃濃母愛之意，詩人以此來表現母親對子女深厚篤實的情感，用語平易自然又貼切生動，而這種情感也是爲人子女者都能感受到的愛，所以格外眞摯動人。

最後二句：「誰言寸草心，報得三春暉？」詩人出自肺腑之言，來寫母愛的深厚與偉大。「寸草心」是表示子女孺慕、孝順父母之心如寸草般有限；而「三春暉」則以三春的陽光表示母愛慈暉無窮無盡、無所不在的偉大，而這種無止盡的恩情，又有誰能夠報答得了呢？詩人以「三春暉」、「寸草心」爲喻，既將內心難以言喻的情感形象化，且因形象對比懸殊，從而深刻寫出母子間眞摯的親情，及親恩難報的深沉情感，母愛的偉大也因此得以彰顯。這種平易近人又含蓄蘊藉的結語，不但深刻表現出詩人內心眞摯的情感，同時也寫出世人普遍的情感，故能引起共鳴，章燮《唐詩三百首》注疏即云：「言慈母待子之情，刻刻不忘。」又云：「父母之恩，人子不能寸報也。寸草心，細微也。三春暉，和且普也。」

整首詩短短三十個字，既歌頌了母愛的偉大，也寫出自己的孺慕之情，言淺意深，自然眞摯，蘇軾〈讀孟郊詩〉云：「詩從肺腑出，出輒愁肺腑。」沈德潛《唐詩別裁》亦云：「即欲報之德，昊天罔極意。」而《澹園詩話》云：「東野（孟郊）〈遊子吟〉，余每讀而涕下，蓋先慈李太夫人之心，即遊子吟慈母之心也，自來寫母愛之深切，未有如東野者也。」他們都被孟郊寫此詩的精神所感動，也道出天下所有爲人子女者的共同心聲。此外，值得一提的是，此詩前四句是寫對母親的懷念，是主題，占全詩的三分之二；後二句是將遊子比作「寸草心」，怎能報答如「三春暉」母愛的偉大？是讚揚母愛的偉大，是點題，占全詩的三分之一；以此觀之，整首詩合乎繪畫美學中的黃金比例（Golden Ration），故而至今仍爲人所津津樂道，傳誦不歇。

（賞析者：王珍華）

七言古詩

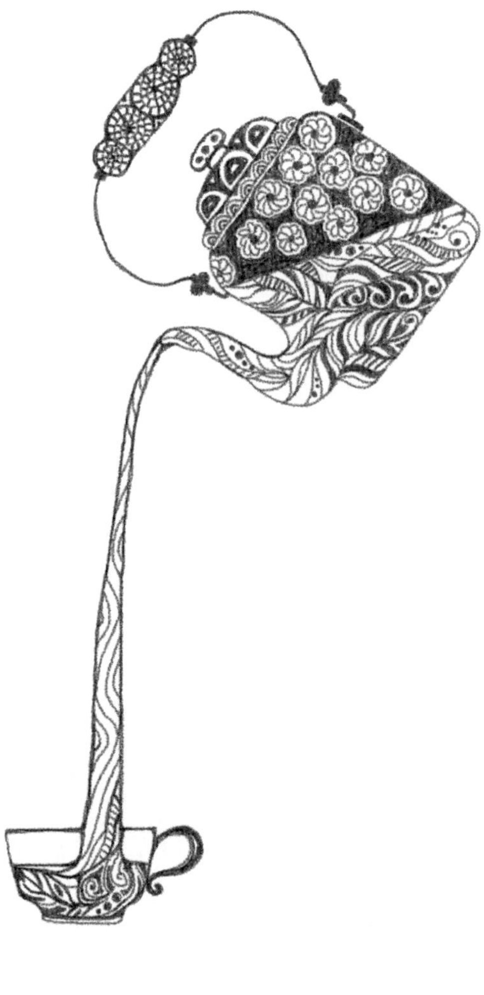

登幽州臺歌——陳子昂

前不見古人，後不見來者；念天地之悠悠，獨愴然而涕下。

陳子昂的這首〈登幽州臺歌〉，不論何時、何地、何人讀之，都會心有戚戚焉，因爲這不是只有他個人會有的感嘆，這可是天下人共同的心聲，在這天地間，每個人都看不到前面的古人，也見不到後來的人，在這浩瀚的宇宙中，天地是多麼長遠和廣大，而我們每個人都只是滄海中的一粟，隨時會凋零和消逝，所以這份悲愴和心酸，是很自然的。

然而這首詩不獨是如此，它雖然提出了每個人在宇宙中只是滄海之一粟，只有短暫的時光，可是當時胸懷大志的他是多麼想盡心盡力發揮自己生命的光輝，但是有誰能賞識他的才幹，有誰能給他機會？以陳子昂當時的寫作背景，這首詩更深載著作者懷才不遇的憂思和

孤獨。

武后萬歲通天元年（六九六）年，契丹人攻陷了營州。當時武攸宜率軍征討，陳子昂隨軍任參謀。第二年兵敗，陳子昂請命要率領一萬名兵士去攻擊敵人，可是武攸宜不准。不久，陳子昂又向武攸宜進言軍事，但武攸宜還是不聽他的建議，並且將他降爲軍曹。詩人在報國無門的心情下，登上幽州臺慷慨悲歌，寫下了這首千古的名篇。幽州臺是當年燕昭王招賢禮士的黃金臺，所以引起他的感嘆：「古代那些禮賢下士的明君，我沒有辦法親自見到他們；而未來的賢明之君，我也沒有辦法碰到他們。」這種生不逢時、懷才不遇、報國無門的心情，在這悠悠的天地間，他是多麼的孤單和寂寞，忍不住悲傷的眼淚潸然而下！

這首詩典故出自《楚辭．遠遊》：「唯天地之無窮兮，哀人生之長勤。往者余弗及兮，來者吾不聞。」經過陳子昂的改寫，詩意更加蒼勁，更富有感動力，成爲千古傳誦的名篇。

（賞析者：林素美）

古意

李頎

男兒事長征，少小幽燕客。賭勝馬蹄下，由來輕七尺。
殺人莫敢前，鬚如蝟毛磔。黃雲隴底白雲飛，未得報恩不能歸。
遼東小婦年十五，慣彈琵琶解歌舞。今爲羌笛出塞聲，使我三軍淚如雨。

〈古意〉是李頎所作的擬古詩，全詩著力描寫勇猛善戰的男兒形象。起始六句，自「男兒事長征」至「鬚如蝟毛磔」，可說是從志向、外貌到作風，鮮明描繪出一個邊疆豪俠的模樣。其中，「賭勝馬蹄下，由來輕七尺。殺人莫敢前」三句，更是將豪爽勇健的氣勢，描寫得入木三分。「鬚如蝟毛磔」則傳神刻畫出勇猛無畏的塞上男兒神態。此

處，詩人短而有力的句式、頓挫有致的用語、鮮活生動的形容，強化了男兒形象，也展現了詩歌的奔騰氣勢。

後六句一方面道出詩歌主人公必須報恩的理由，一方面亦暗指戍守邊疆的軍士們，對故鄉的深層思念。「今為羌笛出塞聲，使我三軍淚如雨」，如實道出三軍將士的懷鄉心情。「羌笛」在唐代與邊塞相關之作中，向來是一個重要的意象，因為淒切悲涼之音色，與塞外征夫思鄉之情呼應，故許多邊塞之作皆可見到，例如：「北風吹羌笛，此夜關山愁」（劉長卿〈從軍〉六首之三）、「楚歌悲遠客，羌笛怨孤軍」（劉長卿〈秋日夏口涉漢陽獻李相公〉）、「白雁兼羌笛，幾年垂淚聽」（貫休〈古塞上曲〉七首之三）等。但李頎此詩，卻將這樣的情境與氛圍，擴大為三軍，而非停留在個人之情感表徵，故渲染力較深刻強大。通篇用語頓挫有力，描寫逼真寫實又「奇氣逼人」（張文蓀《唐賢清雅集》），在李頎的古體創作中，可謂難得的佳篇。

（賞析者：孫貴珠）

送陳章甫——李頎

四月南風大麥黃，棗花未落桐陰長。青山朝別暮還見，嘶馬出門思舊鄉。
陳侯立身何坦蕩？虬鬚虎眉仍大顙。腹中貯書一萬卷，不肯低頭在草莽。
東門酤酒飲我曹，心輕萬事皆鴻毛；醉臥不知白日暮，有時空望孤雲高。
長河浪頭連天黑，津口停舟渡不得。鄭國遊人未及家，洛陽行子空嘆息！
聞道故林相識多，罷官昨日今如何？

〈送陳章甫〉是李頎贈別友人陳章甫之作。全詩大致可分三個部分：起首四句，描寫送別的場景，同時夾雜憶舊懷鄉之情。從氣候、田野到道路之敘寫，一方面懷想往日隱居山林的逍遙自在，一方面表達身為隱士的曠達淡泊。同時，呼應後文無法適應仕途之路的緣由。

自「陳侯立身何坦蕩」至「有時空望孤雲高」八句，分從外貌、胸襟、學識、德行等方面，讚揚陳章甫之為人；同時，暗含陳章甫遠離官場之背後原因。以鮮明、細膩且意有所指的描摹，讚賞陳章甫的德性品格，並展現其坦蕩清高的風骨。而其不拘小節、放浪不羈的思想、行為，注定無法適應現實、虛偽的官場文化。

末尾六句，點出世情如紙、現實險惡之眞貌。其中，「長河浪頭連天黑，津口停舟渡不得」，看似寫景，實則暗喻仕途艱險、宦海難測；而「未及家」的陳章甫與「空嘆息」的李頎，亦為送別增添些許愴然。末二句「聞道故林相識多，罷官昨日今如何」，以探問之語氣映照世道寒涼，揣度陳章甫回鄉後可能遇到的景況，不帶期許卻又語帶猜測之結尾，反而透露出一種泰然達觀的處世態度，也沖淡了離別的感傷。

整首詩，雖與送別有關，但無過多憂傷，而詩人細筆描繪陳章甫外型、才學之筆觸，反倒爲送別詩之寫作，開拓另一種可能。《唐賢清雅集》譽其：「開局宏敞，音節自然。寫奇崛如見。收得妙。」《唐詩解》則云：「敘述有次第，中段數語何等心胸！」兩者皆對李頎此作給予高度肯定。

（賞析者：孫貴珠）

琴歌——李頎

主人有酒歡今夕，請奏鳴琴廣陵客。月照城頭烏半飛，霜淒萬木風入衣。
銅鑪華燭燭增輝，初彈淥水後楚妃。一聲已動物皆靜，四座無言星欲稀。
清淮奉使千餘里，敢告雲山從此始。

〈琴歌〉是李頎奉命出使清淮之際，在一次宴飲場合中，聆聽琴曲演奏之作。起首兩句，點出宴飲之地點、時間，以及奏琴者，並呼應主題。三、四兩句，著重於鋪陳夜色，以月兒高掛、烏鵲低迴、銀霜滿樹、淒風襲人的室外景象，交織成一幅清幽淒冷的夜色圖，與下句「銅鑪華燭燭增輝」的屋內情景形成強烈對比。隨後，筆鋒一轉，直接點明彈琴者先彈奏清絕平和的〈淥水〉，再彈奏深情纏綿的〈楚妃〉。詩人於此，雖未摹寫彈琴者之彈奏技法，但以「一聲已動物皆靜，四座無言星欲稀」，強調彈琴者之音樂感染力：琴絃方才撥動，瞬間萬籟無聲，全場聽衆爲之感動沉醉，動人心弦與感染力十足的琴曲，持續整晚，直至東方既白，仍未停歇。可見彈琴者功力之深厚，與歡宴氛圍之難忘。

簡筆渲染音樂感染力，在唐代早期音樂詩中，乃係常見之手法，例如陳叔達〈聽鄰人琵琶〉、張九齡〈聽箏〉、丁仙芝〈剡溪館聞笛〉、王灣〈觀搊箏〉等，皆未實寫演奏技法之高超，但皆以音樂感染力之強大，突顯演奏者之獨到精妙。至於結尾兩句，則以自身感觸和希冀作結。奉命出使清淮

的詩人，在觥籌交錯、琴音牽引之後，心有所感地想起自身離家千餘里，且不知歸期何時？也許是晚宴的琴曲，觸發他的共鳴；也許是仕途的忐忑，引發他的疲憊，辭官退隱的想法，於此油然而生。整首詩可謂著意展現音樂神奇的感染力量。

此詩既描夜景、又寫聽琴、並重言情，不僅次第分明且收放自如，更重要的是：展現琴樂感人至深之力量，無怪乎沈德潛盛讚此詩：「比『高堂如空山』、『能使江月白』（按：分見岑參〈秋夕聽羅山人彈三峽流泉〉、常建〈江上琴興〉）等語，更微更遠」（《唐詩別裁》卷五）。

（賞析者：孫貴珠）

聽董大彈胡笳聲兼寄語弄房給事——李頎

蔡女昔造胡笳聲，一彈一十有八拍。胡人落淚沾邊草，漢使斷腸對歸客。
古戍蒼蒼烽火寒，大荒沉沉飛雪白。先拂商絃後角羽，四郊秋葉驚摵摵。
董夫子，通神明，深山竊聽來妖精。言遲更速皆應手，將往復旋如有情。
空山百鳥散還合，萬里浮雲陰且晴。嘶酸雛雁失群夜，斷絕胡兒戀母聲。
川爲靜其波，鳥亦罷其鳴。烏珠部落家鄉遠，邏娑沙塵哀怨生。
幽音變調忽飄灑，長風吹林雨墮瓦；迸泉颯颯飛木末，野鹿呦呦走堂下。
長安城連東掖垣，鳳凰池對青瑣門，高才脫略名與利，日夕望君抱琴至。

〈聽董大彈胡笳聲兼寄語弄房給事〉是李頎聆聽當時極富盛名的琴師董庭蘭彈奏琴曲的作品。整首詩由〈胡笳弄〉一曲之緣起來歷、董大之絕妙琴藝，和「寄房給事」三部分構成。此詩比較特別的是：詩題雖以「董大彈胡笳」爲主，但起始六句卻以蔡琰和〈胡笳曲〉爲敘述主軸。娓娓道出蔡琰創作胡笳曲的始末，以及此曲如何感人。而五、六句「古戍蒼蒼烽火寒，大荒沉沉飛雪白」，不僅襯托出蒼茫荒涼的氛圍，更讓人感受到琴曲的哀怨傷懷。之後，詩人筆觸轉至董大的演奏，從「先拂商絃後角羽，四郊秋葉驚摵摵」可知：董大才一出手，樂音就已不同凡響，甚至以驚動郊外秋葉之形容，讚賞董大之音樂魅力。接下來，詩人續寫董大指尖上的音樂，不僅可以「通神明」，甚至連深山的妖精也偷偷來聽。無論是緩慢的節奏或是快速的旋律，董大皆能隨心所欲且得心應手。來回於琴絃的指尖，總是帶有濃烈的深情。其後，自「空山百鳥散還合」至「邐迤沙塵哀怨生」，或藉由自然景物，彰顯董大琴藝的強烈感染力；或串連歷史人物際遇，讚譽董大音樂的深情感人。連續八句，未正面描寫董大彈琴的指法技巧，著重於「以形喻聲」的寫作手法。令讀者對音樂動人且哀傷的感染力，感同身受。接下來，「幽音變調忽飄灑，長風吹林雨墮瓦；迸泉颯颯飛木末，野鹿呦呦走堂下」，轉化為「以聲喻聲」的筆法，藉由幽音變調的轉折，巧妙運用樹林中的風聲、瓦片上的雨聲、迸發的泉水聲、野鹿的哀鳴聲，讓董大的琴音富有變化且具層次。末尾四句，將主題凝聚在房琯，總結詩題。

唐人寫琴之作，為數不少，亦不乏佳作名篇，但似李頎此詩結構分明、描寫細膩、緊扣「琴」旨，且極盡形容、想像者，則不多見。故吳逸一云：「眞得心應手之作，有氣魄，有光彩，起有原委，結有收煞。盛唐傑作如此篇者，亦不能多得」（《滙編唐詩十集》），可謂極其公允。

（賞析者：孫貴珠）

聽安萬善吹觱篥歌

李頎

南山截竹爲觱篥，此樂本自龜茲出。流傳漢地曲轉奇，涼州胡人爲我吹。
傍鄰聞者多嘆息，遠客思鄉皆淚垂。世人解聽不解賞，長飇風中自來往。
枯桑老柏寒颼飀，九雛鳴鳳亂啾啾。龍吟虎嘯一時發，萬籟百泉相與秋。
忽然更作漁陽摻，黃雲蕭條白日暗。變調如聞楊柳春，上林繁花照眼新。
歲夜高堂列明燭，美酒一杯聲一曲。

〈聽安萬善吹觱篥歌〉是李頎描寫觱篥的作品，此詩也算是目前可見唐代音樂詩中，較早涉及此一主題的詩作。在唐代胡樂中，較有影響力的是龜茲樂，而觱篥可說是龜茲樂中最具代表性的樂器。

此詩起首兩句「南山截竹爲觱篥，此樂本自龜茲出」，先道出觱篥的材質與來源。接著述寫觱篥音樂的流傳以及吹奏者的精湛技法。「流傳漢地曲轉奇，涼州胡人爲我

吹。傍鄰聞者多嘆息，遠客思鄉皆淚垂」四句，點出觱篥音樂流傳到漢民族之後的轉變，以及演奏者安萬善詮釋觱篥音樂的巨大感染力。「傍鄰聞者多嘆息，遠客思鄉皆淚垂」之語句組合，雖嫌平實質樸，但亦爲以下數句觱篥曲調的變化、動人，預埋伏筆。一句「世人解聽不解賞」，點出時人與作者對音樂欣賞的落差，亦暗示詩人乃係知音懂樂之人。自「枯桑老柏寒颼飀」至「萬籟百泉相與秋」，分別從風聲、鳥鳴聲、龍吟虎嘯與大自然界其他聲響，摹寫觱篥的各種音色變化與感染力。「忽然更作漁陽摻」至「上林繁花照眼新」，則是描寫樂曲轉調之後的改變，從低沉肅穆的〈漁陽摻〉，到歡快熱烈的〈楊柳枝〉曲，在在令人感受到吹奏者與觱篥音樂的出神入化。末尾兩句「歲夜高堂列明燭，美酒一杯聲一曲」，回歸聽樂的場景與狀態，並進一步肯定安萬善的吹奏技藝與觱篥深入人心的感染力。

李頎此作，在唐代摹寫觱篥音樂的詩作中，算是僅次於白居易〈小童薛陽陶吹觱篥歌〉的佳作。《唐賢三昧集箋注》亦謂其爲「步步踏實，絕不空衍」的佳篇。同時，此詩與〈琴歌〉、〈聽董大彈胡笳聲兼寄語弄房給事〉，並列爲李頎音樂詩之三大名篇。

（賞析者：孫貴珠）

夜歸鹿門山歌

孟浩然

山寺鐘鳴晝已昏，漁梁渡頭爭渡喧。人隨沙路向江村，余亦乘舟歸鹿門。
鹿門月照開煙樹，忽到龐公棲隱處。巖扉松徑長寂寥，唯有幽人自來去。

孟浩然家名爲「南園」或「澗南園」，在襄陽城郊峴山附近；而鹿門山與峴山隔江相對。此詩作於詩人退隱鹿門山期間，記他從峴山南園夜歸鹿門山別墅，描繪途中所見山村景色，從而流露出悠然自得的隱逸情懷。

全詩分爲二章，首章包括前四句，明揭詩題「夜歸鹿門山」：「山寺鐘鳴晝已昏，漁梁渡頭爭渡喧。」是說從山寺傳來陣陣晚鐘清響，天色已迫近黃昏；一群人在漁梁渡口爭渡回家，喧嘩聲此起彼落。「人隨沙路向江村，余亦乘舟歸鹿門。」有人沿著沙岸，走回江邊村舍；我也乘著船，返回鹿門山別墅。次章包含後四句，摹寫歸隱鹿門山的情景：「鹿門月照開煙樹，忽到龐公棲隱處。」鹿門月色，照亮輕煙繚繞的樹木；無意間，我來到當年龐德公隱居之處。「巖扉松徑長寂寥，唯有幽人自來去。」那巖石開鑿的山門，那滿布松蔭的小徑，以及長久以來與世隔絕的寂寥歲月，只有隱居的人獨自在這兒來來去去。此處用龐德公歸隱之典，據《後漢書・逸民傳》載：「龐公者，南郡襄陽人也。居峴山之南，……荊州刺史劉表數延請，不能屈，……後遂攜其妻子登鹿門山，因採藥不返。」龐公素爲孟浩然所景仰，另於〈登鹿門山懷古〉云：「昔聞龐德公，採藥遂不返。……隱跡今尚存，高風邈已遠。」有意以龐公自比，故下文「唯有幽人自來去」，此「幽人」，既指隱士龐公，亦暗喻詩人自己。同理，「巖扉松徑長寂寥」，既描摹龐公棲隱處之景象，同時兼寫自己隱居鹿門山的情況。隱約中或許也透露出歸隱的孤寂與無奈，漢代龐公如是，他何嘗不亦如是？

再者，首章用韻甚密，用上平聲十三元韻（「昏」、「喧」、「村」、「門」），句句相押，頗具歌行體之特色；至次章換韻，改以去聲七遇韻（「樹」）與六御韻（「處」、「去」）通押，亦符合古詩押韻原則。且前、後兩章之間，以「鹿門」二字相承接，運用頂眞修辭技巧，將平聲韻轉換成仄聲韻，渾然天成，更顯音節瀏亮。

此詩全用白描法寫成，如同畫家素描山水一般，字裡行間洋溢著清高俊逸的情趣、出塵脫俗的畫趣。首章著眼於「爭渡」、「乘舟」、「歸鹿門」等人物動態之勾勒，次章則側重在「煙樹」、「巖扉」、「松徑」等靜態景物之刻畫，一動一靜，以動態襯靜景，既渲染出鹿門山景致的清幽，亦傳達出詩人心境的恬適。如蕭繼宗《孟浩然詩說》云：「結句以『幽人』自謂，以見安玄守墨者，世不多覯也。」又胡震亨《唐音癸籤》引徐獻忠評語，云：「襄陽（孟浩然）氣象清遠，心悰孤寂，故其出語灑落，洗脫凡近，讀之渾然省淨，眞彩自腹內映。」良有以也！

（賞析者：簡彥姈）

盧山謠寄盧侍御虛舟——李　白

我本楚狂人，鳳歌笑孔丘。手持綠玉杖，朝別黃鶴樓；
五嶽尋仙不辭遠，一生好入名山遊。盧山秀出南斗傍，屏風九疊雲錦張；
影落明湖青黛光，金闕前開二峰長。銀河倒挂三石梁，香爐瀑布遙相望。
迴厓沓障淩蒼蒼，翠影紅霞映朝日，鳥飛不到吳天長。
登高壯觀天地間，大江茫茫去不還。黃雲萬里動風色，白波九道流雪山。
好為〈盧山謠〉，興因盧山發。閒窺石鏡清我心，謝公行處蒼苔沒。
早服還丹無世情，琴心三疊道初成。遙見仙人綵雲裡，手把芙蓉朝玉京。
先期汗漫九垓上，願接盧敖遊太清。

本詩據詹鍈《李白全集校注彙釋集評》第十二卷云：「此當是上元元年（七六〇）白流放歸後，由江夏來廬山所作。」「盧侍御虛舟，即侍御史盧虛舟。」《全唐文》卷三百一十七李華〈三賢論〉云：「范陽盧虛舟幼直，質方而清。」李白在此詩中表現因流放遇赦，返回江夏，又重遊廬山而寫此詩，並將之寄給盧虛舟。

詩篇開頭先描寫自己的心志和遊蹤，其次則摹寫廬山景致，詩末抒發隱居求仙之心願。本詩的空間景象安排特色是以三度空間表露李白瀟灑開闊的生命情調。例如「登高壯觀天地間，大江茫茫去不還。」寫出登高遠望，看出天地壯闊之景，大江浩浩蕩蕩一去不回。此高山指廬山西北的香爐山。詩篇前三聯摹寫李白個性，並且用楚狂接輿自我比喻，唱「鳳兮」歌嘲諷孔丘，以及不辭路遙遍遊五嶽尋仙之性情，李白一生最喜好到山中遊歷。在結構上，詩歌首段是寫情語，自述與高山的關聯，詩人以楚狂自喻，不受楚王之聘治江南，改名換姓，遊名山，終身隱居在峨眉山。李白希望像楚狂的隱居的生命樣態，藉著楚狂和孔子間的互動，「朝別黃鶴樓」漫遊隱居，比喻李白心中豪放自在的生命情調。篇腹和篇末呈現登高遠眺，展現半空俯瞰江海黃雲湧動之景狀，也表露其服食金丹棄世情之抉擇。「好爲〈廬山謠〉，興因廬山發。閒窺石鏡清我心，謝公行處蒼苔沒。」詩人開闊豁達的心情，因高山景致而得以興發，呈現尋幽名山隱居的期待。詩篇末處另敘一志向：服食金丹，尋仙、求仙、學仙。隱居和求仙是兩種人生方向，李白在詩篇中表現其人生理想目標的抉擇，以一尋幽隱居高山，一則服仙丹、尋仙、求仙，反映李白登高山俯視所觸發的複雜心情，因此詩篇中高遠的空間景象，一方面形塑高度空間，另一方面也透露李白的生命方向的選擇。太白詩運用三度空間廣遠高眺的視覺畫面，映寓一己理想抱負及個人化、特殊化的人生志願。

（賞析者：黃麗容）

夢遊天姥吟留別——李白

海客談瀛洲，煙濤微茫信難求；越人語天姥，雲霓明滅或可覩。天姥連天向天橫，勢拔五嶽掩赤城；天臺四萬八千丈，對此欲倒東南傾。我欲因之夢吳越，一夜飛渡鏡湖月。湖月照我影，送我至剡溪；謝公宿處今尚在，淥水蕩漾清猿啼。腳著謝公屐，身登青雲梯，半壁見海日，空中聞天雞。千巖萬轉路不定，迷花倚石忽已暝。熊咆龍吟殷巖泉，慄深林兮驚層巔。雲青青兮欲雨，水澹澹兮生煙。列缺霹靂，丘巒崩摧。洞天石扇，訇然中開；青冥浩蕩不見底，日月照耀金銀臺。霓爲衣兮風爲馬，雲之君兮紛紛而來下；虎鼓瑟兮鸞回車，仙之人兮列如麻。忽魂悸以魄動，怳驚起而長嗟！唯覺時之枕席，失向來之煙霞。世間行樂亦如此，古來萬事東流水。別君去兮何時還？且放白鹿青崖間，須行即騎訪名山。安能摧眉折腰事權貴，使我不得開心顏？

本詩依詹鍈《李白全集校注彙釋集評》第十三卷云：「按此詩初敘天姥之勝概（計八句），次言夢中遊歷之事，及既覺之情（計二十句），又次言古今凡事皆如夢也，以總結上意（計二句），本言歸山留別以著作詩之由（計五句）。此天姥之次序略節之大要也。」又引《繫年》繫此詩在天寶五載

（七四六），李白將離開東魯而南遊吳越，所以作此詩給朋友：東魯諸公。

本詩材料多由知覺感官感受推想，與聯想力而產生的，抑或由夢境而來，或者是神奇的，或者是虛擬形象，詩人採取想像虛擬的行跡和空間景象，摹寫在詩篇中，其內蘊之意涵卻是來自眞實感受。李白運用虛幻空間或夢境，皆以三度空間的高空視覺感知，結合眞實的心情思想，產生超凡絕俗的形象。本詩虛擬的三度空間題材包含夢遊名山、夢回故鄉山景、驚怖的高度空間等等。

詩篇「身登青雲梯」、「半壁見海日」指太白對名山嚮往，產生夢遊名山之思。在李白夢境藉「登」天姥山之山峰，遠望海中日出，這一份漫遊夢境名山之喜悅，如同朝陽升起般活躍。筆鋒一轉，李白將夢境之幻想推至高峰，從山上高空視角，一望出去，「日月照耀金銀臺」、「仙之人兮列如麻」、「雲之君」、「鸞回車」等等高空一連串夢境景象，呈現縹緲無邊無際之仙人仙境。這也許是虛構夢境的奇幻形象，亦一層又一層地表達李白想要脫離現實中的不如意，和對仕宦權貴之反抗，「須行即騎訪名山，安能摧眉折腰事權貴。」山的高與超脫塵俗；與虛擬和現實的名山嚮往結合，對於塵世朝廷權貴奸佞之不滿和憤恨，藉由高空的三度空間景象，宣洩李白對於世俗從政的理想破滅的心情。

詩篇中段取李白立足的位置，「身登青雲梯」、「半壁見海日」描繪了夢中天姥山的高聳和險峻，又使用「青雲」表現天姥山石階梯的高聳位置，如同登上天之梯，站在高聳石階梯上的李白，從半山腰向外看，「見海日」描繪太白視角，是定點在天姥山半山石階上。詩篇描繪了夢境，李白站在天姥山，向四方俯看，這象徵了李白立足在現實層面，作一夢境幻遊。在詩篇末段，李白夢醒，保存夢遊的美好期待，在「須行即騎訪名山」，隨時可因不「折腰事權貴」而離開。詩篇內容寄寓李白仕途理念與求仙的雙重心願。

（賞析者：黃麗容）

金陵酒肆留別

李白

風吹柳花滿店香，吳姬壓酒喚客嘗；金陵子弟來相送，欲行不行各盡觴。
請君試問東流水，別意與之誰短長？

本詩據《李白全集校注彙釋集評》第十三卷云：「此詩當是初遊金陵後將往廣陵時留贈青年朋友之作，其時當開元十四年（七二六）春。」李白在詩中以具體景物表現抽象的離別情感。

詩篇首聯「風吹柳花滿店香，吳姬壓酒喚客嘗。」之「壓酒」二字，詹鍈引朱諫注云：「壓酒者，酒熟而汁滓，相將則盛之以囊，置槽中，壓以重物，去滓而取汁也。」又引安旗注：「壓酒，壓槽取酒。」是剛壓出的新鮮美酒。又指古時新酒釀製完成，欲飲用時，才壓酒槽使酒流出飲用。至於「吳姬壓酒勸客嘗」，則是李白對於地方女子行止的觀察摹寫。李白時藉女性特質及女性意象來烘托詩歌意旨，採用女性獨特身分，使詩篇開拓情意濃度，也展現細膩情性。金陵地區女子形貌，在李白筆下，以女子行爲、肢體、口語表達鮮明地呈現。「壓酒」、「喚客嘗」分別是手部與臉部的動作。李白以連續兩個行爲和肢體動作，描摹金陵女子熟練製酒、取酒、在店中招呼客人、介紹酒品給顧客，反映當地女子的生活習俗，平直鋪陳自然率眞的金陵酒店女性店主的具體形象，也流露當地酒店飲酒文化熱絡和好客歡樂的生活習性。詩篇頷聯則表現離別傷感的送行場合，先喜後悲，詩意突然產生強烈轉折，詩篇人物亦由酒店女性轉爲李白與金陵朋友。情思和人物角色變化，乃強化全詩離別之悲，藉由「欲行不行」形塑一種欲走還留的不捨離情。於是吳姬豪爽的好客歡樂之行止，與李白、金陵朋友欲走還留之不捨，皆濃縮集聚在金陵酒肆之地點。首二句乃是一歡樂景象，後面就以兩聯四句標舉出對於友誼的珍貴和分別的不捨留戀，所以說「請君試問東流水，別意與之誰短長？」就該是指此珍貴的友誼，是一點一滴連串起來，而這綿長久存的友誼，象喻的是生命點點片片的美夢，一旦分別，離情化作淚珠流水，這流不盡的離別淚海，又怎知有多長多遠呢？

（賞析者：黃麗容）

宣州謝朓樓餞別校書叔雲——李白

棄我去者、昨日之日不可留，亂我心者、今日之日多煩憂。長風萬里送秋雁，對此可以酣高樓。
蓬萊文章建安骨，中間小謝又清發。俱懷逸興壯思飛，欲上青天覽日月。
抽刀斷水水更流，舉杯消愁愁更愁。人生在世不稱意，明朝散髮弄扁舟。

本詩依據詹鍈《李白全集校注彙釋集評》第十六卷云：「此詩《文苑英華》題作〈陪侍郎叔華登樓歌〉。」又云：「詩中未提安史之亂，知此詩之作，至晚不過天寶十四載（七五五）秋。」又「此詩當是本年在宣城陪李華登謝朓樓感時傷懷之作。」

詩篇首聯「棄我去者、昨日之日不可留，亂我心者、今日之日多煩憂。」《李詩直解》卷四云：「此餞別校書叔雲，論其文彩，而勤乘桴之感也。言光陰迅速，愁思難遣，昨日既不可留，今日又多煩憂。長風送雁，對此酣暢，從來唯文章爲不朽耳。」李白摹寫昨日至今日，時光遞變，一去不復返，太白體察時間流轉，是因爲「棄我去者」、「不可留」，「亂我心者」、「多煩憂」，李白感知塵世事物紛雜轉變，這些變化正呈現一段時光流逝。從物理學觀點，佛克（Dan Falk）《探索時間之謎》：「運動（動態）就是一段時間內的位置變化。」又言：「有形的物體和動作就是定義時間流動的因素。我們或許會認爲這個想法比較接近眞正的體驗：人類『看不見』時間，就像我們看不到空間。我們只能察覺到時間中的事件和空間中的物體。」李白藉事象變動，感知時間流動，萬物皆會盛衰消滅，只有文章永垂不朽。依視覺語言學理論來看，李白採用視覺動態空間景象表現時間流動和前進，詩篇中動態景物描摹，可表現四度時空之時間維度。四度時空，在物理學相對論言之，即為三度空間加上時間此一維度之動態狀空間。在漢語語法中，動詞、動相、形容詞、限制詞、動作和狀態之表態句，皆在用動詞動態表述時間維度。李白在詩篇末處：「抽刀斷水水更流，舉杯消愁愁更愁。」此見水流動無法停止，李白摹寫他觀察動態景象，便知萬物變化及空間物象位置改變，感知時間流動。昨日「棄我去者」、今日「亂我心者」和流水，指出詩人感知塵世時光消逝不復返，企圖有所作為卻屢屢遭拒，這些現實不如意與仕途困境，連連打擊，太白的雄心壯志漸漸消磨殆盡。曾對自己的才能充滿自信，自比如謝朓詩清新俊發。但歷經多年仕途困頓，只有寄寓未來：「明朝散髮弄扁舟」安頓內心憂愁。

（賞析者：黃麗容）

走馬川行奉送封大夫出師西征——岑參

君不見走馬川行雪海邊，平沙莽莽黃入天。
輪臺九月風夜吼，一川碎石大如斗，隨風滿地石亂走。
匈奴草黃馬正肥，金山西見煙塵飛，漢家大將西出師。
將軍金甲夜不脫，半夜軍行戈相撥，風頭如刀面如割。
馬毛帶雪汗氣蒸，五花連錢旋作冰，幕中草檄硯水凝。
虜騎聞之應膽慴，料知短兵不敢接，車師西門佇獻捷。

〈走馬川行奉送封大夫出師西征〉是岑參爲封常清出兵西征所作的送別詩。起始兩句，即以走馬川、雪海、莽沙，簡筆勾勒士兵出征行經的自然環境，典型的沙漠風光可謂躍然紙上。接著，「輪臺九月風夜吼，一川碎石大如斗，隨風滿地石亂走」，則是緊扣「風」字發揮，透過夜裡風聲怒吼，到強風狂掃亂石之形容，突顯軍旅途中，環境與天候之惡劣。其後，自「匈奴草黃馬正肥」至「風頭如刀面如割」，一方面描寫匈奴趁機進攻之氣焰，一方面展現唐軍有所防備且嚴陣以待的紀律。「風頭如刀面如割」一句，更是將夜間行軍必須承受的嚴寒痛楚，描寫得入木三分。「馬毛帶雪汗氣蒸，五花連錢旋作冰，幕中草檄硯水凝」三句，承接前句語意，藉由「旋作冰」、「硯水凝」之現象刻畫，反映將士們身處凜冽寒凍之境，依舊不畏酷寒、鬥志高昂之形象。結尾三句，筆鋒一轉，直言：敵軍面對這般無所畏懼且挺立於寒風冷夜中的唐軍，應該不敢輕舉妄動，進而預言班師凱旋的可能。

岑參此詩向有「格法甚奇」（《唐賢三昧集箋注》）、「奇才奇氣」（《昭昧詹言》）之譽，所謂「奇」者，一是指全詩除起首二句外，其餘皆是每三句就轉意之寫法，亦即從狂風夜吼、匈奴進逼、將士盡職、氣候苦寒到預見捷報，層次分明且句句綰合題旨，卻又不落俗套；二是此詩所用沙、風、石、草、馬等字，雖常見於邊塞之作，但岑參在字句組合上，卻能別出心裁地從細微處渲染各式氛圍，如「黃入天」之生動、「風夜吼」之逼眞、「石亂走」之傳神、「馬毛帶雪」之形象化等。三是此詩雖以「出師西征」爲主題，但多數詩句著力於敘寫邊疆塞外地理環境、氣候條件之惡劣，從而彰顯出征將士之英勇，同時藉以烘托主題。構思之奇、用語之妙、節奏之鏗鏘，在岑參諸作中，的確是別出機杼者。

（賞析者：孫貴珠）

輪臺歌奉送封大夫出師西征

岑參

輪臺城頭夜吹角，輪臺城北旄頭落。羽書昨夜過渠黎，單于已在金山西。
戍樓西望煙塵黑，漢兵屯在輪臺北。上將擁旄西出征，平明吹笛大軍行。
四邊伐鼓雪海湧，三軍大呼陰山動。虜塞兵氣連雲屯，戰場白骨纏草根。
劍河風急雪片闊，沙口石凍馬蹄脱。亞相勤王甘苦辛，誓將報主靜邊塵。
古來青史誰不見？今見功名勝古人。

〈輪臺歌奉送封大夫出師西征〉亦是岑參爲大唐名將封常清出師西征所作的送別詩。但與〈走馬川行奉送封大夫出師西征〉不同的是：此詩主要著墨於邊疆戰事的描寫，尤其是唐軍與敵兵之間的種種對比狀態。起首六句，從「夜吹角」、「夜過渠黎」到「單于已在金山西」，可謂步步顯現軍情之緊張；而句式近似對比的「單于已在金山西」、「漢兵屯在輪臺

北」兩句，則暗示兩軍距離漸近。其後，自「上將擁旄西出征」至「三軍大呼陰山動」，緊扣節旄、吹笛、伐鼓、三軍大呼等象徵軍權、軍威之形容，展現震懾人心的氣勢。接下來，自「虜塞兵氣連雲屯」至「沙口石凍馬蹄脫」，一方面點出敵軍強大，一方面直言戰場必有死傷，再將筆觸轉至嚴寒氣候，隱喻邊地戰事之艱辛與殘酷。

「劍河風急雪片闊，沙口石凍馬蹄脫」與〈走馬川行奉送封大夫出師西征〉之「風頭如刀面如割。馬毛帶雪汗氣蒸，五花連錢旋作冰」頗有異曲同工之妙。

此詩末四句，亦與〈走馬川行奉送封大夫出師西征〉相仿，以預祝凱旋收尾。

周珽《唐詩選脈會通評林》曾謂此詩：「起伏結構，語語壯健」。誠然，此詩在結構上，可謂將唐軍氣盛、敵軍落敗之對比，刻畫得極爲鮮明。同時，透過軍容之聲威，極力渲染唐軍之士氣，層層遞進之寫法，使得結構益加緊湊，進而引人入勝。加上全詩用語多與軍旅、軍容、軍威有關，故遣詞用字處處可見壯盛、剛強、鏗鏘之樣貌，從而爲此類出師西征之創作，樹立不同風貌。《唐宋詩舉要》謂：「送別之作，應以嘉州（岑參）爲則」，亦非妄下斷語。

（賞析者：孫貴珠）

白雪歌送武判官歸京——岑參

北風捲地白草折，胡天八月即飛雪。忽如一夜春風來，千樹萬樹梨花開。
散入珠簾溼羅幕，狐裘不煖錦衾薄。將軍角弓不得控，都護鐵衣冷猶著。
瀚海闌干百丈冰，愁雲黲淡萬里凝。中軍置酒飲歸客，胡琴琵琶與羌笛。
紛紛暮雪下轅門，風掣紅旗凍不翻。輪臺東門送君去，去時雪滿天山路。
山迴路轉不見君，雪上空留馬行處。

〈白雪歌送武判官歸京〉可說是岑參邊塞詩中聲名卓著的代表作，詩中「忽如一夜春風來，千樹萬樹梨花開」，更是膾炙人口的佳句。整首詩可謂緊扣雪景，並以雪景變化開展詩歌內容。從清晨雪景、雪地嚴寒、雪中筵席到暮雪送別，層次分明且題旨清晰。起首四句，自「北風捲地白草折」至「千樹萬樹梨花開」，主要描寫大雪紛飛與雪景奇妙，「忽如一夜春風來，千樹萬樹梨花開」比喻鮮活且意象生動，雪花繽紛，妝點枝頭的奇幻美景如在目前。緊接著「散入珠簾溼羅幕」至「愁雲黲淡萬里凝」，則著力鋪陳雪地中氣候寒凍之樣貌，詩人分別以溼羅幕、裘衾薄、角弓不得控、鐵衣冷、百丈冰、萬里凝等現象，強化雪地之酷寒，亦暗示邊疆將士們所處環境之惡劣難熬。其後，「中軍置酒飲歸客，胡琴琵琶與羌笛」，簡筆回應送別詩題之餘，亦以邊地樂器之名，渲染異域氛圍。

末尾六句，將筆觸集中於送別時的氛圍、情境與感受。述寫日暮時分送別友人的不捨與深情。

「紛紛暮雪下轅門，風掣紅旗凍不翻」兩句，藉由一動一靜、一白一紅的語句敘述，勾畫出鮮明如栩的暮雪景致。「山迴路轉不見君，雪上空留馬行處」，在看似清淺樸實的語言背後，實則蘊含詩人內心錯綜複雜的意緒，與悠悠難訴之情。

整體而言，此詩以雪景變幻爲主軸，兼述駐守邊防之艱苦，益以離別愁思之揉和，使得此詩有別於岑參其他邊塞詩作，而其「酒筆酣歌，才鋒馳突。『雪』字四見，一一精神」（范大士《歷代詩發》）的創作特色，亦使此作被譽爲「盛世大唐邊塞詩的壓卷之作」。

（賞析者：孫貴珠）

韋諷錄事宅觀曹將軍畫馬圖

杜甫

國初已來畫鞍馬，神妙獨數江都王。將軍得名三十載，人間又見眞乘黃。
曾貌先帝照夜白，龍池十日飛霹靂。內府殷紅瑪瑙盤，婕妤傳詔才人索。
盌賜將軍拜舞歸，輕紈細綺相追飛。貴戚權門得筆跡，始覺屏障生光輝。
昔日太宗拳毛騧，近時郭家師子花。今之新圖有二馬，復令識者久嘆嗟。
此皆騎戰一敵萬，縞素漠漠開風沙。其餘七匹亦殊絕，迥若寒空動煙雪。
霜蹄蹴踏長楸間，馬官廝養森成列。可憐九馬爭神駿，顧視清高氣深穩。
借問苦心愛者誰？後有韋諷前支遁。憶昔巡幸新豐宮，翠華拂天來向東。
騰驤磊落三萬匹，皆與此圖筋骨同。自從獻寶朝河宗，無復射蛟江水中。
君不見金粟堆前松柏裡，龍媒去盡鳥呼風！

此詩創作於唐代宗廣德二年（七六四），杜甫時年五十三歲，在成都定居。韋諷，任閬州（今四川省閬中縣）錄事，居住於成都，杜甫曾在韋宅見到曹霸將軍所畫的駿馬圖，因此寫下這首詠畫詩。曹霸，是曹髦（魏武帝曹操的曾孫）的後代，任左武衛將軍之職，是唐代的畫馬大師。

杜甫先借江都王畫馬的技藝高妙，來襯托曹霸將軍畫馬技藝更勝一籌：「國初已來畫鞍馬，神妙獨數江都王。將軍得名三十載，人間又見眞乘黃。」《山海經》云：「乘黃，其狀如狐，其背上有角，乘之壽二千歲。」乘黃，指神馬。唐朝開國以來，擅長畫馬的畫家，其中技藝最神妙的，就是唐太宗的侄兒江都王李緒；但曹霸將軍以畫駿馬馳名已三十載，人間又能見到畫上出現眞正的駿馬。

唐玄宗曾詔命曹霸將軍爲他作畫：「曾貌先帝照夜白，龍池十日飛霹靂。內府殷紅瑪瑙盌，婕好傳詔才人索。」《明皇雜錄》云：「上所乘馬有玉花驄、照夜白。」唐代《百官志》云：「內官有婕好九人，正三品；才人七人，正四品。」婕好與才人，皆爲唐代皇宮內女官。曹霸將軍爲唐玄宗所畫的御馬照夜白，十分生動逼眞，感動龍池的飛龍連續十日飛躍騰空而起，隨風雷而來。唐玄宗詔命拿出內府倉庫珍藏的紅瑪瑙碗，婕好傳下詔命，才人去尋找。「盌賜將軍拜舞歸，輕紈細綺相追飛。貴戚權門得筆跡，始覺屛障生光輝。」寫出曹霸將軍獲賜紅瑪瑙碗，拜謝而歸，自此名滿天下，達官貴戚們爭相請曹霸將軍畫駿馬，並以能得到曹霸將軍的眞跡，將駿馬圖掛在室內屛風上爲榮。「昔日太宗拳毛騧，近時郭家師子花。今之新圖有二馬，復令識

者久嘆嗟。」曹霸將軍以前曾爲唐太宗的御馬拳毛騧作畫，最近也爲郭子儀將軍家的駿馬獅子花作畫，今日新繪之九馬圖上有此二馬，令行家讚嘆不已。

杜甫分別描摹這二匹名馬與七匹駿馬的特色：「此皆騎戰一敵萬，縞素漠漠開風沙。其餘七匹亦殊絕，迥若寒空動煙雪。」這兩匹馬，皆以一敵萬的神駿戰騎，在素白的畫絹上揚起滾滾風沙，氣勢雄武。其餘七匹馬，也十分特殊，猶若寒空中舞動的煙雪。長楸，是一種落葉喬木。「霜蹄蹴踏長楸間，馬官廝養森成列。可憐九馬爭神駿，顧視清高氣深穩。」摹寫馬蹄踏在長楸樹夾道的路上，養馬官和雜役森然排成兩列。九匹駿馬爭相表現出自己的風采，顧盼生姿，神氣沉穩。

杜甫以設問手法，自問自答：「借問苦心愛者誰？後有韋諷前支遁。」會眞心珍愛這些駿馬圖的人有誰呢？前人有支遁，現在有韋諷，此句扣題。「憶昔巡幸新豐宮，翠華拂天來向東。騰驤磊落三萬匹，皆與此圖筋骨同。」新豐宮，指華清宮。回憶昔日唐玄宗巡幸華清宮，翠華旌旗鋪天，浩浩蕩蕩往東而來，三萬匹駿馬奔騰、馳躍，都與這張九馬圖的筋骨相同。

最後四句，杜甫描寫唐玄宗駕崩之後的情景：「自從獻寶朝河宗，無復射蛟江水中。君不見金粟堆前松柏裡，龍媒去盡鳥呼風！」獻寶朝河宗，《穆天子傳》卷一云：「天子西征。……河宗伯夭逆天子燕然之山，勞用束帛加璧。己未，天子大朝于黃之山，乃披圖視典，用觀天子之珤器。」後來周穆王歸而上升，在此指唐玄宗駕崩。《舊唐書．肅宗本紀》載，唐肅宗上元二年（七六一）建己月壬子，楚州刺史崔侁獻定國寶玉十三枚予唐玄宗，兩天後，唐玄宗就駕崩於神龍殿。《漢書．武帝本紀》云：「武帝元封五年（前一〇六），自潯陽浮江，親射蛟江中，獲之。」藉漢武帝射蛟之典故，述說唐玄宗不能再巡狩，因爲他已駕崩了。金粟，唐玄宗之泰陵在今陝西省蒲城縣東北的金粟山。

《漢書・禮樂志》云：「天馬徠，龍之媒。」後來稱駿馬為「龍媒」。末二句感嘆唐玄宗金粟山泰陵前的松柏林中，駿馬皆離去，只有鳥兒在林中呼風喚雨的鳴啼呢！

本詩先敘寫曹霸因畫駿馬圖而聞名，並受到唐玄宗的賞識，唐人遂以取得曹霸將軍的駿馬圖為榮，再極力摹寫曹霸將軍所畫的九馬圖，駿馬豪邁神武，奔騰疾馳，栩栩如生，最後因名馬思及唐玄宗，感慨萬千。清代楊倫《杜詩鏡銓》云：「此與前篇（〈丹青引贈曹將軍霸〉）俱極沉鬱頓挫，尤須玩其結構之妙，將江都王襯出曹霸，又將支遁襯出韋諷，便增兩人多少身分。本畫九馬，先從照夜白說來，詳其寵賜之出；本結九馬，卻想到三萬匹去，不勝龍媒之悲，前後波瀾亦闊。中敘九馬，先將拳毛、獅子二馬拈出另敘，次及七馬，然後將九馬併說，妙在一氣渾雄，了不著跡，眞屬化工之筆。」本詩結構嚴謹，巧用映襯之技巧，以賓襯主，讓曹霸、韋諷、九馬中的拳毛騧與獅子花，成為詩中光芒奪目的主角。

（賞析者：劉奇慧）

丹青引贈曹將軍霸——杜甫

將軍魏武之子孫，於今爲庶爲清門。英雄割據雖已矣，文采風流猶尚存。
學書初學衛夫人，但恨無過王右軍。丹青不知老將至，富貴於我如浮雲。
開元之中常引見，承恩數上南薰殿。凌煙功臣少顏色，將軍下筆開生面。
良相頭上進賢冠，猛將腰間大羽箭。褒公鄂公毛髮動，英姿颯爽來酣戰。
先帝天馬玉花驄，畫工如山貌不同。是日牽來赤墀下，迥立閶闔生長風。
詔謂將軍拂絹素，意匠慘澹經營中。斯須九重眞龍出，一洗萬古凡馬空。
玉花卻在御榻上，榻上庭前屹相向。至尊含笑催賜金，圉人太僕皆惆悵。
弟子韓幹早入室，亦能畫馬窮殊相。幹唯畫肉不畫骨，忍使驊騮氣凋喪。
將軍畫善蓋有神，偶逢佳士亦寫眞。即今漂泊干戈際，屢貌尋常行路人。
途窮反遭俗眼白，世上未有如公貧。但看古來盛名下，終日坎壈纏其身。

此詩創作於唐代宗廣德二年（七六四），杜甫時年五十三歲，在成都定居，曹霸將軍此時也流落到成都。

丹青，是繪畫時用的顏料，後借代爲繪畫。引，是一種文體，即歌行體。曹髦是唐代著名的畫家，其後代曹霸在開元中已成名，亦善畫馬。唐玄宗常傳詔命曹霸畫馬及功臣。安史之亂後，曹霸將軍開始過著落魄潦倒的生活。曾在成都和曹霸相識的杜甫，有感而發寫下此詩，感嘆畫家曹霸晚年遭遇之坎坷。

杜甫先介紹曹霸不同凡響的身世：「將軍魏武之子孫，於今爲庶爲清門。英雄割據雖已矣，文采風流猶尚存。」曹霸是魏武帝曹操的後代子孫，如今已淪爲庶民，家境清寒。祖先曹操是三國鼎立時的一位英雄，當年割據的豐功偉業已成往事，但文采風流，仍留存於曹霸的血液之中。

接著，詩人敘述曹霸學習書法的過程和沉醉在繪畫樂趣中的境界：「學書初學衛夫人，但恨無過王右軍。丹青不知老將至，富貴於我如浮雲。」衛夫人，是晉朝女書法家，晉朝「書聖」王羲之年少時曾向衛夫人學習寫書法。《論語・述而》云：「不義而富且貴，於我如浮雲。」曹霸初學書法時，臨摹衛夫人的字帖，但遺憾不能超過王羲之的筆力。曹霸每日繪畫，自得其樂，渾然不覺老之將至，而且視富貴功名如天上的浮雲。

杜甫敘述曹霸在唐玄宗時，曾奉詔爲功臣重畫畫像：「開元之中常引見，承恩數上南薰殿。凌煙功臣少顏色，將軍下筆開生面。」唐玄宗開元年間，常下詔命曹霸進宮，數次在南薰殿上召見他，因爲凌煙閣功臣的畫像已褪色，命他重畫畫像。曹霸將軍一下筆，果然別開生面。

「良相頭上進賢冠，猛將腰間大羽箭。褒公鄂公毛髮動，英姿颯爽來酣戰」四句，寫出曹霸畫人的功力非凡。《酉陽雜俎》云：「太宗好用四羽大笴長箭。」褒國公段志玄和鄂國公尉遲敬德，皆爲凌煙閣二十四功臣之一。曹霸爲良相頭上畫頂進賢的禮帽，猛將腰間畫大羽箭，褒國公段志玄和鄂國公尉遲敬德，雄姿英發的準備和敵人大戰一場，把功臣們畫得形神兼備、躍然紙上。

描摹曹霸「畫人」的八句，是爲了襯托以下「畫馬」的十二句。「先帝天馬玉花驄，畫工如山貌不同。是日牽來赤墀下，迥立閶闔生長風。」讚美曹霸畫馬技藝之高超。先帝唐玄宗的御馬玉花驄，衆多畫工畫出來的形貌都不相同。這一天，玉花驄被牽來丹墀下，昂首屹立著在閶闔宮殿前，氣勢懾人、威風凜凜。「詔謂將軍拂絹素，意匠慘澹經營中。斯須九重眞龍出，一洗萬古凡馬空。」敘寫唐玄宗詔命曹霸將軍在一匹素絹上作畫，他竭盡所能，細細思量，苦心經營，摹畫玉花驄的神貌。不一會兒功夫，一匹眞龍寶馬躍然紙上，萬古以來的凡馬頓時黯然失色。「玉花卻在御榻上，榻上庭前屹相向。至尊含笑催賜金，圉人太僕皆惆悵。」描寫曹霸將軍所畫的玉花驄，掛在御榻上，和庭前眞正的玉花驄維妙維肖，難辨眞假，令唐玄宗笑吟吟的催促快賞賜黃金給曹將軍。養馬的人和馬官都神情落寞，惆悵不已。

杜甫以弟子韓幹的繪畫技術，反襯曹霸之畫藝超群：「弟子韓幹早入室，亦能畫馬窮殊相。幹唯畫肉不畫骨，忍使驊騮氣凋喪。」評析弟子韓幹拜師學藝已多年，畫的馬能形貌相似，細微的差異也能顯現於畫中。但韓幹畫馬重在畫其壯碩的肉身，畫不出馬的神韻骨氣，讓千里馬的氣勢頓減，神氣沮喪。

杜甫寫曹霸漸漸落魄之後的際遇：「將軍畫善蓋有神，偶逢佳士亦寫眞。即今漂泊干戈際，屢貌尋常行路人。」清代楊倫《杜詩鏡銓》云：「此又言隨地寫眞，慨將軍之不遇。」曹霸擅長繪畫，如有神助，偶爾遇到名士，也願爲他寫眞畫像。如今戰亂之際，漂泊潦倒，屢屢爲平常的路人畫像賺錢。「途窮反遭俗眼白，世上未有如公貧。但看古來盛名下，終日坎壈纏其身。」寫出杜甫對曹霸將軍的坎坷遭遇深感同情。曹霸走到窮途末路，反而遭到世俗的白眼，世界上沒有人比曹霸更加清貧，只見古往今來大有名氣的人，終日爲坎坷的命運所糾纏。

全詩寫曹霸的出身不凡，努力學習書法和繪畫，得到唐玄宗賞識，大展身手，揮灑才華時的意氣風發：衆多畫工所畫的凡馬，和弟子韓幹所畫的馬，皆比不上曹霸所畫的「眞龍」寶馬，栩栩如生。但是這樣一位富有盛名、才氣縱橫的畫家，最終竟落魄窮愁，命途坎坷，令人不勝欷歔！

（賞析者：劉奇慧）

寄韓諫議

杜甫

今我不樂思岳陽，身欲奮飛病在床。美人娟娟隔秋水，濯足洞庭望八荒。
鴻飛冥冥日月白，青楓葉赤天雨霜。玉京群帝集北斗，或騎麒麟翳鳳凰。
芙蓉旌旗煙霧落，影動倒景搖瀟湘。星宮之君醉瓊漿，羽人稀少不在旁。
似聞昨者赤松子，恐是漢代韓張良；昔隨劉氏定長安，帷幄未改神慘傷。
國家成敗吾豈敢？色難腥腐餐楓香。周南留滯古所惜，南極老人應壽昌。
美人胡為隔秋水？焉得置之貢玉堂？

這是一首贈寄的詩。韓諫議，生平不詳，據詩意，當知他曾做過「諫議」的官，如今退隱於岳陽洞庭湖畔，過著求仙學道的生活。杜甫此詩有意勸韓諫議再出仕為官，認為他是國家的棟梁，應當為國效力，怎可隱居山林，置國家安危於不顧？此外，又藉韓諫議隱居江湖來暗諷朝廷不重用人才，而杜甫也懷才不遇，所以正好借他人酒杯以澆胸中塊壘。

首句：「今我不樂思岳陽」，此不樂為何事？當然是指詩中的「國家成敗」事，這是杜甫終身牽掛的事。此時的國事是「色難腥腐」，所以杜甫認為如果好人都去隱居了，那麼國事該怎麼辦？「美人胡為隔秋水？焉得置之貢玉堂？」要如何讓那些有才幹的人重出江湖在朝廷上為國家貢獻心力？因此歸結出君王要懂得重用人才，親賢士而遠小人，政治清明，人民才有安居樂業的生活。

詩中有大半的地方都在描寫神仙生活：「玉京群帝集北斗，或騎麒麟翳鳳凰。芙蓉旌旗煙霧落，影動倒景搖瀟湘。星宮之君醉瓊漿，羽人稀少不在旁。」說天庭上的衆帝君拱聚在北斗星，有的騎著麒麟而來，有的乘著鳳凰而來；繡著芙蓉花的旌旗閃爍在天庭的煙霧之間，這些搖動的旗幟倒影在清澈的湘水、瀟水中輕輕蕩漾。從這段天庭神仙生活的描繪中，不難喚出濃郁的遊仙意味。

詩裡先用「美人娟娟隔秋水，濯足洞庭望八荒。鴻飛冥冥日月白，青楓葉赤天雨霜。」來讚美韓諫議在岳陽的隱居生活，就像鴻鵠自由自在的飛翔在天空；也在楓葉遍地、寒霜滿天的季節裡，如仙人般能輕鬆自由的在洞庭湖濯足，眺望八方的景色。又說他在天庭的仙班上，宛如是赤松子，而這位赤松子恐怕就是漢代的張良吧。詩人把韓諫議比作漢朝的張子房，說他曾經幫助漢高祖劉邦建立漢朝江山，而今漢朝的都城長安還在，可是高祖的軍帳在哪裡？張良又何在？杜甫將韓諫議比作漢之張良，也感嘆此時唐朝江山的敗壞，到哪裡去找張子房來救國家？君王不重人才，像韓諫議這般賢才都退隱江湖了，讓人不禁擔憂國家的未來！

（賞析者：林素美）

古柏行

杜甫

孔明廟前有老柏，柯如青銅根如石。霜皮溜雨四十圍，黛色參天二千尺。
君臣已與時際會，樹木猶爲人愛惜。雲來氣接巫峽長，月出寒通雪山白。
憶昨路繞錦亭東，先主武侯同閟宮。崔嵬枝幹郊原古，窈窕丹青戶牖空。
落落盤踞雖得地，冥冥孤高多烈風。扶持自是神明力，正直原因造化功。
大廈如傾要梁棟，萬年回首丘山重。不露文章世已驚，未辭剪伐誰能送？
苦心豈免容螻蟻，香葉終經宿鸞鳳。志士幽人莫怨嗟，自古材大難爲用！

此詩作於大曆元年（七六六），時杜甫已五十五歲，借孔明廟前古柏，詠物抒懷，道出「自古材大難爲用」的慨嘆。據高步瀛《唐宋詩舉要》引《九家注》趙彥材曰：「成都先主廟，武侯祠堂附焉。夔州則先主廟、武侯廟各別。今詠柏專似孔明廟而已，豈非夔州柏乎？公詩集中，其在夔也屢有〈孔明廟〉詩，於〈夔州十絕〉云：『武侯祠堂不可忘，中有松柏參天長。』以絕句證之，則此乃夔州之詩明矣。」可見所詠爲夔州孔明廟無疑。

全詩可分爲三章：首章，描寫孔明廟前古柏及周遭景色。「孔明廟前有老柏，柯如青銅根如石。霜皮溜雨四十圍，黛色參天二千尺。」此四句專詠古柏：孔明廟前有棵古老的柏樹，樹枝像青銅，樹根像磐石。霜白的樹皮，潤澤的枝葉，樹身約有四十圍那麼大；綠葉成蔭，高聳參天，枝幹約

有二千尺那麼高。「君臣已與時際會，樹木猶爲人愛惜。」此二句從樹過渡到人：想起劉備與諸葛亮君臣曾在歷史時空中交會，如今廟前的樹木仍爲人們所愛惜。按：高步瀛注：「寫古柏形狀下插此二語，神氣動宕，若移『雲來』二句下，則成庸筆。」所言甚是。接著，「雲來氣接巫峽長，月出寒通雪山白」二句，詠周邊景致：老柏高聳，雲霧飄來，氣接巫峽；皎潔明月，映照寒光，直通雪山。

次章，以成都先主廟、武侯祠的古柏，襯托出夔州孔明廟前古柏是如此的正直、高大。「憶昨路繞錦亭東，先主武侯同閟宮。崔嵬枝幹郊原古，窈窕丹青戶牖空。」此四句寫成都老柏：記得先前我路過成都錦亭的東邊，先主廟、武侯祠同樣地深閉幽靜。那老柏高聳的枝幹伸向古老的郊原，而廟內幽深，連圖像和戶牖也都斑剝了。「落落盤踞雖得地，冥冥孤高多烈風。扶持自是神明力，正直原因造化功。」此四句回到夔州古柏：古柏牢牢地盤踞，雖然頗得地利；但畢竟長得太高了，容易遭到烈風侵襲。幸好有神明的扶持，才長得如此正直，一切全靠造物者的功勞。詩中言古柏爲人神所愛護，一如孔明之忠貞，足以感動天人。

　　末章，既詠古柏，也歌頌武侯，句句雙關，同時說出詩人自己的心聲。「大廈如傾要梁棟，萬年回首丘山重。」乍看似詠樹：大廈快要傾倒，總得靠大木來支拄；千萬年以後，人們回首憑弔，只覺它像山嶽般穩重。實則以樹喻人，兼詠孔明：國家快要傾覆，也得靠棟梁之材來支撐；多年後，人們回顧三國歷史，但覺他穩重如山，屹立不搖。「不露文章世已驚，未辭剪伐誰能送？」仍爲雙關手法：古柏不顯露花葉之美，世人已震驚於它的崇高；從未阻止人砍伐它，但誰能將它運往當建材？意味著孔明不展現其文章，世人已震驚於他的治事才能；他從不吝於貢獻自己，又有誰能推薦他出來承擔重任呢？「苦心豈免容螻蟻，香葉終經宿鸞鳳。」是說柏心味苦卻難免被螻蟻侵蝕，然而，它的枝葉芳香終將爲鸞鳳所棲息。一如孔明苦心孤詣仍難免被小人詆毀，然而，他樹立的人臣典範終將爲賢人君子所景仰。「志士幽人莫怨嗟，自古材大難爲用！」仁人志士和山中隱逸者不必再唉聲嘆氣了，自古以來才幹愈大愈難獲得重用！末二句含意深遠，一語三關，詠古柏，詠孔明，最後引起對自身懷才不遇的無限感慨。誠如李之儀〈跋古柏行後〉云：「或謂子美（杜甫）作此詩，備詩家衆體，非獨形容一時君臣相遇之盛，亦所以自況，而又以憫其所值之時不如古也。第深考之，信然！」

（賞析者：簡彥妗）

觀公孫大娘弟子舞劍器行（并序）——杜甫

大曆二年十月十九日，夔府別駕元持宅，見臨潁李十二娘舞劍器，壯其蔚跂，問其所師？曰：「余公孫大娘弟子也。」開元三載，余尚童穉，記於郾城觀公孫氏舞劍器、渾脫，瀏灕頓挫，獨出冠時。自高頭宜春梨園二伎坊內人，洎外供奉，曉是舞者，聖文神武皇帝初，公孫一人而已。玉貌錦衣，況余白首；今茲弟子，亦匪盛顏。既辨其由來，知波瀾莫二。撫事慷慨，聊為〈劍器行〉。昔者吳人張旭，善草書帖，數常於鄴縣，見公孫大娘舞西河劍器，自此草書長進，豪蕩感激，即公孫可知矣！

昔有佳人公孫氏，一舞劍器動四方。觀者如山色沮喪，天地爲之久低昂。
㸌如羿射九日落，矯如群帝驂龍翔。來如雷霆收震怒，罷如江海凝清光。
絳脣珠袖兩寂寞，晚有弟子傳芬芳。臨潁美人在白帝，妙舞此曲神揚揚。
與余問答既有以，感時撫事增惋傷。先帝侍女八千人，公孫劍器初第一。
五十年間似反掌，風塵澒洞昏王室。梨園子弟散如煙，女樂餘姿映寒日。
金粟堆前木已拱，瞿塘石城草蕭瑟。玳筵急管曲復終，樂極哀來月東出。
老夫不知其所往？足繭荒山轉愁疾。

這是一首符合法國莫泊桑短篇小說研究法，所謂三S的詩歌。在詩歌情節的安排上，詩中形容公孫大娘弟子的舞姿，是何等的令人驚奇（surprise）；詩人因而想起公孫大娘的舞姿，想起玄宗皇帝，也想起自己晚年不知投身何處的懸疑（suspension）手法；讀完整首後，你也會滿意（satisfaction）它的情節安排。作者在唐代宗大曆二年（七六七）十月十九日，在夔府別駕元持的家中，看到臨潁人李十二娘舞劍器，讚賞她的舞技綿密超脫，好奇問她師承何人，果然是唐玄宗時劍器大家公孫大娘的弟子，因此回憶過往而寫下此詩。全詩多半是稱讚公孫大娘和其弟子的舞技，再因詠公孫大娘而思念唐玄宗，引出感嘆五十年歲月的滄桑，昔時開元盛世而今安在哉？

公孫大娘是唐玄宗開元時有名的大舞蹈家，善舞劍器。「劍器」，是一種舞者穿著軍裝，手拿劍而舞的表演，所以稱作劍器舞。序文上說作者在開元三年（七一五），曾經在郾城看過公孫大娘舞劍器和渾脫舞，可以說是冠絕當代。在唐玄宗的教坊內，不管是宜春坊，或是梨園坊，還是在外供奉的舞者，能跳這種舞的人，也只有公孫大娘一人而已。序文又提及唐代大書法家張旭，數次在鄴縣觀看公孫大娘舞西河劍器，從此他寫草書的功力大進，草書中充滿了豪放激蕩之氣，便是受到公孫大娘舞蹈的氣勢所感染。開元三年，杜甫才四歲；大曆二年，他已經五十六歲，經過五十多年後重新看到兒時的舞蹈，心中眞是百感交集。杜甫在唐代宗大曆五年過世，可見這首詩是他晚年的作品。

詩分三段，從「昔有」到「芬芳」十句爲第一段，這一段全在描寫公孫大娘的舞姿。「昔有佳人公孫氏，一舞劍器動四方。觀者如山色沮喪，天地爲之久低昂。」是說這位轟動四方的舞者，觀看她蹈舞的人像山一般的多，她的舞姿讓觀看的人沒有不感到驚奇，連天地也感動得爲她久久低昂。「㸌如羿射九日落，矯如群帝驂龍翔。來如雷霆收震怒，罷如江海凝清光。」這四句即是對她劍器舞姿的描寫。這四句描寫她的舞技，借用后羿射日、群帝驂龍的形象，眞是鮮活靈動。後兩句「絳唇珠袖兩寂寞，晚有弟子傳芬芳。」是說時間雖然過去很久了，公孫大娘也走了，還好有李十二娘的傳承，今日才有再觀賞「劍器舞」的機會。

第二段由「臨潁美人」到「增惋傷」四句，是承第一段「晚有弟子傳芬芳」而來。這段說的就是序文中杜甫在夔府別駕元持家中，觀看臨潁李十二娘舞劍器的實況，讓作者有傷時感世之慨。末段從「先帝侍女八千人」到最後。這段先從公孫大娘談起，再由梨園回想起唐玄宗。「先帝侍女八千人，公孫劍器初第一。五十年間似反掌，風塵澒洞昏王室。」五十多年的光陰，就像翻了一下手掌似的快，當年的小孩今日已是白髮老人。這五十年來的歲月變化，公孫大娘走了，唐玄宗走了，梨園子弟煙消雲散，而作者也老了。最後四句：「玳筵急管曲復終，樂極哀來月東出。老夫不知其所往？足繭荒山轉愁疾。」這四句直接由宴席上歌舞的歡樂，轉入荒山愁苦，是詩人樂極哀來的心情。明月東出，在這荒山上邁步走來，山路是這麼的難行，而詩人撫事感時，愈走他的內心就愈覺得淒涼悲傷。這淒涼悲傷是慨嘆歷史痕溝的無情，而今非昔比，國家衰敗，又將何去何從？令詩人的心情由歡樂轉入哀傷，這哀傷全是源自感傷國家的衰落。全詩氣勢雄偉，悲壯感人。

（賞析者：林素美）

石魚湖上醉歌（并序）——元結

漫叟以公田米釀酒，因休暇，則載酒於湖上，時取一醉。歡醉中，據湖岸，引臂向魚取酒，使舫載之，徧飲坐者。意疑倚巴丘，酌於君山之上，諸子環洞庭而坐，酒舫泛泛然，觸波濤而往來者，乃作歌以長之。

石魚湖，似洞庭，夏水欲滿君山青。山爲樽，水爲沼，酒徒歷歷坐洲島。
長風連日作大浪，不能廢人運酒舫。我持長瓢坐巴丘，酌飲四座以散愁。

此詩爲歌行體。序文上說：「我用公田的米釀了酒，常常借著休假時，載酒到石魚湖上痛飲。在酒酣歡樂之中，靠著湖岸，伸臂向石魚湖中的獨石凹處來取酒，這是我藏酒的地方；再叫船載著酒，讓所有在船座上的人都能暢飲。我在湖中飲酒，就好像是靠著巴陵山，雙手一伸向君山舀了酒似的，同遊的人就像繞著洞庭湖而坐。我們的酒船慢慢地觸動湖水中的波濤，並且可隨時來來往往的添酒、喝酒，這是多麼快樂的事，因此我寫了這首歌來長吟。」由此可見，詩人是如何的自得其樂，故寫下這首歌謠。

石魚湖，在今湖南省道縣東，是時元結出任道州刺史，石魚湖是他在休假時常去遊玩的地方。除了這首〈石魚湖上醉歌〉外，這段時間他也寫了好幾首詩來歌詠石魚湖。他的另一首〈石魚湖上作〉序文說：「漫泉南上有獨石，在水中，狀如遊魚。魚凹處，修之，可以貯酒。水涯四匝，多欹石相連，石上堪人坐，水能浮小舫載酒，又能繞石魚洄流，及命湖曰：『石魚湖』，鐫銘於湖上，顯示來者，又作詩以歌之。」記述他如何喜好此湖，並爲之命名爲「石魚湖」。其〈石魚湖上作〉詩云：「吾愛石魚湖，石魚在湖裡。魚背有酒樽，繞魚是湖水。」是一首充滿民歌風味的詩。

這首詩是歌詠石魚湖的風景，詩人除了稱頌石魚湖的湖光山色外，也抒發他淡泊名利，有意歸隱山林的胸懷，因此才會借酒縱歌，及時及樂。起首的三句先描寫石魚湖的風景，把「石魚湖」比作「洞庭湖」，把「石魚」比作「君山」，都是在說這裡是一個歸隱的好地方。接著三句：「山爲樽，水爲沼，酒徒歷歷坐洲島。」則是寫賞湖之情形。這裡和上句一樣都是用比擬法，把山比作酒杯，把水比作美酒，酒徒們一個個都坐在這座湖上暢飲。即使有大風大浪，也不能阻止他們飲酒歡樂的盛事，「我手持著盛酒的葫蘆瓢，好像坐在巴丘山上，我爲四座的友人斟酒，藉此來排遣心中憂愁。」的確，如此的賞心樂事，怎能不把憂愁拋至九霄雲外？

這首詩格調清新自然，詩人乘興放歌，毫無拘束，足見其胸襟開闊。由於天下動盪不安，詩人對功名仕途感到失望，因此才有歸隱江湖、縱酒放歌的想法。全詩一氣呵成，類似民歌，活潑可唱。

（賞析者：林素美）

山石

韓愈

山石犖确行徑微，黃昏到寺蝙蝠飛。升堂坐階新雨足，芭蕉葉大梔子肥。
僧言古壁佛畫好，以火來照所見稀。鋪床拂席置羹飯，疏糲亦足飽我飢。
夜深靜臥百蟲絕，清月出嶺光入扉。天明獨去無道路，出入高下窮煙霏。
山紅澗碧紛爛漫，時見松櫪皆十圍。當流赤足蹋澗石，水聲激激風吹衣。
人生如此自可樂，豈必局束爲人鞿？嗟哉吾黨二三子，安得至老不更歸？

此詩是作者於唐德宗貞元十七年（八〇一）農曆七月二十二日閒居洛陽時，與友人同遊城北惠林寺所作，是一篇寫山水遊記的詩歌。

首句「山石犖确行徑微」是以山路狹隘不平，寫詩人至寺行程的險峻。次句「黃昏到寺蝙蝠飛」是寫黃昏抵寺時的山中景象，「飛」字是對蝙蝠動態的描寫，也隱含了詩人經過辛苦跋涉、抵寺後輕鬆愉快的心情。

接下去八句是寫詩人到寺後的情形。前四句「升堂坐階新雨足，芭蕉葉大梔子肥。僧言古壁佛畫好，以火來照所見稀。」是指詩人到達寺院後，因雨已停，故坐在臺階上欣賞寺院的環境，只見山寺四周有著大片的芭蕉葉以及盛開的梔子花；這時熱情的寺主，還以火把領著詩人欣賞壁上已經模糊的壁畫。詩人以「足」、「大」、「肥」、「好」來形容眼前所見景物之美好，可見他到達寺院後內心充滿了喜悅和滿足。後四句「鋪床拂席置羹飯，疏糲亦足飽我飢。夜深靜臥百蟲絕，清月出嶺光入扉」，則寫寺主殷勤留飯、留宿的情景。寺中雖只有粗茶淡飯，卻足以讓人溫飽；夜深靜臥寺中，山寺的清幽，清月出嶺的光輝，都讓人流連不已，乃至夜深百蟲鳴絕時，詩人仍未入睡，心滿意足的神態不言自明。

接著六句「天明獨去無道路，出入高下窮煙霏。山紅澗碧紛爛漫，時見松櫪皆十圍。當流赤足蹋澗石，水聲激激風吹衣。」則寫詩人在天明後獨自離去的情景。因清晨天色未明還看不清山路，但仍可見山寺周圍雲煙繚繞，寺外紅花遍地，溪澗碧水潺潺而流，兩旁則有十圍粗大的松樹和櫪樹，這美麗的景色，使人不忍離去。詩人不禁光了腳踏在澗石上任由碧水流過，一邊聽著流水聲，一邊任輕風吹拂衣襟。這幾句是描述詩人離開寺院時一路所見的景色，他以花紅水綠形容山景，又以「爛漫」寫山景生氣蓬勃的氣象，既引人遐思又充分體現了他對山中自然美景的熱愛和嚮往。此時輕鬆愉快的心境與初來時的辛苦跋涉，不可同日而語。

最後四句，詩人以「人生如此自可樂，豈必局束爲人鞿？嗟哉吾黨二三子，安得至老不更歸？」總結全詩，也是全詩主旨所在。「鞿」指馬轡繩，此處借指在官場受人牽制之意。意即人生能如此生活是一件樂事，爲什麼要去受別人拘束與牽制呢？既然如此，朋友啊，我們怎能到老還不返回故里呢？

歷來寫山水遊記，爲了便於詳記遊蹤，都是以賦或散文爲之，然韓愈卻以其高才打破傳統，以詩寫遊記。他根據自己的遊蹤，依序而述，由入寺艱辛、至賞古寺黃昏之景、舉火觀壁畫之樂、到夜深清月出嶺之靜、又到清晨山林爛漫之境，「一句一樣境界，如展圖畫」，不但層次分明的將深山幽奇的景色，作了細緻又生動的描繪，且借景抒情將自己歷經宦海浮沉後的感慨寄寓其中，耐人尋味，也爲傳統遊記開拓新領域。方東樹《昭昧詹言》即云：「不事雕琢，自見精彩，眞大家手筆。……從昨日追敘，夾敘夾寫，情景如見，句法高古。只是一篇遊記，而敘寫簡妙，猶是古文手筆。他人數語方能明者，此須一句，即全現出，而句法復如有餘地，此爲筆力。」對他以文爲詩的筆力讚譽有加，可見這是韓詩中影響深遠的一篇名作，絕非浪得虛名！

（賞析者：王珍華）

八月十五夜贈張功曹——韓　愈

纖雲四捲天無河，清風吹空月舒波。沙平水息聲影絕，一杯相屬君當歌。
君歌聲酸辭且苦，不能聽終淚如雨。洞庭連天九疑高，蛟龍出沒猩鼯號。
十生九死到官所，幽居默默如藏逃。下床畏蛇食畏藥，海氣溼蟄熏腥臊。
昨者州前槌大鼓，嗣皇繼聖登夔皋。赦書一日行萬里，罪從大辟皆除死。
遷者追迴流者還，滌瑕蕩垢清朝班。州家申名使家抑，坎軻祗得移荊蠻。
判司卑官不堪說，未免捶楚塵埃間。同時輩流多上道，天路幽險難追攀。
君歌且休聽我歌，我歌今與君殊科。一年明月今宵多，人生由命非由他；
有酒不飲奈明何？

貞元十九年（八〇三），天下大旱，民不聊生，時任監察御史的韓愈和張署，因直言進諫，希望減免關中徭賦，爲李實所讒，觸怒德宗，兩人同時被貶，韓愈任陽山（今廣東陽山）令，張署任臨武（今湖南郴縣）令。貞元二十一年正月，順宗即位，大赦天下，韓愈和張署都到郴州去等候命令；八月，順宗因病傳位給憲宗，又大赦。但兩次大赦天下，二人雖名列其中卻因湖南觀察使楊憑從中作梗，不但未能返京，反而被移到江陵（今湖北江陵縣），韓愈改官法曹參軍，張署改官功曹參軍。韓愈得知消息後，心情複雜，借中秋和張署對飲之際，寫下這首詩，給同是天涯淪落人的張署，並抒發胸中悲憤。

首四句，詩人以「纖雲四捲天無河，清風吹空月舒波。沙平水息聲影絕，一杯相屬君當歌。」開篇，寫八月十五日中秋夜，兩人對飲的環境。夜深了，天高雲疏，在這樣清冷寂靜的月夜，沙平水靜，只有明月清風相伴，詩人和張署兩人舉杯痛飲，心中既淒涼又悲憤。對酒當歌，於是韓愈以一杯酒邀張署說出心中的悲歌。

緊接著從「君歌聲酸辭且苦」到「天路幽險難追攀」二十句，是寫張署悲歌的內容。詩人以「聲酸辭苦」爲始，形容張署一開口就忍不住嗚咽之聲，既爲悲歌定調，也道出被貶謫者心中的酸苦。之所以如此，是因他被貶之地路途遙遠，且一路山高水險、野獸出沒，令人畏懼；九死一生來到貶居地後，毒蛇出沒、飲食疑蠱，空氣潮溼、氣味腥臊，環境同樣險惡，讓人只能整日幽居如藏匿的逃犯，不敢隨意出入。這是張署自敘到官之苦，其中或言過其詞，但也因此才能寫出其悲歌「聲酸辭苦」之因，而這也正是詩人心中的酸楚，爲本詩主題所在。

接著詩人筆鋒一轉，以追敘令人振奮的大赦消息爲續，「昨者州前槌大鼓，嗣皇繼聖登夔皋。赦書一日行萬里，罪從大辟皆除死。遷者追迴流者還，滌瑕蕩垢清朝班。」寫前日忽然從萬里之外送來赦書，宣告新皇即位，且將聖明地開始擢用如夔、皋陶一般的賢臣，同時所有有罪、遭貶之人，亦可藉此機會洗刷罪名，重列朝班。這種消息出乎意外也令人振奮，詩人在此以「槌大鼓」來形容大赦消息的到來及場面的熱烈，從而也生動地烘托出張署聽到大赦時的欣喜若狂。但緊接著詩情又出現轉折，「州家申名使家抑，坎軻祇得移荊蠻。」縱使所有人都得到赦免，大赦令上也有我的名字，但因湖南觀察使阻撓，結果不但不能回京，反而調往江陵這種荊蠻之地任判司。而「判司卑官不堪說，未免捶楚塵埃間。」判司官小位卑，已不堪提，有時還不免受到長官笞杖。面對這樣處境，張署不禁感嘆道：「同時輩流多上道，天路幽險難追攀。」和你我一樣同時被貶的人，都已上路回京，但對你我而言，回到朝廷卻比登天還難。

最後五句「君歌且休聽我歌，我歌今與君殊科。一年明月今宵多，人生由命非由他；有酒不飲奈明何？」是詩人聽完悲歌後的議論也是感慨。他寬解張署道：請您不要再唱下去了，還是聽我的歌吧！我的歌和您不同，一年裡的月光就今晚最為明亮，人生萬事都只能聽天由命，今晚有酒不喝，待天明了又將如何？既然難以掌握自己的命運，就只好寄命於天，借酒消愁，暫忘煩惱。這種言論，看似已經看破宦海浮沉後才有的豁達，但事實上，仍要借酒消愁，暫忘煩惱，也透露著詩人內心深藏的苦楚及無奈，換言之，他表面上是勸人放開胸懷，實際上還是充滿了無可奈何的心情。

整首詩雖以張署的悲歌為主，但字裡行間不難看出其實詩人是借張署之口，盡情抒發自己胸中的不平，因為兩人是以同樣的原因同時被貶，心情是一樣的酸楚，寫張署即言自己。全詩以接近散文的筆法直訴衷情，從秋夜夜飲寫起，接著寫悲歌之因及失望之情，最後以看破宦海浮沉作結，兩人一唱一和，感情酸楚，意境悲涼，但語言沉鬱雄渾，言近旨遠，故章燮《唐詩三百首》注疏云：「怨而不亂，有小雅之風。」如此別具一格的佳作，自然也成了韓愈詩歌的代表作之一。

（賞析者：王珍華）

謁衡嶽廟遂宿嶽寺題門樓——韓愈

五嶽祭秩皆三公，四方環鎮嵩當中。火維地荒足妖怪，天假神柄專其雄。
噴雲泄霧藏半腹，雖有絕頂誰能窮？我來正逢秋雨節，陰氣晦昧無清風。
潛心默禱若有應，豈非正直能感通？須臾靜掃衆峰出，仰見突兀撐青空。
紫蓋連延接天柱，石廩騰擲堆祝融。森然魄動下馬拜，松柏一逕趨靈宮。
粉牆丹柱動光彩，鬼物圖畫塡青紅。升階傴僂薦脯酒，欲以菲薄明其衷。
廟內老人識神意，睢盱偵伺能鞠躬。手持盃珓導我擲，云此最吉餘難同。
竄逐蠻荒幸不死，衣食纔足甘長終。侯王將相望久絕，神縱欲福難爲功。
夜投佛寺上高閣，星月掩映雲曈曨。猿鳴鐘動不知曙，杲杲寒日生於東。

韓愈被貶爲連州陽山令後，雖遇兩次大赦天下，皆因楊憑從中作梗，不但未能返京，反而調往江陵任判司，判司官小位卑，韓愈心中充滿了憤慨與淒楚。此詩即作於他由郴州往江陵赴任途經衡山時。衡山聳立在湖南衡陽盆地北端，氣勢雄偉，景象壯觀，山上的衡嶽廟是遊覽勝地；韓愈路經此處，正值大赦不能回京，心情鬱悶，故藉造訪名勝之便，賦此詩以抒懷。

詩以望嶽起筆，頭二句「五嶽祭秩皆三公，四方環鎮嵩當中。」是寫五嶽受人尊崇的地位。根據《禮記・王制》的記載：「天子祭天下名山大川，五嶽視三公，四瀆視諸侯。」五嶽即泰山、衡山、嵩山、華山、恆山，其地位等同三公，而嵩山居其中。接著四句「火維地荒足妖怪，天假神柄專其雄。噴雲泄霧藏半腹，雖有絕頂誰能窮？」是寫衡嶽奇偉之勢。因衡嶽地處南方屬火，炎熱而荒僻又多妖魔，故天帝授予權柄，使祂能雄鎮一方以制魔。它的山勢雄偉，故山腰間常有雲霧繚繞，極頂亦有可觀覽之勝景，但有誰能登上它的頂峰呢？詩人在此一面寫它所擁有的力量令人敬畏，一面又突顯出它的山勢雄偉奇崛，令人心生景仰。

接著「我來正逢秋雨節，陰氣晦昧無清風。潛心默禱若有應，豈非正直能感通？須臾靜掃衆峰出，仰見突兀撐青空。紫蓋連延接天柱，石廩騰擲堆祝融。」是敘寫詩人登山所見之景。前六句，寫詩人來此朝拜，正逢秋雨連綿時節，山中陰暗潮溼又無清風吹拂。於是詩人在心底對著嶽神默禱，彷彿自己的正直感動嶽神也有了應驗，片刻間雲消霧散，群峰畢現，矗立在蒼穹之下。這六句，語氣雖屬虛妄，卻如實描寫出秋季山中晦暗潮溼、陰晴多變的景象。後二句「紫蓋連延接天柱，石廩騰擲堆祝融。」是寫雲開雨霽後，紫蓋、天柱、石廩、祝融等山峰，突然出現眼前起伏騰挪的壯麗景觀。在此詩人以「連延」、「接」、「騰」、「擲」、「堆」幾個雄渾有力的硬語來形容山勢聳立眼前的奇觀，山因而顯得聲勢不凡也有了生氣，詩人由沉悶壓抑轉向豁然開朗的心境也得以彰顯，其筆力之遒勁有力著實令人讚嘆。

接下去十四句，是寫詩人謁廟祭神問卜的經過。「森然魄動下馬拜，松柏一逕趨靈宮。」因衡嶽彷彿有靈，從而也引起詩人祭神問卜的欲望，他下馬跪拜後，沿著松柏間小徑，直奔嶽神廟，向嶽神致敬。「粉牆丹柱動光彩，鬼物圖畫填青紅」，是對佛寺建築典型環境與色調的描寫，在此原本呆板的牆面與梁柱，透過詩人以光以色的描寫，寧靜的寺廟頓時間顯得栩栩如生，躍然紙上。「升階傴僂薦脯酒，欲以菲薄明其衷。廟內老人識神意，睢盱偵伺能鞠躬。手持盃珓導我擲，云此最吉餘難同。」即詩人面對嶽神，在掌廟老人的指導下，投杯珓以卜卦，而老人也為之解釋卦象道：這是上好之卦，再沒有比這更好的卦了。但此時詩人卻道：「竄逐蠻荒幸不死，衣食纔足甘長終。侯王將相望久絕，神縱欲福難為功。」即自己被貶陽山這蠻荒之地，衣食剛夠溫飽、僥倖不死已是萬幸，也甘願在此終老至死。成為侯王將相的欲望早已斷絕，故縱使現在神明要賜福於我，也是枉然的。詩人會如此說，自然是因為自己的遭遇與卦象不符，同時為抒發自己忿忿不平的心境，語氣沉重，感慨萬千，也是本詩的主旨。

最後四句，「夜投佛寺上高閣，星月掩映雲曈曨。猿鳴鐘動不知曙，杲杲寒日生於東。」回歸詩題「宿嶽寺」。前二句寫詩人夜宿佛寺，登上高閣時所見之朦朧夜景；後二句，則寫一夜好眠。「猿鳴鐘動不知曙」是翻用謝靈運〈從斤竹澗越嶺溪行〉「猿鳴誠知曙」句的詩意，即聽到猿啼就知道天亮了，但此處是寫詩人因為酣睡，竟連天亮時的猿啼和寺廟鐘響都沒聽到，醒時只見東方早已升起一輪又紅又亮的寒日，可見詩人是一覺到天亮。照理說，詩人身遭貶謫，心中應該有怨，卻整夜酣睡，足見其胸襟豁達。

整首詩人仍以他所擅長「以文為詩」的筆法，按行程依序敘寫其遊山的經過及個人對仕途坎坷的深沉感慨，章法井然有序，融寫景、敘事、抒情於一爐，且語言遒勁有力，意境開闊明朗充滿陽剛之氣，正如沈德潛《唐詩別裁》所說：「橫空盤硬語，妥貼力排奡。公詩足以當此語。」

（賞析者：王珍華）

石鼓歌

韓　愈

張生手持石鼓文，勸我試作石鼓歌。少陵無人謫仙死，才薄將奈石鼓何？
周綱淩遲四海沸，宣王憤起揮天戈；大開明堂受朝賀，諸侯劍佩鳴相磨。
蒐於岐陽騁雄俊，萬里禽獸皆遮羅。鐫功勒成告萬世，鑿石作鼓隳嵯峨。
從臣才藝咸第一，揀選撰刻留山阿。雨淋日炙野火燎，鬼物守護煩撝呵。
公從何處得紙本？毫髮盡備無差訛。辭嚴義密讀難曉，字體不類隸與蝌。
年深豈免有缺畫？快劍砍斷生蛟鼉。鸞翔鳳翥衆仙下，珊瑚碧樹交枝柯。
金繩鐵索鎖鈕壯，古鼎躍水龍騰梭。陋儒編詩不收入，二雅褊迫無委蛇。
孔子西行不到秦，掎摭星宿遺羲娥。嗟予好古生苦晚，對此涕淚雙滂沱。
憶昔初蒙博士徵，其年始改稱元和。故人從軍在右輔，爲我度量掘臼科。
濯冠沐浴告祭酒，如此至寶存豈多？氈包席裹可立致，十鼓祇載數駱駝。
薦諸太廟比郜鼎，光價豈止百倍過？聖恩若許留太學，諸生講解得切磋。
觀經鴻都尚填咽，坐見舉國來奔波。剜苔剔蘚露節角，安置妥帖平不頗。
大廈深簷與覆蓋，經歷久遠期無佗。中朝大官老於事，詎肯感激徒媕婀？
牧童敲火牛礪角，誰復著手爲摩挲？日銷月鑠就埋沒，六年西顧空吟哦。

義之俗書趁姿媚，數紙尚可博白鵝。繼周八代爭戰罷，無人收拾理則那。
方今太平日無事，柄任儒術崇丘軻。安能以此上論列？願借辯口如懸河。
石鼓之歌止於此，嗚呼吾意其蹉跎！

此詩是韓愈於唐憲宗元和六年（八一一）爲古文物請命而作。

唐初，有十枚石鼓出土，因鼓身流傳千年，上又刻有先秦文字，字體古茂遒逸，故極爲珍貴。當時文士如虞世南、褚遂良、歐陽詢等都前去觀看，並親自臨摹做拓；杜甫、韋應物也爲之作詩。但如此珍貴的文物卻不受朝廷重視，反被棄置於荒郊。時任國子監四門博士的韓愈，爲保護石鼓，上書朝廷請求將石鼓搬到太學府加以保存，但不獲採納，相當感慨。因而於元和六年賦此長詩〈石鼓歌〉大發牢騷。全詩分五段，分敘石鼓的來源、字體與價值，爲古文物請命的同時，也有深沉的感慨。

首段四句，「張生手持石鼓文，勸我試作石鼓歌。少陵無人謫仙死，才薄將奈石鼓何？」是詩的開場白，點出寫作此詩的緣起。「張生」指張籍，「少陵」指杜甫，「謫仙」指李白；即張籍手拿周朝石鼓文的拓本，勸我寫一首詠讚它的石鼓歌，但才華高妙的李白、杜甫都已作古，我才疏學淺怎能爲石鼓作歌呢？其實這是韓愈自謙之詞，但因張籍的「勸」，他只好盡力而爲，既表達了自己不得不作之因，也點出石鼓文深奧難懂之處。

接著第二段，詩人以「周綱淩遲四海沸，宣王憤起揮天戈；大開明堂受朝賀，諸侯劍佩鳴相磨。蒐於岐陽騁雄俊，萬里禽獸皆遮羅。鐫功勒成告萬世，鑿石作鼓隳嵯峨。從臣才藝咸第一，揀選撰刻留山阿。」敘述石鼓及石鼓文的來歷。石鼓文，自唐初出土後，對其產生於何時，並無具體說法，韓愈則認爲刻石乃宣王秋蒐時勅石紀功之作，故云：周代因法紀頹敗，全國動盪不安，宣王乃大動天戈，中興王室。宣王平亂後，又得賢相之助，效法文、武、成、康遺風，使得諸侯重新宗周，於是宣王大開天子明堂慶功並接受諸侯朝賀，因人多以致彼此腰間掛劍和佩玉互相磨擦而發出清響。宣王又到岐山之陽巡狩，使萬里禽獸無處躲藏，全進了羅網。史官爲昭告天下宣王雄才大略的功勳，從高山上鑿採大石磨成鼓，並愼選有才學者，將這項功業刻石記載留在山阿。這十句既有對石鼓來歷的敘述，也有著對宣王功業的描繪，而詩人以「沸」、「憤」、「大」、「騁」、「萬里」、「萬世」等強而有力的字眼，刻畫宣王當時中興的雄偉氣派，不僅音韻鏗鏘，且場面壯闊，也讓石鼓文的來歷更顯得氣勢非凡。

緊接著下面十六句「雨淋日炙野火燎，鬼物守護煩撝呵。公從何處得紙本？毫髮盡備無差訛。辭嚴義密讀難曉，字體不類隸與蝌。年深豈免有缺畫？快劍砍斷生蛟鼉。鸞翔鳳翥衆仙下，珊瑚碧樹交枝柯。金繩鐵索鎖鈕壯，古鼎躍水龍騰梭。陋儒編詩不收入，二雅褊迫無委蛇。孔子西行不到秦，掎摭星宿遺羲娥。」是第三段，主要是針對石鼓文的來歷、珍貴之處及其被遺漏，作了更具體的描述。石鼓文流傳千年，歷盡歲月的摧殘還能保存完好，若無鬼神的守護簡直是不可能的。而張籍竟能得此拓本，眞是難得，而且文字又保留的如此毫髮無損，令人訝異。這些石鼓文義理深奧難曉，古拙的字體既不像秦漢時流行的隸書，也不像古文中的蝌蚪文。且時代久遠，文字筆畫也難免有缺漏吧？即使如此，從留存下來的筆勢來看，字體仍像活生生的蛟龍被快劍斫斷般奇麗又遒勁有力。而它的字跡，雖有剝蝕斑駁處，但仍可看出字體線條如鸞鳳翔飛、衆仙下凡般飄逸，又如珊瑚碧樹的枝幹交錯般優美。至於雄健的筆力就像金繩鐵索般鉤連，飛動的筆勢則如禹鼎出水、龍梭離壁，令人嘆爲觀止。詩人對石鼓文字體、線條、氣勢之形容，不僅充滿想像力與文采，且「雄渾光怪，句奇語重」，除了予人以深刻的印象及強烈的審美感受外，同時也道出它值得保留的價值及詩人對石鼓文拓本的激賞。而接下去四句「陋儒編詩不收入，二雅褊迫無委蛇。孔子西行不到秦，掎摭星宿遺羲娥。」是說明其爲世所遺之因。即它爲《詩經》所遺漏，或因當時采風陋儒們編詩時的疏忽，或是二雅成書時編詩者偏頗所致，又或者是因孔子西行時沒有到過秦地（石鼓所在之地），導致編詩時未收錄石鼓文，這就好像是拾取了星星，卻遺漏了太陽、月亮一樣。這樣的說法，其實是詩人爲再次強調石鼓文爲稀世奇珍而發。

第四段從「嗟予好古生苦晚」到「詎肯感激徒媕婀」共二十二句，既建議朝廷將石鼓運來太學保存，又說明石鼓遭棄的錯誤。詩人面對拓本，十分感傷道：「嗟予好古生苦晚，對此涕淚雙滂沱。憶昔初蒙博士徵，其年始改稱元和。故人從軍在右輔，爲我度量掘臼科。」是說自己愛好古文化，可惜生得太晚，讓人無限感傷。他回憶自己在元和元年，自江陵法曹參軍被召回長安任國子博士時，朋友就在「右輔」（即鳳翔埋鼓處）從軍，並爲自己度量挖掘石鼓出土的坑穴。爲此，詩人還「濯冠沐浴告祭酒，如此至寶存豈多？」即特別濯洗官帽、沐浴身體，並以無比恭敬的心，呈告國子博士的主官寶物之貴重。並告之這些寶物的運送、保存方式只須「氈包席裹可立致，十鼓祇載數駱駝。薦諸太廟比郜鼎，光價豈止百倍過？聖恩若許留太學，諸生講解得切磋。」即石鼓的拓本只需以氈毯包著或竹席裹著，石鼓則由數隻駱駝負載，就能將其立刻全部運來京師，陳設在太廟裡；它不但可與魯國的郜鼎相媲美，甚至光彩和價值都勝過郜鼎百倍；如蒙聖主恩准，可以留在太學的話，太學生在講解經書的時候，更可借此互相觀摩研討，以達精進效果。說明石鼓運往太學的保存方式後，詩人接著又以

「觀經鴻都尙塡咽，坐見舉國來奔波。剜苔剔蘚露節角，安置妥帖平不頗。大廈深簷與覆蓋，經歷久遠期無佗。中朝大官老於事，詎肯感激徒媕婀？」來說明如今石鼓遺棄的命運。「觀經鴻都」是指漢熹平四年（一七五），靈帝不滿於當時經籍文字混亂，特命諸儒正五經文字，並命蔡邕以古文、篆、隸三體書之，刻石鴻都門前，供士子觀摹；石碑立好後，覲見及摹寫者絡繹不絕，車乘之多曾使街道爲之阻塞。故這些石鼓如果得以陳設太學，可以想見舉國之人必也會如「觀經鴻都」般，奔波前來觀摹。而石鼓若予以剜剔苔蘚汙垢處理，就會露出文字本來筆畫的稜角，若有大廈屋宇加以安置並妥當保護，則可長久保存；可惜朝中大官既世故又見識短淺，豈肯爲此事盡心，只是敷衍拖延罷了。整段敘述，其中有對自己身世的感慨，有對朝廷不接納建議的遺憾，也有感嘆如此珍貴文物遺棄的不捨，在夾敘夾議中流露出的是詩人深深的惆悵之情和惋惜之意。

最後一段共十四句爲結語。因詩人呼籲落空了，石鼓文正陷入磨損的厄運中，故詩人無比感慨道：「牧童敲火牛礪角，誰復著手爲摩挲？日銷月鑠就埋沒，六年西顧空吟哦。羲之俗書趁姿媚，數紙尚可博白鵝。繼周八代爭戰罷，無人收拾理則那。方今太平日無事，柄任儒術崇丘軻。安能以此上論列？願借辯口如懸河。石鼓之歌止於此，嗚呼吾意其蹉跎！」即石鼓不能安置於京師，仍暴露在原野中，如今已成爲牧童敲火、牛角砥礪之物，誰復以手來撫摸並保護愛惜呢？如此經年累月地銷損埋沒，已過了六年，我只能空向著西邊眷顧吟哦詩句，莫可無奈。接著詩人以當年王羲之因世俗喜歡其楷書而寫《道德經》換鵝的典故，來說明石鼓文遭棄的荒謬，用典巧妙又有發聾振聵的效果。而石鼓流傳至今，已是繼周朝以後的第八代了，如今沒有戰爭，卻無人珍惜保護，原因何在？皇上本就崇尚儒學，也推崇孔、孟之道，要如何才能使這件事放入朝廷的議論中呢？希望有朝一日能有口若懸河的辯士去說服主上。石鼓之歌就此結束吧！唉！我的心意大概也只是白說，徒然蹉跎歲月罷了！詩人本以爲在尊崇儒學的時代，石鼓能受到重視而移置太學加以保護與流傳，但當局既不重視也沒有遠見，眼看石鼓繼續遭棄，詩人憂心不已。然即使詩人據理力爭也是無補於事，故不禁心灰意冷，喟然長嘆，語氣蒼涼沉鬱。

韓愈身居博士之職，把保護石鼓看成是自己的責任，但因朝廷短視，官員又世故，對保護古文物不願盡心，使得韓愈只好徒嘆無奈！全詩章法整齊，音韻鏗鏘，想像豐富，且用詞激越，語重心長，是一篇歌詠石鼓難得之作。辛文房《唐才子傳》形容韓愈「歌詩百篇，而驅駕氣勢，若掀雷走電，撐決於天地之垠。」賀裳《載酒園詩話又編》亦云：「韓詩至〈石鼓歌〉而才情縱恣已極」，所言極是，絕非過譽。

（賞析者：王珍華）

漁　翁——柳宗元

漁翁夜傍西巖宿，曉汲清湘燃楚竹。煙銷日出不見人，欸乃一聲山水綠。
迴看天際下中流，巖上無心雲相逐。

這是一首七言古詩，如同其〈溪居〉詩，是作於「遷居愚溪以後的作品」。詩的首二句「漁翁夜傍西巖宿，曉汲清湘燃楚竹。」前句指出漁翁夜宿地點，在湘水西岸的巖石邊。後句則寫漁翁隔日清晨醒來，取清澈的湘水及楚竹燒水做飯的情形。在此，詩人以「汲清湘」和「燃楚竹」來寫漁翁在大自然中生活的雅趣，一則讓漁翁形象多了一份清新脫俗之感，再則流露出詩人對其生活欣慕之意。

第三、四句，「煙銷日出不見人，欸乃一聲山水綠。」是寫日出後江面景色。當太陽出來，江上晨霧及做飯的炊煙漸漸散去，江面又恢復澄明，而此時的湘水上不見人影，一片寂靜。此時原本清寂平靜的江面，突然出現了棹歌聲，劃破了江水的沉寂，迴蕩在青山綠水間。這靜中生動的詩句，除了予人以非常奇妙的審美感受外，還如民歌般清新自然，讓人耳目一新，而「綠」字更生動地描畫出山水動人的景致，也使得江中景色為之豁然開朗，彷佛生命不再孤獨，山水不再寂寞，充滿醉人的意趣，胡仔《苕溪漁隱叢話》引東坡語云：「詩以奇趣為宗，反常言道為趣。熟味此詩有奇趣」，確實如此。但廣大的天地間除了青山綠水和漁翁外，似乎仍是一無所有，作者的孤獨無依、寂寞情懷，依稀可見，而這似乎又與他其它山水詩中所表露的落寞孤寂不謀而合，是同樣的格調。

結尾二句「迴看天際下中流，巖上無心雲相逐。」回頭一望此時江面漁舟早已順流而下，而山上的白雲則自由自在地飄浮著，彷彿在互相追逐嬉戲，這種高逸的情致既寫出漁翁怡然自得的生活，也表達出詩人對優游自在生活境界的嚮往。而「無心雲」三字，有論者以爲當化用自陶淵明〈歸去來辭〉：「雲無心以出岫」而來，但畢竟有別，因爲陶詩中「雲無心以出岫」是詩人以白雲爲喻，表示自己因家境所迫，不得已才從山谷中出仕爲官；而柳詩中「巖上無心雲相逐」，雖說是「無心雲」無心於世事，但從他遷居愚溪後，寫給岳父楊憑的信中仍懷有東山再起的念頭來看，「相逐」二字似乎又透露出他仍有意爲官的心理，這當然與陶淵明不同。換言之，他遭貶後，欲藉山水遣懷，也優游在山水間，但滿腔的抱負與不甘，又總是使他在入世與出世的矛盾中徘徊，雲既無心又相逐，正形象化的反映出他這種心理，既嚮往平和淡泊卻又總是有股懷才不遇、有志難伸的幽怨。

總之，寫於此時的〈漁翁〉詩，心態上是較爲閒適自得、優游不迫，尤其在醉人的湖光山色中，漁翁的形象清新脫俗如隱士般，有著力求曠達與淡泊的一面，但隱約中又透露著對「復起爲人」眷戀不捨的矛盾情懷，這和〈江雪〉詩中同樣寫漁翁，卻有著悲切又孤傲不屈的精神風貌完全不同。

（賞析者：王珍華）

長恨歌

白居易

漢皇重色思傾國，御宇多年求不得。楊家有女初長成，養在深閨人未識。
天生麗質難自棄，一朝選在君王側。回眸一笑百媚生，六宮粉黛無顏色。
春寒賜浴華清池，溫泉水滑洗凝脂。侍兒扶起嬌無力，始是新承恩澤時。
雲鬢花顏金步搖，芙蓉帳暖度春宵；春宵苦短日高起，從此君王不早朝。
承歡侍宴無閒暇，春從春遊夜專夜。後宮佳麗三千人，三千寵愛在一身。
金屋妝成嬌侍夜，玉樓宴罷醉和春。姊妹兄弟皆列土，可憐光彩生門户。
遂令天下父母心，不重生男重生女。驪宮高處入青雲，仙樂風飄處處聞。
緩歌慢舞凝絲竹，盡日君王看不足。漁陽鼙鼓動地來，驚破〈霓裳羽衣曲〉。
九重城闕煙塵生，千乘萬騎西南行。翠華搖搖行復止，西出都門百餘里；
六軍不發無奈何，宛轉蛾眉馬前死。花鈿委地無人收，翠翹金雀玉搔頭。
君王掩面救不得，回看血淚相和流。黃埃散漫風蕭索，雲棧縈紆登劍閣。
峨嵋山下少人行，旌旗無光日色薄。蜀江水碧蜀山青，聖主朝朝暮暮情。
行宮見月傷心色，夜雨聞鈴斷腸聲。天旋地轉迴龍馭，到此躊躇不能去。
馬嵬坡下泥土中，不見玉顏空死處。君臣相顧盡沾衣，東望都門信馬歸。

歸來池苑皆依舊，太液芙蓉未央柳。芙蓉如面柳如眉，對此如何不淚垂？
春風桃李花開日，秋雨梧桐葉落時；西宮南內多秋草，落葉滿階紅不掃。
梨園弟子白髮新，椒房阿監青娥老。夕殿螢飛思悄然，孤燈挑盡未成眠。
遲遲鐘鼓初長夜，耿耿星河欲曙天。鴛鴦瓦冷霜華重，翡翠衾寒誰與共？
悠悠生死別經年，魂魄不曾來入夢。臨邛道士鴻都客，能以精誠致魂魄；
爲感君王展轉思，遂教方士殷勤覓。排空馭氣奔如電，升天入地求之徧；
上窮碧落下黃泉，兩處茫茫皆不見；忽聞海上有仙山，山在虛無縹緲間。
樓閣玲瓏五雲起，其中綽約多仙子；中有一人字太眞，雪膚花貌參差是。
金闕西廂叩玉扃，轉教小玉報雙成。聞道漢家天子使，九華帳裡夢魂驚；
攬衣推枕起徘徊，珠箔銀屏迤邐開；雲鬢半偏新睡覺，花冠不整下堂來；
風吹仙袂飄飄舉，猶似霓裳羽衣舞；玉容寂寞淚闌干，梨花一枝春帶雨。
含情凝睇謝君王，一別音容兩渺茫。昭陽殿裡恩愛絕，蓬萊宮中日月長。
回頭下望人寰處，不見長安見塵霧。唯將舊物表深情，鈿合金釵寄將去；
釵留一股合一扇，釵擘黃金合分鈿。但教心似金鈿堅，天上人間會相見。
臨別殷勤重寄詞，詞中有誓兩心知：七月七日長生殿，夜半無人私語時：
「在天願作比翼鳥，在地願爲連理枝。」天長地久有時盡，此恨綿綿無絕期。

本詩大體上是合律的歌行，其中頗多對仗句，如果不轉韻，頗似排律。遣辭用字通俗淺白，平易近人，雅俗共賞，世稱「元和體」代表作。白居易生前、生後皆享有盛名，其〈長恨歌〉、〈琵琶行〉等作功不可沒。

〈長恨歌〉乃陳鴻〈長恨歌傳〉姊妹篇，屬新樂府歌行體長篇敘事詩，陳〈傳〉是傳奇小說，白〈歌〉爲演繹的詩。內容寫唐玄宗與楊貴妃的愛情始末，前三段是寫實，末段神話是寫虛。全篇換韻三十一次，每次換韻的第一句必起韻，稱「逗韻」，使人覺得氣勢連貫，委婉生動，也利於誦讀。漢皇指唐玄宗，借漢說唐，乃當時諷喻詩的共相。以此起筆，足以遠禍。

本詩爲白居易擅長的新樂府「元和體」，以淺白、「老嫗能解」、「童子解吟」著稱。

這是一首著名的歷史故事詩，新樂府歌行體，利用唐明皇（玄宗）與楊貴妃的史實，以淺白流暢的詩語，敘說原委；而於玄宗思念楊妃殷切無奈之餘，平空杜撰出「臨邛道士鴻都客」一段神話，爲本詩增加不少藝術趣味與詩歌價值。全詩依內容分爲四段，首尾銜接綿密，一氣呵成，堪稱歌行奇葩。高步瀛《唐宋詩舉要》稱：「每段末二句，皆攝下文。」例如首段末二句「漁陽鼙鼓動地來，驚破〈霓裳羽衣曲〉」，即次段大意提要。以下各段皆類此。漁陽又稱范陽、薊州，即今河北薊縣及大興、宛平、昌平一帶，天寶中置范陽節度使，以安祿山爲節度使，並先後兼雲中太守、河東節度使、尚書左僕射等要職。天寶十四載（七五五）十一月安祿山反，漁陽戰鼓驚天動地而來。

第一段：自「漢皇重色思傾國」至「驚破〈霓裳羽衣曲〉」，寫楊妃擅寵，歷歷如繪，但天下無不散的宴席，物極而反，終招致「漁陽鼙鼓動地來」，醉舞豔歌爲之驚破。詩人起筆二句統攝全局：漢皇即唐皇，諷喻須避諱；「重色」二字，重筆諷喻，不假掩飾，具見詩人春秋史筆；更加上「思傾國」及「御宇多年求」此傾國之色，唐皇重色竟至如此；事後果眞「傾國」，詩人下筆有神。中間以麗質、回眸一笑、扶起嬌無力、雲鬢花顏、君王不早朝、三千寵愛、光彩生門戶……，敘寫楊妃專寵及唐皇沉迷諸般狀態，而以「漁陽鼙鼓」爲本段作小結，並爲次段作導引，正是史筆筆法。華清池，溫泉浴池，開元十一年（七二三）初建，在今陝西臨潼南驪山之上。「姊妹兄弟皆列土」一句最寫實：列土，列土分封。楊妃得寵後家屬都沾光，大姨封韓國夫人，三姨封虢國夫人，八姨封秦國夫人，父贈齊國公，母封涼國夫人，從兄銛爲鴻臚卿，錡爲侍御史；從祖兄釗賜名國忠，天寶十一載任右丞相兼京兆尹。

第二段，自「九重城闕煙塵生」至「夜雨聞鈴斷腸聲」，寫安史亂起，東京洛陽瞬間淪陷，唐皇倉皇棄西京長安逃蜀，及楊妃自縊後，唐皇在蜀思念之情。詩人於本段起筆二句，乃承上啓下筆法，「煙塵生」是客觀景象，「西南行」是主觀事實；接下來的翠華行復止、六軍不發，乃主客觀情狀下激起的新局面，因而逼出楊妃自縊；而自縊的慘相則是宛轉蛾眉／花鈿翠翹等委地／君王掩面／血淚相和流。以下黃埃散漫、雲棧縈紆、旌旗無光、水碧山青、見月傷心、聞鈴斷腸，皆詩人因景生情的想像誇飾之筆。王國維《人間詞話》云：「所有景語皆情語」，於此可見。

第三段，自「天旋地轉（他處作日轉）迴龍馭」至「魂魄不曾來入夢」，寫安史亂平、唐皇返京、沿途及回宮後時時處處觸景傷心思念楊妃情狀，爲〈長恨歌〉之「恨」敷色升溫。詩人著墨細緻綿密，於每段起筆爲本段提綱挈領，每段結筆爲下段鬭徑。以本段爲例，前段結筆聞雨斷腸，正是爲本段天旋地轉返程／回宮一路觸景傷情導航；而本段結筆魂魄不曾入夢，正爲末段神話布局，實有一線穿珠之妙。

末段，自「臨邛道士鴻都客」至「此恨綿綿無絕期」，以神人仙語美化強化本詩，乃畫龍點睛藝筆。本段起句向空招來臨邛（今四川邛崍）道士，蓋蜀地為東漢後道教發祥地，可見詩人神來之筆亦虛中有實；而道士「能以精誠致魂魄」，正是銜接前段結句「魂魄不曾來入夢」，銜接得合榫無痕，大筆如椽，令人嘆爲觀止。當代文史學者邱燮友教授謂，神話仙話是「寫虛文學」，但詩人寫虛而處處不忘「實」趣，如臨邛道士、海上仙山、樓閣玲瓏、漢家天子（仍稱漢家而非唐家）、風吹仙袂……，均有模有樣；最後更煞有介事地以金釵合鈿及七夕私語作結，爲綿綿無絕之長恨作收，餘韻無窮。或謂「長生殿」非寢宮，七夕私語當在寢宮「飛霜殿」；實則詩人用「長生」暗扣「長恨」，正是「詩語」。詩是文學的，不宜作科學解。

梅聖俞云：「狀難寫之景，如在目前。」《甌北詩話》卷四謂〈長恨歌〉乃千古絕作。歷來佳評不勝枚舉。

（賞析者：熊智銳）

琵琶行（并序）——白居易

元和十年，予左遷九江郡司馬。明年秋，送客湓浦口，聞舟中夜彈琵琶者。聽其音，錚錚然有京都聲。問其人，本長安倡女，嘗學琵琶於穆曹二善才；年長色衰，委身為賈人婦。遂命酒，使快彈數曲，曲罷憫然。自敘少小時歡樂事，今漂淪憔悴，轉徙於江湖間。予出官二年，恬然自安；感斯人言，是夕，始覺有遷謫意。因為長句歌以贈之。凡六百一十六言，命曰〈琵琶行〉。

潯陽江頭夜送客，楓葉荻花秋瑟瑟。主人下馬客在船，舉酒欲飲無管絃。
醉不成歡慘將別，別時茫茫江浸月。忽聞水上琵琶聲，主人忘歸客不發。
尋聲暗問彈者誰？琵琶聲停欲語遲。移船相近邀相見，添酒回燈重開宴。
千呼萬喚始出來，猶抱琵琶半遮面。轉軸撥絃三兩聲，未成曲調先有情。
絃絃掩抑聲聲思，似訴平生不得志。低眉信手續續彈，說盡心中無限事。
輕攏慢撚抹復挑，初爲〈霓裳〉後〈六么〉。大絃嘈嘈如急雨，小絃切切如私語。
嘈嘈切切錯雜彈，大珠小珠落玉盤。間關鶯語花底滑，幽咽泉流水下灘。
水泉冷澀絃凝絕，凝絕不通聲漸歇。別有幽愁暗恨生，此時無聲勝有聲。
銀瓶乍破水漿迸，鐵騎突出刀鎗鳴。曲終收撥當心畫，四絃一聲如裂帛。

東船西舫悄無言，唯見江心秋月白。沉吟放撥插絃中，整頓衣裳起斂容。
自言本是京城女，家在蝦蟆陵下住。十三學得琵琶成，名屬教坊第一部。
曲罷曾教善才服，妝成每被秋娘妬。五陵年少爭纏頭，一曲紅綃不知數。
鈿頭銀篦擊節碎，血色羅裙翻酒汙。今年歡笑復明年，秋月春風等閒度。
弟走從軍阿姨死，暮去朝來顏色故。門前冷落車馬稀，老大嫁作商人婦。
商人重利輕別離，前月浮梁買茶去。去來江口守空船，繞船月明江水寒。
夜深忽夢少年事，夢啼妝淚紅闌干。我聞琵琶已嘆息，又聞此語重喞喞。
同是天涯淪落人，相逢何必曾相識？「我從去年辭帝京，謫居臥病潯陽城。
潯陽地僻無音樂，終歲不聞絲竹聲。住近湓江地低溼，黃蘆苦竹繞宅生。
其間旦暮聞何物？杜鵑啼血猿哀鳴。春江花朝秋月夜，往往取酒還獨傾。
豈無山歌與村笛？嘔啞嘲哳難爲聽。今夜聞君琵琶語，如聽仙樂耳暫明。
莫辭更坐彈一曲，爲君翻作〈琵琶行〉。」感我此言良久立，卻坐促絃絃轉急。
淒淒不似向前聲，滿座重聞皆掩泣。座中泣下誰最多？江州司馬青衫溼。

行，是古樂府詩的詩體之一，或稱引、歌、或歌行。本詩爲作者被貶江州（今江西九江）送客至潯陽江畔，與彈琵琶的歌女相遇，敘說聽琵琶聲、聽歌女訴生平，而詩人亦訴其被貶江州的苦況，是一首長篇敘事抒情詩。「同是天涯淪落人」及「江州司馬青衫溼」，具見詩人書寫旨趣與心情。左遷，即降調；元和十年（八一五）白氏四十四歲，因上疏而招致憲宗不悅，由太子左贊善大夫貶爲江州司馬。湓江在九江之西，北流入長江的交會處湓浦口。潯陽江爲長江經過江州潯陽郡附近之一段。

唐宣宗輓白居易詩有云：「童子解吟〈長恨〉曲，胡兒能唱〈琵琶〉篇。」可見本詩與〈長恨歌〉當時已普遍傳誦。本詩是記述一位琵琶女的高妙彈技和不幸遭遇；同時詩人借題發揮，以「同是天涯淪落人」的情懷，敘說自己被貶江州司馬的委屈。江州、揚州、潯陽、湓江……同地異名。

唐憲宗元和十年，詩人因上疏請捕刺殺宰相武元衡的凶手，爲當政者不滿，初貶爲江州刺史，再貶爲江州司馬；次年，他在江州送客時，巧遇琵琶女，遂作本詩，並於〈序〉中略敘原委。

全詩約可分爲三段。第一段從「潯陽江頭夜送客」起，至「唯見江心秋月白」止。起筆送客，以下接寫臨別醉飲、苦無管絃陪襯、巧逢琵琶女、相約相見，至「猶抱琵琶半遮面」這一小段，是時間、空間及人、事、物的記述。記述最忌「流水帳」式的枯燥無味，白樂天詩雖婦嫗能解，卻絕不枯燥無味。試看他起筆，潯陽江頭是送客之地；夜，是送客之時，只此一句便提領全詩，爲全詩時空景物作一線穿珠式的鋪陳；起筆第二句更加高妙：楓

葉是紅色，荻花是白色，瑟瑟是碧玉的翠綠色，中間貫串一個「秋」字，使整個秋夜送客的景物既靈動又冷澀起來，詩人妙筆似未加雕鑿而純然天成。接下來，主人下馬／客在船，舉酒欲飲／無管絃，及慘將別、江浸月，既回應首句夜送客於潯陽江，又引發下文的忽聞琵琶聲，點出〈琵琶行〉題旨，正是環環相扣筆法。下接與琵琶女相見，自主人忘歸至猶抱琵琶半遮面，刻意以細膩筆法抬高歌女身價。然後是轉軸撥絃／絃絃掩抑／低眉信手／輕攏慢撚，乃一系列高手彈絃諸般動態，而以「似訴平生不得志」一語，為第二段伏筆。

從白氏〈琵琶行〉行文，可見白氏實為知音者，他以初為〈霓裳〉後〈六么〉寫大處的曲調，以大絃嘈嘈、小絃切切、大珠小珠落玉盤、鶯語花底滑、幽咽水下灘、無聲勝有聲、銀瓶乍破、鐵騎突出、曲終當心畫、四絃如裂帛，各式各樣的形容語彙，描繪出最難描繪的琵琶音響及歌女彈技，若非深諳琵琶音樂者，絕難如此出神入化又鉅細無遺：這是工緻筆法。值得品味的是，本段末聯「東船西舫悄無言，唯見江心秋月白」，既飾琵琶聲的震撼力，亦回應本詩首聯的時空情境：看似閒筆，卻是關鍵性的藝筆。

第二段，自「沉吟放撥插絃中」至「夢啼妝淚紅闌干」，詩人於聽畢琵琶音後，轉而傾聽琵琶女訴其平生不得志的遭遇：出身京城女，家居貴族區的蝦蟆陵，十三歲學成，晉身為教坊第一部，每彈一曲均受到高手專家嘆服，每妝扮出場都讓美女如杜秋娘嫉妒。以上訴說出身。以下「五陵年少爭纏頭」等等，訴說青春年華時的往事多麼光彩！但韶光易逝，好景不長，終至門前冷落，「老大嫁作商人婦，商人重利輕別離」，孤女怨婦唯有佇候江口，與夜月寒江相對，夢醒則淚流縱橫多麼淒涼！

第三段，自「我聞琵琶已嘆息」至「江州司馬青衫溼」，詩人在旁觀旁聽後，自己上場演出：

以「同是天涯淪落人」一語取得身分，以「相逢何必曾相識」喚取同情；之後：去年辭帝京、謫居、臥病、潯陽無音樂、湓江地低溼、黃蘆（回溯萩花）苦竹繞宅、杜鵑啼血、取酒獨飲、山歌村笛嘲哳等，所有境、形、色、聲全是悲調負面。王國維《人間詞話》的名言：「所有景語皆情語。」詩人心情好時，「黃蘆苦竹」可說成「雪蘆翠竹」，山歌村笛更是別有佳趣。詩心、詩筆瞬息多變，正是詩家專擅。

本詩最後一小段似屬可有可無的閒筆，但卻至關緊要：詩人盛情要求再彈一曲，代價是「爲君翻作〈琵琶行〉」，此即畫龍點睛之筆。而彈者「良久立」才促絃再彈，表示不肯輕然諾，正是詩人持續保持歌女身價之筆。結筆是，滿座重聞皆掩泣，而江州司馬泣最多；既回應「同是天涯淪落人」，亦爲本詩畫下完美淒清句點。

近人朱金城云：「此詩結構緊密，風格樸素，語言平暢自然。」

（賞析者：熊智銳）

韓碑

李商隱

元和天子神武姿，彼何人哉軒與羲。誓將上雪列聖恥，坐法宮中朝四夷。淮西有賊五十載，封狼生貙貙生羆。不據山河據平地，長戈利矛日可麾。帝得聖相相曰度，賊斫不死神扶持。腰懸相印作都統，陰風慘澹天王旗。愬武古通作牙爪，儀曹外郎載筆隨。行軍司馬智且勇，十四萬眾猶虎貔。入蔡縛賊獻太廟，功無與讓恩不訾。

帝曰：「汝度功第一，汝從事愈宜爲辭。」愈拜稽首蹈且舞：「金石刻畫臣能爲，古者世稱大手筆，此事不係於職司，當仁自古有不讓。」言訖屢頷天子頤。

公退齋戒坐小閤，濡染大筆何淋漓。點竄〈堯典〉、〈舜典〉字，塗改〈清廟〉、〈生民〉詩。文成破體書在紙，清晨再拜鋪丹墀。表曰：「臣愈昧死上。」詠神聖功書之碑。

碑高三丈字如斗，負以靈鼇蟠以螭。句奇語重喻者少，讒之天子言其私。長繩百尺拽碑倒，麤沙大石相磨治。公之斯文若元氣，先時已入人肝脾。湯盤孔鼎有述作，今無其器存其辭。

嗚呼聖皇及聖相，相與烜赫流淳熙。公之斯文不示後，曷與三五相攀追？願書萬本誦萬過，口角流沫右手胝。傳之七十有二代，以爲封禪玉檢明堂基。

此詩約作於大中二年（八四八）冬，李德裕被貶崖州司戶參軍，李商隱於該年九月從桂州府罷，北歸至京後所作。唐代鄭亞、李商隱《李衛公會昌一品集‧序》推崇李德裕爲唐武宗會昌良相，〈序〉成，牛黨中有毀之者。作者實借「聖相」比李德裕（衛公），李德裕平澤潞事功有如裴度平淮西，「聖皇」影射宣宗聽信讒言。

全詩分六段：

第一段「元和天子神武姿……坐法宮中朝四夷」，以黃帝軒轅氏和太昊伏羲氏比喻唐憲宗的神聖英武，且述憲宗剷平藩鎮的決心。

第二段「淮西有賊五十載……功無與讓恩不訾」，詩述淮西藩鎮長期猖獗，用狼、貙和羆等猛獸比擬淮西諸將的反叛作亂。以虎、貔比擬十四萬大軍威武雄壯，宰相裴度兼任新義軍節度使和淮西宣慰處置使任統帥，率軍平定淮西叛逆的功績。

第三段「帝曰：『汝度功第一……』……言訖屢頷天子頤」，詩述淮西之役韓愈爲行軍司馬，平定以後，隨裴度還朝，憲宗詔撰〈平淮西碑〉。

第四段「公退齋戒坐小閣……詠神聖功書之碑」，詩述韓愈恭謹撰〈碑〉文，稱讚唐憲宗的豐功偉業。

第五段「碑高三丈字如斗……今無其器存其辭」，詩述李愬認爲先攻入蔡州擒住吳元濟的人是他，而韓愈記裴度功，引起李的不平，李妻（唐憲宗姑母唐安公主之女）向憲宗詆毀韓〈碑〉的不實。於是憲宗下令磨去碑文，命翰林學士段文昌另寫。

第六段「嗚呼聖皇及聖相……以爲封禪玉檢明堂基」，感懷之言，爲使碑文能留存萬世，特作文力讚。

此詩押上平聲四支韻。詩中多用三平調，如「賊斫不死神扶持」、「陰風慘澹天王旗」、「汝從事愈宜爲辭」、「金石刻畫臣能爲」、「濡染大筆何淋漓」、「塗改〈清廟〉、〈生民〉詩」、「詠神聖功書之碑」、「讒之天子言其私」、「鑱沙大石相磨治」、「先時已入人肝脾」、「今無其器存其辭」、「相與烜赫流淳熙」、「曷與三五相攀追」、「封禪玉檢明堂基」。另有，七平聲如「封狼生貙貙生羆」，七仄聲如「帝得聖相相日度」、「入蔡縛賊獻太廟」，但皆符合清代李鍈《詩法易簡錄》所謂古詩作法。

此爲詠史詩。推崇韓碑的典雅及價值，情意深厚，筆力矯健。作者生存於黨爭縫隙，膽敢冒得罪皇室權貴之險，其風骨可敬可佩！宋代黃徹《䂬溪詩話》：「李商隱〈詠（平）淮西碑〉云：『言訖屢頷天子頤』雖務奇崛，人臣言不當如此。乘輿軒陛，自不敢正斥，如老杜『天顏有喜近臣知』，『虯鬚似太宗』，可謂知體矣。」元代李治《敬齋古今黈》：「李義山（李商隱）稱退之（韓愈）謂『公之斯文若元氣，先時已入人肝脾。』宋世詩人亦有云：『千載斷碑人膾炙，只今誰數段文昌。』則二公字之優劣，不難判斷也。憲宗亦何爲已卒隸之一言，遽命滑磨舊作，再更新制乎？」清代錢良擇《唐音審體》：「義山詩多以好句見長，獨此渾然元氣，絕去雕飾……詩詠韓〈碑〉，即用韓文敘事筆法，當然學韓文，非是學韓詩也，識者辨之。」

（賞析者：徐月芳）

七古樂府

燕歌行（并序）——高適

開元二十六年，客有從御史大夫張公出塞而還者，作〈燕歌行〉以示適，感征戍之事，因而和焉。

漢家煙塵在東北，漢將辭家破殘賊。男兒本自重橫行，天子非常賜顏色。
摐金伐鼓下榆關，旌旆逶迤碣石間。校尉羽書飛瀚海，單于獵火照狼山。
山川蕭條極邊土，胡騎憑陵雜風雨。戰士軍前半死生，美人帳下猶歌舞！
大漠窮秋塞草腓，孤城落日鬬兵稀。身當恩遇常輕敵，力盡關山未解圍。
鐵衣遠戍辛勤久，玉筯應啼別離後。少婦城南欲斷腸，征人薊北空回首。
邊庭飄颻那可度，絕域蒼茫更何有！殺氣三時作陣雲，寒聲一夜傳刁斗。
相看白刃血紛紛，死節從來豈顧勳？君不見沙場征戰苦，至今猶憶李將軍！

〈燕歌行〉是高適諷喻邊疆將領恃傲失職，致使戰士備嘗艱辛、無辜犧牲之作。整首詩從風光出兵、戰爭失利、受困愁絕到慷慨殉國，不僅對比鮮明，層次清晰，鏗鏘有力的節奏，更添悲壯之感。起首八句，一方面寫戰事的起點、將士們受命出兵征討；一方面寫出征的浩蕩陣容與主將的威風盛氣。兩兩對比、語意明晰之詩句，將軍容之盛、戰爭之眞，描繪得極爲生動逼眞。接下來，筆鋒一轉，與前述之壯盛軍容，形成強烈反差。自「山川蕭條極邊土」至「力盡關山未解圍」，著力描寫征戰過程中敵人的兇狠、唐軍之傷亡慘重，甚至兵力枯竭，無法突圍。但諷刺的是：身受君恩的將領，卻未肩負殺敵之任，反而沉醉於美人歌舞之間，將陣前將士之安危置之度外。於此，昏庸失職的將領形象，鮮明可見。

其後，自「鐵衣遠戍辛勤久」至「寒聲一夜傳刁斗」，則寫遠征戰士，與家中守望之婦，重逢無期。征戰在外之將士，思念枯守家中的妻子，本是邊塞詩中常見的語意組合。戎昱〈從軍行〉、王昌齡〈烏棲曲〉、劉長卿〈疲兵篇〉等，俱可見到這種不知重逢何時，不曉死生如何，致使閨中思婦情牽腸斷的情感描寫。而戰士們不確定能否全身而退、安全返家的思慮、沉重，透過「邊庭飄颻那可度，絕域蒼茫更何有」二句，精準且沉痛地道出。

結尾四句，鋪陳戰士們在生還機會極為渺茫之情況下，已做好以身殉國的心理準備。最末兩句，則是詩人對戰士們悲慘的遭遇，寄予深切的同情與感慨。

整首詩，除揭露戰爭的殘酷、邊疆戰士的艱辛，以及因戰爭造成的離別外，更抨擊了主將的驕橫失職。末尾兩句「君不見沙場征戰苦，至今猶憶李將軍」，與王昌齡「但使龍城飛將在，不教胡馬度陰山」（〈出塞〉）有異曲同工之妙。全詩筆力強勁、氣勢懾人，處處蘊含鮮明的對比，尤其是「戰士軍前半死生，美人帳下猶歌舞」中的情境對比、「君不見沙場征戰苦，至今猶憶李將軍」中的今昔對比，不僅呼應主將之恃傲失職，更深化了詩作的主題。而句句緊扣與戰爭相關之事與情，更使全篇滿溢悲壯沉雄之勢，無愧為唐代邊塞詩中的傑作。

（賞析者：孫貴珠）

古從軍行——李 頎

白日登山望烽火，黃昏飲馬傍交河。行人刁斗風沙暗，公主琵琶幽怨多。
野雲萬里無城郭，雨雪紛紛連大漠。胡雁哀鳴夜夜飛，胡兒眼淚雙雙落。
聞道玉門猶被遮，應將性命逐輕車。年年戰骨埋荒外，空見葡萄入漢家。

〈古從軍行〉是李頎借古諷今之作，表面上看似抨擊漢武帝窮兵黷武之行，實際上是諷刺唐玄宗出兵征戰，致使將士艱辛、人民苦難之舉。起始兩句，敘述行軍將士從「白日」到「黃昏」的奔走行程，以及軍旅生活的繁忙緊張。接著，三、四兩句，描寫駐紮邊境夜晚的情景與感受。自「野雲萬里無城郭」至「應將性命逐輕車」六句，則從空間、

氣候、景物各層面道盡從軍生活的艱困、無奈與辛酸。末尾兩句，則是對君王罔顧人命的深沉控訴，並暗諷君王一意孤行造成的荒謬慘劇。

此詩在結構方面，雖與多數出塞、從軍之類作品相似，如：王昌齡〈塞下曲〉二首之二、陳標〈飲馬長城窟行〉、周朴〈塞上行〉，意即：從時間的進程、塞外環境的苦寒到戰爭帶來的慘重傷亡。但李頎以「年年戰骨埋荒外，空見葡萄入漢家」作結，將戰爭帶來的慘痛代價，與君王的自私自恃，構築成既諷刺又荒誕的思想意識，既使結尾呼應諷刺的主題，亦使此作在同類作品中，得以「高步盛唐，爲千秋絕藝」（《唐風定》）。

在用字方面，本詩可說是將疊字疊韻之效果，運用得淋漓盡致：「紛紛」、「夜夜」、「雙雙」、「年年」等疊字之運用，不僅使詩歌意境更爲鮮明，亦強化了詩歌的渲染力；且疊字疊韻之安排，無形中亦使音節、情韻更加動人。整首詩可謂句意緊湊、情感深切、主題明確，且諷意明顯。

（賞析者：孫貴珠）

洛陽女兒行

王維

洛陽女兒對門居，纔可顏容十五餘。良人玉勒乘驄馬，侍女金盤膾鯉魚。
畫閣朱樓盡相望，紅桃綠柳垂簷向。羅帷送上七香車，寶扇迎歸九華帳。
狂夫富貴在青春，意氣驕奢劇季倫。自憐碧玉親教舞，不惜珊瑚持與人。
春牕曙滅九微火，九微片片飛花璅。戲罷曾無理曲時，妝成祇是薰香坐。
城中相識盡繁華，日夜經過趙李家。誰憐越女顏如玉，貧賤江頭自浣紗。

此詩前、中段都聚焦在「洛陽女兒」的描敘上，著力書寫生長在京城繁華之地的女主角，觸目所及是玉勒驄馬、侍女金盤、畫閣垂簷、香車寶扇、意氣驕奢的上流社會生活，既毋須汲汲營營為五斗米折腰，又可以學舞看戲、可以視珊瑚如無物、可以過著神仙般的富貴生活。薰香繚繞之中，只與世家大族相互往來，而不與人間疾苦同聲息。最末兩句詩人突然以「越女」、「貧賤」等語作為強烈的對照，將世家豪門與卑賤庶民完全不同的社會階級差異點明，提供讀者進行思考。

洛陽女兒和浣紗越女的世界原本毫不相關，但是浣紗越女有朝一日時來運轉之時，也可以飛上枝頭作鳳凰。在「有朝一日」還未到來之前，曖曖內含光的生命形式像是自我的期許，未來有一片燦爛的前景可以預見。此詩前中段以耀目的詞彙貫串，只在最末兩句以晦暗的句意收攝。但此詩並未提供最後的結局，顏如玉的越女是否可在最終得到君王的垂愛而扭轉乾坤？只留給讀者猜想。在讚嘆和猜測中，使詩意綿延不絕，無形中便可加強此詩在讀者心中震盪的力量。

「季倫」，晉代石崇，字季倫，生活豪奢著稱。「劇季倫」，是指豪奢的生活更勝過季倫。

《博物志》：「漢武帝好仙道，七月七日王母乘紫雲車而至於殿西，南面東向，時設九微燈，帝東面西向。」「九微火」是仙家的象徵。「飛花璅」的「璅」與「瑣」同，有細小之意，比喻爲燈花。

（賞析者：張寶云）

老將行——王　維

少年十五二十時，步行奪得胡馬騎。射殺山中白額虎，肯數鄴下黃鬚兒。
一身轉戰三千里，一劍曾當百萬師。漢兵奮迅如霹靂，虜騎崩騰畏蒺藜。
衛青不敗由天幸，李廣無功緣數奇。自從棄置便衰朽，世事蹉跎成白首。
昔時飛箭無全目，今日垂陽生左肘。路旁時賣故侯瓜，門前學種先生柳。
蒼茫古木連窮巷，寥落寒山對虛牖。誓令疏勒出飛泉，不似潁川空使酒。
賀蘭山下陣如雲，羽檄交馳日夕聞。節使三河募年少，詔書五道出將軍。
試拂鐵衣如雪色，聊持寶劍動星文。願得燕弓射天將，恥令越甲鳴吾君。
莫嫌舊日雲中守，猶堪一戰取功勳。

此詩可以看出王維調度典故，靈活運用既有素材的能力。讀者如果能與創作者同樣熟知典故的來源，則可以更清晰地發現語言的效能以及語言被重新塑造的軌跡，閱讀詩作成爲與過去和現今語彙對話運用的發生現場，藉由創作者重組新裝的能力，古典的素材成爲創作者最好的創作資產。

此詩結構上大致可分爲三個段落：第一段以老將的少年時期展開敘述他過人的膽識及戰功，第二段轉入遭受君王棄置之後的清苦生活，最末段則從「賀蘭山下陣如雲」開始，表達老驥伏櫪、壯心未已的期待。

起首說此老將在少時就有李廣之智勇，「步行」奪過敵人的戰馬，引弓射殺過山中最兇猛的「白額虎」。接著使用曹操次子曹彰的故事，以「黃鬚兒」的少年形象奮勇破敵，卻將戰功歸於諸將。再以「一身轉戰三千里」，見其征戰勞苦；「一劍曾當百萬師」，見其功勳卓著。「漢兵奮迅如霹靂」，見其用兵如迅雷之勢；「虜騎崩騰畏蒺藜」，見其巧布鐵蒺藜陣，克敵制勝。但這樣難得的良將，卻無寸功之賞，所以詩人又借用歷史故事抒發自己的感慨。漢武帝的貴戚衛青所以屢戰不敗，立功受賞，官至大將軍，實由「天幸」；而與他同時的著名戰將李廣，不但未得封侯授爵，反而得罪、受罰，最後落得個刎頸自盡的下場，是因「數奇」。這裡的「天幸」，既指幸運之「幸」，又指皇帝的寵臣；「數奇」，既指運氣不好，又指皇恩疏遠，都是語意雙關的。

中段寫老將被遺棄後的生活。他昔日雖有后羿射雀而使其雙目不全的本領，但久不習武，雙臂就如同生了瘍瘤，很不俐落了。古人常以「柳」諧音「瘤」，在這裡詩人以「楊」諧「瘍」（瘡）是照顧到詩的平仄聲調。老將被棄，瘍生左肘，卻還得自尋生計，「路旁時賣故侯瓜」。「故侯」指秦東陵侯召平，秦破，爲布衣，種瓜於長安東城。這裡說他不僅種瓜，而且「路旁時賣」，可知生活沒有著落。「門前學種先生柳」，也是指他以耕作爲業的意思。陶淵明門前有五柳，因自號「五柳先生」。至於住處則是「蒼茫古木」，窗子面對著的則是「寥落寒山」，門前冷落，少有賓客往還。但是老將並未因此消沉頹廢，他仍然想「誓令疏勒出飛泉」，如後漢名將耿恭，於匈奴疏勒城水源斷絕後，與戰士們同甘共苦，終於又得泉水卻敵立功；而絕不像前漢潁川人灌夫那樣，解除軍職之後，使酒坐地發洩怨氣。

最末十句寫邊烽未熄，老將仍時時懷著請纓殺敵的愛國衷腸。先說西北賀蘭山一帶陰霾沉沉，陣戰如雲，告急的文書不斷傳進京師；次寫受帝命而徵兵的軍事長官從三河（河南、河內、河東）一帶徵召大批青年入伍，諸路將軍承受詔命分兵出擊。最後寫老將「拭拂鐵衣如雪色」，把昔日的鎧甲磨擦得雪亮閃光；繼之是「聊持寶劍動星文」，又練起了武功。他的宿願本就想得到燕產強勁的名弓「射天將」（「天將」一作「大將」），擒賊擒王，消滅入寇的渠魁；並且「恥令越甲鳴吾君」，絕不讓外患造成對朝廷的威脅。結尾為老將再次表明態度：「莫嫌舊日雲中守，猶堪一戰立功勳」，借用魏尚的故事，表明只要朝廷肯任用老將，他一定能殺敵立功，報效祖國。魏尚曾任雲中太守，深得軍心，匈奴不敢犯邊，後被削職為民，經馮唐為其抱不平，才得以官復舊職。

上述內容節引自傅經順在《唐詩鑒賞大辭典》中的注疏。傅經順對此詩的總評如下：「這首詩十句一段，章法整飭，大量使事用典，從不同的角度和方面，刻畫出『老將』的藝術形象，增加了作品的容涵量，完滿地表達了作品的主題。沈德潛《唐詩別裁》謂『此種詩純以對仗勝』。詩中對偶工巧自然，如同靈氣周運全身，使詩人所表達的內容，猶如璞玉磨琢成器，達到了理正而文奇，意新而詞高的藝術境界。」

（賞析者：張寶云）

桃源行

王　維

漁舟逐水愛山春，兩岸桃花夾去津。坐看紅樹不知遠，行盡青溪不見人。
山口潛行始隈隩，山開曠望旋平陸。遙看一處攢雲樹，近入千家散花竹。
樵客初傳漢姓名，居人未改秦衣服。居人共住武陵源，還從物外起田園。
月明松下房櫳靜，日出雲中雞犬喧。驚聞俗客爭來集，競引還家問都邑。
平明閭巷掃花開，薄暮漁樵乘水入。初因避地去人間，及至成仙遂不還。
峽裡誰知有人事，世中遙望空雲山。不疑靈境難聞見，塵心未盡思鄉縣。
出洞無論隔山水，辭家終擬長游衍。自謂經過舊不迷，安知峰壑今來變。
當時只記入山深，青溪幾曲到雲林？春來遍是桃花水，不辨仙源何處尋？

此詩是根據晉代陶淵明〈桃花源記〉所改寫的樂府詩，桃花源是虛擬的地點，是想像中的地方，故屬於第四度空間想像的文學。讀者可從王維這篇改寫的〈桃源行〉比較兩者的異同。陶淵明的原作以散文寫成，具有《搜神記》的故事性質，內容既寫實又虛幻，在政治動盪下的中國文學史中，虛構一處神祕的烏托邦，多麼引人懸念。王維選擇這篇文章進行改寫，據《全唐詩》題下注：「時年十九」，正當建功立業的年紀卻有超越世俗的意念，將〈桃花源記〉進行改寫，顯出他早慧出衆，識見不凡的潛質。若再與王維日後的山水詩相較，則此首〈桃源行〉已流露出他性格中的佛道傾向。

對照原作〈桃花源記〉，我們可以挑出王維青出於藍、更勝前作的詩句。例如起首「漁舟逐水愛山春，兩岸桃花夾去津。坐看紅樹不知遠，行盡青溪不見人」，以精簡靈活的筆勢，勾勒桃花源的景觀。「遙看一處攢雲樹，近入千家散花竹。樵客初傳漢姓名，居人未改秦衣服」，則有遠景、近景，宛如畫卷開展。「月明松下房櫳靜，日出雲中雞犬喧」兩句，則妙想出世外桃源的生活場景，幾乎已是日後王維一系列輞川閒居詩作的先聲，動靜自如。「峽裡誰知有人事，世中遙望空雲山」，也是令人神往的詩境，「空」字是王維經常在詩裡帶出的禪意氣象，在此詩已可察見。

最末結尾「當時只記入山深，青溪幾曲到雲林？春來遍是桃花水，不辨仙源何處尋？」可與陶淵明原作交相疊映，非但毫不遜色，反有前後呼應唱和之意。王維不單只改寫陶淵明的作品，更在自己的新作之中，與陶淵明相互對話，結為知音。

（賞析者：張寶云）

蜀道難

李白

噫吁戲！危乎高哉！蜀道之難難於上青天。蠶叢及魚鳧，開國何茫然。爾來四萬八千歲，始與秦塞通人煙。西當太白有鳥道，可以橫絕峨眉巔。地崩山摧壯士死，然後天梯石棧相鉤連。上有六龍回日之高標，下有衝波逆折之回川。黃鶴之飛尚不得過，猿猱欲度愁攀援。

青泥何盤盤，百步九折縈巖巒。捫參歷井仰脅息，以手撫膺坐長嘆。問君西遊何時還？畏途巉巖不可攀。但見悲鳥號古木，雄飛雌從繞林間。又聞子規啼夜月，愁空山。

蜀道之難難於上青天，使人聽此凋朱顏。連峰去天不盈尺，枯松倒挂倚絕壁。飛湍瀑流爭喧豗，砯厓轉石萬壑雷。其險也如此！嗟爾遠道之人，胡爲乎來哉？

劍閣崢嶸而崔嵬，一夫當關，萬夫莫開；所守或匪親，化爲狼與豺。朝避猛虎，夕避長蛇。磨牙吮血，殺人如麻。錦城雖云樂，不如早還家。蜀道之難難於上青天，側身西望長咨嗟。

據詹鍈《李白全集校注彙釋集評》第三卷云：「運用歷史故事，神話傳說，詭奇想像，極寫蜀道之艱險。」李白此詩的寫作時間，按詹鍈研究，應在天寶元年（七四二），在長安時，太白運用相和歌辭名而作，藉描寫蜀道怪奇險峻的景物，表露眼中或心中難以跨越的困境。

本詩是紀遊作品，太白依動態視覺時空景象，託喻內心對困難、阻礙的思考，也表現太白面對挫折困難的觀察體悟和心情轉折。詩篇前段「西當太白有鳥道，可以橫絕峨眉巔。」描繪太白山間鳥道四百多里，只有鳥可以橫飛越至峨眉山頂。這首詩篇摹寫的皆為秦蜀道的高峻、危險和奇特。太白取用「橫」字，透顯山之高，只有鳥可以飛越此山。在中文語法學理論，呂叔湘《中國文法要略》認為「橫」或「越」皆是動詞，可描繪動作或活動。「可以橫絕峨眉巔」極力摹寫這座山的險峻，欲攀登十分困難，點出詩篇主旨。李白擅用動態移動景況來表達詩歌情意。這些詩歌情思來自詩人眞實情緒、人生際遇、理想、夢境。黃永武《中國詩學·設計篇》云：「中國詩裡的情，往往高度複雜而縱橫鉤貫於時空之中，藉自然時空的推移而忽隱忽現。」在物理學相

對論，愛因斯坦在《相對論入門》中，認為人類描述一事件之位置和時間，皆取讓事物位置之點的存在，與該位置瞬時或持續一段時間，那麼該事物在時空中就由一組（x, y, z, t）之數值來描述。這類表述事物的運動之方法，表現了物理上四維時空動態現象。

詩篇首段以「橫絕」、「上青天」、「地崩山摧」、「天梯」等，寫太白山和蜀道等地的高和險。次段寫蜀道困難攀行之細節，並且以驚人想像力形容其自然山勢地形雄奇的險象。又云「上有六龍回日之高標，下有衝波逆折之回川。」表現了詩人上下全景的觀察視角外，亦有山奇水險的組合。再寫「黃鶴之飛尚不得過」、「猿猱欲度愁攀援」，黃鶴和猿類都無法渡過登上險地。呼應詩篇末處：「錦城雖云樂，不如早還家」。

全詩畫面開闊，由詩人觀察方向展開一場奇險大膽的旅遊，又展現誇張奔放的豐富視角、想像空間。眞假、虛實的時空動態變化，開拓雄壯奇幻的詩情，和四度時空視覺奇境。

（賞析者：黃麗容）

長相思二首之一——李白

長相思，在長安。絡緯秋啼金井欄，微霜淒淒簟色寒。孤燈不明思欲絕，卷帷望月空長嘆。美人如花隔雲端。上有青冥之高天，下有淥水之波瀾。天長路遠魂飛苦，夢魂不到關山難。長相思，摧心肝。

本詩依據詹鍈《李白全集校注彙釋集評》第三卷云：「〈長相思〉，《樂府詩集》卷六十九列入雜曲歌辭。」又云：「謂被中著綿以致相思綿綿之意，故曰長相思也。」葛景春《以男女之情，寫君國之戀》認爲是「借男女相思之情，來抒寫其戀君念國的政治懷抱的。」

詩篇開端「絡緯秋啼金井欄，微霜淒淒簟色寒。」以「金

井欄」井上欄杆，喻指木石美麗，富有金玉價值之意。金屬黃色系，黃色系詞含括黃、金等成分的詞彙，黃色系詞與各項物象組合，表現強烈情思。中國傳統黃色代表最高階級，象徵高貴色彩。在色彩學理論中，金色即是一般人認定的黃色系。林書堯《色彩認識論》認為黃色系可產生生理刺激，在視覺上有傳統、忠誠、表達思念之意。金銀、玉石之屬亦可喻堅固、堅貞行止。其次「上有青冥之高天，下有淥水之波瀾。」「青冥」和「淥水」組合，為類似色，在色相環中，兩顏色的夾角是三十六度到七十二度之間，具有調和作用。李白以上有青幽遼遠的天，下有清澈翠綠的河川，喻寫一己遠望美人天長路遙，重重阻隔，不得相見之情，林文昌《色彩計劃》認為青色是含冷漠、憂鬱感，隱喻分隔兩地的傷感，其次用綠色，林書堯《色彩認識論》認為綠色有消極、深遠、不受注意的心理表徵。這喻指兩人天路遼遠，不得會面，致相思益深之情思。

女性意象書寫，多運用不實際想像或語言，表露情緒化或超脫現實的心理。詩篇「孤燈不明思欲絕，卷帷望月空長嘆。」採用「孤」、「欲絕」、「空」、「長嘆」呈現女性思念思慕的人時，心情孤寂、痛苦、空虛寂寞、悲嘆。在詩篇末段「天長路遠魂飛苦，夢魂不到關山難。」取「魂飛苦」、「夢魂」等，形容女性的情緒，有時會摻入想像力類比，加深詩歌的悲和怨。這類超脫現實的語言，形塑女性孤寂痛苦的處境，也象喻太白欲親近國君而不可得、仕途夢想幻滅的生命困境。李白擅長摹寫女性形象，其詩篇的女性表露了生命苦悲，抑或是李白仕途不遇的自我投射。也正反映太白詩作奇變通透的書寫特色。

（賞析者：黃麗容）

長相思二首之二 李白

日色已盡花含煙，月明欲素愁不眠。趙瑟初停鳳凰柱，蜀琴欲奏鴛鴦絃。此曲有意無人傳，願隨春風寄燕然。憶君迢迢隔青天。昔日橫波目，今成流淚泉。不信妾腸斷，歸來看取明鏡前。

本詩依詹鍈《李白全集校注彙釋集評》第六卷引《樂府詩集・雜曲歌辭九・長相思》：「古詩曰：『客從遠方來，遺我一書札。上言長相思，下言久別離。』李陵詩曰：『生當復來歸，死當長相思。』長者，久遠之辭。言行人久戍，寄書以遺所思也。」李白在此詩摹寫征夫遠戍，征婦思念丈夫之情。

詩篇開頭「日色已盡花含煙，月明欲素愁不眠。」採用日和月，呈現三度空間景象。愛因斯坦《相對論入門：狹義和廣義相對論》指出三度空間，即指具高度空間狀空間，在物理學上，我們描述一事件發生的地點或一物體在空間中的位置，都是以能夠在一參考體上確定一個與該事件或物體相重合的點為依據的。這種方式不僅可用於科學描述上，也可用於日常生活中。「日」和「月」是兩個天文高空景象。太白觀察到明月高掛天空，月明在日色盡後出現，兩個天文景象相繼出現，採用仰視視角，由下而上，呈現兩個高空物象，亦指詩中的女子由日出至日落，月升半空中，久久無法入眠。女子視線停留在一空中視點，顯示其久滯的孤寂身影。亦反映了日月轉換，呈現廣遠空間感知，亦蘊含時光流逝感。其次「此曲有意無人傳，願隨春風寄燕然。」取用「燕然」山，《漢書・匈奴傳》謂燕然山即今蒙古境內之杭愛山。李白將詩篇三度空間景點由日和月推向燕然山，此處正是征夫戍守之地，連用三度高度空間景象，傳遞征婦思緒由視覺實景轉向想像虛景。征婦心中因懷著與丈夫相見的夢，期盼藉琴聲傳送濃厚思情到燕然山，使征夫得以聽見。此處摹寫女子思情飄飛到遠方高山，與三度高空景象山景結合，表現出女子在孤獨望月思夫，和隨琴音飄飛至燕然山見丈夫，寄託著空和虛的心情。

李白擅長女性表述法，透過面部眼神視點、注視方向表達情感。「日色已盡」和「月明欲素」皆是女子失魂落魄、沒日沒夜的向天空凝望。篇末「昔日橫波目，今成流淚泉。」則用昔今對比，表現往日女子嬌媚眼神，轉為流淚淚眼。李白藉征婦眼神變化之體態語，表徵熱切期盼丈夫回來，對丈夫的依賴不捨之思情。

（賞析者：黃麗容）

行路難三首之一　李白

金樽清酒斗十千，玉盤珍羞値萬錢。停杯投筯不能食，拔劍四顧心茫然。
欲渡黃河冰塞川，將登太行雪暗天。閒來垂釣碧溪上，忽復乘舟夢日邊。
行路難！行路難！多歧路，今安在？長風破浪會有時，直挂雲帆濟滄海。

本詩據詹鍈《李白全集校注彙釋集評》云：「〈行路難〉，樂府古題。」又引郭茂倩《樂府詩集》云：「〈行路難〉，備言世路艱難及離別悲傷之意，多以『君不見』爲首。」李白在此詩篇中感嘆世路艱難及急於尋覓機會，施展抱負。

詩篇開端「金樽清酒斗十千，玉盤珍羞値萬錢。」摹寫出金色和玉色的色彩元素。「金

色」屬黃色系，賴瓊琦《設計的色彩心理》認為黃色具有溫暖、高興、豐收、快活、可發展、前途光明等心理。「玉色」屬青色系，林昆範、柯凱仁《現代色彩學》分析青色具有優美、超凡、尊貴、自由等心理感覺。詩篇以李白眼前雖有金杯美酒、玉盤佳餚滿桌，卻因心無所適從，四顧茫然，志向不得伸展，無心享用美酒美食。黃色和青色是對比色組合，瀧本孝雄、藤沢英昭《色彩心理學》提到對比色是指在色相環中兩個色彩形成介於一百零八度到一百四十四度的角度，即稱對比關係。由於色彩和色彩間差距明顯，容易產生醒目、壯大的雄壯感受。開篇先黃而青之組合，分別帶出自信希望與超凡尊貴的心理特性。此將太白欲蒙拔擢的心情摹寫得更深刻。

詩篇次段「欲渡黃河冰塞川，將登太行雪暗天。」描繪出黃河與太行山之空間景象。黃河屬一度空間景象。（日）物理學士小暮陽三《圖解基礎相對論》提出從物理學相對論來看，一度空間，又稱一維、一次元。一維指線，指用細長線狀地理景象或位置之詞彙來描摹對象，也稱線狀景象。由一事件發生位置作視點延伸，形成一條線狀之視覺空間感，形成線狀空間感。太行山為三度空間，在物理學相對論觀點，也稱三次元，三維空間指高度空間景狀。這一度空間和三度空間景狀組合，形塑視覺上對比、矛盾和驚嘆的心理快感。由低向高空遠望，表現其高低對照美感，由低維度至高維度視點，形成無限高遠延長的視覺感知，託寓太白俯仰天地，興發一己持志遠行的超塵形象。

（賞析者：黃麗容）

行路難三首之二——李白

大道如青天，我獨不得出。羞逐長安社中兒，赤雞白狗賭梨栗。彈劍作歌奏苦聲，曳裾王門不稱情。淮陰市井笑韓信，漢朝公卿忌賈生。君不見、昔時燕家重郭隗，擁篲折節無嫌猜；劇辛樂毅感恩分，輸肝剖膽效英才。昭王白骨縈爛草，誰人更掃黃金臺？行路難，歸去來！

本詩據詹鍈《李白全集校注彙釋集評》云「〈行路難〉，……古辭亡，鮑照擬作爲多，白詩似全學照。」又引《李白樂府探源》謂：「第二、三首用鮑體。」本詩當作於天寶初李白辭京之後，表露對仕途困難，懷憂冀盼返還長安城，發揮所長之情。

詩篇開端「大道如青天，我獨不得出。」直敘詩首。李白感嘆自己在仕途沒有獲得發展的機會。「大道如青天」，青天屬青色系，在中國傳統色彩觀念，青色，其位在東方，《隋書．禮儀志》：「皇帝十二服，……祀東方上帝及朝日，則青衣青冕。」青色具有皇帝服色尊貴象徵。唐朝貞觀年間，青色也是八品九品的官服用色。色彩心理學則分析青色爲冷色系，易形成權威、尊貴、尊嚴、超凡脫俗等感受。林書堯《色彩認識論》亦言青色具有清高、正義高位之感官感覺。青天表現寬闊、尊貴不凡的地位。太白卻在這大唐盛世的時代，沒有得到晉用，深深打擊他的自信心，也暗喻一己渴慕被拔擢，卻仕途不遇的孤獨失意。

其次「羞逐長安社中兒，赤雞白狗賭梨栗。」使用「赤雞白狗」，喻指朝中小人。李白對此類鬥雞走狗賭博遊戲嗤之以鼻，不願屈身卑下，與之為伍。「赤」屬紅色系，在傳統中國色彩觀念，紅色代表喜樂情感。從色彩學理論，紅色是暖色系，形塑熱鬧、繁華、貪婪、憤怒感。李白運用紅色形色符號，喻指歡聚場景。此一紅白組合，是對比色關係，表徵強烈、極懸殊差異的刺激視覺感受，突顯詩意焦點。有彩色和白色互襯，傳達出太白強烈、刺激的心理情感。對詩意之厭倦、強烈羞恥及不悅，有推深作用。

詩篇末處「昭王白骨縈爛草，誰人更掃黃金臺？」摹寫昔日燕昭王禮遇賢人，君臣間情感深厚、互助治國無猜疑。明主燕昭王已逝，賢能之士被閒置，有才者被埋沒，不得有所貢獻。詹鍈引李善注云：「黃金臺，易水東南十八里。燕昭王置千金於臺上，以延天下之士。」黃金臺喻指明王拔擢賢者的希望。黃色在色彩心理學中，象徵權貴地位。太白認為今日黃金臺蒙塵，有才之士只能韜光養晦，等待明君再現。

（賞析者：黃麗容）

行路難三首之三 李白

有耳莫洗潁川水，有口莫食首陽蕨。含光混世貴無名，何用孤高比雲月？吾觀自古賢達人，功成不退皆殞身。子胥既棄吳江上，屈原終投湘水濱。陸機雄才豈自保？李斯稅駕苦不早。華亭鶴唳詎可聞？上蔡蒼鷹何足道？君不見、吳中張翰稱達生，秋風忽憶江東行。且樂生前一杯酒，何須身後千載名？

本詩依詹鍈《李白全集校注彙釋集評》引裴斐《太白樂府舉隅》謂：「〈行路難〉三首爲太白辭官之初陳情述懷之作」，是寫「去朝心情」。李白在此詩寄寓其辭官離開京城後，自由飲酒的曠達情思。〈行路難〉三首之情思安排：先摹寫渴慕被拔擢任用，一展長才，其次爲懷才不遇，只能韜光養晦等待明主，第三首則是擺脫塵俗名利困境，創造心靈安頓、自由曠達的境界。

詩篇首聯「有耳莫洗潁川水，有口莫食首陽蕨。」李白取隱居潁川的許由，和隱居首陽山的伯夷、叔齊典故，強調「莫洗」、「莫食」，「莫」字是上二句主旨，表露李白不動心和不願意求「名」與利的性格。「貴無名」和「功成不退皆殞身」正是原因。何況歷史記載「子胥」被拋屍吳江，「屈原」投湘水自盡、「陸機」與「李斯」等人下場，則此處李白不動心名與利之強烈可知。李白乃是從反面下筆，其意蓋謂與國君爭功、爭權和利，雖風光一時，歷史記名，最後仍會落得殞身心碎的下場，那麼還是不要與國君爭取短暫名利，不如自重地過著平靜曠闊，不受拘束的適性生活。

至於篇末之「君不見、吳中張翰稱達生，秋風忽憶江東行。且樂生前一杯酒，何須身後千載名？」則全從正面著筆，是晉時的張翰任心自適，不求世名，秋風起便欲辭官歸鄉，而且其不求永世名利，只願即時一杯酒的豁達自適，故後人因其曠達，繼之以「達生」二字。李白知名利固可使人風光伸展己志，如同天上雲與月，而這也形成孤高的生命樣態，或許也變成高聳寒冷孤立形象。詩篇用「孤高」比「雲月」來連結孤絕情意與居處高位。顯現太白以高度空間景象表徵他對名利權位的看法。此也正呼應回答了詩篇末聯的問題「且樂生前一杯酒，何須身後千載名？」李白豪放瀟灑與自在，在超越執著名位之時，曠達情懷也就可以想見了。

（賞析者：黃麗容）

將進酒

李　白

君不見、黃河之水天上來，奔流到海不復回？君不見、高堂明鏡悲白髮，朝如青絲暮成雪？人生得意須盡歡，莫使金樽空對月。天生我材必有用，千金散盡還復來。烹羊宰牛且爲樂，會須一飲三百杯。岑夫子，丹丘生，將進酒，杯莫停。與君歌一曲，請君爲我側耳聽：鐘鼓饌玉不足貴，但願長醉不願醒。古來聖賢皆寂寞，唯有飲者留其名。陳王昔時宴平樂，斗酒十千恣讙謔。主人何爲言少錢？徑須沽取對君酌。五花馬，千金裘，呼兒將出換美酒，與爾同銷萬古愁。

本詩依據詹鍈《李白全集校注彙釋集評》引《樂府詩集》云：「漢鼓吹鐃歌十八曲，九曰〈將進酒〉。」又云：「〈將進酒〉者，漢短簫鐃歌二十二曲之一也。……唐時遺音尙存，太白塡之，以伸己之意耳。」李白取勸飲酒詩篇表達懷才不遇，應及時行樂，藉以抒發不遇憂愁。

詩篇首兩聯「君不見、黃河之水天上來，奔流到海不復回？君不見、高堂明鏡悲白髮，朝如青絲暮成雪？」是以四度時空景況，託喻詩情。「天上來」與「不復回」在中文語法中除了當作動詞外，亦當趨向詞之用，表示人事物態動作、趨向、方向。呂叔湘《中國文法要略》云：「『進』、『出』等等，本來是動詞，用在別的動詞和方所詞之間，又成了關係詞。……這些字又有表示動作趨向或勢力的作用。」這類動態形象表徵，在詩篇中，鋪陳空間和時間之動景，重現李白心海中四度時空的視覺感知。李白摹寫黃河水流的來與回，這黃河水流的趨向動勢，表徵太白知時間快速，人生百年飄忽瞬間而過，不曾停止，且一去不復返。太白對時間作觀察，認爲時間是快速、急速且不停止、不逆回。以流水流勢趨向喻指時間感知，也是表達空間和動態時間組合。此流瀉詩人體悟出青春時光與榮華富貴飄忽轉瞬即逝之思。所以李白之「人生得意須盡歡，莫使金樽空對月。」又「天生我材必有用，千金散盡還復來。」都是因歷盡千迴百轉，體悟人生如夢，應及時行樂。

詩篇運用白髮、青絲的對比色組合，與金樽、千金的同色系組合。兩組色彩詞安排有幾點分析：其一，白色和青色是無色彩和寒色系對比，呈現極懸殊視覺感受，使詩情噴發，達到震懾人心之正反對照的磅礴氣勢，增加青髮白髮轉變之衝突張力。其二，金色屬黃色系，塚田敢《色彩的美學》分析黃色有繁華熱情和活力激昂等心理感受。反映出李白視酒杯和金錢爲無物，唯有青春時光才值得把握。

詩篇中後段「古來聖賢皆寂寞，唯有飲者留其名。」太白藉賢者孤寂形象，表現千古以來不能消蝕「懷才不遇」的憂愁。故言「五花馬，千金裘，呼兒將出換美酒，與爾同銷萬古愁。」太白將這千金、馬匹化作一杯杯美酒，希望在醉茫之中，盡銷化這自古以來有才者不爲重用，徒然落空的悲愁。

（賞析者：黃麗容）

兵車行——杜甫

車轔轔，馬蕭蕭，行人弓箭各在腰。耶孃妻子走相送，塵埃不見咸陽橋。牽衣頓足攔道哭，哭聲直上干雲霄。

道旁過者問行人，行人但云點行頻。或從十五北防河，便至四十西營田。去時里正與裹頭，歸來頭白還戍邊。邊亭流血成海水，武皇開邊意未已。君不聞、漢家山東二百州，千村萬落生荊杞？縱有健婦把鋤犁，禾生隴畝無東西。況復秦兵耐苦戰，被驅不異犬與雞。

長者雖有問，役夫敢申恨？且如今年冬，未休關西卒。縣官急索租，租稅從何出？信知生男惡，反是生女好。生女猶得嫁比鄰，生男埋沒隨百草。

君不見、青海頭，古來白骨無人收？新鬼煩冤舊鬼哭，天陰雨溼聲啾啾。

據高步瀛《唐宋詩舉要》云：「此詩當作於天寶九載（七五〇），是年杜公在長安。」杜甫有感於玄宗好大喜功，長年征戰，造成國內民生凋敝，百姓妻離子散，於是藉由咸陽橋送別的題材，描繪出一幅活生生、血淋淋的從軍圖。

全詩可分為四章：首章描寫親屬在咸陽橋送別征人的情景。「車轔轔，馬蕭蕭，行人弓箭各在腰。」是說兵車轔轔，戰馬蕭蕭，出征的士兵個個腰間掛著弓箭。先從聽覺上摹寫兵車齊出，戰馬喧騰，再從視覺點出征夫個個整裝待發的盛大場面。「耶孃妻子走相送，塵埃不見咸陽橋。」爹娘、妻子、兒女紛紛趕來送行，揚起漫天塵埃，連咸陽橋都看不見了。詩中從「走」字，寫出行人與送行人行色匆匆；再從塵埃蔽空，點明橋上人潮洶湧，征夫、眷屬、兵車、戰馬，絡繹不絕。「牽衣頓足攔道哭，哭聲直上干雲霄。」是說親眷拉扯征人的衣服，攔在路旁，頓足痛哭，哭聲此起彼落，直上雲霄。此二句傳神刻畫出行人與送行人的痛心疾首，而且在場每一家、每一人都如此齊聲哀號。

次章從士兵與路人的答問，突顯出連年戰爭，民不聊生的痛苦。「道旁過者問行人，行人但云點行頻。」是說有一位路人問征夫：「你們上哪兒去？」征夫只說：「近年來被徵調出去打仗實在太頻繁了。」「點行」，按戶籍名冊，強徵服役。征夫繼續道：「或從十五北防河，便至四十西營田。去時里正與裹頭，歸來頭白還戍邊。」聽說有人十五歲就到黃河北邊防守，一直到四十歲還要去西邊屯田開墾。有人出去時年紀尚小，需要里長爲他包頭巾，回來時頭髮都白了，還要被派去戍守邊關。此處爲虛筆，寫出征人長年行役在外，有家歸不得的悲哀。征夫接著說：「邊亭流血成海水，武皇開邊意未已。」邊境死傷慘重，血流成海，而武皇開疆拓土的意圖尚未停止。「武皇」，指漢武帝，唐人多用以借喻唐玄宗。此二句爲通篇主旨所在，明揭唐玄宗窮兵黷武，輕啓戰端，實爲百姓痛苦之根源。征夫再對路人說：「君不聞、漢家山東二百州，千村萬落生荊杞？縱有健婦把鋤犁，禾生隴畝無東西。」您沒聽說，華山以東兩百多州，成千上萬的村落，田裡長滿了荊棘和枸杞？即使有強壯的婦女拿著鋤頭去耕種，田中的禾苗依舊凌亂不成行。「漢家」呼應前文「武皇」，顯然以漢喻唐，借古諷今。另健婦犁田，禾苗亂長，象徵男丁長年出征，影響人倫關係，社會秩序紊亂。征夫無奈地說：「況復秦兵耐苦戰，被驅不異犬與雞。」何況關內士兵刻苦耐戰，被徵調得特別頻繁，就像雞犬一般。此處以雞犬喻秦兵，暗示戰場上人命比雞犬不如。

三章再以征夫口吻，道出年年徵調，苦不堪言，因而產生「重女輕男」的微妙心理。「長者雖有問，役夫敢申恨？」您老人家雖然向我們詢問，可是我們怎敢申訴心頭的怨恨？「且如今年冬，未休關西卒。縣官急索租，租稅從何出？」就拿今年冬天來說，沒讓關西士兵稍作休整，就又被調去攻打吐蕃了。縣官們又急著索取租稅，試問租稅從哪裡來呢？「信知生男惡，反是生女好。生女猶得嫁比鄰，生男埋沒隨百草。」如今才知道生兒子不好，反而是生女兒好。生女兒可以嫁給附近鄰居，生了兒子很可能戰死沙場，被埋沒在荒煙蔓草中。

末章寫沙場上，白骨纍纍，最後以天陰鬼哭作收。「君不見、青海頭，古來白骨無人收？新鬼煩冤舊鬼哭，天陰雨溼聲啾啾。」您沒看見，青海那邊，自古以來成堆白骨始終無人收埋？剛死的鬼魂愁苦冤屈，舊鬼跟著痛哭不已，尤其在天陰雨溼之時，新鬼、舊鬼齊聲發出啾啾哀號！又為虛筆，採視覺兼聽覺摹寫，試圖勾勒出一幅悲慘的人間煉獄圖景。全詩以送行起，白骨終，以人哭始，鬼哭收，眞是沉痛萬分！

（賞析者：簡彥姈）

麗人行——杜甫

三月三日天氣新，長安水邊多麗人。態濃意遠淑且眞，肌理細膩骨肉勻。
繡羅衣裳照暮春，蹙金孔雀銀麒麟。頭上何所有？翠微㔩葉垂鬢脣。背後何所見？珠壓腰衱穩稱身。就中雲幕椒房親，賜名大國虢與秦。
紫駝之峰出翠釜，水精之盤行素鱗。犀筯饜飫久未下，鸞刀縷切空紛綸。
黃門飛鞚不動塵，御廚絡繹送八珍。簫鼓哀吟感鬼神，賓從雜遝實要津。
後來鞍馬何逡巡？當軒下馬入錦茵。楊花雪落覆白蘋，青鳥飛去銜紅巾。
炙手可熱勢絕倫，愼莫近前丞相嗔。

天寶十二載（七五三），杜甫四十二歲，在長安，見楊貴妃兄妹驕奢淫亂，故作此詩譏諷之。

該詩分爲三章：首章描寫上巳日長安貴戚宴遊的情景。首先點題：「三月三日天氣新，長安水邊多麗人。」三月三日天氣晴和，長安水邊聚集了許多遊春的名媛貴婦。「三月三日」，古代修禊之俗，於農曆三月上旬巳日舉行。自唐開元以來，長安仕女多在上巳日遊賞曲江。次寫麗人的姿態與體貌：「態濃意遠淑且眞，肌理細膩骨肉勻。」她們姿態穠豔，情意高遠，賢淑端莊，自然灑脫；加以肌膚細嫩，骨肉勻稱，個個都是標緻的美人兒。此處採賦法，工筆白描佳麗們氣質嫻雅、姿色出衆，一看便知非等閒之輩。三敘其衣著妝扮：「繡羅衣裳照暮春，蹙金孔雀銀麒麟。頭上何所有？翠微㔩葉垂鬢脣。背後何所見？珠壓腰衱穩稱身。」那繡花的綾羅衣裙映照在暮春的郊野，上面繡著鑲金嵌銀的孔雀和麒麟，格外美麗動人。她們頭上戴什麼呢？翡翠髻飾的彩葉，一直垂到雙鬢旁。背後可以見到什麼？綴滿珍珠的裙腰，顯得多麼穩貼而合身。再揭示其身分地位：「就中雲幕椒房親，賜名大國虢與秦。」就在這重重如雲霧的帳幕裡，有些是貴妃的親屬，她們被冊封為虢國夫人和秦國夫人。

次章從飲食、音樂、侍者、貴賓等白描宴會的盛況。先從飲食說起，「紫駝之峰出翠釜，水精之盤行素鱗。」她們吃的是用色澤鮮豔的銅釜所盛裝的紫駝峰肉，以及擺在水晶圓盤上的清蒸鮮魚。「紫駝之峰」，即駝峰，極珍貴的食物。接著，從舉手投足間，寫出貴婦與侍者的區別：「犀筯饜飫久未下，鸞刀縷切空紛綸。」她們吃膩了這些美食，手持犀牛角做的筷子，遲遲不肯夾菜；而一旁的侍者卻手拿鸞刀，不停地精切細作，可惜白忙一場。再就侍者的忙碌、奔波著筆：「黃門飛鞚不動塵，御廚絡繹送八珍。」太監飛馬回宮報信，卻未揚起一丁點兒灰塵；宮中御廚絡繹不絕地送來各種山珍海味。次及音樂與貴賓：「簫鼓哀吟感鬼神，賓

從雜遝實要津。」宴席上簫鼓齊奏，纏綿宛轉的樂曲，連鬼神都深受感動；賓客、隨從衆多而雜亂，滿座都是當朝的達官貴人。

末章寫楊國忠到來，藉機突顯其煊赫權勢，及不可一世的驕縱。「後來鞍馬何逡巡？當軒下馬入錦茵。」最後騎著馬，大搖大擺而來的是楊丞相；他在車帷旁下馬，直接步入錦毯鋪地的帳篷裡。「逡巡」，緩緩而行，謂楊國忠大模大樣，旁若無人。「楊花雪落覆白蘋，青鳥飛去銜紅巾。」是說曲江畔，楊花飄落如雪，覆蓋在白蘋上；青鳥使者飛來飛去，爲她們啣紅巾，傳達情意。此處巧用二典故：一爲北魏胡太后私通楊白花事，影射楊國忠與虢國夫人之姦情；二爲西王母使者，青鳥傳書之典，借指爲他們傳遞訊息的人。此二句揭露楊氏兄妹淫亂無恥的醜行。「炙手可熱勢絕倫，愼莫近前丞相嗔。」這是一代紅人，權勢無與倫比，千萬別靠近，丞相會怪罪！「丞相」二字，終於點明是楊國忠。全詩至此，戛然而止，諷刺之意，盡在欲言未言中。故《分門集註杜工部詩》引師民瞻評道：「甫有炙手可熱愼莫見嗔於丞相之句，所以戒當世之士大夫，無爲譏切其黨以取禍害。觀《詩》以〈碩人〉美莊姜與申后，蓋取其碩美之德。今此詩以麗人名篇，豈非刺貴妃之黨徒以豔麗之色寵貴乎？杜甫深意於茲可見。」

（賞析者：簡彥姈）

哀江頭——杜甫

少陵野老吞聲哭，春日潛行曲江曲。江頭宮殿鎖千門，細柳新蒲爲誰綠？
憶昔霓旌下南苑，苑中萬物生顏色。昭陽殿裡第一人，同輦隨君侍君側。
輦前才人帶弓箭，白馬嚼齧黃金勒。翻身向天仰射雲，一箭正墜雙飛翼。
明眸皓齒今何在？血汙遊魂歸不得。清渭東流劍閣深，去住彼此無消息。
人生有情淚霑臆，江水江花豈終極？黃昏胡騎塵滿城，欲往城南望城北。

唐肅宗至德元載（七五六）秋天，因安史之亂，杜甫離開鄜州，準備去投奔唐肅宗，但被安史叛軍虜獲，帶他到已淪陷的長安。此詩作於至德二載，杜甫時年四十六歲，是流落到長安的第二年。杜甫行至曲江，見往日宏偉的宮殿皆閉鎖，而江頭嫩綠的柳樹新蒲，不知爲誰而生顏色？杜甫的心情是悲痛的，暗自飲泣，寫下了〈哀江頭〉一詩。

杜甫行經曲江幽僻處，見到長安城淪陷後的曲江情景：「少陵野老吞聲哭，春日潛行曲江曲。江頭宮殿鎖千門，細柳新蒲爲誰綠？」少陵，在今陝西長安縣杜陵東南。杜陵爲漢宣帝的陵墓，少陵比杜陵小，是許后的陵墓。杜甫家住在陵西，所以自號「杜陵布衣」、「少陵野老」。杜甫春日悄悄的來到曲江僻靜處，忍不住暗自啜泣。但見曲江上層層的宮殿千門緊鎖，不知柳樹和新蒲爲誰而生出嫩綠的新芽？江山易主，昔日繁華已逝，曲江冷清沒有行人，嫩柳新蒲不知爲誰而綠，以植物生綠芽的欣欣向榮之樂景寫哀情，更見淒涼之意。

回想起曲江當年繁華的情景，杜甫寫道：「憶昔霓旌下南苑，苑中萬物生顏色。昭陽殿裡第一人，同輦隨君侍君側。」南苑，指曲江之南的芙蓉苑。「昭陽殿裡第一人」，原指漢成帝時住在昭陽殿裡的皇后趙飛燕，在此借指楊貴妃。回想起昔日唐玄宗儀仗下芙蓉苑，彩旗飄揚，絢麗如虹霓，芙蓉苑中的萬物頓時增添了光輝，最受寵愛的美人楊貴妃，同車隨侍在唐玄宗身旁。

唐玄宗和楊貴妃御駕出遊曲江，杜甫細膩的描寫了遊苑情景：「輦前才人帶弓箭，白馬嚼齧黃金勒。翻身向天仰射雲，一箭正墜雙飛翼。」才人，是唐代宮中女官，正四品，掌管宮中燕寢絲枲之事。才人戎裝，帶著弓箭，身騎著白馬，白馬不時咬著黃金製成的籠頭。才人仰身向天空射向白雲間，一箭正射中空中比翼雙飛的鳥兒。「一箭正墜雙飛翼」句，一語雙關，既說射中天上雙飛的鳥兒，也暗喻射中唐玄宗和楊貴妃，因此才有以下四句，言貴妃死而玄宗生，陰陽兩隔之悲：「明眸皓齒今何在？血汙遊魂歸不得。清渭東流劍閣深，去住彼此無消息。」明眸皓齒的美人楊貴妃，如今又在哪裡呢？她死在馬嵬驛，魂魄沾染了汙血，再也回不來了！《舊唐書．楊貴妃傳》：「及潼關失守，從幸至馬嵬，禁軍大將陳玄禮密啓太子，誅國忠父子。既而四軍不散，玄宗遣力士宣問，對曰：『賊本尚在。』蓋指貴妃也。力士復奏，帝不獲已，與妃訣，遂縊死於佛室。時年三十八，瘞於驛西道側。」天寶十五載（七五六），馬嵬驛兵變，楊貴妃縊死處，在馬嵬驛南濱渭水。劍閣，指唐玄宗入蜀途中曾經停駐過的地方。清澈的渭水，往東滔滔流去，而劍閣看起來是如此深遠，楊貴妃和唐玄宗一死一生，陰陽阻隔，彼此音訊全無。

末四句抒發杜甫無盡的悲痛與悵惘：「人生有情淚霑臆，江水江花豈終極？黃昏胡騎塵滿城，欲往城南望城北。」人生而有情，聞此淒楚悱惻的故事，淚水不禁潸然落下，沾溼了衣襟；江水和江花無情，江水滔滔東流，江花自開自謝，豈有窮盡之時？杜甫在曲江僻靜處踽踽獨行，不覺已是薄暮時分，安史叛軍騎馬巡視長安城，沙塵滾滾，杜甫想要回到長安城南的家，卻不覺望向長安城北。「望城北」，一作「忘南北」。唐肅宗在靈武即位，位置在長安城北方，杜甫要回城南的家時，忍不住回首遙望長安城北，心中熱切的期盼唐肅宗能早日振興唐朝，收復長安城，掃靖胡塵。

本詩以「少陵野老吞聲哭」起筆，瀰漫著哀傷的氛圍，光天化日之下，曲江冷清無人，杜甫悄悄的行至幽靜處，看著長出嫩綠新芽的柳樹新蒲，勾起曲江昔日繁華的回憶，唐玄宗和楊貴妃遊幸曲江，何等奢華、歡樂！「一箭正墜雙飛翼」句，扭轉乾坤，轉「樂」為「哀」，寫出樂極生悲，暗喻一箭拆散了唐玄宗和楊貴妃這對恩愛夫妻，從此天人永隔，不復相見！末四句抒發杜甫對唐玄宗和楊貴妃的同情，也感慨安史叛軍躹張跋扈，不知何日王師方能平定叛亂，收復長安？詩中筆調從「哀」轉「樂」，復又從「樂」轉「哀」，「哀」與「樂」互相映襯，加上「今昔對比」的手法，把全詩推向更深沉的哀傷！

（賞析者：劉奇慧）

哀王孫——杜甫

長安城頭頭白烏，夜飛延秋門上呼；又向人家啄大屋，屋底達官走避胡。
金鞭斷折九馬死，骨肉不待同馳驅。腰下寶玦青珊瑚，可憐王孫泣路隅。
問之不肯道姓名，但道困苦乞爲奴。已經百日竄荊棘，身上無有完肌膚。
高帝子孫盡隆準，龍種自與常人殊。豺狼在邑龍在野，王孫善保千金軀。
不敢長語臨交衢，且爲王孫立斯須。昨夜東風吹血腥，東來橐駝滿舊都。
朔方健兒好身手，昔何勇銳今何愚？竊聞天子已傳位，聖德北服南單于。
花門剺面請雪恥，愼勿出口他人狙。哀哉王孫愼勿疏，五陵佳氣無時無。

這首七言古樂府詩，文分三段。第一段的第一句借用了南朝梁侯景叛亂的典故來比喩安祿山之亂。侯景之亂時，有白頭烏飛集在梁朝的京城中，因此詩人就用白頭烏來比喩禍亂的徵兆。詩一開頭就說長安城的城頭有一隻白頭的烏鴉，夜暮後飛入長安的延秋門上亂叫，還向大戶人家的屋子啄個不停，爲了要躲避安祿山的到來，那些達官貴族們嚇得紛紛逃離。延秋門是長安的西門，據《長安志》上說：「苑中宮亭凡二十四所，西門二面，南曰延秋門，北曰玄武門。」這延秋門正是當時唐玄宗逃出長安的城門。

這是一首感時傷世的樂府詩，詩人寫於唐肅宗至德二載（七五七）春天，是安祿山之亂的第二年。當時杜甫人困在長安，在路上遇到一位落魄的乞兒，知道他是沒跟上玄宗皇帝避亂蜀地的王孫，不禁爲王孫的遭遇感到欷歔，因而寫下此詩。

天寶十五（七五六）載六月九日，潼關失守了，整個朝廷大驚。唐玄宗聽從楊國忠的提議，在十三日天還未亮就帶著楊貴妃姐妹等少數人從延秋門倉皇逃出長安。這次逃亡，他只帶身邊少數人，因此其他嬪妃、皇孫、公主都來不及逃亡。七月，安祿山部將孫孝哲占領了長安。九月，孫孝哲先後殺了霍國長公主、永王妃及駙馬楊馹等八十人，後來又殺皇孫二十餘人，並且剜皇孫的心來祭安祿山之子安慶宗。這首詩裡的王孫，應該是這次浩劫後倖存下來的人。

詩的第二段描寫唐玄宗出奔時是多麼的倉皇，所以連揮馬的金鞭都折斷了，逃亡用的九匹馬也死了。他只帶楊貴妃姐妹等少數人，當然來不及帶其他的眷屬逃走，才讓孫孝哲有機會殺掉百餘名皇親國戚。「腰下寶玦青珊瑚，可憐王孫泣路隅。」詩人怎麼知道這位在路上哭泣的年輕人是王孫呢？因爲他腰上掛著一塊青色的珊瑚寶玉，因爲他是「高帝子孫盡隆準，龍種自與常人殊。」「問之不肯道姓名，但道困苦乞爲奴。已經百日竄荊棘，身上無有完肌膚。」問他的名字，他不願意說，只說他願意爲人作奴隸來乞求三餐溫飽，因爲他已經餓了很多天，這一百多天來，他到處躲躲藏藏，不是在深山裡躲著，就是在荊棘中流竄，身上傷痕累累，沒有飯吃，四處行乞。所以詩人才會說：「豺狼在邑龍在野，王孫善保千金軀。」王孫啊！你要保護好你的千金之軀，以待來日啊！

詩的第三段承第二段的「王孫善保千金軀」而來，呈現一個長者的苦口婆心。王孫啊！你一定要好好珍重自己的身體。在這十字路口，我不敢跟你說太多話，只能陪你站一下聊幾句。所以下面的話可以說都是詩人對王孫的叮嚀和交代：「昨夜東風吹血腥」，暗指賊寇入侵；「東來橐駝滿舊都」，是說叛軍大肆搜刮長安的財物用駱駝運去范陽，表示賊寇不會長期占領長安，他們會漸漸離去，因爲有新天子繼位，因爲有回紇兵和吐蕃軍加入這場戰爭，安祿山的軍隊已漸漸出現敗象。「哀哉王孫愼勿疏，五陵佳氣無時無。」王孫啊！你千萬不要太疏忽，也不要灰心，五陵的佳氣是不會終止的，王師很快就回來了。詩中的三句「王孫善保千金軀」、「愼勿出口他人狙」、「哀哉王孫愼勿疏」，顯出作者的苦口婆心，句句安慰王孫的話，表露出憂時傷世的胸懷。全詩既寫實又寫情，是詩人所目睹親見的事，敘事明白清楚，詩人的親身感受，讓此詩顯得情眞意切。

（賞析者：林素美）

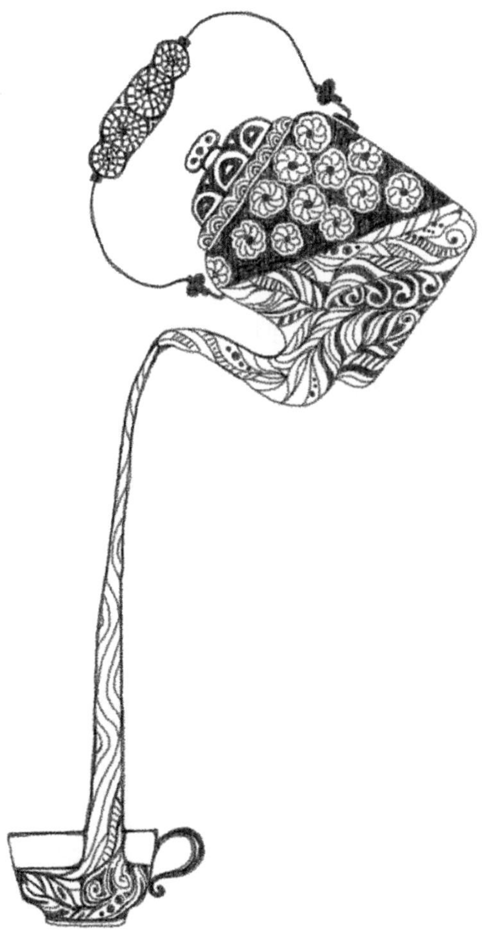

五言律詩

經鄒魯祭孔子而嘆之——唐玄宗

夫子何爲者？棲棲一代中。地猶鄹氏邑，宅即魯王宮。
嘆鳳嗟身否，傷麟怨道窮。今看兩楹奠，當與夢時同。

本詩爲《唐詩三百首》中唯一入選的帝王之作。《新唐書・玄宗紀》：「開元十三年（七二五）……十一月庚寅（初十日）封於泰山。……丙申（十六日）幸孔子宅，遣使以大牢祭其墓。」此即本詩寫作原委。詩題「嘆之」二字爲旨趣所在。封泰山，即登泰山以祭天。大牢，即以牛羊豕爲祭品的隆重祭典。棲棲皇皇，亦作棲棲遑遑，不寧貌。《論語・憲問》：「微生畝謂孔子曰：『丘何爲是棲棲者與，無乃佞乎？』」鄹氏邑，鄹，同鄒，縣名，在今山東滋陽東南；孔子父叔梁紇，曾爲鄹邑大夫。孔子，名丘，字仲尼，生於此。魯王，即漢景帝第五子魯恭王，好治宮室，曾壞孔子舊宅以廣其宮，於壁中得先人所藏古文虞

夏商周之書及《論語》、《孝經》，皆蝌蚪文字；魯恭王又升孔子堂，聞金石絲竹之聲，乃不再壞宅。嘆鳳、傷麟，《論語．子罕》：「子曰：『鳳鳥不至，河不出圖，吾已矣夫！』」《孔叢子》：「叔孫氏之車子鉏商，樵於野而獲麟焉，衆莫之識，以爲不祥。夫子往觀焉，泣曰：『麟也。麟出而死，吾道窮矣。』」《史記．孔子世家》記載：魯哀公十四年（前四八一），魯人獲麟，孔子視爲自己將亡，遂不再修訂《春秋》，《春秋》即絕筆於是年。兩楹奠，在正堂上之奠祭。楹，正堂之柱。《禮記．檀弓》：「孔子曰：『予疇昔之夜，夢坐奠於兩楹之間。夫明王不興，而天下孰能宗予，予殆將死也。』蓋寢疾七日而歿。」意謂孔子晚年，夢見自己被殯祭於正堂，知將不久人世，乃寢疾七日而歿。

詩人以疑問起筆：孔夫子爲了什麼呢？竟栖栖皇皇一輩子。接著說：現在這裡仍舊是鄹氏的食邑，而這座宮室也還是當年魯恭王壞孔子宅，以擴建自己宮室的地方。又與孔子對話：您曾感嘆鳳鳥不至，嗟嘆自己命運不佳；又哀傷麒麟被獲而死，埋怨自己的理想不展。（您還夢見自己被殯祭於正堂）於今我看見正堂上隆重的祭祀，應該與您當年的夢境相同吧！

這是一首五言律詩，除末聯出句「今看兩楹奠」爲拗句外，餘皆合近體五律正格。依詩的體性言，本詩屬頌讚類，自從司馬遷在《史記．孔子世家》中稱讚孔子爲「至聖」後，孔子的歷史文化地位即確定下來，後世乃有「天不生仲尼，萬古如長夜」的美盛德之辭。唐玄宗寫本詩時爲開元十三年，正是開天初期，此時的玄宗，堪稱有作爲的明君。工詩能文的明君玄宗，以「嘆之」命題，全詩即從「嘆之」著墨。更值得品味的是，他對孔子的讚嘆，全從孔子一生的幾個關鍵點入手。請看：

起筆，「夫子何爲者？栖栖一代中。」是一嘆，此嘆是當時人對孔夫子的嘆，嘆他終生栖栖皇皇，包括學不厭、教不倦、周遊列國、菜色陳蔡等等。詩人玄宗嘆曰：夫子呀，您何故，爲什麼，如此勞碌一生？

次聯，「地猶鄹氏邑，宅即魯王宮。」是二嘆，此嘆是睹物興嘆，詩人玄宗謂，我眼前所見，依然是夫子當年出生地，和魯恭王毀損的夫子故居，夫子宅第依舊，魯王顯赫何在？

第三聯，「嘆鳳嗟身否，傷麟怨道窮。」是三嘆，玄宗此嘆是以孔夫子當年的自嘆，而感嘆孔子的大道不行，終生不遇。「鳳鳥不至，河不出圖，吾已矣夫！」「麟出而死，吾道窮矣！」以及孔子晚年夢見自己「奠於兩楹之間」，嘆曰：「夫明主不興，而天下孰能宗予，予殆將死也！」凡此，都是孔子當年的自嘆，玄宗乃與夫子同聲一嘆。

末聯，「今看兩楹奠，當與夢時同。」是四嘆，玄宗遣人以大牢奠於兩楹之間的正堂，以示對夫子的崇敬，即景興嘆曰：夫子呀，您看我眼前所做的隆重祭奠，應該跟您當年夢境相同吧！

自始至終，詩人均以旁觀者身分，客觀而忠實地書寫本詩，乃其特徵。

沈德潛《唐詩別裁》卷九：「孔子之道，從何處贊嘆？故只就不遇立言，此即運意高處。」

（賞析者：熊智銳）

望月懷遠——張九齡

海上生明月，天涯共此時。情人怨遙夜，竟夕起相思。
滅燭憐光滿，披衣覺露滋。不堪盈手贈，還寢夢佳期。

這是一首「望月懷人」的詩。詩人由望月而引起相思，因爲相思所以徹夜不眠。月光是引起相思的原因，月光也是他相思的見證。這首詩的首聯即已點題，後面六句完全在鋪陳這份相思情愫，是一首情景交融的好詩。全詩意境雄渾而又幽遠，語言眞切，溫婉纏綿，形象眞摯，令人回味無窮。

首聯「海上生明月，天涯共此時。」多麼宏偉的一句話。「海上生明月」完全是寫景，點明題目中的「望月」，描寫在大海中所看到的明月，宛如自大海中生出來。就是如此自然不過的一句話，但是意境雄渾廣大，自有一種與大自然融合的氣象，爲人所稱頌。第二句「天涯共此時」，由景入情，

轉入「懷遠」，這句話是謝莊〈月賦〉中「隔千里兮共明月」的引伸，藉著明月，我們雖然不在一起，但此時同看一個月亮，在月光下我們彷彿仍在一起，張九齡這句話更見深情。

頷聯「情人怨遙夜，竟夕起相思。」直接寫情，描寫深情的人在這月光下，不免要埋怨長夜所帶來的相思之苦，因為他終夜為相思所苦，難以入眠，才會引出頸聯的「滅燭憐光滿，披衣覺露滋」。這句話也是寫情，在深夜中對著明月懷念家人或朋友所引起的相思之苦，才會讓詩人輾轉難眠，所以詩人才會「滅燭」，才會「披衣」外出。頷聯用「情人」一詞，可見詩人的多情。雖然詩人說「滅燭」是因為月光太可愛太明亮了，根本就不必點上蠟燭，所以才會把蠟燭吹熄，其實他說的是這份相思之苦太深太滿了，所以他才會「披衣」外出，走出屋外去賞月。這使他想起遠方的親友，追憶以前和那人一起賞月的情懷，所以才想「不堪盈手贈，還寢夢佳期。」因為不能把這美好的月色捧在手中送給對方，只希望入睡後能在夢中相會，一起欣賞美好的月光。

這詩由「望月」而「懷遠」，處處扣題，寫景和抒情並舉，情景交融。詩人由望月而思念遠方的親友，此時此刻一同望月，雖然不能相見，但願在夢中相會。這份情是天下遊子共同的心聲。在月光下的相思之情，不管多遠，明月似乎都能代人傳達。望月是傳達思念，望月也是接收思念。起首兩句「海上生明月，天涯共此時」，意境宏大，將這份懷人的情思帶出來，讓它更深更濃。

（賞析者：林素美）

送杜少府之任蜀州——王勃

城闕輔三秦，風煙望五津。與君離別意，同是宦遊人。
海內存知己，天涯若比鄰。無爲在歧路，兒女共霑巾。

首聯，「三秦」是指京城長安，而「五津」是指蜀地，所以這兩句，第一句點出作者的送別之地，第二句則是杜少府即將宦遊的蜀地。三秦，據《史記．秦始皇本紀》說：「項籍滅秦之後，各分其地爲三，名曰雍王、塞王、翟王，號曰三秦。」由此可知三秦是指唐朝的長安城。五津，是指長江五處著名的渡口，在今四川省，據《華陽國志．蜀志》上說：「始曰白華津，二曰萬里津，三曰江首津，四曰涉頭津，五曰江南津。」所以五津是指蜀地。因爲在長安遙望蜀州，視線被迷濛的風煙所遮，所以作者才會有下文的「離別意」和「天涯」這樣感傷的句子。因爲從長安遠眺四川，眼前所見似乎是迷濛的一片風煙。此句話有因離別的感傷而淚眼迷濛，也有暗指此去後兩人難再相見的惆悵。

頷聯「與君離別意，同是宦遊人」是對應於首聯的意思而來。而今你要到四川當官了，四川是一個好地方，雖然我和你在此分別，彼此都很傷心，但是我們都是在外當官的宦遊人，不得不離鄉背井，這份感傷和離情是相同的。頸聯「海內存知己，天涯若比鄰。」則說：「只要我們心中有彼此，即使是到了天涯海角，也會感到如鄰居般的親近。」這句話眞是情眞意切，令人感動！古來送別的詩詞大多表現出無限的悲傷和離情依依，但此詩卻是情眞意摯，這份眞情，表現出詩人豁達的胸懷，

也讓這首詩有一種特別高闊的意境。「天涯」對「海內」，「比鄰」對「知己」，屬對工整，獨具意義，難怪能成爲送別詩中的千古名句。追溯這兩句詩的來源，《論語・顏淵》中有「四海之內，皆兄弟也」的句子，曹植〈贈白馬王彪〉詩中也有「丈夫志四海，萬里猶比鄰」的句子，但王勃推陳出新，變成「海內存知己，天涯若比鄰」，讓這首詩更加生動有力。

尾聯「無爲在歧路，兒女共霑巾。」接在「海內存知己，天涯若比鄰」之後，是有深意的。既然四海之內皆知己，在天涯海角也彷彿毗鄰而居，那麼我們在分別的路口，就不必像小兒女似的一把眼淚一把鼻涕，讓淚水沾溼衣襟。這話說得多帥氣、眞摯，讓這首送別詩顯得格外自然而眞誠！

（賞析者：林素美）

在獄詠蟬（并序）——駱賓王

余禁所禁垣西，是法廳事也。有古槐數株焉，雖生意可知，同殷仲文之古樹，而聽訟斯在，即周召伯之甘棠。每至夕照低陰，秋蟬疏引，發聲幽息，有切嘗聞；豈人心異於曩時，將蟲響悲於前聽？嗟乎！聲以動容，德以象賢，故潔其身也，稟君子達人之高行；蛻其皮也，有仙都羽化之靈姿。候時而來，順陰陽之數；應節為變，審藏用之機。有目斯開，不以道昏而昧其視；有翼自薄，不以俗厚而易其真。吟喬樹之微風，韻資天縱；飲高秋之墜露，清畏人知。僕失路艱虞，遭時徽纆，不哀傷而自怨，未搖落而先衰。聞蟪蛄之流聲，悟平反之已奏；見螳螂之抱影，怯危機之未安。感而綴詩，貽諸知己。庶情沿物應，哀弱羽之飄零；道寄人知，憫餘聲之寂寞。非謂文墨，取代幽憂云爾。

西陸蟬聲唱，南冠客思侵。那堪玄鬢影，來對白頭吟。
露重飛難進，風多響易沉。無人信高潔，誰爲表予心？

序文中作者除了敘說寫作這首詩的原由，還用擬人法寫蟬的美德，不論從形態或習性，無不呈現出作者的寓意。蟬在古典詩歌中，歷來被賦予多種美德而成爲高潔人格的化身，如西晉陸雲〈寒蟬賦・并序〉中就稱讚蟬有五種美德：「夫頭上有緌，則其文也；含氣飲露，則其清也；黍稷不食，則其廉也；處不巢居，則其儉也；應候守常，則其信也。」賦中以蟬的形貌和習性比擬爲人的美德，稱讚蟬具有文、清、廉、儉、信五種美德，而駱賓王序文則說：「聲以動容，德以象賢，故潔其身也，稟君子達人之高行。」也是稱讚蟬有「君子達人」的德行，最後以「飲高秋之墜露」，歌「喬樹之微風」來稱頌其君子形象。

這段序文不僅借蟬的美德喻指自身品格高潔，也是表明自己的無辜，盼得賢王能明白他的冤屈，洗清他的罪名。詩人首先從拘禁處中庭的古槐，想起西晉時殷仲文仕途失意的感慨，而聽訟審判的地方也正是西周時召公明察獄訟的地方，借這兩個典故，他想表達自己身陷囹圄的無辜和痛苦，也期盼有司能還他清白。再寫他因聽聞蟬的鳴叫而心生悲傷，以擬人的筆法鋪敘蟬的美德，從蟬的形態習性寫蟬適應季節的變化，並隨季節和氣候而變化；最後以「失路艱虞，遭時徽纆」來表達他的心情。此處駱賓王以蟬喻己，顧影自憐，正是感物傷懷，借物抒情。這篇序文道出他心中的憂傷，而後面的詩，就是這種以蟬自喻，每一聯都是一句寫蟬，一句寫自己，最後一聯則用反問的語句把蟬與己、物與人聯在一起，可以說是一首物我交融的好詩。

唐高宗儀鳳三年（六七八），駱賓王擔任侍御史，因為武后專政，他屢次上書勸諫，觸犯了武后，因此遭人以貪贓罪誣陷入獄。此詩寫於獄中，詩人聞蟬鳴有感而發，

以自己入獄的不幸爲主旨，並借蟬自喻，明志表態。首聯「西陸蟬聲唱，南冠客思侵」，是對偶句，因爲秋天的蟬聲引起獄中的他滿懷感慨，是興的寫法。這兩句詩一開始就點題，先由蟬聲說起，再論及自身。盛夏是蟬鳴最響亮的季節，而今到了白露初降，金風颯颯的清秋時節，蟬的生命即將走到盡頭，此時的蟬鳴變得多麼淒切。而詩人身陷囹圄，從朝廷的命官變成階下囚，宛如也走入他人生的末路，此時聽到蟬叫聲，自然悲從中來，引來無限的憂思。

頷聯「那堪玄鬢影，來對白頭吟」，也是一句說蟬，一句說自己。〈白頭吟〉是漢樂府相和歌辭曲調的舊題，詩人巧妙用在這裡，說他是忠貞的人，今日入獄是冤枉的。當權者失察，使他無辜受冤，聽到蟬的悲鳴聲，不免感傷自己的遭遇。所以這聯是寫蟬寫己，蟬與己相應，人與物交融。

頸聯「露重飛難進，風多響易沉」從蟬著筆，寫蟬的生態及環境，但還是借蟬喻己。「露重」影射武則天的專權，「飛難進」影射忠臣不能出頭；「風多」影射倖臣當權，「響易沉」則影射忠言不獲採用，反而帶來牢獄之災，所以此聯寫蟬，也是句句喻己。尾聯「無人信高潔，誰爲表予心？」無人知道蟬的高潔，誰能爲蟬說說話；沒人知道我的清白，誰能爲我洗刷冤屈呢？詩人這詩寫於獄中，他的怨恨借蟬來比喻，典故貼切，多用雙關語，可說是借物抒懷，意在言外的佳作。

（賞析者：林素美）

和晉陵陸丞早春遊望——杜審言

獨有宦遊人，偏驚物候新。雲霞出海曙，梅柳渡江春。
淑氣催黃鳥，晴光轉綠蘋。忽聞歌古調，歸思欲霑巾。

這是一首杜審言與陸丞唱和的詩。當時陸丞寫了一首〈早春遊望〉詩寄給杜審言，因此杜審言以此詩和之。陸丞當時在晉陵任縣丞，而杜審言在江陰任職，兩人同是宦遊的僚友。陸丞的〈早春遊望〉今日已不可知，但明朝胡應麟《詩藪．內篇》則讚許杜審言這首詩：「初唐五律，獨有宦遊人第一。」可知歷來這首詩頗受重視。詩人在唐高宗咸亨元年（六七〇）考中進士後，宦途上並不如意，詩篇創作上雖稍有名氣，但二十年來還是一個小小的江陰縣丞。這詩大約寫於武則天永昌元年（六八九）前後，和陸丞的〈早春遊望〉都是抒發宦遊江南的感嘆和思鄉之情。

首聯「獨有宦遊人，偏驚物候新」，是說只有外出做官和流浪的遊子才會對季節變化特別有感觸。而那些沒有離開家的人對於氣候變化不會有太大的感受，只有在異鄉的遊子，或是宦遊在外的人，他們才會因爲他鄉的氣候有了冷熱的變化而引起思鄉情緒。詩中的「獨有」和「偏驚」用得頗佳，加重這些宦遊人對家鄉的思念。此時詩人因爲看到江南早春的風景變化而引起他思鄉的心情，這種季節的替換對宦遊人來說，總有無限的感嘆和心痛。

頷聯和頸聯四句即是描寫早春江南「驚新」的風景。「雲霞出海曙，梅柳渡江春。淑氣催黃鳥，晴光轉綠蘋。」看到太陽冉冉從東邊的海面升了起來，海面上映著通紅的雲霞，才知道早春的天已經亮了；迎面而來，看到的是飛舞的梅花和飄揚的柳葉，帶來了欣欣向榮的春天。這早春的溫暖氣候也叫醒了黃鶯鳥，仔細聽，到處都有黃鶯宛轉的叫聲；而明媚的陽光照射在水邊，這春光讓浮萍和蘋草的葉子也都由淺綠色變成了深綠色。這四句描寫春天早上的風景，一句寫海上的雲霞；一句寫春江邊的梅樹、柳樹；一句寫春鳥的叫聲；一句寫水中的蘋草。這四句對江南早春風光的描寫，呈現出江南的鳥語花香和湖光柳色，但這些讓人驚豔的明媚風景對一個宦遊人來說是心痛的，這樣的季節變化勾起了宦遊他鄉的遊子思念起自己故鄉。所以尾聯「忽聞歌古調，歸思欲霑巾。」巧妙點出因為陸丞詩中所呈現的思鄉之情也引起詩人的思鄉愁緒，不禁掉下淚眼把手巾都沾溼了。這首詩生動描繪了江南早春的景色，也抒寫了詩人宦遊生活的鄉愁，這些鄉愁在最後這句的「歸思」才點出來，是對應於第一句的「宦遊人」，構思巧妙。詩的感情含蓄深沉，詩中頷、頸二聯描寫江南早春的景色更是細膩生動，猶如一幅美麗的江南水鄉圖畫。

（賞析者：林素美）

雜詩——沈佺期

聞道黃龍戍，頻年不解兵。可憐閨裡月，長在漢家營。
少婦今春意，良人昨夜情。誰能將旗鼓，一為取龍城？

這種題名〈雜詩〉的詩在沈佺期的詩中共有三首，這是第三首。〈雜詩〉三首都是同一個主題，同寫閨中少婦對塞上征人的相思。這些詩表面上是寫閨怨，但實際上是很明顯的反戰詩。這一首詩是三首中較有藝術特色的一首，所以蘅塘退士才會選入《唐詩三百首》中。

首聯交代了寫詩的背景，「聞道黃龍戍，頻年不解兵」，當時龍城一帶長年有戰爭，因此詩人感嘆良多。黃龍即是龍城，也就是尾聯說的「一為取龍城」。龍城在今熱河省朝陽縣，是五胡十六國中北燕的都城。這兩句話平淡地道出長年的戰事，所以引出了作者內心的感想，他借閨中少婦的思念和塞上征人不能回家的痛苦，來訴說戰爭的可怕，因而對戰爭十分反感。

頷聯和頸聯抒情，借著閨中少婦和塞上征人的相思相憶，描寫戰爭中的生離死別，表達了戰爭的可怕和不幸。頷聯借月抒懷，「可憐閨裡月，長在漢家營。」採互文見義手法，謂這一輪皎潔的明月曾經照耀他們夫婦相互依偎的身影，而今明月依舊高懸，卻同時映照在寂寞空閨與漢家軍營，恩愛夫妻相隔兩地，只能望月相思，同聲一嘆。這句「長在漢家營」，有一本是作「偏照漢家營」，如果是作「偏照」，則這聯只以征夫的角度來看月，和頸聯的相關性就不夠，所以應作「長在」較合適，因爲頷聯是一句以閨中少婦的心情來看月，一句又以征夫的心情來看月，所以頸聯中的「少婦」、「良人」也一樣順著這一個脈絡走，詩意就更清晰明白了。四季中春天的到來最引人期盼，也代表著新的開始，有希望無窮的聯想，所以是描寫少婦在春夜裡特別思念遠方的良人，而遠方的良人也特別在萬籟無聲的春夜裡思念起夫妻兩人的惜別之情。「良人」和「少婦」相對，「昨夜情」和「今春意」相對，表面看來有今昔之異，卻都是緊扣著兩人的相思之情。頷聯和頸聯四句互文見義，都在訴說閨中少婦和塞上征人的思念，使這兩聯的夫婦相思之情更濃更深了。

所以說這詩借月相思，頷聯和頸聯是相連的，這月是思婦的眼中月，也是征人的眼中月，這情不僅是今春，還有昨夜，也可以說是借著「今春」代表四季，借著「昨夜」代表今夜、明夜，同樣也代表著今天、昨天、明天，所以說夫婦兩人的相思是無時不在的。對閨中少婦和塞上的征夫來說，彼此的相思情意是多麼的濃厚。詩人借兩人的相思之情代表著天下所有征夫思婦的心聲，所以尾聯才有「誰能將旗鼓，一爲取龍城」的心願。借著問話，問有哪一位名將能帶兵一舉克敵凱旋而歸，讓思婦和征夫一家能團圓，讓人民能夠安居樂業，能有美滿的生活，這就是此詩的主題。可見這首詩極具反戰意識，構思高明，在頷聯和頸聯四句中，情意上的著筆彼此相連，自然又貫通；尾聯則以問句作結，顯得餘味無盡。

（賞析者：林素美）

題大庾嶺北驛——宋之問

陽月南飛雁，傳聞至此回。我行殊未已，何日復歸來？
江靜潮初落，林昏瘴不開。明朝望鄉處，應見隴頭梅。

這是一首紀行詩，宋之問於睿宗時因科考貪賄被貶越州長史，後來又改流放欽州（今廣西欽州東北）。這是他被流放欽州時，途中經過大庾嶺的北驛站有感而發寫下的一首五言律詩。大庾嶺因爲嶺上生長梅花，所以又有梅嶺之名，是現在的江西省大庾山。相傳北雁南歸至回雁峰而止，不再向南飛行，待明年春天，雁群又返回北方故鄉。作者借這個典故有感而發，問自己「何日復歸來？」北雁到了此地就不再過嶺了，而被貶官的他不只是要過此嶺，過了此嶺，不知何日是歸期，何時能再過此嶺回長安，所以此刻的他既心酸又難過。

這首詩首聯起興：「陽月南飛雁，傳聞至此回。」借北雁南飛不過此嶺就折回的傳說來訴說自己的不幸。他不如北雁，他不只是要過此嶺，過了此嶺後，何時能再回來，再經此地重回長安的機會遙遙無期，所以他才會說：「我行殊未已，何日復歸來？」頷聯言自己遭到貶謫，卻歸期無望。詩人用比興手法，描寫北雁南飛還可以選擇不過嶺，可是他卻沒有選擇的權利，有人不如雁的感慨。《方輿勝覽》上說：「回雁峰在衡陽之南。雁至此不過，遇春而回。」北雁到了梅嶺就不再過去了，等到春天又再回北方了；而被貶官的他，不止是明年春天回不去，後年，未來都回不去，他不知道自己還有沒有過嶺北回的日子。

頸聯轉寫當前梅嶺北驛站的景色，「江靜潮初落，林昏瘴不開」，這時江面上的潮水初落，水面是平靜的，平靜的水面令人屏息；而嶺內的林子裡充滿著瘴氣，繚繞的瘴氣迷濛一片，這迷濛的林子似乎掩藏著很多的祕密，彷彿人一不小心踏入就會被吞噬不見了。就是這樣寂靜的水面和昏暗的林子，讓這位不知未來在那裡的詩人增添更多的愁緒。

這詩呈現出一位被貶謫的臣子的心情，前路茫茫，只有失意和痛苦，無限的思鄉之情再加上看到這惱人的景色，令人感傷不已。因此這首詩，詩人是在寫「愁」，他的「愁」能說出口嗎？不是說不出口，而是不能說，因此他只是悄悄的問：「何日復歸來？」代表他的失望，他不知道自己有沒有歸期。最後二句，「明朝望鄉處，應見隴頭梅。」雖然歸期無望，詩人還是抱著希望，希望明天站在梅嶺的高處再看一下故鄉，再看一看嶺上的梅花。「隴頭梅」暗用梁朝詩人陸凱的詩，據《荊州記》上記載陸凱的詩：「折梅逢驛使，寄與隴頭人。江南何所有？聊贈一枝春。」雖然有家歸不得，但他希望也能像陸凱一樣寄上一枝梅花，安慰家鄉的親人，以表他的思鄉之情。

（賞析者：林素美）

次北固山下——王　灣

客路青山外，行舟綠水前。潮平兩岸闊，風正一帆懸。
海日生殘夜，江春入舊年。鄉書何處達？歸雁洛陽邊。

此乃王灣下江南途中，行經北固山，藉以抒發鄉思之作。「次」，旅程中暫時停泊之意。「北固山」，位於江蘇鎮江以北，三面臨江。該詩亦見錄於殷璠《河嶽英靈集》，題作〈江南意〉，云：「南國多新意，東行伺早天。潮平兩岸失，風正一帆懸。海日生殘夜，江春入舊年。從來觀氣象，唯向此中偏。」與此稍有出入，意境亦略顯遜色，或為初稿。

全篇可分成三章，首章敘事，即首聯云：「客路青山外，行舟綠水前。」詩人旅途中路過青翠的北固山下，客船行駛於碧綠的江面上。「青山」，指北固山。此聯以開門見山方式，直接闡明題旨，既為敘事，亦屬摹景。

次章純為寫景，包括：頷聯：「潮平兩岸闊，風正一帆懸。」就空間上言，漲潮時，江水與兩岸齊平，視野愈顯開闊；順風時，揚起一片帆兒，行船於無垠的江面。此聯對仗工整，出句（按：兩句稱一聯，上句為「出句」，下句為「對句」）描寫潮漲水平，江面遼闊，景象恢宏；對句則精於煉字，用「正」、「懸」二字，暗示大江平直，波平浪靜，順風行舟，通暢無阻。故王夫之《薑齋詩話》評云：「以小景傳大景之神。」此與杜甫〈旅夜書懷〉：「星垂平野闊，月湧大江流。」意境頗神似。頸聯：「海日生殘夜，江春入舊年。」為倒裝句，應作「殘夜海日生，舊年江春入。」就時間言，殘夜將盡，海上旭日初升；舊歲將除，江面春意先臨。「日」、「春」除了指自然界明日、春光之外，亦象徵美好的事物；而「生」、「入」為擬人化動詞，兼指春、日的到來，隱含美好事物之初生。此聯既是景語，也是情語，寄意高妙，對仗工穩，不愧是千古傳誦的名句。如《河嶽英靈集》云：「『海日生殘夜，江春入舊年。』詩人已來少有此句。張燕公（張說）手題政事堂，每示能文，令為楷式。」又胡應麟《詩藪》云：「『海日生殘夜，江春入舊年』，……形容景物，妙絕千古。」

三章為抒情，即末聯：「鄉書何處達？歸雁洛陽邊。」詩人也想寫一封家書給故鄉的親友，但不知怎樣才能寄達？北歸的雁子啊，請幫忙將書信帶回洛陽那邊去！此聯為提問語氣，藉由自問自答，表達沉重的鄉關之思。另「歸雁」一詞，具諧義雙關作用，據《漢書・蘇武傳》載：「天子射上林中，得雁足有繫帛書，言武等在某澤中。」故後世有雁足傳書之說。作者借用此典，暗喻羈旅思鄉、欲歸不得的悵然之情。

（賞析者：簡彥姈）

題破山寺後禪院

常　建

清晨入古寺，初日照高林。竹徑通幽處，禪房花木深。
山光悅鳥性，潭影空人心。萬籟此俱寂，唯聞鐘磬音。

常建〈題破山寺後禪院〉和〈宿王昌齡隱居〉二詩是他的代表作。這首詩所題詠的是一所寺院，詩中盡是寺院中的風景，詩人借此景物抒發他的隱士情懷。破山在現在的江蘇省常熟縣，破山寺是指現在江蘇省常熟縣虞山北麓的興福寺。這寺是南朝齊時郴州刺史倪建光捐出宅園所改建的，到唐代已經是一間古寺了。這首詩描寫的是清晨遊寺時在後面禪院的所見所聞。如今的興福寺可以說是當地一個著名的景點，多少受到常建這首詩的影響。

首聯「清晨入古寺，初日照高林。」說他在清晨時跨入破山寺的門廊，初升的太陽光正照在山上的樹林間。此處的「高林」除了是此時實際上的景色外，還含有稱頌寺院的意思。頷聯「竹徑通幽處，禪房花木深。」詩人穿過寺中的竹林小路，直走到了後院，才發現後院的花叢深處有著一間唱經禮佛的禪房。這兩句自然且生動地描寫出後禪院的幽靜，連歐陽修都很喜愛。據歐陽修〈題青州山齋〉中記載，他十分喜愛這兩句詩，說「欲效其語作一聯，久不可得，乃知造意者為難工也。」後來他在青州的一處山齋宿息，總算親身體驗到「竹徑」這兩句所描寫的意境和情趣，更想寫下此景此情，卻仍然「莫獲一言」。

頸聯「山光悅鳥性，潭影空人心。」是作者走過竹徑的幽處後舉目望見寺院後山的美景，這「山光」是承接首聯中的「初日」，寺院後的青山籠罩在日照的光彩中，還有鳥兒也自由自在的在空中飛舞歌唱。所以詩人走到清澈的水潭旁邊，眼見自己的倒影在潭水中，潭水中除了自己外，還有天空中的雲彩，這些倒影在潭水中是那麼的分明，讓人的塵念和雜思頓時清洗一空，就像潭水一樣的空明清澈。就是這一份寧靜，所以尾聯才會說「萬籟此俱寂，唯聞鐘磬音。」詩人覺得天地萬物都變得無聲無息了，只有寺中傳出的鐘磬聲，還在山林間迴盪著。

這首詩呈現的是一種悠閒適意的情調，描寫寺院的風景和遊人的心境。作者遊覽的地點是一間佛寺，走入寺院是清晨，所以此時旭日初升，在這寺院中有竹徑、幽處、禪房、花木、山光、鳥語、潭影，這一切的所見、所聞、所感，讓人有超脫塵俗之感，心境上是純潔和舒暢的，詩人最後的感覺是一切都無聲無息，只有山中傳出的鐘磬聲，在山林間迴盪而已。這種體驗是詩人精神昇華的境界。

（賞析者：林素美）

寄左省杜拾遺

岑參

聯步趨丹陛，分曹限紫微。曉隨天仗入，暮惹御香歸。
白髮悲花落，青雲羨鳥飛。聖朝無闕事，自覺諫書稀。

〈寄左省杜拾遺〉是岑參與杜甫唱和感慨朝堂生活呆板、閒散之作。此詩前四句用字講究、對仗工整，但無深刻感情，似是有意突顯爲官生活的制式、乏味。看似規律、略顯沉悶的朝堂步調，迥異於其雄渾豪邁、慷慨激昂的邊塞詩。相較於立功沙場、上陣殺敵的豪氣干雲，這樣的語意敘述、虛無狀態，對有志於建功立業的詩人而言，無異是無力且無奈的。

五、六兩句，詩人筆觸一轉，以「白髮悲花落」之「悲」字，道出詩

人對「曉隨天仗入，暮惹御香歸」這類日日重複、耗費生命的官場生活，極度傷感、厭惡。而下句「青雲羨鳥飛」，不僅與上句「白髮悲花落」，形成強烈對比，亦暗示詩人對展翅高飛的自由寬闊，心生羨慕。看似不甚有關聯的兩句，實則強化了詩人心中，對當時朝局和自身處境的無限慨嘆。

末尾兩句，看似讚嘆朝廷安定、政治聖明，但實際上，乃係作者藉以譏諷、揭露朝廷弊端之手法。尤其是「無闕事」、「諫書稀」二語，暗諷朝中明明正值多事之秋，需要朝臣上陳、規諷，卻呈現諫書幾稀之景況。通篇意不說破、旨不點明，卻又意在言外的寫作手法，讓全詩看似波瀾不興，但委婉曲折、寓貶於褒之意，溢於言表。《唐詩觀瀾集》更謂此詩：「氣格蒼渾，詞旨溫遠，探得古人贈言之義，直堪與少陵（杜甫）旗鼓相當。」

（賞析者：孫貴珠）

贈孟浩然——李白

吾愛孟夫子，風流天下聞。紅顏棄軒冕，白首臥松雲。
醉月頻中聖，迷花不事君。高山安可仰？徒此挹清芬。

這首詩所寫的乃是李白敬仰孟浩然爲人，表達了太白對孟浩然深切尊敬仰慕之情。據詹鍈《李白全集校注彙釋集評》云：「此詩於開元二十七年（七三九）。」又云：「李白過襄陽重晤孟浩然。」，又引《李詩直解》：「此贈孟浩然之風流而贊其隱德之清高也。」

詩篇首聯「吾愛孟夫子，風流天下聞。」李白以敘事方式描繪孟浩然，表現他以清高德譽名聞天下。次二句「紅顏棄軒冕，白首臥松雲。」寫出了孟浩然年輕至老年始終如一的清高形象：不重視權位，喜好歸隱平淡生活。從色彩學理論分析，「紅顏」兩字表現出人生盛年繁華時段，可以說使人感到驚豔。李白一向用筆頗有豪放誇張之處，往往不避一切盡出想像豐富之辭。「白首」二字表現出淡泊、潔白、與世不爭的心理感覺。（美）魯道夫．阿恩海姆《藝術與視知覺》認爲白色有正直、眞理、純潔、不爭、恬淡的心理特質。「白首」與「紅顏」，一白一紅，無色彩和有色彩造成強烈對比，使人更覺得孟浩然一生清高品德行止，彌足珍貴，表現出強大視覺和心理印象。另一方面，「棄軒冕」和「臥松雲」亦強化了孟浩然在品德名望的風流表現，可歌可頌。

其次，「醉月頻中聖，迷花不事君。」把孟浩然美好德行描寫一番，說他不入朝面見聖上，不

求官位，這高潔不貪名利的品德，是超越衆人之上，是大家仰慕的節操，宛如高山之高大，無法望其項背。看這二句所用的字樣，如「迷花」、「醉月」所表現的是何等發自孟浩然內心，是眞誠的醉心迷戀自然，不汲汲權位，這潔白德性象徵又是何等珍貴。再寫「高山安可仰？徒此挹清芬。」回到開端詩歌情意，描寫孟浩然崇高風範，是像高不可仰望的高山，凡人不可企及。李白用了「高山」和「清芬」指稱一份崇敬和美好芬芳，這自然是對人物的情節品德之象喻，所以這高山和清雅芬芳不僅只是一座無感平凡的視覺景象和嗅覺，這也是一確有指喻的動人意象，喻指美好少有的情操和人格特質。這正是李白詩篇浪漫意象的特色，從人物事件敘述轉到空間景色、感官描繪，以一二句宕開，呈現虛實開合呼應之妙，亦見李白在章法部分抽象情意和具象空間景象兼長並美的獨特懷想。

（賞析者：黃麗容）

渡荊門送別——李　白

渡遠荊門外，來從楚國遊。山隨平野盡，江入大荒流。
月下飛天鏡，雲生結海樓。仍憐故鄉水，萬里送行舟。

這首詩所寫的是荊門送別，表現了李白遊歷至楚國，見到山水自然之景，尤其故鄉蜀水流向荒遠之地，亦興發懷念故土之思情。據詹鍈《李白全集校注彙釋集評》引《李詩直解》云：「此荊門送別，賦其景而起故鄉之思也。」又朱諫語：「今於荊門送行，是倂吾鄉之水送子之舟，悠悠萬里，情何既乎？夫水曰故鄉，其懷土之情亦可哀矣。」

詩歌開篇：「渡遠荊門外，來從楚國遊。」大體說李白遠從蜀地而來渡此荊門山，到了昔日楚國（今湖北）盡情漫遊的一種敘事。「荊門」是荊門山，在今湖北宜都縣西北長江南岸。詹鍈引李善注云：「盛弘之《荊州記》曰：『郚西泝江六十里，南岸有山，名曰荊門；北岸有山，名曰虎牙。二山相對，楚之西塞也。荊門上合下開，開達山南，有門形故，因以爲名。』」李白好遊名山名勝，詩篇常摹寫在高山行旅時所見景象。時以位於高山的三度高空景象摹寫，時以全面空間場景摹寫廣闊地理景觀，常運用動態視角，同時具正面，又具側面的描繪法，呈現虛實、躍動的觀察想像視點，興發思鄉、遊蹤的情意。詩篇頷聯與頸聯，有富含三度空間、二度空間，到一度空間景象的漸層描繪。運用山景、平野和江水水流，形塑浩瀚廣闊一百八十度廣角視覺空間感知。「山隨平野盡，江入大荒流。」通句皆爲空間景之象喻，寫李白視覺移動、動態的廣角面。視線由「山」，三度空間之荊門山，游移到「平野」邈遠曠闊平面空間，再移動視點到「江入大荒流」，一度線狀空間之長江流向。可見李白遊歷視點歷程，是何等開闊、雄壯和富變化轉動特色。這裡帶出由三度高空景象「山」、二度平面曠闊原野空間景象，再至一度線狀長江江水流勢空間景象，一方面強調李白觀察視點之流動、變換、雄奇特色，另一方面也呈現一段流動的時間感知，及觀察歷程。這樣觀照景物空間法，是一靈動、新穎的觀物方式。

詩篇末處「仍憐故鄉水，萬里送行舟。」是表現李白懷念故鄉之情深，卻仍不得不遠行，這一留戀一遠別，正呼應詩篇首句「渡遠荊門外，來從楚國遊」遠到故土之情深意切，流露久久地環顧故土四方，由高處而平面至水流景狀，這由高維度至二度平面維度，到一度線狀景，使太白懷思故鄉的濃烈和留戀，流貫全篇。這篇空間景象由高至低迴環相貫串之妙與美，足見太白傲岸大器的寫法，與其獨特浪漫詩作特色。

（賞析者：黃麗容）

送友人——李白

青山橫北郭，白水遶東城。此地一為別，孤蓬萬里征。
浮雲遊子意，落日故人情。揮手自茲去，蕭蕭班馬鳴。

這首詩乃送別友人之作品。據詹鍈《李白全集校注彙釋集評》引《李白直解》：「此送友人而言相別之情景也。」又云：「『浮雲遊子』當為作者自指。」王堯衢《唐詩合解》卷七云：「前解敘送別之地，後解送友之情。」李白運用與友人分別的地景，作為詩篇開端，這分別之時與地，成為一個浮雲遊子、故人一別難再聚的動人意象，暗喻一種離愁，也象徵蓬草失根之情。

詩篇開端：「青山橫北郭，白水遶東城。」這青山橫亙城北，白水流經東城，點出別離之景。李白「橫」和「遶」展現互相交錯縱橫的數個空間景象，確實表現一種聯想作用：景物依舊，人事已非，故人友誼倍

加難忘與不捨。太白以寫實的筆法造成了興發感嘆作用。其次，依色彩學理論來看，「青山」與「白水」是有色彩與無色彩的對比。青色是寒色系，中國傳統青色概念有憤怒、官階服色等意。色彩心理學則分析出青色具有權威、永恆、消極、憂鬱、寂莫等感受。白色是無色彩，中國傳統白色概念有憂愁情緒、哭聲。賴瓊琦《設計的色彩心理》表示白色有淡泊、哀傷等感受。青白並置，有色彩與無色彩互襯之作用，表達出濃烈情感，使暗的顯得越暗，明的顯得越明。

詩篇頷聯頸聯「此地一爲別，孤蓬萬里征」、「浮雲遊子意，落日故人情」，仔細體味這數句所用字詞：「孤」、「萬里」、「浮」、「雲」、「落」給予人寂寞、遠行、失根、無助與漂泊不定的意味，言外之悲愁也是不難感受到的。「浮雲遊子意，落日故人情」才眞正標舉出李白言外之慨：遊子如天上漂泊無根的雲，寄跡天地四方，泛泛無歸宿，亦象徵太白四處漫遊，天下之大，卻無容身處的悲慨。落日紅霞滿天，正象徵故舊好友溫暖情誼，離別在即，淒涼孤身遠征之前，更倍加珍貴溫暖，不忍離開。所以詩末「揮手自茲去，蕭蕭班馬鳴。」就聯繫到送別友人時刻。李白運用轉身離開之視覺畫面，傳遞了情誼深厚又瀟灑豁達之離情詩意：忍住哀傷揮手轉身離開，只聽見耳旁吹拂過馬兒哀鳴聲。

（賞析者：黃麗容）

聽蜀僧濬彈琴——李白

蜀僧抱綠綺，西下峨眉峰。爲我一揮手，如聽萬壑松。
客心洗流水，餘響入霜鐘。不覺碧山暮，秋雲暗幾重？

本詩寫作時間，據詹鍈《李白全集校注彙釋集評》云：「此詩於天寶十二載（七五三）。」又引朱諫曰：「言蜀僧抱琴自峨眉峰而來，爲我一彈，如聽壑之松聲也。」李白以此詩摹寫蜀僧濬彈琴技藝之高妙，令人讚賞。《唐宋詩醇》云：「累累如貫珠，泠泠如叩玉，斯爲雅奏清音。」

關於這首詩篇空間安排，「蜀僧抱綠綺，西下峨眉峰。」取用「下」、與高空空間景象「峨眉峰」。李白詩篇常使用上下等類動態動相限制詞或動詞，表現動態之視覺經驗，並喻一己情思，呂叔湘《中國文法要略》指出，動相指時間觀念已經融化在動作觀念裡。這類限制詞所表示的是一動作過程中的各種階段。或者表示動作在持續中。蜀僧抱著綠綺琴，從峨眉峰飄然而降臨，對太白而言，這點繪出了高處空間到低處空間的動態空間，也由這段蜀僧由高處空間景象降下之過程，摹寫如仙人高超不凡琴藝的僧者，翩翩下凡傳頌仙樂的時間歷程。李白讚頌其人琴技已不言而明。其次，「爲我一揮手，如聽萬壑松。」則落實上述詩句意，來作補述形容。李白以如此比喻的句法，才能顯示出蜀僧琴藝美妙動人，萬山松林在微風吹過，發出泠泠、累累聲響，顯示著在藍天下，綠松搖動，一片閃閃耀人的空間美景。

詩篇末處「客心洗流水，餘響入霜鐘。不覺碧山暮，秋雲暗幾重？」便是以兩聯四句標舉出幾個意象，先看「客心洗流水」一句，指遊子的心像被流水洗過般清爽，亦喻指琴聲溫暖溫柔像回家般，可安撫失根茫然的異鄉遊子。所以這琴聲不只是悅耳好聽，也充滿柔情溫暖感。「餘響入霜鐘」以「霜」字上著一「入」字，可令人發想這美妙溫暖琴聲也融化了帶有霜氣的鐘聲，以霜字喻鐘聲之冰冷，以「客心洗流水」喻指琴聲之溫暖。至於「不覺碧山暮，秋雲暗幾重？」乃是由時間下筆，「暮」字和「暗」字，上下接應，其時間已漸漸地、不知不覺地由傍晚夕暮，至暗淡深夜。其意蓋謂蜀僧彈奏如仙樂下凡般美妙琴技，這仙樂不僅好聽悅耳，也溫暖地安撫異鄉人的心，甚至溫暖融化冰冷萬物，令人痴迷。

（賞析者：黃麗容）

夜泊牛渚懷古——李白

牛渚西江夜，青天無片雲。登舟望秋月，空憶謝將軍。

余亦能高詠，斯人不可聞。明朝挂帆席，楓葉落紛紛。

這首詩乃是李白到牛渚山懷念謝將軍，又喻己況抒懷之作品。據詹鍈《李白全集校注彙釋集評》引唐汝詢《唐詩解》云：「此以袁宏自況而嘆世無謝尙也。言牛渚夜景清絕，正袁宏詠史之時。所以登舟望月而懷謝公者，以我亦能高詠，無減於宏，而謝不可復作，所爲憶也。」

詩篇開端「牛渚西江夜，青天無片雲」、「登舟望秋月，空憶謝將軍。」藉著安徽當塗縣西北，依傍著長江的牛渚山，其山山北的采石渡口謝將軍祠起興。據詹鍈引劉孝標注語：「鎮西謝尙時鎮牛渚，乘秋佳風月，率爾與左右微服泛江。會虎在運租船中諷詠，聲既清會，辭文藻拔，非尙所曾聞，遂往聽之，乃遣問訊。答曰：『是袁臨

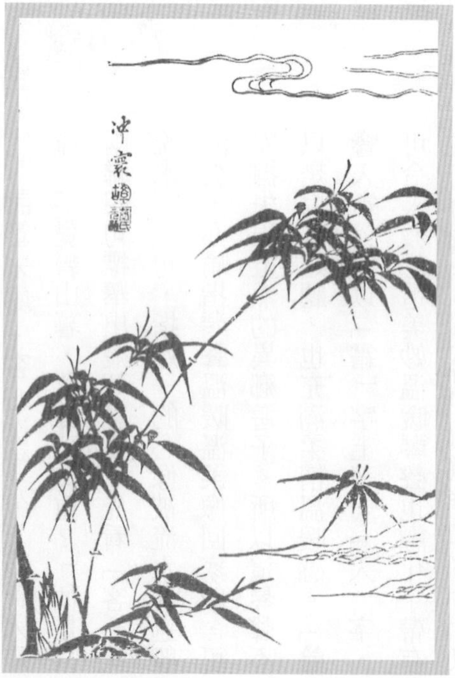

汝郎（袁宏父勖，臨汝令）誦詩。即其〈詠史〉之作也。』尙佳其率有勝致。即遣要迎，談話申旦，自此名譽日茂。」表面上看來乃是記鎭西將軍謝尙在牛渚山泛江聽袁宏在船上詠己〈詠史詩〉，大加讚賞，袁宏自此聲名遠播，然而李白自恃有詩才，卻徒然等待，並不能如袁宏得到謝將軍賞識，太白只能夜晚登舟獨自空望月明而已。

詩篇頷聯和尾聯：「余亦能高詠，斯人不可聞。」則寫太白自信有如袁宏般的才能，卻沒有人賞識。所以用一「空」字，以表示太白落空無成，徒然等待，滿懷激情寄託於他所選擇的事物：「望秋月」。這「望」字，以寫其在夜泛舟船時，自吟自嘆，「不可聞」呼應內心的空虛無成和只能回憶的感覺。因此，高遠的「秋月」空間意象不只形塑高度三度空間，也透露了太白個人生命的落空和寄託。太白在現實仕宦夢滅，因牛渚山、青天無雲和望秋月，得以興發其志向，呈現二種人生思考：一爲盛唐時局卻四處干謁無著的空與盼。二爲尋幽隱居，寄託己志於天上明月。孤高明月象徵李白無依無倚，浮遊天上，寫盡千古賢士閒置孤寂感。詩情也由強烈漸弱。詩篇末聯：「明朝挂帆席，楓葉落紛紛。」仔細檢視李白所用的「明朝」、「挂」、「楓」、「落」、「紛紛」一些字眼，所給人的感受：至今夜太白仍然懷著不遇惆悵的漂泊孤寒感，秋意蕭瑟，萬物漸凋零，這楓葉的飄落凋零之狀，正反應視點由高處空間而低處空間，傳神的捕捉住太白因理想落空，爲不遇際遇而傷心落寞的形象。

（賞析者：黃麗容）

月夜——杜甫

今夜鄜州月，閨中只獨看。遙憐小兒女，未解憶長安。
香霧雲鬟溼，清輝玉臂寒。何時倚虛幌？雙照淚痕乾。

此詩作於唐肅宗至德元載（七五六）秋天，當時杜甫正身陷在長安城中。天寶十五載（七五六）六月，安祿山和史思明攻破長安，唐玄宗倉皇逃難到四川。杜甫這時也帶著妻子、兒女逃難到鄜州（今陝西省富縣），將全家安頓在鄜州西北的羌村。不久，杜甫聞知唐肅宗在靈武即位，即隻身往靈武（在今寧夏省），準備投奔唐肅宗。沒想到途中卻被安、史的軍隊俘虜，被送到長安城內。由於杜甫當時官職卑小，名氣不大，所以沒有遭到拘禁和傷害。杜甫被困在長安城中，望月思念鄜州的妻子、兒女，因此創作了這首詩。

杜甫的妻子姓楊，是司農少卿楊怡的女兒，和杜甫伉儷情深。首聯「今夜鄜州月，閨中只獨看」，緊扣詩題「月夜」，起筆獨樹一幟。杜甫不寫自己在長安城內望月思念妻子，反而從對面著筆，寫今晚身在鄜州的妻子，正在閨房的窗簾前獨自望月，思念在長安城中的自己。杜甫未能見到妻子，卻揣想妻子正在鄜州望月想念自己，固然是因爲自己對妻子思念情切，但也是因爲鶼鰈情深，彼此心有靈犀，故腦海中湧現這一幕情景。杜甫困居長安十年，曾經和妻子共賞「長安月」；逃難至羌村，他也曾經和妻子共望「鄜州月」。所以杜甫孤身在長安城內，想像妻子獨自「望月」思念自己，心中流露不捨之情。

頷聯「遙憐小兒女，未解憶長安」，是流水對。杜甫思念在鄜州年幼的兒女，天眞無邪，還不懂得想念流落在長安城內的父親，詩中充滿對稚齡兒女的憐惜之情。「長安」，是以地指人，以「長安」借代人在長安的「杜甫」。杜甫想到兒女年幼，倍增妻子的辛勞，除了憐惜兒女，也疼惜妻子的辛苦。正因爲孩子們「未解憶」長安，更突顯妻子「獨」望月之淒苦。

頸聯「香霧雲鬟溼，清輝玉臂寒」，形容妻子佇立窗前望月已久，夜裡的霧氣沾溼了她濃密如雲的鬟髮，白皙如玉的手臂久露在月光下，應該也會感到寒冷吧！望月已久，表示思念情深。把妻子描繪得如此綺麗，在杜甫詩中十分罕見。可見杜甫思念妻子，情意眞摯，用語愈綺麗，心中愈悲切。

末聯「何時倚虛幌？雙照淚痕乾」，寫出杜甫心中殷切的盼望，不知何時夫妻才能再重逢？到那個時候，夫妻倆就能相倚在窗前共賞明月，讓皎潔柔和的月光輕輕的照乾兩人思念的淚水。杜甫提出盼望，希望來日能和妻子在月光下團圓，是因爲心中無望、恐懼、無奈。戰亂之時，夫妻兩地分離，充滿生死未卜之悲。因妻子現在「獨看」明月，杜甫懸想未來月光能「雙照」夫妻的淚痕，「獨看」和「雙照」，是以現在「生離」之悲，和未來「相聚」之樂，作爲映襯，「雙照」是悲痛中唯一的盼望與安慰。

清代楊倫《杜詩鏡銓》引王右仲語：「公本思家，反想家人思己，已進一層。至念及兒女不能思，又進一層。五六語麗情悲。末想到聚首時對月舒愁之狀，詞旨婉切。公之篤於伉儷如此。」全詩主要在寫「思念」，杜甫層層遞進，把「思念」之苦楚，描繪得淋漓盡致，感人至深。

（賞析者：劉奇慧）

春望——杜甫

國破山河在，城春草木深。感時花濺淚，恨別鳥驚心。
烽火連三月，家書抵萬金。白頭搔更短，渾欲不勝簪。

此詩作於至德二載（七五七）春天，杜甫時年四十六歲，是流落到長安的第二年。

唐玄宗天寶十四載（七五五）十一月，安史之亂起。次年六月，安史叛軍攻下長安，唐玄宗奔蜀。至德元載七月，杜甫聽聞唐肅宗在靈武（在今寧夏省）即位，便把妻兒安頓在鄜州（今陝西省富縣）的羌村，隻身投奔肅宗。他途中被叛軍俘虜，帶到長安，因官職卑微，未被拘禁。翌年三月，寫下了〈春望〉這首詩。杜甫經歷國家破亡的逆境，身處安史叛軍占據的長安城裡，春日登高遠望，憂國憂民之情，騰湧心中，盡傾洩於筆下。

首聯「國破山河在，城春草木深」，寫出國家亡破，陷於安史叛軍之手，但山河猶在；長安城裡春回大地，但詩人所見，卻是城裡空蕩蕩，人煙稀少，草木茂密深沉，一片荒涼之景象。「山」，指終南山，「河」，指涇、渭水。宋代司馬光《溫公續詩話》云：「如此言『山河在』，明無餘物矣；『草木深』，明無人矣。」國「破」，但山河仍在；城裡逢春，應當繁花似錦，但詩人卻見到一片草木「深」之荒涼景致，杳無人煙。首聯句中皆含「翻轉」之意，寫出詩人心中之苦楚。國家破亡，縱有春日美景當前，在他心中，也是倍感淒涼。

頷聯「感時花濺淚，恨別鳥驚心」，描寫詩人心情哀傷不已，感慨時局艱難，所見春日繁花含著晶瑩露珠之美景，彷如百花淒然濺淚；但恨戰亂之時，與家人離別，生死未卜，鳥兒也為之心驚膽跳。草木無情，禽鳥無知，不能理解人世間的戰亂離別之苦，但因詩人心中淒苦，移情草木禽鳥，故以擬人法，令天地萬物與他同悲。另一說，花、鳥本是娛人之物，但因感時傷別，人見之而濺淚、驚心，此「觸景傷情」之說法亦切合題旨。

頸聯「烽火連三月，家書抵萬金」，敘寫安史之亂後，已兩度逢三月，意謂戰火連綿不絕，親友音訊全無，此時若能收到一封家書，可抵萬金之價值。因為戰亂之時，人命如草芥，生死難以逆料，傳遞書信更為艱難。一封親人的家書，幾經波折，輾轉送到手中，何等不易！見到親人的筆跡，代表親人還活著，心中的感動更是難以言喻。這是人類遭逢戰火共同的經驗與記憶，因此觸動人心，成為千古名句。末聯寫詩人感傷時事，白髮徒增，愈搔愈短，稀疏的頭髮幾乎不能插上髮簪了。

憂國憂民的詩聖杜甫，深刻感受到國家破亡的痛苦，首聯寫國破之景，頷聯寫草木禽鳥亦為亂離而感傷，頸聯寫在烽火之中收到家書的感動，末聯寫詩人為戰亂而憂心煩惱，白髮更肆無忌憚的滋長了。前四句扣「春望」之詩題，寫春天登高所望之景，縈繞著悲愁的氛圍；後四句寫戰火帶來的痛苦，令詩人白髮稀疏，語句看似平常，卻含蘊深婉，情眞意摯。

（賞析者：劉奇慧）

春宿左省——杜甫

花隱掖垣暮，啾啾棲鳥過。星臨萬户動，月傍九霄多。
不寢聽金鑰，因風想玉珂。明朝有封事，數問夜如何？

此詩作於唐肅宗乾元元年（七五八）春天，杜甫時年四十七歲，擔任左拾遺一職。此詩前四句寫夜景，是杜甫爲了明天上奏的事不能成眠，所見左省之夜景；後四句寫宿左省之情，因心事重重，而夜不能寐。

首聯「花隱掖垣暮，啾啾棲鳥過」寫景。掖垣，指宮中的短牆，也指掖省。唐代門下、中書兩省，在禁中左、右掖，杜甫任左拾遺一職，屬門下省，在東，稱左省。薄暮時分，左省短牆的花兒光澤漸漸黯淡，天空中歸鳥啾啾飛過，詩人以慢鏡頭捕捉傍晚時左省的自然景致。「花隱」、「棲鳥」是杜甫春日傍晚在左省所見的景色，扣詩題「宿」字；「花」與「鳥」則緊扣詩題「春」字；掖垣，扣詩題「左省」二字。首聯二句，緊扣詩題，可見詩人匠心獨運。

緊接著，時間按順序往前推移，夜幕低垂，詩人摹寫左省的夜景：「星臨萬戶動，月傍九霄多。」宮殿中門戶多，在夜空中，星光閃爍，詩人看來似乎千門萬戶都隨著星光在閃動；宮中宮殿高聳入雲霄，彷彿映照到的皎潔月光也特別多。「動」和「多」，是「詩眼」，把宮中夜景描繪得活靈活現，閃耀動人。

滿懷心事的杜甫，夜不能寐，因此有了「不寢聽金鑰，因風想玉珂」的夜宿左省深刻體驗。玉珂，指馬勒飾、馬鈴，以貝製成，顏色白潤如玉，晉朝張華詩〈輕薄篇〉：「文軒樹羽蓋，乘馬鳴玉珂。」在此也指門上的風鈴。夜深了，杜甫閉上雙眼，聆聽宮殿中傳來鎖鑰的聲音，夜風輕拂，屋簷上也傳來清脆的風鈴聲，讓杜甫想到翌晨百官乘著馬車入朝時傳來的馬鈴聲。杜甫心中牽掛朝廷之事：「明朝有封事，數問夜如何？」《新唐書》：「補闕拾遺，掌供奉諷諫，大事廷議，小則上封事。」封事，指密封的奏疏。「夜如何」的典故出自於《詩經．小雅．庭燎》：「夜如何其？夜未央。庭燎之光。君子至止，鸞聲將將。」言天子勤政，數次詢問夜色如何，殷切等候諸侯早朝，馬車鈴聲鏘鏘由遠而近。此詩末四句化用〈庭燎〉詩意，改爲杜甫殷切等待朝臣早朝的馬鈴聲。爲了明天早晨要上呈重要的奏疏，杜甫夜不成眠，深恐睡過頭，耽誤了上朝的時間，夜裡數度起來詢問，看看夜色到底多深？天色是否亮了？杜甫憂心國事，爲了諷諫之事而徹夜難眠，可見他忠君愛國之心。

本詩的時間由薄暮時分，漸漸往前推移到夜晚，再到深夜、天明，寫出杜甫爲了翌晨上封事而輾轉難眠，眼睛看到的景物和耳朵聽到的鎖鑰、風鈴聲，襯托出他焦慮的心情。小小封事尚且如此，如果遇到廷議的大事，想必他更無法成眠了吧？胡應麟《詩藪》云：「杜詩五律，結句之妙者，如『明朝有封事，數問夜如何？』……語皆矯健振勁，絕非錚錚細響也。」本詩結構嚴謹，情景交融，首聯緊扣詩題，頷聯對仗靈動巧妙，頸聯對仗委婉清麗，末聯矯健有力，其忠勤爲國之情溢於詩中。

（賞析者：劉奇慧）

至德二載，甫自京金光門出，間道歸鳳翔。乾元初，從左拾遺移華州掾，與親故別，因出此門，有悲往事

杜　甫

此道昔歸順，西郊胡正繁。至今殘破膽，應有未招魂。
近得歸京邑，移官豈至尊？無才日衰老，駐馬望千門。

唐肅宗至德二載，即西元七五七年。唐代自玄宗天寶三年（七四四）下詔書改「年」爲「載」，到了肅宗乾元元年（七五八），又將「載」改爲「年」。這是杜甫一生當中，最後一次離開長安時所創作的一首詠懷詩，此後，他就再也沒有機會回到長安了。

杜甫記敘自己於至德二載身陷長安，曾冒險從金光門逃走，投奔在鳳翔的唐肅宗，任左拾遺的官職。《長安志》云：「唐京師外郭城西面三門：北開遠、中金光、南延平。」清代浦起龍《讀杜心解》云：「華在東而出西面門，爲親故別，親故有在西者也。」第二年，宰相房琯因戰敗被貶，杜甫上疏力諫，激怒肅宗，北海太守賀蘭進明又進讒言，杜甫幾乎招致殺身之禍，後貶爲華州司功參軍，又從長安城西的金光門走出去，此生再也不曾回長安。此詩創作於乾元元年，杜甫時年四十七歲，擔任左拾遺一職。

杜甫在安史之亂的烽火中，冒死逃出金光門，而投奔唐肅宗，本來抱著極高的期望，以爲自己從此可以完成「致君堯舜上，再使風俗淳」的理想，沒想到只擔任左拾遺一個閒缺，未能一展長才。他

257 至德二載，甫自京金光門出，間道歸鳳翔。乾元初，從左拾遺移華州掾，與親故別，因出此門，有悲往事

心中是有怨的，但詩中仍秉持著溫柔敦厚的詩教，委婉傾訴自己的「怨」。

首聯「此道昔歸順，西郊胡正繁」，寫安史之亂時，杜甫冒險逃出長安，投奔陝西的唐肅宗，當時西郊的安史叛軍猖獗，戰火正熾。在戰亂之中，不顧自身的生死安危，投奔肅宗，可見杜甫忠君愛國之心。頷聯「至今殘破膽，應有未招魂」，追憶當時杜甫被叛軍嚇破膽子，到了今日，回想此事，心有餘悸，似乎仍有未召喚回來的魂魄。清代楊倫《杜詩鏡銓》評曰：「首四句明述己忠心苦節，妙在不露。」楊倫讀出杜甫的弦外之音，前四句追憶昔日烽火連天，杜甫一介文弱書生，手無寸鐵，竟有如此驚人的勇氣，冒死在戰亂中投奔唐肅宗，事隔多年，回想此事，仍驚魂未定，其赤膽忠心，形於言外。

頸聯「近得歸京邑，移官豈至尊」，詩人感嘆自己歸京城，由左拾遺的諫臣，降調爲華州司功參軍一職，豈是君王的主意？杜甫用詞委婉，沒有怪唐肅宗將他貶謫，而是影射納蘭進明進讒言，才會導致這種結果。末聯「無才日衰老，駐馬望千門」，杜甫自謙沒有才能，且一天天衰老，才會招致貶官離京的結果。末聯刻畫杜甫年邁，白髮蒼蒼，孤獨牽著老馬，悵望宮殿千門的蒼茫景象，彷彿歷歷在目。

楊倫《杜詩鏡銓》引顧脩遠語：「『移官豈至尊』，不敢歸怨於君也。當時讒毀，不言自見。又以『無才』自解，更見深厚。」又引趙汸語：「結句言雖遭貶黜，不忘朝廷也。」此詩寫杜甫忠心耿耿，雖遭到貶謫的命運，心中滿懷無奈，詩中仍措詞委婉，不怨唐肅宗，反求諸己。

（賞析者：劉奇慧）

月夜憶舍弟

杜甫

戍鼓斷人行，秋邊一雁聲。露從今夜白，月是故鄉明。
有弟皆分散，無家問死生。寄書長不達，況乃未休兵。

賞論本詩作於唐肅宗乾元二年（七五九）秋天，杜甫時年四十八歲，居住在秦州（今甘肅天水）。當時安史之亂仍未平息，李光弼駐軍於河陽（今河南孟縣），史思明攻陷洛陽。十月，史思明攻打河陽，李光弼立即應戰，大敗史思明。戰亂紛擾，骨肉離散，百姓生活苦不堪言，杜甫與弟弟們分散，倍感思念。

首聯「戍鼓斷人行，秋邊一雁聲」，寫出秋天戍樓上傳來更鼓聲，路上行人絕跡，邊塞傳來哀傷的孤雁鳴叫聲，戰亂後的景象，好不淒涼！一場兵災後，多少人無辜喪命，觸目所見，皆爲荒涼殘破之景。不論是戍樓上的更鼓聲，抑或是邊塞失群的孤雁聲，聲聲淒楚，令人不忍聽聞。

頷聯「露從今夜白，月是故鄉明」，點出節氣爲白露，此時時序已入秋，涼風颯颯，露水較重，寒蟬鳴聲時有所聞。本是尋常句子：「今夜露白」、「故鄉月明」，但句子一倒裝轉換，鏗鏘有力，便營造出動人詩境，成了千古名句。詩人強調故鄉的月亮特別明亮皎潔，是因爲心中思念故鄉的思緒翻騰，恨不得立即奔赴故鄉，與家人團聚，共賞天上的一輪明月。天下人所見的明月皆相同，詩人何以獨鍾情故鄉的明月？那是因爲兒時全家團聚，共賞明月的畫面令他魂牽夢縈，無日不思念，卻不知何日才能回故鄉，重溫家人團聚賞月的夢？戰亂頻繁，回鄉路遙，詩人對故鄉的思念愈深刻，就愈期盼能見到故鄉的明月。

頸聯「有弟皆分散，無家問死生」，更寫出詩人心中最深沉的痛——弟弟們各散天涯，生死未卜。杜甫有四個弟弟，即：杜潁、杜觀、杜占和杜豐。原本應同居一處的兄弟，卻已成了沒有家的人，不知要到何處詢問兄弟們的生死安危？此二句，寫出戰爭的殘酷，導致家園破碎，骨肉離散，字字淒苦悲切，令人摧心斷腸。

末聯「寄書長不達，況乃未休兵」，寫出詩人的煩憂：在戰亂中，詩人所寄的家書，經過了漫長的時間，仍未送達兄弟們手中。眼看戰火未熄，想要收到家書，就更是難上加難了。杜甫在〈春望〉一詩中云：「烽火連三月，家書抵萬金。」可知在戰亂中，家書的傳遞是何等不易，能收到家書，知道家人平安的消息，眞是比得到萬兩黃金還欣喜。反之，未能收到家書，詩人內心的忐忑不安，憂懼苦惱，眞是難以言喻。滿心期盼能「再光中興業，一洗蒼生憂」（〈鳳凰臺〉）的杜甫，此刻陷入家人離散之苦，卻束手無策，內心的痛苦，無處可傾訴。

本詩首聯寫戰爭帶來的苦難，頷聯描摹「月夜」景色，頸聯寫出「憶弟」之情，緊扣詩題；末聯抒發詩人對家書難通和戰火未停的無奈。楊倫《杜詩鏡銓》云：「淒楚不堪多讀。」又引王彥輔語：「子美（杜甫）善用故事及常語，多顚倒用之，語峻而體健，如『露從今夜白，月是故鄉明』之類是也。」詩中巧妙運用倒裝句，營造詩境，情景交織，刻畫杜甫思念弟弟的深沉哀傷。

（賞析者：劉奇慧）

天末懷李白——杜　甫

涼風起天末，君子意如何？鴻雁幾時到？江湖秋水多。
文章憎命達，魑魅喜人過。應共冤魂語，投詩贈汨羅。

此詩作於唐肅宗乾元二年（七五九）秋天，杜甫時年四十八歲，客居秦州（今甘肅天水）。杜甫自從唐玄宗天寶四載（七四五）和李白在兗州一別，至今仍未有李白的消息。唐肅宗至德元載（七五六）十二月，永王李璘反叛，邀請李白擔任幕僚。隔年，李璘兵敗而死，李白逃至彭澤，不久入潯陽獄，中途一度獲釋。乾元元年，李白被流放夜郎，杜甫輾轉聽到有關李白的種種傳聞。乾元二年春夏之交，李白因天旱遇赦，結束流放生涯。此時杜甫在秦州，尚不知李白遇赦之事，聽到關於李白行蹤生死的不同傳聞，甚至有人說，李白在流放夜郎途中墮水而死，令杜甫聽得膽顫心驚，牽掛不已，秋天裡連續三夜夢見李白，寫下兩首〈夢李白〉詩。由於杜甫對李白的思念和擔憂之情仍未消減，因此又創作了此詩。

首聯「涼風起天末，君子意如何」，以秋天蕭颯的涼風起興，爲全詩帶來一陣寒意。天末指秦州，地處邊塞，猶如在天的盡頭。杜甫漂泊在天之涯，蕭瑟的秋風迎面拂來，帶著無盡涼意，他的人生正處在不得意的境地，心中猶牽掛著李白的安危。《唐宋詩醇》云：「悲歌慷慨，一氣舒捲，李、杜交好，其詩特地精神。」杜甫和李白惺惺相惜，因此杜甫憂心李白坎坷起伏、生死未卜的境遇，一句尋常的寒暄語：「君子意如何？」卻道盡了杜甫心中深深的牽掛與煩憂。

詩中第三句「鴻雁幾時到」，表達杜甫渴望收到李白的書信的心情，唯有親眼見到他親筆所寫的書信，才能確認他是平安無事的。漢昭帝時，有鴻雁傳書的典故，後以鴻雁喻書信往來。「江湖秋水多」喻世途險惡，李白在流放路上多風波，各種傳言紛飛而來，杜甫難以分辨何者爲眞，甚爲擔憂其安危，因此才會殷切盼望收到他的書信。

頸聯「文章憎命達，魑魅喜人過」，表達了杜甫對李白的同情，也寫出了自古才智之士的共同命運。楊倫《杜詩鏡銓》云：「文人多遭困躓，反似憎命之達者，即詩能窮人意。」杜甫認爲：自古以來，詩文寫得好的文人，常是命運多舛，甚至窮愁潦倒的。杜甫

憐惜才氣縱橫的詩人李白，個性灑脫豪放，卻遭致流放的命運，感慨有才華的人總是仕途不順，容易遭忌。魑魅，是傳說中山林間出沒、害人的精怪，喜歡人們經過眼前，以吃掉人們；在此指奸惡小人，總喜歡陷害人們，招致過失，暗示李白遭受陷害。

末聯「應共冤魂語，投詩贈汨羅」，是杜甫懸想李白與屈原的對話與互動，眞是天外飛來妙筆！「冤魂」，指屈原，他忠君愛國，最後竟投汨羅江自沉，成爲水中冤魂。李白在安史之亂爆發時，投身永王李璘幕府，原出於一片忠忱，滿懷愛國之心，不料竟蒙冤被流放。李白流放夜郎，途中經過長江、洞庭（今湖南省），而屈原被流放江南一帶，最後投汨羅江（今湖南省）自盡，屈原與李白同樣才華洋溢，同遭流放，地點在江南一帶，因這些共同點，杜甫因此突發奇想，李白應與屈原訴說冤屈，「斗酒詩百篇」的李白，或許會將滿腔憤慨之情，寫成一首詩，贈送給屈原以寄情。

全詩因秋天的涼風起興，寫出杜甫對李白濃濃的思念與擔憂之情，甚而突發奇想，讓李白向屈原傾訴心中冤屈與憤懣，可見杜甫對李白關懷備至。

（賞析者：劉奇慧）

奉濟驛重送嚴公四韻——杜甫

遠送從此別，青山空復情。幾時杯重把？昨夜月同行。
列郡謳歌惜，三朝出入榮。江村獨歸處，寂寞養殘生。

寶應元年（七六二）七月，唐代宗召嚴武入朝。杜甫時年五十一歲，由新津回成都。杜甫爲嚴武送別，而創作了此詩。奉濟驛，在今四川省綿陽縣。嚴公，指嚴武，華州華陰人，唐朝將領，文武雙全，曾大破吐蕃，並兩度爲劍南節度使，封鄭國公。因爲杜甫已寫了一首〈送嚴侍郎到綿州同登杜使君江樓宴〉，所以這首詩題爲「重送」。律詩偶數句末字押韻，八句共押了四個韻，所以詩題標明「四韻」。嚴武對杜甫十分賞識，兩人意氣相投，嚴武在經濟上也常接濟杜甫，甚至請他擔任幕僚。嚴武常來草堂拜訪杜甫，也邀杜甫到嚴府宴飲款待，往來頻密，互贈詩歌，兩人情誼深厚。嚴武也是杜甫生命中非常重要的一個貴人，所以嚴武入朝，杜甫才會再三贈詩相送。

當時羌胡入寇，嚴武被召入朝，使杜甫感到孤危，送別時勉勵嚴武：「公若登台輔，臨危莫愛身！」（〈奉送嚴公入朝十韻〉）杜甫憂國憂民，是臨危不惜犧牲性命以報國之人，以「臨危莫愛身」勉勵嚴武，是與嚴武情誼深厚才敢出此言。

杜甫送別嚴武，送了一程又一程，最後只好說：「遠送從此別，青山空復情。」元朝無名氏〈馬陵道・楔子〉：「送君千里，終須一別。」杜甫送嚴武，一直「遠送」到了兩百里外的奉濟驛，可見其情深意重。杜甫借青山含情脈脈的目送行人遠去，仍依戀不捨的擬人法，表達自己不得不與嚴武相別的無奈之情。

頷聯「幾時杯重把，昨夜月同行」，寫出杜甫不忍分別之情。猶記得昨天晚上，月亮與杜甫一起送別嚴武，兩人把酒言歡，吟詩寄情；而今日一別，不知何時才能與嚴武相聚，舉杯共飲？此時羌胡入寇，國家局勢紛亂，兩人再度見面不易，因此杜甫倍感落寞。清代仇兆鰲《杜詩詳注》評曰：「三四言後會無期，而往事難再，語用倒挽，方見曲折。」第三句先寫未來重聚之日遙遙無期，第四句再回憶昨夜明月相伴同行之事，更添惆悵之情。此二句運用倒裝句法，顛倒時序，將惜別難捨之情，寫得低迴婉轉。

頸聯「列郡謳歌惜，三朝出入榮」，寫杜甫讚美嚴武歷任唐玄宗、肅宗和代宗三朝元老，備受重用，而且東、西兩川諸郡的人們謳歌他，惋惜嚴武即將離任，依依不捨之情溢於詩中。

末聯「江村獨歸處，寂寞養殘生」，寫杜甫預想送別嚴武之後，將獨自歸返江村浣花溪畔的成都草堂，在無邊的寂寞中度過風燭殘年的餘生。嚴武一走，杜甫頓失依靠，寂寞惆悵之情，自不待言。

清代浦起龍《讀杜心解》評此詩曰：「只一句，送別已了，以下曲曲寫出衷語，都從次句領出，總攝在『空復情』裏也。前半彼此合寫，後半彼此分寫。公於嚴去，有如失慈母之悲，不知是墨是淚。」本詩前四句寫杜甫送別嚴武，明月相伴，青山含情；後四句寫出杜甫對嚴武的推崇敬重和不忍分別之情。

（賞析者：劉奇慧）

別房太尉墓——杜　甫

他鄉復行役，駐馬別孤墳。近淚無乾土，低空有斷雲。
對碁陪謝傅，把劍覓徐君。唯見林花落，鶯啼送客聞。

此詩作於唐代宗廣德二年（七六四），杜甫時年五十三歲。杜甫春初攜眷往閬州，沿著閬水，進入嘉陵江到渝州東下。在閬州盤桓一段時日，傳來嚴武復爲成都尹兼劍南東西川節度使的消息，杜甫決定回成都。臨走前，前往房琯的墳前，向已逝的故友告別，因此寫下了這首訣別詩。房太尉，指房琯，河南洛陽人，博學多聞，開元十二年（七二四）向唐玄宗獻〈封禪書〉，曾任玄宗時宰相，個性耿直。唐肅宗至德二載（七五七），房琯被貶，杜甫上疏勸諫，幾乎招致殺身之禍。房琯罷相之後，在唐代宗寶應二年（七六三）四月，官拜特進刑部尚書，赴任途中，病逝於閬州僧舍，年六十七，死後贈太尉。

首聯「他鄉復行役，駐馬別孤墳」，寫出杜甫在他鄉奔波，離開閬州前，來到亡友房琯墳前拜別。房琯生前曾任宰相之職，死後未滿兩年，墳墓卻已成孤墳。唐代宗永泰元年（七六五），杜甫作〈承聞故房相公靈櫬，自閬州啓殯歸葬東都，有作〉二首詩，提及房琯的孤墳最後還是魂返故鄉，葬於東都洛陽陸渾山了。由此可知，杜甫對房琯的身後消息密切關心，兩人的交情生死不渝。

頷聯「近淚無乾土，低空有斷雲」，描繪杜甫在房琯墳前淚如雨下，淚水沾溼了墳前的泥土，天空低壓壓的斷雲徘徊，氣氛凝重，猶如杜甫哀傷的心情。

頸聯「對碁陪謝傅，把劍覓徐君」，《晉書・謝安傳》記敘苻堅率領百萬大軍駐紮於淮肥，謝安為征討大都督，與謝玄駕出山墅，圍棋賭別墅，後竟大破敵軍之事。《史記・吳太伯世家》云：「季札之初使，北過徐君。徐君好季札劍，口弗敢言。季札心知之，為使上國，未獻。還至徐，徐君已死，於是乃解其寶劍，繫之徐君冢樹而去。」杜甫推崇房琯有晉朝謝安面對強敵尚能神色從容下棋的氣度，又以季札在徐君墓前掛寶劍的典故，喻他與故友情誼之深厚，也有知音難尋之嘆。兩人如此投緣，卻陰陽兩隔，無復見面之日。詩中情深意重，又有難言之隱，只得藉徐君與季札之典故，暗喻兩人的交誼，至死不渝。在房太尉生前，杜甫不能向他說出口的話，死後祭墓時，仍含蓄的借詩寄情。

末聯「唯見林花落，鶯啼送客聞」，營造一個林中落英繽紛，婉轉鶯啼的柔美氛圍，一切盡在不言中。林中紛紛飄落的花，如杜甫紛紛落下的心淚；黃鶯婉轉柔美的鳴啼聲，似乎為房太尉依依不捨的送客。

杜甫有〈祭故相國清河房公文〉云：「不見君子，逝水滔滔。……撫墳日落，脫劍秋高。」嘆房琯逝世之後，知音難尋。杜甫在祭文中，也寫出為人正直的房琯被貶官時，他上疏力諫，得罪了唐肅宗，差點遭到刑戮的經過：「靈之忠孝，氣則依倚。拾遺補闕，視君所履；公初罷任，人實切齒。甫也備位此官，蓋薄劣耳；見時危急，敢愛身死？君何不聞，刑欲加矣；伏奏無成，終身愧恥。」杜甫對於上疏勸諫肅宗，被牽連之事，堅定無悔，可見兩人意氣相投，亦足見杜甫個性之正直。全詩敘寫杜甫到亡友房太尉墳前拜別，表達了對房太尉推崇備至的哀思，末聯寓情於景，流露也對亡友的依依不捨之情。

（賞析者：劉奇慧）

旅夜書懷——杜甫

細草微風岸，危檣獨夜舟。星垂平野闊，月湧大江流。名豈文章著？官應老病休。飄飄何所似？天地一沙鷗。

唐代宗永泰元年（七六五）正月，嚴武允許杜甫辭去幕府參謀職務，歸居成都草堂。杜甫時年五十四歲，寫了一首詩〈簡院內諸同僚〉云：「白頭趨幕府，深覺負平生。」可見他認爲自己已年過半百，屈居幕府，平生理想仍未實現，心中有憾。四月，劍南節度使嚴武逝世，杜甫在成都頓失依靠，只好攜家帶眷在五月時離蜀東下，九月到了雲安（今四川雲陽縣），暫居於此。這首詩創作於舟經渝州（今重慶市）、忠州（今忠縣）途中。

本詩前四句寫杜甫「旅夜」所見之景，後四句則「書懷」，抒發杜甫暮年孤獨無依的淒涼心境。首聯寫「旅夜」所見的「近景」：微風輕輕的吹拂著岸邊細嫩的小草，而豎立著高高桅杆的孤舟獨自停泊在岸邊。杜甫此時因嚴武辭世，在成都失去依靠，被迫離開草堂，舉家乘舟東下，首聯藉寫景暗喻他此時的處境和心境，猶如岸邊小草一般渺小，又如孤舟一樣孤獨淒涼，寓情於景。頷聯寫「遠景」，星星在夜空中低垂，平野一望無垠，十分遼闊，明月在大江的潮水中奔湧，氣勢磅礴。此聯以樂景寫哀情，以廣袤無邊的原野、在江流中翻滾騰湧的月影、閃爍的星光，襯托出杜甫漂泊無依、孤獨寂寞的淒苦心情。

後四句抒寫杜甫未能實現政治理想、施展抱負的深沉感慨，緊扣詩題「書懷」的涵義。頸聯抒發杜甫的心聲：我有一點名聲，豈是因爲文章寫得好的緣故呢？一個人當官，理當因年老生病而退休。其實這是反話，委婉的抒發他心中的遺憾：平生有雄心壯志，希望得以在仕途上施展抱負，卻一直等到年過半百，仍苦無機會，而名聲竟因文章而顯著，這實在並非他的心願啊！仕途坎坷，是杜甫一生最大的憾事。在邁入暮年之時，好友嚴武驟然謝世，他失去依靠，漂泊無依，不知未來將何去何從？杜甫此時心中的煩憂，眞是無處話淒涼啊！

末聯抒發杜甫的感慨：我飄然一身，到底像什麼呢？應該就像遼闊天地間的一隻沙鷗吧！在廣闊的天地之間，沙鷗隨處漂泊，行蹤無定，他人到暮年，卻仕途不順，人如沙鷗，居無定所，妻兒的生計沒有著落，不免感慨萬千！

清代浦起龍《讀杜心解》評此詩曰：「起不入意，便寫景，正爾淒絕。三、四，開襟曠遠，五、六，揣分謙和，結再即景自況，仍帶定『風岸』、『夜舟』，筆筆高老。」全詩前半寫景，寓情於景；後半抒懷，寓景於情，情景交融。杜甫藉旅居於孤舟所見之夜景，抒發自己懷才不遇，漂泊無依的感慨。

（賞析者：劉奇慧）

登岳陽樓——杜甫

昔聞洞庭水，今上岳陽樓。吳楚東南坼，乾坤日夜浮。
親朋無一字，老病有孤舟。戎馬關山北，憑軒涕泗流。

此詩創作於唐代宗大曆三年（七六八），杜甫時年五十七歲，攜眷從夔州出峽，暮冬舟至岳陽。岳陽樓，在今湖南省岳陽縣西，可俯瞰洞庭湖，煙波浩渺，景色遼闊。此詩是杜甫辭世前兩年的作品，此時的他年老多病，以孤舟爲家，漂泊於湖上，過著「風濤暮不穩，捨棹宿誰門」（〈冬深〉）的淒然生活。

首聯「昔聞洞庭水，今上岳陽樓」，寫出杜甫昔日曾聽聞洞庭湖的水勢浩大，氣象萬千，今日初登岳陽樓，眞是「百聞不如一見」，果然名不虛傳。頷聯「吳楚東南坼，乾坤日夜浮」，摹寫洞庭湖的遼闊景象，水波彷彿把吳、楚之地分成兩半。天上的太陽和月亮，日夜輪流懸浮在煙波浩淼的洞庭湖之上。此聯意境開闊，成爲流傳千古的名句。

頸聯「親朋無一字，老病有孤舟」，抒發杜甫心中無限的感慨。他居住於孤舟中，漂泊江湖，居無定所，要收到親朋好友的書信，恐非易事，因此有「親朋無一字」的感嘆！杜甫寫了許多疾病詩，記錄自己曾患的疾病。他晚年患有肺疾、風痺、眼疾、耳聾，右臂偏枯，消竭（糖尿病）等病，如此羸弱的身軀，正應在家好好調養。但他此時無家可歸，無親友可投靠，舉家住在一葉扁舟上，窮困潦倒，暮冬在孤舟上，還須忍受「舟中無日不沙塵」（〈發劉郎浦〉）、「積雪飛霜此夜寒，孤燈急管復風湍」（〈舟中夜聞鬌箕〉）的風拂沙塵、雪積寒意，病體更是每況愈下。杜甫風燭殘年，經此貧病折騰，生活中遭遇「烏几重重縛，鶉衣寸寸針」（〈風疾舟中，伏枕書懷三十六韻，奉呈湖南親友〉）的無奈，看盡人情輕薄，眞是晚景淒涼。

末聯「戎馬關山北，憑軒涕泗流」，詩人凝望關山以北，江山壯闊，戰爭未平息，天下蒼生何日才能脫離兵荒馬亂的生活？杜甫心繫家國，但今日年邁多病，以舟為家，漂泊於天地之間，對於扭轉國家局勢，已是心有餘而力不足，只能倚著欄杆，老淚縱橫。

本詩前四句寫杜甫初次登岳陽樓，俯瞰洞庭湖的宏闊景觀，五、六句抒發年老漂泊無依的感慨，末二句觸景生情，憂國憂民之心與報國有心無力的悵惘，爲全詩畫下黯然的句點。清代浦起龍《讀杜心解》引黃生語：「寫景如此闊大，自敘如此落寞，詩境闊狹頓異，結語湊泊極難，轉出『戎馬』五字。胸襟氣象，一等相稱。」浦起龍按語：「不闊則狹處不苦，能狹則闊境愈空。然玩三、四；亦已暗逗遼遠漂流之象。」浦起龍和黃生剖析詩歌寫景境界「遼闊」和杜甫晚年漂泊處境之「落寞」，互爲映襯，深諳杜甫之詩心。

（賞析者：劉奇慧）

輞川閒居贈裴秀才迪——王維

寒山轉蒼翠，秋水日潺湲。倚杖柴門外，臨風聽暮蟬。
渡頭餘落日，墟里上孤煙。復值接輿醉，狂歌五柳前。

律詩比古詩樂府在格律形制上有更多的約束，相較於古詩樂府的自由，律詩的限制使文字建築的結構更為嚴謹諧對，五言律詩的音律又比七言律詩舒緩放鬆，因而對王維這樣的創作者而言，五言律詩的形制更為貼近他個人山水田園的風格，一方面在律詩的工整要求之下，文字有一定比例的緊緻華麗，五言的音韻節奏又可以讓超俗拔塵的題材顯得更加舒放寬柔。因此可以發現王維的許多名作是以五言律詩寫成；另一項非凡技藝的展現，則是王維的五言絕句，將中文凝練的美感發揮到極致。

此詩用字精到，值得細品。首聯「寒山轉蒼翠，秋水日潺湲」，可專注想像「轉」、「日」二字的感受，能把景物中恆常的時間感帶出來，而且是隱藏著變化，寒山句有顏色的流動，秋水句使聲音有臨場的音效，詩一開始就是靈動呼息，與自然的節律共振。讀者可發現王維所建造的詩境與自然完全貼合，但又是新鮮而獨創的，讀者與作者藉由文字可與之共享共有。

頷聯與頸聯可一起共看。在靈動的場景裡，開始發展一種落盡繁華的生命感受，「倚杖」、「暮蟬」、「落日」、「孤煙」等詞彙帶出淡淡的哀感，詩題「輞川閒居」點出王維官場得意之後的退休生活，像是更新版的陶淵明，多了明麗的色彩，也多了對生命的悵然之感。

尾聯引用兩個故典人物「接輿」和「五柳」，一個是春秋時代楚國的隱士，一個是晉代陶淵明，卻突然戲劇性地出現在唐代王維的隱居生活中，一句寫酒醉、一句寫狂歌，對比先前一派山林閒靜的場景，顯得突兀而激烈。在詩中雖未點明酒醉和狂歌的主角是誰，但詩題透露此詩贈與「裴秀才迪」，王維是紀錄者也有可能是參與者，此詩閒靜和激狂共存，未始不是王維內部景觀的映照。

如若此詩只有前面的閒靜，未免顯得平淡，結尾加上一個轉換，則更顯出詩意的曲折變化。而從中流露出作者心境的轉折，也可與王維的生平事件合而觀之。

（賞析者：張寶云）

山居秋暝——王　維

空山新雨後，天氣晚來秋。明月松間照，清泉石上流。
竹喧歸浣女，蓮動下漁舟。隨意春芳歇，王孫自可留。

詩題「山居秋暝」，在題目的製定上即顯現王維選字的端雅深秀，令讀者一新耳目。此詩描繪山村中秋雨初晴、傍晚時分的旖旎風光，並敘寫村民的淳樸風尚，表現詩人寄情山水之後，怡然自適的生活境地。

詩人本就敏感於季節的更易，首聯語言直白，但氣象空闊，「空山」、「新雨」都使人在視野心境上有一洗塵俗的滌淨之感。「天氣晚來秋」則將時序的遞進，以一

「秋」字作爲此句的收攝，可爲此詩整體的氣氛定調。頷聯則將原本略爲偏暗偏重的色調注入一股明麗之感，幾乎可以獨立成一具足的想像世界：「明月松間照，清泉石上流」，設計靈動完整，詩人以文字經營出一個世外的天地，詩境渾然天成。頸聯回到人間的活動裡，有浣女、漁舟，「竹喧」、「蓮動」則仍維持詩的動態。

最末二句反用《楚辭・招隱士》中：「王孫遊兮不歸，春草生兮萋萋」的語意。典故的原意是春草已盛，王孫卻仍在外遠遊不歸，意在召喚王孫歸來。然而此詩王維卻說，雖然春天的芳草已然歇止，然而欲歸隱的王孫（指王維自己）卻仍然可因爲上述的秋景停留在山中生活。

全詩多在寫景，然而最後以意念延伸，寫景多是實筆，意念當成虛筆，但虛實之間的安排可相互補足而不致落空，在造境與寫意之間運作自如，王維此篇佳構可視爲寫詩的範本。

（賞析者：張寶云）

歸嵩山作——王 維

清川帶長薄，車馬去閒閒。流水如有意，暮禽相與還。
荒城臨古渡，落日滿秋山。迢遞嵩高下，歸來且閉關。

根據《元和郡縣志》記載：「河南道河南府登封縣：嵩高山在縣北八里，亦名外方山。」又云：「東曰太室，西曰少室，嵩高總名，即中岳也。山高二十里，周迴一百三十里。」嵩山有「中岳」之稱。此詩寫山景，卻隱隱有託寓之情，將歸隱的心念在最末二句中透露。

前八句仍主寫山水景物，首句「清川帶長薄」脫胎於陸機〈君子有所思行〉：「清川帶華薄」之句，《楚辭．九章．涉江》王注曰：「草木交錯曰薄」。「清川帶長薄」將視覺上的流水延伸帶入草木交錯的意象，第二句接「車馬去閒閒」，則接續著一個從高處鳥瞰的視角，近距離描述車馬的動態，「閒閒」的聲音情味則十分安然自在。頷聯進入景物的精神：「流水如有意」，「如」可解釋成「好像」，也有可能解釋成「如果」，解釋成前者意義較為流暢：流水彷彿「有意」，因此「暮禽相與還」，禽鳥與大自然中的流水和觀看者「我」達成互動共生的狀態，彼此之間可以有意念的溝通。

頸聯「荒城臨古渡，落日滿秋山」，帶著荒涼、古意、殘日將盡、季節入秋的傷逝意味，開展詩境。最後的尾聯才說：「迢遞嵩高下，歸來且閉關」，表面上說山勢綿延迢遞，然而隱藏的主角在山行的曲折之後，興起「閉關」的行動，則兩者便具有因果的關係性。在先前的賞景、喻情之中，最後選擇隔絕塵世、終老山林。若與其他作品共看，例如「興來每獨往，勝事空自知」（〈終南別業〉），這些交相穿織的語言，便成為王維的心靈座標圖，讀者可以按圖索驥，體會他在詩中表達歸隱山林的心路歷程。

（賞析者：張寶云）

終南山——王維

太乙近天都，連山接海隅。白雲迴望合，青靄入看無。
分野中峰變，陰晴眾壑殊。欲投人處宿，隔水問樵夫。

「終南山」依據下列古籍資料，在長安南約五十里處。《史記・夏本紀・正義》引《括地志》：「終南山一名中南山，一名太一山，一名南山，一名橘山，一名楚山，一名秦山，一名周南山，一名地肺山，在雍州萬年縣南五十里。」《長安志》則記載：「萬年縣（今併入長安縣）：南山在縣南五十里。」《關中記》曰：「終南山一名中南，言在天中，居都之南也。」又曰：「藍田縣：終南山在縣南七十里」。上述資料與此詩相關聯的是，讀者可以猜想終南山便在長安附近，相傳終南山也是道教的發祥地之一。因此探究終南山與長安的地緣關係，一是出世、一爲入世，但兩地相隔不遠，形成一個相互影響的地理結構。

此詩首聯、頷聯描寫終南山仙家地理的氣勢寬宏、變化有無，在虛實幻變之間，彷彿地氣與天界相通。而古代的天子所住的天都，也正在附近。一個「天」字可以通往世外天界，卻也可以通往政治的中心，天子所在的帝都。

頸聯承接前半開啓的氣勢，出現變化。「分野」一詞原指中國古代天文學家對星辰及地域的劃分。中國殷商時期有「十二次」，即星紀、玄枵、娵訾、降婁、大梁、實沈、鶉首、鶉火、鶉尾、壽星、大火、析木，類似於今日西方的黃道十二宮；「分野」也就是將地上的州、諸侯國亦劃分為十二個區域，使兩者相互對應。《晉書・天文志》記載了十二州乃兗州、豫州、幽州、揚州、青州、并州、徐州、冀州、益州、雍州、三河、荊州十二州，分別由鄭、宋、燕、吳（越）、齊、衛、魯、趙、魏、秦、周、楚十二古國瓜分。

「分野中峰變」則意指星辰地域從中峰發生變化的時候，將會導致「陰晴萬壑殊」，字句表象上可以理解成星辰地域的變化，致使是陰是晴將依隨山谷地勢的變易有所不同。但此句不乏有政局變動的暗示意味存在。

最後兩句「欲投人處宿，隔水問樵夫」，似乎回到人間的現實裡進行詢問，但又隱含未能尋得「人處」可宿，只好「隔水」向樵夫借問。此尾聯可以從現實層面理解，是王維找不到可以投宿的民家，也可以擴大詩境的象徵性，象徵王維其實是未能尋得一個可供棲息的安身之所，桃花源似乎近在眼前，卻又始終不得其門而入。

（賞析者：張寶云）

酬張少府

王維

晚年唯好靜，萬事不關心。自顧無長策，空知返舊林。
松風吹解帶，山月照彈琴。君問窮通理，漁歌入浦深。

詩題冠以「酬」字，應當是張少府先有詩相贈，王維再寫此詩唱答應酬之作。回顧王維生平，他在張九齡擔任宰相時，一度充滿政治理想與抱負。然而，當張九齡罷相貶官，朝政大權落到奸相李林甫手中，忠貞之士受到排擠，政局日趨黑暗，他的理想也隨之破滅。歷經官場浮沉，王維在此詩中表達心境的矛盾、苦悶，與寄情山林的晚年生活選擇。

此詩首聯以兩句較爲平淺的句

意引入，頷聯「自顧無長策，空知返舊林」，流露出無奈與徒然的心境。「舊林」與陶淵明「羈鳥戀舊林」句頗有互文之效，然而「空知」一語卻坦承心境上的徘徊之感。

頸聯是王維寫景物的名句：「松風吹解帶，山月照彈琴」，在詩中營建一處世外桃源，充滿美感的藝術生活，松林間衣帶飄飄，山中的月光灑落，明照彈琴的角落。時間是靜止的，空間是完足的，將自然生活的存在感安放在這些晶瑩的字句之中。

尾聯的問句像是這種生活中必然會出現的質疑，王維以「漁歌入浦深」當作回答，深具意味。「漁歌」一詞可以聯想到《楚辭．漁父》的典故：「漁父莞爾而笑，鼓枻而去，乃歌曰：『滄浪之水清兮，可以濯吾纓；滄浪之水濁兮，可以濯吾足。』遂去，不復與言。」王逸《楚辭章句》注曰：「水清『喻世昭明，沐浴升朝廷也』；水濁『喻世昏暗，宜隱遁也』」。也就是「天下有道則見，無道則隱」（《論語．泰伯》）的意思。王維此詩不正面對當世發表議論，隱約其詞，其實也表明：通則顯，窮則隱，豁達者無可無不可，何必以窮通為懷呢？但又像是對張少府勸慰說，不如一同歸隱，共享漁樵生活。司空圖所謂：「韻外之致」、「味外之旨」（〈與李生論詩書〉），在此詩亦可得到印證。

（賞析者：張寶云）

過香積寺

王　維

不知香積寺，數里入雲峰。古木無人徑，深山何處鐘？
泉聲咽危石，日色冷青松。薄暮空潭曲，安禪制毒龍。

《陝西通志》記載：「香積寺在長安縣神禾原上。」此詩表面上藉由一次拜訪來描述山水，但實質上卻可將整體視爲象徵，指明王維學佛求道的心境呈現。

詩首聯即描述此一寺院環境不似人間，行走數里之後，如入雲峰之境，將香積寺所在地描繪成一帶有玄虛風格的廟宇。頷聯的「古木無人徑」有近距離的意象加入，「深山何處鐘」則使用詢問鐘聲何來，增添深山空靈的

想像，鐘聲彷彿無處不在。

頸聯「泉聲咽危石」在聲律上是單拗，但與「日色冷青松」在對偶的意象上卻形成極具鮮明的詩境，「日色」對「泉聲」、「冷青松」對「咽危石」雖有造語做作之嫌，然而在對句上十分精巧雅致，顯現王維在文字上巧妙的安置，因而達到詩境的情狀既有聲音、畫面，又有時序遞進的變化之感，在簡短的形制內，有極爲藝術化的文字表現。

最後結尾王維則慣常從景物的細部描寫中，回到意念的延伸。臨近黃昏之時，一邊在空潭中聆聽大自然的樂音，一邊回到內在的禪修狀態，「毒龍」在《涅槃經》中記載：「但我住處有一毒龍，其性暴急，恐相危害」。與尾聯中提及的「空潭」結合「毒龍」的意象，正象徵詩人內部精神的危殆，須以「安禪」的方式進行修持，與詩題〈過香積寺〉扣合，此一訪寺求道之旅，正暗示著詩人精神的追尋。

（賞析者：張寶云）

送梓州李使君——王 維

萬壑樹參天，千山響杜鵑。山中一夜雨，樹杪百重泉。
漢女輸橦布，巴人訟芋田。文翁翻教授，不敢倚先賢。

這是一首送別友人的作品，雖有現實上送行的事件，但王維卻借題發揮，在前半部營造出驚人的山林場景，後半部勸勉頌揚的送別話語，雖然適時的回應主題，但詩篇的精華仍聚集在前半部。

梓州在今四川三臺一帶，詩一起首即具氣勢，一字一字細想都具有不同的位勢，中文裡每一個字形音義俱足，因而每一字一出現都能形成獨特的連結，而字與字在構築的同時又可依隨變化。「萬」字有宏大的形音義，「壑」字有縱深的形音義，「萬壑樹參天」每一個字出現的時候，都融合成新的景觀，因而每一字的出現和結合都充滿想像的變化和趣味。「千山響杜鵑」也是如此，每一個字都飽含震動，使人在想像中即刻進入詩境。

「山中一夜雨」，形成一清新冷寂的滌淨之感，又兼之有時間流動、意象的呈覽；「樹杪百重泉」，將視覺逼近樹梢，而順勢接往百重泉的華麗景象。因此雖只有寥寥數語，但一解說得動用許多分析，才能適切的進入王維的世界。

前人所謂「起四句高調摩雲」（《唐宋詩舉要》引紀昀語），「興來神來，天然入妙，不可湊泊」（王士禛《古夫於亭雜錄》），誠非虛誇。

接下來詩的頸聯和尾聯要撐持前半首所展開的視野，其實不易寫得精到。後半首轉寫蜀中民情和使君政事。梓州是少數民族聚居之地，當地婦女按時向官府交納用橦木花織成的布匹；蜀地產芋，居民又常爲芋田發生訴訟。漢女、巴人、橦布、芋田等詞語，均緊扣蜀地特點；而徵收賦稅，處理訟案，也是李使君就任梓州刺史以後所掌管的職事，均順帶寫入詩內。

尾聯運用有關治蜀的典故：「文翁」是漢景帝時的蜀郡太守，曾興辦學校、教育人才，使蜀郡「由是大化」（《漢書・循吏傳》）。王維以此勉勵李使君，希望他效法文翁，翻新教化，而不要倚仗文翁等先賢原有的政績，泰然無爲。

王維此詩前半意在寫景、後半意在勸勉，雖題爲送別之詩，但全詩被寫景奪去焦點，餘者成爲陪襯紅花之用的綠葉了。

此詩部分解說引用《唐詩鑒賞辭典》（蕭滌非等著，上海：上海辭書出版社，一九八三年）。

（賞析者：張寶云）

漢江臨汎——王　維

楚塞三湘接，荊門九派通。江流天地外，山色有無中。
郡邑浮前浦，波瀾動遠空。襄陽好風日，留醉與山翁。

詩題漢江，又名襄河，古稱沔水，是長江最長的支流。漢水位處長江中游左岸，發源於中國陝西省秦嶺南麓的沮水，幹流自西向東流經陝南和鄂西北，於武漢漢口注入長江。此詩主要描繪山川景象，以楚地荊門一帶作爲詩境宏闊的背景。首聯氣魄宏大，格局高遠，以一制高點的視野將大片圖像融入，讀者也因字句隨之上騰至空中的高度俯視全景。莽莽古楚之地與湖南「三湘」（湘陽、湘潭、湘源三地）地勢相接，漢江在荊門往東與長江九派（指長江的九條支流）匯聚合流。詩以漢江爲隱藏的主線，使人聯想漢江橫臥楚塞而接「三湘」、通「九派」的浩瀚形勢。

第三四句：「江流天地外，山色有無中」亦是名句，《唐賢三昧集箋注》即說此聯：「三四氣格雄渾，盛唐本色。」浩渺的水勢彷彿湧流到天地之外，夾岸重重青山，時隱時現，令人宛如置身於仙家之境。前句寫漢江流長邈遠，後句以蒼茫的山色烘托空闊之感。詩人不多著墨鋪彩，卻將實景以抽象的思維帶出雋永的餘味，「天地外」、「有無中」的虛筆增添詩境若存若亡的恆常之感。

接著，詩人的筆墨從「天地外」、「有無中」的虛筆往近景收攏，寫出眼前渡江波瀾壯闊的景象：「郡邑浮前浦，波瀾動遠空」。「浮」、「動」二字將固著的空間賦予靈活的動態感，使人如在江上波盪航行，視線高潮起伏。

最後兩句：「襄陽好風日，留醉與山翁」。山翁，即山簡，晉人。《晉書・山簡傳》說他曾任征南將軍，鎭守襄陽。當地習氏的園林，風景佳妙，山簡常到習家池上大醉而歸。詩人期待與山簡共謀一醉，流露出對襄陽風物的熱愛之情。

《唐詩成法》評此詩：「前六雄俊闊大，甚難收拾，卻以『好風日』三字結之，筆力千鈞。」先前壯闊的筆勢化爲適宜遊覽賞觀的出遊醉臥之風日，確實大快人心。

（賞析者：張寶云）

終南別業——王維

中歲頗好道，晚家南山陲。興來每獨往，勝事空自知。
行到水窮處，坐看雲起時。偶然值林叟，談笑無還期。

紀昀《瀛奎律髓匯評》云：「此詩之妙，由絢爛之極歸於平淡，然不可以躐等求也。學盛唐者當以此種爲歸墟，不得以此種爲初步。」此則評論謂王維詩歌風格變化從「絢爛之極」歸於「平淡」，並提示學詩者從創作的角度思考，應將「平淡」風格視爲終點，而不應在初學時就以此爲標的。

相較於大格局大氣勢的盛唐風格，此詩的語言較爲質樸素淡，然而字句間悠遠的詩意卻顯現另

一種淳厚的勁道，宋人胡仔《苕溪漁隱叢話》引《後湖集》說：「此詩造意之妙，至與造物相表裡，豈直詩中有畫哉？觀其詩知其蟬蛻塵埃之中，浮游萬物之表者也。」如果再與王維的生平經歷對照發想，則此詩的出現通過生命本身的歷練及反省、追尋，才來到讀者的眼前，王維將他個人的感受和領悟寄託在詩境之中，讀者才得以藉由他的文字達到深切的共振。

首聯即點明生命經歷在不同階段的變化，「中歲」到「晚家」有時間的順序，亦有因果的繫聯。頷聯「興來」不是固定的往返，而是興致來了才獨自前去終南山邊，山中勝事一人獨享，對他者而言像是不具意義的，只有自己明白。這其中有滿足、也有感嘆。

「行到水窮處，坐看雲起時」則可以成為所有生命的啓示，絕處逢生，心轉境轉，將佛道思想化入具體的詩境之中，讀者可在具象的世界裡得出思想的眞理，越咀嚼越能體驗到無窮的禪機。

最後「偶然值林叟，談笑無還期」，造語自然，依隨生命的遭遇而自在談笑，忘記歸期，則已然身處世外桃源之境，與陶淵明同在共存。

（賞析者：張寶云）

望洞庭湖贈張丞相——孟浩然

八月湖水平，涵虛混太清。氣蒸雲夢澤，波撼岳陽城。
欲濟無舟楫，端居恥聖明。坐觀垂釣者，空有羨魚情。

詩題一作〈臨洞庭上張丞相〉。張丞相，一說指張說，或謂張九齡，不知何者爲是。按：張說前後三次爲相，爲開元前期一代文宗，卒於開元十八年（七三〇）；而張九齡自開元二十一年起，復爲中書侍郎，同中書門下平章事，卒於開元二十八年。這是一首干祿之作，詩人曾以該篇投贈張丞相，希望得到提攜而晉身仕途。

全詩可分爲兩章：首章包含前四句，點明「望洞庭湖」之題旨：「八月湖水平，涵虛混太清。」意謂八月湖水盛漲，浩渺無邊，如與岸際齊平；湖面涵泳空明，水天一色，竟似遙相接連。「氣蒸雲夢澤，波撼岳陽城。」水氣蒸騰的雲、夢二澤，湖光蕩漾，波瀾壯闊，彷彿直接撼動著岳陽城。此處雖描寫洞庭湖的宏偉景象，同時象徵開元之治的太平盛世；表面看似寫景，實則影射詩人身處聖朝之意。此二句對仗精工，意境靈動，充分展現洞庭湖風光的磅礴氣勢；一個「蒸」字，渲染出江山勝景雲蒸霞蔚、龍騰虎躍之勢；一個「撼」字，更是筆力千鈞，如同波濤洶湧，足以撼動城樓，震撼人心。故曾季貍《艇齋詩話》評云：「老杜（杜甫）有〈岳陽樓〉詩，孟浩然亦有。浩然雖不及老杜，然『氣蒸雲夢澤，波撼岳陽城』，亦自雄壯！」

次章囊括後四句，明揭「贈張丞相」之意：「欲濟無舟楫，端居恥聖明。」我想橫渡洞庭湖，可惜沒有船與槳；只能安分地待在這兒，但又覺得愧對眼前的湖光山色。「坐觀垂釣者，空有羨魚情。」我閒坐觀看湖畔垂釣的漁夫，平白羨慕他們魚兒上鉤的欣喜之情。此爲第一層意思，處處扣緊題目「望洞庭湖」，語意妥貼，一氣呵成。然而，其中隱含著言外之意：我想入朝爲官，可惜沒人引薦；只能悠閒地在此遊山玩水，但又覺得愧對聖明君主、太平時代。我坐觀朝中士大夫，平白羨慕他們得以一展長才，爲國效力。除比喻、雙關之外，「欲濟無舟楫」句用典，語出《書經・說命上》：「命之曰：『朝夕納誨以輔台德，……若濟巨川，用汝作舟楫。』」詩中暗示有意出仕，卻苦無機會。又「坐觀垂釣者，空有羨魚情。」出自《漢書・董仲舒傳》：「古人有言曰：『臨淵羨魚，不如退而結網。』」強調其用世的志意，願張丞相成人之美。故沈德潛《唐詩別裁》云：「讀此詩知襄陽（孟浩然）非甘於隱遯者，語云：『臨淵羨魚，不如退而結網。』意外望張公之援引也。」

詩中藉由登臨洞庭勝景，隱約闡發個人進身無路、閒居無聊的苦衷，表達急於用世的心願；但通篇有歌頌卻不過分，乞錄用而不自貶，娓娓道來，不卑不亢，十分得體。詩意委婉含蓄，不落俗套，可謂干祿詩之佳作。

（賞析者：簡彥妗）

與諸子登峴山——孟浩然

人事有代謝，往來成古今。江山留勝跡，我輩復登臨。
水落魚梁淺，天寒夢澤深。羊公碑字在，讀罷淚沾襟。

諸子，諸君也，指同遊之友人。峴山，又名峴首山，在今湖北襄陽城南。詩人懷才不仕，心情苦悶，藉由與諸子登峴山，弔古傷今，寫出對歷史遺跡、人世滄桑的慨嘆。

全詩可分爲二章：首聯、頷聯爲一章：「人事有代謝，往來成古今。」謂人事盛衰不斷地更迭變化，這樣古往今來便構成了歷史。「江山留勝跡，我輩復登臨。」江山留下歷朝歷代的名勝古蹟，讓我們有機會再度登臨觀賞。這是一首登臨懷古的詩，首聯以議論爲開端，點出懷古之意；頷聯則明揭登臨之主題。且以「江山勝跡」呼應「人事代謝」、「我輩登臨」呼應「往來古今」，前後照應，布局綿密。要言之，第一句寫人事，第二句寫時間，第三句寫空間，第四句則點題，同時引出後文羊祜登峴山典故；相對於晉代羊祜而言，孟浩然等人確實是「復登臨」，用以呼應前文人事之代謝、古今之變遷。

頸聯、末聯爲一章，描寫登臨之見聞與感觸。「水落魚梁淺，天寒夢澤深。」此聯爲對仗，俯瞰山下沔水退落後，淺淺露出魚梁洲；並感受到天氣逐漸轉寒，雲夢澤的湖水顯得格外深沉。「魚梁」，即魚梁洲。據酈道元注《水經．沔水》云：「襄陽城東沔水中有魚梁洲，龐德公所居。」「羊公碑字在，讀罷淚沾襟。」再看看羊祜碑上的文字依舊清晰可辨，讀完後令人不禁悲從中來，淚溼衣襟。「羊公碑」，相傳羊祜鎮守襄陽時，與友人登峴山飲酒賦詩，而有江山依舊、人事全非的感嘆。時人曾立碑紀念此事，後人登臨見到碑上文字，往往為之悲泣不已，故此碑又有「墮淚碑」之稱。（《晉書．羊祜傳》）詩人想到四百多年前的羊祜為國效力，名垂千古；而自己卻沒沒無聞，毫無作為，不覺感慨萬千，潸然淚下。再呼應前文「水落魚梁淺」，他固然可以效法龐公淡泊名利，做個逍遙自在的隱者，但心中始終放不下黎民百姓，多希望像羊公那樣做一番福國利民的事業！頸聯寫登臨所見，於天寒水落時，愈發引起淒涼之感；所以末聯，在峴山上讀罷墮淚碑，不覺落淚沾襟。

該詩首聯對仗，頷聯卻不對仗，古人謂之「偷春格」。對仗在前，猶如梅花偷得春色而先開。通篇藉由登臨峴山，興起思古之幽情，藉古抒懷，寄慨蒼涼。故俞陛雲《詩境淺說》云：「凡登臨懷古之作，無能出其範圍，句法一氣揮灑，若鷹隼摩空而下，盤折中有勁疾之勢，洵推傑作。」可見孟詩歌詠江山勝景之餘，亦有如此情感沉鬱、寄寓遙深之作。

（賞析者：簡彥妗）

清明日宴梅道士房

孟浩然

林臥愁春盡，開軒覽物華。忽逢青鳥使，邀入赤松家。
丹竈初開火，仙桃正發花。童顏若可駐，何惜醉流霞？

梅道士，孟浩然的方外好友，從其〈梅道士水亭〉、〈尋梅道士〉詩中，可知二人過從甚密。這是一首描寫春日赴宴的詩。通篇以「愁」字爲詩眼，以「宴」字作聯結，處處緊扣「梅道士」而發，前後照應，首尾圓合，深得布局之妙。

全詩可分爲三章：第一章即首聯：「林臥愁春盡，開軒覽物華。」是說高臥林間，憂心春天即將遠離，於是開窗飽覽萬物風華。暗示春光將盡，點出「清明日」。其中「開軒」，即開窗也；一作「搴帷」，爲揭開簾帳之意。或謂揭開簾帳，信步至戶外，欣賞暮春美景。

第二章含中間四句，針對「宴梅道士房」而來。頷聯說明應梅道士之邀而赴宴：「忽逢青鳥使，邀入赤松家。」謂忽然遇上青鳥使者，邀請我到仙人赤松子家作客。連用兩個典故，據《藝文類聚》載《漢武故事》云：「七月七日，……忽有一青鳥從西方來，集殿前，上問東方朔。朔曰：『此西王母欲來也。』有頃，王母至，有二青鳥如烏，挾侍王母旁。」後遂稱使者爲「青鳥使」。又劉向《列仙傳》載：「赤松子者，神農時雨師也，服水玉以教神農，能入火自燒。」孟詩中的「赤松家」，即梅道士房。因爲主人爲道士，故以神仙使者、仙人之家爲喻，取譬得宜，語意妥貼。頸聯摹寫所見梅道士山房景觀：「丹竈初開火，仙桃正發花。」煉丹的爐灶，剛燃起熊熊火焰；四周仙桃樹，正綻放滿滿的花朵。此處白描山房內的陳設及周遭景致，「仙桃」一詞亦承頷聯神仙之喻；西王母的仙桃又稱「蟠桃」，相傳種植於崑崙山蟠桃園，三千年才結一次果實，據說只要吃一顆便能延長三千年壽命。

第三章即末聯，以醉飲作結，再點出題中「宴」字。「童顏若可駐，何惜醉流霞？」倘若神仙道術眞能讓人青春永駐、返老還童，又何必珍惜流霞仙酒而不醉飲？言外之意，那就不惜一醉，暢飲流霞吧，即使不具回春之效，也可使人彷佛童顏般臉色紅潤。據葛洪《抱朴子》載：「有項曼都者，與一子入山學仙，十年而歸家。家人問其故，曼曰：『……及到天上，仙人但以流霞一盃與我，飲之，輒不飢渴。』」詩中以「流霞」，再承前文之神仙世界，並呼應主人梅道士爲一方外之人。

此詩善用仙家典故、術語，藉由「青鳥」、「赤松」、「丹竈」、「仙桃」、「流霞」等意象，烘托出道士山房的特色，不但賦予遊仙韻味，同時流露出詩人本身亦有超然向道之意。故蕭繼宗《孟浩然詩說》評云：「此詩無深意，而構圖甚美。……中用丹竈開火，仙桃發花，末用童顏及流霞字，皆取朱赤之色，點襯林園，自饒異采。」通篇洋溢著歸隱的情趣，雖爲一般應酬之作，但語出自然，妙句天成，堪稱是孟詩「語淡而味終不薄」的代表作。

（賞析者：簡彥妗）

歲暮歸南山——孟浩然

北闕休上書，南山歸敝廬。不才明主棄，多病故人疏。
白髮催年老，青陽逼歲除。永懷愁不寐，松月夜窗虛。

詩題一作〈歸故園作〉，或作〈歸終南山〉。「南山」，一說是峴山，在襄陽城南，故稱。一說爲終南山，指秦嶺在長安南部一帶。如解作前者，則詩人已徹底死心，再無求仕之意；若解爲後者，由於唐人仕進有「終南捷徑」一途，他或想藉由隱居終南山，作爲晉身仕途的敲門磚。孟浩然四十歲到長安應試不第，心情苦悶之餘，作此詩以寄託歲暮懷歸之意。他「爲學三十載，閉門江漢陰」（〈秦中苦雨思歸贈袁左丞賀侍郎〉），不但飽讀詩書，且深受王維、張九齡等名士青睞，早已名滿天下。這次應舉原以爲勝券在握，誰知天不從人願，只能藉此抒發官場失意的愁思。

全詩可分爲兩章：首章闡明懷歸之意，直點題中「歸南山」。首聯：「北闕休上書，南山歸敝廬。」別再上書給朝廷了，還是回南山老家隱居吧！「北闕」，由於漢代宮殿坐北朝南，後世遂用以借指朝廷。《漢書．高帝紀》顏師古注云：「未央殿雖南嚮，而上書奏事謁見之徒，皆詣北闕。」頷聯：「不才明主棄，多病故人疏。」乍看是因爲沒有才能，所以被聖明君主遺棄了；由於體弱多病，連老朋友也一天天疏遠。言外之意，卻是算什麼明君？像我這樣的人才，竟落得榜上無名；說什麼朋友？我生病了，居然因此越來越加疏遠。此二句看似責怪自己，實則隱含怨天尤人之意，甚至還得罪唐玄宗，落得連「終南捷徑」也走不成。相傳王維曾邀孟浩然入內署，不巧皇上駕到，孟浩然躲匿床下。王維不敢隱瞞；皇上得知後，請他出來相見，並問近來有何詩作。他脫口而出：「不才明主棄，多病故人疏。」玄宗不悅：「卿不求仕，而朕未嘗棄卿，奈何誣我？」（《新唐書．文藝傳》）誠如馮舒《瀛奎律髓匯評》云：「一生失意之詩，千古得意之作。」良有以也！

次章點出題中的「歲暮」。頸聯：「白髮催年老，青陽逼歲除。」說滿頭白髮，催促著年華老去；新春將至，逼迫得舊年更替。末聯：「永懷愁不寐，松月夜窗虛。」意謂長久以來滿懷愁緒，難以入眠；只見松間月色投射在夜窗上，一片空虛。其中「永懷愁不寐」之「愁」字，可說是一篇的主旨。「松月夜窗虛」之「虛」字，更是一語雙關，既寫出靜夜的空寂、窗月的虛白，同時暗示詩人仕途的落空、心情的虛空，意蘊無窮。故高步瀛《唐宋詩舉要》云：「結句意境深妙。」黃生《唐詩矩》亦云：「寫景結，雋永。此詩未免怨，然語言尚溫厚。……便見盛唐人身分。」方回《瀛奎律髓》評云：「八句皆超絕塵表。」歷來佳評如潮，實至名歸。

（賞析者：簡彥妗）

過故人莊——孟浩然

故人具雞黍，邀我至田家。綠樹村邊合，青山郭外斜。
開軒面場圃，把酒話桑麻。待到重陽日，還來就菊花。

這是一首田園詩，純用白描手法寫成，質樸眞實，淡而有味，看似閒話家常，卻無一句閒話。如沈德潛《唐詩別裁》評云：「孟詩勝人處，每無意求工，而清超越俗，正復出人意表。」而方回《瀛奎律髓》亦云：「此詩句句自然，無刻畫之跡。」

首聯寫邀請：「故人具雞黍，邀我至田家。」老友準備了酒菜，邀請我到田莊。「雞黍」一詞，泛指田家宴客之酒菜；出自《論語．微子》：「止子路宿，殺雞爲黍而食之。」此外，詩中「雞黍」二字，會讓人聯想到《後漢書．獨行傳》范巨卿與張元伯千里結言的典故，後世遂以「雞黍約」，比喻朋友間信守承諾、如期赴約的深厚情誼。詩中暗示故人之「邀」、詩人之「至」，何嘗不似張君與范君的雞黍之約？哪怕只是口頭邀約，也要不惜千里趕來相會，兩人交情不言而喻。

頷聯寫村景：「綠樹村邊合，青山郭外斜。」放眼望去，只見碧綠的樹木在村莊邊聚攏，而青翠的山巒在城郭外斜斜地伸展。「合」，本義是三面合閉，此處作合攏、集聚解。「斜」，古音霞，與「家」、「麻」、「花」同爲韻腳，屬下平聲六麻韻。「青山郭外斜」，形容城郭外每一座青山，傾斜伸展，姿態各異，一個「斜」字，寫活了農村群巒的千姿百態。

頸聯寫對酌：「開軒面場圃，把酒話桑麻。」打開窗戶，面對門前的曬穀場和菜圃，我們一面端起酒杯暢飲，一面閒聊農作物生長的情形。前一聯描寫村莊景色，此處敘述與老友在屋裡飲酒閒聊的情形，打開軒窗，讓戶外美景映入眼簾，更予人心曠神怡之感。「桑麻」，為農作物或農事之泛稱；語出《管子．牧民》云：「藏於不竭之府者，養桑麻、育六畜也。」「話桑麻」一詞，看似平凡無奇，其實也有出處，暗用陶淵明〈歸園田居〉五首之二：「相見無雜言，但道桑麻長。」由於兩人之間只有單純的友誼，毫無利害糾葛，見了面，聊天的話題自然都圍繞在農家瑣事上。

末聯寫重九之約：「待到重陽日，還來就菊花。」說好等重陽節那天，還要再來這兒一起賞菊花。平淡寫來，故人待客的熱忱，詩人對田莊及老友的依戀，盡在不言中。「就」，近也；此引申為觀賞之意。楊慎《升庵詩話》云：「刻本脫一『就』字，有擬補者，或作『醉』，或作『賞』，或作『泛』，或作『對』，皆不同。後得善本，是『就』字，乃知其妙。」因此，「就」字堪稱為本詩詩眼，孟詩用字之精鍊，可見一斑。

（賞析者：簡彥姈）

秦中感秋寄遠上人——孟浩然

一丘嘗欲臥，三徑苦無資。北土非吾願，東林懷我師。
黃金然桂盡，壯志逐年衰。日夕涼風至，聞蟬但益悲。

據蕭繼宗《孟浩然詩說》考證：「按全詩語氣，爲久寓秦中之人欲歸不得而作，觀第六句知其京華憔悴者，已歷多年，此與浩然隱居鹿門，不第即遊越中而歸，情事俱不甚合。《全唐詩》題下注：『一作崔國輔詩。』恐是崔詩混入也。」不過，也有人主張此爲孟浩然所作，因爲他另有〈晚春遠上人南亭〉一詩，可見遠上人是他的朋友。總之，是詩人落第後，困居長安，賦此詩寄遠上人，訴說客居逢秋之悲情，道盡欲仕不得，欲隱不能，進退兩難的窘境。

全詩可分爲兩章，首章寫想回家歸隱，可惜旅費、生活費全無著落。首聯：「一丘嘗欲臥，三徑苦無資。」我曾想找一片山林隱居，可是連在屋旁開闢三條小路的費用都籌措不出。「一丘」，指隱居山林；語出《晉書·謝安傳》云：「任高百辟，情唯一丘。」「三徑」亦含有退隱之意。據《太平御覽》載趙岐《三輔決錄》云：「蔣詡，字玄卿。舍中三徑，唯羊仲、裘仲從之遊，二仲皆雅廉逃名之士。」陶淵明〈歸去來辭〉亦云：「三徑就荒，松菊猶存。」詩中從正面寫出所欲，用「一丘」、「三徑」之典，表達其隱逸思想，形象鮮明。頷聯：「北土非吾願，東林懷我師。」如今流落北方並非我的心願，不時懷念起東林寺的師友們。「北土」，此指長安一帶，點出題目之「秦中」。「東林」，晉僧慧遠居住的廬山東林寺，此借代為遠上人所居之寺院。慧皎《高僧傳》載：「沙門慧永居在西林，與遠同門舊好，遂要遠同止。永謂刺史桓伊曰：『遠公方當弘道，今從屬已廣，而來者方多，貧道所栖褊狹，不足相處，如何？』桓乃為遠復於山東更立房殿，即東林是也。」詩中從反面道出仕宦非吾願，再言「東林懷我師」，明揭題旨「寄遠上人」；通篇除此句以外，其餘均在抒發詩人自身失意悲秋的愁苦。「懷」之一字，傳達出對遠上人的尊崇與景仰，同時暗示其隱逸情懷。此聯以「東林」對「北土」、「懷我師」對「非吾願」，語意正、反相對，對仗工穩。

次章說長安物價高漲，自己又連年不得志，逢秋心情益加悲苦。頸聯：「黃金然桂盡，壯志逐年衰。」京師百物皆貴，身上的錢像燃燒桂枝似地幾乎耗盡；仕進苦無門路，豪情壯志也逐年衰減。「然桂」一詞，用《戰國策．楚策》的典故：「楚國之食貴於玉，薪貴於桂，今臣食玉炊桂。」比喻生活費之昂貴。詩中先說長安居大不易，再寫自己已心灰意冷，用「壯志」對「黃金」、「逐年衰」對「然桂盡」，對仗雖不甚工整，但語意自然流暢，符合《文心雕龍．麗辭》所云：「高下相須，自然成對」之原則。末聯：「日夕涼風至，聞蟬但益悲。」早、晚之時，吹起陣陣涼風，伴隨那斷斷續續的蟬鳴聲，使人聽來格外悲淒。其中以「涼風」、「聞蟬」，呼應詩題「感秋」二字。秋風瑟瑟，蟬鳴嘶嘶，本來容易引發感傷情緒；何況詩人寄寓京師，生活困頓，仕途失意，意志消沉，自然備感悲涼。

由於本詩直抒胸臆，情感率真，不假雕琢，對仗渾成；不論是否出自孟浩然手筆，都是一首貧士悲秋寄遠的上乘之作。

（賞析者：簡彥姈）

宿桐廬江寄廣陵舊遊

——孟浩然

山暝聽猿愁，滄江急夜流。風鳴兩岸葉，月照一孤舟。
建德非吾土，維揚憶舊遊。還將兩行淚，遙寄海西頭。

詩人離開長安東遊時，途中寄此詩給廣陵（今江蘇揚州）舊友。「桐廬江」，爲錢塘江上游，在今浙江桐廬縣境，又稱桐江。

此詩可分爲兩章：首章描寫浙西山水。據吳均〈與宋元思書〉云：「自富陽至桐廬一百許里，奇山異水，天下獨絕。」可見這一帶山明水秀，風景殊勝，果然名不虛傳！首聯：「山暝聽猿愁，滄江急夜流。」山色昏暗，聽著猿猴悲鳴聲，使人格外發愁；今晚，桐廬江的蒼碧江水，急促地奔流。「滄江」，即題目之「桐廬江」；「滄」同「蒼」，因江水色蒼，故稱；又「滄」字，含有淒冷之意。頷聯：「風鳴兩岸葉，月照一孤舟。」一陣大風吹過，吹得兩岸樹葉沙沙作響；皎潔的月光，照進這艘孤單的小船裡。由此點出題中之「宿」字，是知詩人夜宿江畔舟中。此二句信手拈來，清新鮮活，江上夜色，如狀目前，足見其白描功力。

次章則寫漂泊異地，懷念揚州諸友。頸聯：「建德非吾土，維揚憶舊遊。」建德不是我的家鄉，我心中思念的是維揚那些老朋友。一如王粲〈登樓賦〉所云：「雖信美而非吾土兮，曾何足以少留？」出句再點題中「宿桐廬江」之意，對句則針對「廣陵舊遊」而發。「建德」，唐時郡名；由於漢代建德、桐廬同屬富春縣，故此處以建德代指桐廬。「維揚」，揚州之別稱。據費袞《梁溪漫誌》載：「古今稱揚州為惟揚，蓋取《禹貢》『淮海惟揚州』之語，今則易『惟』為『維』矣。」末聯：「還將兩行淚，遙寄海西頭。」不如將這兩行熱淚，遙寄給海西頭那邊的友人吧！末句點明題目之「寄」字，用詩末點題法，愈見巧妙。「海西頭」，由於古揚州在東海西，附近多湖泊河流，故以此代稱。如隋煬帝〈泛龍舟歌〉云：「借問揚州在何處？淮南江北海西頭。」孟浩然以「海西頭」一語，再度呼應詩題之「廣陵」，並與前文「維揚」相呼應，緊扣題旨，首尾圓合。

這是一首夜宿異鄉、寄贈友人的詩。月夜客宿孤舟，心中愁悶，故而產生懷思之情，熱淚橫流，賦詩贈遠。詩中先勾勒出一幅月夜行舟圖，次借景生情，懷念故交；通篇布局嚴整，摹寫生動，情景相融無間，自然渾成。因此，蕭繼宗《孟浩然詩說》云：「此詩前四句所寫富春景色，不足以見江山之秀美，反有蕭寒之感，因既為夜泊，復念舊遊也。」詩人宿桐廬江，以所見夜景蕭索與所感旅途孤寂互為襯映，更突出對舊遊的思念，及自身仕途失意的孤憤。然而，後一層意思在詩中卻隻字未提，這正是孟詩所以「淡」的表現方式。

（賞析者：簡彥鈴）

留別王侍御維

孟浩然

寂寂竟何待？朝朝空自歸。欲尋芳草去，惜與故人違。
當路誰相假？知音世所稀。祇應守索寞，還掩故園扉。

詩題或作〈留別王維〉，又作〈留別王侍御〉。「王侍御維」，即王維，曾任侍御史。孟浩然落第，求仕不得，準備離開京師之際，作此詩向好友王維道別。

該詩可分爲二章，首章言與故人辭別，離情依依。首聯：「寂寂竟何待？朝朝空自歸。」道出分別的原因：我這樣孤寂、備受冷落，到底在等待什麼呢？每天每天到高官府第拜謁，結果都落空而回。詩人用「寂寂」、「朝朝」二組疊字，將窮途潦倒、困居長安的孤寂之情，表露無遺。故沈德潛《唐詩別裁》評云：「客中無聊之況。」頷聯：「欲尋芳草去，惜與故人違。」我想尋找一個理想的地方隱居，可惜就要跟老朋友您分離了。「芳草」一詞，出自〈離騷〉：「何所獨無芳草兮，爾何懷乎故宇？」詩人用以象徵自己歸隱的理想境地。據許愼《說文》載：「違，離也。」其中「惜與故人違」一句，點明題旨「留別王侍御維」。如吳煊、胡崇《唐賢三昧集箋注》所云：「三、四句醇茂，胎息漢人。」

次章寫別離的心情及別後去向。頸聯：「當路誰相假？知音世所稀。」一作朝中當權者誰肯對我伸出援手？人生在世，知音本來就寥寥無幾啊！一作當權者誰能幫我從名利、欲望中跳脫出來？這世上知音之士本來就少之又少。上述二解均通，二義似可並存，既可作前者，照應首聯仕途受阻之落寞；亦可作後者，接續頷聯之與故人話別。言外之意，是說世情澆薄，像王維這樣的知音，眞是太難得了；或謂知音難求，像王維這樣知我、懂我的人，實在太可貴了。因爲王維〈送孟六歸襄陽〉云：「杜門不復出，久與世情疏。以此爲長策，勸君歸舊廬。醉歌田舍酒，笑讀古人書。好是一生事，無勞獻〈子虛〉。」就是瞭解孟浩然官場失意的窘境，才會勸他歸隱舊廬，不必效法司馬相如獻〈子虛賦〉，終歸徒勞無功。「醉歌田舍酒，笑讀古人書。」可與此詩「欲尋芳草去」相呼應，或許退隱山林才是孟浩然最佳的人生歸宿。末聯：「祇應守索寞，還掩故園扉。」看來我只能守住孤單寂寞，還是返回故鄉閉門讀書吧！這是好友的忠告，也是詩人的覺悟。或有另一層意思：想當初正是守不住那份寂寞，才會來京師求官；而今，一如陶淵明〈歸去來辭〉所云：「悟已往之不諫，知來者之可追。」故俞陛雲《詩境淺說》云：「襄陽（孟浩然）懷才不遇，拂袖而行，若淵明之詩，則委心去留，絕無憤世語也。」

綜觀全詩，敘述平淡，近乎口語，頷聯、頸聯之對仗，不力求工整，卻渾然天成。誠如胡應麟《詩藪》云：「孟詩淡而不幽，時雜流麗，閒而匪遠，頗覺輕揚可取者，一味自然。」詩中將懷才不仕之意、留別故友之情，發揮得酣暢淋漓，言淺意深，耐人咀嚼！

（賞析者：簡彥伶）

早寒江上有懷——孟浩然

木落雁南渡，北風江上寒。我家襄水曲，遙隔楚雲端。
鄉淚客中盡，孤帆天際看。迷津欲有問，平海夕漫漫。

此詩一作〈江上思歸〉。用上平聲十四寒韻，韻腳爲「寒」、「端」、「看」、「漫」；其中「看」、「漫」二字，均應讀爲平聲以叶韻。詩人仕途失意，離家日久，觸景生情，故於詩中抒發鄉關之思、迷茫心境。

通篇籠罩著思鄉情緒。首聯描寫季節變化、景色蕭條，點出題目之「早寒江上」。「木落雁南渡，北風江上寒。」樹木黃落，鴻雁南飛，陣陣北風從江面吹來，備添寒意。此聯脫胎自鮑照〈登黃鶴磯〉云：「木落江渡寒，雁還風送秋」句，由此引起思鄉之情。

以下六句緊扣題中「有懷」二字。頷聯：「我家襄水曲，遙隔楚雲端。」我的家鄉在那彎彎曲曲的襄水邊，被遙隔在楚天雲霧的盡頭。「襄水曲」，襄水，漢水流經襄陽境內的一段；曲，江水曲折轉彎處。「楚雲端」，襄陽古屬楚國，指長江中游一帶。詩人從低處仰望故鄉，故鄉卻被楚天雲霧所區隔，雲山縹緲，可望而不可及，思鄉之情油然而生。頸聯：「鄉淚客中盡，孤帆天際看。」思鄉的眼淚早已流盡，客旅生活無比辛酸，眺望江上片帆遠入天際，那正是我返鄉的路。或解作：我客中淚盡，推想家人遙望天際孤舟，卻不見遊子歸來，更加深內心的孤寂與無奈。此處宜作雙向解，以二義並存為佳。要言之，出句承頷聯之思歸，「鄉淚」一詞，化用謝朓〈休沐重還道中〉：「試與征徒望，鄉淚盡沾衣。」對句則源於謝朓〈之宣城出新林浦向板橋〉：「天際識歸舟，雲中辨江樹。」以此呼應首聯所言江上寂寞，情景相生，韻致淒然。

末聯：「迷津欲有問，平海夕漫漫。」我在茫茫大江上迷失了渡口，滔滔江水與海齊平，漫無際涯，此時已是黃昏，天色陰暗，該向何人問路呢？「津」，渡口也。「迷津欲有問」，化用子路問津的典故，據《論語・微子》載：「長沮、桀溺耦而耕。孔子過之，使子路問津焉。……夫子憮然曰：『鳥獸不可與同群！吾非斯人之徒與而誰與？天下有道，丘不與易也。』」兩位隱者嘲諷孔子奔走四方以求見用，因而引發孔子的一番慨嘆。詩人藉以感慨自己徬徨無助，欲仕不能，欲隱不得，如同迷失了津渡。最後，以「平海夕漫漫」作結，既摹狀眼前景致，亦流露出失意、思歸的迷茫之情。「平海」，由於長江下游入海口附近江面寬闊，水勢浩大，故稱。

這是一首懷鄉思歸的詩。以「興」法（見物起興，產生聯想）開端，借鴻雁南飛，引起客居思歸之情。次寫思鄉淚盡，翹首雲天，不覺滿懷惆悵；末以迷津作結，所謂「平海夕漫漫」，作壯語，雖寫景，實為言情。把江上思歸與仕途失意結而為一，含蓄蘊藉，渾然天成，誠如蕭繼宗《孟浩然詩說》評云：「全詩骨肉停勻，悵觸不盡，起筆尤為淩厲。」

（賞析者：簡彥姈）

秋日登吳公臺上寺遠眺——劉長卿

古臺搖落後，秋日望鄉心。野寺人來少，雲峰水隔深。
夕陽依舊壘，寒磬滿空林。惆悵南朝事，長江獨至今！

這是一首登高懷古的詩。吳公臺，原是南朝宋沈慶之所建築的弩臺，陳將吳明徹重修，故名；臺在今日江蘇江都縣西北。吳明徹爲陳名將，在文帝太建五年（五七三）趁北齊大亂之際北伐，攻占呂梁和壽陽，此地即爲昔日戰場。當時作者因安史之亂，洛陽淪陷，流亡至吳地（今江蘇），秋日登吳公臺遠眺有感而作。

首聯扣題，「古臺搖落後，秋日望鄉心」，「古臺」點出地點，「秋日」點出時節。時序入秋，傾廢的古臺上，葉落引起詩人蕭索愁煞的思緒，秋風落木，颯颯蕭蕭，作者登臺遠眺，在凝視中湧起悲秋思鄉的愁懷，倍感落寞悵然。

頷聯寫景，「野寺人來少，雲峰水隔深」運用視覺摹寫技巧，使空間由近處向遠處漸漸擴展。前一句寫眼前景物，呼應題目「寺」字，感嘆昔日輝煌的戰場，如今已荒涼冷落，因爲是「野寺」，地處偏僻，交通不便，所以人煙稀少，冷冷清清，心中不免感慨；後一句寫舉目眺遠之景，呼應題目「遠眺」，遠處層巒疊嶂，雲峰繚繞，與深邃江水遠遠相隔。「野」字點出少人來的原因，「深」有幽深迷茫之意，暗喻離京之遙遠，仕途之乖舛。二句寫景由近而遠，以時空的延伸寄託內心深處惆悵之感。

頸聯「夕陽依舊壘，寒磬滿空林」，雖不明扣題，但「舊壘」暗扣古戰場，即吳公臺；再以「寒磬」暗扣臺上寺，夕陽、舊壘、寒磬、空林，視聽交錯，觸景生情。景物由遠而近，聲音由近至遠，層次上富於變化，雲霞滿天雖是絢麗，卻也因短暫的美麗而使人惆悵，不免有「夕陽無限好，只是近黃昏」之嘆。「依」字爲轉化修辭，賦予夕陽人格化，有依戀之意，好似夕陽對舊壘亦眷戀不捨，有如人之依依情愫。寺院清冷的鐘磬聲，迴盪整座秋葉盡落的空林，讓人心生寒意，無形中加深內心的感傷。

尾聯在懷古中作結，「惆悵南朝事，長江獨至今」，「惆悵」爲本詩主旨，雖然爲南朝興衰事惆悵，實則爲自己坎坷人生際遇悲傷。明人李維楨《唐詩雋》云：「轉切轉悲，寂不堪聞。」又云：「感慨深遠，而詞氣又平淡可佳。」昔日南朝的繁華熱鬧，如今卻蕭條衰微，已爲陳跡，人去臺空，當日南朝顯赫一時的人物，而今安在？只見秋日夕陽下，滾滾長江水，依舊獨自向東奔流而去。作者心中似有所感悟，「大江東去，浪淘盡，千古風流人物。」江山依舊在，物是人已非，風流人物而今安在？

此詩押下平聲十二侵韻，韻腳爲「心」、「深」、「林」、「今」，閉口之音，多有惆悵之情，符合作者在敘事、傷秋、懷鄉之愁緒慨嘆，聲情合一。本詩借登臺思歸，眼前雲峰水隔，情景交融下，借景抒情，但又含蓄蘊藉，令人回味無窮，此即爲《詩經》「溫柔敦厚」詩教之旨。清人宋犖《漫堂說詩》說劉長卿五律「清詞妙句，令人一唱三嘆」，沈德潛《說詩晬語》亦言其「工於鑄意」、「巧不傷雅」，頗有讚譽。

（賞析者：王碧蘭）

送李中丞歸漢陽別業——劉長卿

流落征南將，曾驅十萬師。罷歸無舊業，老去戀明時。
獨立三邊靜，輕生一劍知。茫茫江漢上，日暮復何之？

這是一首送別有感的詩，另題〈送李中丞之襄陽〉。唐代宗大曆八年（七七三）劉長卿任職鄂州，送身經百戰的老將李中丞回漢陽的老家。李中丞本爲征南將軍，功績卓著，老來解甲歸鄉，雖家業空乏，但仍懷戀聖明時代。這首送別詩，名爲送別，實有感而發，除讚揚李中丞對朝廷的忠心耿耿外，另一方面也是對他晚年的窮愁潦倒寄予同情。

首聯「流落征南將，曾驅十萬師。」寫出李中丞的身分是一位曾驅遣十萬雄師，南征北討，叱吒風雲的大將軍。但這些功名榮耀都已成爲過眼雲煙，「流落」二字是他目前的現況，今昔對比，使人不禁欷歔。這位曾經爲國盡忠的沙場老將，保國衛民，功在國家，一旦解甲，生活竟是如此不堪，令人感傷。

頷聯「罷歸無舊業，老去戀明時。」點出一位堂堂功業彪炳的征南大將軍解甲後，竟落至「無舊業」的窘境，不免使人錯愕，但另一方面也可知他並非貪汙斂財之輩。生活雖失意，但他並不怪罪，依然對朝廷一片忠心，雖年華老去，仍不忘君王知遇之恩。然而，整首詩中隱隱約約似含有貶意，雖說「明時」，卻含有「不明」的言外之意，除了同情李中丞，其實對當朝者頗有微詞。

頸聯「獨立三邊靜，輕生一劍知。」再追憶將軍昔日功業彪炳，平定邊疆，不畏強敵，爲國盡忠的愛國情操。「輕生一劍知」即「一劍知輕生」之倒裝句，出生入死，疆場效命的忠心，唯有佩劍知道，令人肅然起敬。古人有「劍在人在，劍亡人亡」之豪氣，沈德潛《唐詩別裁》言：「此追敘其向日之功」，但向日有功卻得不到國家的恩恤，也讓作者發出不平之言。

尾聯「茫茫江漢上，日暮復何之？」「茫茫江漢」呼應首句「流落」二字，「日暮復何之」呼應第三句「罷歸」二字。日暮蒼蒼，江漢茫茫，舊業無存，解甲後的李中丞該往哪裡去呢？詩中含有無限關懷的情意，老將的淒涼晚景，不覺讓人擔心，隱隱透出不捨之情，但卻又無奈。

本詩押上平聲四支韻，爲仄起格五言律詩。明代周珽《唐詩選脈會通評林》：「章法明煉，句律雄渾，中唐佳品。」喬億《大曆詩略》：「清壯激昂，而意自渾渾」。可見歷來評論，多爲肯定，是一篇佳作。觀本詩格律雄壯渾厚，有激越昂揚之聲，首尾呼應，也間接揭露廉潔將領解甲返鄉後的話題，引人深思，作者關懷與針砭之情，溢於字裡行間。

（賞析者：王碧蘭）

餞別王十一南遊——劉長卿

望君煙水闊，揮手淚霑巾。飛鳥沒何處？青山空向人。
長江一帆遠，落日五湖春。誰見汀洲上，相思愁白蘋？

這是一首餞別的詩。王十一，是作者友人，生平不詳，十一是舊時行輩的稱呼。此詩作於大曆初年作者佐幕淮南時期，寫與友人送別的不捨情意。全詩借景抒情，沒有「餞別」的場景，也沒有「別離」的字眼，只寫別後之落寞及想像友人去處的美麗春景，離思之情，溢於字裡行間，手法創新，有別於一般送別詩。

首聯「望君煙水闊，揮手淚霑巾。」點出江頭送別。友人登舟遠去，送行者遙望廣闊的江面，只有茫茫的煙水，船隻漸行漸遠，漸漸隱沒不見。從作者的舉手投足間，「望」、「揮手」與「淚霑巾」等字，令人深深感受其不捨與惆悵之情。望君更行更遠，只能頻頻揮手，依依的離情，讓作者再也忍不住而淚流滿面，沾溼衣襟。

頷聯「飛鳥沒何處？青山空向人。」運用虛實相生手法，以虛喻實，「飛鳥」句比喻遠行的人，茫茫天地間，往南飛去，不知將落腳何處？「青山」則暗喻送行的人，徒然佇立江頭，目送友人離去，一如李白〈送友人〉：「此地一為別，孤蓬萬里征」，彼此就此遠別了，不知何年何月才能再相逢？劉長卿在凝視中遠眺，綿綿愁思，青山「空」向人，「空」字點出了他的孤寂心境，好似此地一別，生活全變了調，索然而無味。

頸聯「長江一帆遠，落日五湖春。」是借景抒情，景中寄情。長江上船來船往，並非僅有友人所乘這一艘船，但作者注意力放在友人所乘之船，漸漸遠去，其他則視若無睹，有如李白〈送孟浩然之廣陵〉：「孤帆遠影碧空盡，唯見長江天際流」詩中的「孤帆遠影」，那種落寞之感；另一方面也想像歸去的友人，此際可能佇立太湖畔，遐觀夕照下絢麗的春景。

末聯「誰見汀洲上，相思愁白蘋？」語意一轉，拉回到現實，寫自己的傷懷，又有誰能見汀洲上一人獨佇呢？這人對著白蘋思念故人而愁緒滿懷，黯然神傷，點出「相思」之情，與首句「望君」呼應，心中有無限悵惘與依依不捨之情。

本詩押上平聲十一眞韻。清人吳喬《圍爐詩話》云：「隨州（劉長卿）五言律詩，始收斂氣力，歸於自然，首尾一氣，宛如面語。」劉長卿善於寄情於景，情景交融，雖不言別，但離別之情，已躍然紙上，被推爲「五言長城」，洵非虛譽。

（賞析者：王碧蘭）

尋南溪常山道人隱居

——劉長卿

一路經行處，莓苔見履痕。白雲依靜渚，春草閉閒門。
過雨看松色，隨山到水源。溪花與禪意，相對亦忘言。

這是一首寫尋人不遇的詩。作者因尋人未遇，於是將沿路所見的景物寫出，主旨在第七句「溪花與禪意」，這種寧靜自然的意境，當中蘊含有深深的禪意。全詩八句，均寫「尋」字，履痕、白雲、洲渚、春草、松色、青山、水源、溪花，雖尋不到常山道人，倒是心中已尋到自然之機，眼見春意盎然，心靈已足，化解尋友不遇的惆悵。

首聯「一路經行處，莓苔見履痕」，先以順序法寫尋人所經之處，地上莓苔層層覆蓋，「莓苔」乃泛指貼在地面，生長在陰暗潮溼地方的苔蘚植物，古人喜歡在詩句中使用，如「積雨莓苔生」、「古原荒廟掩莓苔」、「淩石橋之莓苔」等。此處莓苔一方面寫其陰溼之環境，另一方面也讓人想像常山道人隱居之幽靜。「履痕」二字表示此處雖是幽靜之地，但尚有人跡往來，就加強作者尋人的信心與正確方向。

頷聯「白雲依靜渚，春草閉閒門」，先寫遠景，後寫近景，舉頭看著遠處白雲依傍縈繞寂靜沙洲，近處是春草盎然中一間掩蔽的屋門，既然是掩蔽，那麼就點出與常山道人之不遇。因爲古人無今人便捷的通聯工具，如電話、手機、網路等，在無法事先約定下，能見不能見就只能憑靠運氣了。作者便在這種情況之下與常山道人失之交臂，吃了閉門羹，心中不免惆悵萬分。

頸聯「過雨看松色，隨山到水源。」寫自己雖不遇常山道人，但尚能隨遇而安，看山訪水，優游自樂。雨後松色最爲翠綠，溼溼潤潤，煙靄中松針上掛著粒粒晶瑩剔透的水珠，清新可愛，順著山路走去，耳聽淙淙溪水聲，一步步便來到小溪的源頭，此種情境頗有王維〈終南別業〉：「行到水窮處，坐看雲起時」的禪意。

尾聯「溪花與禪意，相對亦忘言」，化用陶淵明〈飲酒〉二十首之五：「此中有眞意，欲辯已忘言」句。作者在這種寧靜清幽境地，領悟繁華落盡，夢入禪聲，一念清淨，造物化育的本心。一花一世界，一草一天堂，一方一淨土，一笑一塵緣，從萬物靜觀中，棄去雜念，體悟物我相融之境。凝視溪邊野花，漸悟其中禪意，彼此相對，心靈互通，不待言喻。俞陛雲《詩境淺說》：「七句花與禪本不相涉，而連合言之，便有妙悟。收句意謂朋友存臨，但須會意，溪花相對，莫逆於心，寧在辭費耶？」心中若有感悟，一切盡在不言中，何必再多費唇舌或筆墨呢？

本詩用上平聲十三元韻。末句「忘」字作平聲，否則全句犯孤平，「忘」字在詩中可平仄兩讀。永嘉玄覺大師〈證道歌〉：「行亦禪，坐亦禪，語默動靜體安然。」不論行、住、坐、臥，語、默、動、靜，若能體悟天地之心，心靈就能安定自在，思想就能澄淨明澈，禪便在其中，所以對於善悟者而言，生活禪境便無所不在。因此作者雖遭二次貶謫，政治上頗不如意，然寄託山水，洗滌心胸，忘懷得失，便能化解紅塵世事的諸多不如意。

（賞析者：王碧蘭）

新年作

劉長卿

鄉心新歲切，天畔獨潸然。老至居人下，春歸在客先。
嶺猿同旦暮，江柳共風煙。已似長沙傅，從今又幾年？

這是一首新年感懷的詩。作於大曆十一年（七七六）正月。章燮《唐詩三百首》注疏云：「吳仲孺誣奏，公貶南巴尉時作。」作者從大曆九年被貶，至今已有三年。新的一年又來，感慨自己尚被貶謫異鄉，無法與家人團聚，更覺淒涼。歲歲年年，年年歲歲，何日是歸期？

首聯「鄉心新歲切，天畔獨潸然」，「新歲」、「鄉心」二詞點出題目，依中國傳統習俗，新年是闔家團圓重要的節日，是一年之始，不管遠在何地，都要想辦法回家團聚，共享天倫之樂。但作者卻不能，相隔千里，思鄉的心情在此時更加深切。王維〈九月九日憶山東兄弟〉有「獨在異鄉爲異客，每逢佳節倍思親」之嘆，但王維只是在異鄉客居，非遭逢貶謫，故只是單純的思鄉、思親。而作者遠貶南巴縣尉，天涯謫宦，新歲思鄉之餘，不禁潸然淚下，何其感傷？

頷聯「老至居人下，春歸在客先」，此二句一寫不得志，一寫不得歸。感嘆年事已高，仍屈居人下，宦海浮沉。看那春天依季節遞嬗，尚有歸期，但春回而人卻不能回，何時才是我的歸期啊？心中落寞特別深沉。「老至」呼應第二句「獨潸然」，「春歸」呼應第一句「新歲」，字凝句煉，自然渾成。因老至而傷感，因春歸而傷情，更顯出心情的沉鬱。沈德潛《唐詩別裁》言：「巧句，別於盛唐正在此」。明代陸時雍《詩境總論》：「劉長卿體物情深，工於鑄意處，其勝處有迴出盛唐者，『黃葉減餘年』的是庾信王褒語氣。『老至居人下，春歸在客先』，『春歸』句，何減薛道衡〈人日思歸〉語？」薛道衡（五四〇～六〇九）南北朝人，其〈人日思歸〉：「入春才七日，離家已二年；人歸落雁後，思發在花前。」爲一首思鄉之詩，劉長卿此詩表達思鄉亦不遜薛道衡詩。

頸聯「嶺猿同旦暮，江柳共風煙。」寫景兼寫情，作者謫居潘州（廣東茂名）南巴尉的景色，日日夜夜唯有嶺上啼猿、江邊柳煙相隨相伴。「同旦暮」、「共風煙」，「同」、「共」本有熱鬧之意，但越熱鬧，越是反襯內心的孤寂，所以此二字讀來更覺悲切不堪。南方多猿猴，其叫聲甚爲淒切悲涼，杜甫〈秋興〉八首之二：「聽猿實下三聲淚」，可見其悲淒。作者尚有「夢寐猿啼吟」、「萬里猿啼斷」、「猿啼萬里客」等詩句，借猿啼表達心中的怨苦；而「楊柳依依拂人衣」，因此柳有依依不捨之意，江邊柳在風煙雲起朦朧之際，更加深思鄉之切。何況新的一年來臨，益催悲情。此二句由情入景，由景入情，情景交融，讀來令人潸然。

尾聯「已似長沙傅，從今又幾年？」前句以漢代才子賈誼自比，雖有濟世匡國之志，然被權貴詆毀誣陷，貶爲長沙王太傅，而詩人也有相同遭遇，故用「已似」二字，表明「同是天涯淪落人」之情。作者另有〈長沙過賈誼宅〉一詩，乃因遇赦北歸，途經湖南長沙賈誼宅，觸景生情，有感所作。二人同樣都是擁有才華卻不被重用，受讒被誣，流放異鄉，心中悲苦，因爲有同樣的遭遇與感傷，故常引賈誼事以自況。末句「從今又幾年」，顯出作者擔心一再遭貶，「地遠明君棄」不知何日是歸期之憂慮。新年的到來，思鄉心更切，種種人事糾結，觸發作者內心的不平之嘆。

本詩用下平聲一先韻。作者因新年有感而作，先寫思鄉之情，再悲嘆自己的遭遇，謫居異鄉，就像當年懷才不遇的賈誼。頷聯、頸聯對偶工整，委婉幽怨，謫臣孤詣，但又不傷不怒，確爲佳句。沈德潛《唐詩別裁》在「春歸」句下評「巧句」，可見作者「體物情深，工於鑄意」之功力，並且善用白描手法，情感眞摯，用詞樸實，文字細膩，在悲嘆中抒發自己的無奈，全詩結構謹嚴，前後呼應，是一名篇之作。

（賞析者：王碧蘭）

送僧歸日本——錢 起

上國隨緣住，來途若夢行。浮天滄海遠，去世法舟輕。
水月通禪寂，魚龍聽梵聲。唯憐一燈影，萬里眼中明。

這是一首送行詩，作者爲送遣唐留學的日本和尚返國而作。唐朝當時國勢強盛，日本派遣許多僧人東渡來華，學習經濟、文化、技藝、典章制度或求取佛法，譬如榮西和尚至唐學習禪宗，回國後，成爲日本「禪宗開山祖師」，同時也帶回茶種，飲茶之風由寺院傳開，成爲日本「茶道之祖」。空海和尚，學問淵博，是日本「密宗祖師」，並且擅長書法，有「五筆和尚」之譽，也曾用中文寫下一部文學批評著作，名爲《文鏡祕府論》。可見，日僧與唐朝文化關係至爲密切，可惜本詩所送之日本僧人，已不知何人？

首聯「上國隨緣住，來途若夢行」，先以逆筆寫和尚隨佛緣來唐，而不言送行。上國乃指唐朝。因日本在東海外，僧人至長安，當時唯一的途徑只有乘船，但海上氣象不定，有時波平浪靜，有時狂風巨浪，風搖舟盪，顛簸沉浮，恍恍惚惚，霧霧茫茫，生死一瞬，有如夢境一般，總需歷盡千辛萬苦，始得以渡海至唐。作者以「若夢行」三字輕輕帶過，其航行的艱辛與危險，盡在不言中。

頷聯「浮天滄海遠，去世法舟輕」，寫日僧返國呼應題目。首聯寫「來」，此聯則寫「去」，緊扣題目，層次井然。「去世」指離開唐朝，古人謂東海有仙境，把中國喻爲「塵世」，離開中國則日

「去世」。「法舟」，乃泛指僧人所乘之船，也希望船隻受佛法庇佑，一路平安。「遠」表示回程路途遙遠，「輕」則有輕巧、輕快之意，表示一帆風順返回日本。李白〈早發白帝城〉：「輕舟已過萬重山」，順風行舟，流暢輕快，所以亦有快速之意，表達作者內心的期盼與祝福。

頸聯「水月通禪寂，魚龍聽梵聲」寫海景，作者想像回日僧人在海上所見之景，只要內心能清寂凝定，水色、月光也能通達禪理的靜寂，海中魚龍也會躍出，聆聽你誦經的梵聲。在禪寂寧靜下，伴隨身邊海景，一切隨緣而生，隨緣而止，平安到達彼岸。

尾聯「唯憐一燈影，萬里眼中明。」雖指舟燈，然亦指心中的佛燈，「憐」即愛也，作者期許離去的日僧要珍愛心田的一盞智慧佛燈，在人生的萬里航行中，清亮的眼睛閃耀燦爛的光明與智慧。勉勵他學成歸國，能以佛法照耀世人，助人明心見性，以智慧化解人間心靈的許多疑惑與苦難。

這首詩押下平聲八庚韻，章法井然，由日僧來唐、離唐，繼而寫海景及對日僧之期盼，殷殷之情，躍然紙上。清人章燮《唐詩三百首》注疏評云：「前半不寫送歸，偏寫其來處，後半不明寫出送歸，偏寫海上夜景，送歸之意，自然寓內，如此則詩境寬而不散，詩情蘊而不晦矣。」因爲所送對象爲僧人，故詩中運用大量的佛家用語，如「隨緣」、「去世」、「法舟」、「通禪」、「梵聲」、「一燈」等詞，深具禪理機趣，亦可見唐代文人也深受佛禪影響。

（賞析者：王碧蘭）

谷口書齋寄楊補闕

錢起

泉壑帶茅茨，雲霞生薜帷。竹憐新雨後，山愛夕陽時。
閒鷺棲常早，秋花落更遲。家童掃蘿徑，昨與故人期。

此爲一首邀約詩，作者邀請楊補闕至其寒舍一遊。谷口在今陝西涇陽西北，醴泉東北，風景優美，詩人曾說「谷口好泉石」（〈題玉山村叟屋壁〉），錢起曾於此任輞川縣尉，並有一屋舍於此。楊補闕，不知何人，補闕爲一諫官。

首聯「泉壑帶茅茨，雲霞生薜帷」，即以對仗起句，空間由下而上延伸開闊，眼前寫茅茨小屋爲泉水溝壑所縈繞。詩人所居之谷口書齋，地僻幽靜，環屋遍植薜荔以爲牆帷，又因山高溼氣重，所以常爲雲霞所籠罩。泉壑、雲霞，山環水繞，自然景色美不勝收，人在其中，胸壑也隨之舒坦如景。

頷聯「竹憐新雨後，山愛夕陽時」，此二句運用擬人手法，「新雨」、「夕陽」在

作者眼中是「竹」與「山」惹人憐愛之緣由。那剛下過雨後的新竹油嫩翠綠，甚是可愛；夕陽西下時，晚霞絢麗，餘暉映照，山色如畫。由眼前的竹林，縱目遠望高處的山巖與夕陽，遠近高下，相與交輝，顏色富麗，景色幽美。一日將盡，不久將要與老友相聚，心中喜悅之情，油然而生。

頸聯「閒鷺棲常早，秋花落更遲」，以白鷺與秋花襯托此地的悠閒。白鷺很早就回巢棲息，不需爲覓食辛苦勞累，而這裡天靈地秀，連秋花都比別處凋落得更遲，環境的美好與清幽，眞是適合居住的寶地。作者心中寧靜，自能「萬物靜觀皆自得」，享受自然的樂趣。

尾聯「家童掃蘿徑，昨與故人期。」花徑因貴客即將駕臨而清掃，蓬門也將爲貴客而開啓。家童正忙著打掃長滿松蘿的小徑，詩人做好迎客的準備，因爲昨日與朋友（楊補闕）有約，心中期待貴客的到來。

此詩押上平聲四支韻，前六句，一句一景，極力描繪所居書齋之景致，末句點出此詩之目的。句型變化自然，善用轉化修辭，將景色如泉壑、雲霞、新雨、夕陽、閒鷺、秋花賦予人的思想與動作，意象豐富，構思精妙，手法獨特，用字精準，又以自然美景及誠摯的盛情相邀，可見作者以景會友，友善與人分享共樂之襟懷。

（賞析者：王碧蘭）

淮上喜會梁川故人——韋應物

江漢曾爲客，相逢每醉還。浮雲一別後，流水十年間。
歡笑情如舊，蕭疏鬢已斑。何因不歸去？淮上對秋山。

唐德宗建中四年（七八三），韋應物從尙書比部員外郎出爲滁州刺史。這首詩當作於滁州任上。梁川，在今陝西南鄭東，詩人早年曾客居此地；十年後遊淮上，又遇梁川老友，故作此詩。題爲「淮上喜會」，偏從江漢相逢寫起，以擴大文勢，並一氣呵成。明人胡應麟《詩藪．近體中》云：「若『風急天高』，則一篇之中句句皆律，一句之中字字皆律，而實一意貫串，一氣呵成。」本詩即通篇一語貫串，八句可作「浮雲一別後，流水十年間」一句讀，一氣呵成。

首句從江漢相逢提起：從前詩人和故友曾經一同旅居江漢，每次相見，總是喝醉了才回去。第三、四句爲淮上喜會：後來兩人如浮雲般分別後，光陰像流水般流逝，不覺已有十年了。現在見了你，談天說笑，感情仍和舊時一樣，但是我們都老了，零落的頭髮也已花白。第七、八句採反詰語氣，既是這樣，爲什麼不回到故鄉，卻偏要在這淮水之上徒然與秋山相對？作者既問梁川老友，也問自己，一語雙關。

此詩結構通篇一氣盤旋而有層次，首言過去，次言別離，接言現在，末言未來，追隨陶淵明「悟已往之不諫，知來者之可追」（〈歸去來辭〉）之意，表現出對人生的思索。

「浮雲」、「流水」都與別離、歲月相關。「浮雲一別後」，明顯脫胎自李白的〈送友人〉：「此地一爲別，孤蓬萬里征。浮雲遊子意，落日故人情」；而「流水十年間」更是呼應了孔子的感嘆：「逝者如斯夫，不舍晝夜。」比起李白的句子，本詩之「浮雲一別後，流水十年間」，因句中沒有動詞而更見精簡，更有張力。末聯以反問作轉，以景色作結。爲何不歸去，原因是「淮上有秋山」。其〈登樓〉詩云：「坐厭淮南守，秋山紅樹多。」秋光中的滿山紅樹，正是詩人留戀之處。

本詩爲五言律詩，中間兩聯對仗，押上平聲十五刪韻：還、間、斑、山。

（賞析者：黃美惠）

賦得暮雨送李曹——韋應物

楚江微雨裡，建業暮鐘時。漠漠帆來重，冥冥鳥去遲。
海門深不見，浦樹遠含滋。相送情無限，沾襟比散絲。

這是一首暮雨送別的詩。詩人在建業（今南京市）附近送別友人李曹，而「暮雨」正是全詩的主調。首聯點出「雨」、「暮」二字，尾聯結以「送」字，將詩題一一拆開，即見步驟。中間雖是寫景，實爲寫情。

首聯點出事件的時間、地點：楚江（長江的代稱）上落著細雨的地方，正是建業城裡鳴著晚鐘的時候。

頷聯承首句「雨」字而細寫雨中的情境：隱隱約約的見到風篷駛過來，似乎很是沉重。陰暗的天色，連鳥兒飛過也顯得遲緩。船篷因雨溼而沉重，「重」字乍看突兀，仔細想來，又恰合實境。而這艘船可能是要送李曹離去的，也好像載不動許多愁。歸巢的鳥羽也因溼重而「遲」緩。二句寫得生動眞實。

頸聯把視野轉向遠處，看李曹的船已遠去，那海門（長江入海口）地方，深遠得看不見，江浦邊的樹木，遠遠地含著滋潤的雨色，成了幾筆淡墨的江上煙雨圖。

末聯點明送行的主題：我今天爲你送別，心中有無限的情意，眼淚滴到衣襟上，好比飛散的雨絲啊！把情緒（眼淚）和情境（暮雨）融合爲一。

本詩爲五言律詩，第一、二、三聯皆對仗，押上平聲四支韻：時、遲、滋、絲。

（賞析者：黃美惠）

酬程延秋夜即事見贈

韓翃

長簟迎風早，空城澹月華。星河秋一雁，砧杵夜千家。
節候看應晚，心期臥亦賒。向來吟秀句，不覺已鳴鴉。

這是一首酬贈詩，回贈程延〈秋夜即事〉一詩。程延，韓翃友人，生平未詳。此詩前四句寫秋夜之景，後四句敘酬贈事，結構嚴謹，情意呼應。韓翃詩歌十之八九均屬酬贈，但不乏佳句可尋。

此詩首聯「長簟迎風早，空城澹月華。」一近一遠，近景寫細長竹枝早先已領教秋風蕭瑟的吹襲，「早」字意涵有如蘇軾〈惠崇春江曉景〉：「竹外桃花三兩枝，春江水暖鴨先知」意，「先知」即鴨早已感受到春天來臨，乃因江水轉暖之故。同樣時序到秋，秋風颯颯，細長竹枝迎風故能早知，襯托秋意已濃。夜晚，整座空城在朦朧月色下更顯清虛空寂，呼應題目「秋夜」二字。

頷聯「星河秋一雁，砧杵夜千家。」一

爲視覺摹寫，一爲聽覺摹寫。舉頭望見秋夜繁星點點的星空下，一隻孤雁向南飛去；耳邊傳來陣陣千家萬戶準備寒衣的擣衣聲，襯托秋夜的孤寂。「秋」、「夜」兩字，煉字工巧，呼應題目「秋夜即事」，明末查慎行《初白庵詩評》：「『秋』、『夜』二字極尋常，一經爐錘，便成詩眼。」此二句清遠纖秀，鋪敘愁懷。

頸聯「節候看應晚，心期臥亦賒」，「節候」呼應前四句，作者心中揣測此時節候已至晚秋了，因爲心中有所期盼，好友程延以〈秋夜即事〉一詩相贈，故秋夜吟詠而睡得晚，開啓尾聯。尾聯「向來吟秀句，不覺已鳴鴉」，提到作者剛剛反覆吟詠程延所寄來秀美的詩句，不知不覺已是天曉鴉鳴時候，襯托徹夜不眠乃因吟誦程延美好詩句之故，作者酬唱此詩，一則表明秋夜孤寂寥落心境，一則呼應題目酬贈程延。

此詩首句對起，是五言律詩，押下平聲六麻韻。前半寫秋夜景象，後半寫酬答事，以遠、近、視、聽交錯手法，鋪陳氛圍，點出題旨，整首詩結構嚴謹，對仗秀麗，頗有佳句。

（賞析者：王碧蘭）

闕題
劉昚虛

道由白雲盡，春與青溪長。時有落花至，遠隨流水香。
閒門向山路，深柳讀書堂。幽映每白日，清輝照衣裳。

唐代殷璠《河嶽英靈集》輯錄此詩時，已經不見其詩題，後人只好以〈闕題〉爲名。這是一首描寫春景的詩，有人說是作者訪隱者，途中所見的春景；有人說是作者描寫自己的讀書齋，在春天裡的風光。

首聯「道由白雲盡，春與青溪長。」描寫山路延伸至白雲中，春色隨著青溪流淌在山林間。「白雲盡」一詞讓山路似乎處在氤氳的白雲中，「青溪長」一詞則指春光就像青溪水流般悠長，如此的春景是幽靜深遠的。頷聯「時有落花至，遠隨流水香。」描寫這時候不時有落花飄落在溪水中，溪流中落花的幽香隨著流水遠去，這落花的香味隨著流水飄送到很遠很遠的地方。這樣的暮春風光，不僅有白雲深處，有長長的溪流，還有落花的芬芳和流水的悠長，山間充滿了春的幽靜和芬芳。

頸聯才帶到山間的「讀書堂」。「閒門向山路，深柳讀書堂。」這閒靜的木門朝向蜿蜒的山路，在柳蔭深處有著一間讀書堂。尾聯「幽映每白日，清輝照衣裳。」描寫陽光穿過柳蔭的幽境，那清亮的光輝因此灑在我的衣裳上。詩人用「清輝」來形容春天的陽光，可見這陽光照在深柳處是明媚、清亮的。因爲是春天的陽光，所以沒有一絲夏天的炎熱，給人空靈幽靜的感受。也難怪蘅塘退

士說：「此（詩）以深柳句爲主，言由白雲盡處而來，見溪水長流，落花浮至，而門向山開，堂極深窈，雖白日唯清輝幽映耳。」認爲這首詩由柳蔭深處的讀書堂展開，描寫了春天山中的白雲深處，有流水，有落花，有陽光。這陽光是溫暖的，因爲在春天的山中，山中的水是清涼的，灑在我衣裳上的陽光也是清爽的。而讀書堂的門向著山路，迎著山風，所以這白日是清涼幽靜的，說的極是！

全詩描寫春景，有山路、白雲、春光、溪流、落花、流水、深柳、清輝，讓人嚮往，最後終結在這讀書堂，一片春光春色，清新自然，充滿春的悠閒、寧靜和空靈。這首詩通篇寫景，而佳句迭出，看似輕鬆的把眼前所見景致如實道來，但思想悠遠，文詞清雅，描寫山中讀書堂的幽靜，讓人彷彿神遊其境。

（賞析者：林素美）

江鄉故人偶集客舍——戴叔倫

天秋月又滿，城闕夜千重。還作江南會，翻疑夢裡逢。

風枝驚暗鵲，露草覆寒蛩。羈旅長堪醉，相留畏曉鐘。

這是詩人描寫羈旅京城（長安），秋夜偶逢故知，驚喜中疑為夢寐的複雜情境。第六句寫出秋夜蕭疏景物如「啼泣的寒蟲、披滿霜露的秋草」，烘托出旅況的淒清。

首聯和頷聯寫相逢，並交代了相聚的時間（秋夜）、地點（長安）。首聯一個「滿」字，寫出了秋月之狀，卻全無月光，只有「千重深」，寫京城之夜。頷聯寫情境，偶然相逢，竟疑是夢中舊時在江南的聚會，「還作」和「翻疑」

四個字生動傳神地表現他的驚疑。尾聯「羈旅長堪醉，相留畏曉鐘」之「長」和「畏」極寫「偶」字，可謂出神入化。寧願長醉不願醒來，害怕聽到早晨的鐘聲，流露出詩人怕夜短天明的心情。

頸聯和尾聯傷別離。頸聯兩句緊緊圍繞「秋」字寫景，秋風吹得樹枝搖曳，驚動了宿巢的烏鵲；秋季霜露重重，覆蓋了深草中涕泣的寒蟲，到處都能感覺到秋的寒意和肅殺，在渲染氣氛的同時也烘托出詩人羈旅生活的淒清，以及身世和宦海浮沉之苦。

只是，秋夜月滿，卻全無月光，只有「夜千重」。京城相逢，卻全寫「暗鵲」、「寒蛩」，前後呼應著「羈旅」、「別離」，層層渲染，寫出「偶逢」故知的複雜情境。

戴叔倫的詩歌觀主張「詩貴朦朧」，見唐代司空圖〈與極浦書〉引戴論：「詩家之景，如藍田日暖，良玉生煙，可望而不可置於眉睫之前也。」他將詩比作藍田美玉，在山中被烈日照耀時，所散發出的朦朧光芒最可貴。

全詩爲五言律詩，押上平聲二冬韻：重、逢；蛩、鐘。

（賞析者：黃美惠）

李端公——盧綸

故關衰草遍，離別正堪悲。路出寒雲外，人歸暮雪時。

少孤爲客早，多難識君遲。掩淚空相向，風塵何處期？

這是一首送別詩，盧綸送別李端公時所作。《全唐詩》校云：「一作嚴維詩，題作送李端」。李端是大曆五年（七七〇）進士，也是大曆十才子之一。以〈聽箏〉：「鳴箏金粟柱，素手玉房前。欲得周郎顧，時時誤拂絃。」一詩聞名，詩才高詣，精通音律，雖一生不得志，但相識滿天下，後經權貴推薦才得以入仕。

首聯「故關衰草遍，離別正堪悲」，點出與李端分別是在一個嚴冬酷寒的季節，襯托第二句離別的氛圍。故關，有指故園者，亦有指郊外者，亦有指舊關隘者。根據詩意，因是作者送別李端之處，所以這個地方可能是郊外一個舊關口。若是指故鄉，則在語意上無法連接。此處是說在這分別的舊關口，視線所及，四周都是萎黃衰敗的枯草，大地一片蕭颯淒涼。此時，「離別」這兩個字，直教人悲傷難過啊！要和你分別，令人依依不捨，心中有說不出的離愁之苦。

頷聯「路出寒雲外，人歸暮雪時」，寫作者目送友人歸去是在一個寒雲暮雪的天候。在這寒冬送別，只見友人在漫長小路上漸行漸遠，最後只剩茫茫一片，消失在寒雲之外，醞釀送別依依不捨的氛圍，路長情更長。無奈送君千里，終須一別，在那暮雪紛飛中，你終將落寞離去。我雖黯然神傷，但心中卻祝福你一路平安。

頸聯「少孤爲客早，多難識君遲」，回想自己年少孤苦，無依無靠，早已體悟作客他鄉，孤伶無依的窘境。感嘆亂世，知音難尋，好不容易與你相知，心中歡喜，無奈卻又要分離，眞是相見恨晚啊！「識君遲」是感嘆二人相識的緣分太晚，若能早日相逢，意氣相投的我們，因彼此相知，人生便不孤寂了。

尾聯「掩淚空相向，風塵何處期」，如今你已離去，孤獨的我只能徒然望著你別去的方向掩面流淚。唉，我們身處亂世，到處飄零，居無定所，不知何時、何處才能與你再見面啊？「風塵」是指動亂的時代，作者身逢安史之亂，爲逃難而漂泊流離，茫茫天地間，相會是何期？在種種思緒衝擊下，內心感慨萬千。

本詩押上平聲四支韻，對仗工整，流露沉鬱孤寂之悲。「悲」意貫串全詩而下，悲人、悲世，無限淒苦。詩中借「衰草」、「寒雲」、「暮雪」襯托離別悲淒的背景，呈現孤冷哀婉的情調，融情於景。俞陛雲《詩境淺說》：「詩爲亂離送友，滿紙皆激楚之音。前四句言歲寒送別，念征途之遞迢，值暮雪之紛飛，不過以平時之筆寫之。後半篇沉鬱激昂，爲作者之特色。」天寶年間安祿山之亂，造成唐朝政治、社會、經濟、文化多方面重大的衰退。司馬光《資治通鑑》：「由是禍亂繼起，兵革不息，民墜塗炭，無所控訴，凡二百餘年。」指出百姓流離失所，國勢由盛轉衰，關鍵就是在安史之亂。詩人生逢亂世，故感受特深，此地一別，何時再見？內心更起悲涼。

（賞析者：王碧蘭）

喜見外弟又言別

—李　益

十年離亂後，長大一相逢。問姓驚初見，稱名憶舊容。
別來滄海事，語罷暮天鐘。明日巴陵道，秋山又幾重？

這是一首離別詩，但特殊的是彼此剛剛才相逢，隔天卻又要分別。外弟，即表弟。近人彭國棟《澹園詩話》：「元吳師道引時天彝云：李益與盧綸爲中表，此云外弟，蓋指盧綸。」此言有誤，按：李益生於天寶五載（七四六），而盧綸生於開元二十七年（七三九），從出生年來看，盧綸大李益七、八歲，所以盧綸不可能是李益的表弟。再者，李益事實上是盧綸的妹婿。所以此外弟應該是李益的表弟，但不知是何人。

首聯「十年離亂後，長大一相逢」，先從別後說起，十年離亂，指二人因亂世而分離已十年，唐朝歷經安史之亂，之後吐蕃、回紇連年侵擾，接著各地藩鎮亦不斷叛亂，百姓流離失所，所以算起來李益童年即遭戰亂，家鄉淪陷，長年流落外地，自己的親友也是流離四散。十年後，竟能巧遇自己的表弟，內心欣喜眞是無以名狀，故詩題作「喜」見外弟，可是相聚匆匆，甫喜相遇，又將傷分別，內心惆悵不已，流露出詩人對亂世的無奈。「長大一相逢」言彼此長大成年後，才第一次見面。「一」，有「意外欣喜」之味，道盡了亂世彼此見面的不易，倍覺珍惜。

頷聯「問姓驚初見，稱名憶舊容」，此言問姓稱名後，有「初見」之「驚」，進而「憶舊容」，內心情緒的波瀾變化，描寫十分生動。十年前與十年後的長相，一般成人尚有差異，何況青少年？身材、臉頰、氣質、五官等都起了變化，很難與幼年的長相聯想在一起，何況亂世，生死難測。所以離亂初逢，彼此不識，直到問姓道名，才恍然大悟，原來是你。腦海中一幕幕追憶，試著搜尋舊時記憶，表弟的兒時容顏才漸漸浮現。「驚」初見，道出亂世中百姓流離，朝不保夕的無奈，能再相見，恍如隔世，故「驚」字，展現作者內心的激動與欣喜。沈德潛《唐詩別裁》云：「與『乍見翻疑夢，相悲各問年』撫中述緒，同一情致。」按「乍見翻疑夢，相悲各問年」為司空曙〈雲陽館與韓紳宿別〉中詩句，有悲喜交加、滄海桑田之嘆。

頸聯二句「別來滄海事，語罷暮天鐘」，寫二人重逢後，有道不盡的事，說不完的話，暢談別後種種的際遇，詢問親友是否安好？「滄海」是比喻人事變遷無常之意，作者遭逢動亂歲月，流離失所，人事已非，往事種種，不禁令人欷歔。促膝長談，不覺時光飛逝，忽聞寺院傳來陣陣鐘聲，驚覺已是黃昏時刻了。

尾聯「明日巴陵道，秋山又幾重」，本詩以「喜」爲起，以「別」爲終，呼應題目，驚喜而見，卻又要匆匆離別，不捨無奈之情，躍然紙上。巴陵在今湖南岳陽市，過了此宿，兩人就要分別，表弟將遠去巴陵道，不知又要相隔多少重秋山？下次相逢會是何年何月？這種茫茫之感，有如杜甫《贈衛八處士》：「明日隔山嶽，世事兩茫茫」的愁緒。詩人善用「秋」，表達淒楚的煩憂，幾重秋山代表越離越遠，如重重疊疊的山嶽，分別之愁緒不言可喻。

此詩押上平聲二冬韻。詩中直述眞情，肺腑之言足以動人，刻寫逼眞，多有佳句。詩題「喜見」、「又言別」，情緒從驚喜到無奈，自然流露，情感眞摯，尤其身處亂世，聚散匆匆，也間接透露戰爭對百姓的傷害。再者，作者語言凝練，善於煉字，如「一相逢」、「驚初見」、「憶舊容」、「又幾重」。用詞樸實，但情感深邃，餘韻綿長。明代陸時雍《詩鏡總論》：「盛唐人工於綴景，爲杜子美（杜甫）長於言情。人情向外，見物易而自見難也。……李益『問姓驚初見，稱名憶舊容』撫衷述懷，罄快極美。因之思三百篇，情緒如絲，繹之不盡，漢人曾道隻字不得。」盛推李益此詩綴景言情，可繼杜甫而上溯《詩經》風人之旨。

（賞析者：王碧蘭）

雲陽館與韓紳宿別——司空曙

故人江海別，幾度隔山川。乍見翻疑夢，相悲各問年。
孤燈寒照雨，深竹暗浮煙。更有明朝恨，離杯惜共傳。

這是一首與老朋友乍見又將分別的詩。雲陽，在今陝西涇陽縣西北。韓紳，《全唐詩》校云：「一作韓升卿。」高步瀛《唐宋詩舉要》以為「《元和姓纂》，《新唐書．世系表》及《韓昌黎年譜》，退之（韓愈）之叔父曰紳卿，未知是否？」蕭滌非等《唐詩鑑賞辭典》書中言韓愈的四叔是韓紳，與司空曙同時，曾在涇陽縣任縣令，所以有可能就是此韓紳。

首聯從二人前次別後敘起。「故人江海別，幾度隔山川」，詩中「江海」、「山川」都是在交通不便時代，彼此阻隔之因。如李白〈送友人〉：「此地一為別，孤蓬萬里征」，山涯水邊一別，彼此便各奔東西，山水的相隔，你我不相見，匆匆又過了好幾年，雖然分別，但內心卻仍思念著對方。

頷聯「乍見翻疑夢，相悲各問年」，久別重逢，忽然見面，欣喜之情恍若夢中。此與李益〈喜見外弟又言別〉：「問姓驚初見，稱名憶舊容」的驚喜心情相似。在悲喜交集中，彼此詢問年歲幾何，離別之久，令人心悲。元代方回《瀛奎律髓》評此聯為「久別忽逢之絕唱」，《唐宋詩舉要》引吳北江曰：「三、四千古名句，能傳久別初見之神。」眞情眞性，感人肺腑。

頸聯「孤燈寒照雨，深竹暗浮煙」，寫夜中共宿，促膝長談之景，室內一盞熒熒孤燈照著窗外

淒寒夜雨，幽深的竹林，在陰暗中飄浮著朦朧雲煙。作者不言所敘內容，而以景寓情，烘托彼此乍見又將分別之離情。孤燈、寒雨、深竹、浮煙景象淒涼，爲明朝離別渲染氛圍。

尾聯「更有明朝恨，離杯惜共傳」詩中「更」字點出再次離別之難捨，「恨」字點出明朝分別各奔東西的無奈，明天一早，就是離別時刻，惜別之情漸漸擴散，就讓我們互舉著酒杯，痛飲這杯餞別的酒，彼此珍重再見了。

本詩押下平聲一先韻，情意綿長，聲情合一，形容眞切。首寫別後，次寫相會，繼而寫夜敘，終寫惜別，層次分明，眞情實語，景眞意眞，表現對友誼的珍惜。

（賞析者：王碧蘭）

喜外弟盧綸見宿

司空曙

靜夜四無鄰，荒居舊業貧。雨中黃葉樹，燈下白頭人。
以我獨沉久，愧君相見頻。平生自有分，況是蔡家親。

此首爲作者表弟盧綸來訪有感而作。作者年長盧綸近二十歲，兩人爲表兄弟，彼此興趣相同，且同爲大曆十才子。司空曙曾遭貶至江西，表弟盧綸不嫌貧賤前來探訪慰問，心中因此有感而作。

首聯「靜夜四無鄰，荒居舊業貧」，寫作者被謫後淒涼的境遇。獨居寧靜偏僻的荒郊野外，四周沒有鄰居，俗話說：「遠親不如近鄰。」鄰居可以互助，可以爲伴，但作者所住的地點非常偏僻，哪有鄰居可言，所以更顯其孤苦無依，生活窘困。此兩句寫出作者當前之現況。

頷聯「雨中黃葉樹，燈下白頭人」，二句寫景抒情，刻畫作者的窮愁潦倒，悲淒情緒。樹上黃葉在秋雨中凋零，人的生命何嘗不是如此？花開花落，葉綠葉黃，是生物不可避免的宿命。宋玉〈九辯〉：「悲哉秋之爲氣也，蕭瑟兮草木搖落而變衰」，何況秋風秋雨黃葉飄零？孤燈下，一位白髮皤皤的老人，二句景物交錯，烘托生命將盡的悲涼氛圍。范晞文《對床夜語》：「詩人發興遣語，往往不約而合。如『雨中山果落，燈下草蟲鳴』，王維也。『樹初黃葉日，人欲白頭時』，樂天（白居易）也。司空曙有云：『雨中黃葉樹，燈下白頭人』，句法王而意參白，然詩家不以爲襲也。」雖然司空曙參考了王維、白居易詩句，但在意境上感人更深，非只白描，而有更進一層的比興技巧，這種技巧，也正是黃庭堅「奪胎換骨」之所本。

頸聯「以我獨沉久，愧君相見頻」，言因爲自己遭貶，孤獨沉淪時日已久，很慚愧還勞你這麼頻繁的來探望我，感謝之情，溢於言表，呼應題目「喜」字，但喜中似乎隱含有悲意，自責自己如此落魄，處境不佳，雖是客套語，但內心著實感到愧對親人，也深謝盧綸的重情重義，不嫌己之貧乏。

尾聯「平生自有分，況是蔡家親」，言與盧綸本有緣分，詩歌酬唱，各抒己志，各發己意，原是要好的知心詩友，何況我們倆還是表兄弟之親，關係更爲密切。「蔡家親」，指姑表親，晉代張華《博物誌》卷六，言蔡伯喈母，是袁渙的姑姑，所以蔡、袁二人爲姑表兄弟。在此表示二人有親戚關係，感情更密切。

本詩用上平聲十一眞韻。全詩用語樸實，情眞意摯，喜中帶悲，悲中亦帶喜。內心化不開的悲思，常在內心低迴，但表弟盧綸的探望關愛，雪中送炭，倍感溫馨。俞陛雲《詩境淺說》：「前半首寫獨處之悲，後言相逢之喜，反正相生，爲律詩之一格。」作者的悲歡人生，流露芬芳的人情，親情溫暖孤寂悲淒之心，猶如一盞燈火，雖熒熒小火，但亦足以撫慰人心。

（賞析者：王碧蘭）

賊平後送人北歸

司空曙

世亂同南去，時清獨北還。他鄉生白髮，舊國見青山。
曉月過殘壘，繁星宿故關。寒禽與衰草，處處伴愁顏。

這是一首酬贈送別詩，作於安史之亂平定後。安史之亂始於天寶十四載（七五五）至唐代宗廣德元年（七六三）止，歷時約八年，唐朝國力因此由盛轉衰，百姓流離，無家可歸。作者家在廣平，靠近京畿，也是受害之地，故在戰亂時移至南方避難。此詩乃亂後，作者因事獨留，友人北歸餞別時所作。又近人彭國棟《澹園詩話》云：「司空文明（司空曙）從韋皋於劍南，所謂世亂同南去，蓋在蜀作也。」推斷作者作此詩乃在避亂四川時。

首聯「世亂同南去，時清獨北還」，首聯對起，安史之亂，作者以「世亂」二字輕輕帶過，說明至南方避禍之因。亂平後，友人思鄉心切，迫不及待先行北歸。二人同來卻不得同歸，作者落寞之情，昭然可見。

頷聯「他鄉生白髮，舊國見青山」句，意為流落他鄉，頭上已是白髮頻生。白髮之生，除年歲、遺傳之因外，多因心懷愁憂，或操勞過度，壓力大所導致。此詩寫於安史亂平之後，作者憑添白髮，乃因戰亂，親人離散，愁家憂國，離家別鄉所致。「舊國」指故鄉，作者想像友人回到故鄉，應見青山依舊在，其他景物恐早已殘破不堪了。

頸聯「曉月過殘壘，繁星宿故關」句，想像友人披星戴月，早出晚歸，奔波回鄉沿途所見之景。「曉月」指早行時殘月仍高掛天際，行經戰後殘破的軍壘；「繁星」指晚宿，在滿天繁星點點，夜已深沉之際，投宿舊時關塞。而「殘壘」、「故關」，則點出各地殘破荒涼之景象，令人怵目驚心，也反映出人民厭戰的心聲及離人在亂平後，急於歸鄉省親之心切。

尾聯「寒禽與衰草，處處伴愁顏」，指出在曠野寒風中，但見禽鳥飛舞與枯萎的野草，戰後一片蕭條衰颯，伴隨你愁苦的容顏，不得開懷。雖指友人之愁顏，事實上亦暗指作者的愁顏。作者之心也似隨友人所見而見，隨友人之愁而愁，寫友人，實則寫自己，更能襯托其思鄉愁緒。

本詩押上平聲十五刪韻。全篇直敘，結語傷悲，亦有佳句，唯在句型結構上稍嫌單調，缺乏變化。然全詩思路翻轉，不寫送別之情，而是想像友人北歸的心情與旅途中所見景物，一連六句鋪敘，間接襯托不得歸鄉之苦，構思上自有其妙處。

（賞析者：王碧蘭）

蜀先主廟——劉禹錫

天地英雄氣，千秋尚凜然。勢分三足鼎，業復五銖錢。
得相能開國，生兒不象賢。淒涼蜀故妓，來舞魏宮前！

這首五言律詩既是憑弔古人的詠史詩，也是抒情寫意的詠懷詩。蜀先主即劉備，先主廟在夔州（治所在今四川奉節東），此詩當作於劉禹錫任夔州刺史時。詩人因緣際會來到成都蜀先主廟，回顧數百年前那段轟轟烈烈的三國歷史，有感於劉備的英雄氣概，不禁為之肅然起敬，故作此詩以詠懷。

首聯「天地英雄氣，千秋尚凜然。」是寫詩人對蜀先主無限崇敬之情。因劉備懷有遠大的抱負，始終為恢復漢室奮鬥不懈，又在賢相諸葛亮的輔佐下，終於在三分天下的局勢中占有一席之地。詩人此處化用當年曹操稱讚劉備：「今天下英雄，唯使君與操耳。」（《三國志．蜀書．先主傳》）之典，以「英雄」稱之，並以「天地」、「千秋」二詞來稱讚他歷千秋尚與天地共存的英雄氣魄，不僅氣勢雄健，也令人心生無限景仰之情。

頷聯，詩人以「勢分三足鼎，業復五銖錢。」實寫劉備一生的功業與理想。「勢分三足鼎」是寫劉備在漢末亂世之中，與曹操、孫權三分天下的豐功偉業。「業復五銖錢」則是借東漢光武帝重鑄並恢復被王莽所廢五銖錢為說，指劉備與曹魏、孫吳鼎足而立後仍有一統中原、復興漢室的雄心壯志。在此詩人以「三足鼎」、「五銖錢」為喻，寫劉備一生的功業與理想，可謂用典精當，對仗工整。

頸聯，繼之以「得相能開國，生兒不象賢。」寫劉備後繼無人以致偉業功敗垂成的遺憾。前句謂劉備曾獲諸葛亮這位賢相輔佐乃成大業，是稱其能得人；後句則云繼位的後主劉禪不像先主之賢能，以致偉業中道而衰，是惜其死後後繼乏人，一前一後、一興一亡，對比強烈，言下充滿惋惜之意。

最後尾聯，詩人以「淒涼蜀故妓，來舞魏宮前！」感嘆後主劉禪不爭氣，致亡國受辱成爲曹魏的階下囚。因據《蜀志・後主傳》記載，劉禪亡國後被拘於魏宮中，魏太尉司馬昭設宴款待，並使蜀人表演故國歌舞於前，蜀官皆感傷落淚，他卻言笑自若地觀賞。他的麻木不仁，對照先主千秋尚凜然的英雄氣魄，不禁讓人感到無限淒涼。

全詩短短四十個字，詩人透過蜀先主建立偉業，至後主無能失國的對比，完整訴說了一段動人心魄的史實，從中既表現出他對蜀先主無限崇敬之情，也道出古今「興亡在人事」的深刻教訓。詩人的感慨是因唐王朝過去也曾有過輝煌盛世，但如今卻因君主荒淫、宦官亂政、藩鎮割據等因素日漸衰微，國勢岌岌可危，然而執政者卻不思振作，甚至對詩人這樣有心國事的革新者一再打擊、迫害，這怎不使人感慨萬千！爲垂戒當世，他以蜀先主事發端，一面憑弔古人，一面抒發對國事的深沉感慨。全詩措詞精警凝練，思想內容也有深刻之處，而純熟的藝術技巧，更使整首詩氣勢恢宏，具有極強的感染力，讓人即使在千百年後讀之，仍覺心有戚戚焉。

（賞析者：王珍華）

沒蕃故人——張　籍

前年伐月支，城下沒全師。蕃漢斷消息，死生長別離。
無人收廢帳，歸馬識殘旗。欲祭疑君在，天涯哭此時。

張籍一生坎坷，成長於顚沛流離之中，自幼體弱多病，刻苦力學。學有所成後，懷著滿腔抱負，遊歷江南、塞北。他跨越太行山、黃河到達關中，一路上因戰爭而凋零的景象，讓他觸目驚心。這首詩隱約透露出對戰爭的痛恨，寫出因戰爭而身陷月支的一位朋友，生死未卜，下落不明，令他悲痛不已。正因爲是「前年」的事件，所以有「斷消息」的感受，有「疑君在」的幻想。詩人的揣想，眞實地再現

了故人「沒蕃」的實況。

四聯詩句，虛實交錯。第一聯「前年伐月支，城下沒全師」，敘及前年朋友領兵攻打月支國的事由，結果消息傳來卻是「城下沒全師」，在城下一戰，竟至全軍覆沒。由於這都不是詩人所親見親歷的場面，——是爲虛筆。

第二聯「蕃漢斷消息，死生長別離」。從此蕃地和漢族便斷絕了消息，聽聞友人已死，而我還活著，我們就永遠訣別了。——詩人和好友斷了消息、永久長別是實寫。

第三聯詩人遙想戰敗後沙場的慘狀：因「沒全師」而無人生還，故「無人收廢帳」，只有「歸馬識殘旗」——又是虛寫。馬尚能歸，人卻無消息。而「歸馬」謂戰爭止息，不再用兵，含有停戰之意。戰爭已結束，友人二、三年依然音訊杳茫，看來朝廷也不聞不問，只管息戰偷安。

第四聯，詩人「欲祭」、「哭此時」——是實筆。「欲祭疑君在」的「疑」字寫出詩人內心的矛盾與不捨；既「死未見屍」，又不聞朝廷報喪，所以一廂情願不信好友已歿，寧可心存僥倖。「其信然邪？其夢邪？其傳之非其眞邪？」其悲痛應不下於韓愈之〈祭十二郎文〉。

全詩爲五言律詩，押上平聲四支韻：支、師、離、旗、時。

（賞析者：黃美惠）

賦得古原草送別

——白居易

離離原上草，一歲一枯榮。野火燒不盡，春風吹又生。
遠芳侵古道，晴翠接荒城。又送王孫去，萋萋滿別情。

此詩一題〈草〉，是一首相當別致，又情味雋永的五言律詩，詩人藉詠草寫別情，並寓有深刻的人生哲理，十分膾炙人口。

首聯「離離原上草，一歲一枯榮。」一開始即扣緊詩題「草」，並簡要點出它蓬勃又頑強的生命力。原上草不僅長得十分旺盛，且生生不息。詩人在語序上以榮續枯，強調其榮，使春草永無止盡的生命力更得以彰顯。

頷聯「野火燒不盡，春風吹又生。」是首聯的深化。詩人以「燒不盡」承上聯之「枯」，「吹又生」承上聯之「榮」，繼續深化原上草堅韌頑強的生命力，除了與上聯緊密契合外，對仗亦工整，且用語自然樸實，形象貼切生動，還寓有萬物生生不息的深刻哲理，予人極大的啓示，故成爲千古傳誦的名句。

頸聯「遠芳侵古道，晴翠接荒城。」是寫原上草生長之情景。「侵」描寫青草叢生蔓延之勢，「接」寫綠草在陽光下連綿不絕之態；而「遠芳」形容其香，「晴翠」則摹寫其色；「古道」與「荒城」又刻畫出它生長遼闊的廣大氣勢；上下兩句不僅對仗工整，且因用字精當，從而將春草蔓生磅礴氣勢及色香俱佳的強者意象，突顯得更具體、更生動。

末聯「又送王孫去，萋萋滿別情。」由草轉接到人事，點出送別的主題。「王孫」指行者，「萋萋」既指草之茂盛，也指濃濃的離情別緒，兩者皆化用自《楚辭．招隱士》：「王孫遊兮不歸，春草生兮萋萋。」詩人以此來寫離愁，轉接自然，又與前六句緊密結合，且意味深長地寫出依依不捨的離情，因爲當大地春回，萬物欣欣向榮時，卻要與友人在芳草青青的古草原上分別，自然令人惆悵與難捨。

此詩詠物與抒情完美結合，不但語言自然流暢，表達巧妙，且意味深長，極富感染力。相傳白居易年輕時曾到長安拜謁顧況，以詩自薦，顧氏見其名，調侃道：「長安米貴，居大不易。」後讀此詩，至「野火燒不盡，春風吹又生」句，隨即改口：「我謂斯文遂絕，今復得子矣。前言戲之耳！」又云：「道得個語，居亦易矣！」因此大力舉薦，白居易從此聲名大噪。（張固《幽閒鼓吹》）此說據學者考證，未必爲眞；但白居易年少時即才華洋溢，享有詩名，此詩爲其早年之作，亦不無可能。

（賞析者：王珍華）

旅宿——杜牧

旅館無良伴，凝情自悄然。寒燈思舊事，斷雁警愁眠。
遠夢歸侵曉，家書到隔年。滄江好煙月，門繫釣魚船。

這是一首客旅懷鄉的詩。首聯描寫詩人羈旅在外，住在旅館中，一方面沒有朋友陪伴，二方面思念故鄉，因此心情更加憂悶了。這份鬱悶之情在沒有朋友可以訴說下，只能自己一個人凝思。頷聯則說在這淒冷的燈下，對著寒燈，他不禁回憶起故鄉的往事，而門外失群的孤雁悲鳴，更驚醒了他想家的愁思。頸聯說他夢見回到遙遠的家鄉，可是一醒來，已是破曉時分。家鄉遠在千里之外，難怪家書寄到他手中已經時隔一年了。末聯說他羨慕門外滄江上的人家，在這月色朦朧的晚上，煙波千里的水面上一艘艘歸來的漁船，都靜靜的繫在自家的門前。這滄江上的漁夫眞是好命，每天能回家和家人相伴，而他爲何孤獨地夜宿異鄉？

這詩作於詩人外放江西時，他離家太久了，客居旅館，既無知音，也無朋友，連收一封家書都要等上一年，所以在這淒清的夜晚，他想念故鄉與家人，才會寫下這首詩。這首羈旅懷鄉之作，詩中的悠悠鄉愁，令人讀來感同身受。全詩迷離恍惚，似夢非夢，一夜愁眠，「寒燈」及「斷雁聲」更添淒慘之情。夢裡雖然回到家中，哪知夢醒一切成空？在這樣愁思侵擾之下整夜憂思難盡。結尾卻以滄江夜晚的好景作收，表面上是寫景，實則與自身處境形成強烈的對比：別人是多麼有福氣，即使是平凡的漁家，都能將船繫在自家門前，回家享受親情的溫暖，而他卻孤單一個人。這樣的對比，更加深了他思鄉的愁緒。

這首詩第一句直接破題，點明詩人羈旅中思鄉的愁緒，所以第二句說「凝情自悄然」，表明他的鄉愁只有他自己一個人承受，沒有知音來解愁。頷聯「寒燈思舊事，斷雁警愁眠。」是借景抒情，寒燈下獨自思念故鄉，孤雁的叫聲，旅人的深愁難眠，細緻刻畫出一幅寒夜孤客的思鄉之景。而「思」字與「警」字更見詩人的煉字功夫。寒燈本是無情物，但燈下思鄉，這份愁緒連無情的燈都感染了，這燈也充滿了鄉愁；這時屋外傳來的斷雁聲，讓詩人的鄉愁更深更長。「警」字不是「驚醒」，而是「驚動」，驚動詩人想家的愁緒，所以當夜他就夢回故鄉了。「遠夢歸侵曉，家書到隔年。」頸聯的意思也曲折感人。夢中的他是回到家鄉了，可是醒來時天已破曉，故鄉是那麼的遙遠，難怪他連收一封家書都要等到一年後，這一層層的鄉愁，實在是深情無限。結尾藉漁夫每晚能回家享受天倫之樂，對比出他羈旅異鄉的孤單寂寞，讓人對他的鄉愁有更深一層的感受。

（賞析者：林素美）

秋日赴闕題潼關驛樓

許渾

紅葉晚蕭蕭，長亭酒一瓢。殘雲歸太華，疏雨過中條。
樹色隨山迥，河聲入海遙。帝鄉明日到，猶自夢漁樵。

這首詩是許渾離開故鄉潤州丹陽第一次到長安，途中經過潼關所作。潼關位於現在陝西省潼關縣，爲歷代的重要關隘，是陝西進入山西、河南的要道，歷來潼關是這三省的要衝之地，也是從洛陽進入長安的必經重鎮。這地方形勢險要，風景極其壯麗，因此歷代詩人路經此地，總會留下詩作來歌詠當地美景。許渾也不能免俗地寫下這首名垂千古的五言律詩。驛樓是沿途的官舍，是官人行旅中的棲宿之地。這首詩雖沒有「宿」字，但可知是秋夜詩人留宿驛樓的所見所感。

首聯「紅葉晚蕭蕭，長亭酒一瓢」，描寫詩人赴京途中，在潼關驛樓上所觀賞的景色。這季節正是秋天，所以紅葉蕭蕭。蕭蕭是風聲、是雨聲，也是詩人寂寞的心聲，因爲在長亭裡只有他自己一人獨酌。頷聯「殘雲歸太華，疏雨過中條」，描寫潼關的風景，一面是落霞的餘暉聚集在高聳的太華山上，另一面則是疏落的秋雨灑落在中條山的山區。這兩句詩寫潼關的氣勢，也點出周圍的山景，以「疏雨」對「殘雲」，以「中條」對「太華」，以「過」對「歸」，對仗工整。

頸聯「樹色隨山迥，河聲入海遙。」也是描寫潼關山勢的雄偉。樹色蒼蒼，隨著雄壯的山勢而遙遠；黃河的流水聲湯湯，奔向遠方的海洋，濤聲迴旋激蕩，讓人內心激動。這景色由近而遠，有聲有色，海濤聲是多麼的迴旋和激蕩。頷聯和頸聯四句所形容的潼關風景是無際無涯又無比雄渾，雖在深秋的夜晚，但這景色的雄渾壯麗，著實令人感動。尾聯「帝鄉明日到，猶自夢漁樵。」描寫自己到了明天，就要到達繁華的長安城，展開官宦生涯，可是此時他卻還想著是否能回去過山林漁樵的隱居生活。所以說末聯點赴京並非他的心願，足見此詩詩意之含蓄委婉。全詩對仗工整，用詞精鍊，意味深遠，值得細細咀嚼。

這是一首經過潼關夜宿驛樓而題的詩。作者抒發了矛盾的心情，面對前途茫茫就如這眼前景色，因此用「蕭蕭」、「長」亭、「殘」雲、「疏」雨來形容，同時也是他內在的心情寫照。這或許是晚唐詩人共同的心情，無奈國勢已無力回天，他想歸隱山林卻又深感「天下興亡，匹夫有責」。

（賞析者：林素美）

早秋

許渾

遙夜泛清瑟，西風生翠蘿。殘螢委玉露，早雁拂銀河。
高樹曉還密，遠山晴更多。淮南一葉下，自覺老煙波。

這是一首描寫早秋風景的詩。在《全唐詩》中此題共有三首，《唐詩三百首》僅錄此首。首聯「遙夜泛清瑟，西風生翠蘿。」描寫早秋的夜是那麼的漫長，西風從青翠蘿蔓上吹來，這漫漫長夜中充滿了淒清和蕭瑟的氛圍。詩人一開始就用長夜和西風來描寫早秋的風景。「遙夜」、「西風」兩句緊扣詩題，詩人由昨晚的長夜漫漫而開啓早秋的風景，進而描寫早秋的清晨風光。

頷聯「殘螢委玉露，早雁拂銀河。」則寫初秋的清晨，在沾滿白露的野草上還可以看到殘餘的螢火蟲棲息，還可以看到雁子從天空飛過的樣子。這兩句話，一句是描寫地面上野草的景色，一句是描寫高空中雁子的飛翔，可以說是從高低兩處來描寫早秋之景色。頸聯「高

樹曉還密，遠山晴更多。」再從遠、近兩處來描寫早秋景物。從近處看樹，所以高大的樹木在清晨中看來備覺濃密而高大；從遠處看山，所以遠山在晴空下，看來格外分明，彷彿連綿不絕似的。

尾聯「淮南一葉下，自覺老煙波。」則借用兩個典故來作結。《淮南子・說山訓》上說：「見一葉落，而知歲之將暮。」又《楚辭・九歌・湘夫人》說：「嫋嫋兮秋風，洞庭波兮木葉下。」所以看到一葉樹葉落下便知道歲暮將至。秋風一來，吹皺了洞庭湖，也吹落了洞庭湖上的落葉。這洞庭湖被秋風吹皺了，湖上的水波漂浮著被吹落的落葉。由這兩個典故可知詩人鬱鬱寡歡的心情，故借悲秋而自傷。「老煙波」一詞，則表露出他一心嚮往隱居江湖的志意。

這詩表面看來是寫景，但最後兩個典故才顯露出作者的心情，可以說是寓情於景中，情景交融無間。此詩前三聯皆在描寫早秋之景色，從夜裡的西風、翠蘿，到清晨的玉露、早雁，再由曉樹帶到晴空。末聯則以淮南落葉，並感嘆自己將終老於煙波作結。細細讀來，字裡行間，莫不充斥著初秋的清瑟之感。

（賞析者：林素美）

蟬——李商隱

本以高難飽，徒勞恨費聲。五更疏欲斷，一樹碧無情。
薄宦梗猶汎，故園蕪已平。煩君最相警，我亦舉家清。

唐宣宗大中二年（八四八）二月，鄭亞責授循州刺史；李商隱隨鄭亞赴循州。五月，李商隱自循州返桂州，得知令狐綯召拜考功郎中尋知制誥充翰林學士，作〈寄令狐學士〉詩，或致書求情無所得。此詩爲是年秋天，詩人在巴東時所作。

首聯：扣題。詩述蟬棲身高樹，餐風飲露，難以飽腹。詩人借詠蟬來自比「清高」的情操，滿腹才華，卻報國無門，言情寄慨。

頷聯：詩述蟬之哀鳴和樹的無情，實爲詩人身世之感。作者一生仕途坎坷，生活在牛僧儒（七七九～八四八）、李德裕（七八七～八五〇）爲首的黨爭之中，雖然屢次向童年好友令狐綯陳情求助，表明心跡，卻得不到同情和提拔。令狐綯就像茁壯碧樹，日日高升。

頸聯：「薄宦梗猶汎」薄宦如桃梗，喻宦海無情隨波飄流。詩述自己居無定所，不如回鄉隱居，尚保「尊嚴」。

尾聯：詩述「君」、「我」對舉，人、蟬雙寫。

此詩押下平聲八庚韻，韻腳：聲、情、平、清，爲首句不入韻之仄起格五言律詩。頸聯出句爲

「仄仄仄平仄」，第三字當平聲而用仄聲，故對句第三字用平聲「蕪」救轉，爲孤平（兩個仄聲字夾一個平聲字）拗救。尾聯出句爲「平平仄平仄」，第三字當平聲而用仄聲，故第四字當仄聲用平聲以相救，爲單拗（單句內自救），均合律。

此爲詠物詩。作者清廉自守，「懷才不遇」之語盡溢文中。清代王士禎《帶經堂詩話》：「詠物之作，須如禪家所謂不粘不脫，不即不離，乃爲上乘。」吳仰賢《小匏庵詩話》：「義山（李商隱）實有白描勝境，如〈詠蟬〉云：『五更疏欲斷，一樹碧無情。』……不著一字，盡得風流。」

（賞析者：徐月芳）

風　雨——李商隱

淒涼〈寶劍篇〉，羈泊欲窮年。黃葉仍風雨，青樓自管絃。
新知遭薄俗，舊好隔良緣。心斷新豐酒，銷愁斗幾千。

此詩應爲唐宣宗大中二年（八四八）八月，詩人自巴東歸程，順江東下時所作。作者借慷慨悲歌，抒發晚年羈泊異鄉的身世之感，一吐懷才不遇的抑鬱之氣。

首聯：用初唐郭震〈寶劍篇〉（或作〈古劍篇〉）典故：「良工鍛鍊凡幾年，鑄得寶劍名龍泉。……非直結交遊俠子，亦曾親近英雄人。何言中路遭棄捐，零落漂淪古獄邊。雖復塵埋無所用，猶能夜夜氣衝天。」以寶劍遭到捐棄被埋塵土中，比喻有才之士淪落不遇，但「猶能夜夜氣衝天」，在磊落不平之中猶有熱切的用世之心。郭震此詩深受武則天賞識，因此得以實現其報國之志。李商隱詩中以此寓志，點出他心中也蘊積著一股金劍沉埋的不平之氣。

頷聯：描繪苦樂懸殊、一寂寥一喧鬧的人生境遇。以「黃」、「青」，顏色相對比；自身如飄零的黃葉，本已枯萎又遭到風雨摧殘，而達官顯宦卻夜夜笙歌。

頸聯：以「新知」、「舊好」，今昔相對比。新朋友遭到攻擊誹謗，而與舊好令狐綯關係疏遠，訴說他身陷朋黨之爭中，孑然孤立的處境。

尾聯：用初唐馬周事典。《舊唐書．馬周傳》：「西遊長安，宿於新豐逆旅，主人唯供商販而不顧待周，遂命酒一斗八升，悠然獨酌，主人深異之。至京師，舍於中郎將常何家，爲何陳便宜二十餘事，皆合旨。太宗即日召與語，尋授監察御史。」作者不只以此作爲自己當前境遇的一種反襯，同時也表露出對匡世濟時的強烈渴求。自比有馬周當初的落魄，卻不指望能有如他的幸遇，只好借酒澆愁，「斗幾千」借以突顯愁之深，無法排遣的苦悶與心緒的茫然失落。

此詩押下平聲一先韻，韻腳：篇、年、絃、緣、千，爲首句入韻之平起格五言律詩。

此爲詠風雨詩，「風雨」語意雙關，作者以此象徵漂泊生涯的淒苦，滿紙悲酸，同時表露對開明政治的嚮往，渴求匡世濟時的意願。清代紀昀《玉谿生詩說》：「神力完足。『仍』字、『自』字，多少悲涼！」章燮《唐詩三百首》注疏：「此詩托風雨以起興也。」馮浩《玉谿生詩集箋注》：「引國初二公爲映證，義山（李商隱）援古引今皆不夾染也。……（五、六）『新知』謂婚於王氏……。『舊好』指令狐。『遭薄俗』者，世風澆薄，乃有朋黨之分，而怒及我矣。」

（賞析者：徐月芳）

落 花

李商隱

高閣客竟去，小園花亂飛。參差連曲陌，迢遞送斜暉。
腸斷未忍掃，眼穿仍欲歸。芳心向春盡，所得是沾衣。

此詩應於唐武宗會昌五年（八四五）暮春，詩人因從叔李褒之招，赴鄭州，於永樂閒居時所作。據「小園」句，作者居永樂，作〈小園獨酌〉詩。

首聯：寫客去傷情，落花亦因客去而亂飛，人物之間蘊含著情意。以「高」、「小」為映襯寫作手法，「客竟去」摹繪作者切齒的聲音，呈現聽覺意象。

頷聯：承第二句，由空間「參差連曲陌」與時間「眼穿仍欲歸」，上下句相映襯，描繪花亂飛的情景，時空交錯，形成視覺美感。

頸聯：承第一句，「客竟去」腸斷人期望花別再落，故「未忍掃」，望眼欲穿，期盼客歸來，以顯作者沉重之心情。「腸」、

「眼」，同物類名詞相對；「斷」、「穿」動詞相對；「未忍」、「仍欲」副詞加動詞相對；「掃」、「歸」動詞相對，詞性相對的對偶寫法。

尾聯：「芳心向春盡」緊承第五、六句，人、花結合，作者以詩喻己「懷才不遇」的感嘆。

此詩押上平聲五微韻，韻腳：飛、暉、歸、衣，爲首句不入韻之仄起格五言律詩。首聯及頸聯出句均爲「平仄仄仄仄」，對句第三字用平聲「花」、「仍」救轉，爲雙拗（雙句內救回，五言仄起出句始有雙拗）；尾聯出句爲「平平仄平仄」，第三字當平聲而用仄聲，故第四字當仄聲而用平聲以相救，爲單拗，皆合律。

此爲詠落花詩，充滿著感嘆，嘆客竟然無情離去，滿園春盡淒涼，嘆花亦是自嘆，感嘆青春已逝和身世飄零，徒然傷心。明代鍾惺《唐詩歸》：「（『高閣』句）落花如此起，無謂而有至情。（『腸斷』句）深情苦語。（『所得』句）『所得』二字甚苦。俗儒謂溫、李作〈落花〉詩，不知如何纖媚，詎意高雅乃爾！」清代朱庭珍《筱園詩話》：「李玉谿（李商隱）之『高閣客竟去，小園花亂飛。』……高格響調，起句之極有力、最得勢者，可爲後學法式。」姚培謙《李義山詩集箋注》：「三、四，花落之在客者。五句，花落之在地者。六句，花落之猶在樹者。……人生世間，心爲形役，流浪生死，何以異此。只落得有情人一點眼淚耳。」

（賞析者：徐月芳）

涼 思

—— 李商隱

客去波平檻，蟬休露滿枝。永懷當此節，倚立自移時。
北斗兼春遠，南陵寓使遲。天涯占夢數，疑誤有新知。

此詩應作於唐宣宗大中元年（八四七），詩人入鄭亞幕，十月初，奉命至江陵，順道至宣州，因爲詩中所述皆初冬景象。詩人緬懷長安不得歸，素抱難展，託身無地，情思抑鬱。這是一首秋思懷遠的詩；所懷何人，詩中並未明言。

首聯：寫初秋夜晚的圖景。「波平檻」、「露滿枝」爲視覺效果的呈現，亦有觸覺的涼氣感受；「蟬休」爲聽覺的摹寫。入夜後「客去」孤身獨坐時，作者心境由

鬧至靜，察覺自然界的變化，爲引起愁思作了鋪墊。

頷聯：時序雖由夏入秋，但思念悠長。筆觸由「涼」轉入「思」，讀者可以感染詩人愁思綿綿的悲涼情味。

頸聯：寫離開長安已有兩個年頭，滯留遠方未歸；而託去南陵（安徽繁昌）傳信的使者又無訊息，「北」、「南」相對，更覺漂泊天涯的伶仃感。

尾聯：屢屢藉夢境占卜吉凶，流露出作者盼望友人來信，卻大失所望之心情，最終竟懷疑他已有新交，唯恐爲人所棄。

此詩押上平聲四支韻，韻腳：枝、時、遲、知，爲首句不入韻之仄起格五言律詩。

此詩以〈涼思〉爲題，語意「雙關」，既指「思」由「涼」生，也意味著思緒悲涼，「涼」和「思」融爲一體。詩句細細吟來淒美低沉。語言風格疏朗清淡、意蘊溫婉，有別於作者一貫的精工典麗作風。清代何焯《義門讀書記》：「起聯寫水亭秋夜，讀之亦覺涼氣侵肌。」紀昀《玉谿生詩說》：「前四妙在倒說，若換起二句作三、四句，直評鈍語耳。五、六亦深穩。」章燮《唐詩三百首》注疏：「（三、四）對起格，以不對承之，詩法稱『偷春蜂腰格』，如梅花偷春色而先開也。」

（賞析者：徐月芳）

北青蘿——李商隱

殘陽西入崦，茅屋訪孤僧。落葉人何在？寒雲路幾層。
獨敲初夜磬，閒倚一枝藤。世界微塵裡，吾寧愛與憎？

此詩應作於唐文宗大和三年（八二九）冬暮。大和元年春，李商隱上玉陽東山學道，與玉陽西山靈都觀女冠宋華陽相戀，詩人難捨愛戀，詩末「愛與憎」似失戀後訪北青蘿道僧，釋悟「愛別離苦」，此詩應爲獨自下山後所作。

首聯：寫出造訪的時間：黃昏，地點：茅屋和人物：孤僧。

頷聯：寫尋訪孤僧路程的景致，「落葉」、「寒雲」點出秋的寒意，「人何在」、「路幾層」更顯孤獨。

頸聯：寫孤僧閒暇生活，獨敲夜磬、閒倚枝藤，「獨敲」、「一枝」點出「孤」字來。首聯「殘陽」、「孤僧」與頸聯之「初夜」、「獨敲」，前後呼應。

尾聯：在「世界微塵裡」作者仍固守「愛與憎」的執著。以「微塵」照應「僧」字，緊扣題意，訪僧忽悟禪理，以解脫自己、排遣抑鬱苦悶。

此詩押下平聲十蒸韻，韻腳：僧、層、藤、憎，爲首句不入韻之平起格五言律詩。

此詩爲訪僧悟道之作。作者一生掙扎於宦海，這是他失意之時的感慨。縱觀其詩作，他從未忘

記愛憎，應該是個充滿愛、恨、嗔、癡與執念的人，這樣的感悟，應該是親身深刻地愛過、痛過，眞正領悟世間的一切都是虛幻，訪僧悟禪，意致超然。清代何焯《義門讀書記》：「『獨敲初夜磬』寫「孤」字。『初夜』頂『殘陽』來，而『路幾層』亦透落句，不唯回顧『孤』字，兼使初夜深山迷離如睹。」

（賞析者：徐月芳）

送人東遊——溫庭筠

荒戍落黃葉，浩然離故關。高風漢陽渡，初日郢門山。
江上幾人在？天涯孤櫂還。何當重相見？樽酒慰離顏。

詩題「送人東遊」，所送之人不詳。本詩約作於唐宣宗大中十三年（八五九），詩人貶隋縣尉之後，懿宗咸通三年（八六二）離江陵東下之前。浩然，決然也。漢陽渡，今湖北漢陽縣治的渡口。郢門山即荊門山，與虎牙山相對，在今湖北江陵附近。

詩人以即景敘事手法說：荒涼的戍處落著黃葉，你卻決然離開故鄉。大風中你過了漢陽渡，太陽剛出已到郢門山。這時江上又有幾人在呢？但盼有一天遠處有你的孤帆歸來。總有一天我們會再相見，到時候就再舉此杯互相寬慰離別的愁懷。

這是一首送別詩，首聯情景兼備，戍處、故關是空間，落黃葉、浩然離是時間：送別情境俱現。次聯高風、初日，如見行色匆匆，夕發朝至。三聯出句，「江上幾人在」，是目前送別景象，正如李白〈送孟浩然之廣陵〉：「孤帆遠影碧空盡」；次句「天涯孤櫂還」，是寄望他日，剛送去，即盼歸，正如王維〈送別〉：「山中相送罷，日暮掩柴扉。春草明年綠，王孫歸不歸？」同見友誼深厚意趣。末聯回到送別餞行舉杯在手，寄望他日相見時再舉此杯互訴離情。

近人張晶云：頷聯「高風漢陽渡，初日郢門山。」展示江闊雄奇之境，係寫景名句。

（賞析者：熊智銳）

灞上秋居——馬戴

灞原風雨定，晚見雁行頻。落葉他鄉樹，寒燈獨夜人。
空園白露滴，孤壁野僧鄰。寄臥郊扉久，何門致此身？

這是一首士人詠懷的五言律詩，作於詩人滯留長安時。馬戴，有才氣，爲求取官職，來到長安，卻屢試不第。因無進身之階，又寄居灞上多時，寥落與苦悶的心境，加上秋居寂寞，故寫此詩以抒懷。

首聯「灞原風雨定，晚見雁行頻。」點出居處暮秋的蕭瑟景象。「灞原」又作「霸上」，是詩人來到京城後的寄居之處。秋天灞原上，引人愁思的風雨終於在傍晚停了，在暮色蒼茫中，他看見群雁頻頻飛去。這是詩人眼中所見之景。本來滯留長安，心情已十分鬱悶，秋氣又引人愁緒，但因風雨已停，心思也漸轉平復，此時卻見雁群南飛，又勾起心中無限的感慨，因爲歸雁帶來鄉愁，而「頻」飛之雁，既寫雁群之多，又形象化地描繪出雁群急飛欲尋找棲處之倉皇狀，這正是詩人汲汲求仕卻苦無著落的現況，從而也寫出了他對前途茫然的焦慮。

接著，頷聯「落葉他鄉樹，寒燈獨夜人。」是寫詩人流落異鄉的景況。前句借落葉抒發自己離鄉飄零之恨，後句則透過寒燈寫遊人之慨，上下兩句對仗工整，而「寒」、「獨」二字又烘托出寒夜不能成眠的淒寂處境，其心境之酸楚可想而知。

頸聯「空園白露滴，孤壁野僧鄰。」承上聯寫居處之淒寂後，更進一步寫出詩人內心的孤獨。夜闌人靜，連白露滴下的微響都聽得見，足見夜之寂靜；空寂院落的隔鄰雖有人，卻是個不問世事、不食人間煙火的僧人，此時此刻詩人所擁有的除了一院孤寂還是孤寂，形同與世隔絕了。

末聯「寄臥郊扉久，何門致此身？」是詩人直抒胸臆。「門」，一作「年」；詩人來到長安求仕，卻因久困場屋，懷才不遇的心境已極苦悶，加上旅居外鄉多時，在秋雨蕭瑟，群雁南歸的感染下，胸中的積憤不禁一瀉而出，而這種情況還要持續多久呢？何時才能有爲國效力的機會呢？這是他久處寂寞、鬱悶難解下，內心所發出的眞實吶喊，強烈表達出懷才不遇的苦悶和前途茫茫的悵恨。「扉」、「門」二字前後呼應，又含有希望出仕，不甘退隱的志意。

劉勰《文心雕龍》云：「情以物遷，辭以情發。」詩人身爲一介貧士，求仕不成，在秋天草木凋零、雁群南歸的感發下，聯想到自己長年懷才不遇的際遇，孤獨貧寒的處境，不禁發出前途茫茫、進身無望的感慨，語極悲涼，情極淒苦，在晚唐一片綺靡僻澀的詩風中，此詩充滿風骨凜然的風采神韻，而這也是馬戴五律超邁時人之處。

（賞析者：王珍華）

楚江懷古——馬　戴

露氣寒光集，微陽下楚丘。猿啼洞庭樹，人在木蘭舟。
廣澤生明月，蒼山夾亂流。雲中君不降，竟夕自悲秋。

馬戴所作〈楚江懷古〉共三首，是寫文士悲秋的組詩。《唐詩三百首》只收錄其中第一首。詩人早年屢試不第，直到宣宗大中初年，才在太原幕中掌書記，卻因直言得罪，被貶龍陽（今湖南漢壽）尉。他從北方來到江南，徘徊在洞庭湖畔和湘江之濱，觸景生悲，不免發思古之幽情，一面追慕楚國前賢屈原，一面自傷身世，於是寫下〈楚江懷古〉三首，表達自己的心境。

此詩首聯「露氣寒光集，微陽下楚丘。」點明薄暮時分。詩人遭到貶謫，心境悲涼，又逢暮秋時節，故首聯即以微陽漸弱、寒氣逼人，描繪出洞庭湖寂靜清冷的秋晚景色，也爲全詩定下了悲秋的基調。

頷聯「猿啼洞庭樹，人在木蘭舟。」是借景感懷身世。「木蘭舟」自古即有魯班刻木蘭舟傳說；再則木蘭樹，皮香花芳，自《楚辭》以來，即用以比喻忠貞之人和事；故詩人乘坐在「木蘭舟」中，喻有人品高潔之意。詩人來到洞庭湖畔，坐在木蘭舟裡，湖四周的林子裡不斷傳來猿啼聲，詩人不禁感慨萬千，面對這一片秋涼清冷的景象，他一面追慕忠而見謫的屈原，一面感慨自己的懷才不遇，上下兩句不僅對仗工整，亦見其爲人品格氣度，故爲晚唐詩句中的名句。沈德潛《唐詩別裁》

云：「二語連續，乃見標格。」

頸聯「廣澤生明月，蒼山夾亂流。」這是詩人對洞庭湖景的描繪，也是詩人內心深處的寫照。上句「廣澤生明月」，是以開闊的湖景，反襯出詩人貶謫遠方的孤單；下句「蒼山夾亂流」是以水流四處奔竄的迷茫景象，暗喻詩人心靈深處的愁緒和迷惘，上下兩句既是對湖景夜色的生動描摹，又有自傷身世的弦外之音。

尾聯「雲中君不降，竟夕自悲秋。」直抒感嘆。「雲中君」出自屈原〈九歌〉，乃祭祀雲神的歌舞辭，是人對雲神頌揚也是對雲神的期盼與思慕。詩人被貶，由北而南，徘徊在洞庭湖畔、湘江之濱，境遇與屈原被逐相似，故以「雲中君不降」寫出自己追慕屈原的情懷，同時也表達自己長年懷才不遇、心中理想一直無法實現的弦外之音，在此情況下只能整夜陷入悲秋情緒中，故詩人以「竟夕自悲秋」作結，既呼應懷古的主題，又曲折寫出自身孤淒、爲世所棄的境遇。

全詩風格清麗婉約，情致深婉不露，誠如俞陛雲《詩境淺說》所說：「唐人五律，多高華雄厚之作，此詩以清微婉約出之，如仙人乘蓮葉輕舟，凌波而下也。」故嚴羽《滄浪詩話》說：「馬戴在晚唐諸人之上」，實非過譽。

（賞析者：王珍華）

書邊事——張喬

調角斷清秋，征人倚戍樓。春風對青冢，白日落梁州。

大漠無兵阻，窮邊有客遊。蕃情似此水，長願向南流。

中唐以後，河西、隴右一帶長期爲吐蕃所占。宣宗大中年間，張議潮曾率衆收復瓜、伊、西等十州，其後吐蕃將領尙延心歸唐，西方邊塞一度出現安定的局面。此詩當作於西疆太平無事之時。

詩中描寫遊歷邊城之見聞。首聯：「調角斷清秋，征人倚戍樓。」是說軍中所吹號角聲在清爽的秋空中隱沒無聞，守邊士卒悠哉地倚著哨樓眺望遠方。「調角」，猶吹角。此聯對仗，勾勒出邊關寧靜、征人閒適的和平圖景。出句中「調角」與「清秋」，構成一幅有聲有色的邊地風情畫；一個「斷」字，將角聲之遠播、秋空之遼闊，展露無遺。對句中「征人」與「戍樓」，又組成一幕塞外難得一見的景象；一個「倚」字，傳達出邊鎭無戰事、兵士閒倚樓，好一派悠然情調！

頷聯：「春風對青冢，白日落梁州。」遙想陣陣春風吹過了漢代昭君墳，眼見偌大的太陽落向梁州（涼州）那頭。「青冢」，相傳邊塞皆白草，只有昭君冢獨青，故名。「梁州」，當作「涼州」。因爲唐代梁州在今陝西南鄭一帶，非爲邊地；而曲名〈涼州〉亦作〈梁州〉，爲同音之通假。涼州，位於甘肅境內，一度爲吐蕃所占。又昭君墓在今內蒙古呼和浩特南方，與「涼州」一東一西，遙遙相對。出句中「春風」爲虛筆，並非實指；猶時下邊陲安寧爲假象，而非眞相。「青冢」，象徵昭君出塞和蕃，換來的也僅是短暫的和平，非永久的太平安定。對句之「日落」，更暗示大唐國運已漸趨衰敗，如一味沉湎於太平逸樂，終將面臨日落西山的一刻。

頸聯：「大漠無兵阻，窮邊有客遊。」如今廣大的沙漠沒有蕃兵阻擾，邊疆塞外還有遊客來來往往。此處「大漠」、「窮邊」，極言邊塞地區的廣漠無垠；而「無兵阻」、「有客遊」，用「無」與「有」、「兵」與「客」，對比出這裡與想像中的邊關要塞迥異，十分平靜，無比悠閒。

末聯：「蕃情似此水，長願向南流。」但願蕃人歸順的情意就像這條河水一樣，永遠向著南方奔流。此聯運用生動的譬喻法，道出詩人由衷的盼望：吐蕃歸化中原如河水滔滔奔流般，直到永遠，邊境從此干戈不起，百姓長久安居樂業。

全詩意境高遠，氣韻靈動，寫景抒情，別具一格。誠如俞陛雲《詩境淺說》所評：「此詩高視闊步而出，一氣直書，而仍有頓挫，亦高格之一也。前半首言正秋寒絕塞、角聲橫斷之時，登戍樓而憑眺：近望則陰山之麓、明妃香塚、青草依然；遠望則白日西沉、雲天低盡處，約略是甘涼大野。五、六乃轉筆寫登樓之客，因大漠銷兵，行人無阻，乃能作出塞壯遊。末句願蕃人向化，如水向南流，與『不作邊城將，誰知恩遇深』，同一詩人忠愛之思。」邱師　燮友《新譯唐詩三百首》亦云：「這是一首詠邊城的詩。表面上是寫吐蕃臣服，大漠銷兵，然而實際上是諷唐室疏於邊防，流露出一片忠忱之意。」可見詩人歌詠邊疆無戰事的同時，更關心的卻是朝廷不能防患於未然，一旦干戈再起，生靈塗炭，後果不堪設想。

（賞析者：簡彥妗）

巴山道中除夜有懷——崔塗

迢遞三巴路，羈危萬里身。亂山殘雪夜，孤獨異鄉春。
漸與骨肉遠，轉於僮僕親。那堪正漂泊，明日歲華新。

本詩在《全唐詩》中分見於兩處：卷一百六十題作孟浩然〈歲除夜有懷〉、卷六百七十九題作崔塗〈巴山道中除夜書懷〉。詩人爲了避亂流落巴蜀，旅途中適逢除夕，懷鄉之情，油然而生，遂成此詩。在格律上，頸聯「漸與骨肉遠，轉於僮僕親。」出句「與」、「肉」二字均爲仄聲，對句「僮」字爲平聲以救之，是爲「雙拗」。又末聯「那堪正漂泊，明日歲華新。」出句「漂」字本應爲仄而用平，故同句「正」字本應爲平而用仄以救之，是爲「單拗」。無論雙拗或單拗，均合於詩律。

此詩可分爲二章，首章含前兩聯，揭示題目「巴山道中」，寫旅居異鄉之見聞、感觸。首聯：「迢遞三巴路，羈危萬里身。」採對仗法，是說跋涉在遙遠的三巴路上，只有我這隻身漂泊的萬里行客。「三巴」，漢末於今四川東部設巴郡、巴東、巴西，故云；後泛指四川。頷聯：「亂山殘雪夜，孤獨異鄉春。」四面亂山環繞下，殘雪映寒夜，我孤獨地在異鄉，迎接新春的到來。此聯具體勾勒出異鄉除夜的淒涼景象，「亂山」、「殘雪」二詞，既描寫異鄉景物，同時烘托詩人除夜未歸的紛亂心緒、慘澹情懷。「孤獨」，或作「孤燭」，後者形象更爲生動，原該闔家團圓的大年夜，卻流落異地，孤客對孤燭，孑然一身，孤苦無依之感，躍然紙上。

次章包括後兩聯，旨在點明詩題「除夜有懷」，抒發除夕思鄉的黯然情懷。頸聯：「漸與骨肉遠，轉於僮僕親。」離家日久，漸漸地與骨肉至親疏遠了，反而跟朝夕相處的書僮僕人較親近。此聯化用王維〈宿鄭州〉：「他鄉絕儔侶，孤客親僮僕。」明寫漂泊在外，與僮僕相依為命，沒有親人在身邊；以此呼應頷聯「孤獨異鄉春」，故只能孤獨地迎接異鄉的春節。末聯：「那堪正漂泊，明日歲華新。」哪能忍受除夕在漂泊中度過，到明天歲月更新就是新的一年。此聯將嘆羈旅、感孤獨、思故鄉、念骨肉等諸多複雜情緒，全都統攝在「那堪」二字中，這紛亂、黯然的懷鄉之情，哪是詩人所能承受的？末句：「明日歲華新」，言外之意：只能寄望於來年，但願早日結束羈旅生涯，盡快返家團聚。離愁鄉思，表露無遺，漂泊之感，更為強烈。

全詩語言樸實，刻畫細膩，真情流露，感人肺腑。故吳喬《圍爐詩話》云：「崔塗〈除夜有感〉，說盡苦情苦境矣。」又云：「塗律詩一氣斡旋，有如口談，得張水部（張籍）之深旨。」指出崔塗律詩自然流利，頗受前輩詩人張籍之啓發。

（賞析者：簡彥妗）

孤雁——崔塗

幾行歸去盡，片影獨何之？暮雨相呼失，寒塘獨下遲。
渚雲低暗渡，關月冷遙隨。未必逢矰繳，孤飛自可疑。

此詩乃崔塗客居湘鄂時所寫。這是一首詠物詩，採暗示手法，借孤雁自比，詠物抒懷，象徵詩人漂泊異鄉、孤苦伶仃的遭遇。

首聯即點出題旨「孤雁」：「幾行歸去盡，片影獨何之？」是說幾行鴻雁全都飛走了，想你這隻孤雁要獨自到哪兒去？「片影」，猶言隻影；一作「念爾」，語意更佳，隱含詩人對孤雁的同情與關懷。「獨何之」為倒裝句，應作「獨之何」。此處以「幾行」和「獨」對比，用雁群飛盡，襯托出孤雁落單、無依無靠的形象。而詩人流落湘鄂間，與那失群的孤雁何異？

頷聯為全篇警策語：「暮雨相呼失，寒塘獨下遲。」淒涼的暮雨中，你聲聲呼喚著失去的同伴；寒冷的水塘上，你遲遲不敢飛下來歇息。此聯傳神刻畫出孤雁失群後的倉皇與驚恐：既呼尋失蹤的夥伴，叫聲淒厲；又禁不住風雨欺凌，想停下來棲息，卻遲疑不決，幾度盤旋。詩人將自己飄零異鄉、孤苦無依的感觸，完全投射到孤雁身上；詩中看似詠雁，實則道出作者最真實的心聲，故能曲盡其妙，感人至深。

頸聯：「渚雲低暗渡，關月冷遙隨。」沙渚上雲靄低沉，你匆匆掠過昏暗的水面；只有關塞的冷月，遙遙地伴隨著你的孤寂與淒然。此聯藉由雲低月冷的景象，烘托出孤雁旅程的艱辛、心境的淒苦。其中「低」、「冷」二字用得極好，前者突顯出途中壓抑、陰鬱的氛圍，後者則渲染了漂泊無依的淒冷境況。又此二字皆緊扣著「孤」而來，唯其孤獨落單，雲低暗渡才顯得可怕；唯其孤身單飛，月冷遙隨才備感寂寞與淒涼。然而，這何嘗不是詩人所處環境、內在心情的最佳寫照？

末聯：「未必逢矰繳，孤飛自可疑。」意謂你未必會遭人暗箭傷害，但獨自飛行可要特別留意！「矰繳」，音增卓，獵飛鳥的工具。此兩句寫出詩人內心的願望與矛盾：表面上說孤雁此去，未必會遭人暗算，但畢竟是孤飛，總要加倍當心！從語氣上看，像在安慰孤雁，同時也安慰自己；其實透露出更深的隱憂。前文說他驚呼同伴、怕下寒塘，直到此處才點明驚魂未定之因，在於怕遭射殺。至最後一句，終於正面拈出「孤」字，爲通篇詩眼所在；暗示世路巇險，詩人流落異鄉，一如孤雁單飛，膽顫心驚，前途堪慮，傳達出擔驚受怕的羈旅之情。

本詩妙在託物言志，乍看句句寫孤雁，實則寫詩人自己，亦雁亦人。如黃振民《歷代詩評註》所云：「大有孤客自危之意。」徐培均《唐詩三百首鑑賞》亦云：「崔塗這首〈孤雁〉，字字珠璣，沒有一處是閒筆；而且餘音裊裊，令人回味無窮，可稱五言律詩中的上品。」此詩淒婉動人，餘味無窮，果爲上乘之作。

（賞析者：簡彥伶）

春宮怨——杜荀鶴

早被嬋娟誤，欲妝臨鏡慵。承恩不在貌，教妾若為容？
風暖鳥聲碎，日高花影重。年年越溪女，相憶採芙蓉。

《全唐詩》此詩題下注：「一作周樸詩。」歐陽修《六一詩話》、吳聿《觀林詩話》等亦以為出自周樸之手，然胡仔《苕溪漁隱叢話》斷為杜荀鶴所作，孰是孰非，仍待考證。〈春宮怨〉旨在代宮女抒發春怨，其中不乏弦外之音，隱含自傷無人賞識的喟嘆。

該詩可分為二章，前兩聯為首章，點出詩題「宮怨」二字：首聯「早被嬋娟誤，欲妝臨鏡慵。」是說早年被美貌所誤，進入宮中；如今想要妝扮，對著鏡子卻又意態慵懶。為什麼呢？頷聯以流水對為之：「承恩不在貌，教妾若為容？」因為承恩受寵不在於美麗的外貌，教我如何去修飾儀容？此與《詩經·衛風·伯兮》：「豈無膏沐，誰適為容？」有異曲同工之妙。「女為悅己者容」，思婦因夫君遠行，無心妝扮容顏；宮女亦因不受恩寵，懶於梳妝打扮。至此，我們不禁想問：蒙受君恩的關鍵是什麼？獻媚邀寵，爭風吃醋，勾心鬥角嗎？然而，德貌雙全的宮女不屑加入這樣的宮廷鬥爭，她寧可懷著滿腔哀怨，幽居冷宮，終此一生。

次章含後兩聯，揭示題中「春」字：頸聯「風暖鳥聲碎，日高花影重。」春風拂來，和煦溫暖，鳥聲繁碎，吱吱喳喳；正午時分，豔陽高照，花影掩映，重重疊疊。此聯對仗甚工整，活用觸覺、聽覺、視覺等摹寫技巧，描繪出一幅聲色光影兼具的春日風情畫，富麗精工，生氣勃勃。此乃宮女信步室外所見美景，以榮景烘托哀情，反襯出她的滿懷幽怨，了無生意。此外，該聯兼具承上啓下作用，歷來飲譽詩壇，如《苕溪漁隱叢話》所載：「諺云：『杜詩三百首，唯在一聯中。』『風暖鳥聲碎，日高花影重』是也。」此情此景，令宮女回想起家鄉的春天、昔時的生活，因而引出末聯：「年年越溪女，相憶採芙蓉。」眞懷念當年若耶溪畔浣紗的女伴，回憶從前一起採芙蓉的歡樂時光。「越溪」，指浙江紹興若耶溪，當年西施浣紗之所，借代爲宮女的故鄉。「越溪女」，西施浣紗時的女伴，借指宮女家鄉的姐妹淘。然而，此情可待成追憶，如今她困守宮闈之內，春光愈好，往事愈美，愈增添心中無限的哀怨愁思。

傳統詩歌向來善用「香草美人」之喻，借女子閨怨，以寄託個人身世之慨。方回《瀛奎律髓》評此詩云：「譬之事君而不遇者，初亦恃才，而卒爲才所誤，愈欲自衒，而愈不見知。蓋寵不在貌，則難乎其容矣，女爲悅己者容是也。風景如此，不思平生貧賤之交，可乎？」江盈科《雪濤小書》亦云：「『承恩不在貌，教妾若爲容』，二語寥寥，而君臣上下遇合處，情皆若此。杜以兩言括之，可謂簡而盡、怨而不怒者矣。」可見代宮女抒懷寄怨之餘，有意無意間，更流露出詩人自身懷才不遇的悵恨。

（賞析者：簡彥妗）

章臺夜思——韋莊

清瑟怨遙夜，繞絃風雨哀。孤燈聞楚角，殘月下章臺。
芳草已云暮，故人殊未來。鄉書不可寄，秋雁又南迴。

本詩作年不詳。章臺在今湖北監利，詩人早年曾有江湘之行，月夜聽琴，引起思鄉懷友之情而作。章臺，一說爲戰國時秦宮內之臺，故址在今陝西長安縣故城西南隅。一說爲《左傳・昭公七年》：「楚子成章華之臺口」注云：「臺在今華容城內。」按：華容，春秋許容城，故城在今湖北監利縣西北。詩人韋莊另有〈來陽縣浮山神廟〉詩，當係本詩同時作；來陽，今縣名，在湖南省衡陽東。依本詩「孤

燈聞楚角」及「秋雁又南迴」二語，今湖南、湖北，春秋時皆楚地；湖南衡陽，向稱北雁南飛的終點故似以後一說爲宜。

詩人借景抒情，起筆：琵聲幽怨，在長夜裡低迴；絃音繚繞，彷彿風雨哀鳴。在孤燈下，傳來楚地的號角；殘月已落到章臺後面了。歲月已晚，香草已將枯萎；以上寫景。好友至今還未來。家書已無法寄到，秋雁又飛回南方來了；以上抒情。

這是一首正格五言律詩，詩題章臺夜思，乃詩人身在南國，時爲秋夜，孤燈下聞琴瑟彈奏楚地號角之音，乃引發思鄉思友情懷。詩人善用淒清語辭，反映內心孤寂思緒。首聯「清瑟」、「遙夜」以一「怨」字牽連，「繞絃」、「風雨」以一「哀」字定音定形：時空情境一體俱現。次聯出句「孤燈聞楚角」，語法與首聯出句有雷同之嫌，乃以「殘月下章臺」一語高調救之，並造成異類正對的句法。三聯爲流水對，而以芳草已暮，故人未來抒發秋夜之嘆。結聯更以鄉書難寄、秋雁南迴強化時空情境下的哀傷。前謂詩人善用淒清語彙，試看：清瑟、遙夜、孤燈、殘月、故人、鄉書、秋雁等等，無一而非淒清。大抵前四句寫秋夜，後四句寫秋思。

近人俞陛雲《詩境淺說》云：「此詩之佳處，前半在神韻悠長，後半在筆勢老健。」

（賞析者：熊智銳）

尋陸鴻漸不遇——僧皎然

移家雖帶郭，野徑入桑麻。近種籬邊菊，秋來未著花。
扣門無犬吠，欲去問西家。報道山中去，歸時每日斜。

據《新唐書．隱逸傳》云：「陸羽，字鴻漸，……復州竟陵人。……天寶中，……廬火門山……。上元初，更隱苕溪，自稱『桑苧翁』，闔門著書，或獨行野中誦詩……，貞元末卒。羽嗜茶，著《經》三篇，言茶之原、之法、之具尤備，天下益知飲茶矣。」可見陸鴻漸即大名鼎鼎的「茶聖」陸羽，也是皎然的摯友。此詩題作「尋陸鴻漸不遇」，當是詩人來訪陸鴻漸新居，尋友不遇，有感而發之作。

該詩用下平聲六麻韻，韻腳爲「麻」、「花」、「家」、「斜」。通篇平仄完全合律，唯八句中無一對仗，但仍算是一首五言律詩。唐詩中，此種律詩時有所聞，如李白〈夜泊牛渚懷古〉等。故楊慎《升庵詩話》云：「五言律八句不對，太白、浩然集有之，乃是平仄穩貼古詩也。僧皎然有〈訪陸鴻漸不遇〉一首……，雖不及李白之雄麗，亦清致可喜。」

全詩可分爲二章，首章點出詩題「尋陸鴻漸」。包含：首聯：「移家雖帶郭，野徑入桑麻。」是說你（陸鴻漸）雖然把家搬到城郭附近，我（皎然）還是沿著鄉野小路、穿過桑麻叢前來探訪。此二句點明題中「尋」字，亦勾勒出友人新居的環境，頗有陶淵明〈飲酒〉二十首之五：「結廬在人境，而無車馬喧」的隱居氣息。詩人此時已抵達友人新家，頷聯：「近種籬邊菊，秋來未著花。」看你近來在籬笆旁新種的菊花，儘管秋天已經到了，依然尚未開花。此二句又讓人聯想起陶詩：「採菊東籬下，悠然見南山。」以秋菊之孤高、清雅，象徵隱士陸鴻漸的孤芳自賞、超然飄逸，且處處與陶淵明形象暗合。

次章揭露題目「不遇」之旨。頸聯：「扣門無犬吠，欲去問西家。」謂我敲了半天門，連一聲狗吠都沒聽見，因而想去向西方鄰家打探消息。末聯：「報道山中去，歸時每日斜。」鄰人竟回答說你到山中去，回來時常常太陽已經西斜了。此處「每日斜」之「每」字，鮮活描摹出西鄰說話的口吻，就是不能理解陸鴻漸爲何整天流連於山水之間，側面烘托友人超塵絕俗的隱逸情懷。此外，末二句之意境，與賈島〈尋隱者不遇〉云：「只在此山中，雲深不知處。」恰有異曲同工之妙。

全篇首章重在摹寫隱居之景，次章則言不遇之事，看似未著筆於友人身上，然終究爲詠人而發：無論籬菊未著花、門中無犬吠，或西鄰道行蹤，間接刻畫出陸鴻漸生性疏放不俗，隱者形象，栩栩如繪，躍然紙上。故俞陛雲《詩境淺說》云：「此詩曉暢，無待淺說，四十字振筆寫成，清空如話。……此詩之瀟灑出塵，有在章句外者，非務爲高調也。」所評十分肯綮！

（賞析者：簡彥妗）

七言律詩

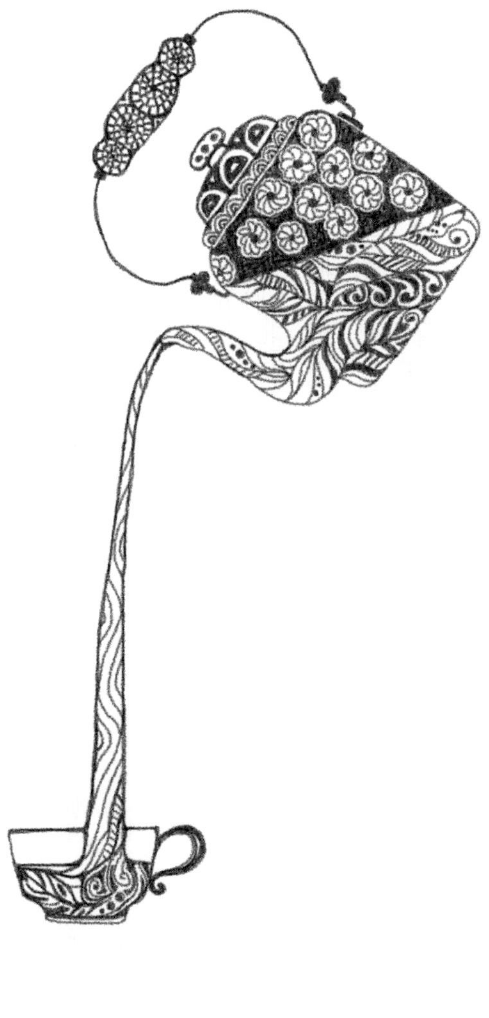

黃鶴樓

崔顥

昔人已乘黃鶴去，此地空餘黃鶴樓。黃鶴一去不復返，白雲千載空悠悠。
晴川歷歷漢陽樹，芳草萋萋鸚鵡洲。日暮鄉關何處是？煙波江上使人愁。

詩人曾遊歷武昌，登黃鶴樓，感慨賦詩，遂成此絕唱。相傳李白爲之擱筆，黯然離去。據辛文房《唐才子傳》載：「崔顥遊武昌，登黃鶴樓，感慨賦詩。及李白來，曰：『眼前有景道不得，崔顥題詩在上頭。』無作而去，爲哲匠斂手云。」

首聯：「昔人已乘黃鶴去，此地空餘黃鶴樓。」謂從前有仙人已乘黃鶴騰空而去，這裡只留下空蕩蕩的黃鶴樓。「黃鶴樓」，在今湖北武昌西南黃鵠磯上；該樓始建於三國時代，建築宏偉，登臨遠眺，氣勢非凡，歷代吟詠不輟。據樂史《太平寰宇記》載：「昔費禕登仙，每乘黃鶴於此樓憩駕，故號爲黃鶴樓。」由於古仙人嘗乘鶴過此，故傳爲美談。

頷聯：「黃鶴一去不復返，白雲千載空悠悠。」承前文黃鶴樓典故而來：傳聞中黃鶴一飛走，再也不曾回來；千年後，唯有白雲悠悠徒然守候著黃鶴樓。此處「悠悠」一詞具多義性，既指白雲悠悠，摹寫雲朵舒展自如之狀；兼指千載悠悠，用以對比傳說雖美，稍縱即逝，同時暗示滄海桑田的人事變化。

上述二聯就黃鶴樓的由來，加以發揮，爲虛筆。頸聯：「晴川歷歷漢陽樹，芳草萋萋鸚鵡洲。」改採實寫法，摹狀登樓所見景色：晴朗的江面，映照著漢陽一帶茂密的樹木，歷歷在目；鸚鵡洲上，花草長得繁茂、美麗，清晰可辨。此二句可作互文解，不但說樹木茂盛，歷歷可見；亦指芳草繁密，宛然在目。使人聯想起《楚辭．招隱士》：「王孫遊兮不歸，春草生兮萋萋。」進而引出末聯的鄉關之思。「鸚鵡洲」，在今湖北漢陽西南長江中；據說，東漢末禰衡曾作〈鸚鵡賦〉，後來遇害，葬身洲上，故稱。詩人登高眺望之際，眼前美景歷歷分明，名士禰衡視死如歸的形象，想必也在他腦中清晰浮現，隱約透露出懷才不遇的感慨，故而引發下文的思鄉愁懷。

末聯：「日暮鄉關何處是？煙波江上使人愁。」是為倒裝語法，應作：「日暮何處是鄉關？江上煙波使人愁。」時至黃昏，眺望遠方，哪裡才是我的家鄉？面對大江煙波浩渺，使人不覺發起愁來。又「日暮鄉關何處是？」為懸問法，不知家鄉在何處；加以放眼江上風煙瀰漫，更興起前途茫茫、不知該何去何從的千愁萬緒。開頭從登臨懷古切入，至此以落寞思鄉作收，通篇即景生情，虛實照應，一氣呵成，廣受好評。如嚴羽《滄浪詩話》云：「唐人七言律詩，當以崔顥〈黃鶴樓〉為第一。」陸時雍《唐詩鏡》亦云：「此詩氣格高迥，渾若天成。」

該詩雖為律詩，但前四句不合格律，至後四句，始合於詩律；頸聯雖對仗工整，然頷聯不對仗，亦違反律詩規定。且一首五十六字中，「黃鶴」凡三見，「人」、「去」、「空」字各二見，皆觸犯了律詩戒律。儘管如此，卻不影響其藝術價值，連李白都折服，無疑是一首曠世奇作。

（賞析者：簡彥妗）

行經華陰——崔顥

岧嶢太華俯咸京，天外三峰削不成。武帝祠前雲欲散，仙人掌上雨初晴。
河山北枕秦關險，驛樹西連漢畤平。借問路傍名利客，無如此處學長生？

天寶年間，崔顥曾兩度入京求仕。此次行經華陰（今陝西華陰），見到太華山高聳參天，沿路充滿神話仙跡，不禁感嘆仕途坎坷，何不拋棄名利，就此飄然遠去。

全詩合律，用下平聲八庚韻，韻腳爲「京」、「成」、「晴」、「平」、「生」。此外，詩中每聯出句的末字，以平、上、去、入四聲之字交錯而用，如「京」爲平聲，「散」爲去聲，「險」爲上聲，「客」爲入聲，此現象稱爲「四聲遞用法」。該詩在結構上完全打破律詩起、承、轉、合的格局，通篇可分爲二章：首章包含前三聯，六句全用以寫景；次章僅一末聯，採反詰語氣，間接傳達出淡泊名利的求仙思想。

首聯：「岧嶢太華俯咸京，天外三峰削不成。」是說華山巍峨矗立，俯視著帝都咸陽城；三座主峰高聳入雲天，絕非人力所能削成。「三峰」，指華山中的芙蓉、玉女、明星三峰。此聯表面純爲摹景，實則隱含言外之意：如從太華山上俯瞰人間，那麼，「咸京」所代表的至高至貴、帝王之都，在神仙眼中都變得何其卑下！又華山各峰，相傳都是巨靈之手劈削而成，非人力所能及；以此暗示人的渺小，神的偉大。

頷聯：「武帝祠前雲欲散，仙人掌上雨初晴。」在漢武帝所建的巨靈祠前，雲氣正要消散；而那陡峭的仙人掌峰上，雨後剛剛放晴。據王處一《西嶽華山誌》載：「巨靈左掌，上有半輪石月，在頂之東北峰上。……漢武帝觀仙掌於縣內，特立巨靈神祠焉。」相傳從華山向下俯瞰，東峰側石痕宛如神仙留下的掌印，五指畢備，人稱仙掌。此聯採對仗兼摹景，乍看是描寫名勝古蹟所在的天氣變化，其實意在渲染出一個虛無縹緲的神仙世界。同時隱含凡人無法主宰自然界風雨陰晴的變化，這一切都掌握在巨靈、仙人手中，進一步突顯人的無能為力，與神的無所不能。

頸聯：「河山北枕秦關險，驛樹西連漢畤平。」在北邊，渭水、華山倚靠著函谷關，形勢險要；在西邊，一路上驛站、樹木與秦漢祭祀天地的五畤相連接，平坦而遼闊。「畤」，古代帝王祭祀天地的所在，猶今之神壇。此聯對仗工穩，以超現實視角，描摹出想像的幻景，使人頓覺心胸開闊、目光高遠。此外，第五句用一「枕」字，採擬人法，山川彷彿瞬間有了生命；再用一「險」字，既摹

字，狀「河山」、「秦關」之險要壯麗，亦隱約透露出此去求仕，途中不乏風險。第六句用一「平」除了描繪景象遼闊之外，同時隱喻唯有西去事神，才能步上人生的坦途。

基於上述六句的鋪陳，字面看似寫景，實則蘊含弦外之音，寄寓神仙思想。因此，到了末聯，才會有感而發：「借問路傍名利客，無如此處學長生？」請問路旁那些追名逐利的旅客，爲何不在這裡訪仙學道求長生呢？此聯或爲詩人對平生功名無成的慨嘆，不用直說，反而向旁人勸喻，語意隱約曲折，更顯瀟灑自如，風流蘊藉。

綜觀全詩，詩人將行經華陰所見神話古蹟融入河山勝景中，巧妙變換視角，多方點染，使詩境雄渾，情景壯闊。故王夫之《唐詩評選》云：「削不成，言削不成而成也。詩家自有藏山移月之旨，非一般人所知。」王文濡《唐詩評注讀本》亦云：「前六句，句句切太華說，移不到他處，一結忽作世外之想，意境便覺高超。」吾人深有同感。

（賞析者：簡彥姈）

望薊門

祖詠

燕臺一去客心驚，簫鼓喧喧漢將營。萬里寒光生積雪，三邊曙色動危旌。
沙場烽火侵胡月，海畔雲山擁薊城。少小雖非投筆吏，論功還欲請長纓。

本詩作年不詳，蓋詩人年輕時遊幽燕作。詩題「薊門」，意謂登臨望遠，一「望」字總領本詩前六句，亦為本詩氣勢磅礴之源頭。

燕臺即黃金臺，在今河北易縣東南，相傳為戰國時燕昭王重金延攬名士之地，郭隗即其中著名者。三邊，指幽州、并州、涼州，此處泛指邊塞。薊城，指幽州，治所在今北京西南。又稱薊州、漁陽、范陽。天寶三載（七四四），安祿山任范陽節度使；天寶十四載，「漁

陽鼙鼓動地來」（白居易〈長恨歌〉），安祿山反。薊門指居庸關，在今北京昌平西北。投筆吏，指東漢投筆從戎的班超。《後漢書・班超傳》：「（超）嘗爲傭書養母，久勞苦，投筆嘆曰：大丈夫無他志略，猶當效傅介子、張騫立功異域，以取封侯，安能久視筆硯間乎？」請長纓，指西漢請纓報國的終軍。《漢書・終軍傳》：「軍自請願受長纓，必羈南越王而致之闕下。」

詩人以「望」字起筆：登上燕臺而望，使身爲異鄉客的我不禁心驚；原來漢（唐）家的軍營，正發出簫鼓喧騰的聲音。眼前積雪萬里，映照著寒光；邊塞上的旌旗，高高飄動在曉色裡。沙場的烽火，連接著胡地的月光；海畔的雲山，彷彿簇擁著薊城。我年少時，雖未能效法投筆從戎的班超；而今爲了立功，還是想學請纓報國的終軍。

這是一首邊塞詩，詩人登上薊門遠眺，即景生情，興起從軍報國意志，此正盛唐氣概。首句提領全局，登上當年燕昭王的黃金臺，放眼望去，客心不禁大吃一驚：暗用歷史典故，當年燕自郭隗、樂毅去後，即被秦滅；漢高祖曾率兵擊燕王臧荼於此，而今日所見，乃大唐邊將安史輩的赫赫軍營。能不令敏感的詩人心驚！「萬里」以下四句，皆登臨所見時空景色，呼應首句所以心驚的原因：滿目「積雪」、「危旌」、「沙場」、「烽火」、「胡月」、「雲山」等等，寫盡邊塞風聲鶴唳氣氛，怎不令人心驚！末聯以「投筆吏」、「請長纓」，抒發書生報國心志。清代方東樹《昭味詹言》云：「收託意有澄清之志，豈是時范陽已有萌芽邪？」詩人或已預見安史輩有叛唐跡象。

近人魏明安謂，此詩大氣磅礴，令人鼓舞。

（賞析者：熊智銳）

送魏萬之京——李 頎

朝聞遊子唱離歌，昨夜微霜初度河。鴻雁不堪愁裡聽，雲山況是客中過。
關城樹色催寒近，御苑砧聲向晚多。莫見長安行樂處，空令歲月易蹉跎。

〈送魏萬之京〉是李頎書寫離情之作。起首兩句，藉由一「朝」一「夜」的時間對比，以及「唱離歌」、「初度河」的情境氛圍，點出遠行的時間進程，以及離情別緒的主題。隱含的秋意蕭瑟，不僅爲秋日離別增添哀愁，亦爲下句「鴻雁不堪愁裡聽」之語意接續，預作鋪陳。頷聯二句「鴻雁不堪愁裡聽，雲山況是客中過」，運用鴻雁秋去春歸、雲山過眼即逝的意象，與遊子飄浮不定、孤寂落寞的情景

呼應，一方面渲染離愁，一方面映照離別的心境。頸聯「關城樹色催寒近，御苑砧聲向晚多」，雖然是詩人對魏萬行程中的想像，但卻準確道出秋色寒近、御苑砧聲的生動場景。而「催寒近」、「向晚多」之對仗，更強化了詩歌本身的意涵。頷聯、頸聯四句，一方面描繪景致，一方面抒寫離情，又緊扣送別的意旨，且在層次中，可見行程漸次推展、逐步靠近京城。結尾兩句「莫見長安行樂處，空令歲月易蹉跎」，則是詩人勸誡魏萬：抵達長安後，不要輕易沉溺於行樂，耗費光陰，必須把握機會，以成名立萬。雖然看似老生常談，但也透露出李頎對魏萬的期許。

雖然，唐代送別詩中，結尾常有盼望早歸、寄意相思、勸慰佇望、勉勵祝福等各種情感表現，但像李頎〈送魏萬之京〉這種衷心勸誡、殷殷囑咐的語氣和語意，可謂「寄況無限」（《唐詩鏡》）。

此詩因揉合抒情、寫景、敘事，且情感眞切，故《唐詩成法》譽其「通首有纏綿之致」。

（賞析者：孫貴珠）

九日登望仙臺呈劉明府容

——崔　曙

漢文皇帝有高臺，此日登臨曙色開。三晉雲山皆北向，二陵風雨自東來。
關門令尹誰能識？河上仙翁去不回。且欲近尋彭澤宰，陶然共醉菊花杯。

詩人重九登臨望仙臺，賦此詩呈劉明府容。「望仙臺」，在今河南陝縣西南。據樂史《太平寰宇記》載：「望仙臺，……漢文帝親謁河上公，公既上升，故築此臺以望祭之。」又陸德明《老子音義》載：「河上注爲《章句》四卷。文帝徵之不至，自至河上責之。河上公乃踊身空中，文帝改容謝之，於是授以漢文帝《老子章句》四篇，言治身、治國之要。」「劉明府容」，即劉容，生平不詳；明府，唐人對縣令的尊稱。這是一首投贈的詩，內容則屬於懷古。

首聯：「漢文皇帝有高臺，此日登臨曙色開。」是說漢文帝當年修築這座高高的望仙臺，今日重陽來此登臨，晨曦初現，光芒四射。此聯首先披露地點、時間，呼應詩題「九日登望仙臺」。「曙色開」，形容朝日初升、陽光普照的景象。

頷聯承上聯登望仙臺而來，「三晉雲山皆北向，二陵風雨自東來。」三晉一帶的雲山都向著北方，殽山二陵的風雨從東邊飄來。「三晉」，在今山西、河南一帶；戰國時韓、趙、魏三家分晉，故有此稱。「二陵」，殽山南北的二座陵墓，在函谷關東端。據《左傳・僖公三十二年》載：「殽有二陵焉：其南陵，夏后皋之墓也；其北陵，文王之所辟風雨也。」此聯表面上寫季節變化：「雲山皆北向」，謂夏天吹南風，故山雲皆向北；「風雨自東來」，由於春風吹拂，因此風雨自東而來。其中隱含著弦外之音：從漢文帝築望仙臺，到詩人此刻登臨，歷經了多少春秋寒暑的更迭？戰國時三家分晉，群雄爭霸，而今安在哉？夏后臯、周文王至尊至貴，如今只能在二陵中任憑風雨侵襲。乍看是從空間切入，描寫臺前的形勢，北望三晉，東扼二陵；實則暗藏時間意義，感慨歷史的興衰，瞬息萬變，非人力所能主宰。

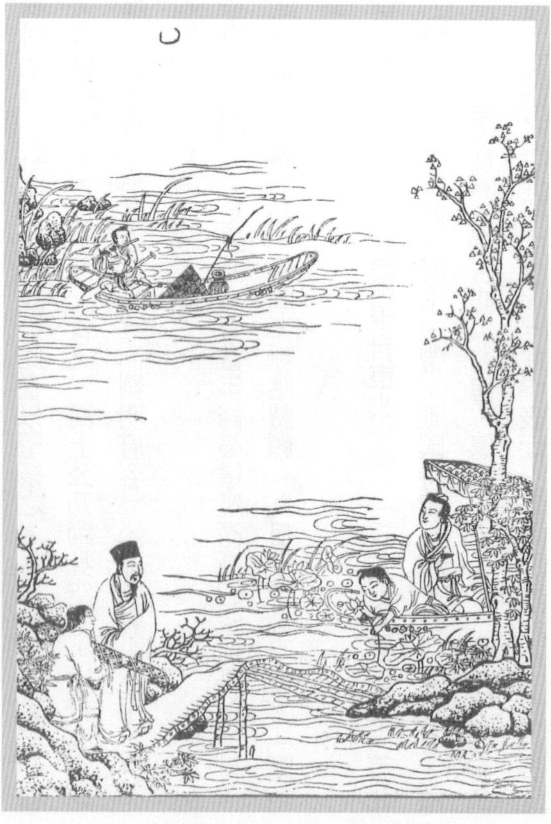

頸聯針對歷史變遷，抒發無限慨嘆：「關門令尹誰能識？河上仙翁去不回。」當年看守函谷關的尹喜，還有誰認識？河上公自此出關以後，便一去不回頭。「關門令尹」，指函谷關守將尹喜。《史記・老子傳》云：「老子……見周之衰，迺遂去。至關，關令尹喜曰：『子將隱矣，彊爲我著書。』於是老子迺著書上下篇，言道德之意五千餘言而去，莫知其所終。」「河上仙翁」，河上公也。此聯雖從神話、典故出發，其實仍緊扣「望仙臺」，因爲河上公曾授漢文帝《老子章句》而去，文帝爲他築此臺；老子為何留下五千言，因而帶出函谷關守將尹喜。再從尹喜至今已沒人認識，河上公從此一去不復還，感嘆歷史的興亡、人世的變遷何嘗不亦如是？逝去的永遠無法挽回！以上六句為重九登望仙臺的所見所聞、所思所感，內容不出懷古範疇。

至末聯始點出題中「呈劉明府容」之意：「且欲近尋彭澤宰，陶然共醉菊花杯。」謂與其遠去求神仙（關門令尹、河上仙翁），不如就近訪尋彭澤令陶淵明，一起暢飲菊花酒，歡度重陽節。據《南史・隱逸傳》載：「陶潛……解印綬去職，……嘗九月九日無酒，出宅邊菊叢中坐久之；逢（王）弘送酒至，即便就酌，醉而後歸。」宗懍《荊楚歲時記》亦載：「九月九日……佩茱萸，食餌，飲菊花酒。云令人長壽。」此借「彭澤宰」指劉明府，用「菊花杯」喻重九日，藉以抒發興亡盛衰一瞬間，是非成敗轉頭空，不如邀好友應景醉飲菊花酒。

此詩融寫景、懷古、抒情於一爐，氣勢雄渾，酣暢淋漓；加上轉承自然，一氣呵成，故沈德潛《唐詩別裁》評云：「一氣轉合，就題有法。」評價甚高。

（賞析者：簡彥姈）

登金陵鳳凰臺

李白

鳳凰臺上鳳凰遊，鳳去臺空江自流。吳宮花草埋幽徑，晉代衣冠成古丘。
三山半落青天外，二水中分白鷺洲。總爲浮雲能蔽日，長安不見使人愁。

本詩據詹鍈《李白全集校注彙釋集評》第十九卷云：「此詩因憶古而懷君之思乎？抑亦自傷讒廢，望帝鄉而不見，乃觸境而生愁乎？太白之志亦可哀也已。」李白藉鳳凰臺傳說，抒寫愛君憂國之情思。

詩篇首聯：「鳳凰臺上鳳凰遊，鳳去臺空江自流。」「鳳凰」是李白常使用的一種天界使者意象，託寓其超凡能人、或貴人智者形象，這在不同詩作中有幾種可能身分：一、仙人，尤其指接引有才者入仙界的使者。二、尊貴的貴人，尤其象喻拔擢自己的君王或伯樂。大體說來乃是太白的生活或心志的一種象喻。在本詩中寫李白因爲懷古而興起懷君之憂思。據詹鍈《李白全集校注彙釋集評》：「此因懷古而動懷君之思乎？抑亦自傷讒廢，望帝鄉而不見，乃觸境而生愁乎？太白之志亦可哀也已！」全詩表露李白因爲遊歷三國東吳時宮室，想起被讒言毀謗，傷心憂愁不得接近國君的經歷。而開篇全以鳳凰爲意象，是很完整的象喻之作。「上」字與「去」字，常託諭李白上天下地求索仙道、欲入仙界，或暗喻自己冀求君王重用的心情。依時空動相視覺景象理論言之，「上」「去」在詩篇中是高遠空間和動態時間的結合，用以比喻內心求用的孤單苦悶。用動相詞表現情思志向。頷聯：「吳宮花草埋幽徑，晉代衣冠成古丘。」詩歌有二層意涵：首先表面看來是寫太白心中看破塵世名利、得失、成敗。昔日一代風雲英雄，今日皆成荒煙蔓草及墳土，可知這又有何價值呢？而第二層意涵：詩歌內在寫太白內心孤寂與己志不得伸展的悲嘆，並自我安慰。李白之所以思君，當然自有其深意。詩篇頸聯「三山半落青天外，二水中分白鷺洲。」描寫三山隱約半落在青天外，秦淮水流因白鷺洲二分東西向，再接尾聯「總爲浮雲能蔽日，長安不見使人愁。」喻指浮雲蔽日，長安不見，悲嘆江左無賢人輔佐，中原淪陷。「浮雲」借喻宮中小人。李白登臨鳳凰臺，思國憂君，亦爲國家前途渾沌不明而哀愁。連用「蔽」、「不見」、「愁」，都可以想見太白思君憂君，及自傷無能爲力的情志。李白的情志蘊蓄著許多對國運不明、國君被蒙蔽、己志不伸等悲哀，是可以想見的。詩情含蘊著個人、家國，結構層層推深、層層相承接，是一首極好的詩作。

（賞析者：黃麗容）

送李少府貶峽中王少府貶長沙

高適

嗟君此別意何如？駐馬銜杯問謫居。巫峽啼猿數行淚，衡陽歸雁幾封書。
青楓江上秋帆遠，白帝城邊古木疏。聖代即今多雨露，暫時分手莫躊躇。

〈送李少府貶峽中王少府貶長沙〉是高適送別因貶官而不得不離京的友人之作。雖然，詩中難免出現送別題材常用的意象「酒」與「秋」，以及貶謫詩常見的基調「哀」與「傷」，不過，此詩與唐代其他送別詩不同的是：一詩同送兩位友人，且皆是因爲被貶、而不得不遠離的友人。首聯二句，一「嗟」一「問」，不僅表達了詩人對兩位友人的不捨與惋惜之情，更直接點明送別與貶謫的主題，情眞

意切且切中題旨的開頭，果然不負「常侍（高適）每工於發端」（《昭昧詹言》）的讚賞。頷聯兩句，一則描寫巫峽景象，一則描繪衡陽情狀。同時，暗扣李少府與王少府貶謫之地。頸聯兩句，先寫王少府，再寫李少府。末尾兩句，則是詩人勸勉兩人安心離去，也許不久之後，即可召回，故無需過度悲觀。

此詩特別之處在於：詩人於頷聯與頸聯中，交相寫作，將李、王二人貶謫之地的風光景況，巧妙融於字裡行間，且句末「淚」、「書」、「遠」、「疏」，又隱約透露出因貶而生的情思、處境、感受與氛圍。交相錯落的筆法，非但沒有錯雜混亂之感，反而在巧思匠意中，更見句法運用之妙。結尾兩句，不似韓愈「知汝遠來應有意，好收吾骨瘴江邊」（〈左遷至藍關示姪孫湘〉）之悲憤，亦不若柳宗元「共來百越文身地，猶自音書滯一鄉」（〈登柳州城樓寄漳汀封連四州〉）之怨懟，而是真心勸慰兩人，同時寄望未來。「清宛流暢，不損天真」（《批選唐詩》）之風，使全詩罕見因遷謫而致之悲怨激憤，在唐代與貶謫相關之作中，算是獨樹一格者。

（賞析者：孫貴珠）

奉和中書舍人賈至早朝大明宮——岑參

雞鳴紫陌曙光寒，鶯囀皇州春色闌。金闕曉鐘開萬户，玉階仙仗擁千官。花迎劍珮星初落，柳拂旌旗露未乾。獨有鳳凰池上客，〈陽春〉一曲和皆難。

〈奉和中書舍人賈至早朝大明宮〉之寫作手法，頗類〈寄左省杜拾遺〉，亦是岑參爲右補闕時，奉和其上司賈至之作，係以詠「早朝」爲題的唱和詩作。此詩第一聯上句，以「雞鳴」、「紫陌」、「曙光」三語，點出一早上朝，路上所見景象。下句「鶯囀」、「皇州」、「春色」，則描摹了皇城暮春三月的清晨景致。除了點明題旨，亦呼應賈至原作「銀燭朝天紫陌長，禁城春色曉蒼蒼」。第二聯

則是描寫宮中早朝曉鐘一響，宮門次第開啓，白玉階旁，俱是皇家儀仗簇擁的文武百官，準備覲見皇帝。「金闕」、「玉階」、「萬戶」、「千官」之形容，一方面彰顯出皇宮的富麗堂皇，一方面勾勒出早朝群臣齊聚的盛大場面。第三聯以「星初落」、「露未乾」，再扣「早」之意涵，並呼應賈至原詩。第四聯則以「獨有鳳凰池上客，〈陽春〉一曲和皆難」，恭維賈至。

此詩另有王維、杜甫相和，但歷來對岑參此詩評價較高，原因在於此詩「對仗精工」、「詞藻華麗」。清代黃生《唐詩摘鈔》更將賈至、王維、杜甫、岑參之作相互評比，最終謂岑參之作：「看他『紫陌』、『春色』、『鶯』、『柳』、『劍佩』、『鳳池』等字皆公然取之賈詩，則運用不同，氣色迥別，與此作併觀，低昂不待辨矣。結美其首倡，唐人和詩必如此。」益以《詩藪》、《唐詩鏡》、《刪定唐詩解》、《昭昧詹言》等詩評之加持，使得岑參此作在唐代「早朝詩」中，向來擁有極高評價，甚至超越賈至、王維、杜甫之作，而位列第一。

（賞析者：孫貴珠）

和賈舍人早朝大明宮之作——王維

絳幘雞人送曉籌，尚衣方進翠雲裘。九天閶闔開宮殿，萬國衣冠拜冕旒。
日色纔臨仙掌動，香煙欲傍袞龍浮。朝罷須裁五色詔，珮聲歸向鳳池頭。

「大明宮」於《唐六典》（卷七）中記載：「在禁苑之東南，西接宮城之東北隅。」此詩應和賈至、岑參，同爲描述早朝森嚴華麗的天家氣派之作。王維出入宮廷，與天子同朝共治，一手寫詩、一手治國，官場得意、文壇稱雄，確不同於一般人的經歷。詩中用語典雅精巧，吐屬不凡，不單題材涉及貴冑之門，若非知識精英也無從領略詩中用字的來歷。

首聯「絳幘雞人送曉籌，尚衣方進翠雲裘」，《王摩詰全集箋注》「絳幘」：「漢官儀宮中輿臺並不得蓄雞。夜漏未明三刻，雞鳴衛士候於朱雀外，著絳幘專傳雞唱。」絳幘是深紅色的頭巾。「曉籌」，即更籌，表示時辰。「尚衣」，《唐書．百官志》有尚衣局，官名，掌管御服。整句在描寫晨起宮人們在雞人報曉聲中醒來，尚衣官獻上皇家的服飾翠雲裘。

「九天閶闔開宮殿，萬國衣冠拜冕旒」，是描繪宮門建築的氣派，萬國朝聖的天子威儀，「冕旒」是皇冠，比喻君王。「日色纔臨仙掌動，香煙欲傍袞龍浮」，其中「仙掌」按《王摩詰全集箋注》註記是漢武帝時製承露盤，有「銅仙人舒掌捧銅盤玉盃以承雲表之露」的典故，在此處作爲皇家用物；「袞龍」則是皇帝朝服上的圖案。頷聯、頸聯都是著意描繪宮廷的氣勢及崇高之感。

尾聯「朝罷須裁五色詔，珮聲歸向鳳池頭」，其中「五色詔」是指皇帝的詔書，「鳳池頭」即鳳凰池，是宰相辦公之處。最後仍以精巧的意象堆疊，提供讀者想像皇家貴族的宮廷生活景觀。元人楊載《詩法家數》評此類作品：「氣格渾深，句意嚴整，如宮商迭奏，音韻鏗鏘，眞麟遊靈沼，鳳鳴朝陽也。」確能反映王維精細閎深的貴族筆觸。

（賞析者：張寶云）

奉和聖製從蓬萊向興慶閣道中留春雨中春望之作應制 ——王維

渭水自縈秦塞曲，黃山舊遶漢宮斜。鑾輿迥出千門柳，閣道迴看上苑花。
雲裡帝城雙鳳闕，雨中春樹萬人家。爲乘陽氣行時令，不是宸遊翫物華。

所謂「應制」詩乃是臣子爲應和皇帝的詩文而作，爲和韻詩，又稱爲「館閣體」。於初唐、盛唐年間頗爲流行，《王摩詰全集箋注》中亦收錄不少唱和應制之作。

此詩相較於另一首〈和賈舍人早朝大明宮之作〉，語言風格較傾向於景物的描述，而非皇家宮殿的細節鋪排。詩題中的「蓬萊」、「興慶閣」皆爲宮廷殿閣之名。全詩前六句著意敘寫宮闈周邊地勢及景觀，氣象雍和，迤邐變化，末尾

則以君王巡行時令作結。

王維同時代的殷璠在《河嶽英靈集》中說：「維詩詞秀調雅，意新理愜，在泉爲珠，著壁成繪。一字一句，皆出常境。」此詩恰能體現王維對語言經營的能力，值得細看。前四句的動詞各以「縈」、「遶」、「迥」、「迴」等字眼，將前後的景觀予以曲折變化，意象的搭配之外仍得顧及音韻的協調，律詩本身的形制限制，反可以看出創作者對文字工筆畫般地細部運作。

五六兩句「雲裡帝城」有縹緲開闊的形勢，「雙鳳闕」又達成對稱的建構；「雨中春樹」有文人畫意，「萬人家」卻又是與庶民同在的。末兩句寫天子出遊，乃是乘著陽氣上升的春季時令，注重農事體恤萬民，並非只是遊賞景物，將結尾的句意帶入歌頌君王德澤的內涵之中。王維在有限的字句格局裡卻經營極富變化的文字空間，令人嘆爲觀止。方東樹《昭昧詹言》評王維：「興象超遠，渾然元氣，爲後人所莫及；高華精警，極聲色之宗，而不落人間聲色」，此一評述亦可與此詩交互參看。

（賞析者：張寶云）

積雨輞川莊作

王維

積雨空林煙火遲，蒸藜炊黍餉東菑。漠漠水田飛白鷺，陰陰夏木囀黃鸝。
山中習靜觀朝槿，松下清齋折露葵。野老與人爭席罷，海鷗何事更相疑？

天寶三載（七四四），王維購得宋之問故居藍田輞川別業，他許多寫景的作品以輞川作爲主軸。一般論者評述此類詩作具有佛道思想，充滿隱逸閒適的意味，此詩可爲代表。

詩題「積雨輞川莊」，帶有沉重的調性，但王維將此沉重的調性多所發揮，顯得極富變化。首聯「積雨空林煙火遲，蒸藜炊黍餉東菑」，前句凝重靜觀，後句則加入炊煮的動態，將積雨空林的遲滯，轉向蒸藜炊黍的農家生活場景。頷聯「漠漠水田飛白鷺，陰陰夏木囀黃鸝」，也是前句較靜態緩慢，後句將此緩和的力量以「囀黃鸝」的音樂性擴散成優雅的吟唱。

「山中習靜觀朝槿，松下清齋折露葵」兩句，不僅是對仗的文字奇想，還隱含涉世的體悟，以景寓意，將單純的寫景深化成富有深意的哲思。「朝槿」、「露葵」皆影射生命短暫、卑微的本質，槿花朝開夕謝，古人常藉以比喻人生枯榮無常之理；露葵是經霜的葵菜，葵在古代是重要的蔬菜，有「百菜之主」之稱。

尾聯引用兩個典故，「爭席」典出《莊子．雜篇．寓言》：楊朱從老子學道，路上旅舍主人歡迎他，客人都給他讓座；學成歸來後，旅客們卻不再讓座，而與他「爭席」。「海鷗」句典出《列子．

黃帝篇》：海上有人與鷗鳥相親近，互不猜疑。某日父親要他把海鷗捉回家來，當他又到海濱時，海鷗便飛遠不欲靠近。這兩個充滿老莊色彩的典故，一正用，一反用，兩相結合，透過正面的表達「爭席罷」，與疑問句「何事更相疑」中，得到「不應相疑」的回應，此二句都想表露歸隱的意志，周圍的疑慮和猜測透過曲折的語意，引導更爲深邃的想像，而不是直接地傾訴及表露。

此詩曾引起王維是否抄襲李嘉祐詩句的論戰，究竟是前人對史料的誤會或者王維眞有襲用「水田飛白鷺，夏木囀黃鸝」之句，而另加「漠漠」、「陰陰」成爲個人的新作？整體而言，王維仍在山水詩中享有崇高的尊榮地位，是來自於作品本身的藝術成就。《石林詩話》說此詩添加「漠漠」、「陰陰」四字之後「精彩數倍」，亦當是從詩作本身，甚至是整體詩藝成就去進行思考之後的評論。《歷代詩法》爲此詩評定說道：「詩中寫生畫手，人境皆活，耳目長新，眞是化機在掌握矣」，將王維精微工巧的創作才能點出，確實令人讚嘆。

此篇評述參考《千家詩鑒賞辭典》（蒙萬夫等著，西安：世界圖書出版公司，二〇〇六年）。

（賞析者：張寶云）

酬郭給事

王維

洞門高閣靄餘輝，桃李陰陰柳絮飛。禁裡疏鐘官舍晚，省中啼鳥吏人稀。
晨搖玉珮趨金殿，夕奉天書拜瑣闈。強欲從君無那老，將因臥病解朝衣。

詩題中的「給事」，即「給事中」，是唐代門下省要職，常在皇帝周圍，掌宣達詔令，駁正政令違失與否，地位顯赫。《舊唐書．王維傳》記載王維、王縉官場得意時：「昆仲宦遊兩都，凡諸王駙馬豪右貴勢之門，無不拂席迎之」。因而在王維作品之中，此類酬答之作亦不少見。

可注意的是「給事」一職，正好是王維遭遇安史之亂時，他因追隨玄宗不及，爲安祿山所獲，當時安祿山便強迫王維擔任「給事中」（見宋祁《唐書．本傳》）。肅宗回京後，他因此一度被貶官，最後又升至尚書右丞，卒於官。此詩〈酬郭給事〉，「給事」一職恰巧與王維被授予的官職相同，若與此詩對照，不論此詩出現在安史之亂前或安史之亂後，都形成一微妙的聯繫，可與現實中王維的遭遇交相參看。

「洞門高閣靄餘輝，桃李陰陰柳絮飛」，其中「洞門」在《漢書．佞幸傳》有：「重殿洞門」，指富麗的皇室建物；「餘輝」可理解爲天家的威儀。「桃李陰陰」指的是郭給事門生衆多，首聯描述皇恩普照，郭給事官場顯達。

「禁裡疏鐘官舍晚，省中啼鳥吏人稀」，則將豐隆的意象稍事疏緩，以宮禁中疏闊的鐘聲、向晚的景象，以及門下省中議事的吏人散去，來表達較爲淡遠的情景。

頸聯又轉爲華貴的鋪陳，寫早晨上朝金殿，傍晚捧著詔書退朝拜別宮闈，頗得天子信任。末聯歸結到自己因老病在身，不能出仕，「解朝衣」的動作引人揣測，是眞實的「臥病」或只是「稱病」，眞正的意願是否是爲迴避朝堂的紛擾，而退居隱老？

此詩若成詩於安史之亂以後，則「強欲從君」的無奈，便有更多意在言外的曲折可供玩味。

（賞析者：張寶云）

蜀相——杜甫

丞相祠堂何處尋？錦官城外柏森森。映階碧草自春色，隔葉黃鸝空好音。
三顧頻煩天下計，兩朝開濟老臣心。出師未捷身先死，長使英雄淚滿襟。

此詩作於唐肅宗上元元年（七六〇），杜甫時年四十九歲，流落到成都的第一年。他定居於成都浣花溪畔的草堂，生活較安定，多歌詠自然之作，但仍未放棄對國家百姓之關懷，故經過武侯祠時，寫下了〈蜀相〉這首詠史詩。

詩題爲「蜀相」，可知杜甫探訪武侯祠，見祠堂景物而遙想古人，全詩重心都在蜀相諸葛亮身上。成都武侯祠是晉代李雄在成都稱王時所建。

首聯以提問開頭：「丞相祠堂要到何處尋覓？」隨即回答：「在錦官城外，一片鬱鬱蒼蒼的柏林中，就可覓得武侯祠。」自問自答，開門見山的點出武侯祠座落之地。錦官城，即成都的別稱，古代錦官城是成都的少城，毀於晉代桓溫平蜀時，但桓溫獨存孔明廟。接著，鏡頭從遠景切入近景，杜甫細膩的描繪武侯祠，萋萋碧草映著臺階，綠意盎然，徒自揮灑著一片春色；黃鸝鳥隔著濃密的樹葉，空自的唱出婉轉悅耳的歌聲。杜甫在春日探訪武侯祠，所見春色青蔥，景致怡人，但心緒卻是百感交集。前四句寫武侯祠的位置、遠望之景、近觀之景，草木和禽鳥悠然自在的生活，渾然不覺人間世情的變化。「自」春色，「空」好音，爲末聯的「長使英雄淚滿襟」預留伏筆。草木和禽鳥自生自長，卻不解人間憾恨。

三國時代，劉備三顧茅廬，屢次和諸葛亮商議安定天下的大計，先主劉備和後主劉禪，兩朝之間的開國與匡扶大業，全靠這位忠心耿耿的老臣。諸葛亮〈出師表〉云：「三顧臣於草廬之中。」頸聯寫出了劉備知人善任，付託重任予諸葛亮，而諸葛亮也為了報答劉備的知遇之恩，鞠躬盡瘁，死而後已。晉代陳壽《三國志．蜀志．諸葛亮傳》云：「亮悉大衆由斜谷出，以流馬運，據武功五丈原，與司馬宣王（懿）對於渭南……相持百餘日……亮疾病，卒於軍。」諸葛亮真的是以一生來報答劉備這位「知己」。末聯「出師未捷身先死，長使英雄淚滿襟」，是傳頌千古的名句，寫諸葛亮出師作戰沒有成功，卻不幸先辭世，因此，常使英雄們流下了滿襟的熱淚！「英雄」，指的是天下仁人志士，也包含詩人自己。杜甫許身稷契，志在匡扶國君，卻一直沒有機會施展治國的抱負，因此對於諸葛亮壯志未酬的無奈心境，心有戚戚焉，為諸葛亮而掬一把淚。

末四句寫人，先寫蜀相諸葛亮和劉備父子相識的淵源，輔佐兩朝君主的事蹟，再寫諸葛亮匡扶大業未成，卻先謝世之憾。此一遺憾，也令千古英雄為之落淚。楊倫《杜詩鏡銓》云：「自始至終，一生功業心事，只用四語括盡，是如椽之筆。」全詩先寫武侯祠之景，睹物思人；後寫人，文字洗練，卻留下長長的嘆息。

杜甫一生憂國憂民，卻仕途坎坷，未能一展長才，因此瞻望武侯祠，有更深刻的遺憾。諸葛亮尚能得到劉備的知遇之恩，曾施展長才，只是大業未成而辭世，但杜甫連這個施展抱負的機會都沒有，其憾恨更深！他不僅是為諸葛亮的遺憾而落淚，更是為自己的遭遇落淚。

（賞析者：劉奇慧）

客至——杜甫

舍南舍北皆春水，但見群鷗日日來。花徑不曾緣客掃，蓬門今始爲君開。
盤飧市遠無兼味，樽酒家貧只舊醅。肯與鄰翁相對飲，隔籬呼取盡餘杯。

本詩作於唐肅宗上元二年（七六一）春天，杜甫時年五十歲，閒居於成都浣花溪畔的草堂。本詩原注：「喜崔明府相過。」唐人稱縣令爲明府，崔明府就是崔縣令，來成都草堂訪杜甫。杜甫的母親姓崔，一說崔明府是杜甫母家的親戚，另一說，崔明府是杜甫母舅白水縣尉崔頊。有客人來訪，杜甫滿懷欣喜之情，詩中洋溢著樸實親切的氛圍，迎接崔明府的到來。

首聯「舍南舍北皆春水，但見群鷗日日來」，寫出杜甫成都草堂的戶外景色，水波繚繞，放眼望去，春水浩渺，茫茫一片。群鷗日日皆來，表示成都草堂極少訪客，群鷗才能放心自在的飛翔嬉戲，此句也側寫成都草堂的清雅幽靜，杜甫過著隱逸的恬靜生活，頗爲寂寞。海鷗，在詩詞中常化身爲隱士的伴侶，隱士不求名利，才有忘機的海鷗相伴。平日訪客稀少，崔明府來訪杜甫，就成了「稀客」，寂寞的杜甫便萌生了「喜客」的心情。

頷聯「花徑不曾緣客掃，蓬門今始爲君開」，是杜甫與崔明府之間的主客對話，緊扣「客至」主題，場景更換爲庭院。杜甫謙稱成都草堂幾乎沒什麼訪客，因此也未曾打掃庭院裡的繁花小徑迎客，今日爲了崔明府這位稀客，杜甫才特地敞開蓬門，歡迎稀客光臨。成都草堂訪客少，也可見主人不輕易請客人到家裡來。今日崔明府來訪，足見他與杜甫之間的交情深厚。

頸聯「盤飧市遠無兼味，樽酒家貧只舊醅」，是杜甫迎接客人進入草堂內，請客人用餐時所說的家常話。詩人說，家裡離市場太遠，買東西不方便，因此沒有準備豐盛的菜餚款待客人；且家境貧困，無法買上好的美酒，只能以家中自釀的陳年老酒，請客人享用。主人客氣的說，酒菜不夠豐盛，請客人將就飲用，寫出杜甫竭誠待客和眞誠樸實的態度，也側寫出兩人之間的深摯情誼。詩中呈現主客閒話家常、飲酒用餐的溫馨畫面。

末聯「肯與鄰翁相對飲，隔籬呼取盡餘杯」，筆鋒一轉，寫到杜甫和崔明府飲酒時興致高昂，心情歡暢，杜甫徵詢崔明府的意見：「如果您願意與我隔壁的老翁一起飲酒，我就隔著籬笆，呼喊他過來一起飲酒盡興。」酒意正濃的崔明府，自然會同意杜甫的建議，因此杜甫呼喊鄰家老翁同來飲酒的熱鬧畫面就出現了。

清代浦起龍《讀杜心解》云：「首聯興起，次聯流水入題，三聯使『至』字足意，至則須款也。末聯就『客』生情，客則須陪也。」又引黃生語：「空谷足音之喜，村家眞率之情，一時賓主忘機，斯可見矣。」全詩善用對話的方式，讓主人的待客熱忱洋溢詩中，前四句寫出成都草堂的戶外景色，由遠景至近景；後四句寫出杜甫款待崔明府時，態度誠懇，雖然家貧，但仍把家中所有能招待客人的最好菜餚和自釀老酒都搬上桌，竭誠歡迎這位稀客，席間酒意漸濃，甚至連隔壁老翁都請來陪飲盡興，詩中充滿人情味。

（賞析者：劉奇慧）

野望——杜甫

西山白雪三城戍，南浦清江萬里橋。海內風塵諸弟隔，天涯涕淚一身遙。
唯將遲暮供多病，未有涓埃答聖朝。跨馬出郊時極目，不堪人事日蕭條。

此詩創作於唐肅宗上元二年（七六一），杜甫時年五十歲，居住於四川成都浣花草堂。杜甫因吐蕃侵擾之憂，思及骨肉離散之悲。當時，許多百姓被徵調於西山三城防守，苦不堪言，而各地小軍閥囂張跋扈，國勢日頹，因此詩中有「不堪人事」、「蕭條」之感嘆。杜甫憂國憂民，內心的焦慮與日俱增。

首聯「西山白雪三城戍，南浦清江萬里橋」，寫野望之景。西山，位於成都城西。三城，指松、維、保三州（皆在今四川省）而言，鄰近吐蕃，吐蕃時來侵犯，爲唐朝邊防要鎮。首句寫詩人從西山高處眺望之景，西山雪嶺白雪皚皚，但見四川松、維、保三州駐守的軍隊，冒著嚴寒，艱苦的保家衛國，杜甫的憂國之心在寒冬中更形熾烈。清江，即錦江。萬里橋，在成都之南，蜀漢時，費禕訪問吳國，臨行時，望著此橋對諸葛亮說：「萬里之行，始於此橋。」第二句寫詩人在低處遠望，但見南浦錦江上橫跨著一座萬里橋，江水煙波浩渺，不禁萌生思鄉之情。萬里橋可以讓江水兩岸的人們相遇，但卻不能讓杜甫與離散的弟弟們相遇。

頷聯「海內風塵諸弟隔，天涯涕淚一身遙」，抒寫杜甫思念起四處離散的兄弟，感慨萬千。杜甫有四個弟弟：杜穎、杜觀、杜占和杜豐。因海內戰亂未平，局勢動盪不安，杜甫諸弟分散各地，自己孤身漂泊天涯，不禁潸然淚下。古代是大家庭制度，兄弟理應同住一處，而今卻因戰亂頻仍，兄弟分散各地，音訊難通，生死安危難料，身為兄長的杜甫，每念及此，心中更為惴惴不安。杜甫時年五十歲，在「人生七十古來稀」的古代，已是遲暮之年，應當在家鄉安享晚年，但卻孤身漂泊四川，離家千里，且戰火未熄，山川遙阻，不知何年才能回鄉？杜甫自傷身世，前途茫茫，忍不住涕淚俱下。

頸聯「唯將遲暮供多病，未有涓埃答聖朝」，詩人感慨自己邁入遲暮之年，多病纏身，不能為國家貢獻微薄的心力，以報答君恩。涓埃，比喻微末、絲毫之意。宋代蘇軾評杜甫曰：「古今詩人衆矣，而杜子美（杜甫）為首，豈非以其流落飢寒，終身不用，而一飯未嘗忘君也歟！」（〈王定國詩集序〉）杜甫「一飯未嘗忘君」的忠君愛國思想，由此可見一斑。

末聯「跨馬出郊時極目，不堪人事日蕭條」，「出郊」點出「野」字，「極目」點出「望」字，切合題旨「野望」。杜甫跨馬奔馳出郊野，極目遠眺，見到首聯中提及的西山錦江之景物，首尾呼應。杜甫擔憂的不僅是自己天涯飄零，兄弟離散，而且內心深處更不忍見到國勢日頹，民生困苦，他忠君憂國的情懷，時時流露於字裡行間。

（賞析者：劉奇慧）

聞官軍收河南河北——杜甫

劍外忽傳收薊北，初聞涕淚滿衣裳。卻看妻子愁何在？漫卷詩書喜欲狂。
白日放歌須縱酒，青春作伴好還鄉。即從巴峽穿巫峽，便下襄陽向洛陽。

本詩作於唐代宗廣德元年（七六三）春天，杜甫時年五十二歲，避亂於梓州。唐代宗寶應元年（七六二）冬天，唐朝軍隊收復洛陽和鄭（今河南鄭州）、汴（今河南開封）等州。翌年，廣德元年正月，史思明兵敗投降，官軍收復了河南河北。杜甫忽然聽到了唐朝官軍收復薊北的消息，喜出望外，立即揮筆寫下這首洋溢著歡愉氣氛的詩歌。

首聯「劍外忽傳收薊北，初聞涕淚滿衣裳」，先寫杜甫人在四川，突然聽到官軍收復薊北的消息，驚喜不已，忍不住流下了感動的眼淚，沾滿了衣裳。劍門在四川北部，「劍外」，指劍門以南。「薊北」，在今河北省北部，是安史叛軍的根據地。自安史之亂爆發以來，杜甫全家過著顛沛流離、朝不保夕的避亂生活，苦不堪言。「忽傳」和「初聞」，正是喜從天降的佳音，官軍收復失地，平定叛亂的喜訊忽然傳來，解救了正生活於水深火熱之中的杜甫。因此「初聞」官軍已收復河南、河北，杜甫喜不自禁，彷彿多年來所遭受的戰亂之苦，就此畫下休止符，不必再擔驚受怕的過日子了。

頷聯「卻看妻子愁何在？漫卷詩書喜欲狂」，寫杜甫回頭一看，妻子臉上抑鬱已久的憂愁，早已消失殆盡，換成喜悅的笑容。杜甫和妻子經過多年戰亂流離的生活，吃盡了苦頭，忽然聽聞官軍收復河南、河北，戰爭已結束，心中期待回到家鄉後，未來將過著苦盡甘來的美好日子，於是褪盡愁容，笑逐顏開。杜甫隨意收拾整理書籍，準備回到闊別已久的故鄉，欣喜若狂。

頸聯「白日放歌須縱酒，青春作伴好還鄉」，細膩的描繪其「喜欲狂」之狀，杜甫白天放聲高歌，縱情飲酒，手舞足蹈的表現「喜欲狂」的心情。青春，指春天的美好景物。美好的春天，柳媚花明，陪伴杜甫和妻兒一起回家鄉。在戰亂中漂泊多年的杜甫，無日不思回鄉，但故鄉落入叛軍之手，多年皆無法回鄉。一旦唐軍平定賊寇，杜甫眞是歸心似箭，恨不得立刻飛奔故鄉。

末聯「即從巴峽穿巫峽，便下襄陽向洛陽」，刻畫出其「歸心似箭」的心中想望。杜甫擬定的返鄉計畫，似乎人在梓州，瞬間心已回到洛陽。此處連用四個地名：「巴峽」、「巫峽」、「襄陽」、「洛陽」，前二者經水路，後二者走陸路，路途雖遙遠，但在詩人筆下，似乎彈指之間，詩人已從梓州乘輕舟穿越巴峽和巫峽，騎馬疾速飛馳，經過襄陽，回到故鄉洛陽。杜甫祖籍襄陽，曾祖父杜依藝任河南省鞏縣縣令，杜甫亦出生於鞏縣，所以故鄉爲河南鞏縣；他年幼時曾在河南省洛陽受二姑母萬年縣君撫育，洛陽也有陸渾莊舊居，因此杜甫也視洛陽爲故鄉。

清代浦起龍《讀杜心解》讚嘆這是杜甫「生平第一首快詩」。這首詩不僅寫出杜甫歸心似箭，想像回鄉路程之「快速」，更寫出杜甫把多年來歷盡滄桑、飽受亂離之苦拋到九霄雲外的「暢快」心情。本詩前四句寫出杜甫聽聞官軍收復河南、河北的驚喜情狀，後四句寫他放歌飲酒，計畫返鄉的歡快心情。

（賞析者：劉奇慧）

登高

杜甫

風急天高猿嘯哀，渚清沙白鳥飛迴。無邊落木蕭蕭下，不盡長江滾滾來。
萬里悲秋常作客，百年多病獨登臺。艱難苦恨繁霜鬢，潦倒新停濁酒杯。

此詩作於大曆二年（七六七）秋天，杜甫身在夔州，時年五十六歲。夔州位於長江上游。此詩透過詩人杜甫登高所見秋日長江之景，勾起詩人年紀老邁，疾病纏身，萬里漂泊之無奈與蒼涼心境。

前四句寫登高所見之秋天蕭瑟景致，「風急」、「天高」、「猿嘯哀」、「渚清」、「沙白」、「鳥飛迴」六組意象不僅形成對偶句，也是絕佳的句中對，十四個字，字字精鍊，組成一幅遼闊秋景圖。天空高遠，風勢急猛，猿聲哀嘯，縈迴不絕於耳，令聽者不禁心酸。在水清沙白的江渚上，群鳥迎風翺翔，迴旋飛舞，渾然不知人世悲喜。頷聯刻畫夔州秋日獨有的蕭瑟景色：詩人凝望蒼茫大地，但見木葉蕭然飄落，長江水滾滾而來，奔湧不息。秋風颯颯，滿天紛飛飄落的枯葉，和奔流不息的滔滔江水，象徵韶光易逝，人生中最美好的青春年華，已隨落葉飛逝，秋暮時光，壯志未酬，更暗示詩人悲涼落寞的遲暮心境。

頸聯的「悲秋」二字，點出季節爲秋天。而在秋風蕭瑟的景色中，詩人漂泊萬里，客居他鄉，暮年疾病纏身，獨自登臺遠眺，心中的悲傷愁苦，自是難以言喻。「萬里」寫漂泊之空間遼闊遙遠，離鄉路遙；「百年」強調人生的時間已行至暮年，垂垂老矣。詩人長年客居異地，思鄉情濃，每逢秋風獵獵之時，更易生「悲秋」之愁緒。而杜甫的人生已走到了垂暮之年，多病纏身，獨自登上高臺，想起年少時「致君堯舜上，再使風俗淳」的雄心壯志皆未能實現，心中遺憾無奈的感慨，更爲深沉。

末聯「艱難苦恨繁霜鬢，潦倒新停濁酒杯」，寫杜甫仕途坎坷，目睹國家局勢艱難，一生備嘗艱難潦倒之苦，更恨滿頭頻添白髮，倉皇邁入暮年；又因罹患肺疾，不得已戒了酒，縱有滿懷悲苦，也無法藉酒消愁。詩人走筆至此，眞是悲傷難以自抑，愁苦難以排遣。

全詩以寫秋景始，繼而抒發心中愁緒。前兩聯細寫秋景蕭瑟，渲染秋意濃鬱的氛圍。頸聯從時空著筆，刻畫詩人漂泊他鄉，多病纏身之苦。末聯寫詩人心繫國難家愁，白髮徒增，卻因病斷酒，難遣悲愁。

此詩四聯皆爲對仗句，字字珠璣，一氣呵成。宋代羅大經《鶴林玉露》云：「萬里，地之遠也；秋，時之悽慘也；作客，羈旅也；常作客，久旅也；百年，齒暮也；多病，衰疾也；臺，高迥處也；獨登臺，無親朋也。十四字之間含八意，而對偶又精確。」羅大經指出詩中寫杜甫久客遙遠異鄉，年邁多病，秋風中獨自登高臺，吟詠悲懷的八層哀傷，可謂精闢透澈之創見。明代胡應麟《詩藪》推崇此詩爲古今七言律詩之冠。清代楊倫《杜詩鏡詮》評此詩云：「高渾一氣，古今獨步，當爲杜集七言律詩第一。」此詩藝術技巧高妙，把杜甫的悲愁寫得蒼涼落寞，扣人心弦，感動了數千年來的讀者，給予極高的評價。

（賞析者：劉奇慧）

登樓

杜　甫

花近高樓傷客心，萬方多難此登臨。錦江春色來天地，玉壘浮雲變古今。
北極朝廷終不改，西山寇盜莫相侵。可憐後主還祠廟，日暮聊爲梁甫吟。

唐代宗廣德二年（七六四）春天，杜甫時年五十三歲，由閬州返回蜀地。他初歸成都時，重遊先主廟，有所感觸而創作此詩。杜甫以後主劉禪聽信黃皓之讒言，諷喻唐代宗寵信程元振、魚朝恩等人。前一年正月，唐朝官軍已平定安史之亂；十月，吐蕃攻陷長安，逼得唐代宗出奔陝州，幸好郭子儀擊敗吐蕃，收復京師；年底，吐蕃又重燃戰火，攻陷劍南、西山等州。唐朝此時內憂外患，局勢艱難，杜甫心繫時局，登樓眺望春景，卻心亂如麻，思緒翻湧。

首聯「花近高樓傷客心，萬方多難此登臨」，寫出唐朝面臨朝廷中宦官專權，西方吐蕃屢次入侵，戰爭頻仍，「萬方多難」的困境。杜甫流落他鄉，登上高樓，雖然所見繁花似錦，但思及國家正處危急存亡之秋，不禁悲從中來，愁思泉湧。以樂景寫哀情，分外令人心酸。首聯「高樓」、「登臨」，緊扣詩題「登樓」。

頷聯「錦江春色來天地，玉壘浮雲變古今」，對仗工整，描寫杜甫登樓所見的錦繡山河，遼闊壯觀。錦江，在今四川省，源自灌縣，爲岷江支流，蜀人因此水濯錦鮮明，故命名爲錦江；玉壘，山名，在今四川省灌縣。「春色」承「花近高樓」意，「浮雲」承「萬方多難」意。錦江春意盎然，從遙遠的天地邊際奔湧而來：玉壘山的浮雲飄忽不定，猶如古今變幻莫測的局勢。前一句寫極目所望之廣袤空間，後一句寫因時間轉移而產生的世情變幻。

頸聯「北極朝廷終不改，西山寇盜莫相侵」，寫杜甫登樓時，心中最牽掛之事。北極，即北辰，居天之中而衆星拱之，在此象徵大唐朝廷，在時局變幻中「終不改」，指的是去年吐蕃攻陷京城，郭子儀很快就平定叛亂，唐代宗復辟。「西山寇盜」指吐蕃，也是造成「萬方多難」的主要外患。此聯正義凜然的說明大唐氣運久遠，呼籲西方吐蕃莫再妄想入侵，徒勞無功。杜甫心中煩憂紛擾，憂心國事，但對吐蕃的呼籲仍透露著堅定的信念：相信唐朝終必屹立不搖。

末聯「可憐後主還祠廟，日暮聊爲梁甫吟」，觸景生情，因眼前古蹟，引發杜甫感慨，抒發滿懷的無奈。詩中以蜀漢後主劉禪喻唐代宗李豫。劉禪因重用黃皓而亡國，後人竟還爲他建立祠廟，讓他歆享香火祭祀。唐代宗寵信宦官程元振、魚朝恩，才導致朝廷昏亂，吐蕃入侵的困局。晉代陳壽《三國志．蜀志．諸葛亮傳》云：「亮躬耕隴畝，好爲〈梁甫吟〉。」〈梁甫吟〉是諸葛亮喜歡吟誦的樂府詩，唐朝如今徒有昏君，卻無諸葛亮一般的賢相。杜甫滿懷濟世的理想，卻苦無獻策之路，只能在日暮時分，聊吟詩歌以抒懷。

首聯點出「登樓」之旨，全詩先寫近景，再寫遠景，末聯抒發詩人懷抱。清代沈德潛讚譽此詩：「氣象雄偉，籠蓋宇宙，此杜詩之最上者。」

（賞析者：劉奇慧）

宿府

——杜甫

清秋幕府井梧寒，獨宿江城蠟炬殘。永夜角聲悲自語，中天月色好誰看？
風塵荏苒音書絕，關塞蕭條行路難。已忍伶俜十年事，強移棲息一枝安。

代宗廣德二年（七六四）正月，以嚴武為劍南東西川節度使、成都尹；杜甫遂於是年三月返成都，六月，嚴武薦杜甫任職節度使府，官檢校工部員外郎，賜緋魚袋。世稱甫為「杜工部」，本此。本詩即任職後秋夜獨宿節度使府中作。幕府，古代軍隊出征，將帥以帳幕為府署，後用作軍政首長衙門官署的代稱。

詩人值夜班於幕府。起筆直書：清秋夜晚，將軍府井邊的梧桐

已有寒意；我獨自住宿在江城附近的幕府裡，蠟燭快要燒完了。整夜傳來悲涼的號角，像是在我耳邊而自言自語；天上月色雖美好，又有誰來欣賞呢？搞得風土飛揚的戰亂繼續拖延著，消息不明，音訊斷絕；關塞上冷冷清清，道路上也不寧靜。我孤零零地已忍受了十多年，而今勉強找到了一個暫時棲身之所。

詩聖杜甫一生多在變亂中掙扎求生，僅肅宗上元元年（七六〇），在成都浣花溪草堂安居數年。他任職嚴武幕府時間是代宗廣德二年六月任職，至次年正月主動辭職，僅僅半年而已。這是本詩寫作的大時空背景。至於小時空背景則是，唐代幕府生活嚴肅，清晨入幕，至夜方退，而杜甫草堂在西郊外，往返不便，故只得住在府中過夜；加以區區微職，與他「致君堯舜上，再使風俗淳」（〈奉贈韋左丞丈二十二韻〉）的大志相去甚遠：此即〈宿府〉一詩書寫的潛在因素。本詩首聯「概寫」，宿府的時間為秋夜，地點為江城，「獨宿」二字為詩眼，提領以下諸般外景與心境。次聯「實寫」，有聲（角聲）有色（月色），卻悲自語、好誰看；且以上五下二的句法造成「奇調」。三聯「虛寫」，戰亂下音書絕、行路難。結聯擲筆一嘆，隱忍十年、棲身暫安，夫復何言！詩人以七律見長，由本詩可見一斑。

清人施補華《峴傭說詩》評此詩次聯云：「『悲』字、『好』字，作一頓挫，實七律奇調，令人讀爛不覺耳。」

（賞析者：熊智銳）

閣夜——杜甫

歲暮陰陽催短景，天涯霜雪霽寒宵。五更鼓角聲悲壯，三峽星河影動搖。
野哭千家聞戰伐，夷歌幾處起漁樵。臥龍躍馬終黃土，人事音書漫寂寥。

代宗永泰元年（七六五）正月，杜甫辭嚴武幕職；三月離成都，大曆元年（七六六）春末至夔州（今四川奉節），秋寓西閣，終歲居此，本詩即此時所作。三峽指介於四川和湖北之間的瞿塘峽、巫峽、巴峽。三峽上空的星宿閃閃動搖（暗主境內將有動亂）。夷歌，夷人之歌。倒裝句，即好幾處漁樵人們都在唱夷歌（暗示邊遠地區的少數民族也四處逃難，他們的歌謠也跟著到處傳唱）。臥龍躍馬，「臥龍」指漢末諸葛亮，曾躬耕南陽，時人稱爲臥龍。「躍馬」指公孫述，王莽時自稱蜀王，左思〈蜀都賦〉：「公孫躍馬而稱帝。」

詩人一生倥傯，起筆云：又是一年歲暮，日月遞換催逼著短促的時光；我客處天涯，這時是一個霜雪暫停的寒冷夜晚。黎明前軍中傳來悲涼雄壯的鼓角聲；三峽上空的星河，好像也被震撼得搖動起來。田野間不知多少家都在哭哭啼啼，因爲他們聽說又要打仗了；邊疆夷人到處逃難，很多漁樵都在唱著他們的夷歌。臥龍的諸葛亮，躍馬的公孫述，終歸都入了黃土；親友間早已斷了音訊，大家都孤單寂寞了。

本詩爲詩人離蜀後，流離異鄉的系列詩作之一。寫作時間是歲暮寒夜，其時詩人亦近晚年，情境交迫，百感交集，詩筆閃爍縹緲，正見身心反射。首聯寫歲暮寒夜，流光飄忽，流離天涯的詩人身在霜雪淒寒中。次聯情景兼收，因景抒情，天上地下，鼓撼星搖，變亂徵象隱約在目。蔣弱六《杜詩論文》卷四十六云：「三峽最湍激處，加霜雪照耀，故見星河動搖；又在聲悲壯裡覺得，足令人驚心動魄。」三聯寫野哭者多，夷歌廣傳，詩人暗喻變亂已生，生靈塗炭。末聯於悲戚至極之餘，轉出自我寬慰之意，賢愚終歸黃土，戰亂下人事音書兩絕，寂寥自在意料中，姑且接受吧！萬千鬱結，一語帶過，不愧詩聖手筆。

清人施閏章《蠖齋詩話》：「注杜詩者，謂杜語必有出處，然添卻故事，減卻詩好處。如『五更鼓角聲悲壯，三峽星河影動搖』，蓋言峽流注上撼星河，語有興象。」

（賞析者：熊智銳）

詠懷古跡五首之一——杜甫

支離東北風塵際，漂泊西南天地間。三峽樓臺淹日月，五溪衣服共雲山。
羯胡事主終無賴，詞客哀時且未還。庾信平生最蕭瑟，暮年詩賦動江關。

詠懷古跡五首，屬組詩，爲代宗大曆元年（七六六）詩人移居夔州時作。題稱〈詠懷古跡〉，乃借古蹟以抒懷，並非專詠古蹟。每首均因一位歷史人物之古蹟，興發詩人感嘆情懷。本詩爲組詩五首之第一首，詠嘆的人物是庾信。五溪，武陵（今湖南瀏浦縣南）有雄溪、樠溪、無溪、西溪、辰溪等五溪。王勃〈送杜少府之任蜀州〉詩：「風煙望五津。」五津即五溪。其地多爲蠻族所居，謂五溪蠻。前介杜甫〈閣夜〉云：「夷歌幾處起漁樵。」所指當即此等處的夷人之歌。羯胡，五胡之一，此處指原爲胡兒的安祿山。庾信，字子山，南北朝時新野（今屬河南）人，曾流落長安，北周孝閔帝拜爲洛州刺史，惜其文才，強留不使歸鄉，因作〈哀江南賦〉，驚動一時。江關，指荊州江陵。梁元帝都江陵，庾信未入北周前，曾居江陵，其居處傳爲宋玉故居。

詩人以安史之亂起筆：安祿山叛亂期間，東北人民流離失所；我只好漂泊到西南來。但見三峽的樓臺，浸映在日月光華中；五溪蠻人的服飾，與雲山相輝映。像胡兒安祿山之流，歸順我國終究不可信賴；詩人（杜甫）感傷時事，自是嘆息還鄉不得。結筆引庾信與己對照：庾信一生最淒涼落寞，因此晚年作的辭賦，能驚動江陵遠近。

本詩爲詠懷古跡五首的第一首，前六句寫自己逢亂避難的遭遇，是自序，也似五首的總序。第二聯寫三峽、五溪景色，實寓詩人心境，藝筆蘊藉淋漓。末聯說到庾信，暗以庾信比喻自己，均是流離異鄉不得歸的失意詩人。懷古不是弔古，弔古是身臨古地古跡，懷古則可遙念古人古事而不必親臨其地。庾信故居在江陵，杜甫此刻人在夔州，尙未到江陵，可見杜甫意在出蜀，乃先有此詠。本詩首聯概攬組詩時空景象，出手即不尋常。

當代文史學者邱燮友教授云：〈懷古〉（〈詠懷古跡〉）五首與〈秋興〉八首、〈諸將〉五首，均爲傳世千古名篇。杜甫在七律發展史上奠定了穩固地位，除在風格上有了改變外，還把五律拗救的方法，廣泛運用到七律中來（如本詩末聯出句句內自救），與大曆以前守律謹嚴的作風不同。七律至中唐以後才蓬勃發展，杜甫居功至偉。

（賞析者：熊智銳）

詠懷古跡五首之二 杜　甫

搖落深知宋玉悲，風流儒雅亦吾師。悵望千秋一灑淚，蕭條異代不同時。
江山故宅空文藻，雲雨荒臺豈夢思？最是楚宮俱泯滅，舟人指點到今疑！

本詩爲懷古組詩的第二首，所懷者爲戰國時楚國詩人宋玉。宋玉，屈原弟子，出身低微，出仕後不得意，著〈九辯〉，寓蕭瑟的秋景，及貧士失職的感傷，起句云：「悲哉秋之爲氣也，蕭瑟兮草木搖落而變衰。」江陵與歸州（今湖北秭歸），皆有宋玉的故宅。楚宮，楚國的宮殿，戰國時楚國建都在郢，即今湖北江陵。

詩人起筆開門見山：看到草木凋零景況，才深知宋玉悲秋的心

情。繼引宋玉爲己師：他那高華亮麗而又儒雅的風度，也可做我（杜甫）的老師。我於千年之後憑弔他，不禁一灑同情之淚；雖然彼此不同時代，但身世卻同樣淒涼。在此江山間，依然保有你的故居，也徒然如見你的文采。雲雨籠罩下的巫山陽雲臺，難道就是你筆下的楚王夢神女之處嗎？最可惜可悲的是楚王宮殿已不見了；儘管船夫指指點點說些遺跡遺事，但是可靠嗎？

這是一首追懷宋玉的詩。借讚揚宋玉〈九辯〉、〈高唐賦〉流傳千古；感嘆江山勝跡或存或廢、傳聞可疑，而寓杜工部自身坎坷的一生。第一聯起筆落實宋玉的身價，次句「亦」字是連接前一首感懷庾信而來，意謂宋玉與庾信皆爲吾師。第二聯出句「一」字，有如空谷足音，響徹雲霄，正見詩聖杜甫滿腔鬱結，借此一吐爲快。此時杜甫正沿江出蜀，漂泊水上，旅居舟中，年衰多病，生計窘迫，本詩之作，實屬心聲。雲雨荒臺，荒臺，指陽雲臺，在今四川巫山縣陽臺山上，相傳爲楚王夢與神女幽會處。宋玉〈高唐賦〉云：「旦爲行雲，暮爲行雨，朝朝暮暮，陽臺之下。」

高步瀛謂，庾信、宋玉皆詞人之雄，作者所以自負。

（賞析者：熊智銳）

詠懷古跡五首之三——杜甫

群山萬壑赴荊門，生長明妃尚有村。一去紫臺連朔漠，獨留青塚向黃昏。畫圖省識春風面，環佩空歸月夜魂。千載琵琶作胡語，分明怨恨曲中論。

本詩爲〈詠懷〉五首之三，所懷者爲漢元帝宮女王昭君。荊門，即荊門山，在今湖北荊門南的長江南岸，與北岸虎牙山相對。明妃，即王昭君，晉人避司馬昭諱，改稱王明君，故云。王氏名嬙，漢元帝宮女，畫師毛延壽故意把她畫醜，故未獲元帝親近。竟陵元年（前三十三）遣嫁匈奴王呼韓邪，元帝召見，驚爲麗人，遂斬畫師。昭君出塞和蕃故事，便一直流傳民間。昭君村，在歸州，即今湖北秭歸。

紫臺，即紫宮，帝王所居。江淹〈恨賦〉：「若夫明妃去時，仰天太息；紫臺稍遠，關山無極。」青塚，王昭君墓。在今內蒙古呼和浩特市南。相傳塞外草白，獨王昭君墓草青，意謂遺恨長存。

詩人起筆說：我經過許多山巒溪谷，來到荊門；這裡還保有王昭君生長的故居。當年她一離開皇宮，就走向北方遙遠的沙漠；現在斜陽冷照下，唯獨她的墳上草色青青。從畫像中，應該也能約略看出她青春美貌；如今只剩下她死後的魂魄在月夜裡趕回漢廷。千載以來，她所彈的琵琶似乎依然是匈奴的語言；這分明含有無限的怨恨，從曲調中流露出來。

這是一首詠懷王昭君的詩。起句群山萬壑奔向生長明妃的荊門，一語點出地靈人傑深意。在重男輕女的傳統思想下，詩聖如椽之筆以英雄豪傑高歌明妃，自有其相與比附之意。次聯寫當時明妃出塞和蕃之無辜，「一去」爲怨恨之始，「獨留」爲怨恨之終。三聯寫畫師誤人之可惡，及明妃孤魂歸漢之可悲。詩人比附之意隱約可見：畫師誤明妃，時人誤杜工部，亦異代不同時之憾恨。結聯引出琵琶作胡語，怨恨曲中論，正是詩筆工致處。

金聖嘆《杜詩解》：「詠明妃，爲千古負材不偶者，十分痛惜。」

（賞析者：熊智銳）

詠懷古跡五首之四——杜甫

蜀主窺吳幸三峽，崩年亦在永安宮。翠華想像空山裡，玉殿虛無野寺中。
古廟杉松巢水鶴，歲時伏臘走村翁。武侯祠屋常鄰近，一體君臣祭祀同。

本詩爲〈詠懷〉五首之四，所懷者爲三國蜀先主劉備。蜀漢劉備章武元年（二二一）稱帝於永安宮，次年親自率兵伐吳，大敗。章武三年，劉備歿。永安宮，蜀主劉備在白帝城之行宮。稱帝、歿，均在此。歲時伏臘，古代祭名，夏六月爲伏，冬十二月爲臘。村民每年伏臘按時前往祭拜。

詩人即事破題：當年劉備親臨三峽，率兵伐吳；兵敗回來，不久就死在前此稱帝的永安宮裡。接下來即景抒情：而今在空山中，猶可想像他的儀仗大軍旗幟飄揚的盛況；在野寺裡，依稀可想見往日的宮殿。古廟前的杉松樹上，有水鶴巢居；每年伏臘祭典，村民依舊前來祭拜。武侯寺與先主廟比鄰；君臣一體，同饗後世的祭奠。

這是一首詠懷先主劉備的詩。首聯起筆點明，人，蜀主劉備；事，窺吳與駕崩；時，幸，年；地，三峽與永安宮，人、事、時、地一筆到位，此即詩聖「詩史」筆法。次聯以翠華、玉殿敘往，三聯以水鶴、村翁寫今，仍是史筆。結聯引出武侯、君臣生前如魚得水，身後寺、廟比鄰而居，並同饗世人祭奠：詩人讚嘆之意，躍然紙筆間，詩史而兼感懷，首尾一氣呵成。

近人杜松柏謂，一體君臣，乃詩人讚美先主與諸葛亮的美好互動關係。

（賞析者：熊智銳）

詠懷古跡五首之五——杜甫

諸葛大名垂宇宙，宗臣遺像肅清高。三分割據紆籌策，萬古雲霄一羽毛。
伯仲之間見伊呂，指揮若定失蕭曹。運移漢祚終難復，志決身殲軍務勞。

本詩爲〈詠懷〉組詩五首之五，所詠懷者爲三國蜀漢丞相諸葛亮，與前一首詠懷先主劉備詩聯袂。宗臣，大臣、重臣。三分割據，謂魏、蜀、吳三國鼎立。諸葛亮多方策劃下，促成魏、蜀、吳三國鼎立割據。羽毛，鸞鳳的代稱。伯仲，本指兄弟之間，此指不相上下。伊呂，伊指伊尹，商湯開國功臣；呂指呂尙，助周武王、文王滅商有功。從諸葛亮的功績看來與伊尹、呂尙實不相上下。蕭曹，漢初佐劉邦取天下的蕭何、曹參。諸葛亮的運籌帷幄、決勝千里，使蕭何、曹參爲之失色。諸葛亮決志興漢，積勞軍務，竟然身死軍中。

詩人一向推崇諸葛亮，此處起筆：諸葛亮的英名，永遠流傳在天地間（上下四方謂宇，古往今來謂宙）；他的大臣遺像顯示出清高，令人肅然起敬。以下寫實：他費盡心思籌劃，造成三國鼎立割據的局面；他高尙的才智人格，千萬年來，彷彿高翔於雲霄中的鸞鳳。他的功業成就，與商周賢臣伊尹、呂尙不相上下；他沉著指揮，有條不紊，使蕭何、曹參爲之失色。最後感嘆：漢室福祚已盡，終難恢復；諸葛亮雖決志以赴，終於在軍務積勞下，身死征途。

此爲〈詠懷〉組詩五首中的最後一首，頌讚的對象是蜀漢丞相諸葛亮。首聯破空突起，垂宇宙一語響徹貫穿時空，爲諸葛亮身價定位。宗臣二字爲全篇骨架，以下斑斑才具功績，有如素描速寫。如：次聯三分割據、萬古雲霄；三聯伯仲伊呂、蕭曹失色，皆本宗臣而出。指揮若定一語，如見武侯羽扇綸巾，悠然指揮千軍萬馬的雄風。結聯詩人慨然爲武侯哀傷之意，與「出師未捷身先死，長使英雄淚滿襟」（杜甫〈蜀相〉）之嘆契合。本詩屬議論體，詩入議論，易流枯燥乏味。本詩卻迴環輾轉，讀之令人迴腸盪氣，捨詩聖豈誰能爲！

近人傅經順云：全詩議而不空，句句含情，層層推進，首聯如一雷乍起，頷聯頸聯如江河奔注，尾聯蓄勢已足，突遇萬丈瀑布，空谷傳響——「志決身殲軍務勞」，全詩即結於此動人心弦的最強音上。

（賞析者：熊智銳）

江州重別薛六柳八二員外——劉長卿

生涯豈料承優詔？世事空知學醉歌。江上月明胡雁過，淮南木落楚山多。
寄身且喜滄洲近，顧影無如白髮何！今日龍鍾人共棄，媿君猶遣愼風波。

這是一首送別的詩。江州，即今江西九江。薛六（薛弁）、柳八（柳渾）二員外，時爲官宦，六與八爲其排行，二人生平均未詳。作者先前有〈江州留別薛六柳八二員外〉五言律詩一首，如下：「江海相逢少，東南別處長。獨行風嫋嫋，相去水茫茫。白首辭同舍，青山背故鄉。離心與潮信，每日到潯陽。」潯陽即在江西九江，繼而有〈江州重別薛六柳八二員外〉一詩。此詩爲大曆九年（七七四）謫官睦州時期在江州所作。

首聯「生涯豈料承優詔？世事空知學醉歌」，作者遭貶官後又幸被詔回，但內心卻仍惶恐不安，哪能料到還會得到天子的厚愛？仕途的不如意，世事的茫然，我只知學唱醉歌，醉酒狂歡，抒發心中的不平之氣。首句以詰語入詩，以激問法指出表面上是受寵若驚，實際上內心卻是忐忑不安，正話反說，以反寫正，表意技巧高妙。

頷聯「江上月明胡雁過，淮南木落楚山多」，承上句寫江州秋色，江上一輪皎潔明月高掛，往南飛的一行行胡雁嘎嘎飛過，就在此颯颯蕭森的秋氣瀰漫氛圍下，我不也像南雁一樣，與你們分離，眞是令人不捨呀！江州在淮南，屬於楚地，故說此地秋季木葉已零落，楚地山頭想必落木更多吧！在秋風淒襲下，萬物蕭條淒涼，以明月、胡雁、木落渲染秋天的離情，襯托別離的悲悽。二句上下交錯，遠近動靜，江水楚山，層次井然，以景寄情，委婉抒情。

頸聯「寄身且喜滄洲近，顧影無如白髮何」，轉而敘述喜歡寄身在此水湄處，天寬海闊，能慰我寂寥，洗滌心胸，暫拋紅塵世事。「喜」有苦中作樂之意，使沉悶悲戚的詩意得以翻轉。「滄州近」反面的意思就是離故鄉更遠了，能「承優詔」往南巴寄居異鄉，不也是値得一喜嗎？再看看自己是白髮叢生，歲月催人老，但也無可奈何啊！時不我與，言下有無限的感傷。

末聯「今日龍鍾人共棄，媿君猶遺愼風波」，「龍鍾」意謂年老體衰，行動不靈活，不爲人所重用。「人共棄」二字寫來辛酸，但老驥伏櫪，志在千里，滿腔壯志，卻爲人所棄，在這不得志的時候，你們二位不離不棄，還叮囑我要留意宦海風波，這才是眞正的患難之友。「愼風波」意有雙關，表面上指此行江上天候瞬息萬變，隨時都有不可預測的狂風大波，事實上卻是指是非恩怨、誣謗叢生的仕途風波，生死攸關，更要小心應對。

本詩用下平聲五歌韻，首聯對起。此詩委婉託諷，借景言情，在江州再次道別薛六、柳八二員外，首先感嘆身世，進而借秋景婉轉抒發內心的不平，意境幽深，氣韻流暢，用語質樸。清人方東樹《昭昧詹言》卷十八：「起句喜得除授二句，言時事難爲，中二聯景與情交融，收入二員外。七句皆自述，末句始入別二人。」吳喬《圍爐詩話》云：「劉長卿送陸澧，贈別顏士元，送耿拾遺，別薛柳二員外諸詩，絕無套語。」此詩直抒胸臆，樸實自然，爲後人所傳誦。

（賞析者：王碧蘭）

長沙過賈誼宅

劉長卿

三年謫宦此棲遲，萬古唯留楚客悲。秋草獨尋人去後，寒林空見日斜時。
漢文有道恩猶薄，湘水無情弔豈知？寂寂江山搖落處，憐君何事到天涯？

這是一首懷古的詩。賈誼，西漢洛陽人。是漢文帝時著名的政論家，心憂漢室，上書直言，言詞激昂，不幸為權貴中傷，後被貶為長沙王太傅，意不自得，乃抑鬱而死，年三十三。賈誼曾渡湘水為賦以弔屈原，藉以自傷。唐代湖南長沙，仍留有漢時賈誼住過的遺址。而作者曾有兩次遭貶謫，一次是在唐肅宗至德三載（七五八）正月，被貶為南巴縣尉；第二次是在唐代宗大曆八年（七七三）被貶為睦州司馬。此詩乃第二次被貶，時在深秋，途經長沙所作。有感嘆自己的身世與賈誼相似，因他的際遇而悲哀，其實也是在自憐啊！

首聯「三年謫宦此棲遲，萬古唯留楚客悲」，先從賈誼被貶為長沙王太傅三年下筆，呼應題目。賈誼感傷屈原被放逐，也自憐遭讒而不被重用，傷屈原，其實乃自傷也。歷來騷人墨客到此一遊，莫不觸景傷情，感慨萬分，作者客遊於此，尋訪故居，也是見景傷情。「三年謫宦」、「萬古」楚客悲，給人一種沉重的悲涼之感。「悲」是本詩詩眼，賈誼悲屈原，猶如作者悲賈誼，悲自己。英才有志難伸，無法報效國家，而小人卻當道，浮雲蔽日，黑白顛倒，政治何時才能清明？

頷聯「秋草獨尋人去後，寒林空見日斜時」，寫眼前一片秋草、寒林秋颯的景象。此處作者不著痕跡，巧妙運用典故，勾出秋日空寂畫面，清人施補華《峴傭說詩》：「『人去』句，即用〈鵩鳥賦〉『主人將去』；『日斜』句，即用『庚子日斜』，可悟運典之妙；水中著鹽，如是如是。」作者獨覓飄零的秋意，只見寒林中，太陽斜照，作者的心情低落，思索自己的前途，難道也會像屈原、賈誼一樣抑鬱而終嗎？「獨尋」、「空見」襯托孤寂氛圍，無限淒涼。

頸聯「漢文有道恩猶薄，湘水無情弔豈知」，對句工整，千古名句。吳瑞榮《唐詩箋要》：「怨語難工，難在澹宕婉深耳。秋草、湘水二語，猶當雋絕千古。」作者透過漢文帝無情的對待賈誼事，間接宣洩對時君的不滿。意謂仁厚有道的漢文帝尚且如此，何況是現今的國君呢？那無情無知的湘水，哪裡知道賈誼祭弔屈原呢？看來賈誼是白費心機了。以古喻今，傷賈誼實自傷也。

末聯「寂寂江山搖落處，憐君何事到天涯」，以景帶情，在這山川孤寂的秋日，到處草木零落，枯葉衰草，作者心中有感，反問賈誼先生，爲何事而到這遙遠的地來呢？末句一個「憐」字，雖憐賈君，卻是憐己。昔時賈誼傷屈原被貶，而今作者又傷賈誼被貶的不幸，乃情感之轉移，同病而相憐。

本詩用上平聲四支韻。清人方東樹《昭昧詹言》卷十八：「首二句敘賈誼宅，三、四過字，五、六入議，收以自己託意。」章法嚴謹，自然精妙，意在言外。沈德潛《唐詩別裁》：「七律至隨州（劉長卿），工絕亦秀絕矣。」又云：「誼之遷謫，本因被讒，今云何事而來，含情不盡。」詩中「悲」、「弔」、「憐」三字，雖嘆賈誼之遭遇，實字字悲己、嘆己、憐己。整首詩筆法頓挫，用典無痕，感慨深遠，黯然而神傷。

（賞析者：王碧蘭）

自夏口至鸚鵡洲夕望岳陽寄源中丞——劉長卿

江洲無浪復無煙，楚客相思亦渺然。漢口夕陽斜渡鳥，洞庭秋水遠連天。
孤城背嶺寒吹角，獨戍臨江夜泊船。賈誼上書憂漢室，長沙謫去古今憐。

這是一首寄贈的詩，作者於至德間任鄂州轉運，從夏口到鸚鵡洲，觸景生情而思念岳陽的好友源中丞（一作元中丞）所作。作者身處湖北漢口漢陽，而岳陽在湖南，二地相去甚遠，故只能遙望寄情，題目這一個「望」字，更點出二人深厚情誼。

首聯「江洲無浪復無煙，楚客相思亦渺然」，首句點出夜宿之地是在江州。江州一作汀州，即是鸚鵡洲，在今漢陽。此時夕陽西下，無浪無煙，風清月明，一片清朗。作者以夕景起句，別出心裁，不落窠臼，甚爲佳妙。次句言客居楚地的我，深深思念著你，「亦」字顯現出自己的懷念之情也如同眼前寬闊之景，綿渺悠遠。

頷聯「漢口夕陽斜渡鳥，洞庭秋水遠連天」，二句寫景秀麗，切入題目「夏口」入題目「望」字。眼前的漢口在夕陽餘暉下，只見天邊一隊隊斜飛渡江歸巢的鳥群，想你所在的岳陽洞庭湖上，也是秋水連天的景象吧！「斜」、「遠」二字點出日暮秋水景象，聯繫夕陽、歸鳥，秋水連天生動的畫面，景中寄情，思念無窮。

頸聯「孤城背嶺寒吹角，獨戍臨江夜泊船」，承上聯寫暮景，由黃昏而至夜幕低垂，萬物靜寂，秋意蕭颯，背山的岳陽漢陽城在寒氣中，遠遠傳來陣陣悲涼的號角聲，如今戰事尚未平，戰士們孤寂戍守著江邊，我也停船在江岸過夜。詩中「孤」、「寒」、「獨」更見孑然一身，襯托出作者思友之深與被貶路途的坎坷淒涼。

末聯「賈誼上書憂漢室，長沙謫去古今憐」，以詩託意，借賈誼事，寄自己遭貶之事。賈誼心憂漢室上書《治安策》，指出匈奴侵邊、諸王割據、社會種種的亂象，提出諫言，可是卻被貶謫長沙，古往今來誰不對此感到哀憐？表面上哀賈誼，實是哀己。清人章燮云：「我之上書。獨非憂唐室乎？自遭吳仲孺誣奏，乃貶南巴，君獨不爲我憐耶？」借事傷己，悲人實亦悲己。然此賈誼上書貶謫事，與史事不符，表意淺直，沈德潛《唐詩別裁》：「直說淺露」，然因自身之忠而被誣，信而被貶，壯懷難伸，作者藉此遣懷抒怨，雖有過激誇大之情，然亦不必苛責。

本詩用下平聲一先韻。全詩感情綿密，以景寄情，情景交融，對偶工整，用語流暢，藉事抒情，隱藏同病相憐之感。

（賞析者：王碧蘭）

贈闕下裴舍人

錢　起

二月黃鸝飛上林，春城紫禁曉陰陰。長樂鐘聲花外盡，龍池柳色雨中深。
陽和不散窮途恨，霄漢長懷捧日心。獻賦十年猶未遇，羞將白髮對華簪。

這是一首投贈詩，作於開元二十九年（七四一）。詩意乃希望在宮中爲官的裴舍人能予以援引。唐代科舉盛行於未遇前，有投卷之舉，冀獲汲引。這首詩婉曲陳述，手法高妙。作者早年曾數次赴試，然均不幸落第，直至天寶十載（七五一）才考上進士，代宗大曆時爲翰林學士，可知此詩乃是作者赴試不順遂時所作。

首聯「二月黃鸝飛上林，春城紫禁曉陰陰」，首先不從寫詩的目的著筆，而以裴舍人所在的宮中景物想像起筆，樸實自然。仲春二月，春臨大地，黃鸝鳥在枝頭愉悅的嚶嚶鳴叫，似乎也享受這春暖花開的季節，展翅飛向富麗的宮苑。作者首聯即融合聽覺與視覺的交錯，雖不明講鳥鳴，但是讀者隱隱約約可以想像一片鳥語花香的宮苑，苑內花草林木蓊蓊鬱鬱，綠意盎然，生機蓬勃，春景無限。

頷聯「長樂鐘聲花外盡，龍池柳色雨中深」，此聯比興高妙，「長樂」借喻爲唐宮，非眞指漢宮；「龍池」乃唐玄宗龍潛舊宅，位於長安城東南。由長安宮內傳來聲聲鐘響，漸漸消逝在花叢外，宮苑龍池楊柳在春雨中更加濃翠，此寫宮內之景，暗指投贈者得志在朝爲官。鐘聲「盡」於花外，柳色「深」於雨中，二字神韻悠長，寫森嚴宮殿之難以接近，非一般人所能到訪，具有言外之意，含蓄寄託作者流落不遇之懷，與他對裴舍人仰慕之意。

頸聯「陽和不散窮途恨，霄漢長懷捧日心」，繼前四句寫宮苑之春景，再轉筆抒情，寫出自己不遇之憾。即使是陽光和煦的春日，也難以驅散窮途的遺恨，雖然如此，但胸中仍如霄漢永懷著捧日般的忠心，「日」原是指太陽，此處暗指皇帝，表達盼有機會能爲朝廷做事的熱情，作者深切求仕之心隱然可見。

尾聯「獻賦十年猶未遇，羞將白髮對華簪」，獻賦十年，「十年」爲一虛數，表示參加科考多年，但考運不佳，未獲青睞，「猶」字反映出求取功名的不順遂，作者失望之情表露無遺。末句用「羞」字，先自言慚愧，巧妙的化解請託援引之尷尬，「華簪」爲達官貴人之冠飾，在此借指裴舍人。此句羞愧自己滿頭白髮，仍未有成就，卻來拜託舍人提攜，婉轉含蓄之意可見，乞憐求助之情溢於詩中。

此詩押下平聲十二侵韻。前四句寫宮苑殿閣的春景，氣象華貴，一方面以景讚美裴舍人能在朝中爲皇帝重用，一方面作者也表達欣羨之意；後四句抒情，悲己之不遇，但仍不減爲朝廷盡忠的心意，希望自己有朝一日得貴人相助，能被朝廷重用，貢獻所學。清代喬億《大曆詩略》：「頷聯比興微妙，非徒麗句也。結似氣盡，然向達官而嘆老嗟卑，此豈無意耶？」全詩描景富麗，用詞精工，語意婉轉含蓄，以景寓情，情景交融。

（賞析者：王碧蘭）

寄李儋元錫

韋應物

去年花裡逢君別，今日花開又一年。世事茫茫難自料，春愁黯黯獨成眠。
身多疾病思田里，邑有流亡愧俸錢。聞道欲來相問訊，西樓望月幾回圓？

這首詩是韋應物晚年任滁州刺史時寄贈好友李儋之作，大約成於唐德宗興元元年（七八四）春天。李儋，字元錫，當時任殿中侍御史，在長安與詩人分別。次年春，詩人寫下這首詩相贈，並期盼盡快與好友重逢。建中四年（七八三）「涇原兵變」，詩人任滁州刺史那年冬天，發生朱泚叛亂稱帝事件，唐德宗出逃。他派人北上打聽消息，一直到寫這首詩時還沒有獲得回音。

首句寫去年花開時節詩人獨自傷別離，明暗成對比；今年又花開，猶未能與好友重逢，此情接續到第四句，成爲「春愁黯黯」的原因之一，也爲末聯李儋「欲來相問訊」、「西樓望月幾回圓」留下了伏筆，結構可謂綿密。

中間兩聯敘及「憂國憂民」的胸懷。春愁黯黯，情緒低落，難以成眠：一方面世事茫茫難料，國事動盪，一方面邑有流亡，一方面身多疾病，一方面知己遠隔，有以致之。

這首詩的「身多疾病思田里，邑有流亡愧俸錢」兩句，自宋代以來，甚受讚揚。范仲淹嘆爲「仁者之言」，並引發其名言：「居廟堂之高，則憂其民；處江湖之遠，則憂其君。是進亦憂，退亦憂，然則何時而樂耶？其必曰：『先天下之憂而憂，後天下之樂而樂』歟！」（〈岳陽樓記〉）皆足以爲居官者之典範。

此爲七言律詩，中間兩聯對仗，押下平聲一先韻：年、眠、錢、圓。

（賞析者：黃美惠）

同題仙遊觀——韓翃

仙臺下見五城樓，風物淒淒宿雨收。山色遙連秦樹晚，砧聲近報漢宮秋。
疏松影落空壇靜，細草香閒小洞幽。何用別尋方外去？人間亦自有丹丘。

此爲題寺觀之詩。仙遊觀，一說在河南嵩山逍遙谷內，初唐潘師正道士居於此，唐高宗對他十分敬重，下令於逍遙谷口修築仙遊門，谷中修築道觀，即詩題之仙遊觀。一說在長安西山，道院名。詩人與友人遊此，同題詩作。

首聯「仙臺下見五城樓，風物淒淒宿雨收」，寫仙遊觀的觀景臺處，居高臨下俯視寧靜清幽的「五城樓」。五城樓，是五城十二樓的簡稱，傳說爲仙人所居處，此處指仙遊觀中清靜的道宇樓臺。此時隔宿的雨已停歇，四周景物一片淒清幽靜。

頷聯「山色遙連秦樹晚，砧聲近報漢宮秋」，寫仙遊觀的遠眺之景。抬頭望去，天色已漸晚，蒼翠的山色由遠而近，連接著樹林，呼應「晚」字；近處也傳來陣陣擣衣的聲音，似乎已透出深秋已至，呼應「秋」字。「秦樹」、「漢宮秋」並非眞指秦地的樹、漢宮的秋，一則美化詩境，透出古樸氛圍；一則暗契題旨，諷秦、漢時帝王爲求長生不老，有敬神求仙，迷求仙術之荒唐事蹟。清人吳瑞榮《唐詩箋要》：「頷聯極精警之致，此二語接得勻稱，格意又不犯重，甚妙。」二句對仗工整，點出時間與季節，已是深秋黃昏。

頸聯「疏松影落空壇靜，細草香閒小洞幽」，寫仙遊觀內法壇洞室之景物。觀內稀疏斑駁松影灑落一地，法壇顯得格外寧靜；幽靜的禪洞邊，幾叢閒雅細柔的小草飄來陣陣暗香。疏松、細草、空壇、小洞等景觀編織成一幅落、靜、閒、幽的人間仙境，令人流連忘返，引發內心嚮往之感。

尾聯「何用別尋方外去？人間亦自有丹丘」，基於前聯情感之感悟，發出人間亦有仙境之嘆，稱讚此地就是神仙居住的丹丘妙地，清幽之所，何用再尋世外淨土呢？人間自是有仙境福地，只是少有閒人能感悟發覺。

此爲一首七言律詩，押下平聲十一尤韻。層次分明，前六句敘觀外、內之景，後二句寫感悟收結全詩。先俯視與遠望四周之景，繼而敘觀內清幽之境，末抒發感悟之喜悅。思脈清晰，遠近高下，結構井然，用語平實，音韻和諧，對仗工整，極富情趣。

（賞析者：王碧蘭）

春 思

——皇甫冉

鶯啼燕語報新年，馬邑龍堆路幾千。家住層城鄰漢苑，心隨明月到胡天。
機中錦字論長恨，樓上花枝笑獨眠。爲問元戎竇車騎，何時返旆勒燕然？

這是一首春怨詩，借閨婦抒寫春怨，期望早日結束戰爭，良人能與家人團聚。作者曾在大曆年間入河南節度使王縉幕府，身處亂世，深知將士遠離家園，拋妻棄子，長年在外征戰的無奈，也體會閨婦對出征丈夫的思念與期盼，故以閨婦口吻寫作此詩。

首聯「鶯啼燕語報新年，馬邑龍堆路幾千」，第一句點出新的一年在熱情的鶯啼燕語中到來，家人不是該團聚了嗎？可是丈夫呢？丈夫卻出征於千里之外，無法團聚呀！「馬邑」指「馬邑城」，城在山西朔縣東北；「龍堆」即指「白龍堆」，天山南路的沙漠。一爲邊塞城名，一爲茫茫沙漠，就是良人戍守之地，離這裡有幾千里遠啊，兩地相隔，相思無盡。

頷聯「家住層城鄰漢苑，心隨明月到胡天」，寫閨婦雖住在繁華熱鬧的京城層樓，與宮苑爲鄰，但卻無心玩樂，思念丈夫的一顆心，早已隨明月到千里外的胡地。因爲明月皎潔，普照大地，舉頭可見。李白〈靜夜思〉中「舉頭望明月，低頭思故鄉」，想見丈夫也在胡地月色中思念自己，親人終不得相聚，徒令人傷感？此聯對仗奇麗巧妙，對比生動，情致幽渺，閨婦思夫之情，躍然紙上。

頸聯「機中錦字論長恨，樓上花枝笑獨眠」，點化高妙，以轉化擬人法，生動的寫出離恨，寄託對丈夫的思念。化用《晉書》竇滔妻的故事，竇妻蘇惠因爲思念遠方夫君，乃織錦爲「璿璣圖詩」。內容共八百四十個字，縱橫反覆，都能成文，纏綿幽怨，抒發私情，爲眞情流露的創新詩作。根據明代史學家康萬民研究，這迴文旋圖可以歸納出四千二百零六首詩作之多，實在驚人。此指閨婦的離恨，猶如機中錦字，循環無盡，詩有多長，恨就有多長。這種由愛轉恨情緒的轉變，也間接提升對事物移情的敏感度，她隱約感覺到樓上樹枝上盛開嬌豔的花朵，似乎也在嘲笑她春閨獨眠，虛度青春。

末聯「爲問元戎竇車騎，何時返旆勒燕然？」以詰問作結，不問良人何時回來，而反問主帥元戎竇憲，何時打勝仗，天下太平，班師回朝，讓久別的家人團聚。此處借用後漢竇憲典故，言竇憲爲車騎將軍，大破匈奴，遂登燕然山，命班固作銘，刻石而還之事。語意深長，雖有責難，但從中可見詩人含蓄之筆觸。

本詩押下平聲一先韻，詩中善用典故、擬人、對比等修辭手法，加深詩歌藝術深度。全詩情思纏綿，作者擬婦人口吻書寫，替閨中妻妾道出厭戰、團聚的心聲，閨婦遠韻遙情，洋溢可見。清人方東樹《昭昧詹言》卷十八：「此等詩色相不出齊梁，而意用則去三百篇不遠，所謂哀而不傷，怨而不怒，溫柔和平，可以怨者也。」頗有《詩經》「溫柔敦厚」之旨。

（賞析者：王碧蘭）

晚次鄂州——盧綸

雲開遠見漢陽城，猶是孤帆一日程。估客晝眠知浪靜，舟人夜語覺潮生。
三湘愁鬢逢秋色，萬里歸心對月明。舊業已隨征戰盡，更堪江上鼓鼙聲。

這是一首客旅抒懷的詩。《全唐詩》在題目下注云：「至德中作」，至德乃唐肅宗年號，當時永王李璘於江陵造反，事敗，永王喪生。因戰亂，作者浪跡異鄉，至德二載（七五七）秋天，作者於南行中夜宿鄂州，於舟中有感而作。鄂州，即今湖北武昌，「次」是停留的意思。

首聯「雲開遠見漢陽城，猶是孤帆一日程。」起句點題，寫舟行已至鄂州，眼前雲霧散開，視野清朗，雖然可以遠眺漢陽城，但咫尺千里，江闊帆遲，仍需一日航程，不得不「晚次鄂州」，呼應題目。情眞景切，襯托詩人歸心甚急之情。「孤」帆點出心境之孤寂，而並非江上無舟。「猶是」有無奈的感覺，體現作者心情的乍然低落，欣喜中，不免又有些苦悶無法排除。

頷聯「估客晝眠知浪靜，舟人夜語覺潮生。」寫舟中景況，白日風平浪靜，舟楫平穩，同船的商賈高眠憩息；夜深人靜，聞船夫相語加纜扣舷聲，知潮水已上漲。《唐律偶評》：「浪靜則可以兼程，潮生更宜夜發，乃胡爲淹此留也」，此時詩人內心晝夜不寧，思緒紛亂，恨不得日夜兼程，更襯托出其歸心似箭。

頸聯「三湘愁鬢逢秋色，萬里歸心對月明。」借景抒懷，「歸心」是此詩的詩眼，因歸心，所以「愁鬢」，不勝憔悴。時値深秋悲涼季節，三湘（湖南境內，三湘，指湘潭、湘陰、湘鄉爲三湘，一說瀟湘、濰湘、蒸湘爲三湘，在此泛稱湖南一帶）乃此行目的地，而家卻在千里外之蒲州（山西永濟）。因此，「逢秋色」，更添衰鬢；「對月明」，倍思故鄉。萬里歸心急，但覺舟行緩，深刻描寫出作者內心深層的無限惆悵。

末聯「舊業已隨征戰盡，更堪江上鼓鼙聲。」抒發感慨，因爲戰亂，家鄉的一切田園家產與事業，已遭毀破壞摧殘，在這兵荒馬亂下，何處可得安棲？如今江上又傳來陣陣緊急的戰鼓鼙聲，令人不堪聽聞，到底天下何時可太平？戰爭何時可停歇呢？將作者內心厭戰的心情表露無遺。

本詩用下平聲八庚韻，意脈連貫，詞藻樸實，雅淡含蓄，富有情味。中間二聯對仗，體悟深切，情景逼眞，歷歷在目，非深有經歷者是無法道出眞感覺。清人喬億《大曆詩略》評云：「有情景，有聲調，氣勢亦足，大曆名篇。」作者歸家心切，但無奈爲戰亂所阻，字字眞情，用意深沉。

（賞析者：王碧蘭）

登柳州城樓寄漳汀封連四州刺史——柳宗元

城上高樓接大荒，海天愁思正茫茫。驚風亂颭芙蓉水，密雨斜侵薜荔牆。嶺樹重遮千里目，江流曲似九迴腸。共來百越文身地，猶自音書滯一鄉。

詩人被貶永州十年後始奉召還京，本欲重振旗鼓，再展雄才，誰知未被重用，反再度被貶至更荒遠的柳州，其心境之愁怨可想而知。詩人經過艱難跋涉到達柳州後，他迫不及待登上高樓遙望，並寫下這首詩，分別寄送給一同遭貶的韓泰、韓曄、陳諫、劉禹錫四位友人，爲抒懷，也爲表達對友人的深切思念。

首聯「城上高樓接大荒，海天愁思正茫茫。」點明題意，寫登樓遠望之景與愁。上句是說站在高樓望出去的是一片荒蕪，這是因爲柳州在廣西，地處荒遠，舉目所見自然是一無所有的荒土。而下句，是寫極目所見之景，因廣西近海，故緊接荒土再往前眺望只見海天相連無邊無際，「茫茫」二字是所見浩渺之景的描繪，同時也是詩人此時內心深沉愁緒的寫照。

頸聯「驚風亂颭芙蓉水，密雨斜侵薜荔牆。」是寫眼前之景。望遠無法抒懷，詩人只好收回視野近觀，誰知眼前之景更叫人膽顫心驚。在風雨中，挺立水中弱不禁風的「芙蓉」被狂風摧殘著；攀附在牆上的「薜荔」則不斷受到暴雨的侵襲。事實上，風吹雨淋是眼前實景，但因詩人將自己的感受投射在所見景物中，於是自己猶如芙蓉、薜荔，風成了「驚風」，雨成了「密雨」。這是詩人重遭打擊後內心驚懼的形象化，而「芙蓉」、「薜荔」又喻有人格美好與芳潔之意，此時詩人以「芙蓉」與「薜荔」形容風雨中所見之景，顯然是以它們作為自己美好人格與不屈意志的象喻，沈德潛《唐詩別裁》云：「驚風、密雨，言在此而意不在此。」俞陛雲《詩境淺說》亦云：「以風雨喻讒人之高張，以薜荔芙蓉喻賢人之擯斥，猶楚詞之以蘭蕙喻君子，以雷雨喻摧殘，寄慨遙深，不僅寫登城所見也。」

頷聯「嶺樹重遮千里目，江流曲似九迴腸。」詩人登高望遠既為抒懷也為懷人，可是進入眼簾的卻是重重山嶺與密林，它阻擋了可以望遠的視線，也截斷了欲寄的相思；向下俯視，只見彎彎曲曲的柳江，它就像是此刻詩人內心百結九轉的愁腸。這裡「九迴腸」由司馬遷〈報任少卿書〉：「腸一日而九回」脫胎而來，詩人以此來寫自己的憂思，一則是表示自己心境愁苦到了極點，再則也為彰顯詩人對遠方四友深切的思念。

末聯「共來百越文身地，猶自音書滯一鄉。」詩人以感嘆音信難通作結。「百越」是指被貶之邊地，又和首句「大荒」呼應；而「共來」二字本有一同被貶邊州，期望可相見之意，但因分屬四處，相見仍是困難，這已令人痛心，甚至連互通音書，也極困難，這千迴百轉的詩意，既深沉蘊藉，又愁怨不已，令人不忍卒讀。

整首詩以嶺南特有的風光為背景，詩人託物寄興，以驚風密雨、嶺樹重遮、江灣九迴等形象，抒寫著他內心的驚懼與不可消解的愁緒。會如此沉痛，是因柳宗元再貶柳州時已四十四歲，不僅精神上受到嚴重打擊，對未來也失去信心，且因長年受到貶斥，身處困厄之境，心中的恐懼亦較前之貶永州更深，故全詩除了以愁為基調外，還出現驚恐之語，其難以抑制的痛苦與抑鬱的情懷也就格外撼人心魄！

（賞析者：王珍華）

西塞山懷古——劉禹錫

王濬樓船下益州，金陵王氣黯然收。千尋鐵鎖沉江底，一片降旛出石頭。
人世幾回傷往事，山形依舊枕寒流。從今四海為家日，故壘蕭蕭蘆荻秋。

這是一首懷古詩，當作於長慶四年（八二四）劉禹錫由夔州刺史調任和州刺史，沿江東下，途經西塞山時，因有感於古今興亡教訓，而即景抒懷，寫下了這首七言律詩。西塞山在長江邊，因崖陡水急，易守難攻，形勢險峻，歷來是兵家必爭之地，故此處多戰事，也留下歷史古跡。詩人行經此處，回顧六朝興亡，既感傷前塵往事，又為垂戒當世，於是寫下這首語重心長的詩作。

首聯「王濬樓船下益州，金陵王氣黯然收。」詩人開門見山就以晉滅吳這件史實破題。當王濬奉命率領著高大的戰船，自武昌順江而下直趨建業討伐東吳時，聲威浩大、勢如破竹，霎時間使得金陵帝王之氣黯然消失。晉之強、吳之弱，晉勝之疾、吳敗之速，詩人僅以「下」、「收」二字表現，筆力之雄健由此可見。

頷聯「千尋鐵鎖沉江底，一片降幡出石頭。」是承上聯續寫戰事場面及結果。當王濬樓船一到，不僅順利掃除水中所有障礙，也使石頭城（今南京市）上豎起了一片降旗，「吳王皓乃面縛輿櫬詣軍門降」，從而結束了三國分裂的局面。這段驚心動魄的歷史，詩人僅以十四個字，就描繪出當時戰爭的面貌，措辭之凝練，對比之強烈，讓人觸目驚心，也讓人心生無限感慨。

頸聯「人世幾回傷往事，山形依舊枕寒流。」詩人回首前塵往事，人事已非，江山依舊，使人感傷。因吳國水軍最強，又有長江天險及禦敵工事仍告失敗，令人感慨萬千。吳之所以會慘敗據《三國志・吳書・孫皓傳》說，孫皓繼位後，以暴理政，致戰事發生時，吳軍「上下離心」、不戰而降，終於導致先人所留偉業，在轉瞬間蕩然無存，這是歷史教訓，也印證了「江山之固，在德不在險」的道理。這些往事，歷歷在目，殷鑑不遠，然世人不知引以爲戒，卻在相同的地方還是不斷發生令人傷感的往事。而所謂令人感傷的「往事」，它包含了三個內容：一指東吳、兩晉、宋、齊、梁、陳六個先後在金陵建都的王朝；一指他們的更替；一指他們都爲相似之因覆滅；詩人以「往事」二字概括，用字之凝練精警由此可見。下一句「山形依舊枕寒流」，如今只有這座西塞山沒有改變，它依然枕靠著寒冷的江流巍峨聳立，而它的不變尤其襯托出六朝興廢之頻繁與快速，則昔日之爭，豈非無謂，詩人對歷史眞相的洞察與結論確實深刻也令人感佩，所謂「興廢由人事，山川

空地形」。

末聯兩句「從今四海爲家日，故壘蕭蕭蘆荻秋。」是詩人的議論，也是本詩的重點。前句是指今之太平景象是來自於天下一統、四海一家之故；後句是指昔日的軍事營壘，如今已殘敗荒廢在一片秋風蘆荻中，而這遺跡正是六朝紛爭覆亡的見證，一興一亡，前後對比，又互相映襯，令人不勝欷歔。

此詩會以孫皓及六朝亡國之因總結歷史教訓，又以之爲戒，乃由於唐憲宗與吳國孫皓執政方式有類似之處，前期英明，後期昏庸；而詩人有心革新，卻遭貶謫。面對當局的紊亂與衰微，詩人不僅憂心忡忡，也使他在途經西塞山時，興起懷古慨今之嘆；並以歷史教訓爲戒，勸朝廷要居安思危，切勿重蹈覆轍，令人再傷「往事」；同時也以此告誡擁兵自重的藩鎮，不要以爲依據山川形勢即可劃地爲王。全詩在懷古慨今中，發治亂興亡「在德不在險」之教訓，語言精警、筆法悲涼沉鬱，薛雪《一瓢詩話》即稱此詩：「似議非議，有論無論，筆著紙上，神來天際，氣魄法律，無不精到，洵是此老一生傑作。」絕非溢美之詞。

（賞析者：王珍華）

遣悲懷三首之一——元稹

謝公最小偏憐女，自嫁黔婁百事乖。顧我無衣搜藎篋，泥他沽酒拔金釵。
野蔬充膳甘長藿，落葉添薪仰古槐。今日俸錢過十萬，與君營奠復營齋。

〈遣悲懷〉三首，是元稹悼念亡妻韋氏的詩作。元稹，幼時家境貧困，身世寒微，不受重視。直到貞元十九年（八〇三），登書判拔萃科，並入祕書省任校書郎後，才得朝中僕射韋夏卿賞識，並將最寵愛之公女韋叢嫁給他。韋叢雖是名門閨秀，卻溫柔賢慧，沒有嬌氣，嫁給元稹後不但從未嫌棄元稹的貧寒，且能吃苦耐勞，伉儷情深。不幸結褵七年後，即元和四年（八〇九）韋叢就因病去世。元稹喪妻，已十分悲痛，又因在外爲官（當時被貶爲河南尉），不能趕回長安親自安葬亡妻，不禁悲從中來，故寫下了〈遣悲懷〉三首以追悼之；此詩約作於元和五年左右。

此首以詩人追憶妻子賢淑爲主。首聯「謝公最小偏憐女，自嫁黔婁百事乖。」詩人以東晉才女謝道韞喻韋氏，以戰國時齊國的貧士黔婁自比，說妻子就像是謝公最憐愛的小女兒，出身名門世家又聰慧賢淑。而自己就如同黔婁般雖家貧但有高節，也因此才受岳父韋夏卿的青睞，將女兒嫁給他，然婚後卻因貧困諸事不順。此聯雖以誇言妻子的家世、賢慧爲主，但也沒忘記褒獎自己。

頷聯「顧我無衣搜藎篋，泥他沽酒拔金釵。」詩人接著寫韋氏的賢慧。妻子下嫁後，總是極盡所能地照顧他，不論是日常穿著衣物，還是欲飲小酒，都盡可能滿足丈夫所需，而這些都是日常生活中的瑣事，似乎微不足道，卻正因事小無不周到，也才足以彰顯其溫順善良又賢慧的本性。（按：此聯主詞皆指妻子韋氏，而「我」、「他」均爲受詞，指元稹。謂韋氏看元稹衣衫單薄，便翻箱倒櫃尋找布料爲他裁製新衣；妻子知他嗜酒，家貧不能常得，便主動拔下金釵，慫恿他典當後買酒解饞。）

頸聯「野蔬充膳甘長藿，落葉添薪仰古槐。」寫韋氏甘於貧苦的生活。由於自己家貧，故妻子總是以野蔬充膳，以落葉添薪，卻從未埋怨，反而甘之如飴，詩人以日常生活柴米之不足來描寫妻子安於貧困，突顯出她勤儉刻苦的美德。

末聯「今日俸錢過十萬，與君營奠復營齋。」話鋒一轉，由韋氏的賢淑轉而描寫自己目前生活狀況是「今日俸錢過十萬」，即現在自己在官場小有成就，所得俸祿已過十萬，生活富裕，但夫妻二人卻生死乖隔，不能同享富貴，回憶從前兩人同苦共難貧賤夫妻的景況，不禁悲從中來，悲傷之餘也只能設壇祭奠超渡妻子的亡靈，一方面聊表夫妻情誼，一方面寄託無限哀思。

整首詩，詩人由亡妻的家世背景寫起，繼之以敘性情、讚美德，使亡妻完美人品得以呈現；尾聯卻轉寫自己今日富貴與前六句對比，一死一生，一貧一富，言下有無限傷痛之意，章燮《唐詩三百首》注疏云：「此詩前六句極形容其甘受貧若之況，毫無怨色，入後第七句寫出富貴，極口一揚，末句轉到題面，有力嘆其不能同享富貴，情慘悠揚，將悲懷二字，顯然躍出。」所言甚是。

（賞析者：王珍華）

遣悲懷三首之二

元稹

昔日戲言身後事，今朝都到眼前來。衣裳已施行看盡，針線猶存未忍開。
尚想舊情憐婢僕，也曾因夢送錢財。誠知此恨人人有，貧賤夫妻百事哀。

此詩以追憶夫妻生活往事，引起無限哀思爲主。

首聯「昔日戲言身後事，今朝都到眼前來。」寫詩人回想當年夫妻二人伉儷情深，閒暇之時也會開玩笑說些生前死後之事，沒想到如今卻一一應驗成眞，而這些往事，總會不經意的出現在眼前，教人難以忘懷。

頷聯「衣裳已施行看盡，針線猶存未忍開。」夫妻已生死相隔，爲免睹物思人，詩人將妻子生前所

穿的衣服，都拿去送給人家，眼看就要分送完了；但妻子所用過的針線，卻始終保存著不忍打開，換言之，人亡物在，觸目傷情，不如不見，但總是不忍心銷毀殆盡。

頸聯「尚想舊情憐婢僕，也曾因夢送錢財。」詩人回想起夫妻間的深情，不自覺的就對當年隨妻子陪嫁過來的婢僕，特別憐愛；又因過於思念而夢見亡妻，怕妻子死後仍在陰間窮困受苦，便情不自禁地燒化些冥錢，以告慰她的在天之靈。

末聯「誠知此恨人人有，貧賤夫妻百事哀。」詩人雖也知道夫妻死別乃世人無法避免的憾恨，然回想起往事仍止不住悲傷，尤其是妻子生前與自己是共患難的貧賤夫妻，從未享受過一天福分，如今自己富貴卻與妻子永別，就更讓人覺得可悲，遺恨無窮。

詩人的哀思來自對往日生活點點滴滴的回憶，雖不是什麼驚天動地的大事，但詩人以人亡物存，觸目生悲，及「貧賤夫妻百事哀」的無窮憾恨來表達對亡妻的無盡思念，寫來自然，情眞意切，格外感人肺腑。故蘅塘退士《唐詩三百首》云：「古今悼亡詩充棟，終無能出此範圍者，勿以淺近忽之。」章燮注亦云：「此從死後詠到生前，留言遺物，眞情幻夢，一一揣出，何等悲懷。」正因所言乃日常生活點滴，情感眞摯，所以更加讓人動容。

（賞析者：王珍華）

遣悲懷三首之三

元稹

閒坐悲君亦自悲，百年多是幾多時？鄧攸無子尋知命，潘岳悼亡猶費詞。

同穴窅冥何所望？他生緣會更難期。唯將終夜長開眼，報答平生未展眉。

此詩為亡妻興嘆也為自己感到悲哀，同樣是眞情流露之作，讀來令人鼻酸。

首聯「閒坐悲君亦自悲，百年多是幾多時？」言詩人閒來無事時就忍不住悲傷，一面為亡妻早逝傷心，一面也替自己難過，因為人的生命有限，百年的歲月已不算長，偏偏妻子又早逝，夫妻二人才相處了短短七年的時間，怎不令人遺憾？

頷聯「鄧攸無子尋知命，潘岳悼亡猶費詞。」詩人以西晉鄧攸和潘岳的典故，表示「尋知命」即知道自己命該如此。因據《晉書・鄧攸傳》：鄧攸（字伯道），為救姪子乃犧牲自己的兒子，從而至死都無子嗣，時人義而哀之，曰：「天道無知，使鄧伯道無兒。」換言之，鄧攸心地善良，卻還是終生無子，這也是命中註定；而詩人以此典故代指自己和亡妻婚後無子，就像鄧攸無子，這也是命中註定。接著詩人又以潘岳喪妻寫了三首〈悼亡詩〉，代指自己就像潘岳一樣，即使也寫了悼亡之作，也只是自我安慰的空話，因為這些悼亡詩同樣是換不回妻子的生命，故最後也只好感嘆自己命該如此以釋懷。

頸聯「同穴窅冥何所望？他生緣會更難期。」寫既然生前事都無法掌握，那指望死後夫妻同葬，不免也是渺茫且難以預期；至於期待來生彼此再結爲夫婦，那更是難以期待的啊！

末聯「唯將終夜長開眼，報答平生未展眉。」承上聯而發，既然生前死後都不可期待，爲了讓自己釋懷，報答亡妻生前貧賤相隨之厚意，也只有一夜不眠，以痛苦思念來報答亡妻生前的情分，這樣的報答方式，雖不是什麼驚人之舉，卻因有「自誓終鰥之義」，而令人感動，誠如洪亮吉《北江詩話》云：「唐元相（元稹）〈悼亡詩〉：『唯將終夜長開眼，報答平生未展眉。』讀之令人增伉儷之情，孰謂詩不可以感人哉？」確實如此。

悼亡之作，貴在情眞意切，歷來悼亡詩如《詩經．邶風．綠衣》、潘岳〈悼亡詩〉、李商隱〈房中曲〉都是個中翹楚，各有特色。元稹這組悼亡詩，以平實的語言展現了不忘夫妻共苦之情及對亡妻不盡的思念，感情尤爲眞摯動人，尤其第二首結句「貧賤夫妻百事哀」更讓人心有戚戚焉，甚爲後人所推崇，故陳寅恪對其人格雖有微詞，然對他所寫的這三首〈悼亡詩〉還是極爲推崇，《元白詩箋證稿》中說：「微之（元稹）悼亡詩中其最爲世所傳誦者，莫若三〈遣悲懷〉之七律三首，……因爲這三首好就好在眞實，韋氏生前不好虛榮，元稹尚未富貴，貧賤夫妻，關係純潔，所以遣詞措意充滿眞實的感情。」也因此蘅塘退士將三首詩全部選入《唐詩三百首》中。

（賞析者：王珍華）

自河南經亂，關內阻饑，兄弟離散，各在一處。因望月有感，聊書所懷，寄上浮梁大兄，於潛七兄，烏江十五兄，兼示符離及下邽弟妹——白居易

時難年饑世業空，弟兄羈旅各西東。田園寥落干戈後，骨肉流離道路中。
弔影分為千里雁，辭根散作九秋蓬。共看明月應垂淚，一夜鄉心五處同。

這是一首七言律詩，約作於德宗貞元十五年（七九九），詩人二十八歲左右。旨在寫詩人與兄弟在戰事中離亂之狀，兼敘懷鄉思親之情。

由詩題來看，「河南經亂」當指德宗建中三年（七八二）後，發生在河南的幾起戰亂，因前後長達十餘年，致漕運受阻，旱荒頻仍，故曰「關內阻饑」。「兄弟離散」則指因戰事持續時間長、蔓延地區廣，以致詩人隨家多次遷徙，居無定所，又因避亂與兄弟散居各處。在與手足離散十餘年後，某日他於中宵望月，不禁興起對手足及故鄉下邽的思念之情，故作此詩聊抒所懷。

首聯「時難年饑世業空，弟兄羈旅各西東。」極言戰亂所造成的悲慘景象。詩人因家鄉河南一帶戰事頻傳，為避兵亂，他多次遷移，飽受逃難與親人離散之苦，自然多所感觸，故此詩開篇即從詩人自身遭遇寫起，戰亂不僅將先輩所創世業掃蕩一空，且到處饑荒、親人離散，這是詩人親身經歷，也是當時戰亂下所有逃難人共同的遭遇與苦難。

頷聯「田園寥落干戈後，骨肉流離道路中。」承上聯續寫戰爭帶來的痛苦。在連年戰亂中，詩人家園遭毀壞，弟兄骨肉流離失散，各自奔波在異鄉的道路中，這種不勝淒慘的情況，是詩人切身的體悟，也是戰亂中所有人現實生活的典型。

頸聯「弔影分爲千里雁，辭根散作九秋蓬。」是抒情，寫手足流離之苦。詩人在此以「千里雁」、「九秋蓬」作比，刻畫著自己此時與兄弟離散、天各一方，飄零的心境，如千里孤飛之雁，如隨風亂轉之蓬，二者不僅形象貼切，同時也生動刻畫出詩人形單影隻、孤獨淒惶的心理。

末聯「共看明月應垂淚，一夜鄉心五處同。」總結相思之情。詩人與兄弟離散各處十餘年，本就牽掛手足，今因見月而更加懷人。本來面對戰爭所帶來的災難應該要傷心垂淚，然因手足彼此都健在，還能互通訊息，共看明月，同時懷鄉，仍是值得慶幸的。此聯既回應詩題懷鄉思親之情，又顯得手足情深，情眞意摯，甚爲感人。

整首詩以「亂」和「離」寫戰事，景象雖悲慘，詩中所表露的情感卻眞摯濃郁，且語言淺白自然，比喻貼切生動，除了反映出詩人與手足間深厚感情外，也寫出當時社會離亂的深沉苦難及大多數人的心聲，故而能引起共鳴而感人至深。劉熙載《藝概》云：「常語易，奇語難，此詩之初關也。奇語易，常語難，此詩之重關也。香山（白居易）用常得奇，此境良非易到。」這種以常爲奇的筆力，確實別具一格，令人大開眼界。此外，此詩詩題字數多達五十字，不僅無人能及，同時也是《唐詩三百首》選集中詩題最長的一首，而這也是白居易詩的一種特色。

（賞析者：王珍華）

錦瑟——李商隱

錦瑟無端五十絃，一絃一柱思華年。莊生曉夢迷蝴蝶，望帝春心託杜鵑。

滄海月明珠有淚，藍田日暖玉生煙。此情可待成追憶，只是當時已惘然。

此詩各家解說紛紜，或爲悼念亡妻；或爲追憶舊歡，但詳閱全詩應是作者晚年有感於身世漂泊之作。「莊生曉夢迷蝴蝶」或指少年時期在令狐楚幕下做巡官，但不得重用，爲國效力之夢成空；「望帝春心託杜鵑」或指大中五年（八五一）七月，妻亡後，爲東川節度使柳仲郢書記，時懷歸思，如〈房中曲〉：「歸來已不見，錦瑟長於人。」「滄海月明珠有淚」或指大中元年四月，入鄭亞桂州幕，爲支使兼掌書記，寂寥不得意；「藍田日暖玉生煙」或指大中五年干謁令狐綯，詩人自認秉具才德，卻不得賞識。

首聯：寫懷才見棄，自傷一生際遇。據《史記・封禪書》：「太帝使素女鼓五十絃瑟，悲，帝禁不止，破其瑟爲二十五絃。」以物託喻起興，實寫錦瑟而虛指年齡。「思」字哀悼年華之逝，表心緒，讀去聲，因律詩不可三平聲落底。

頷聯：寫人生的悲歡離合，宦海浮沉。「莊生曉夢迷蝴蝶」出自《莊子・齊物論》：「昔者莊周夢爲胡蝶，栩栩然胡蝶也，自喻適志與，不知周也。俄然覺，則蘧蘧然周也。不知周之夢爲胡蝶與，蝴蝶之夢爲周與？」作者以莊子夢蝶比喻自己少年時期，有經國濟世之理想，但不被令狐楚薦舉，夢

幻成空。「望帝春心託杜鵑」，出自宋代樂史《太平寰宇記》：「蜀王杜宇，號望帝，後因禪位，自亡去，化爲子規。」暗喻自己依東川節度使柳仲郢時，懷念家人而有不如歸去之情。寄情於物，將「曉夢」、「春心」之情借「蝴蝶」、「杜鵑」來表現，作者以寓言典故和神話故事寄託人生哲理，是從三度空間，幻化到四度空間的寫法。以對偶修辭，如：「莊生」、「望帝」人物對；「曉」、「春」時令對；「蝴蝶」、「杜鵑」動物對。

頸聯：「滄海月明珠有淚」，據晉代張華《博物志》：「南海外有鮫人，水居如魚，不廢織績，……從水出，寓人家，積日賣絹。將去，從主人索一器，泣而成珠滿盤，以與主人。」晉代干寶《搜神記》：「南海之外，有鮫人，水居如魚，不廢織績，其眼泣，則能出珠。」作者藉地理博物的瑣聞、靈異之說，寫悲哀迷離與世隔絕的寂寞，是屬於第四度空間的描繪。「藍田日暖玉生煙」，語出宋代王應麟《困學紀聞》：「晚唐詩人司空圖引唐・戴叔倫：『詩家美景，如藍田日暖，良玉生煙，可望而不可置於眉睫之前也。』」此二句以滄海遺珠與藍田美玉比喻無人賞識。以對偶修辭，如：「滄海」、「藍田」色彩對；「月」、「日」天文對；「珠」、「玉」爲異類名詞對。

尾聯：抒寫對理想無限低迴，過後追憶難以排遣的情緒。

此詩押下平聲一先韻，韻腳：絃、年、鵑、煙、然，爲首句入韻之仄起格七言律詩。

作者年少才高，卻捲入晚唐的政治漩渦中進退維谷，懷才不遇而竟至終生潦倒無爲，摯愛的妻子早逝，如今只留下往事是不堪回首的孤獨淒涼。元代熊朋來《瑟譜》：「或謂唐時猶言瑟五十絃，以史傳及他詩證之，唐亦未必有五十絃之瑟。有以杜前後解之者，不知此詩非言瑟爲『適、怨、清、和』之說，學者滋惑，不復深思。」明代郎瑛《七修類稿》：「李商隱〈錦瑟〉詩云：『錦瑟無端五十絃』五十絃自有故也，豈謂『無端』……顯名之詩，礙理有如此，詩豈易作耶？」清代戴敦元《戴簡恪公遺集》：「河內樊南少借枝，脫身簿尉竟何時？彭陽公外幾賢達，崇讓宅中常別離。……華年〈錦瑟〉惜佳期。千秋灑淚無多恨，一代才名一卷詩。」

（賞析者：徐月芳）

無　題

李商隱

昨夜星辰昨夜風，畫樓西畔桂堂東。身無彩鳳雙飛翼，心有靈犀一點通。
隔座送鉤春酒暖，分曹射覆蠟燈紅。嗟余聽鼓應官去，走馬蘭臺類斷蓬。

此詩應作於唐文宗開成四年（八三九）春，與王茂元女成婚前相遇時。此年春天，李商隱在京城任祕書省校書郎，是「方階九品，微俸五斗」的小官，二月，暫寓李十將軍家南園，娶王茂元女。

首聯：寫與意中人相遇的時間和空間。「畫樓」、「桂堂」借喻作者曾經歷幸福時光。

頷聯：寫對意中人的思念之情，緣情造物。「身無彩鳳雙飛翼」，晉代郭璞《爾雅・釋地》：「南方有比翼鳥焉，不比不飛，其名謂之鶼鶼。」雙飛翼借喻夫妻情投意合。據漢代劉向《列仙傳・蕭史》：「蕭史者，秦穆公時人也，善吹簫，能致孔雀白鶴於庭。穆公有女字弄玉，好之。公遂以女妻焉，日數弄玉作鳳鳴，居數年，吹似鳳聲，鳳凰來止其屋。公爲作鳳臺。夫歸止其上，不下數年，一旦皆偕隨鳳凰飛去。故秦人留作鳳女祠於雍，宮中時有簫聲而已。」「心有靈犀一點通」，靈犀，指犀牛角即通犀。《漢書・西域傳》：「通犀翠羽之珍。」如淳注曰：「通犀，中央色白，通兩頭。」傳說犀牛是靈異之獸，角中心的髓質像一條白線上下相通，古人以爲可以通心靈。出句象徵兩人愛情受阻，無法突破桎梏；對句象徵兩人雖身隔如胡越，但心意相通。此句寫作手法，以「身」、「心」對偶；以「無」、「有」映襯。作者將愛情的欲望託付神話傳說中的鸞鳳、靈獸，爲四度空間的構思。

頸聯：詩人回想昨晚與意中人的歡樂場景。「隔座送鉤春酒暖」，南朝梁宗懔《荊楚歲時記》：「歲前又為藏彄之戲。……鉤亦作彄。周處《風土記》曰：『進清醇以告蠟，竭恭敬於明祀，乃有藏鉤。俗呼為行彄。……臘日祭後，叟嫗各隨其儕，為藏鉤之戲，分為二曹，以較勝負。』」「分曹射覆蠟燈紅」，漢代班固《漢書・東方朔傳》：「上嘗使諸數家射覆，置守宮盂下，射之，皆不能中。朔自贊曰：『臣嘗受《易》，射之。』」此為對偶句，以「隔座」、「分曹」和「送鉤」、「射覆」相對。送鉤、射覆為喝酒時的一種遊戲，借喻宴會時的熱鬧；「春酒暖」、「蠟燈紅」，摹繪宴會間的融洽氛圍。

尾聯：回憶離席應差時的情景和感慨。「聽」字，意為等待，讀去聲；「應」字，意為應當，讀平聲。「走馬蘭臺類斷蓬」明喻，喻體「走馬蘭臺」，喻依「斷蓬」以喻詞「類」連接。

此詩押上平聲一東韻，韻腳：風、東、通、紅、蓬。

此為抒情詩。作者以華麗詞句反襯失意情懷，刻畫了複雜微妙的心理，情眞而不痴狂。清代馮班《義門讀書記》：「起句妙。三、四不過可望不可即之意，點化工麗如此。次句言確有定處也。義山（李商隱）無題諸作，眞有美人香草之遺，正當以不解解之。」吳喬《圍爐詩話》：「『昨夜星辰昨夜風，畫樓西畔桂堂東。』乃是具文見意之法，起聯以引起下文而虛作者，常道也。起聯若實，次聯反虛，是為定法。」

（賞析者：徐月芳）

隋宮

李商隱

紫泉宮殿鎖煙霞，欲取蕪城作帝家。玉璽不緣歸日角，錦帆應是到天涯。

於今腐草無螢火，終古垂楊有暮鴉。地下若逢陳後主，豈宜重問〈後庭花〉？

此詩應作於唐宣宗大中十一年（八五七）正月，李商隱赴江東鹽鐵推官任，春，沿隋堤至揚州，想起陳後主禎明三年（五八九），隋兵進入建康（今南京），被俘。杜牧〈泊秦淮〉：「煙籠寒水月籠沙，夜泊秦淮近酒家。商女不知亡國恨，隔江猶唱〈後庭花〉。」〈後庭花〉又叫〈玉樹後庭花〉，以花為曲名，本來是樂府民歌中一種情歌的曲子。南朝陳後主填上新詞，〈玉樹後庭花〉：「玉樹後庭花，花開不復久。」陳後主在位就像玉樹後庭花一樣短暫，前後不足七年，後病死於洛陽。〈後庭花〉遂被稱為「亡國之音」。想南朝陳、隋朝都因荒淫亡國，作者以此為殷鑑。

首聯：點題。隋煬帝任長安宮殿荒蕪為煙霞所鎖，而於三次巡遊蕪城（江都）時，大興土木，想以煙花揚州為帝都，盡其個人之享樂。以「宮殿」、「蕪城」相映襯。

頷聯：寫假如不是因為皇帝玉璽落到了李淵的手中，隋煬帝是不會以遊江都為滿足，龍舟可能遊遍天下，不惜勞民傷財。「玉璽不緣歸日角」，典出鄭氏《尚書中候注》：「日角謂庭中骨起，狀如日。」《舊唐書・唐儉傳》：「唐祖召訪時事，儉曰：『明公日角龍庭，李氏又在圖牒，天下屬望，指麾可取。』」《新唐書．唐儉傳》：「儉見隋政寖亂，陰說秦王建大計。高祖嘗召訪之，儉曰：『公日角龍庭，姓協圖讖，系天下望（久）矣。』」「日角」借代李淵有帝王之相。「玉璽」、「錦帆」，一指帝王印，一指御龍舟，爲異物類名詞相對；「日」、「天」亦爲異物類名詞相對；「角」、「涯」運用方位詞以相對。

頸聯：寫煬帝的兩個逸遊的事實，「於今腐草無螢火」典出唐代魏徵《隋書》：「煬帝大業末（十二年五月壬午），天下盜起，帝（上）於景華宮徵求螢火，（得）數斛，夜出遊山，放之，火光遍於巖谷。」唐代杜牧〈揚州三首〉：「煬帝雷塘土，迷藏有舊樓。……秋風放螢苑，春草鬥雞臺。……自是荒淫罪，何妨作帝京？」可證隋煬帝在江都修放螢院，放螢取樂。「終古垂楊有暮鴉」，《開河記》載：隋煬帝開運河，詔民獻柳一株，賞絹一匹，堤岸遍植楊柳，以使行船陰涼。「於今……無」、「終古……有」，暗示螢火蟲「當日有」，暮鴉「昔時無」，今昔、無有相對比，感古今興亡，渲染了亡國後的淒涼景象。

尾聯：據唐代顏師古《隋遺錄》：「煬帝在江都，昏愐滋深，嘗遊吳公宅雞臺，恍惚與陳後主相遇……請麗華舞〈玉樹後庭花〉。……後主問帝曰：『龍舟之遊，樂乎？始謂殿下致治在堯舜之上，今日復此逸遊，大抵人生各圖快樂。曩時何見罪之深耶？』帝忽悟，叱之，恍然不見。」作者以假設反詰的語氣，揭示了荒淫亡國的主題，想像隋煬帝到地下若遇見陳後主，是否命嬪妃張麗華再跳亡國之舞〈玉樹後庭花〉，虛寫過去是屬於第四度空間的範疇。

此詩押下平聲六麻韻，韻腳：霞、家、涯、鴉、花，爲首句入韻之平起格七言律詩。

此爲弔古諷今詩。意在批判窮奢極欲的君王終至身亡國滅，爲天下恥笑的後果，寫得靈活含蓄。唐代杜牧〈阿房宮賦〉：「秦人不暇自哀，而後人哀之；後人哀之而不鑒之，亦使後人而復哀後人也！」元代吳師道《吳禮部詩話》：「李商隱〈隋宮〉……『日角』、『錦帆』、『螢火』、『垂楊』是實事，卻用他字面交蹉對之，融化自稱，亦其用意深處，眞佳句也。」清代方東樹《昭昧詹言》：「先君云：『寓議論於敘事，無使事之迹，無論斷之迹，妙極！妙極！』又曰：『純以虛字作用，五、六句興在象外，活極，妙極！可謂絕作。』」金聖嘆《貫華堂選批唐才子詩七言律》：「『於今』妙！只二字，便是冷水兜頭驀澆！『終古』妙！只二字，便是傀儡通身線斷，直更不須『腐草』、『垂楊』之十字也。結以重問後主者，從來偏事大聰明人看得透，說得出，偏又犯得快，特搶白之，以爲後之人著戒也。」

（賞析者：徐月芳）

無題二首之一——李商隱

來是空言去絕蹤，月斜樓上五更鐘。夢爲遠別啼難喚，書被催成墨未濃。
蠟照半籠金翡翠，麝熏微度繡芙蓉。劉郎已恨蓬山遠，更隔蓬山一萬重。

此詩應作於唐宣宗大中二年（八四八）五月，李商隱得知令狐綯召拜考功郎中尋知制誥充翰林學士，向令狐綯陳情。

首聯：描寫女子思念之人，來時一派胡言，去後更是無影無蹤。「月斜」、「五更鐘」將相憶之情刻畫無遺。

頷聯：寫與心上人愛情阻隔、相見無期的痛苦。以「遠別」來比喻「夢」已虛無飄渺，將夢境與實境雜揉，既神祕又飄忽。

頭聯：此爲對偶句，「金翡翠」、「繡芙蓉」，一爲漆金翡翠屏風，一爲繡花芙蓉帳子，以「金翡翠」視覺之美，造成靈動效果。燭影、香暈的環境描寫層遞而下，在夢幻的交織中創造出一個淒迷哀麗的境界。

尾聯：據南朝宋劉義慶《幽明錄・劉晨阮肇》記載，東漢明帝永平五年（六十二）劉晨和阮肇到天臺山採藥，後來迷路，遇見兩位仙女，與她們共同生活了半年之後返回家鄉，發現自己的子孫都已經歷七世了。「更隔蓬山一萬重」暗喻與心上人的阻隔，相會無期之苦。作者以四度空間的人神故事作結，是否能讓兩情相悅藉助神仙的力量，突破萬山阻隔，抒寫意境令人有無限遐想。

此詩押上平聲二冬韻，韻腳：蹤、鐘、濃、蓉、重，爲首句入韻之仄起格七言律詩。

全詩對環境多角度的渲染，融會成多層次的意象，以景傳情，借景抒情。曲折的詞藻結構、綺麗的語言表達、含蓄的意境展現，讓人覺得情意眞摯，韻味深長。清代賀裳《載酒園詩話》：「李義山（李商隱）『書被催成墨未濃』……始眞是浪子宰相，清狂從事。」

（賞析者：徐月芳）

無題二首之二 李商隱

颯颯東風細雨來，芙蓉塘外有輕雷。金蟾齧鎖燒香入，玉虎牽絲汲井迴。
賈氏窺簾韓掾少，宓妃留枕魏王才。春心莫共花爭發，一寸相思一寸灰。

此詩應作於唐宣宗大中二年（八四八）五月，李商隱得知令狐綯召拜考功郎中尋知制誥充翰林學士，致書令狐綯。

首聯：春天時節，細雨紛飛，驚蟄雷響，心煩意亂，情緒不定，可見其情感之深。「颯颯」用疊字使音節的功能特別強。如：戰國時楚國屈原《楚辭．九歌．山鬼》：「風颯颯兮木蕭蕭」。

頷聯：寫內心對愛情的嚮往，金鎖儘管牢固而燒香依然能夠破壞；玉井雖深而絲繩依然可以汲引，然而我竟是只能暗自惆悵。此聯對偶，又用雙關語，「絲」諧「思」，牽絲即牽思。

頸聯：昔日賈氏窺簾終與韓掾遇合，今日欲令宓妃留枕卻是個夢想，暗示眞正的愛情是超越禮教、超越生死的。以兩事典比喻兩情相悅。南朝宋劉義慶《世說新語．惑溺》：「韓壽，晉人，司空賈充的僚屬，充每在家聚會，賈女從窗格中偷窺，見其貌美而愛之，與私通，充發覺後乃以妻壽。」南朝梁蕭統《昭明文選．洛神賦．曹子建》：「魏東阿王漢末求甄逸女，既不遂，太祖回與五官中郎將，植殊不平，晝思夜想，廢寢與食。黄初中入朝，帝示植甄后玉鏤金帶枕，植見之，不覺泣。時已爲郭后讒死，帝意亦尋悟。因令太子留宴飲，仍以枕賚植。植還度轘轅，少許時，將息洛水上，思甄后，忽見女來，自云：『我本託心君王，其心不遂，此枕是我在家時從嫁，前與五官中郎將，今與君王。遂用薦枕席，歡情交集，豈常辭能具。爲郭后以糠塞口，今被髮，羞將此形貌重睹君王爾！』言訖，遂不復見所在。遣人獻珠於王，王答以玉佩，悲喜不能自勝，遂作〈感甄賦〉，後明帝見之，改爲〈洛神賦〉。」作者以四度空間的描述，借夢來增加詩的魅力。「洛神」相傳是伏羲氏的女兒，因「宓」音「伏」，故借洛神以喻甄宓。魏王指曹植，爲平仄關係不用陳王。

尾聯：嘆感情絕望，相思猶如灰燼成空，相聚皆成夢的苦境，以朦朧意境渲染悲劇氣氛。以擬物手法寫作，「相思」的抽象概念，以具體「灰」來比擬。

此詩押上平聲十灰韻，韻腳：來、雷、迴、才、灰，爲首句入韻之仄起格七言律詩。

此爲回憶的豔情詩，作者把抽象的幽思和愛情形象化，其含意：一是眞實的有兒女情長的親身境遇和體驗；一是他把政治理想和抱負視作他心中的摯愛，然而宦途坎坷失意。以綺麗而委婉的語言，倍增詩歌的感傷色調。清代王士禎《居易錄》：「義山（李商隱）他詩如『賈氏窺簾韓掾少，宓妃留枕魏王才。』……戚里中語，亦非泛語也。」紀昀《玉谿生詩說》：「起二句妙有遠神，不可理解，而可以意喻。……此作較有蘊味，氣體一不墮卑瑣。」潘德輿《養一齋詩話》：「『颯颯東風細雨來，芙蓉塘外有輕雷。』最耐諷玩。」

（賞析者：徐月芳）

籌筆驛

李商隱

猿鳥猶疑畏簡書，風雲常爲護儲胥。徒令上將揮神筆，終見降王走傳車。管、樂有才終不忝，關、張無命欲何如？他年錦里經祠廟，〈梁父吟〉成恨有餘。

此詩應作於唐宣宗大中九年（八五五）冬。李商隱隨東川節度使柳仲郢還朝，途經蜀地籌筆驛（今朝天鎭）時，憶及此地爲蜀漢後主建興六年（二二八），街亭戰役失敗，深秋，諸葛亮於籌筆驛召開軍事會議，著名的〈後出師表〉在此寫成；魏元帝四年（二六三），鄧艾伐蜀，後主劉禪出降，全家東遷洛陽，出降時坐「傳車」曾經過籌筆驛，隱含諷刺之意。

首聯：作者以「猿鳥」、「風雲」作爲籌筆驛的實景，使人有肅穆之感，化實爲虛，實景虛寫，突顯「孔明風範」。「猿鳥」、「風雲」爲物類異名對且擬人化，說他們畏懼諸葛亮治軍的嚴明，在他死後還維護他生前的軍事設施，襯托出諸葛亮的軍事才能。

頷聯：深嘆像孔明如此的傑出人物，盡忠籌劃國事，終不能挽回蜀國於諸葛亮薨後二、三十年敗亡的命運。「終見」對「徒令」、「降王」對「上將」、「走傳車」對「揮神筆」，對仗工整，兩相對比，更顯詩歌張力。「令」意爲使，應作陽平聲。

頸聯：分析蜀漢國亡之因，雖諸葛亮才比管仲、樂毅，但無關羽、張飛的輔佐，亦未能完成統一大業。「管、樂」、「關、張」上下兩句用人物相對，因爲諸葛亮「每自比於管仲、樂毅」，以古人比擬諸葛亮，對句實寫諸葛亮同時人關羽、張飛，以古對今，以虛對實。且以「有」、「無」映襯。尾聯：寫未來經過錦里（成都城南）諸葛武侯廟時，吟誦諸葛亮的〈梁父吟〉，以表對諸葛亮的景仰。寫諸葛亮之「遺恨」、「有才」和「無命」，作者借詩遺懷。

此詩押上平聲六魚韻，韻腳：書、胥、車、如、餘，爲首句入韻之仄起格七言律詩。

此詩借詠史以抒慨，詩中對諸葛亮表示崇敬，並爲他未能實現統一中國的志願而深感遺恨，同時對懦弱昏庸投降魏國的後主劉禪加以貶斥。這凝重的歷史慨嘆，寄寓沉鬱悲壯的意識，借諸葛亮強調自己「不遇」，從過去寫未來，是屬四度空間的詩。宋代胡仔《苕溪漁隱叢話》：「文章貴衆傑出，如同賦一事，工拙尤易見。余行蜀道，過籌筆驛……唯義山（李商隱）云：『魚鳥猶疑畏簡書，風雲長爲護儲胥。』簡書蓋軍中法令約束，言號令嚴明，雖千百年之後，魚鳥猶畏之也。儲胥蓋軍中藩籬，言忠義貫神明，風雲猶爲護其壁壘也。誦此二句，使人凜然復見孔明風烈。至於『管樂有才終不忝，關張無命欲何如？』屬對親切，又自有議論，他人亦不及也。」清代梁章鉅《退庵隨筆》：「李義山〈籌筆驛〉一律，膾炙人口，而其章法之妙，則罕有能言之者。」陸崑曾《李義山詩解》：「直是一篇史論，而於『籌筆驛』三字，又未嘗抛荒。從來作此題者，摹寫風景，多涉游移，鋪敘事功，苦無生氣，唯此最稱傑出。首云『簡書』，指『籌筆』也。次云『儲胥』，指『驛』也。妙在襯貼『猿鳥』、『風雲』等字，又妙在虛下『猶疑』、『常護』等字，見得當時約束嚴明，藩籬堅固，至今照耀耳目也。國家得將才如此，何功不成？而生前之畫地、濡毫，不能禁身後之銜璧、輿櫬，豈非有臣無君，而大廈之傾，一木莫支耶？以『祠廟』應『驛』字；以〈梁父吟〉應『籌筆』，法律最嚴。」

（賞析者：徐月芳）

無題——李商隱

相見時難別亦難，東風無力百花殘。春蠶到死絲方盡，蠟炬成灰淚始乾。
曉鏡但愁雲鬢改，夜吟應覺月光寒。蓬萊此去無多路，青鳥殷勤爲探看。

此詩應作於唐宣宗大中二年（八四八）五月，作者得知令狐綯召拜考功郎中尋知制誥充翰林學士，致書令狐綯。

首聯：寫別離的傷感氣氛，且環境惡劣，無力挽救這份情感。「難……難」用類字使相思之情連綿。情調是那麼低沉，意境是那麼廣遠，孤獨之感，懷人之思，盡在言外。

頷聯：寫情感之多如春蠶吐絲，情感之深如蠟炬有芯。象徵詩人爲愛執著堅貞，相思無盡，至淚乾才甘心，至死不渝。「春蠶到死絲方盡」，「蠶」擬人化爲愛情思念也是思盡方休。「絲」即是「思」的諧音雙關語。語出南朝《樂府詩・西曲歌》：「春蠶不應老，晝夜長懷絲；何惜微軀盡？纏綿自有時。」「蠟炬成灰淚始乾」，語出杜牧〈贈別〉：「蠟燭有心還惜別，替人垂淚到天明。」「蠟淚」亦指「相思淚」爲雙關語。

頸聯：寫晨曉梳妝驚見白髮，愁年華之易逝，內心不禁產生恐懼之感；良夜獨吟，備覺月光寒冷。以「曉」、「夜」，「明晦」相映襯。此聯以「夜吟」對「曉鏡」、「月光寒」對「雲鬢改」，對偶精工。

尾聯：寫深切懷念，心繫對方。「蓬萊此去無多路」典出《列子・湯問》：「殷湯問於夏革……革曰：『渤海之東……其中有五山焉：一曰岱輿，二曰員嶠，三曰方壺，四曰瀛洲，五曰蓬萊。……』」「蓬山」就是「蓬萊山」，是傳說渤海中仙人居住的山，用來暗指其愛人居住的地方，託神鳥「青雀」當信差，此爲四度空間想像的描寫。末句「爲探看」三字讀音，「爲」、「探」爲去聲，「看」應讀成平聲，如此才合律。

此詩押上平聲十四寒韻，韻腳：難、殘、乾、寒、看，爲首句入韻之仄起格七言律詩。

此爲離別相思的愛情詩。別離的傷感氣氛，情調低沉的意象，和景象中的孤獨，使相思離恨的感情渾然一體，情眞意切，深遠含蓄的境界令人嗟嘆。明代謝榛《四溟詩話》：「李義山（李商隱）曰：『春蠶到死絲方盡，蠟炬成灰淚始乾。』……措辭流麗，酷似六朝。」清代查愼行《瀛奎律髓彙評》：「三、四摹寫『別亦難』是何等風韻！」

（賞析者：徐月芳）

春雨

李商隱

悵臥新春白袷衣，白門寥落意多違。紅樓隔雨相望冷，珠箔飄燈獨自歸。
遠路應悲春晼晚，殘宵猶得夢依稀。玉璫緘札何由達？萬里雲羅一雁飛。

此詩應作於唐文宗開成元年（八三六），當李商隱初戀情人柳枝嫁東諸侯後。李商隱〈柳枝五首・序〉：「居其旁，與其家接故往來者，聞十年尚相與，疑其醉眠夢物斷不娉。余從昆讓山，比柳枝居爲近。他日春曾陰，讓山下馬柳枝南柳下，詠余〈燕臺詩〉，柳枝驚問：『誰人有此？誰人爲是？』讓山謂曰：『此吾里中少年叔耳。』柳枝手斷長帶，結讓山爲贈叔乞詩。明日，余比馬出其巷，

柳枝丫鬟畢妝，抱立扇下，風鄣一袖，指曰：『若叔是？後三日，鄰當去濺裙水上，以博山香待，與郎俱過。』余諾之。會所友偕當詣京師者，戲盜余臥裝以先，不果留。雪中讓山至，且曰：『為東諸侯娶去矣。』明年，讓山復東，相背於戲上，因寓詩以墨其故處云。」「柳枝南柳下……以博山香待，與郎俱過。余諾之。」如《吳歌．讀曲歌》：「暫出白門前，楊柳可藏烏。歡作沉香水，儂作博山鑪。」或〈春雨〉所思之人為「柳枝」。

首聯：寫新春憶往，事與願違。「白門寥落意多違」，借《吳歌．讀曲歌》：「暫出白門前，楊柳可藏烏。歡作沉香水，儂作博山鑪。」「白門楊柳」憶往日戀情。

頷聯：寫佳人難會，凝望「紅樓」，惆悵夜歸。「紅樓隔雨相望冷」中的「雨」，作者運用各種審美感官——視覺（隔雨）、聽覺（雨落紅樓）、觸覺（隔雨相望有淒冷的感受），為通感修辭。「望」音「亡」，才合律。「冷」一指春寒料峭；一指情淡意冷。「珠箔飄燈獨自歸」，「珠箔」借代車簾。

頸聯：寫所思在天涯，猶望夢中相會，可以體會詩人刻骨相思之情。

尾聯：寫鍾情無託，孤雁單飛。作者自覺如天地間之一粟，理想的希冀橫隔「萬里」。

此詩押上平聲五微韻，韻腳：衣、違、歸、稀、飛，為首句入韻之仄起格七言律詩。

這是一首情詩。因春雨而引發出許多懷思的情愫，有追思、有夢境、有摯情、有畫意，極盡情思之苦，最後連情書都無法寄出，更可知這種思念的無奈而又無盡。清代紀昀《玉谿生詩說》：「婉轉有味。」

（賞析者：徐月芳）

無題二首之一——李商隱

鳳尾香羅薄幾重，碧文圓頂夜深縫。扇裁月魄羞難掩，車走雷聲語未通。
曾是寂寥金燼暗，斷無消息石榴紅。斑騅只繫垂楊岸，何處西南任好風？

此詩應作於唐宣宗大中六年（八五二）。據《玉谿生年譜》，李商隱於廿六歲取王茂元女，見薄於令狐，十餘年間，屢啓陳情，皆不理會。妻卒後次年，以文干於令狐綯，補太學博士，干謁之詩，猶女子紉補事人，今綯意始變，獲得提補。

首聯：下筆即揮黷墨，先寫女子深夜縫嫁妝——羅帳，羅帳繡著象徵多子與美好品德的「鳳尾竹」，窺視女子內心期望幸福的婚姻。「鳳尾香羅」、「碧文圓頂」象徵女子的高雅氣質。

頷聯：寫男子坐車來找她，她手持圓扇，因羞怯而未表白欲嫁的心意。自從最後一次見到心上人的車路過，連話都沒能答上之後，就再沒了消息。「扇裁月魄羞難掩，車走雷聲語未通。」爲對偶句，「扇」、「車」，異物類名詞對；「裁」、「走」動詞對；「月魄」、「雷聲」狀語或補語對。「羞難掩」、「語未通」比喻女子情態。

頸聯：女子錯失表白感到深深的懊悔，多少次寂寞的夜晚，蠟燭燒盡；苦苦地等著消息，到了石榴花開的季節還是沒能如願。「寂寥」、「消息」象徵女子的企盼；「金燼暗」、「石榴紅」，映襯女子的寂寞。

尾聯：虛寫女子心中的想像：春夏，正是愛情萌發的時候，寫眼見斑騅仍在，所戀的男子在對岸，卻咫尺天涯、見不到人影。「斑騅只繫垂楊岸」，出自《樂府詩集》：「陳孔嬌赭白，陸郎乘班騅，徘徊社堂頭，望門不欲歸。」陸郎本神仙之意，後人將「情郎」稱作「陸郎」，有時甚至以「班騅」借代「陸郎」。「垂楊」與遊冶、別離、送行，甚至男女情思有關。借喻別離之愁思。「何處西南任好風」，據曹植〈七哀詩〉：「願爲西南風，長逝入君懷。君懷良不開，賤妾當何依？」

此詩失韻。「重」、「縫」屬上平聲二冬韻，「通」、「紅」、「風」則屬上平聲一東韻：可見首聯二韻腳明顯爲出韻。

此詩人回憶一段短暫幽渺，卻永誌難忘的感情。其中，詮釋的關鍵在於「車走雷聲」的性別設定。同時以之劃分時間層次：以上四句，女子徹夜深縫的沉靜，與車走掩扇的俏皮相映，是想像與回憶；以下四句，斷無消息的絕望與西南好風的期待，是阻隔與希望並存；使得全詩鋪寫，表面似「賦」，卻暗含想像與期待之「虛境」。此外，夜的幽暗、燭的明亮，石榴的紅、垂楊的綠，車之馳走、騅之繫岸等等，明暗、顏色與動靜之相反相襯，而「扇裁」、「月魄」、「石榴」、「班騅」等之一詞多寓，使得全詩語意繁複、意象曲折重疊，詩境之美，令人目不暇給！明代許學夷《詩源辯體》：「商隱七言律，語雖穠麗，而中多詭僻。如……『曾是寂寥金燼暗，斷無消息石榴紅。』等句，最爲詭僻。」

（賞析者：徐月芳）

無題二首之二　李商隱

重幃深下莫愁堂，臥後清宵細細長。神女生涯原是夢，小姑居處本無郎。
風波不信菱枝弱，月露誰教桂葉香？直道相思了無益，未妨惆悵是清狂。

此詩應作於唐宣宗大中六年（八五二），令狐綯為相，李商隱常干謁之，綯之不省。作者以莫愁比所思之人，長夜無眠，如巫山神女本夢中之事，清溪小姑有無郎之謠，菱枝弱仍遭風波，桂葉香而月露不施，相思無益。

首聯：寫孤寂的夜晚，佳人獨處，難免感傷自己的身世。「細細」疊字以顯漫漫長夜，終宵難眠，使相思之情特別強。

頷聯：寫佳人內心獨白，愛情如夢，失意的幽怨、相思無望的苦悶，或隱或顯地表露出來。「神女生涯原是夢」，出自《文選．高唐賦．序》：「妾巫山之女也」。注引《襄佀音舊傳》：「赤帝（炎帝）女姚姬（一作「瑤姬」），未行而卒，葬於巫山之陽，故曰巫山神女。楚懷王遊於高唐，晝寢，夢見與神遇，自稱是巫山神女，王因幸之。遂為置觀於巫山之南，號為朝雲。」以「夢」來比喻神女追求愛情最終無望，喻體「神女生涯」、喻依「夢」以喻詞「是」連接。「小姑居處本無郎」語出《樂府．清溪小姑曲》：「小姑所居，獨處無郎。」

頸聯：前句自比像柔弱的菱枝，卻偏遭風波的摧折；後句自比像芬芳的桂葉，卻無月露滋潤使之飄香。

尾聯：寫愛情遇合既同夢幻，身世際遇又如此不幸，但他並沒有放棄愛情的追求，決定懷抱痴情，惆悵終身。

此詩押下平七陽韻，韻腳：堂、長、郎、香、狂，爲首句入韻之平起格七言律詩。尾聯「直道相思了無益」五、六兩字平仄互換，本句自救，爲單拗。

此詩從「神女」一聯中見詩人感慨往事終歸空無，從「風波」一聯想到作者羈泊沉淪的無奈。在不自覺的同情之中融入了身世沒落、世無知己的感傷，筆意空靈，意境深遠。明代王夫之《唐詩評選》：「（重幃深下）豔詩別調。」清代姜炳璋《選玉谿生詩補說》：「（重幃深下）直道二字妙甚，蓋前此猶未忍直言無益，至此則更可說出矣。淒絕。」

（賞析者：徐月芳）

利州南渡

——溫庭筠

澹然空水對斜暉，曲島蒼茫接翠微。波上馬嘶看棹去，柳邊人歇待船歸。

數叢沙草群鷗散，萬頃江田一鷺飛。誰解乘舟尋范蠡？五湖煙水獨忘機。

作者溫庭筠，晚唐詩詞大家，貌醜，行爲不檢，仕途不順，晚年遊蜀，本詩乃渡利州（今四川廣元）嘉陵江時即景之作。利州，今四川廣元；南渡，即南岸渡口。范蠡，春秋楚人，字少伯，事越王句踐二十餘年，勞心苦思，終於助句踐復仇滅吳，尊爲上將軍。蠡知句踐難與共安樂，乃辭去，變姓名，歷齊至陶，經商成巨富，號陶朱公。《越絕書》：「吳亡後，西施復歸范蠡，同泛五湖而去。」

詩人於渡口風光起筆：空明的水光，與落日餘暉相映；彎曲的島嶼在暮色水氣氤氳中，與遠處山嵐煙靄相連接。繼寫周遭景色：水上馬嘶，眼看渡船漸漸遠去；對岸柳樹下，有人在等著渡船歸來。還有那叢草和沙灘上，成群的鷗鳥已高高飛去；只有一隻白鷺，在江邊一大片水田上自由飛翔。最後結出己意：有誰知道我乘船是想追隨范蠡？我也想像他那樣陶醉在五湖山水煙波中，忘掉人世間的機詐而與世無爭。

這是一首描寫津口待渡景色的詩。待渡的渡口是利州瀕臨嘉陵江的南岸。前六句描寫渡口兩岸景色，而處處以對比手法著墨：澹然空水，對斜暉；曲島蒼茫，對翠微；波上馬嘶棹去，對柳邊人歇待船歸；沙草群鷗散，對江田一鷺飛。但對比的客體各自不同，或以時光對比，或以人馬對比，或以鷗鷺對比；而對比客體上又各自附加不同的形容詞或量詞，使景物美化活化。結聯暗示詩人自己亦有歸隱之意，似是本詩主旨所在。

金聖嘆《選批唐才子詩》云：「寫盡渡頭勞人，情意迫促，自古至今，無日無處，無風無雨，而不如是。固不獨〈利州南渡〉爲然矣。」

（賞析者：熊智銳）

蘇武廟——溫庭筠

蘇武魂銷漢使前，古祠高樹兩茫然。雲邊雁斷胡天月，隴上羊歸塞草煙。
迴日樓臺非甲帳，去時冠劍是丁年。茂陵不見封侯印，空向秋波哭逝川。

本詩爲詩人瞻仰蘇武廟之作，作年不詳。蘇武，西漢杜陵（今陝西長安東南）人，字子卿，《漢書》本傳謂，武帝時，以中郎將使匈奴，單于脅降，不屈，被幽，置大窖中，齧雪呑旃；徙北海，使牧雄羊，仍仗漢節，留十九年。昭帝與匈奴和親，漢使僞稱昭帝射得雁書，知蘇武在某地，匈奴原妄稱蘇武已死；至此，乃不得不放蘇武歸漢。拜典屬國。宣帝立，賜關內侯。古祠，即蘇武廟。甲帳，武帝所設供神的華帳。《漢書．西域傳》贊：「孝武之世，興造甲乙之帳，絡以隨珠和璧。」《漢武故事》云：「雜錯天下珍寶爲甲帳，其次爲乙帳；甲以居神，乙以自居。」丁年，成年。漢以男二十歲爲丁年。李陵〈答蘇武書〉：「丁年奉使，皓首而歸。」茂陵，在今陝西興平東北，漢武帝葬於此，這裡指武帝。

詩人以蘇武氣節直書破題：蘇武出使前，已置生死於度外；而今面對蘇武廟及廟前樹木，使我不禁心緒茫茫然。接著以想像爲言，想像蘇武受困匈奴的情景：我想當年他在匈奴時，除了看到胡地月光外，可能連一隻飛雁都看不到；傍晚時，他趕著羊群，一次次消失在塞草晚煙中。想像蘇武回漢的情況：當他回漢時，樓臺都變了，當年武帝供神的華帳也沒有了。想到他出使時，還是戴冠佩劍的青年。最後是詩人的感嘆：可惜武帝沒看到他封侯的印信；使他徒然對著秋江，含著淚水，痛惜如水流失的青春年華。

這是一首弔古感懷詩。蘇武於武帝天漢元年（前一〇〇）出使，昭帝始元六年（前八一）回漢，歷時十九年，乃歷史上堅持氣節的民族英雄。本詩首聯用一古一今筆法，將時空距離拉近；詩人面對蘇武廟及緬懷蘇武事蹟，乃心緒茫茫然若有所失。中間四句是詩人想像蘇武在匈奴及回漢後的種種情景，包括在胡地的「雲邊雁斷胡天月，隴上羊歸塞草煙」；回漢後發現「樓臺非甲帳」，自己則「丁年奉使皓首而歸」等等：意謂人事全非。結聯暗含諷喻，連一世之雄的武帝亦終歸黃土，詩人能不爲蘇武流淚？更能不爲自己流淚？

當代文史學者邱燮友教授謂，晚唐國力衰頹，詩家歌頌忠貞不屈、表彰民族氣節之作興起，如杜牧〈河湟〉云：「牧羊驅馬雖戎服，白髮丹心盡漢臣。」溫庭筠〈蘇武廟〉，也塑造了白髮丹心的漢臣形象。

（賞析者：熊智銳）

宮詞

薛　逢

十二樓中盡曉妝，望仙樓上望君王。鎖銜金獸連環冷，水滴銅龍晝漏長。
雲髻罷梳還對鏡，羅衣欲換更添香。遙窺正殿簾開處，袍袴宮人掃御床。

本詩屬宮怨詩，作年不詳。唐人以「宮詞」名篇或以宮怨爲題材的詩作屢見。十二樓，即五城十二樓，本爲仙女居處，此處泛指皇帝後宮住所。望仙樓，樓名，唐武宗時建於宮苑。此處泛指宮妃居處。鎖銜金獸，宮妃居處的門，以金獸狀的鎖連環緊扣，冷冰冰地（顯示「人靜」）。水滴銅龍，宮內龍形計時的鐘漏，水滴個不停（顯示「日長」）。袍袴，短袍繡袴，灑掃正殿的宮女服飾。

詩人扣題直書：十二樓中的嬪妃，人人都梳好了晨妝；她們都站在望仙樓上，盼望君王駕臨。接下來是聯想：可是宮門上金獸狀的門鎖，卻連環緊銜在獸口上，冷冰冰地；而銅龍形的計時鐘漏，水滴更滴個不停，日子顯得特別漫長。她們頭髮梳好了，還要再對著鏡子照照；羅衣要換新了，還要添上薰香。遠遠望去，正殿的簾子拉開了；穿著袍袴的宮女們，正忙著整理皇帝的御床。

這是一首寫宮妃的幽怨詩。詩人以冷眼旁觀的角度，從宮妃諸般動態中，刻畫窺視她們的心理狀態。首聯以頂眞式的筆法，十二樓中／望仙樓上，遙遙頂眞，再加「望君王」三字，既流暢又婉轉。十二樓，望仙樓，泛指後宮嬪妃衆多，及人人翹企之殷。盡曉妝三字是關鍵語，預爲以下嬪妃諸般神態作布局。頷聯一「冷」一「長」，暗喻嬪妃之「望」落空。頸聯是，她們並不死心，而於

「盡曉妝」及「雲髻罷梳」之餘，還要對著鏡子一照再照；羅衣將要換新了，還要再灑一些香水香料。詩人如此著墨，彷彿親眼目睹；但這只是表相，詩筆其實重在心理刻畫窺視。結聯更以反襯法，寫出殘酷景象：遠遠看去，簾幕打開了（皇帝起身了），穿著傭工服飾的宮女正在替御床打掃（她們還有幸接近皇帝）！詩中不見幽怨字眼，而幽怨盡在其中。與王昌齡〈長信秋詞〉：「玉顏不及寒鴉色，猶帶昭陽日影來」，同其趣味。

近人毛水清云，歷代唐詩選本多不載本詩，自清人孫洙選入《唐詩三百首》後，遂成名作；「盡曉妝」三字，寫盡宮妃共同企翹心態，頗有新意。

（賞析者：熊智銳）

貧女　秦韜玉

蓬門未識綺羅香，擬託良媒益自傷。誰愛風流高格調？共憐時世儉梳妝。
敢將十指誇鍼巧，不把雙眉鬬畫長。苦恨年年壓金線，爲他人作嫁衣裳。

此詩描寫蓬門裡貧苦人家的女兒，有著不同凡俗的「風流高格調」。詩中借貧女以比寒士，內美修能、風雅清高的品格。

首聯敘述蓬門裡貧苦人家的女兒，本來不知道「綺羅香」珍貴衣服上的香味。她想找個好媒人，替自己說合婚姻，恐怕配不上別人，所以自己也很悲傷。

頷聯、頸聯二對句，言有誰能夠歡喜風雅清高的品格，有誰憐惜這個時局艱難，而儉省一點梳妝的

費用呢？自己可以從十個指頭上，誇耀針線縫得很精巧。針線一流，卻不願把兩道眉毛和別的女子比賽描畫的長短。頷聯的「風流高格調」與頸聯的「誇鍼巧、不鬪」相呼應；頸聯的「不把雙眉鬪畫長」則是頷聯「儉梳妝」的一個例證。

末聯言「苦恨」並非痛恨，而是深怨。深怨空有一身的好手藝，卻只年年把指頭按著金線，只是為別人裁製嫁時的衣裳啊！而蹉跎青春。

以貧女精巧的十指「壓金線」，她的工作可能是在紅色霞帔繡襦上做描金、繡金、鑲金、盤金等裝飾。

詩的眞諦在寫良媒不問蓬門之女，寄託著寒士出身貧賤、無人舉薦的苦悶；誇指巧而不鬪眉長，隱喻著寒士內美修能：「誰愛風流高格調」，是文人的孤高情調。「為他人作嫁衣裳」，則令人想到那些終年為上司捉刀獻策，自己卻久屈下僚的讀書人——或許就是詩人的自嘆吧？此詩為秦韜玉屈居宦官田令孜門下作幕僚時所作，可能是詩人懷才不遇、有志難酬的自我寫照！

此為七言律詩，押下平聲七陽韻：香、傷、妝、長、裳。

（賞析者：黃美惠）

七律樂府

古意呈補闕喬知之——沈佺期

盧家少婦鬱金堂，海燕雙棲玳瑁梁。九月寒砧催木葉，十年征戍憶遼陽。
白狼河北音書斷，丹鳳城南秋夜長。誰為含愁獨不見？更教明月照流黃。

詩人借用閨中思婦的無奈和悲傷來批判初唐時期皇室為了開拓疆土所引發的戰爭，所以這是一首諷諭的反戰詩，也是沈佺期的代表作之一。這首詩又名為〈獨不見〉，是借用了樂府詩舊題的名稱。據宋人郭茂倩《樂府詩集》的解題說：「獨不見，傷思而不得見也。」由此可知這首詩的詩意。〈古意呈補闕喬知之〉，補闕是當時負責規諫皇帝的官名，喬知之是武則天萬歲通天年間時的右補闕，由此可推知這首詩大約的寫作時間。

詩的前二句先描寫一對恩愛夫婦的快樂生活，而後六句全是寫這位婦人的思念和淒涼的心情，突顯出思婦的悲情及對戰爭的批判。「盧家少婦鬱金堂，海燕雙棲玳瑁梁。」盧家少婦在此是所有少婦的代稱，鬱金堂是指塗上鬱金香料的閨房，可見這婦人是住在富麗堂皇的房子內，這話意指婦人是豪門中的貴婦，而她和她的良人就像雙棲的海燕過著恩愛幸福的日子。

「九月寒砧催木葉，十年征戍憶遼陽。」這對本來雙宿雙飛的恩愛夫妻，因為她的丈夫從軍去了，從此每到深秋的「九月」，處處可聽見的擣衣聲就像樹葉被摧落似的把婦人的心也擊碎了，因為這十年來，婦人時時刻刻掛心人在遼陽戍守的丈夫，而今卻音書斷絕。「寒砧」，是指寒秋時趕製冬衣的擣衣聲。古人裁衣前須先將生絲鋪於砧板上，用杵棒捶打，使之富有彈性，然後才開始裁製。按：唐代兵制，前線士兵所需兵器和糧食由朝廷提供，但軍人的衣服必須從家中寄去。李白〈子夜四時歌．秋歌〉中所描述的「長安一片月，萬戶擣衣聲」，就是閨婦爲征夫連夜趕製寒衣的情景。

「白狼河北音書斷，丹鳳城南秋夜長。」前句是指駐守在白狼河北方的夫婿，而今音訊完全斷絕。爲何會音訊完全斷絕？因爲戰爭的離亂，使她的夫婿如今音訊渺茫。「音書斷」點出了下句的「秋夜長」，留在長安城南獨守空閨的她，因爲沒有夫婿的消息，擔心加上害怕，這份深深的思念，自然使她覺得秋夜是無比的漫長。最後兩句「誰爲含愁獨不見？更教明月照流黃。」是說有誰能瞭解她這十年來獨自守著相思和夫婿不能相見的苦楚？她十年的相思、寂莫、孤獨和擔心，無人可知，偏偏明月還要透過紗窗照在黃絹上，令人愁上加愁啊！最後一句，是哀而不怨。爲何哀而不怨？因爲她能怨誰？爲國家出征是光榮的事，她不能埋怨離家出征的夫婿，也不能埋怨有戰事要夫婿出征的國家，所以思婦的悲傷只能自己承受，然而已經十年了，戰爭還要多久才能結束？而今她的夫婿是生是死，沒有人知道，思婦的心情已痛苦萬分，這撩人的月色偏偏來增加她的淒涼傷感，她能不遷怒於明月嗎？全詩構思新巧，令人感動。

（賞析者：林素美）

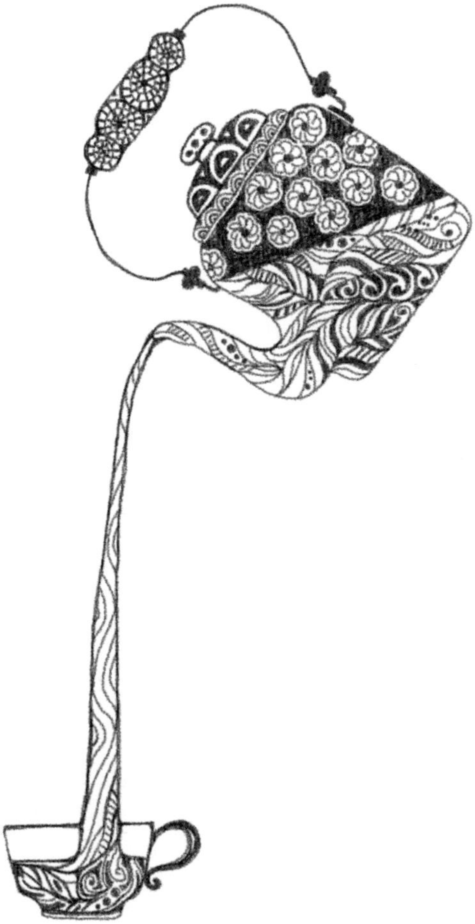

五言絕句

鹿柴

王維

空山不見人，但聞人語響。返景入深林，復照青苔上。

《舊唐書・王維傳》：「維弟兄俱奉佛。居常蔬食，不茹葷血。晚年長齋，不衣文綵。得宋之問藍田別墅在輞口。輞水周於舍下，別漲竹洲花塢。與道友裴迪，浮洲往來，彈琴賦詩，嘯詠終日。嘗聚其田園所爲詩，號《輞川集》。」此一描述可以想見詩人晚年的生活情狀。

《唐賢三昧集箋注》曾稱讚王維：「五絕乃五古之短章，最難簡古渾妙。唐人此體，右丞可稱妙手。」此詩描寫輞川別業的一處景象，然而卻在五言絕句這樣簡短的形制中，開拓一個亦虛亦實的廣大

空間，以供讀者自由出入。

首句的「空山不見人」與〈辛夷塢〉中的「澗戶寂無人」，都有意營造一個無「人」的詩境，「人」彷彿不該出現；但下一句緊接著的是「但聞人語響」，「不見人」卻又聽聞「人語響」，於是聲音變成了「空中之音」、「相中之色」，借用聲音的不確定性來連結上一句人存在的不確定性。如此一來的「空山」便不只是現實上的一座山林，前半首詩裡的「空山」成爲具有極大象徵性的、存於古往今來的一處空間，甚而就可以直接視爲文學存在的空間，將詮釋的可能性放到最大。

只是這樣一處虛實難辨的空間裡，幽深寂靜，只有返照的日光穿越深不可測的林間，又照在青色的苔蔭之上。這人煙稀少的鹿柴，便是王維的寄身之所。

《詩法易簡錄》說道：「人語響，是有聲也；返景照，是有色也。寫空山不從無聲無色處寫，偏從有聲有色處寫，而愈見其空。嚴滄浪（嚴羽）所謂『玲瓏剔透』者，應推此種。沈歸愚（沈德潛）謂其『佳處不可語言』，然詩之神韻意象，雖超於字句之外，實不能不寓於字句之間，善學者須就其所已言者，而玩索其不言之蘊，以得於字句之外可也。」歷代詩話的詩評家，亦提示我們許多未盡想像的觀看方式。

（賞析者：張寶云）

竹里館——王維

獨坐幽篁裡，彈琴復長嘯。深林人不知，明月來相照。

〈竹里館〉作於王維晚年隱居藍田輞川時期。王維信奉佛教，思想超脫，中年仕途不順、回歸田園，此詩可視爲他晚年精神生活的展示。

《唐詩箋注》云：「《輞川》諸詩，皆妙絕天成，不涉色相。止錄二首（指〈鹿柴〉及此詩），尤爲色籟俱清，讀之肺腑若洗。」

若將此詩與〈鹿柴〉合而觀之，〈鹿柴〉寫空而未空的山林，此詩寫「獨坐幽篁」的王維，兩相對照，正是詩人晚年心境的呈露。「幽篁」所引發的竹林意象，恰與魏晉時期的「竹林七賢」互通聲

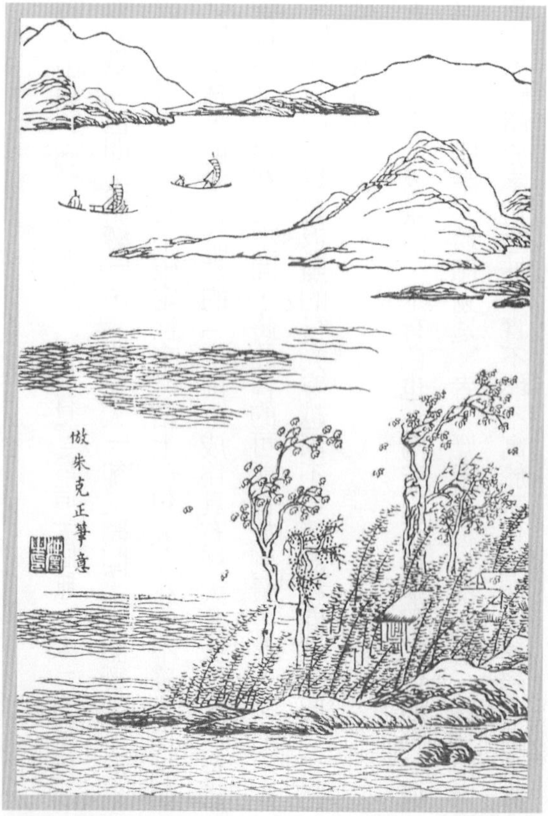

息、意象媒合，「彈琴復長嘯」也與阮籍佯狂避世的形象構成微妙的呼應。詩人在詩中既抒發對世局的感慨，亦與西晉的名士在文學的世界中對話唱和、隔世相望。

三、四兩句才將此隱而不顯的意圖引導至文字美感的世界中，「深林人不知」既顯出孤絕的處境，亦在此孤絕的處境中享有一片難得的清靜。結尾便以「明月來相照」，一洗先前的沉鬱，而以明月柔緩雋永的光芒，打亮這不為人知的深林館舍。

《詩境淺說續編》提到：「《輞川集》中，如〈孟城坳〉、〈欒家瀨〉諸作，皆閒靜而有深湛之思。此詩言月下鳴琴，風篁成韻，雖一片靜景，而以渾成出之。坊本《唐詩三百首》特錄此首者，殆以其質直易曉，便於初學也。」

《唐人絕句精華》中評述：「以上四詩（指〈鹿柴〉、〈欒家漱〉、〈竹里館〉及〈鳥鳴澗〉），皆一時清景與詩人興致相會合，故雖寫景色、而詩人幽靜恬淡之胸懷，亦緣而見。此文家所謂融景入情之作。」

（賞析者：張寶云）

送別　王維

山中相送罷，日暮掩柴扉；春草明年綠，王孫歸不歸？

此詩一開頭不直接寫送別的畫面，而是說：「山中相送罷」，將時間感跳接到送別之後的心境；緊接著第二句說：「日暮掩柴扉」，表面上寫日落之後，掩上柴門的動作，然而其中卻隱藏著時間緩慢流逝的等待之感。更進一步想像詩中並未明確指陳「相送罷」之後，究竟是過了多久？只是日日都有一個日常性的動作在重複進行：「日暮」便掩上「柴扉」。讀者這才意識到，對朋友送別之後的思念之情，似乎從未間斷過，是在每天的動作裡不斷被重複加深。王維將感情隱晦曲折的表達出來，更能表現出心念裡精微的細節。

《楚辭．招隱士》有：「王孫遊兮不歸，春草生兮萋萋」之句，原典意指王孫久留深山，王夫之《楚辭通釋》說是淮南小山「為淮南王召致山谷潛伏之士」而作。但此處在典故的運用上，卻將題旨導向詢問在外遊歷的「王孫」，何時歸隱山林？形成同為一「王孫」的用語，《楚辭》是召致王孫來朝重用，王維是召致王孫歸隱山林，此二者形成對「王孫」不同的意圖，在此詩中隱隱突顯了王孫的猶豫，在世俗浮沉裡的王孫，究竟何時才會返歸山林呢？

此詩延用「柴扉」、「春草」、「王孫」等舊有的語詞，用語質樸，但卻在意義上進行翻新，王維在山中送別友人離去，難掩心中不捨之情，故而以詩召喚。陶淵明：「羈鳥戀舊林，池魚思故淵」

（〈歸園田居〉五首之一），將田園山林視爲精神的故居，王維欲在此詩承繼陶潛歸隱的志趣，藉以召喚同道中人。

（賞析者：張寶云）

相思　王維

紅豆生南國，春來發幾枝。願君多採擷，此物最相思。

紅豆產於南方，結實鮮紅渾圓，赤如珊瑚，南方人常用以鑲嵌飾物。傳說古代一位女子，因丈夫死在邊地，哭於樹下而死，化爲紅豆，於是人們又稱它爲「相思子」。唐詩中常用它來譬喻相思之情。而「相思」二字的用法，本不限於男女情愛範圍，朋友之間也有以「相思」來代表思念，例如〈李少卿與蘇武詩〉：「行人難久留，各言長相思」即爲顯著的例證。此詩亦有題作〈江上贈李龜年〉，李龜年爲唐玄宗時期梨園名伶，王維〈相思〉一詩背景，詳見唐代范攄《雲溪友議》卷中〈雲中命〉，清

代趙殿成《王右丞集箋注》卷十五〈相思〉注。

全詩前半敘寫紅豆生長狀貌，後半則抒發情意，語言質樸但意味淳厚，將細微之物宛轉變化承接，十分巧妙。

其中的「生」、「發」爲動詞，語言看似自然卻極爲靈活，使世俗之物生機湧現、意態雅致。「願君」之語顯得情意深厚，結尾雖點明此物的性質，然而在「多採擷」和「最相思」之間，卻隱然形成一股情愛的張力，令讀者亦不免動心眷戀感到此物的可愛亦復可感，而使單純的詠物化爲雋永的慰藉。

《讀雪山房唐詩序例》中評述：「王維『紅豆生南國』、王之渙『楊柳東門樹』、李白『天下傷心處』，皆直舉胸臆，不假雕鍐，祖帳離筵，聽之惘惘，二十字移情固至此哉！」

明代李日華〈讀右丞五言〉則言：「明心寒水骨，妙語出天香」，讚頌王維詩心敏銳，用語天成，確有不凡之處。

（賞析者：張寶云）

雜詩——王維

君自故鄉來，應知故鄉事。來日綺窗前，寒梅著花未？

王維〈雜詩〉原有三首，《唐詩三百首》所收此詩為第二首，將另兩首附錄於後。第一首：「家住孟津河，門對孟津口；常有江南船，寄書家中否？」第三首：「已見寒梅發，復聞啼鳥聲；愁心視春草，畏向玉階生。」

將三首從頭細看，可知題旨隱含思念之情。第一首是鋪陳故事背景，詢問故鄉是否有書信傳來？第二首點出「綺窗」、「寒梅」，在表層意義上僅是故鄉風物，但讀者卻可從作者暗示的意象中延伸出可能的言外之意：是否曾有一名故鄉的女子，作者對她隱藏著青梅竹馬

般的愛情？因此想從故鄉的來人口中，探問這名女子的下落？第三首最後說道：「已見寒梅發，復聞啼鳥聲」，則以花開、鳥啼來暗示這名女子似已出嫁；接下來的「愁心視春草，畏向玉階生」，便以「春草」的意象引出眷戀相思之意。

如此再次回看第二首中，以設問法出現的「寒梅著花未」，實在耐人尋味。王維不直接說明自己的心意，卻以曲折委婉的暗示來進行提問，多麼含蓄動人。最後第三首的「已見寒梅發，復聞啼鳥聲」，正明白表示出時序遞進，緣分已經錯過，愈來愈茂盛的春草眼看就要連到玉階之前，以一「畏」字拈出，象徵思念之情無有著落，正有情怯不盡之意。

綜看三首詩作，已形成一前後呼應的故事結構，雖未點明其中主人公究竟所指何人，但讀者或許將從字句中自行挪用聯想成王維的少年愛情故事，將之視爲一組情詩。

（賞析者：張寶云）

送崔九

裴迪

歸山深淺去，須盡丘壑美。莫學武陵人，暫遊桃源裡。

詩題〈送崔九〉，崔興宗，排行第九，故稱「崔九」。《唐詩紀事》（卷十六）中記載，崔興宗與王維、裴迪俱居終南山，有唱和之舉。崔後為右補闕。

《唐詩鑒賞大全集》（北京：中國華僑出版社，二〇一〇年）中提到裴迪生活的時代大約在唐玄宗、肅宗時期，此詩約作於唐玄宗後期。由於唐玄宗任用奸相李林甫，寵幸楊貴妃，政治黑暗，世族門閥占據朝堂，下層知識分子無法入仕。崔九雖出仕為官，官至右補闕，但因不滿官場生活，不久後即去官歸隱。裴迪為他餞行送別，因作此詩來勸勉他。

此詩用語簡易，旨在勸勉崔九歸隱，應窮盡山林之美。「歸山深淺去，須盡丘壑美」，意味著無論歸隱之途是否能堅守下去，但應該仔細去領會山林丘壑之美，對美感投注關心。

下半首「莫學武陵人，暫遊桃源裡」，則引用陶淵明桃花源的典故，希望送別的友人崔九，能隱居避世。換言之，崔九本人是否顯現出對「歸山」的遲疑，以至於裴迪以詩文勸勉，此處並無明顯的指示；然而「莫學武陵人」隱藏的提示之意，又留下許多想像的空間。如果只是「暫遊桃源」，最後又落入塵俗的羅網，不得歸返自然，那此次的送別就不具有實質上性靈的回歸意義。畢竟歸隱之路表面上是超然物外，然而對現實的名利場，又如何能輕言放下？結語意在言外，值得讀者仔細品味。

（賞析者：張寶云）

終南望餘雪——祖詠

終南陰嶺秀，積雪浮雲端；林表明霽色，城中增暮寒。

據計有功《唐詩紀事》卷二十載，本詩爲祖詠應試時作，規定須作六韻十二句五言排律，祖詠竟以本詩交卷，自稱「意盡」，即意思已完備了，何須多言。題旨是望終南山的餘雪。

終南即橫亙陝西、河南、甘肅的終南山，主峰在長安南；陰嶺，山北曰陰，陰嶺即山的北面之嶺。遠望終南山北面的山嶺，景色非常秀麗。林表，森林外面雪後初晴，陽光明媚。

詩人惜字如金，要言不繁：終南山嶺北的風光很秀麗，皚皚白雪浮現在雲端。森林外面雪後初晴，陽光明媚；日暮向晚時，長安城裡格外寒冷。

這是一首平淡寫景的詩。雪景平淡，餘雪亦尋常，山腰浮雲繚繞亦常見，山北積雪未化亦常事，以上諸般景象都很平淡平常，無甚稀奇處。但詩人遣辭用字，卻能化平淡爲清新，化尋常爲靈動。試看一個「陰」字和一個「秀」字，不但使尋常平淡的景色靈動起來；而且尋常人所不太在意的具體實景，一經詩人點化，也忽然顯得精準明備了。不是嗎？終南山在長安南，從長安向南邊的終南山看，只能看到山嶺的北面（陰嶺）；而北面日照短，積雪不易融化，白雪與山嶺輝映便倍覺秀麗。這是陰／秀二字的妙用，而詩題之旨亦隱見。次句「積」和「浮」二字亦盡其妙：山陰積雪，是緊扣起句「陰嶺」來；浮雲端，初看似不合常情，雪何以浮在雲上？但詩人所見是終南山嶺高出雲端，山嶺積雪在陽光照射下像是飄搖浮動，這浮雲端的景象又是緊扣首句「秀」來。有陽光嗎？在哪裡？第三句轉出陽光來：林表，是山中森林上方；霽，是雪後初晴；明，是陽光照耀。此一「霽」一「明」，與前二句環環相連，俱見陰嶺秀、浮雲端，美景美色如畫。以上三句寫景。結句抒情，儘管城外景色如畫，但城中向晚，庶民飢寒，其誰理會？此處暗喻應試落第者的淒清心情。

清人王士禎《漁洋詩話》卷上謂，此詩乃古今雪詩最佳篇。施補華《峴傭說詩》稱，此詩蒼秀之筆，與韋應物「門對寒流雪滿山」相近。

（賞析者：熊智銳）

宿建德江

孟浩然

移舟泊煙渚，日暮客愁新。野曠天低樹，江清月近人。

這是一首羈旅思鄉的詩。「建德江」，即錢塘江上游，在浙江境內。孟浩然漫遊吳越，舟行經錢塘江，夜泊建德附近，旅途有感而發之作。

首二句寫夜泊：「移舟泊煙渚，日暮客愁新。」把船停泊在煙霧迷濛的小洲上，眼見黃昏日落，一段新的旅愁油然而生。「日暮」不但點出題目之「宿」字，同時具承上啓下之作用，既呼應起句「泊」、「煙」二字，亦引起下文之「客愁新」。正因爲日暮，所以泊船江渚，夜宿客舟中；正因爲日暮，江畔煙霧濃重，更引發前途茫

茫、鄉關何處的愁思。此外，「日暮」還遙啓下文：「野曠天低樹，江清月近人。」由於時值日暮，故觸目所見，爲天色昏暗、明月高懸之夜景。「愁」之一字，爲通篇詩眼所在。日暮時分，倦鳥尚且知返，何況詩人是漂泊異鄉的遊子，更增添無限鄉愁！後二句雖爲摹景，實則景中含情，亦不出思鄉愁緒，可見此一「愁」字貫穿全詩，爲客旅夜宿的情感基調。

三、四兩句爲對仗，描寫建德江畔景色：「野曠天低樹，江清月近人。」遙望遠處曠野遼闊，黯淡的天空，彷彿壓得比樹木還低；江水清澈如許，月影浮現水面，依稀與人更加貼近。此二句對仗工巧，借景抒情，極爲出色，故爲千古傳誦之名句。此處情景交融無間，詩意自然渾成，情韻悠長，耐人尋味。全詩至「江清月近人」，戛然而止，言有盡而意無窮，表面看似平靜無波，內心其實暗潮洶湧。詩人面對著四野茫茫、江水悠悠，明月孤舟，孑然一身；霎時間，多少旅途惆悵、思鄉之情、仕途失意、人生坎坷，千愁萬緒，紛紛湧上心頭。故沈德潛《唐詩別裁》云：「下半寫景，而客愁自見。」蕭繼宗《孟浩然詩說》亦云：「此詩意境俱佳。末兩句尤見寫生手妙。野曠則念遠，月近則懷孤，總說『客愁』，語雋意婉。」吾人心有戚戚焉！

（賞析者：簡彥妗）

春曉——孟浩然

春眠不覺曉，處處聞啼鳥。夜來風雨聲，花落知多少？

這是一首描寫春天早晨的詩，平淡中見眞味，明朗而有情韻，是《唐詩三百首》中膾炙人口的佳作。首句爲敘事：「春眠不覺曉」，寫春天舒適，睡眠香甜，不知不覺早已天亮了。從「春」字點明季節，「曉」字揭露時間，先點題；並用「不覺曉」暗示「春眠」的安穩、生活的悠閒，同時流露出詩人對春回大地的喜悅。次句爲寫景：「處處聞啼鳥」，隨處可以聽見鳥兒的啁啾鳴唱。採聽覺摹寫，從屋外滿園鳥語，勾勒出無邊春色的美景。此處刻畫春天景致，不從萬紫千紅、花團錦簇的視覺角度切入，而著筆於此起彼落的蟲鳴鳥唱。誠如鍾惺、譚元春《唐詩歸》云：「通是猜境，妙！妙！」一則從聽覺盛宴中，自然可以聯想到春光爛漫，美不勝收；二則呼應首句，除了用百囀千鳴點出春臨大地，更暗示詩人在一片鳥語聲中甦醒，好不愜意！

末二句爲抒情：「夜來風雨聲，花落知多少？」回想昨天夜裡屋外風雨交加，關心園中的花兒不知被吹落了多少？如王文濡《唐詩評註讀本》所云：「描寫春曉，而含有一種惋惜之意。惜落花乎？惜韶光耳！」詩人把愛春、惜春之情，全寄託在對落花的嘆息上。字裡行間，傳達出一份對春天的賞愛之情，此即「民吾同胞，物吾與也」的襟懷。

這首小詩初讀似覺無味，反覆誦讀，始知別有天地。如沈德潛《唐詩別裁》云：「從靜悟中得之，故語淡而味終不薄。」劉辰翁《王孟詩評》亦云：「風流閒美，正不在多。」通篇如行雲流水般，言淺意深，景眞情切，尤善用白描手法，描繪出一幅群鳥鳴春圖，神韻飛動，生氣勃勃；末二句，以虛應實，十分空靈，寫閒情之致，又富悲憫之心，連落花都關愛，頗得自然之眞趣。難怪千讀百誦也不厭倦，確是一首上上品的好詩！

（賞析者：簡彥伶）

夜　思——李　白

床前明月光，疑是地上霜。舉頭望明月，低頭思故鄉。

本詩據詹鍈《李白全集校注彙釋集評》引《李詩直解》：「此篇乃太白思鄉之詩也。言床前忽見皎月之光，則不寐可知。其地上之白疑是霜矣。舉頭望之，皎月在天；低頭思之，故鄉何在？一種踟躕躑躅之意，有意不能言者。」這首詩所寫的是思鄉思歸之情意。

這首詩開篇「床前明月光，疑是地上霜。」由意象來看，「明月光」屬於視覺意象，皎潔月光，原本帶出明亮可人感受，而「明月光」卻與「地上霜」類比，「霜」字引出觸覺意象，有冷冰等感受，故「明月光」與「地上霜」並置，極突出地表現作者心中孤寒凄涼感，這異鄉明月光並沒有撫慰詩人的心，反而淋漓地表現李白居處異鄉、漂泊無根之空虛和凄涼。「舉頭望明月，低頭思故鄉。」諸句，則說明因爲「望明月」而興發了太白思鄉之情，這種因果的句法，也正是使李白詩句顯得特別眞切、直接有力的緣故，因此這一連串視覺、觸覺意象與句構，就將具象景物，充注李白內心濃厚懷鄉情意。李白將濃烈鄉愁感受注入詩篇景物，這明月光的凄冷、天上明月思團圓的鄉愁，皆顯示李白一生經歷、情感和不同境界的象喻。

在詩篇空間景象安置，整首詩篇空間物象與視覺角度有著極大的高度差異，康丁斯坦《藝術的精神性》云：「空間突出或凹入，往前或退縮，……使之共鳴或相對立。」這便形成有力、豐富的畫面。李白取高度落差變化極大的視角或物象並置，兩者間因高度不協調形態組合，容易產生驚嘆、訝異的心理快感。童慶炳《中國古代心理詩學與美學》：「美的東西都不是孤立地存在。美的東西總是同醜的東西相比較而存在。」詩篇連用高度空間景象：「明月光」、「明月」，低度空間景象或視角：「地上霜」、「低頭」，摹寫出高度空間景象和低度空間景象交錯並置，產生高低對照，形塑一高一低視覺極大落差，藉此使詩意突顯情意起伏轉變，情感也由外在觸覺寒冷，遞變轉入至內心情緒憂愁。所以由外而內推深詩情。全篇詩情隨著空間與視角起伏：先高維度視角「明月光」，其次轉為二度空間「地上霜」，再轉為三度空間「舉頭望明月」，最後又回到平面空間視覺感知「低頭思故鄉」，空間景象視角位置連排高低，又高低的畫面，形成跳躍視角，產生阻滯、不暢通的審美反應，也暗中呼應太白一生經歷離鄉漫遊、懷才不遇的起伏心情。

（賞析者：黃麗容）

怨情

李白

美人捲珠簾，深坐蹙蛾眉。但見淚痕溼，不知心恨誰？

本詩摹寫獨居閨房女子，憂怨至極而落淚之情。據詹鍈《李白全集校注彙釋集評》引《李詩直解》云：「此詠深閨之怨婦，而見其情之極也。言婦人抱美色而守空閨，捲起珠簾。深坐而鎖蛾眉，愁怨之極也。愁極則淚落，但見淚痕之溼，而不知心之所恨者誰也。恨其獨處之寂寞耳。」

詩篇開端「美人」，所形容的不只是一女子外貌，同時還指出該女子超越凡俗良美女性形象。李白描繪女性美的詩篇，其他例如：〈清平調詞〉三首，又如〈淥水曲〉，這類詩作都將美人的整體美貌和儀節充分展現，也會細膩地形容美女外表容止、性格衣飾，是超越衆人、不同於一般女性。如此內外兼具的審美觀，突顯該女子珍貴美好，竟獨處閨中憂煩落淚，無人關心，增加爲女子怨憤不平的詩歌情意。李白對於女性生命際遇之種種情狀，有非常深刻體悟觀察，時而進一步地摹寫女性與男性共有共通相似之生命困境和悲喜。或許李白透過女性形象，自我投射懷才不遇之怨和不平。詩篇首聯「美人捲珠簾，深坐蹙蛾眉。」將這美人的悲怨表達出來。「深坐」、「蹙」、「蛾眉」透過非語言型態，以體態語言摹寫人物內心情緒。體態語言包含面部表情、眼神、手勢、身體姿態。「深坐」是上半身肢體體態，寫出美人坐姿體態形貌，李白不僅寫「坐」，輔以修飾加強這坐姿細節：「深坐」，這是坐姿的時間意象和位置空間意象，代表女子久坐、沒有移動、懶得移動、沒有生氣地癱坐入椅的狀態。該女子坐姿體態興發寂寞、無活動力、失去活力的情意情緒。「蹙」和「蛾眉」形容女子眼眉神態，運用皺眉，局部放大式地摹寫臉部表情，這美人眼眉透顯內心不平、憂憤心情，展現女子有著幽微深埋心中不幸遭遇，這沉重怨氣，藉女子上半身坐姿和眉眼表情等結合，亦具體化爲可以想見的情境了。

詩篇末處「但見淚痕溼，不知心恨誰？」又用「淚痕」眼部神情表達感情情緒。用「淚」、「溼」等字表達女子沮喪落淚之情，這給人感受，就不是淺淺地憂傷不悅，而是深刻地憂怨和心中難平，指出的是女子怨深的悲哀。「溼」強化淚多，或許溼了臉頰，或者哭溼了衣襟手帕，這就使淚多轉化爲怨深、怨多之感發。「痕」字顯露出女子落淚之經常和久的時間意象，藉此象喻表示女子常常哭，哭了很久，甚至在臉頰、衣襟或手帕都有淚痕。此「痕」字產生一段時間歷程，李白藉「淚痕溼」來表現女子盛年青春時期，卻常常累積怨淚，這淚止了又生，「痕」和「溼」強化了怨，寫透了美人的「恨」。

（賞析者：黃麗容）

八陣圖——杜　甫

功蓋三分國，名成八陣圖。江流石不轉，遺恨失吞吳。

本詩爲唐代宗大曆元年（七六六）杜甫初至夔州時所作。詩題〈八陣圖〉，旨在詠嘆三國諸葛亮的功績。

諸葛亮的功業在策定三分天下，他的成名軍事事蹟是布下了八陣圖。八陣圖，明人《兵略纂聞》稱，黃帝按井田作八陣法破蚩尤，古之名將呂尚、孫武、韓信、諸葛亮、李靖知之。諸葛亮之八陣圖現存遺跡三處，一在四川奉節西南七里，每爲人散亂，夏水淹沒，冬天水退，石陣又恢復原狀，此處即杜詩所詠「江流石不轉」者。其餘二處，一在陝西河陽東南，一在四川

新都縣北。通解，諸葛亮向主聯吳破魏，規復漢室，不幸先主企圖吞吳，終至大敗身死，此則武侯之遺恨。另一說謂，武侯以未能吞吳爲遺恨。按：八陣圖爲防禦備戰之器，所設三地皆蜀漢自衛防魏工事，似仍以通說爲宜。

詩人推崇諸葛亮又一例，他說：三國時諸葛亮的功業以策定三分天下爲第一，他最著名的軍事設施是建構成八陣圖。並引用民間傳說：至今此處的八陣圖，每每亂散後經過江水衝擊卻又恢復原狀；彷彿顯示諸葛亮惋惜先主攻吳導致敗亡，而有遺恨。

這是一首詠史詩。《左傳》有三不朽說：太上立德、其次立功、其次立言。杜甫肯定諸葛亮功在三分天下，如〈蜀相〉稱：「三顧頻煩天下計，兩朝開濟老臣心。」〈詠懷古跡〉五首之五稱：「諸葛大名垂宇宙，宗臣遺像肅清高。」都是就立功言。杜甫深知武侯本有「北定中原」之志，惜未能如願。因此在本詩末始有「江流石不轉，遺恨失吞吳」的憾恨；在〈蜀相〉詩末有「出師未捷身先死，長使英雄淚滿襟」的浩嘆；在〈詠懷古跡〉五首之五，末有「運移漢祚終難復，志決身殲軍務勞」的哀悼。知武侯至深的杜甫，當知武侯遺恨所在。石不轉一語，乃詩人移情作用，將石人格化，石不轉乃石亦有遺恨。與杜甫〈春望〉：「感時花濺淚，恨別鳥驚心」，有同樣旨趣。

清代沈德潛《唐詩別裁》：「吳蜀脣齒，不應相仇，失策於吞吳，非謂恨未能吞吳也。隆中初見時，已云東連孫權，拒曹操矣。」

（賞析者：熊智銳）

登鸛雀樓——王之渙

白日依山盡，黃河入海流。欲窮千里目，更上一層樓。

〈登鸛雀樓〉是王之渙極富盛名的一首五言絕句，亦可說是名垂千古的經典詩作。起首兩句寫景，末尾兩句既寫實亦蘊藏人生哲理。全詩雖然僅有四句二十個字，且用語質樸淺顯，卻因眼中景所開展的壯闊、心中意所衍生的體悟，融會成千古傳唱的名篇。整首詩以站在高處爲切入點，首句勾勒出落日傍山、慢慢下沉的黃昏景致。接著，刻畫出黃河奔流入海的氣勢，由遠而近再到遠的視覺描寫，使畫面鮮活生動，如在目前。三、四句延伸前兩句遠眺之意，再扣登高主題，進一步推展：如果想要看得更

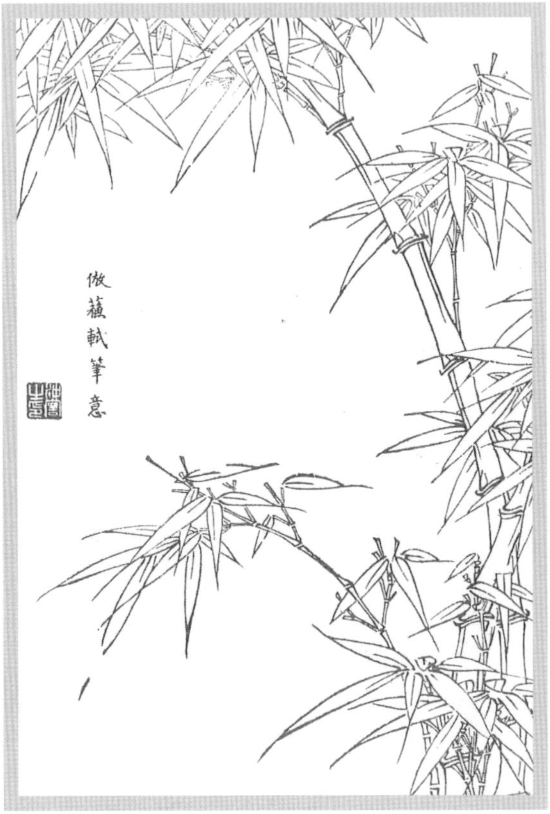

高、更遠，必須攀上更高的樓層。「不明說『高』字，以自極高」（《唐詩選》）是其鮮明特色。

事實上，唐人以「鸛雀樓」為創作主體之作不少，例如：耿湋〈登鸛雀樓〉、李益〈同崔邠（一作頒）登鸛雀樓〉、暢當〈登鸛雀樓〉、殷堯藩〈和趙相公登鸛雀樓〉、馬戴〈鸛雀樓晴望〉、吳融〈登鸛雀樓〉等，但上述諸作，多著眼於鸛雀樓周邊景色之描寫，或一己愁思之抒發，不似王之渙此作，既描景又寫意，且引出極為勵志的人生哲理。

整首詩因為融合寫景與哲理，且對仗工整，又能高度概括雄偉遼闊的千里之勢，且在看似平凡的字句組合中，蘊含高妙深刻的人生至理。是故，此詩向來獲得詩評家的高度肯定，並有「五言絕，允推此為第一首」（《增訂唐詩摘鈔》）的讚譽與評價。

（賞析者：孫貴珠）

送靈澈

劉長卿

蒼蒼竹林寺，杳杳鐘聲晚。荷笠帶斜陽，青山獨歸遠。

這是一首送別的詩，被送的人是靈澈和尚。靈澈，是中唐著名的詩僧，根據《唐詩紀事》得知：他生於浙江會稽，本姓湯，字源澄，與吳興詩僧皎然遊，元和十一年（八一六）卒於宣州。他是雲門寺的和尚，與作者相知。作者送靈澈山人的詩除此首外，尚有〈送靈澈山人還越中〉、〈送靈澈山人歸嵩陽蘭若〉等，可見二人深厚的友情。

前二句「蒼蒼竹林寺，杳杳鐘聲晚」，點出送別的時間及所見、所聞，作者從靈澈將歸的竹林寺（在江蘇鎮江城南）寫起，遠望那一片蒼蒼鬱鬱山林就是所歸宿之處，耳中聽見寺院空靈的鐘聲陣陣傳來，似乎告訴靈澈時候已不早了。二句中，第一句運用視覺的延伸，暮靄蒼茫中，點出歸山之處；第二句運用聽覺摹寫，鐘聲催促，依依送別，醞釀二人不捨的離情，引導讀者想像二人離別場景。用「蒼蒼」、「杳杳」疊字加強與烘托竹林寺的蓊鬱、暮鐘的悠遠，有一種遺世獨立，恬淡寧靜的感覺，符合靈澈和尚的歸居清幽之所。

後二句「荷笠帶斜陽，青山獨歸遠」，寫靈澈歸去的背影，送君千里，終須一別，靈澈和尚頭戴斗笠，身披夕陽，獨自一人，在落霞餘暉中邁步向青山走去，越走越遠，直至消失不見。作者靜靜佇立，目送著靈澈遠去，顯出二人深摯的情誼，僧人歸山，好友送別的畫面，歷歷在目。靈澈的獨歸

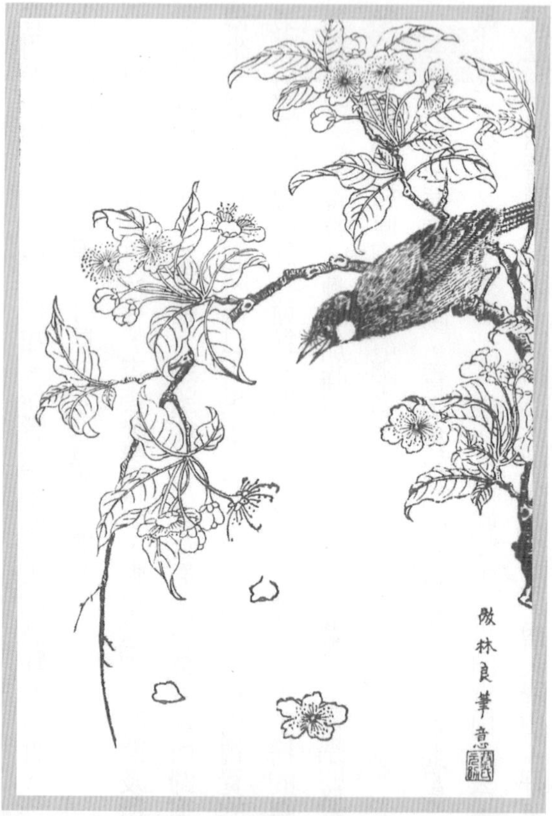

「遠」去，也有一種遠離塵囂、遺世獨立的含意，其中似乎也寄託作者仕途上雖不順，卻能有淡泊閒適的態度。

本詩爲一首古絕，第一、第四句皆不合律，押上聲十三阮韻。詩中即景抒情，詩境淡雅優美，用語精鍊，自古至今，早已膾炙人口，人人爭誦。二人紅塵結緣，同懷淡泊寧靜之心。作者運用視覺、聽覺摹寫法營造氛圍，蒼蒼寺院、杳杳鐘聲、荷笠斜陽、一人獨歸，表現出對分別的淡然與隨緣，有別於一般世俗的離愁別恨。短短四句，構思精巧，充滿禪意。

（賞析者：王碧蘭）

彈琴——劉長卿

泠泠七絃上，靜聽〈松風〉寒。古調雖自愛，今人多不彈。

此詩在《劉隨州集》中題作〈聽彈琴〉，因此這是一首聽琴曲的詩。琴、棋、書、畫乃古代文人必需具備的涵養與生活上的雅興，其中琴的歷史久遠，早在春秋時代已記載孔子向師襄學琴的故事，而王維〈竹里館〉有「彈琴復長嘯」句。除了自彈，自我排遣外，聽人彈琴，也可以和彈奏者情感交流，如春秋俞伯牙和鍾子期以音樂相知的故事，而白居易也有一首〈聽幽蘭〉詩：「欲得身心俱靜好，自彈不及聽人彈」，所以能靜聽別人彈琴也是另一種修養。在唐朝彈琴、聽彈琴，已是文人的雅興生活與心靈上的寄託，所謂「士無故，不撤琴瑟」（《禮記・曲禮》）。但是當時胡樂盛行，一般市井或邊塞地區，都喜歡流行的熱鬧「羌笛與秦箏」（白居易〈廢琴〉），王昌齡〈從軍行〉七首之二「琵琶起舞換新聲」，岑參在〈白雪歌送武判官歸京〉「中軍置酒飲歸客，胡琴琵琶與羌笛」，從這些詩中，可知當時新樂器已廣爲流傳。在此風氣下，曲高幽雅、孤芳自賞的琴樂便日漸式微，古琴遂只流爲文人雅士修德寄情之樂。作者除有感而作外，尚寓有藉此抒發其不合時宜，不爲當道重用，有志難伸的感慨。

前二句「泠泠七絃上，靜聽〈松風〉寒」，首句寫琴聲洋溢，「七絃」二字，借代爲古琴，因爲琴有七條絃。演奏者在古意盎然的琴上，雙手輕輕撫奏，流洩出高雅盈耳的琴聲，使人心境漸漸沉靜下來。次句言琴聲宜靜聽，因爲靜聽使人精神專注，才能深深領悟樂語的內涵，若心思煩躁，則無福領略其中意境。「松風寒」，一指古琴聲，有如清風吹入松林，發出連綿稀索之音，令人倍覺寒意；另一指〈松風〉乃古琴曲〈風入松〉，因爲此調淒清，故用「寒」字，在此有一語雙關之妙。

後二句「古調雖自愛，今人多不彈」，則嘆知音難尋，有孤寂之悲。時代改變，環境隨之不同，就音樂而言，新樂器及新調的引進，因爲「新」而成爲社會的流行，爲一般人所追逐，這也是人之常情。唐代流行燕樂，以琵琶爲主，通俗動聽，於是流行歌曲遂凌駕古調之上。琴曲古調出塵高雅，有如陽春白雪，雖然作者自己也很喜歡，但曲高和寡，無沉潛涵養者，多無法體悟，不如下里巴人之能取媚於俗人。白居易〈廢琴〉言，「古聲淡無味，不稱今人情」，又〈鄒魴張徹落第詩〉言：「古琴無俗韻，奏罷無人聽」，點出「今人多不彈」之因，更能感受出作者寫此詩的無奈與心酸。

這是一首古絕，第三、四句爲流水對，押上平聲十四寒韻。劉長卿另有雜詠八首〈上禮部李侍郎〉之一〈幽琴〉：「月色滿軒白，琴聲宜夜闌。飀飀青絲上，靜聽〈松風〉寒。古調雖自愛，今人多不彈。向君投此曲，所貴知音難。」其中三句即此絕句後三句，大概由此詩變化擷取而成。這首詩具有言外之意，一方面指自己的不合時宜，知音難覓，但另一方面也暗示自己不隨波逐流，堅持潔身自愛的決心。

（賞析者：王碧蘭）

送上人——劉長卿

孤雲將野鶴，豈向人間住？莫買沃洲山，時人已知處。

這是一首送別僧人的詩。上人，是舊時對僧人的尊稱，這位上人不知是誰，想必與作者頗爲相知，交情深厚，不拘小節，故能用調侃語氣作此詩。

第一、二句「孤雲將野鶴，豈向人間住？」將上人比喻爲野鶴，是襯托上人的清新脫俗，無所羈絆，有若閒雲野鶴一般。而「孤」有孤單、孤獨之意，孤雲就是指一片獨自飄移的雲朵，有高不可攀，脫俗不羈之意，暗指作者自己；而「野」有生長於大自然中，無拘無束之意，所以後世就將「孤雲野鶴」四個字稱閒逸自在，不求名

利，優游自適的隱士。「將」有和、共、伴隨之意，整句是說上人就像一隻自由自在的野鶴，伴隨孤雲高飛而去。這個情況與王勃〈滕王閣序〉：「落霞與孤鶩齊飛」句相似，雖然沒有絢麗的晚霞當背景，但孤雲與野鶴同翔，象徵遠離塵世，襯托上人崇高清明的心智。第二句「豈向人間住？」意思是指這麼超群脫俗的上人，豈肯在塵俗人間居住？人世間各種貪、嗔、癡的牽絆，俗人渴求的功名利祿，在他來說是不屑的俗事。此句用激問法設問，答案就在反面，當然是肯定不會棲居紅塵俗世。

第三、四句「莫買沃洲山，時人已知處」，話鋒一轉，說道如果眞的要找一個地方落腳，那麼千萬不要買沃洲山，爲什麼？因爲它太有名氣了，世俗之人都已知道這個地方了，它已是一處庸俗之地。「沃洲山」在今浙江新昌縣東，晉代高僧支遁曾於此放鶴、養馬，是著名的福地洞天，朝聖者頗多，是一處熱鬧的聖地，因此人群雜沓，車水馬龍，已不適合清修了。

本詩是一首古絕，前三句合律，末句不合律；在用韻方面也出現通押的現象，韻腳「住」爲去聲七遇韻，「處」卻是去聲六御韻。詩眼是「孤雲」與「野鶴」，一爲作者自喻，一爲喻上人之清高，基於好友的立場，以戲謔的口吻給予忠告，妙趣橫生，親切有味。沈德潛《唐詩別裁》：「蓋諷之也」，以戲謔的語氣諷諫，更顯出二人相交之深，直可謂是戲而不謔之佳作。

（賞析者：王碧蘭）

秋夜寄邱員外

韋應物

懷君屬秋夜，散步詠涼天。空山松子落，幽人應未眠。

這首詩是寄贈詩人邱為的弟弟邱丹之作。邱丹正在臨平山學道，詩中抒寫秋夜裡對他的懷念。全詩以「懷」字作主旨，內容描述如下：我在心中想念著你，正是秋天的夜裡。此刻我一面散步，一面吟詠著初涼的天氣。現在已是秋天，我想空曠的山裡要落下松子來了，你是幽靜的人，在這秋夜裡，一定有許多思潮起伏，這時候恐怕還沒入睡吧！

後兩句中，詩人彷彿看到空山中松子成熟落地的畫面，想像著朋友也因懷念自己而一夜未眠，這就是古人說的「文之思也，其神遠

矣」。「空山松子落」是這首詩中唯一寫景的句子。試想松果在黑暗的松林中落下，微光一劃，林更幽深；松果一墜，清脆聲響，莫不象徵秋夜沉靜與秋收之喜悅。此句正如陶淵明的「悠然見南山」，都是無我之境的呈現，而陶句帶有晉詩的質樸，韋句則充滿唐詩的古淡。

此詩作意古雅閒淡，前二句為實筆，摹狀出詩人秋夜懷思邱員外的情況。後二句採懸想示現法，虛寫在空山修道的友人（邱員外）應該也在此萬籟俱寂、松子熟落的秋夜裡，因內心思緒騰湧而無法早早入眠吧！故翁方綱《石洲詩話》評云：「至韋蘇州（韋應物），則其奇妙全在淡處，實無跡可求。」

全詩為五言絕句，押下平聲一先韻：天、眠。

（賞析者：黃美惠）

聽箏——李端

鳴箏金粟柱，素手玉房前。欲得周郎顧，時時誤拂絃。

本詩爲詩人聽妙女彈箏之作，作年不詳。箏，十三絃的古絃樂器，秦聲。他處詩題作〈鳴箏〉。金粟柱，柱，箏上繫絃的支柱；金粟是支柱上的裝飾。玉房，安放箏的墊子。周郎，三國時的周瑜，《三國志．吳志．周瑜傳》謂，瑜年少貌美，吳中稱「周郎」，精通琴瑟音律，聞人誤彈，必往顧糾正，時人謠：「曲有誤，周郎顧。」此二句意謂彈箏的妙女欲使情郎來探望，故意時時彈錯。

詩人借箏女抒懷：彈者調好了金粟柱上的箏絃，再伸出嬌美的手把玉房墊好了古箏。由於心裡盼望情郎前來顧盼她彈箏，經常故意彈錯。

這是一首聽人彈箏的詩。金粟、玉房，顯示此箏名貴；素手，顯示彈者爲妙齡美女。以金粟、玉房爲素手搭配，乃詩人刻意提升彈者身價，素手二字則成全詩焦點。題爲「聽箏」，亦可解爲非詩人聽箏，乃素手者期待良人前來聽她彈箏；詩人爲局外旁觀者。三四兩句乃心理語，彈者企盼良人如周郎者前來聽箏，乃經常故意誤彈，使其知音良人前來聆聽而矯正。詩人言外之意，似爲以箏女比附自己的才識，惜無知音者垂顧，有時遂自我穢濁，徒遺人笑，實盼人知。

因此，徐增《而庵說唐詩》評云：「婦人賣弄身分，巧手撩撥，往往以有心爲無心。手在絃上，意屬聽者。在賞音人之前，不欲見長，偏欲見短。見長則人審其音，見短則人見其意。李君何故知得恁細？」

（賞析者：熊智銳）

新嫁娘——王　建

三日入廚下，洗手作羹湯。未諳姑食性，先遣小姑嘗。

王建曾作〈新嫁娘詞〉三首。這是第三首，描寫新娘子初次下廚，把新婦心理刻畫得維妙維肖，入木三分。開端二句，立刻點出詩題「新嫁娘」：「三日入廚下，洗手作羹湯。」謂新娘子嫁來三天，便進廚房開始做飯，她先洗淨雙手，親自料理菜餚。「三日入廚下」直賦其事，因爲古代新婦過門第三天，俗稱「過三朝」，照例要下廚做菜。「洗手」，可見她來到婆家，第一次幫忙做家事；同時暗示她的愼重其事，洗淨雙手，挽起衣袖，開始勞動。

前兩句爲敘事，描述新娘入廚房、作羹湯之事。三、四句仍爲敘事，「未諳姑食性，先遣小姑嘗。」是說她不熟悉公婆的口味，先送給小姑嘗一嘗。「食性」，飲食的屬性，猶今所說之口味。「遣」，有「送」、「叫」二解，或以爲羹湯作好，小姑無由先嘗，故送請她代爲品嘗；或以爲新嫁娘較小姑爲長，叫她試吃即可。然吾人以爲，儘管新婦是兄嫂，畢竟初入家門，凡事不敢自專由，故「遣」應作「送」意，較爲合理。末二句已涉及心理層面的摹寫，新娘子過門才三日，爲了瞭解衆人口味，盡快融入婆家生活，所以送請小姑試嘗；其聰敏機伶、曲意承歡的形象，栩栩如生。

綜觀全詩寥寥二十字，直白如話，不加雕琢，然反覆咀嚼，卻覺餘味無窮。故邱師　燮友《新譯唐詩三百首》云：「首句便切題，次句『洗手』以示『潔』，『作羹湯』以示『主中饋』，新婦下廚，盡其婦道，三四兩句，寫侍奉公婆，盡其孝道。」可見本詩寫出新娘剛到婆家，恪遵婦道，求好心切，戰戰兢兢的心情。其實，這何嘗不是初入仕途者的心聲？一如朱慶餘〈近試上張水部〉：「妝罷低聲問夫婿，畫眉深淺入時無？」借新娘比喻新士，夫婿則爲主考官之象徵。而此詩「姑食性」，影射君王喜好或官僚文化；「小姑」猶言官場之前輩。因此，詩中或許還暗示新人剛入宦途，尚未熟悉官場的一切，最好先向前輩討教，多方學習。

（賞析者：簡彥伶）

玉臺體——權德輿

昨夜裙帶解，今朝蟢子飛。鉛華不可棄，莫是藁砧歸。

這是描寫思婦盼望丈夫歸來的詩。題爲「玉臺體」，即徐陵《玉臺新詠》一類的詩歌。誠如嚴羽《滄浪詩話》云：「或者但謂纖豔者爲玉臺體，其實則不然。」權德輿此詩即是一例；儘管不出閨情範疇，然情眞意切，含蓄蘊藉，可謂思而不哀，樂而不淫，雅俗共賞，別有風味。或許與作者的才學、涵養有關，如計有功《唐詩紀事》云：「德輿，……元和中爲相。其文雅正贍縟，動止無外飾，其蘊藉風流，自然可慕。」

首二句爲對仗：「昨夜裙帶解，今朝蟢子飛。」謂昨晚我的裙帶忽然自動脫落，今早又有蟢子飛到身上來，兩者都是極好的兆頭。「裙帶解」，古人認爲婦女的裙帶自動鬆開，爲夫婦好合的

徵兆。「蟢子飛」，亦是好預兆。蟢子，長腳蜘蛛也，亦稱「喜子」。據陸機《毛詩草木鳥獸蟲魚疏》云：「一名長腳，荊州、河內人謂之喜母，此蟲來著人衣，當有親客至，有喜也。」而《康熙字典》引劉勰《新論》云：「野人晝見蟢子者，以爲有喜樂之瑞。」詩中婦人從尋常瑣事「裙帶解」、「蟢子飛」，一再聯想到夫歸的吉兆，足見其內心之孤寂、思念之殷切，獨守空閨，百無聊賴，望君早歸，成爲生活唯一的重心。

末二句：「鉛華不可棄，莫是藁砧歸。」此時，喜出望外的女主角，腦中瞬間閃過一個念頭：胭脂水粉不可廢置不用，一定要嚴妝打扮一番，莫非朝思暮想的夫君就要回來了。「鉛華」，指脂粉。「鉛華不可棄」，化用《詩經・衛風・伯兮》之典：「自伯之東，首如飛蓬。豈無膏沐，誰適爲容？」只因夫婿遠行在外，打扮給誰看呢？此詩想到郎君就快回來，所以重拾脂粉，精心妝扮。「藁砧」爲「夫」之隱語。據周祈《名義考》載：「古樂府『稾椹』謂夫也。古有罪者，席稾伏於椹上，以鈇斬之，言稾椹則兼言鈇矣。鈇與夫同音，故隱語『稾椹』爲夫也。稾，禾稈；椹，……俗作砧。」詩人借此隱語，道出夫歸在即，故脂粉不可不施，欣喜之情，溢於言表。

（賞析者：簡彥姈）

江　雪——柳宗元

千山鳥飛絕，萬徑人蹤滅。孤舟簑笠翁，獨釣寒江雪。

這首五言絕句，是柳詩中最爲人稱道的一首，約作於元和二年（八〇七），即柳宗元被貶永州後第二年。全詩透過一位雪中垂釣的漁翁，寫出詩人在政治上的挫折與精神的孤寂，意象鮮明，意境空靈，從而也道出作者孤傲不屈的性格。

首兩句「千山鳥飛絕，萬徑人蹤滅。」爲對句，不但對的非常巧妙，且爲舉目所及之景營造出一種空曠遼闊又寒峭孤寂的氛圍。而這樣浩渺的環境中，詩人又以「絕」和「滅」二字強調鳥蹤與人影的消失，山景予人之寒意不禁由文字中流瀉而出，故即使詩句中並無雪字，卻處處有雪意。換言之，詩人表面上是在寫眼前所見雪景，然寓情於景，一無所有的冰天雪地所要傳達的卻是詩人淒楚的心境，及當時嚴酷的政治環境。

後兩句「孤舟簑笠翁，獨釣寒江雪。」詩人將視線轉向眼前之景。但見大雪紛飛的寒江上，僅一葉小舟，舟上坐著一個頭戴斗笠、身披蓑衣的老翁，孤單地在江上獨自垂釣。「江雪」二字點題，而「寒」字則是對江上風雪氛圍之形容；在這酷寒的冰天雪地裡，只有「孤」舟與「獨」人，無畏嚴寒，江上獨釣，漁翁爲世所遺忘，卻又孤傲不群的形象，躍然紙上。事實上，這是詩人的自況，也是詩人內心世界的寫照。縱使環境惡劣、心志備受打擊，他無力抗爭，但還是不願苟同也不想屈服，寧

可獨自一人在大雪凜冽、寒風刺骨的江中垂釣，等待著伯樂的出現，展現出一種激切又傲岸不屈的人格風貌。

整首詩二十個字，簡潔之至，淡雅之極，猶如一幅超塵絕俗的江雪圖。但若從詩人被貶的角度細細品味個中滋味，此詩和詩人所寫的〈永州八記〉如出一轍，總是以山水景物，抒發他在政治上的失意與苦悶，寄託他極爲孤苦寂寞的心境。換言之，詩人寓情於景，淒冷筆墨下的山水景物，要寓託的是無盡的幽思，與不屈不懼的精神風貌，其超俗絕世的人格，令人佩服。沈德潛評論此詩說「清峭已絕」，章燮《唐詩三百首》注疏亦云：「退士（孫洙）曰二十字可作二十層卻是一片，故奇」，都極貼切地點出此詩特色。

（賞析者：王珍華）

行宮——元稹

寥落古行宮，宮花寂寞紅。白頭宮女在，閒坐說玄宗。

這是一首宮怨詩，也是一首慨嘆昔盛今衰的五言絕句，或題爲〈古行宮〉作王建詩。

首句，「寥落古行宮」中的「行宮」是指帝王出行時所住的離宮。據白居易〈上陽白髮人〉詩前小序云：「天寶五載（七四六）以後，楊貴妃專寵，後宮人無復進幸矣。六宮有美色者，輒置別所，上陽是其一也。貞元中尚存焉。」再結合此詩末句「閒坐說玄宗」來看，可知此行宮當指玄宗時位居洛陽的「上陽宮」。詩人以「古行宮」稱之，是表示它已成爲過去式，而「寥落」二字又透露出如今殘敗景象，則行宮之昔盛今衰，不言自明。

第二句「宮花寂寞紅」，是指殘敗的行宮中如今只有紅色的宮花依舊在寂寞中綻放著。紅花盛開，點出春天季節，而花開之嬌與盛，表示景致美好，然而如此的美景卻只是「寂寞」的綻放在「寥落」的「古行宮」中，詩人以樂景來寫哀情，倍增其哀，行宮之沒落，令人感嘆。

第三句「白頭宮女在」是交代人物。這群「白頭宮女」們即白居易〈上陽白髮人〉詩中所說的那群宮女。據白詩所云：「玄宗末歲初選入，入時十六今六十。同時采擇百餘人，零落年深殘此身。」可見這群少女年約十五、六歲時就被選入宮中，因玄宗寵幸楊貴妃，而被移置在上陽宮，從此也注定「一生遂向空房宿」的命運，如今年已六十、滿頭白髮，故云「白頭宮女」。從入宮的紅顏少女到滿頭白髮的老人，不僅寄寓著韶華易逝、紅顏易老的人生感慨，也訴說著帝王的冷酷無情，宮女命運之悲慘亦不言自明。

第四句「閒坐說玄宗」則是寫這群宮女們的日常活動。想當年這群紅顏少女在青春年華時就被選入宮，又因美貌「被楊妃遙側目，妒令潛配上陽宮」，從此她們在「綠衣監使守宮門」下，與世隔絕，完全孤立，在寂寞的宮居生活中，閒話家常是她們消磨時間的方式；而今雖已時移事遷，然話題還是只有一個，即重複回憶著玄宗時的天寶遺事。因為除此而外她們一無所知，不只話題如此，甚至每日的生活也是寂寞與孤獨的不斷重演，僅僅五個字，作者不但從側面寫出少女們的淒涼身世，也寫出變幻莫測的人生感慨。

此詩從表面來看，詩人只在訴說行宮中白頭宮女們閒話家常的無聊生活，但仔細咀嚼，其實詩人是透過一群宮女青春被摧殘的辛酸，寄寓著對這段歷史的深沉感慨。而這樣一個輝煌年代的逝去及其歷史教訓、人生感慨，元稹濃縮在二十個字中，表面看來平淡無奇，實則筆調深沉，感慨萬千。瞿佑《歸田詩話》云：「樂天（白居易）〈長恨歌〉，凡一百二十句，讀者不厭其長，元微之（元稹）〈行宮詩〉，才四句，讀者不覺其短，文章之妙也。」沈德潛《唐詩別裁集》亦說：「說玄宗，不說玄宗長短，佳絕。只四語，已抵一篇〈長恨歌〉矣。」洪邁《容齋隨筆》更以「語少意足，有無窮之味」總結此詩，說出它的精警動人之處。

（賞析者：王珍華）

問劉十九——白居易

綠螘新醅酒，紅泥小火爐。晚來天欲雪，能飲一杯無？

這是一首爲邀友人前來飲酒而作的詩，因合律，是爲律絕，當作於元和十年（八一五）以後，亦即詩人被貶爲江州（今江西九江市）司馬後。劉十九，名不詳，以行第稱之，足見詩人與之交情深厚。論者大多指爲彭城人劉軻，但亦有人認爲是指嵩陽劉處士，乃河南登封人，元和末年進士，後隱居廬山，是詩人在江州結識的友人。

首句「綠螘新醅酒」指新釀之酒。詩人爲邀飲而寫，故採開門見山法，從釀成新酒落筆，既直接又誠意十足。第二句「紅泥小火爐」，指以紅泥製成溫酒的小火

爐。既有新釀的美酒，又準備好溫酒的小火爐，詩人邀約之誠可想而知，且以「紅」與上句中「綠」相對，色彩鮮明，在昏暗欲雪的冬夜裡，綠酒紅爐帶來誘惑及友情的溫暖，的確令人無法拒絕。

接著，第三句「晚來天欲雪」，是寫邀飲之由。因天寒將晚欲雪，此刻不飲更待何時？再則喝酒要有酒伴，連李白獨自喝酒時都要邀明月與自己的影子共飲，嗜酒的白居易豈能無伴？何況是在寒冬欲雪的夜裡，能與好友相聚，又能把酒話家常最爲適意，而這也正是他所追求的生活方式。故末句點題「能飲一杯無？」換句話說，就是來喝一杯吧！話說的語氣極熱誠又眞摯，此時對方豈能不心動而應邀前來。

詩、酒向來是白居易的生活中不可或缺之物，他較之酷愛飲酒的李白，不僅毫不遜色，甚至有過之而無不及。尤其是他被貶江州司馬後，與酒更是結下不解之緣，無日不酒，無酒不詩，言酒詩更是不勝枚舉，還自號「醉吟先生」。〈問劉十九〉是其飲酒詩中的名作，整首以「問」爲題，又以「問」作結，別出心裁，用語自然，情味濃厚。章燮《唐詩三百首》注疏云：「一筆掃去毫不著力，且得問字神理，眞妙手用土語，不見俗乃是點鐵成金手法。」所言極是。

（賞析者：王珍華）

何滿子——張　祜

故國三千里，深宮二十年。一聲何滿子，雙淚落君前。

這是一首宮怨詩，短短二十個字，卻張力十足。就如南宋小品畫，細節減至極限，卻把北宋畫中崇山峻嶺的磅礴氣勢，全烘托出來一樣。此詩前三句全無動詞，整首只有第四句一個「落」字是動詞，可謂精簡至極，而宮女的悲劇卻完整呈現。

詩人以〈何滿子〉爲詩題，描寫老宮人的幾重悲劇：少女時被迫離家三千里，孤零零送入深宮內苑，一轉眼二十年過去了。顯然她未曾得到君王的垂憐，沒有名分，也沒有子女。上兩句以數字作鮮明的對比，概括了宮人的半生遭遇；後兩句以一聲雙淚，表達出老宮人不可抑止的悲涼。

三、四千年來，國君把天下女子當作珠寶一樣，大量搜集到皇宮；其中除了少數能夠「出入君懷袖」，大多是棄置篋笥中，或堆在庫房裡，不見天日，任其湮埋在塵埃中。

根據白居易〈何滿子〉寫道：「世傳滿子是人名，臨就刑時曲始成。一曲四詞歌八疊，從頭便是斷腸聲。」自注：「何滿子，開元中滄川歌者姓名，臨刑進此曲以贖死，上竟不免。」而白居易的好友元稹卻提出了不同的看法，他說因爲愛好音樂的唐玄宗聽到了這首曲子，非常震撼，赦免了何滿子的死罪。〈何滿子〉曲調婉轉悲涼，後用爲詞曲。張祜以之爲詩題，取其悲涼之義。

此爲五言絕句詩，前兩句對仗。押下平聲一先韻：年、前。

（賞析者：黃美惠）

登樂遊原——李商隱

向晚意不適，驅車登古原。夕陽無限好，只是近黃昏。

此詩書寫年代未定，沈厚塽《李義山詩集》輯評：「遲暮之感，沉淪之痛，觸緒紛來，悲涼無限。」劉學鍇、余恕誠《李商隱詩歌集解》：「後期編年詩作……不唯白描兼且有轉趨平易之傾向，文從字順，直抒胸臆，既不假雕飾，卻又章法巧然，此或爲商隱晚年特色之一。」故筆者較傾向於晚年商隱以物託情、以景寫心，情景互映之作。

首聯：首句連用五個仄聲字，表現了詩人抑鬱的心情，想借登樂遊原散心，故次句用平韻聲調有振作的意圖。

尾聯：寫實景，夕陽暉光閃爍，晚照之美，表達寄寓自身匡世的理想，但晚唐朝政腐敗，有志難伸，襯托無可奈何的心情，有雙關意涵。

此詩押上平聲十三元韻，韻腳：原、昏。首句爲了營造聲調效果連用五仄屬「拗句」，拗句的下句平仄須作特別安排以平衡拗句的聲調，稱爲「救句」，故二句第三字「登」字用平聲救之，是爲「雙拗」。

此爲感傷詩。作者抒寫登樂遊原眺望夕陽時，心境和景觀合而爲一，在萬道金光中自我隱沒，鬱悶的心情在黃昏中迴盪。清代何焯《義門讀書記》：「義山（李商隱）佳處在議論感慨。」紀昀

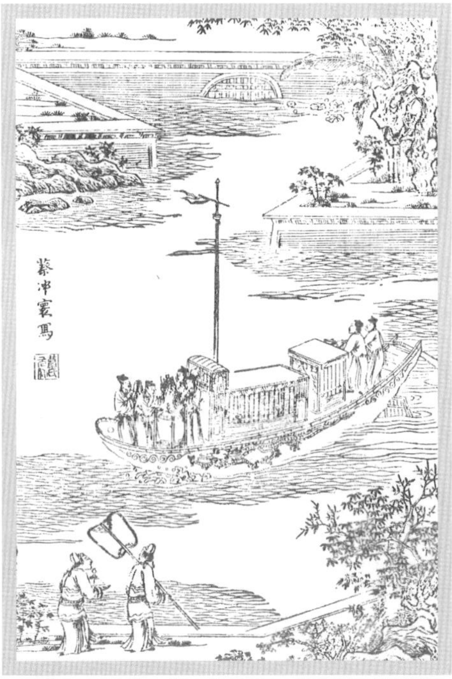

《玉谿生詩說》：「百感茫茫，一時交集，謂之悲身世可，謂之憂時事亦可。」姚培謙《李義山詩集箋注》：「銷魂之語，不堪多誦。」周嘯天《唐絕句史》：「李商隱全部詩歌貫串著一個主旋律，那就是感傷的主題，以自我感傷爲主，而擴大到對國家、社會、民生的感傷，這是他作品的基調，從根本上決定了其詩的風格。」張淑香《李義山詩析論》：「詩人總在美麗中發現哀愁。因此，在他的詩中，出現了很多『殘陽』、『夕陽』、『黃昏』等意象。……義山對於自然的感受與觀照，幾乎完全是個人內在的外向投射……所以，義山雖能體物入微，但結果並不能進入自然本身中去，而祇有回到自己的詩感上來。即使是面對美麗的景色，他也馬上就驚覻到它的殘破，而惹起哀愁。」

（賞析者：徐月芳）

尋隱者不遇

賈島

松下問童子，言師採藥去。只在此山中，雲深不知處？

此詩是以問答體寫成的古絕，除了第三句外，其餘均不合律。詩題爲〈尋隱者不遇〉，可知詩人爲尋隱者而入山，但因未遇隱者，只見著隨隱者修行的童子，於是在一問一答間，寫成了此詩，意境高遠，又頗耐人尋味。

詩的首句「松下問童子」即以詩人的問開始。詩人不見隱者，於是在蒼松下詢問了童子隱者的去處。接下來三句「言師採藥去。只在此山中，雲深不知處」，則是童子答覆詩人隱者究竟在山中何處採藥的問題。童子回答詩人說：「師父採藥去了，就在這山中，但森林

深廣、雲霧瀰漫，連我也不知道他究竟在何處。」但仔細回味整首詩，這是明寫答而暗藏問，即所謂「寓問於答」。因爲第二句童子之所以會這樣回答，當然是詩人先問了一句：「師父上哪兒去了？」接著，第三、四句「只在此山中，雲深不知處」，還是童子的回答，這自然是詩人又問道：「師父到哪裡採藥呢？」故二、三、四句雖只寫童子的答，但實際上是藏詩人之問於答中。這種「寓問於答」的寫法，不僅展現了詩人化繁爲簡的高妙技巧，且在詩中留白，讓人有想像空間，使詩句出現意想不到的效果，故整首詩雖不見詩人對隱者形象的描寫，但因詩人在隱者居處環境及去處上著墨，讓人不禁對隱者不凡形象及其濟世的情懷產生聯想，從而烘托出詩人高雅之態，詩人對隱者崇慕之情亦表露無遺。

清代徐增《而庵說唐詩》云：「此詩一遇一不遇，可遇而終不遇，作多少層折！今人每每趁筆直下。」劉斯翰《孟郊、賈島詩選》亦云：「此詩之佳處全在剪裁得當，而又不失天然之趣。尋隱者可有許多曲折，詩人只剪取與童子問答一節，筆墨簡潔乾淨。」總之，此詩簡潔淡雅，清新自然，有別於賈島其他苦吟成篇，意境枯寂之作，可謂獨樹一格。

（賞析者：王珍華）

渡漢江

李　頻

嶺外音書絕，經冬復歷春。近鄉情更怯，不敢問來人。

該詩作者歷來頗有爭議，《全唐詩》列於李頻、宋之問二人集中。據杜松柏《唐詩三百首鑑賞》考證：「李曾在黔中做官，也可以說在嶺外，而且在夏口（漢口）頗久，有詩作可證明，又有詩〈黔中罷職過峽州題田使君北樓〉云：『巴中初去日，已遇使君留。及得尋東道，還陪上北樓。』可證明是取道巫峽長江，其經江漢返鄉，至爲明確；到了江漢，有故交可問，離家不遠，故作此詩應不必多疑。」

此詩四句，完全合律，是一首仄起格的「律絕」。前二句云：「嶺外音書絕，經冬復歷春。」爲敘事，描寫詩人長久客居嶺外（指廣東大庾嶺之外），家鄉的音信早已斷絕，經歷一個寒冬，又過了一個春天，大約兩年以來，無消無息。此二句看似平淡，實則蘊意頗深，客居異鄉，音訊斷絕，年復一年，道出詩人心中的種種痛苦，從嶺外生活的苦悶、掛心家人的安危，到日以繼夜的思念，層層深入，點染出那難以言喻的思鄉愁腸。

後二句：「近鄉情更怯，不敢問來人。」則爲抒情。前句點明詩題「渡漢江」，是說渡過漢水，離家鄉愈來愈近，內心反而更加膽怯；連遇到鄉人，都不敢向前打探消息，就怕聽到無法承受的噩耗。與杜甫〈述懷〉云：「自寄一封書，今已十月後。反畏消息來，寸心亦何有？」那般既期待又怕受傷害的矛盾心情，不謀而合。故鍾惺、譚元春《唐詩歸》評云：「實歷苦境，皆以反說，意又深一層。」全詩語淺意深，刻畫入微，把近鄉情怯的惆悵傳達得淋漓盡致，故能引起古今讀者的共鳴，歷久彌新。

（賞析者：簡彥姈）

春怨——金昌緒

打起黃鶯兒，莫教枝上啼。啼時驚妾夢，不得到遼西。

詩題一作〈伊州歌〉。章燮《唐詩三百首》注疏以爲此詩非出自金昌緒之手。然錢大昕《十駕齋養新錄》云：「金昌緒〈春怨〉詩，……一作蓋嘉運〈伊州歌〉者，非也。然此詩爲嘉運所進，編入樂府，乃誤爲嘉運作耳。」何者爲是，未可知。這是一首懷念征人的詩，乍看只是抒發兒女私情，實則反映出當時兵役制度帶給百姓的痛苦，具有深刻的時代意義。

全詩以女子的口吻寫成，首二句：「打起黃鶯兒，莫教枝上啼。」是說我刻意敲打樹枝，爲了趕走那惱人的黃鶯鳥，別讓牠們在枝頭上聲聲啼叫。爲什麼呢？接著，三、四句云：「啼時驚妾夢，不得到遼西。」因爲牠們的啼鳴聲

驚醒了我的美夢，害得我的夢魂不能到遼西去與思念的人相會。詩中「遼西」，指大唐邊境的軍事要地，有契丹等少數民族盤踞；天寶以後，契丹族聲勢壯大，以致戍邊將士長期不得返家，於是，外有征夫，內有思婦，人民為此苦不堪言。

詩題為〈春怨〉，時值春日，詩中女子所怨為何？難道只怨那黃鶯兒擾人清夢？非也！「不得到遼西」，道出對征夫的思念，然而此人是誰？為何讓她魂牽夢縈、朝朝暮暮惦記在心？不必說破，留待讀者自己去想像。如此一來，這首小詩不局限於描寫男女之情而已，更隱藏弦外之音，間接傳達出對唐朝統治不力、戰事頻仍的委婉諷諫。

此詩前兩句從黃鶯啼鳴，點出題目之「春」字；末二句再以夢醒，不得到遼西，揭示題中之「怨」字。雖然只有四句，但詞意聯屬，句句相承，層層遞進，形成一個不可分割的整體。故沈德潛《唐詩別裁》評云：「一氣蟬聯而下者，以此為法。」尤袤《全唐詩話》亦云：「其篇法圓緊，中間增一字不得，著一意不得。一結極斬絕，然中自紆緩，無餘法而有餘味。」這是一首「律絕」，平仄完全合律，但在用韻上略有瑕疵：通篇韻腳為「兒」、「啼」、「西」，其中除了「兒」為上平聲四支韻外，餘皆為八齊韻，顯然犯了「出韻」的詩家大忌。儘管如此，仍絲毫無減損其藝術價值。

（賞析者：簡彥姈）

哥舒歌

西鄙人

北斗七星高，哥舒夜帶刀。至今窺牧馬，不敢過臨洮。

〈哥舒歌〉是讚頌唐玄宗時隴右節度使哥舒翰彪炳戰功之作。此詩一開始，先以北斗起興，借用北斗七星的明亮、崇高，與哥舒翰擊敗吐蕃、守護邊境的功勛連結，一方面突顯哥舒翰的顯赫功勞，一方面暗含邊地百姓對哥舒翰的萬分敬意。第二句「哥舒夜帶刀」之「夜」字，除了呼應首句「北斗七星高」之形容，亦透露出邊地夜間的緊張，與哥舒翰的警戒、膽識。其後，「至今窺牧馬，不敢過臨洮」，則用實例，宣揚哥舒翰令人崇敬欽佩之處。尤其「臨洮」一地，自秦代以來，就是重要的戰略位置，唐代許多詩人觸及戰爭或邊塞之作，皆喜以此詞入詩，例如：「近聞犬戎遠遁逃，牧馬不敢侵臨洮」（杜甫〈近聞〉）、「征人幾多在，又擬戰臨洮」（令狐楚〈從軍詞〉五首之三）、「金帶連環束戰袍，馬頭衝雪度臨洮」（馬戴〈出塞詞〉）、「秦築長城比鐵牢，蕃戎不敢過臨洮」（汪遵〈長城〉）等。是以，哥舒翰勇守邊疆，使敵人不敢輕越雷池的聲威，自能贏得百姓的尊崇。此詩與多數描寫戰爭場面之邊塞詩，不同的是：未從戰爭場面描述哥舒翰有多麼驍勇善戰；亦不從戰略武功形塑哥舒翰有多麼機智神勇，而是藉由哥舒翰的能耐與威望，簡筆勾勒邊疆戰將的形象。樸實平淡之筆觸，流暢和順之音節，使此詩不僅輕易上口，更從簡潔的詩句中，展現民歌的風采。

（賞析者：孫貴珠）

五絕樂府

長干行二首之一——崔顥

君家何處住？妾住在橫塘。停船暫借問，或恐是同鄉。

〈長干行〉，亦作〈長干曲〉或〈江南曲〉，屬樂府之「雜曲歌辭」。崔顥有〈長干行〉四首，描寫一對男女在水上偶然相逢，彼此示好、傳情，終至相戀。孫洙編《唐詩三百首》時，收入其中兩首，都是仿民歌男女贈答寫成的小詩，此爲第一首。「長干」，即長干里，六朝首都建康的里巷，在今江蘇南京秦淮河之南。

該詩以女子口吻寫作，前兩句云：「君家何處住？妾住在橫塘。」採自問自答法。少女問青年：你家住在哪裡？我家住在橫塘。「橫塘」，在今南京西南，地近長干里。三國時，東吳沿秦淮河築堤至長江口，稱爲橫塘。詩中女生主動提問，連她自己也覺得唐突，於是

靈機一動，轉出三、四句：「停船暫借問，或恐是同鄉。」她說：我停下船暫且請問一下，或許我們是同鄉吧！全詩四句，皆以聽覺摹寫爲之，如實記錄少女說話的內容，使人讀來，如聞其聲，如見其貌，此一女子的形象已活靈活現，呼之欲出。

首二句少女先跟陌生男子搭訕，可見她個性單純，天生熱情，想必是一般平民女子，較少受到禮教束縛，作風才會如此大膽，勇於表達自己的想法。隨即，她意識到女子應有的矜持，於是話鋒一轉，爲自己的提問作出合理解釋：原來她以爲遇到同鄉，一時喜出望外，才會忘了男女之別。末兩句雖是「欲蓋彌彰」，卻將少女的心思表露無遺，成功渲染出她活潑嬌憨、聰慧機敏的性格特徵。

此詩純用白描手法，寥寥幾筆，便勾勒出人物形貌、外在場景，宛如一幅素描般，意隨筆至，渾然天成，深得民歌質樸率眞之自然風味。故鍾惺、譚元春《唐詩歸》評云：「急口遙問，覺一字未添。」顧璘《批點唐音》亦云：「蘊藉風流。」吳喬《圍爐詩話》進一步說：「絕無深意，而神采鬱然。後人學之，即爲兒童語矣。」

（賞析者：簡彥妗）

長干行二首之二

崔顥

家臨九江水，來去九江側。同是長干人，生小不相識。

此詩爲〈長干行〉的第二首，亦爲「樂府絕」；但四句均「拗」，不合於詩律。全詩以男子口吻寫成，是青年回答前一首少女的提問。首二句云：「家臨九江水，來去九江側。」男生答道：我家臨近九江水，經常往來於九江一帶。「九江」，一爲河名，長江潯陽一段，此泛指長江；一爲地名，即今江西九江。這裡兩義並存，語意更爲完足。末二句：「同是長干人，生小不相識。」他接著說：我本來也是長干人，只是從小離家，所以我們一直不相識。眞巧！他們竟是同鄉，可見第一首女子主動向前搭訕，想必是被他的鄉音所吸引，「或恐是同鄉」，還眞不是託詞。

該詩前兩句，男子如實回答女子的問題，足見其個性之純樸、憨厚。後兩句，他自報是長干人，恰巧與少女同鄉，可惜兩人從小不曾相識；言外之意是：以前雖然不認識，不過今天終於有緣相識。無意間，流露出青年對少女同樣充滿好感，今天水上相逢，眞是一場美麗的邂逅！相較於前一首女生的熱情、機伶，詩中男生顯得保守、忠厚，若不是女子大膽示好，男子就算心裡有意思，也不知該如何表達。

這兩首〈長干行〉，保存前代民歌之遺風，以樸質眞率見長。故邢昉《唐風定》云：「情思纏綿，聲辭逼古，眞乃清商曲調之遺也。」崔顥雖用日常瑣事入詩，娓娓道來，如話家常，卻極其生動，饒富趣味。又李鍈《詩法易簡錄》指出：「此首作答詞。二首問答，如〈鄭風〉之士女秉簡，而無贈芍相謔之事。沈歸愚（沈德潛）云：『不必作桑、濮看』，最得。」的確，崔顥〈長干行〉大膽卻不失含蓄，不該與鄭衛淫風等閒視之。在第一首中，少女抒懷，至「或恐是同鄉」，戛然而止；第二首，青年表情，也僅止於「生小不相識」；其餘完全留白，留待讀者自己去想像。這樣含蓄蘊藉、純眞無邪的詩篇，不愧是唐人樂府中的極品！

（賞析者：簡彥妗）

玉階怨——李白

玉階生白露，夜久侵羅襪。卻下水晶簾，玲瓏望秋月。

本詩所寫的是閨中女子的憂怨情思。據詹鍈《李白全集校注彙釋集評》引《李詩直解》云：「不言怨而怨之意隱然於言外也。言玉階之上，白露生矣。夜久而徘徊階際，零露瀼瀼，溼侵羅襪，不得不入屋內。卻下水晶之簾，而月光與水晶，相映玲瓏，以望秋月，則迢迢長夜，寂坐以守之，安忍孤眠也。」

詩作開篇「玉階生白露，夜久侵羅襪。」正是李白直接摹寫夜晚時，女子在門前臺階上久站，腳上羅襪被露水侵溼了。「夜久」、「侵」皆寫現實中的時間意象，「侵」是動詞，連結「羅襪」，象喻女子下半身肢體體態服飾。「羅襪」是女子服飾，這二者結合，更顯露了女子動作細節。「羅」字據《戰國策・齊四》云：「下宮糅羅紈，曳綺縠，而士不得以爲緣。」指羅爲質地輕軟、經緯組織細膩的絲織品。或許「羅襪」是女子室內用絲質襪，女子不著鞋僅穿絲質襪子，夜晚久站在臺階上。本來反映女子站在臺階的一段時間意象，但所顯示的更有女子期盼著什麼，無法在室內久待，失魂失神地不覺察羅襪已溼透了，仍倚立臺階向外凝望。這「夜久侵羅襪」的時間意象，使女子心中期盼和擔憂更加鮮明。李白擅用女性的身體姿態之體態語言摹寫，使讀者因其形體而想見其人內心情緒。詩篇末處「卻下水晶簾，玲瓏望秋月」，也用了女性體態語言，「下」、「水晶簾」、「望秋月」二句，

把女子手部動作與眼部視點方向描寫了一番，這裡所用的「下」字眼，是動態狀詞，傳遞女子手部動作由高處到低處之動態。這物象位置改變，摹寫女子心情由站立門前臺階的引領期待心情，轉入進入室內沮喪低落的情緒。這「下」字顯示一趨向動詞，據袁莉容、郭淑偉、王靜《現代漢語句子的時間語義範疇研究》，這類動詞亦含一段內在時間特徵。此亦可見女子那份由高昂而低潮的感情和神情。「玲瓏望秋月」摹寫了女子在時間流逝下，點點滴滴掏空自己，只剩下眼神遠望天空明月的空虛寂寥形象，也突顯流露女性幽居在閨房中，獨自眺望明月的孤獨和憂怨。

（賞析者：黃麗容）

塞下曲四首之一——盧　綸

鷲翎金僕姑，燕尾繡蝥弧。獨立揚新令，千營共一呼。

盧綸〈塞下曲〉共計六首，原題爲〈和張僕射塞下曲〉，是一組以描寫邊塞戰地的寫實新樂府詩題，出自漢樂府〈出塞〉、〈入塞〉，內容多爲邊塞軍旅生活，屬「橫吹曲辭」，清代孫洙《唐詩三百首》選錄六首中的四首。盧綸邊塞詩，有盛唐豪放雄壯的氣慨。張僕射，即唐德宗時左僕射張延賞，於德宗建中四年（七八三）十一月率軍討平叛軍，盧綸此時任長安附近的昭應縣令，所以此詩可能爲此時期所作。詩中讚美張僕射的領兵英姿。

首句「鷲翎金僕姑」寫這位威猛將軍所佩掛的箭，是以猛禽鷲鳥的羽毛所裝飾的神箭——金僕姑，神箭配猛將，相得益彰，更顯將軍的雄武英姿；次句

「燕尾繡蝥弧」寫將軍的「蝥弧」帥旗，旗上迎風飄揚著燕尾形的刺繡彩帶，更顯軍容威武，氣勢懾人；第三句「獨立揚新令」寫威武的將軍，雄糾糾、氣昂昂的站在將令臺上發布新號令，臺下是一片整齊肅列的軍隊，恭敬聆聽；末句「千營共一呼」則寫上千的營隊一心一德，共同發出遵命的呼聲，軍容整肅，完全服從將軍所下達的命令，可見士兵對將軍的擁戴與服從。四句詩，氣勢如虹，一貫而下，令人折服。

前二句一寫箭，一寫旗，「金僕姑」本為春秋時代莊公所用神箭，以金製成，飾以鷲羽，美觀又威力無窮，今借代為戰爭時所用之精良武器；「蝥弧」本為春秋時代鄭伯旗名，裝飾美麗，色彩鮮豔，後借為軍旗。二句雖不直言將軍，但由「鷲」與「燕」二字，就可想見將軍矯健威猛的形象。後二句「獨立」二字寫將軍領袖群倫的雄壯氣勢，「千營共一呼」寫氣勢磅礡的軍容的壯觀場面，吶喊聲直衝雲霄，聲震四野的軍威。

此為樂府絕句，合律，押上平聲七虞韻。作者運用空間擴展的技巧，由箭而旗，由旗而將軍，再由將軍而兵士，似今日拍攝電影手法，鏡頭由近而遠，由細部而整體，由小處而全域；前二句為靜，後二句為動，動靜相成，襯托將軍的剛毅果敢與士卒擁戴，在高呼聲中更顯現將軍之威武，整個畫面呈現壯闊的軍容，聲勢的雄壯。

（賞析者：王碧蘭）

塞下曲四首之二　盧綸

林暗草驚風，將軍夜引弓。平明尋白羽，沒在石稜中。

此首詩是借用漢代名將李廣出獵射石的故事，頌讚張僕射將軍的勇武。《史記・李將軍列傳》記載：「廣出獵，見草中石，以爲虎而射之。中石沒鏃，視之石也。因復更射之，終不能復入石矣。」

此詩可說是一首簡潔的敘事詩，隨著時間轉移而變化情節。首句「林暗草驚風」先點出場景的地點與氛圍，那是一個幽密陰暗的樹林，寒風吹襲，叢草搖盪紛披，提高將軍的警覺性。用「驚」字，將草轉化擬人，全詩因此而鮮活生動，氣氛也爲之緊張。第二句「將軍夜引弓」點出時間，在夜幕低垂中，將軍不敢大意鬆懈，怕是敵人來犯，直覺地順著草叢驚動處，敏捷而迅速拉弓射去。引弓是因爲風吹草動，經

驗判斷不管是有敵軍或獵物出沒，都應即刻採取殲滅行動，但是此時夜已深沉，四處漆黑，不知弓落何處，只好等待天明再做打算。因此緊接著第三句「平明尋白羽」，寫天一亮，將軍即派士兵找尋白羽箭，內心急於要知道昨晚射獵何物。第四句「沒在石稜中」點出結局，終於發現昨夜引弓射中的對象，非敵軍細作，亦非猛虎，這枝白羽箭，竟然深深陷入石頭中。作者以漢代李廣出獵射石的故事呼應，烘托將軍射箭的神力與不凡。

本詩合律，押上平聲一東韻。四句詩以層遞法，描寫將軍守邊與謹慎雄武的形象，用字簡潔，語言凝練，讀來音律流暢。又以白描敘事的手法，結合小說的懸疑性，戲劇的張力，借漢代飛將李廣故事，以射虎入石之情節，巧喻將軍勇武善射技藝，稱揚唐將守邊之安固。這種高超手法引人入勝，也增添詩歌許多浪漫的色彩。

（賞析者：王碧蘭）

塞下曲四首之三——盧　綸

月黑雁飛高，單于夜遁逃。欲將輕騎逐，大雪滿弓刀。

這首詩描寫將軍雪夜率兵追擊敵人的情景，盛讚邊將雄壯豪邁的英勇，不畏惡劣天候，乘勝進擊的氣概。第一、二句「月黑雁飛高，單于夜遁逃」，寫戰地的場景，兩軍交鋒奮勇廝殺，最後敵軍潰敗逃散，匈奴首領利用月影漆黑的夜晚奔逃，驚動沉睡的雁兒慌亂高飛；第三、四句「欲將輕騎逐，大雪滿弓刀」，寫戰勝的一方，乘勝追擊，英勇的將軍帶領輕捷的馬隊追趕，末句「大雪」、「滿」三字點出邊塞苦寒的景象，但將士們冒雪追敵，捍衛江山，不畏個人生死，不畏酷寒天氣，保鄉衛國，立功邊塞，英勇氣概流露字裡行間。

本詩合律，押下平聲四豪韻。全詩敘述空間由上而下，運用類似現代電影拍攝之技巧，先是夜空高飛的大雁，再轉向地面逃竄的單于，接著是策馬狂追的將士，最後則聚焦在將士滿是大雪堆積的弓刀上，點出唐軍的剛毅威武，昂揚的戰鬥意志。前逃後逐，情節緊湊，雖然沒有說明是否追上，但是卻無比的扣人心弦，引發讀者無窮的聯想。

有人謂：北方大雪，群雁早已南歸，何來雁高飛？認為並不合宜，根據戴尚文〈盧綸塞下曲詩義〉一文研究說：盛唐邊塞詩人岑參〈白雪歌送武判官歸京〉「胡天八月即飛雪」、〈走馬川行奉送封大夫出師西征〉「輪臺九月風怒吼」、〈北庭貽宗學士道別〉「四月猶自寒，天山雪濛濛」等詩句

得知：秋季八、九月，乃至初夏四月也會下雪，正是北雁尚未南歸和南雁已經北來的季節，因此唐詩人詩中寫到雪中見雁的也數見不鮮，如「雨雪紛紛連大漠，胡雁哀鳴夜夜飛」（李頎〈古從軍行〉）、「積雪滿山川，落雁迷沙渚」（孟浩然〈赴京途中遇雪〉）、「北風吹雁雪紛紛」（高適〈別董大〉）、「暮雪初晴候雁飛」（高適〈送李少府時在客舍〉）等詩句可以證明大雪時是有雁群存在。所以第一句「月黑雁飛高」與「大雪滿弓刀」的景象並不相悖。且詩非僅止於紀實，亦有其詩境，試觀唐詩人張繼〈楓橋夜泊〉「夜半鐘聲到客船」詩句，宋朝歐陽修疑其誇大不實，此亦落入紀實之窠臼，蓋「詩有別趣，非關理也」（宋代嚴羽《滄浪詩話》）。

（賞析者：王碧蘭）

塞下曲四首之四——盧綸

野幕蔽瓊筵，羌戎賀勞旋。醉和金甲舞，雷鼓動山川。

這首詩描寫張僕射將軍戍邊討平邊患，奏凱慶功的熱鬧盛況。第一、二句「野幕蔽瓊筵，羌戎賀勞旋」，點出慶功宴地點就在戰地曠野的營帳中，擺設豐富而珍貴的宴席，以宴慰功高勞苦的將士。除了參與作戰的將士外，連臣服的西戎羌族也派人同來祝賀，犒勞凱旋的將軍，可見將軍的威名遠播；第三、四句「醉和金甲舞，雷鼓動山川」，寫將軍在酒席上的歡樂，在微醺中和著金甲戰袍隨意起舞，雄壯如雷的鼓聲咚咚咚打著節奏，那氣勢磅礡的戰鼓聲，似乎可以撼動整個大地山川。

本詩合律，押下平聲一先韻，形象鮮明，語言精鍊，短短四句，慶功的歡樂場面如在眼前，想見將軍設宴慶功，

醉後狂舞，鼓聲如雷，襯托將軍保疆衛士之英勇豪情。從空間上來說，這首詩有如一部電影，拍攝鏡頭由遠而近拉進，再由近而遠推出，先由曠野中熱鬧的擺席開始，再聚焦到臣服異族來賀並與之同歡，接著特寫將軍的表情與動作，最後在擂鼓聲中，鏡頭轉至塞外大地山河，氣勢威武，一掃昔日詩人筆下淒涼景象的〈塞下曲〉氛圍。譬如王昌齡〈塞下曲〉其二：「飲馬渡秋水，水寒風似刀；平沙日未沒，黯黯見臨洮。昔日長城戰，咸言意氣高；黃塵足今古，白骨亂蓬蒿。」多以戰爭的悲慘殘酷，塞外荒涼為主調，而盧綸〈塞下曲〉組詩卻慷慨豪放，激發將士愛國精神。

綜觀此組詩第一首寫誓師發令，襯托將軍的威武與軍令的嚴明；第二首寫夜出巡邊，讚美將軍敏銳的警覺性與精湛射技；第三首寫將軍率兵雪夜追敵的英勇精神；第四首寫奏凱慶功的熱鬧場面，揚威邊塞。四首詩語意前後貫串，氣勢雄渾，形象鮮活，用語凝練，有盛唐威勢，豪邁熱情的氣概。

（賞析者：王碧蘭）

江南曲——李 益

嫁得瞿塘賈，朝朝誤妾期；早知潮有信，嫁與弄潮兒。

江南泛指長江以南之地，〈江南曲〉是南方一帶民歌，《樂府詩集》收入相和曲，六朝的清商曲收有〈江南弄〉，因南音悅耳，故深受大衆喜愛。《古今樂錄・龍笛曲》和聲云：「江南音，一唱值千金。」因爲悅耳好聽，所以許多文人也相繼仿作，如蕭統、柳惲、韓翃等。李益仿樂府清商曲辭，以怨婦口吻道情。

第一句「嫁得瞿塘賈」，點出嫁與瞿塘富賈的婦人，此時讀者腦海中自然浮出一幅畫面，這婦人應該是穿金戴銀，生活優渥，僕婢環繞，榮華富貴，幸福地坐在窗邊。想見她的容顏應該是心滿意足，神采飛揚。但作者卻不如此安排，反而讓這商人婦有哀怨憂鬱的神情，孤寂的眼神，過著無聊乏味的生活。

第二句「朝朝誤妾期」，點出憂愁的原因，心中埋怨的對象就是她的丈夫。因爲終年經商而不歸，婦人渴望朝朝暮暮相依相偎的夫妻情愛，如今何在？想起自己虛度青春，漸漸引發心中的嗔怒與怨恨。丈夫明明已說好的歸期，也常常因故而一延再延，望穿秋水的盼望已轉成空，不覺由愛生怨，故發此語。

第三句「早知潮有信」，潮水漲落有時，對比商人之無信，一語而雙關。「早知」點出婦人在婚姻上選擇的後悔，常言道：「早知如此，何必當初」，「早知」二字已成爲後悔的藉口。鍾惺《唐詩歸》：「荒唐之想，寫怨情卻眞切」，賀裳在《皺水軒詞筌》中認爲李益此詩與張先〈一叢花令〉：「沉恨細思，不如桃杏，猶解嫁東風」詩句，都是「無理而妙」。黃淑燦《唐詩箋注》：「是怨悵之極詞也」由盼生怨，由怨生恨，寫出閨中怨婦情懷。如同王昌齡〈閨怨〉：「忽見陌頭楊柳色，悔教夫婿覓封侯。」都有相似後悔之情。

第四句「嫁與弄潮兒」，很明顯的，這是怨婦的嬌嗔，並非眞的想嫁弄潮兒，而是一種故意向丈夫抗議的氣話。「商人重利輕別離」自古皆然，商人逐利輕離，不重夫妻情愛，一去音訊渺茫，她長期空閨獨守，心中難免怨恨。「弄潮兒」如潮水有信，來去有定，就此點而言，是怨婦所企盼，故有此反語。

此首爲樂府絕句，合律，押上平聲四支韻。〈江南曲〉是江南一帶民間歌謠，因爲好聽，所以文人多有仿作。李益此曲以賈人婦口語，抒發閨中之怨，情感眞率，用語淺白，平易近人，以白描手法寫獨守空房的怨婦，內心由盼而怨而恨，情思幾番轉折，神情躍然紙上。

（賞析者：王碧蘭）

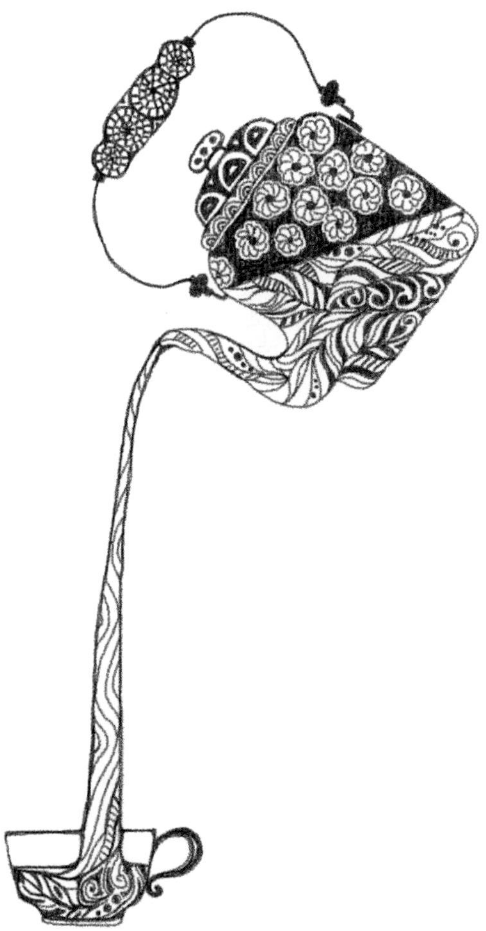

七言絕句

回鄉偶書——賀知章

少小離家老大回，鄉音無改鬢毛衰。兒童相見不相識，笑問客從何處來？

本詩作於玄宗天寶三載（七四四），是年賀知章上疏請度爲道士，歸隱鏡湖（在今浙江紹興）。知章歸鄉作詩二首抒懷，此爲第一首。所謂偶書，乃隨興所作之謂。

詩人自語又自我調侃地說：我從小離家，老了才回來；雖然家鄉口音沒改，但兩鬢卻已斑白。家鄉的兒童不認識我，笑著問我：「客人，你是從哪裡來的？」

這是一首家喻戶曉的好詩，與李白〈靜夜思〉（床前明月光）同等身價。偶書雖信手拈來，但千餘年前的作品，現在讀來還是覺得它淺白流暢而又情趣盎然。賀監（賀知章）亦工書法，當時人稱其書法乃「造化所致，非人所到」。這首詩看似全不用心、全未著力的「順口溜」，其實也是他功力深厚，又至情至性的神品。全詩像是一部快門濃縮的電影，由許多「轉折」構成：少小／老大，一轉折。離家／回，二轉折。鄉音／鬢毛，三轉折。無改／衰，四轉折。相見／不識，五轉折。客／何處來，六轉折。這許多轉折，乃賀監自攝自製的生平寫照，堪稱神品。

當代文史學者邱燮友教授謂：「此詩的好處，平白易懂，能道心中隱痛事，千載之下，仍能動人心弦。」

（賞析者：熊智銳）

桃花溪——張　旭

隱隱飛橋隔野煙，石磯西畔問漁船。桃花盡日隨流水，洞在清溪何處邊？

桃花源只是詩人筆下的夢境，後人卻在武陵（今湖南常德縣）附近造出一個桃花源的遺跡，把附近的一座山稱作桃源山；山西南有桃源洞，洞外石碑上題「古桃花源」，或說出自劉禹錫之筆。宋朝更在這洞附近設置桃源縣。洞外有桃花溪合流入沅江。本詩句末寫「洞在清溪何處邊」，指陶淵明〈桃花源記〉描述的桃花源入口：「（漁人）復前行，欲窮其林。林盡水源，便得一山，山有小口，彷彿若有光，便舍（捨）船，從口入。」即從「洞」口入。

本詩有飛橋、石磯、漁船、流水、清溪等意象，都緊扣詩題「桃花溪」之「溪」字。短短四句，前兩句寫人（問津者）、事（問漁船）、時（春，野

煙、桃花隨流水）、地（石磯西畔）。後兩句則是問津者的探詢，也反映出他「上窮水源下桃林，四處茫茫皆不見」的挫折。

桃花溪水色澄清、雲氣瀰漫的景色，見「笑攬清谿月，清輝不厭多」（張旭〈清谿泛舟〉）、「縱使晴明無雨色，入雲深處亦沾衣」（張旭〈山行留客〉），這迷濛的景色可能觸發詩人的遐想。

唐代詩人以桃源爲神仙境地，如王維、劉禹錫、韓愈諸人的〈桃源行〉。王維〈桃源行〉末句「春來遍是桃花水，不辨仙源何處尋」，張旭則問石磯西面的漁夫：「桃花落瓣一天到晚在水面上漂流不停，但是桃源洞，究竟在清溪的那一邊呢？」桃源問津的情形，含有無限幽情。

「隱隱飛橋隔野煙，石磯西畔問漁船」：起筆先寫遠景，描摹桃花洞外溪水的景色，有一座很高的橋，隱隱約約分隔開曠野裡的煙霧。近景則寫水面上高出的石磯，詩人向石磯西面的漁夫問路——寫山水之容光，又寫人物之情態。

第三句呼應第一句寫景，第四句承接第二句寫事——「問漁船」。陶淵明〈桃花源記〉文末曰：「後遂無問津者」，而本詩恰反其義，一路問津，鍥而不捨，寫出了詩人心中永遠的夢：「追慕桃花源」。

本詩爲七言絕句詩，無對句。押下平聲一先韻：煙、船、邊。

（賞析者：黃美惠）

九月九日憶山東兄弟——王維

獨在異鄉爲異客，每逢佳節倍思親。遙知兄弟登高處，徧插茱萸少一人。

王維的弟弟王縉博學多藝，昆仲二人在長安與諸王駙馬交遊往來，曾一度得意官場。天寶十五載（七五六），王維五十六歲，安祿山起兵攻陷洛陽，王維爲安祿山俘虜，受迫擔任給事中一職。等到肅宗平亂返回長安之後，王維本以附逆罪論處，因詩名盛大，同時弟弟王縉也爲兄長求情，願削官贖罪，王維僅降職爲太子中允。此一事件即顯現王維、王縉兄弟二人手足情深。《舊唐書．王維傳》記載：「維弟兄俱奉佛。居常蔬食，不茹葷血。晚年長齋，不衣文綵。得宋之問藍田別墅在輞口。輞水周於舍下，別漲竹洲花塢。與道友裴迪，浮洲往來，彈琴賦詩，嘯詠終日。」此一段落的描述亦可以想見王維兄弟二人志趣相投，皆傾向佛道思想。

此詩主題是懷鄉，思念親人兄弟，題材通俗，但王維以平易之語敘寫思鄉之情，卻能打動人心，引起共鳴，將如此普遍性的情感經驗，自然道出，令人過目難忘。下半首藉由人物「兄弟」、植物「茱萸」等，將抽象的情感以具體的意象承接，便能讓讀者的想像得以依附發展，有情有景，適切又容易進入詩境。

「九月九日」插「茱萸」的風俗在《太平御覽》卷三十二曾引《風土記》云：「俗於此日，以茱萸氣烈成熟，尙此日，折萸房以插頭，言辟熱氣而禦初寒。」本爲應和時令而有的風俗習慣，在此詩中成爲思鄉的媒介，有寫實之效亦顯出作者譬喻的獨特性。

《唐賢三昧集箋注》評注此詩：「情至意新。〈陟岵〉之思。此非故學《三百篇》，人人胸中自有《三百篇》也。」《詩境淺說續編》則言：「杜少陵（杜甫）詩『憶弟看雲白日眠』、白樂天（白居易）詩『一夜鄉心五處同』，皆寄懷群季之作，此詩尤萬口流傳。詩到眞切動人處，一字不可移易也。」皆點明此類詩作能揭示人類所共有的懷鄉思親之情，因而分外動人。

（賞析者：張寶云）

芙蓉樓送辛漸——王昌齡

寒雨連江夜入吳，平明送客楚山孤。洛陽親友如相問，一片冰心在玉壺。

〈芙蓉樓送辛漸〉是王昌齡極富盛名的送別詩。尤其第四句，更是膾炙人口的佳言美句。起首兩句，雖仍選用送別詩中常見的「水」與「山」，作爲詩中意象之鋪陳，但「寒」字除了點出送別時刻天候不佳外，亦暗含離別之際詩人淒寒愁苦之心。而「孤」字除了形容眼前所見景致，亦透露詩人與友人離別後的孤寂之感。同時，也爲第三句「洛陽親友如相問」之情境，牽引出合理且情切的氛圍。末句「一片冰心在玉壺」則是眞誠且深情地傳達了詩人對洛陽親友的情意。除此之外，「一片冰心在玉壺」亦隱含自身人格高潔、操守清廉等意，給人留下無限的想像空間。雖然，冰心、玉壺之形容，亦曾見於駱賓王之〈送

別〉：「離心何以贈，自有玉壺冰」，但王昌齡高妙之處在於：將自身之德行，融於詩句之中，從而展現「味極永、調極高，悠然不盡」（《唐人萬首絕句選評》）的興味。

此詩雖以送別為創作主軸，但全詩並非句句離情、語語別緒，而是在送別的主題中，半述離別場景、半表詩人情性，且在送別詩中常見的「水」、「山」意象中，改以「夜雨」、「孤山」渲染離情別緒，此一寫作手法，較之「江送巴南水，山橫塞北雲」（王勃〈江亭夜月送別〉二首之一）、「相送隴山頭，東西隴水流」（儲光羲〈隴頭水送別〉）、「歸夢吳山遠，離情楚水分」（戴叔倫〈送別錢起〉）之質樸與直白，更見情韻。無論是氛圍營造、或意境構築，在唐代送別詩中，皆可謂別出機杼之作。

（賞析者：孫貴珠）

閨怨

王昌齡

閨中少婦不知愁，春日凝妝上翠樓。忽見陌頭楊柳色，悔教夫婿覓封侯。

〈閨怨〉是王昌齡描寫閨中少婦心緒波瀾、情感轉折極為細膩的一首詩。此詩甚至被譽為「閨情之作，當推此首為第一」（《唐詩摘鈔》）。全詩分為兩部分：前兩句著重於描述閨中少婦的妝容樣態，後兩句則傾注於閨中少婦惆悵悔恨的心緒。首句「閨中少婦不知愁」的神情模樣，乍看似與詩題〈閨怨〉抵觸，然而，這樣的構思與安排，對照第三句的「忽見」，與第四句的「悔教」，卻更富戲劇性且耐人尋味。第二句「春日凝妝上翠樓」，雖是承接首句「不知愁」而來，但不易從中想像句意與詩題之連結。直到三、四兩句「忽見陌頭楊柳色，悔教夫婿覓封侯」的出現，才令讀者恍然大悟：原來閨中少婦並非不知愁，而是人在深閨、丈夫遠離，怨悔已生後，在登樓遠眺陌頭楊柳時，聯想到相隔千里、遠在塞外的夫婿，甚至自責當初贊成夫婿從軍遠征、揚名立萬於塞外的理想。於此，「閨怨」之詩意，終於浮現。唐代閨怨詩中，「樓」、「柳」、「閨」，乃係常見意象，「陌頭楊柳枝，已被春風吹。妾心正斷絕，君懷那得知」（郭元振〈子夜四時歌．春歌〉二首之二）亦與此詩呼應。

整首詩藉閨閣少婦的心理狀態，婉曲含蓄刻畫其愁悶幽怨的變化，可說極盡曲折之能事。尤其是此詩本敘別情，卻未見「別」字；意在敘離思，卻未見「思」字，生動有致、語簡意深乃其特色。

（賞析者：孫貴珠）

春宮曲

王昌齡

昨夜風開露井桃，未央前殿月輪高。平陽歌舞新承寵，簾外春寒賜錦袍。

〈春宮曲〉是王昌齡以詩借喻古代君王喜新厭舊、淫佚無度之作。同時，藉由詩句順序，巧妙回應詩題「春宮」二字。首句「昨夜風開露井桃」點出時序在春季，並呼應詩題首字「春」；第二句「未央前殿月輪高」則是指明地點，並呼應詩題第二字「宮」。看似描寫景致的兩句詩，卻是暗含詩人對漢武帝寵幸歌女衛子夫的諷刺，以及對陳皇后失寵的同情。

三、四兩句，將筆觸轉至漢代平陽公主家之歌女衛子夫身上，能歌善舞且容貌美豔的衛子夫，因獲漢武帝歡心，備受寵幸，由「簾外春寒賜錦袍」之形容，即可想見衛子夫受寵幸之程度。於此，正好映照出陳皇后失寵後的寂寥、心酸。整首詩雖明寫衛子夫新承寵之景況，但實暗含陳皇后失寵後所承受之哀怨。而藉以諷諭帝王只見新人笑、未見舊人傷之意，亦甚明顯。更令人見識到王昌齡詩筆中善言情、意深婉的創作手法。此詩精妙之處在於：整首詩雖寫春宮幽怨，卻未見一語怨字。而是著重於敘寫新人受寵之種種樣態，並暗寓舊人失寵之深層怨念。「這種似此實彼、言近旨遠的藝術手法，正體現出王昌齡七絕詩『深情幽怨，意旨微茫，令人測之無端，玩之不盡』的特色。」（王堯衢《古唐詩合解》）

（賞析者：孫貴珠）

涼州詞——王翰

葡萄美酒夜光杯，欲飲琵琶馬上催。醉臥沙場君莫笑，古來征戰幾人回？

這首〈涼州詞〉是王翰的代表作。涼州在今甘肅武威，唐時屬右道經略，這地方的音樂多雜染著西域龜茲（今新疆庫車一帶）諸國的胡樂。據《樂苑》云：「涼州宮調曲，開元中，西涼都督郭知運進。」可知當時的隴右經略使郭知運在開元年間，把涼州曲進獻給唐玄宗，之後這種曲子就迅速地在長安流行，因此有詩人就依曲譜創作了〈涼州歌〉或〈涼州詞〉，來抒寫西北的塞上風光和邊塞的戰爭。宋人郭茂倩《樂府詩集》「近代曲辭」就有〈涼州歌〉，王翰〈涼州詞〉就是其中一首。

詩的前兩句：「葡萄美酒夜光杯，欲飲琵琶馬上催。」是多麼曠達和豪邁的話，邊塞上的征人，為國為家奮不顧身的出征，即使是甘醇可口的美酒在前，出征的號角響起，還是得放下，得趕快出戰。後兩句：「醉臥沙場君莫笑，古來征戰幾人回？」就說：「如果多喝了幾杯酒的我，不小心醉倒在戰場上，請你們也別笑我，自古以來，上了沙場征戰的將士，又有幾個人能夠安然歸來呢？」是啊！刀劍無情，戰場上每個人的生命都不值錢，誰也不能保證上了戰場，下一刻是生是死？又有幾個人能幸運地存活下來！這就是戰爭的可怕。

這首詩起筆先鋪陳一個場景，邊塞的將士們難得一次歡聚的酒宴中，每個人都感到興奮，都帶著激昂的心情想開懷痛飲，然而戰爭驟起，出征的琵琶聲響起，本想一醉的將士們，也只能放下酒杯，整裝出戰。後兩句則道出征人的心聲：縱使醉倒沙場也不足爲奇，因爲戰火無情、事實殘酷，自古以來爲國出征的將士，又有幾人能平安歸來呢？隱含「壯士一去不復返」的悲慨與無奈。

邱師　燮友《新譯唐詩三百首》評云：「首句將涼州的特產來入篇，次句承以正欲飲此美酒，而琵琶已在催促。……三句轉，言醉臥的地點正是沙場，豈不可笑？但君莫笑，結句說出原因，是古來征戰之士，能有幾人生還？既無生還，那麼醉臥其間，自然可悲痛了。」正是詩中這一股豪邁之氣與悲慨之聲，才會教人如此動容。

又一說馬上琵琶聲聲催促，非催促將士出征，而是軍中宴會上奏軍樂以娛兵士，作助興解。如此一來，「醉臥沙場君莫笑，古來征戰幾人回？」便成爲士兵間酒後相互調笑語。此解大大降低了悲傷的氣氛，增添幾許大唐將士以身許國的豪情壯志，詩意似更佳。如施補華《峴傭說詩》云：「作悲傷語讀便淺，作諧謔語讀便妙，在學人領悟。」

（賞析者：林素美）

送孟浩然之廣陵

李白

故人西辭黃鶴樓，煙花三月下揚州。孤帆遠影碧空盡，唯見長江天際流。

這首詩所寫的乃是送別舊友孟浩然的悵望之情思。據詹鍈《李白全集校注彙釋集評》引《李詩直解》云：「此詩賦別時之景而情在其中也。言我故人孟君西辭黃鶴樓之地而行矣。當春景煙花之時，三月而下揚州，我送之江干，跂予望之。孤帆遠景，碧空已盡，帆沒而不見矣。唯見長江飛流無際，故人已遠，予情徒爲之悵悵耳。」又引唐汝詢《唐詩解》云：「黃鶴，分別之地；揚州，所往之行；煙火，敘別之景；三日，紀別之時。帆影盡則目力已極，江水長則離思無涯，悵望之情俱在言外。」

詩篇開端「故人西辭黃鶴樓，煙花三月下揚州。」不僅寫出了舊友孟浩然告別黃鶴樓東行，也寫了他在三月煙花繁盛時

順流往下游的一段時間轉變歷程。從語法學言之，「下」是動詞，不僅點出孟浩然由西邊武昌縣黃鶴樓，從上往下游，到達東邊揚州。象徵舊友離開之過程，也呈現一段回憶時間歷程。從詩篇空間景象來看「黃鶴樓」和「揚州」屬於三度高空景象和定點空間景象，由高度空間視覺感知至低維度空間視覺感知，觀者內心產生驚嘆的心理，也引發觀察者注意。高低景象並置，常易形成不協調畫面，心理上易有不相連的審美感受。李白藉這高低不協調空間景象，與由西向東一路流向揚州的視覺方向，表露太白一直目送舊友孟浩然，不捨轉身離開，直到舊友隱沒在江水盡處。「西」、「黃鶴樓」與「下」、「揚州」所表現出來的太白有情、珍重友情的強大，也把太白遙遙不捨目送的惆悵離別情愫，表達得可憫動人。其次「孤帆遠影碧空盡，唯見長江天際流。」試看這二句所用的字樣，如「孤」、「遠」、「空」、「盡」、「唯」、「天際」，所表露出寂寞空虛、遙遠不得相見之情思，是如此眞切，又連用相承，透顯出太白何等不捨之心情。在漫遊大江南北的太白心中，他深知尋找一位令人景仰的好友是十分困難的，所以說「孤帆」表面上喻指友人隻身遠行之關懷，深層意義則爲太白孤寂形象的投射。「唯見長江天際流」寫出了舊友孤帆消失遠方，只見長江奔流向天際。這流動的長江水呈現詩人動態視覺空間感知，既比喻其目送友人遠行不捨之情，也因太白情感興發，寄託綿綿不盡、長遠不休的友情懷想。

（賞析者：黃麗容）

早發白帝城——李白

朝辭白帝彩雲間，千里江陵一日還。兩岸猿聲啼不住，輕舟已過萬重山。

這首詩乃是寫李白流放夜郎途中遇赦，由白帝城返回江陵而作此詩。據詹鍈《李白全集校注彙釋集評》引朱諫語：「此李白自蜀而東遊時也。言朝辭白帝彩雲之間，順流而下，一日千里，晚至江陵。兩岸猿啼聲猶未了，而扁舟已過萬重之山矣。水峻舟速有如此也。」又引《唐宋詩醇》云：「順風揚帆，瞬息千里，但道得眼前景色，便疑筆墨間亦有神助。三四設色托起，殊覺自在中流。」

詩篇開端連用兩個空間景象：「白帝」城與江陵。「白帝」城在今四川奉節東白帝山上。「江陵」，今湖北江陵，距白帝城有一千二百里路。兩個空間景象，有著一高度空間一平面空間，又因相距遙遠，形塑高維度速降至低維度之空間視覺感知。李白特意擇用三度空間景象和平面景象對照，產生一高一低視覺落差，使詩意產生活躍與跳躍感，不協調的高與低的空間並置，易產生吸引人、驚奇的心理感受，此外，呼應詩情「千里」「一日還」之快速、瞬息千里，產生令人驚嘆的神奇舟速。從動相詞與視覺景象種類言之，「還」字與來、去等動相詞，皆可以表達高遠空間和動態時間組合，象徵來去、去還等空間位置改變，亦可託寓詩人情感的轉變。詩意表達了太白流放途中遇赦，由白帝城返還江陵，雖千里路遙卻一日即達。「還」字不僅字義上表現太白返還湖北之意，亦表露遇赦返還，還他自由身的愉悅輕鬆之感，於是太白的「一日還」便顯出他內心輕和快的感受，使讀者因之接收太白此刻幸運遇赦際遇的喜悅情緒流瀉。這一份輕和快，正是太白嚮往之自由暢快情感的象喻。

詩篇末處「兩岸猿聲啼不住，輕舟已過萬重山。」則是聽覺意象和視覺意象組合。「猿聲」據詹鍈引《水經注》云：「自三峽七百里中，兩岸連山，略無闕處。……常有高猿長嘯，屬引淒異。空谷傳響，哀轉久絕。故漁者歌曰：『巴東三峽巫峽長，猿鳴三聲淚沾裳。』」詩句猿聲「啼不住」，有二含意：一為不停地啼叫。二是因船速快，猿啼亦挽不住船行。三峽猿聲哀淒，詩篇此處表面看來自然是寫三峽猿叫不止，而其實是寫太白心中一份拋開萬重愁緒的輕快心情。太白之所以輕快，有二深意可以探究：其一，舟行快速，周遭猿聲哀啼固然不停止，而這沉重不悅耳的聽覺感受，因船速快，轉瞬間，亦輕拂飄過耳後。其二，這萬重山般地沉重不快之流放遭遇，因遇赦，也如同輕舟速行，在太白心中，不留下任何痕跡。

（賞析者：黃麗容）

逢入京使——岑參

故園東望路漫漫，雙袖龍鍾淚不乾。馬上相逢無紙筆，憑君傳語報平安。

〈逢入京使〉亦是岑參創作中，極為知名的詩篇。此詩描寫詩人遠赴安西途中，偶遇將返長安城的舊識。異地與欲返京之故人相遇，心中百感交集，因此勾起詩人思鄉之情。首句「故園東望路漫漫」，雖是敘寫詩人回望故鄉、眼看路遠山遙之景，但也反映出詩人心中的不捨與牽掛。第二句「雙袖龍鍾淚不乾」，雖以看似誇張之手法，描述詩人落淚不止之樣態，但淚不乾的背後，隱藏著極為濃厚的思親、懷鄉之情。此句一方面延伸上句因路漫而致之傷懷，一方面亦為其後「代報平安」之情感埋下伏筆。三、四句「馬上相逢無紙筆，憑君傳語報平安」，則是藉由傳神、寫實的質樸用語，傳達出詩人與故舊「馬上相逢」、卻無紙筆撰寫家書的

悵恨，只好改以口信代傳的由衷請託。最末一句「憑君傳語報平安」，懇切平實又簡潔，但在短短簡語中，卻又蘊含眞摯深情。

岑參此作，篇幅雖短，但因情眞、意眞、語眞、境眞，而普獲詩評家肯定。並有「敘事眞切，自是客中絕唱」（唐汝詢《唐詩解》）之譽。清人薛雪曾云：「古人作詩到平澹處，令人吟繹不盡，是陶鎔氣質，消盡渣滓，純是清眞蘊藉，造峰極頂事也」（《一瓢詩話》）。岑參能將看似普遍的思鄉之情，透過眼神、心情、淚水、悵恨之敘述組合，以及未予雕飾之語句，傳遞出深刻且引人共鳴之情感，可說是此詩最大特點，亦是此作成爲「客中絕唱」之主因。同時，也讓人見識到：岑參駕馭詩歌語言手法之高妙。

（賞析者：孫貴珠）

江南逢李龜年——杜　甫

岐王宅裡尋常見，崔九堂前幾度聞。正是江南好風景，落花時節又逢君。

本詩作於代宗大曆五年（七七〇），杜甫與李龜年於潭州（今湖南長沙）相逢，有感於人事滄桑而作此詩。開元中，樂工李龜年、李彭年、李鶴年三兄弟各有才學，彭年善舞，龜年、鶴年善歌，其後龜年流落江南，每逢良辰勝景，爲人歌數闋，聞者無不掩泣罷酒。岐王，睿宗四子李隆範，雅愛文學之士，士無貴賤，皆盡禮接待，杜甫往年在岐王宅裡經常見到李龜年。崔九，原注以爲殿中監崔滌，滌素與玄宗款密，用爲祕書監。但依年代考之，岐王與崔九均卒於開元十四年（七二六），其時並無梨園弟子。杜甫見李龜年必在天寶十載（七五一）後，故詩中的岐王必爲嗣岐王，崔九堂前當指崔氏舊宅。又，古代八尺爲尋，二尋爲常，此處以「幾度」對「尋常」，屬正對。落花時節，是景語亦是情語，有雙關意。一方面感傷春暮花落，傷失時；一方面暗示亂世，感傷，李龜年已年老；同時詩人亦有自傷不遇的意思。

詩人很含蓄地說：從前在岐王公館裡，我經常看到你；在崔氏舊堂前，也好幾次聽過你演奏。如今正是江南好風景的時候；在此暮春花落的季節，居然又遇到閣下。

這是一首即景生情的酬贈詩。全詩雖似喜悅歌頌的正面語調，其實卻含蘊無限悲痛。詩的背景是：安史之亂前，李龜年兄弟三人以其音樂才藝，爲宮廷梨園弟子，聲譽盛極一時；安史之亂後，朝野流離失所，包括詩聖杜甫和樂工李龜年，都逃至江南；杜甫乍遇李龜年於湖南長沙，悲喜交集之餘，乃以喜調寫此佳作。字裡行間暗含多少悲痛，細讀尋思即知。所謂「江南好風景」，不言花開或賞花時節，卻說「落花時節」，強顏歡笑而已。前文對岐王、崔九二人作歷史性的注釋，固然有道理；但詩是文學的，詩語不宜強作史語解。本詩岐王、崔九似爲詩筆下的泛稱或詩人故意避實就虛之筆，意謂當年在某某王公豪門裡，經常遇見李龜年閣下，那是何等昇平光彩的時光！而今我等卻在此相見，不亦悲乎！而又不得不強顏歡笑，不亦悲乎？

當代文史學者邱燮友教授稱「本詩採『三一格』（又稱「黃金比例」）體法，前三句寫盛況，末句寫衰況，盛衰三比一，故稱三一格。」

（賞析者：熊智銳）

滁州西澗

韋應物

獨憐幽草澗邊生，上有黃鸝深樹鳴。春潮帶雨晚來急，野渡無人舟自橫。

本詩為唐人絕句作風，鋪排了四個意象：「幽草」、「黃鸝」、「潮雨」和「野渡」，以見西澗的幽靜，再用「獨憐」、「鳴」、「晚來急」、「舟自橫」等醒目的詞語，讓它們集合起來，暗示一個境界。詩人之意境，淺白描述如下：我來這裡遊玩，最愛憐這些清幽的綠草，長在西澗的旁邊。又聽到上面有隻黃鸝，在深密的樹枝上鳴叫。春季的潮水帶著雨點，到傍晚時分，更加急激。這時野外的渡頭，沒有了渡河的人，只有船兒獨自在水邊橫擺著。

四句詩都在寫景，圍繞的主題是「野」趣。西澗的綠草，荒野的渡口（呼應首句，長滿了幽草），空船隨急流與纜繩的牽扯而半橫在水中央。這種野趣正見高人的境界。

這是韋應物五言絕句的名篇之一，尤其是後兩句，寫景如畫，描繪出春雨中晚潮洶湧，荒野渡口寂寥的景象。本詩造境、風格閒遠疏淡，不但相傳為宋徽宗畫院考試的題目，而且歷來畫家常以此二句作為畫題。

話說政和年間，宋徽宗曾以「野水無人渡，孤舟盡日橫」為題，要新來的畫師作畫。大多畫一空舟繫於澗邊，或畫一鷺鷥立在船上，或畫一鳥落在船桿，以示無人。然而這些畫作均被認為「與題不切」。相反的，受到賞識的卻是畫了一個舟子倦臥在船尾，身旁還丟著一根短笛。題為「無人」，卻何以畫上一個人呢？原詩所說的「無人」，並非說船上沒有人，而是說沒有渡河的人。而這幅畫上的情景，正好表明了這層意思：荒郊野水，終日沒有過路的渡人，舟子等得無聊至極，以致丟下竹笛，睡著了。如此一來，豈不更加突顯出孤舟的寂寞和環境的荒僻？

這是一首七言絕句，押下平聲八庚韻：生、鳴、橫。

（賞析者：黃美惠）

楓橋夜泊

張繼

月落烏啼霜滿天，江楓漁火對愁眠。姑蘇城外寒山寺，夜半鐘聲到客船。

〈楓橋夜泊〉作於天寶十五載（七五六），作者流寓蘇州時。此詩清逸幽遠，因而入高仲武編選的《中興間氣集》，得以千古傳誦。詩句淺白，扣人心弦。

詩人登進士而詮選落第，愁緒滿懷，夜不能眠而賦此詩。全詩透過失眠的詩人所看到的景物及所聽到的聲音，可以想見，他從月升睜眼到月落（當晚或爲月圓之夜），烏鵲整夜啼叫（可能是受到月光的驚擾）；從篷窗望去，滿天霜白，（應是明月光而疑爲滿天霜），對著江楓和漁火整夜失眠（江楓亦有多解，詳見下文）。夜半時分，姑蘇城外寒山寺（有多解，亦見下文）的鐘聲響起，傳到了詩人的客船。

全詩首句寫所見「月落」，所聞「烏啼」，所感「霜滿天」；第二句描繪楓橋附近的景色和愁寂的心情；第三、四句寫客船臥聽古剎鐘聲。

第二句「江楓漁火對愁眠」，有人認爲是「江村漁火對愁眠」而非「江楓」。江邊根本就沒有楓樹，江楓或者指的是江春橋及楓橋這兩座橋。

第三句「姑蘇城外寒山寺」，蘇州寒山寺，是否因寒山曾居住過而得名？按：寒山和張繼是同時代的人，此時，寒山尚未到浙江天臺山寒巖（見《全唐詩》第八〇六卷與宋代李昉《太平廣記》卷五《仙傳拾遺》），怎麼知道寒山之名，又怎麼會有顯赫聲名，以至蘇州城外的僧寺以其爲名呢？因此，張繼詩或另有所指，或意指冷落寂靜的山，寒天的山；有如南朝宋謝靈運〈入華子崗是麻源第三谷〉云：「南州實炎德，桂樹凌寒山。」又唐代韓翃〈送齊山人歸長白山〉云：「柴門流水依然在，一路寒山萬木中。」可見「寒山寺」指冷落寂靜的山中僧寺。

所謂「暮鼓晨鐘」，爲何蘇州僧寺有夜半鳴鐘的習俗，又稱爲「定夜鐘」？自宋歐陽修《六一詩話》云：「三更不是打鐘時」之後，從而出現許多考證議論之辭。蘇州僧寺夜半鳴鐘是事實，而且從唐代到宋代一直如此，如初唐張說〈山夜聞鐘〉云：「夜臥聞夜鐘，夜靜山更響。」中唐于鵠〈送宮人入道歸山〉云：「定知別後宮中伴，應聽維山半夜鐘。」白居易〈宿藍橋對月〉云：「新秋松影下，半夜鐘聲後。」晚唐溫庭筠〈盤石寺留別成公〉云：「悠然旅榜頻回首，無復松窗半夜鐘。」這些唐代詩人都在各地聽過半夜鐘聲。以至宋人孫覿〈過楓橋寺〉云：「白首重來一夢中，青山不改舊時容。烏啼月落橋邊寺，倚枕猶聞半夜鐘。」（見《宋詩鈔．鴻集鈔》）在在爲之證實。不獨張繼以爲異，故有「夜半鐘聲」一句。歷代詩人，如唐朝韋應物、皎然，宋朝陸游、范大成，明朝沈周、唐寅，清朝朱彝尊、沈德潛等，都留下了許多歌詠寒山寺的名作，令人嚮往。

全詩合律，是爲律絕；押下平聲一先韻：天、眠、船。

（賞析者：黃美惠）

寒食

——韓翃

春城無處不飛花，寒食東風御柳斜；日暮漢宮傳蠟燭，輕煙散入五侯家。

寒食即指「寒食節」，亦稱「禁煙節」、「冷節」。在夏曆冬至後的一百零五日，清明節前一或二日。此日，禁煙火，吃冷食，故稱爲「寒食節」。傳說是晉文公爲紀念隨他在外奔波十九年，割股奉君，功不言祿，後與母抱樹而被燒死於綿山的忠臣介之推，下令禁火燒食。唐代詩人盧象〈寒食〉：「四海同寒食，千古爲一人。」「一人」即是寫介之推，「寒食節」流傳至今已有二千六百多年。此詩表面寫寒食即景，但事實卻是以古諷今，有言外之意。

第一句「春城無處不飛花」，寫京城一片花開爛漫的暮春景色，「春」點出季節，「城」指京城長安，點出地點。長安爲宮廷所在，繁華熱鬧不在話下，「無處不」用兩個否定表示肯定，有加強語氣的作用，即隨處、到處之意。在此指長安繁花似錦，花開處處，滿城春色，賞心悅目。

第二句「寒食東風御柳斜」，「寒食」明白點出時間，爲春季寒食日，景色範圍由大到小，從長安城，再縮至御苑園池。柳樹在春風吹拂下，枝條依依斜舞，描寫帝京佳節之景況。按：韓翃爲唐玄宗天寶十三載（七五四）進士，寶應年間在淄青節度使侯希逸幕府中任從事，後隨侯希逸入長安。罷職後，賦閒在家十年，後因唐德宗賞識此詩，被提拔爲中書舍人，晚年得以安穩生活。正因爲他曾久住京城，對宮廷貴冑生活觀察甚深，所以能以委婉諷諭之語，寫出此名篇。

第三句「日暮漢宮傳蠟燭」，舊俗寒食天下禁火，往昔漢宮循例，於此日賜燭近臣，天黑時，宮中卻傳出君王恩賜的蠟燭至五侯家，可見五侯之貴寵。此乃用漢宮傳蠟燭事，諷唐肅宗、代宗以來，宦官得寵擅權事，意有所指。

第四句「輕煙散入五侯家」，五侯指漢成帝時，封王皇后的五個兄弟王譚、王商、王立、王根、王逢時爲侯，後泛指天子近幸之臣。清代吳喬《圍爐詩話》：「唐之亡國，由於宦官握兵，實代宗授之以柄。此詩在德宗建中初，只『五侯』二字見意，唐詩之通於《春秋》者也。」賀裳《載酒園詩話又編》亦云：「此詩作於天寶中，其時楊氏擅寵，國忠、銛與秦、虢、韓三姨號爲五家，豪貴榮盛，莫之能比，故借漢王氏五侯喻之。……寓意遠，托興微，眞得風人之遺。」可見此句言皇恩所賜燭火，生出淡淡輕煙，裊裊升騰，縈繞瀰漫於宦官權貴之家，而民間卻不可點火燒食，蓋有暗諷意。

此詩爲一首律絕，押下平聲六麻韻。詩歌表面上詠寒食節的景象，但事實上卻以古諷今，意有所指，諷諭宦官敗壞朝政，讓有志之士無不憤慨。韓翃以《春秋》之筆，婉轉含蓄，暗諷朝政，手法高明，爲後世傳誦。

（賞析者：王碧蘭）

月　夜——劉方平

更深月色半人家，北斗闌干南斗斜。今夜偏知春氣暖，蟲聲新透綠窗紗。

詩人多詠物寫景之作，善於寓情於景，尤擅絕句。此詩獨取寧靜而散發寒意的「月夜」爲背景，靜謐中寫出生命的躍動與歡樂，夜寒中描寫春回意暖。前兩句「更深月色半人家，北斗闌干南斗斜」寫景（晴空夜深），寫月不描光影，不嘆圓缺；天上的月亮有一半照著人家的屋裡。如此，夜色不至太濃，月色也不至太明，造成一種朦朧而和諧的畫面。

後兩句「今夜偏知春氣暖，蟲聲新透綠窗紗」寫聲（蟲鳴及其帶出來的春暖）。前兩句用視覺摹寫，後兩句用聽覺摹寫。我們隨著他仰看星辰、耳聽蟲鳴的人則隱在「綠窗紗」後，並未現身，而他的「在」卻籠罩著全詩。月色

分外皎潔，才看得清楚人家的屋裡半明暗的光影，更看得到紗窗外的綠意。「北斗闌干南斗斜」看似淺近的口語，其實脫胎自曹植〈善哉行〉：「月沒參橫，北斗闌干。」及金史肅〈宿睦村〉詩：「闌干河漢已西傾，獨坐披衣過五更。」因此也暗示了他月夜獨立之久，窗前看南斗星已橫了過去，北斗星又斜了過來。詩人今夜才曉得這裡已有了暖和的春風，因為蟲聲剛才透進綠色的紗窗裡（應該是驚蟄剛過）。後兩句倒裝而且擬人化：夜裡仍是春寒，偏只有蟲兒先知大地已回暖、窗前已可聽見鳴叫的蟲聲（這句詩意早於蘇軾的「春江水暖鴨先知」）。

詩的首二句正寫月夜詩題，後二句寫蟲聲透窗，感知春之信息。劉方平善畫，這首詩也具有畫意，皇甫冉說他：「墨妙無前，性生筆先。回溪已失，遠嶂猶連。側徑樵客，長林野煙。青峰之外，何處雲天？」（見〈劉方平壁畫山水〉）唐朝張彥遠《歷代名畫記》謂之「工山水樹石」。

本詩為七言絕句，押下平聲六麻韻：家、斜、紗。

（賞析者：黃美惠）

春怨

劉方平

紗窗日落漸黃昏，金屋無人見淚痕。寂寞空庭春欲晚，梨花滿地不開門。

詩人在寫閨情、鄉思上，具較高的藝術性。因爲暮春閨愁、感慨者，不忍見「梨花滿地」所以掩門，正呼應「春欲晚」；而「金屋無人見淚痕」、「寂寞空庭」直指詩題「怨」——因愛極則遷，寵衰愛弛之下，而閨怨隱悲。

第一、三、四句寫暮春，傷寂寞。「紗窗日落漸黃昏」，紗窗外太陽已經落下，漸漸到黃昏時候，美人住在華麗的金屋裡，沒有人看見她滴下眼淚的痕跡。除了暗示寵衰愛弛外，可想見這美人獨坐良久，從白天到日落。「漸」字有遲緩、漫長之意，歲月悠悠，度日如年。冷清空曠的庭院，春光將逝去。梨花落滿了一地，她還把門關閉著，沒有把它開起來呢。落花不掃，門庭常關，可見長久的寂寞冷落。滿地梨花，正是其寫照。所寫之美人、所寫之花，使淚痕與花落兩相襯映。

詩中之怨，有「等待落空」的深刻失望——漸黃昏而未天黑、春欲晚而春尚在，從紗窗內整日向門庭外盼望，一再落空，悲怨不言而喻。

「金屋」這裡指的是一般的華麗之屋，不一定是深宮，而另外三句並無一點深宮背景的暗示。因此，本詩〈春怨〉當是描寫閨情愛怨。

本詩爲七言絕句，押上平聲十三元韻：昏、痕、門。

（賞析者：黃美惠）

征人怨——柳中庸

歲歲金河復玉關，朝朝馬策與刀環。三春白雪歸青塚，萬里黃河繞黑山。

這是一首邊塞詩，由題名即知是描寫征夫長期戍守邊疆，四處轉駐卻不知何年何月能回家的怨詩。可是說它是「怨」詩，詩中卻不見一個和「怨」字有關的詞，反而是「歲歲」、「朝朝」這兩個疊字串起了他在邊塞生活的苦悶和淒苦，因為戰爭不停，這些征人長期戍守邊塞不能回家，內心思鄉的苦楚，不免引來怨言。全詩只有四句，但每一句都能陳設出一個景。這四個景雖各自獨立，但最終都落在「征人」的身上，讓這四個景鋪陳出征人長年駐守邊疆內心的苦楚。

前兩句「歲歲金河復玉關，朝朝馬策與刀環。」是說：「我每年不是去金河駐守，就是來玉門關駐守；每天不是拿著馬鞭策馬，就是拿著刀環和敵人廝殺。」這是邊塞征人日常的生活，也是守在邊疆保家衛國軍人的生活寫照。第二句用「朝朝」來對應「歲歲」，這兩個疊字的對應，把邊塞生活的苦悶和單調，如實的呈現，說這些征人每天的生活不是拿著馬鞭訓練馬，就是拿著刀環和敵人砍殺，生動描寫出邊塞生活的實況。

後兩句「三春白雪歸青塚，萬里黃河繞黑山。」則描寫邊塞的惡劣氣候和特有風景。「三春」，春天也。是說即使到了春天，邊塞各地卻還在下雪，皚皚的白雪覆蓋著塞外的每一個墳頭。這墳頭裡埋的都是為國捐軀的征人啊！在這邊塞要地，抬頭可見的黃河圍繞著黑山，萬里奔流；而我回家的路卻遙遙無期，何時可以見到我的家人？何時能回到我的故鄉？啊！這不息的戰事何時才能平定！

這首詩大約寫於唐代宗大曆年間，當時吐蕃、回紇多次侵擾唐朝西北的邊境，在這不安定的邊塞上，戍守的戰士們長期不能回家，所以他們怎能不怨？詩中寫到的金河，亦名黑河，因水中泥色似金，故名爲金河。「玉關」是指玉門關。「刀環」則是雙關詞，一是指戰爭的不息，和敵人每天都在廝殺的刀環；一是指還鄉的願望，「環」與「還」諧音。「青塚」一詞，本來是指王昭君的墓，此處泛指塞外所有的墳墓，而「黑山」在今綏遠省歸綏縣城東南，即殺虎口東北九十里的殺虎山。

此詩用「金河」、「玉門」、「青塚」、「黑山」代表邊疆的生活和環境。此詩前、後二聯均爲對偶，使其風格更顯雄壯渾厚。前二句言情，後二句寫景；尤其末聯嵌入「白」、「青」、「黃」、「黑」四個顏色字，句法渾成，讓邊塞生活的冷暗和邊塞環境的灰沉更加顯著，這樣描寫征人多年面對荒涼的邊境、惡劣的環境，怎能不心生怨恨呢？全詩語言精美，筆法巧妙，意境十分廣闊。

（賞析者：林素美）

宮詞

顧況

玉樓天半起笙歌，風送宮嬪笑語和。月殿影開聞夜漏，水晶簾捲近秋河。

宮詞爲詠宮中瑣事詩，寫宮人生活之多采與宮廷遊宴之奢華，極力表達行樂是宮廷生活的本質。本詩所寫的是宮中生活及宮人的情感，形式爲七言絕句，著力描寫新宮人以舞樂承寵，巧妙將失寵者的怨情完全隱藏。其寫法是將「怨」情隱藏，將欣「羨」之情表露出來。

詩中描述一座高聳而華麗的玉樓，矗立在半空中；樓中奏出動聽的「笙歌」，空中傳送過來的風聲，和宮人們的「笑語」，相互應和著。月宮裡映出光明的色彩，這時人們也聽到夜間銅壺滴「夜漏」的聲音。玉樓上的「水晶簾捲」了起來，好像和天河更加接近了。

全詩採用對比或反襯手法，上三句

寫聞「笙歌」、「笑語」、「夜漏」，下一句寫見「水晶簾捲」，羨慕他人的得寵，而一一可以聞見。夜深時兩相對比，情何以堪？一鬧一靜，一榮一枯，對比鮮明。其怨情可見一斑，宛轉而可憐。

玉樓中的遊宴笙歌、得寵宮人的笑語，反襯出被冷落者的寂寞，反襯出失寵者聽銅壺滴「夜漏」聲音的淒涼，不言「怨」字，而怨情早已顯露。誤入深宮的女孩，終其一生都未必能見到龍顏，多數人的命運就如白居易筆下的〈上陽白髮人〉：「耿耿殘燈背壁影，蕭蕭暗雨打窗聲」一樣，個中苦辛豈足為外人道？這首詩，竟如此雲淡風輕一筆帶過，將怨深隱，全不露痕跡。

全詩合律，是為律絕；押下平聲五歌韻：歌、和、河。

（賞析者：黃美惠）

夜上受降城聞笛

李益

回樂峰前沙似雪，受降城外月如霜。不知何處吹蘆管？一夜征人盡望鄉。

此為邊塞詩，描寫征人聞笛思鄉之情懷。受降城，乃唐代防禦突厥、吐蕃等西北邊疆要塞，為張仁願所築；另有一說，貞觀二十年（六四六），唐太宗親臨靈州接受突厥一部的投降，「受降城」之名即由此而來。回樂峰在今寧夏回族自治區靈武縣西南，一作「回樂烽」，指回樂縣附近的烽火臺。李益少年遭安史之亂、吐蕃入侵、藩鎮割據等亂事，即立下「平生報國憤，日夜角弓鳴」的雄心壯志，此詩即是壯年從軍戍守時所作。

第一句「回樂峰前沙似雪」，點出作者所在位置，是塞外回樂峰前，居高臨下，眼前是一片無垠的沙磧，色白似雪，雄壯中帶有悲切之語。第二句「受降城外月如霜」，言作者所戍守的受降城外月色如霜，「似雪」、「如霜」都是在一輪皎潔明月下所見之景，李白〈靜夜思〉有「舉頭望明月，低頭思故鄉」句，杜甫〈月夜憶舍弟〉：「月是故鄉明」，望月思鄉油然而生。李益長年戍守邊塞，思親之情自然流露，「北地無人空月明」（〈統漢峰下〉）、「磧裡征人三十萬，一時回向月明看」（〈從軍北征〉）、「此時秋月滿山關」（〈從軍北征〉）等，處處顯露以「月」寄託思親情感。一、二句點出時間與地點，並且呼應題目，對仗巧妙。塞上「沙似雪」、「月如霜」，一片孤寂，思鄉之情湧上心頭。此二句兩兩相對，在詩法上稱為「對句起」。

第三、四句「不知何處吹蘆管？一夜征人盡望鄉」，此二句承上二句，由景入情，寒月淒冷，月色如霜，本易觸發詩人思鄉情懷，此時不知何處傳來悲切幽咽的蘆笛聲，在靜夜中醞釀思鄉的氛圍，那聲音直入心坎，勾起征人思鄉思親之痛。由第一、二句詩視覺上的延伸轉入聽覺上的感動，此時思鄉之情，並非只是作者一人而已，而是「一夜征人盡望鄉」。李益尚有一首〈從軍北征詩〉：「天山雪後海風寒，橫笛遍吹〈行路難〉。」與本詩心境意境相似，白居易有〈聽蘆管〉一詩：「幽咽新蘆管，淒涼古竹枝」句，又李頎〈古意〉詩中「今為羌笛出塞聲，使我三軍淚如雨」，李白〈春夜洛城聞笛〉：「誰家玉笛暗飛聲，散入春風滿洛城。此夜曲中聞折柳，何人不起故園情？」聞曲思鄉，可見蘆管、羌笛等渾厚蒼茫、纏綿幽咽的音樂感染力，都有摧人心肝的效果。

《全唐詩》李益詩作計有一百六十八篇，其中關於邊塞情景詩歌有四十首之多，約占四分之一，明人胡應麟《詩藪》云：「七言絕開元之下，便當以李益為第一，如〈夜上西城從軍〉、〈北征〉、〈受降〉、〈春夜聞笛〉諸篇，皆可與太白（李白）、龍標（王昌齡）競爽，非中唐所得有也。」深受後人讚美。此詩由景入情，藉聽聞蘆管引發思鄉，含蓄蘊藉，詞意婉曲，用語優美，在當時已入譜並廣為人所傳唱。「天下唱為樂曲」（《唐國史補》）、「教坊樂人取為聲樂度曲」（宋代尤袤《全唐詩話》），短短一首七絕，已為戍守邊塞征人道盡思鄉之情。此詩為律絕，押下平聲七陽韻，前二句對仗。短短二十八字，運用視覺、聽覺及內在知覺摹寫法，交融成詩，意境渾成，在一片空靈中含蘊不盡，亦間接透露作者厭戰之意。

（賞析者：王碧蘭）

烏衣巷

劉禹錫

朱雀橋邊野草花，烏衣巷口夕陽斜。舊時王謝堂前燕，飛入尋常百姓家。

〈烏衣巷〉是一首七言絕句，為劉禹錫懷古組詩〈金陵五題〉五首之二，作於穆宗長慶四年（八二四）至敬宗寶曆二年（八二六）間。詩人以朱雀橋、烏衣巷的今昔變化，來表現人世盛衰的無常，極富哲理，也相當膾炙人口。

詩開篇即云：「朱雀橋邊野草花，烏衣巷口夕陽斜」，是寫物換星移、人事全非的感慨。這兩句在字面上，對偶天成，在景象上則把朱雀橋、烏衣巷荒涼、沒落的景象刻畫得維妙維肖。「烏衣巷」（今南京市東南），在秦淮河南岸，原為東吳烏衣營駐地，後來東晉開國元勳王導（二七六～三三九），與指揮淝水之戰的謝安（三二〇～三八五）都曾在此居住。「朱雀橋」（今江蘇省江寧縣），在烏衣巷口，是市中心通往「烏衣巷」的必經之路，二者是東晉高門世族的聚居地，也是「館宇崇麗」、車馬喧囂的代表。但轉眼間，一切成空，景物全非，如今橋邊卻只剩「野草花」叢生，而曾經滿巷烏衣的烏衣巷也只剩一抹斜陽殘照。「野」字，寫出了景象的敗落荒涼；「夕陽」二字則含有一種「只是近黃昏」的意味，而「斜」字，更烘托出日薄西山的殘敗景象。詩人著墨不多，卻因用字精當，極生動地寫出朱雀橋和烏衣巷昔盛今衰的強烈對比，讓人有不勝興亡之嘆。

三、四兩句「舊時王謝堂前燕，飛入尋常百姓家。」是指歷史變遷的滄桑。「王謝」是六朝最盛家族的代表，但「舊時」二字寫出他們已成爲過去式。過去燕子秋去春來時總是在「王謝」等豪門世族的堂前築巢，而今「王謝堂」已蕩然無存，這裡住著的都是普通人家，當燕子再度飛來時，也只能「飛入尋常百姓家」築巢了。詩人「託興玄妙」，以鳥之築巢不同人家代指人事變化，既將抽象無常的人生哲理予以形象化，還生動地寫出滄海桑田巨變的歷史感慨，語致深婉，感慨無窮，故連白居易都忍不住要「掉頭苦吟，嘆賞良久」，沈德潛《唐詩別裁》亦云：「言王謝家成名句耳，用筆巧妙，此唐人三昧也。」也因此成爲千古傳誦的名句。

整首詩文字不多，內涵豐富，意象也極爲優美，「朱雀橋」、「烏衣巷」如在眼前，尤其在詩人的敘述下，使人彷彿親歷其境，但據劉禹錫〈金陵五題．序〉云：「余少爲江南客，而未遊秣陵，嘗有遺恨。後爲歷陽守，跂而望之，適有客以『金陵五題』相示，逌爾生思，欻然有得。」可知詩人當時從未去過金陵，所謂「懷古」，不過是透過想像發思古之幽情，以寄寓深沉的感慨而已。其才思敏捷，創作功力，可見一斑。

（賞析者：王珍華）

春詞——劉禹錫

新妝宜面下朱樓，深鎖春光一院愁。行到中庭數花朵，蜻蜓飛上玉搔頭。

這是一首寫宮怨的詩，因寫得清新雋永又與衆不同，故令人激賞。

首句，詩人以「新妝宜面」揭開春的序幕。「新妝宜面」有梳洗一新、刻意妝扮之意。詩的首句開門見山就給人一種煥然一新的美感，同時也間接刻畫出女子充滿愉悅與期待的心情。次句「深鎖春光一院愁」，是寫女子走下朱樓所見。「女爲悅己者容」，妝扮的目的自然是希望得人欣賞，然而走下朱樓，卻見幽深的庭院春光深鎖，迎接她的只有一院的孤寂，可想而知此刻女子充滿愉悅與期待的心情，定然轉爲落寞，一懷愁緒油然而生。

後二句「行到中庭數花朵，蜻蜓飛上玉搔頭。」則是續上句刻畫女子的落寞情懷。妝成後的女子不見召幸，不知該如何排遣寂寞，無聊下只有呆立園中數著花朵以解愁悶，不料蜻蜓竟誤以爲她是園中花，而飛停在她的玉搔頭上。這二句從字面上來看，是寫女子下樓後的舉動，但尋繹詩意，卻不難體會詩人眞正描摹的其實是女子在落寞中的痛苦心情，因爲若非女子深陷痛苦中呆立不動，怎會令蜻蜓誤以爲是花？因誤以爲她是花，也才會停駐在她的玉搔頭上。花容月貌卻無人賞憐，青春稍縱即逝，這種痛苦難以用言語形容，然而詩人卻以「蜻蜓飛上玉搔頭」這一形象，傳神描繪出少女難以言喻的落寞情懷，其別致新穎教人擊節稱賞。

整首詩雖不明寫怨，然在詩人巧妙暗示下，少女心情的轉變已含蓄婉曲地表現在她的舉動中，其愁怨與寂寞也在滿園春色的烘托中被渲染得極爲深刻，這種筆力誠如喻守眞《唐詩三百首詳析》所云：「從側面寫出怨意，妙在含蓄不露。」因爲少女芳華正盛，卻處境堪憐，除了蜻蜓懂得欣賞她的新妝飛上玉搔頭外，不見君王臨幸，她的青春也只能隨著時光而流逝，教人痛惜也教人爲之悲嘆。

又此詩詩題一作〈和樂天「春詞」〉，可見詩人是爲了呼應白居易的〈春詞〉而作，但兩相比較，二人描寫宮怨的方式完全不同。白居易〈春詞〉云：「低花樹映小妝樓，春入眉心兩點愁。斜倚欄杆背鸚鵡，思量何事不回頭？」詩中也有一位滿懷怨愁的少女，但詩人以眉心有愁、背對鸚鵡的方式來描寫少女之愁，較爲直接；相較於白詩，劉詩則在滿園春色中，以少女舉動暗示她從愉悅到哀怨，由期待到失望心情的轉變，以樂襯悲，倍增其哀，尤其結尾一句「蜻蜓飛上玉搔頭」，想像豐富又別致新穎，故二人雖各有所長，然劉詩較爲含蓄婉曲，又讓人有無限想像空間，還是略勝一籌。

（賞析者：王珍華）

後宮詞——白居易

淚溼羅巾夢不成，夜深前殿按歌聲。紅顏未老恩先斷，斜倚薰籠坐到明。

這是一首描寫宮怨的七言絕句，內容在描寫宮女失寵的心境。白居易〈後宮詞〉共有二首，這是第一首。

詩的前兩句「淚溼羅巾夢不成，夜深前殿按歌聲。」寫宮女失寵後的情狀。宮女苦等君王臨幸，君王卻未來，這已教人悲傷得無法成眠；然尤有甚者，此時前殿忽然傳來君王尋歡作樂的歌舞聲，這對一個曾經受寵又被拋棄的人來說，情何以堪！

後兩句「紅顏未老恩先斷，斜倚薰籠坐到明。」寫宮女之色未衰而愛已弛。後宮佳麗如雲，不能獨得君王寵愛，已有所怨，何況自己曾經受寵，在紅顏未老時，君王已另覓新歡，更是倍極哀怨。如此難堪的處境，她雖難以忍受卻也無可奈何，只能自尋解脫之方，故而斜倚著薰籠獨坐到天明，因為這樣至少還能讓自己得到些許溫暖，度過這漫漫長夜。而「斜倚薰籠坐到明」與首句「夢不成」遙相呼應，更顯得長夜漫漫、寒氣逼人，生命之痛永無止盡。

宮怨向來是歷朝後宮無法避免的問題，唐朝因妃嬪人數較前朝更多，宮怨尤為嚴重，所謂「雨露由來一點恩，爭能遍布及千門？」（白居易〈後宮詞〉二首之二）即使有人曾經受寵，也無法保證從此高枕無憂，因為「得寵憂移失寵愁」、「但見新人笑，那聞舊人哭」，自然也有訴說不盡的哀怨，故而描寫宮女的不幸成了唐人習用題材。白居易這首〈後宮詞〉，同樣是寫宮怨，寫被閉鎖宮中遭棄女子的不幸，然整首詩不明寫怨，反以「淚溼羅巾」、「夢不成」、「未老恩先斷」、「坐到明」等語將怨暗藏其中，使得詩中怨氣四溢，同時將失寵宮女複雜矛盾的心理刻畫得極爲生動，不但語言明快，感情深沉，同時也指責帝王的薄倖與寡恩，詩人對失寵宮女的深切同情亦昭然若揭。

（賞析者：王珍華）

贈內人——張　祜

禁門宮樹月痕過，媚眼唯看宿鷺窠。斜拔玉釵燈影畔，剔開紅焰救飛蛾。

唐代選入宮中宜春院的歌舞伎稱「內人」；她們一進入深宮內院，就與外界隔絕。本詩從描寫「內人」在月下、燈畔的兩個頗爲微妙的動作著筆，折射出月下，有著一雙媚眼、頭戴玉釵、身著華服的美人的遭遇、處境和心情。宮禁森嚴、重門深鎖，只有月下白鷺得以自由飛翔；只有燈畔的她取下玉釵營救撲燈之飛蛾，動作令人爲之傷感。

首句「禁門宮樹月痕過」，雖是淺白的寫景語句，描述禁門裡的宮中樹木濃密，月光從樹葉的縫隙中掠過。詩人在用字遣詞上極費力斟酌。「禁門宮樹」，點明地點，門曰「禁門」，樹曰「宮樹」，烘托出了宮門深鎖、不得自由。這時候寫她一雙嫵媚的眼睛，唯有羨慕的看著樹上高棲的白鷺鳥窠！

下半首轉換成宮內的燈影旁邊，她斜著身子取下了頭上的玉釵，剔開燈上紅色的火焰，救出那撲火的飛蛾。近景呈現出一個斜拔玉釵、撥救飛蛾的微妙的動作。詩人以燈影暗喻她雖有仁慈的心腸，然而她的處境，何嘗不像撲火的飛蛾呢？

此爲七言絕句詩，押下平聲五歌韻：過、窠、蛾。按：「過」爲韻腳，故當讀爲平聲。

（賞析者：黃美惠）

集靈臺二首之一　　張　祜

日光斜照集靈臺，紅樹花迎曉露開。昨夜上皇新授籙，太眞含笑入簾來。

據《舊唐書・楊貴妃傳》記載：「太眞有姊三人，皆有才貌，並封國夫人，大姨封韓國，三姨封虢國，八姨封秦國，並承恩澤，出入宮掖，勢傾天下。」正寫唐玄宗寵愛楊貴妃姊妹。此詩諷楊玉環之輕薄。楊玉環原係玄宗十八子壽王李瑁的妃子，玄宗召入禁中爲女官，號太眞，後寵幸，進而冊封爲貴妃。詩中以日光喻上皇，以紅樹喻太眞，末二句指出唐明皇不該在集靈臺冊封楊太眞爲貴妃。並喻楊貴妃得寵，有如紅花迎朝陽露水般盛開。

首句寫陽光從側面斜照到集靈臺的時候，紅樹上的花迎接著早晨的露水而開放。昨夜唐明皇在這裡舉行道教授給祕文儀式。指出貴妃在這時「含笑」入內，自願爲女道士，配合默契，掩人耳目。朝陽、紅樹、曉露、綠樹、紅花，似乎很有生氣，十分熱鬧，但諷刺之意暗寓其中。詩中不說華清宮、長生殿而說宮側的集靈臺，提醒讀者記住這是祭祀神靈的莊嚴肅穆的殿堂，但玄宗卻把它當成與楊貴妃歡會的場所。第二句象徵楊玉環承受玄宗的「雨露之恩」。後兩句寫楊玉環新「承恩」後的歡樂景象，氣氛熱烈，卻失之輕薄，而且事情竟發生在驪山之上、祀神之所的集靈臺。

本詩爲七言絕句，押上平聲十灰韻：臺、開、來。

（賞析者：黃美惠）

集靈臺二首之二　張祜

虢國夫人承主恩，平明騎馬入宮門。卻嫌脂粉汙顏色，淡掃蛾眉朝至尊。

北宋《宣和畫譜》著錄張萱畫虢國夫人這一題材作品有四十七件，其中〈虢國夫人遊春圖〉，為流傳有緒的唐宋名跡。這類以繪畫表現文學名作的題材，尚有〈虢國夫人踏青圖〉、〈虢國夫人夜遊圖〉、〈麗人行〉等。

史料多處記載虢國夫人好穿男裝，唐代也以「女扮男裝」為流行。〈虢國夫人遊春圖〉再現天寶十一載（七五二年），虢國夫人及其眷從，盛裝出遊行進的隊列，充滿了春遊閒適，煥發勃勃生氣。圖幅首端作男裝打扮的一人，戴烏紗冠隱約額頭正中的美人尖與耳鬢，著蝦青色窄袖側領衫，袖口有描金的鸞鳳團花刻意蓋住持繮繩的纖纖手背。從馬的鬃毛來看，經過精心修剪，所騎馬匹鬃毛有三朵，是為三花馬，當時只有權貴可乘。從空間場景互動排列來看，第一位騎馬人是此畫的中心人物——「淡掃蛾眉朝至尊」的虢國夫人。

「唐尚新題」風氣的影響下，詩人與畫家多採取現實生活中有典型意義的題材。詩從虢國夫人受君王的恩寵寫起，生動描寫虢國夫人朝見玄宗的細微情節，用以窺全貌。第二句「平明騎馬入宮門」，天剛才亮的時候，百官朝見皇帝的儀式已經結束，虢國夫人「女扮男裝」騎了「三花馬」到宮門裡來。她要入宮朝見，而且是「騎馬」直入，顯示出虢國夫人享有自由出入宮禁的特權。

末二句「卻嫌脂粉汙顏色，淡掃蛾眉朝至尊」，她天生美麗，所以不施脂粉，以免損害了原來的容顏。只用青黛淡淡地抹著狹長的眉毛，就到宮裡來朝見君王了。虢國夫人自恃姿色，不施脂粉，正極言其得寵處。

根據北宋蘇軾目睹〈虢國夫人夜遊圖〉並作題畫詩云：「佳人自鞚玉花驄，翩如驚燕踏飛龍。金鞭爭道寶釵落，何人先入明光宮？宮中羯鼓催花柳，玉奴絃索花奴手。坐中八姨眞貴人，走馬來看不動塵。明眸皓齒誰復見，只有丹青餘淚痕。……」再次印證，當時楊氏一族勢傾天下，虢國夫人更嬌貴無雙。

這首詩是天寶年間史事和宮詞的結合，於詩歌體制上，寫細節、具情節，詠宮廷史事，當推爲張祜首創。張祜敢於直指宮闈，直寫楊貴妃與虢國夫人之事，甚至惹禍上身，其作品遭評爲「諷刺輕薄，絕無詩品」，卻贏得後代稱頌。

此詩爲七言絕句，押上平聲十三元韻：恩、門、尊。

（賞析者：黃美惠）

題金陵渡

張　祜

金陵津渡小山樓，一宿行人自可愁。潮落夜江斜月裡，兩三星火是瓜州。

此詩寫江上明月，詩人居高臨遠，江上所見，以江（落潮、夜江）、月（落月、斜月）、燈火（漁火、星火）等，寫出對長江晨曦景色的驚喜和讚嘆。全篇一個「愁」字，言此山樓一宿，便牽動鄉愁。

前二句寫宿山樓，在這金陵擺渡的地方，小山的上面建著一座閣樓，過路的行人，在這樓上住宿一夜，便會引起思鄉的煩悶。隱約傳達出詩人一夜未眠之鄉愁。

後二句寫樓中所望夜景：「潮落夜江斜月裡，兩三星火是瓜州」，現在在這樓上望去，只見夜裡長江的潮水，從斜照的月光裡退去。遠處有兩三點似星光樣隱現燈火的地方，便是瓜州了。

「兩三星火」是遠景，看不分明，只見星星點點，不知是漁火？是燈光？此一描述，更具想像力了。也暗示出對岸瓜州漁民、擺渡人或其他人起床點燈的破曉時分。金陵西津渡是鎮江著名渡口；瓜州，是長江北岸的一方沙洲，也是著名的渡口，和西津渡隔江遙遙相對。

張祜一生懷才不遇，故而縱情山水。詩人漫遊江南多留下詩作佳句，如清代潘德輿《養一齋詩話》摘句：「吾獨惜以承吉（張祜）之才，能為『晴空一鳥渡，萬里秋江碧』、『河流出郭靜，山色對樓寒』、『海明先見日，江白迥聞風』、『此盤山入海，河繞國連天』、『仰砌池光動，登樓海氣來』、『風帆彭蠡疾，雲水洞庭寬』、『人行中路月生海，鶴語上方星滿天』、『潮落夜江斜月裡，兩三星火是瓜州』諸句，可以直跨元、白之上，而竟為微之（元稹）所短，又為樂天（白居易）所遺也。」張祜詩中對景物之描寫向以清新淺白為主，不善曲折，對於所見景色皆能真切地刻畫出來。

此詩為七言絕句，押下平聲十一尤韻：樓、愁、州。

（賞析者：黃美惠）

宮中詞——朱慶餘

寂寂花時閉院門，美人相並立瓊軒。含情欲說宮中事，鸚鵡前頭不敢言。

柳葉搖曳，花樹映紅，紅綠相間的宮牆，華麗的亭臺。曲折連綿的宮苑裡，透過敞開的門扇，可以窺見宮中美麗的嬪妃與侍兒。寬敞的屋軒，平臺及階梯前有二名嬪妃，兩人的目光都凝視著停佇欄杆上的五色鸚鵡。花時、瓊軒、美人、鸚鵡等綺麗情調，迷濛的景象與典雅的布置，讓眼前所見，彷彿不似在人間。然而，宮苑裡的美人，美麗卻哀愁。

本詩前兩句寫事，後兩句寫情。不論寫事或寫情，句飾平淡，卻充滿了哀愁。首句點出時節：花時正燦爛，宮苑卻深閉，庭院寂寞，因爲少有人來，或沒有人來，尤其是皇帝不再來了。

第二句「美人相並立瓊軒」。宮中圈禁了一群美麗的女子，都是正當花樣年華的女子。而宮苑處處是瓊樓玉宇；兩個美人並立在雅麗的軒廊內（這是各種版本漢宮春曉圖中常見的鏡頭），看似親善和諧，實則因無偶無親，二女或衆女爲伴。

第三句，她們想談宮中事，也只能談宮中事——對外面的世界，她們是一概不知的。「含情」，帶著情緒，或應說含著幽怨，想談心事。

第四句，華麗的瓊軒豢養珍羽異禽，鸚鵡是常見的。在鸚鵡架旁，她們不敢直說心事，不敢吐露幽怨，怕鸚鵡學舌，說了出去，則後果堪憂。

想說不敢說，欲語還休，寫出了華麗中的暗淡哀愁，像豔紅當中的一點慘綠。

本詩爲七言絕句，押上平聲十三元韻：門、軒、言。

（賞析者：黃美惠）

近試上張水部——朱慶餘

洞房昨夜停紅燭，待曉堂前拜舅姑。妝罷低聲問夫婿，畫眉深淺入時無？

本詩取材於唐代士子應試前「溫卷」、「行卷」之風，將名片投呈當時名人顯要後，再將作品呈送，以求讚許宣揚，登科便不難。全詩借新嫁娘的話比喻作品能否合乎時式，並感激提拔的意思，不言自喻。

這是一首從新嫁娘的觀點來敘事的詩作。前兩句交代了人、事、時、地：新婚的洞房裡，昨夜擺著紅燭，等天亮以後，她便要到廳堂拜見翁姑。一梳妝完畢，便輕輕地問丈夫道：「你看我畫眉毛顏色的深淺，能夠合乎時式嗎？」「低聲問」，一則表示閨房只有兩人，丈夫在身旁，故輕輕地問表示暱語，二則怕隔牆有耳而被視爲輕浮。

拜見翁姑，要見掌握自己命運的

人，當然要極盡迎合、討好。不知是否衣著太豔或太素、釵環、脂粉太多或太少、要多說話或少說話、要笑臉迎人或低頭垂目……。而詩人卻選擇一句「畫眉深淺」爲討好的標準，借用漢代「張敞畫眉」的故實，暗示新嫁娘初入夫家的求好心切與心理壓力。

宋人詩話說：「慶餘遇水部郎中張籍，因索慶餘新舊篇什，寄之懷袖而推贊之，遂登科。」全詩是新嫁娘的話，她在拜見翁姑以前問丈夫，畫眉深淺是否合適？朱慶餘在應試以前問張籍，所作詩是否合適？爲請張籍指點，並感激提拔之意，這是全詩的主旨。

本詩爲七言絕句，押上平聲七虞韻：姑、無。

（賞析者：黃美惠）

將赴吳興登樂遊原——杜牧

清時有味是無能，閒愛孤雲靜愛僧。欲把一麾江海去，樂遊原上望昭陵。

此詩以題意來看，是杜牧將離開長安到吳興（湖州）擔任刺史時所作，大約作於唐宣宗大中四年（八五〇）左右。

樂遊原是當時的遊覽勝地，在長安城南方，是一個地勢高而且寬敞的地方，登上這裡可以眺望整個長安城。作者此時將要離開長安到吳興當官，登上樂遊原向遠處眺望。他可以望見皇城，望見整個長安，也可以望見歷代的各個皇陵，但是為何詩中要特別點出「望昭陵」？昭陵是唐太宗的陵墓。唐太宗知人善任，重用魏徵、褚遂良、長孫無忌等賢士，因而締造了貞觀之治。

詩人自以為才能不輸他人，不但有文才，在政治和軍事的才能，也頗感自負。他當時離開揚州來到長安，多麼渴望能為國家盡一些心力，成就一番福國利民的事業。可是他當的只是閒散的小官，根本無法施展抱負，因此只好請求去當地方官。詩裡說他自己無能，其實是懷才不遇。他要離開長安，又何必去向太宗皇帝告別？拜別太宗陵墓是恨自己生不逢時，若生在太宗那時，他一定不會被閒置，可以有機會施展滿腔的政治理想。

唐武宗、宣宗兩朝，正是牛李黨爭激烈的時期，當時中央和藩鎮都動盪不安，哪裡是昇平之世，怎會是他說的「清時」呢？詩人起句不但稱「清時」，還說自己無能，所以才要告別長安，拜別太宗陵墓。次句承第一句，以自己愛孤雲之閒，似僧侶之靜，這樣的官吏，怎能在朝廷生存，哪有機會在京城得意？所以他只好去小地方當官。其實是詩人對朝廷現狀的不滿，他將拜別這個讓他不能有所作爲的環境。詩人登上樂遊原，登高眺望遠方，特別是唐太宗的昭陵。他傷心的是今日國勢日益衰頽，嚮往唐太宗時期的盛世和君臣之義，也想著自己不得不遠離長安的無奈，想著自己生不逢時的悲哀。詩人透過登樂遊原來抒發自己壯志難酬的苦悶，及對唐太宗的思念，其實表達的是他對國家的熱愛，對盛世的追懷，表面上只有簡單幾句敘述，其實是很有深意的。

（賞析者：林素美）

赤壁

杜牧

折戟沉沙鐵未銷，自將磨洗認前朝。東風不與周郎便，銅雀春深鎖二喬。

赤壁之戰發生在東漢獻帝建安十三年（二〇八），當時曹操帶領八十萬大軍，竟然不敵僅有三萬水師的吳、蜀聯軍，這次戰爭也確立了後來三國鼎立的政治局勢。因此歷代文人爲這場戰役寫下不少詩篇，杜牧〈赤壁〉即是其中之一。詩人路過赤壁古戰場，自然想起三國時代的那些英雄人物，詩雖以赤壁爲題，但重點不在談這場戰爭，而是藉由赤壁之戰所留下的一件斷戟興起了懷古詠史之情。

這是一首即物感興的詠史詩。詩人借赤壁之戰的遺物——斷戟，而發懷古之幽情。「折戟沉沙鐵未銷，自將磨洗認前朝。」一個沉埋於地下多年的斷戟，經過了磨洗，竟然是赤壁之戰的戰戟，這場有名的戰爭，締造了後來三分天下的局面。經過六百多年了，這隻鐵戟並沒有毀壞，竟還可以被鑑定出是赤壁之戰的遺物，怎不令人興起懷古之情，而想到三國時代的英雄人物呢？可是人事已非，這些人都不在了，令人感慨萬分。

前兩句是借前朝遺物起興，此詩就是從這隻折戟有感而發。表面上看來這二句平凡自然，並不稀奇，但這種撫今憶昔的手法，卻有牽一髮而動全身之妙，所以才能創造出後兩句巧妙的詩句：「東風不與周郎便，銅雀春深鎖二喬。」這二句雖是議論，但引用了歷史事件和傳說。「東風」指《三國演義》中諸葛孔明借東風，把曹操的戰船燒得片甲不留。其實歷史上的赤壁之戰，周瑜靠著火攻戰勝了強大的曹軍，因爲剛好颳起東風，吳、蜀聯軍才能大獲全勝。詩人從反面落筆，這詩後兩句爲假設語氣，是說假如周瑜不是得到東風的相助，哪能打贏曹操的八十萬大軍？若不是東風相挺，大喬、小喬這一對姊妹花就會被曹操所擄，幽禁在庭院深深的銅雀臺上。最後這句以二喬深鎖在銅雀臺的巧妙比喻，更見詩趣，以銅雀臺代替魏軍，在嚴肅議論後創造了詩歌的趣味。銅雀臺是曹操建安十五年在鄴城所建的一座樓臺，因樓頂有大銅雀而得名。

全詩最精彩的地方，是後二句。他不寫對這場戰爭的回顧，也不作歷史評論，而是直接對歷史結局提出自己的評判。他不以成敗論英雄，其詠史詩作，除了表現出非凡的見識外，還曲折反映出他的抑鬱不平，藉著歷史舊事來抒發自己懷才不遇的感慨。

（賞析者：林素美）

泊秦淮——杜 牧

煙籠寒水月籠沙，夜泊秦淮近酒家。商女不知亡國恨，隔江猶唱後庭花。

這是一首即景感懷的詠史之作。在一個有煙月的夜晚，杜牧所乘的船正停靠在秦淮河畔，對岸的酒樓中，歌女們正唱著當時的流行歌曲〈玉樹後庭花〉。歌者無心，聽者有意，杜牧有感於今日唐朝國勢日衰，當權者昏庸荒淫，不免有居安思危的憂患意識，他怕自己的國家重蹈六朝覆轍，因此借陳後主亡國的故事，有意借古諷今。

為何說南朝陳後主的〈玉樹後庭花〉是「亡國之音」？陳叔寶〈玉樹後庭花〉：「麗宇芳林對高閣，新裝豔質本傾城；映戶凝嬌乍不進，出帷含態笑相迎。妖姬臉似花含露，玉樹流光照後庭；花開花落不長久，落紅滿地歸寂中！」這首詩是形容美人的傾城和妖豔，最後卻以「花開花落不長久，落紅滿地歸寂中！」如此悲傷的結尾，沒想到他的國家也在不久後覆亡，真的是「落紅滿地歸寂中」。起而代之的是隋朝，而今隋朝又安在？後世文人因為陳後主沉迷於後庭之歡以致亡國，故視〈玉樹後庭花〉為亡國之音。

此詩首句寫景，且竭力渲染秦淮河畔的朦朧夜色。「煙籠寒水月籠沙」，詩中兩個「籠」字將「煙」、「水」、「月」、「沙」組合在一起，宛如是一幅輕煙籠照下湖光月色的水墨畫，畫中的朦朧夜色是多麼的柔美清靜，水面上隱隱的月光在晚風吹拂下有些微微的晃動，這晃動的流光讓月影活了起來。此處筆墨輕寫，但呈現出一種朦朧之美，令人著迷。第二句則是當時夜泊秦淮的事實。後兩句是感懷，由第二句的「近酒家」引出第四句的商女之歌，詩人藉著商女之歌，用「不知亡國恨」來抨擊當時的豪紳和權貴，批評他們沉溺在聲色享樂中不知亡國的傷痛。

這首詩的造景很優美，但詩的主題更有批判現實的諷刺意義，詩中呈現的是無限的感嘆和深沉的悲痛，借「商女不知亡國恨，隔江猶唱後庭花。」來鞭笞當代權貴們沉溺在聲色享樂中的荒淫，這種批判是他身爲知識分子對國家的熱愛和國事的關心。陳後主時的歌曲今還在，但陳已亡國，不只陳亡國了，而今隋朝又何在？歷史的教訓如此明白，可是今日的這些權貴們還像陳、隋當時一樣紙醉金迷，如此之下唐朝的江山，怎不教人憂心忡忡？

這詩沒有用「繁華」與「寥落」來作對比，卻有這種對比的感受。秦淮酒家的繁榮，說明了六朝的興盛，而今六朝不在，隋朝也不在，這是多麼清晰的對比。所以詩人夜泊秦淮時所見的燈紅酒綠，靡靡之音，不禁興起了無限的感嘆。詩中所以批評當時權貴的奢靡，不也正暗示著晚唐逐步走向南朝、隋朝同樣的衰敗命運，難怪詩人不由得大聲疾呼，殷鑑不遠啊！

（賞析者：林素美）

寄揚州韓綽判官——杜　牧

青山隱隱水迢迢，秋盡江南草未凋。二十四橋明月夜，玉人何處教吹簫？

這是一首懷人寄贈的詩，是杜牧寫給當時在揚州任判官的韓綽的詩。韓綽的生平不詳，杜牧除了這首詩外，另外還有一首〈哭韓綽〉，由此可知兩人的感情很好。韓綽大概是杜牧在揚州時的同僚，當時杜牧在淮南節度使牛僧孺的幕中做書記，兩人因此結交，成了好友。這首詩當作於杜牧離開揚州到長安擔任監察御史以後，因為杜牧在長安思念揚州，所以寫了詩給揚州的朋友。

第一句寫景，借著隱約可見的青山和遠長的流水，比喻他們兩人今日的距離，也借遙遠的青山和流水來比喻他們兩人之間的友誼，不管隔著青山，隔著流水，兩人之間的友誼是永遠不變且讓人懷念的。「青山隱隱水迢迢」正是他所思念的江南風景，江南的山明水秀讓詩人想念，此處詩人借用江南的風光來比擬他們兩人之間深厚的友情，不管距離多麼遙遠，彼此都會想念著對方，也借江南的青山和流水來比擬他們兩人之間的距離，這是地理上的空間距離。

第二句寫此時是深秋時節，雖然到了深秋，長安的草木都枯黃了，可是他懷念中的江南草木不僅沒凋零，還依然的翠綠，依然令人懷念。詩人思念揚州的朋友，懷念在江南的日子，江南成了他夢迴的歸處，江南的青山綠水，揚州的熱鬧繁華，還有揚州的故人，都是他想念的事，所以他寫了這詩給韓綽。

後兩句「二十四橋明月夜，玉人何處教吹簫？」詩人用開玩笑的口吻問候韓綽的近況。他問韓綽此時此際，好友啊，你在何處教歌女們唱歌？這是玩笑話，是朋友間的調侃之辭，足見兩人深厚的友誼，也表示詩人對揚州生活的想念。

二十四橋有兩種說法，一種說這是二十四座橋，一種說這是一座橋的橋名，這橋就叫「二十四橋」。名為「二十四橋」的橋在今江蘇省江都縣城西門外的瘦西湖上，據《揚州畫舫錄》說：「二十四橋，一名紅藥橋，即吳家磚橋，古有二十四美人吹簫於此，故名。」詩人借著美人吹簫的典故，懷念起他們當日在揚州的遊樂，除了懷念友人外，也懷念自己當年的青春歲月。

誠如邱師　燮友《新譯唐詩三百首》所評：「詩中前兩句寫江南秋景，山水嫵媚，草木未凋；後兩句問近況，因揚州為遊樂之地，故以『玉人何處教吹簫』相問，更覺富有情趣。」的確，字裡行間，可以想見詩人之風流倜儻，而友人韓綽自然也非俗士！

（賞析者：林素美）

遣懷 —— 杜牧

落魄江湖載酒行，楚腰纖細掌中輕。十年一覺揚州夢，贏得青樓薄倖名。

這首詩可解作：「我官場失意，流落在揚州，每天浪跡江湖飲酒作樂。時常在腰身纖細、體態輕盈的脂粉叢中醒來。沉迷在揚州的這段日子，每天醉生夢死。這些日子就像是一場夢，如今從夢中醒來，發現這十年來所得到的，只有青樓的美人罵我是負心漢的薄倖名聲。」因此可說是杜牧懺悔自責的詩，也是他追憶在揚州那段時期的抒情之作。

有人說這首詩的主旨在於「十年一覺」的「覺」字。「覺」是醒覺之意，所以這首詩充滿懺悔自責。而我認為這首詩的第一句「落魄江湖」才是重點，因為「落魄」，不得不寄身於「江湖」。寄身於江湖中，所以只能借「酒」消愁，甚至是沉迷墮落，不思振作。所以詩人的「覺」是自嘲，是寄身江湖身不由己的無奈。此「落魄」兩字已明白呈現出詩人的自嘲，說明他是因為懷才不遇而借酒消愁，他是借風花雪月的享受來忘記自己的失意。這十年的揚州生活，總算醒來了。詩人是多情的，他用「贏得青樓薄倖名」來自嘲，字裡行間流露出真摯的感情。十年的揚州生活，最後只贏得青樓的薄倖名，說明他的無奈和不遇。

于鄴《揚州夢記》說：「牧少雋，性疏野放蕩，雖為檢刻，而不能自禁。會丞相牛僧孺出鎮揚州，辟節度掌書記。牧供職之外，唯以宴遊為事。揚州，勝地也。每重城向夕，娼樓之上，常有絳紗燈萬數，輝羅燿烈空中；九里三十步街中，珠翠塡咽，邈若仙境。牧常出沒其間，無虛夕。所至成歡，無不會意，如是且數年。」正是這首詩的生活寫照。揚州是冶遊的勝地，此地的珠翠美人，九里三十步中，娼樓上紅燈萬盞，年輕的詩人怎能不出入、沉迷其中？但這不是紙醉金迷，而是「落魄江湖」。如果不是因爲「落魄江湖」，他怎會沉醉於美酒溫柔鄉中？也許這個理由不好，但詩的第一句可是明白的用「落魄江湖載酒行」來形容自己。詩人爲他贏得青樓薄倖名的十年揚州夢，找了一個讓人無可奈何的理由。

這首詩大概寫於唐文宗大和九年（八三五），詩名「遣懷」是指排遣愁懷之意，所以此詩表面上有懺悔自責，但較多的是對自身不得志的自我解嘲和調侃。生在晚唐的杜牧，有著生不逢辰的悲哀和感嘆，滿懷的才幹和抱負無以發揮，眼看著唐朝國勢日薄西山，怎能不教他感嘆？因此這首詩看似輕鬆，卻凝聚著沉重，有心酸無奈的懺悔。對於過去，他的辯解是「落魄江湖」，所以不得不「載酒行」，這種懷才不遇的心情，讓他不得不遊戲人間。詩中充滿懺悔自責之情，也是詩人十年揚州生活的回憶，訴說他政治失意的苦悶。

（賞析者：林素美）

秋夕——杜牧

銀燭秋光冷畫屏，輕羅小扇撲流螢。天階夜色涼如水，坐看牽牛織女星。

這首詩有兩種說法，一說這是一首描寫秋夜裡，一位可愛少女的懷思，充滿著美麗且浪漫的想像；一說這是一首宮怨詩，寫一個失寵嬪妃在秋夜中淒涼的心情。

先說第一種看法：第一句「銀燭秋光冷畫屏」，和第三句「天階夜色涼如水」是寫景，在秋天的夜裡，有些寒冷，此時的月光和屋內微弱的銀色燭光相對應，這些月光和燭光照在刻有圖案的彩色屏風上，連屏風也被這淒冷的月光照得透出一股涼意來。這時，夜色漸深，坐在露天的石階上，感覺越來越冷了。這兩句把秋涼的夜景全寫出來。第二句和第四句是寫情，「輕羅小扇撲流螢」和「坐看牽牛織女星」讓人彷彿看到一個活潑可愛的少女，一會兒拿著羅扇在追趕流螢，一會兒又坐在石階上，仰視天空，幻想著牛郎織女美麗的愛情故事。借牛郎、織女星七夕鵲橋相會的傳說，間接傳達出少女心中對愛情的嚮往。

第二種看法說這是一首宮怨詩，全寫宮中婦人的寂寞和孤獨。因爲「銀燭秋光冷畫屏」和「天階夜色涼如水」中的「冷」、「涼」兩字，是如此清楚地訴說這位失寵婦女內心的孤獨和寂寞。這寫景的兩句，「冷」字營造出一種悲淒的氣氛，這字本來是形容秋夜的寒涼，但在詩人筆下則是暗指宮中失寵嬪妃的寂寞，因此第三句才會明用「涼如水」來呼應。首句中的「銀燭」、「畫屏」雖是客觀的物件，實則是詩中女主人出場的布景，代表著女子的身分，她是宮中的嬪妃，用「冷」、「涼」兩字來表示她的失寵，這些客觀物件的形容都帶有蕭瑟之情，讓宮中怨婦的悲傷、淒涼和憂愁躍然而出。「輕羅小扇」則為詩詞中代表失寵的女子的象徵物。因此「坐看」兩字，也就有了「臥看」的另一版本，因為婦女是悲傷的，是孤獨寂寞的，「臥看」兩字帶有盼望的心情，她盼望有再見君王一面的機會，可是連牛郎、織女每年都有見一次面的機會，她卻一次機會都沒有，所以她才會一直處在盼望中。這種說法下，第二句的「撲流螢」就變成是怨婦打發寂寞生活中一種無奈的消遣。

對於這兩種不同的解說，讀者可以選擇自己喜歡的。相較之下，我比較喜歡第一種，彷彿讓人見到一個活潑可愛的少女，一會兒拿著羅扇追趕流螢，一會兒又坐在石階上，仰視天空。這是一般普羅大眾的心情，曾有多少位少女在夜空下幻想著牛郎、織女美麗的愛情故事，這樣的秋夜是美麗的，這樣的詩也是美麗的，這種在秋天的夜晚裡觀星，及對未來的愛情和婚姻的渴望，哪個少女沒有？這份悠閒、可愛的情思，較能引起共鳴。

（賞析者：林素美）

贈別二首之一——杜　牧

娉娉嫋嫋十三餘，豆蔻梢頭二月初。春風十里揚州路，卷上珠簾總不如。

這是杜牧〈贈別〉詩的第一首，並沒有寫出贈別之意，可以說是一首描寫美人的詩。此詩藉著美人的身影來寫離情，美人的容貌是如此姣好，在依依不捨中，讓人更加留戀，不忍分手。

前兩句「娉娉嫋嫋十三餘，豆蔻梢頭二月初。」「娉娉嫋嫋」用來形容美人的輕盈和嬌弱，「十三餘」則是此女子的年紀，僅十三歲多的少女，已長成一副美人胚子，就像二月裡那含苞待放的豆蔻花。這兩句明白描寫此少女的美麗，可是詩人猶覺得沒有說夠，後兩句「春風十里揚州路，卷上珠簾總不如。」更進一步形容少女的美麗：在春風吹拂下，走遍揚州的十里街道，捲起珠簾，品賞諸妓容貌，總覺得都比不上她的美麗。這少女的美麗連珠簾捲起來十里的揚州路上所有的美人都沒有一人可以和她相比，可見她在詩人眼中是何等的美麗。這正是宋玉〈神女賦〉說的：「其象無雙，其美無極」的大美人。

此詩寫於唐文宗大和九年（八三五），杜牧離開揚州，將赴長安任監察御史時所作。杜牧應淮南節度使牛僧孺的聘請，來到揚州，在牛氏的幕府內掌書記之職。他在揚州期間，認識了一位年輕的美人，彼此感情很好，在他離開揚州前，寫了〈贈別〉二首給她，第一首是寫她的美麗，第二首才是抒發兩人依依不捨的離別之情。

此詩的基調是傷感的，因爲難捨美人，所以在筆下極力描寫她的美麗，也寫出詩人的不捨之情。詩中用二月初的豆蔻花來比喻少女，令人印象深刻，給人一種清純可愛的美感。豆蔻花有淺黃、淺紅兩種，二月時初綻梢頭，是清嫩淡雅的顏色，就像純潔的少女一般。豆蔻花呈穗狀，嫩葉自然的捲起來，葉子漸漸展開後，花也漸漸綻開，花瓣生在葉間，嬌柔可愛，用來形容少女輕柔苗條的身姿十分合適。因此當讀者讀到「豆蔻梢頭二月初」時，馬上就會聯想到一位膚色白皙、雙眸清亮的少女來，詩人筆下的豆蔻花大約是這位美少女的化身吧！

這詩第一句用「娉娉嫋嫋」來描寫少女體態的輕盈柔美，給人以亭亭玉立、婀娜多姿之感，在視覺上塑造了一位美麗多姿的少女形象。再將她比作春光明媚的二月初萌芽的豆蔻花蕾，讓人更加難忘少女的美麗，詩人更進一步形容這位美麗的少女竟然是十里揚州城內最漂亮的美人，如此的美人，詩人竟要和她離別，當然依依不捨，正因爲詩人捨不得離開，這份離愁才更深更沉。

（賞析者：林素美）

贈別二首之二——杜 牧

多情卻似總無情，唯覺尊前笑不成。蠟燭有心還惜別，替人垂淚到天明。

這是〈贈別〉詩的第二首，這首詩才眞正寫出詩人的離情依依。詩人是多麼不想和美人分開，卻又不得不分開，所以心中千頭萬緒。詩中細膩含蓄，但句句情意眞切，讀來讓人感動不已。

首句「多情卻似總無情」，在離別的宴席上兩人默默相對，內心的愁緒是難以言喻的，所以這份本是「多情」的心，最後卻要變成無情，因爲若不無情，就不能分手。詩人用「多情」、「無情」來牽引這份離情，這些「多情」和「無情」的情緒糾結，讓人更依依難捨，也更見分別的愁苦。

第二句寫宴席上兩人「笑不成」的悲傷，是承接第一句的「多情」而來，因爲感傷離別，讓人實在是擠不出一絲笑容來。詩的後兩句「蠟燭有心還惜別，替人垂淚到天明。」則是借物詠情，借蠟燭垂淚的意象，象徵離別之情。因爲「多情」和「無情」的糾結，讓這個無情的蠟燭也變得有情，所以才會「有心」替人垂淚到天明。第三句的「有心」和第一句的「多情」相呼應，所以此詩完全呼應一個「情」字，而且是「多情」，不是「無情」。因爲是「多情」，詩人才會帶著極度感傷的心情去看周圍的事物，所以連蠟燭的燭「芯」，也變成詩人惜別時痛苦的「心」；蠟燭徹夜流溢的燭淚，也變成是詩人的眼淚，是詩人的眼淚在爲他們的離別而傷心難過。無情的蠟燭所以會有人的感情，充滿了多情的離愁別緒，是因爲此時在詩人眼裡已經是無物不悲了。這樣描寫悲情，眞是高明，令人讚嘆！

詩人託物言情，藉雙關語來表達他的情思，這種構思既新奇又創新，也感人至深。詩裡抒寫的是惜別之情，第一句的「多情」和「無情」牽動著兩人，以前兩人常常相聚，感情是何等的深厚，而今天要離別了，詩人在惜別的宴席上笑不出來，美人也一樣，這笑不出來就是離別的傷痛和不捨，所以連無情蠟燭的燭芯也變成有情的心，和人一樣的心情，才會為二人的離別，不斷的滴下燭淚，直到天明還是依依不捨，不忍離去。

這首詩前二句是賦法，直接描寫兩人笑不出來的離情之痛，後兩句運用比興手法，詩人不說自己內心的垂淚，卻用燭芯來比喻自己的內心，讓蠟燭替人垂淚，這種表現是含蓄的，更是讓人難忘的。兩人在離別之際，內心的傷痛不知從何說起，這份難捨之情是多麼深刻，連無知無情的蠟燭也變成有情有知了，它同樣感受到人生離死別的傷痛和不捨。詩人最後兩句借物言情，設想奇特，既深情無限，又含蓄深遠，可說是一首別具一格的好詩。

（賞析者：林素美）

金谷園——杜牧

繁華事散逐香塵，流水無情草自春。日暮東風怨啼鳥，落花猶似墜樓人。

這是一首傷春的詠史詩，也是一首即景生情的詩，詩人經過西晉富豪石崇的金谷園遺址而興起懷古幽思。首句描寫金谷園昔日的繁華，如今已隨香塵消散了；第二句描寫人事已非，風景不再，但園中的流水，依然無情的流著；草在春天裡，依舊自然的滋長，但西晉石崇的繁華何在？第三、四兩句是即景生情，黃昏時，聽到的啼鳥聲是聲聲哀怨；再看滿地的落花，不禁讓人想起當年墜樓自盡的石崇愛妾綠珠。這首詩句句寫景，卻層層深入，景中有人，景中有情，不愧是杜牧詠史詩中的佳作。

金谷園在今河南省洛陽市西北，是西晉時富豪石崇的別墅。據《晉書．石崇傳》記載，富豪石崇有一名愛妾名叫綠珠，她長得十分美豔，善吹笛。孫秀一見傾心，想將她據為己有；石崇當然不願意。孫秀得不到綠珠，竟矯詔陷害石崇。當官人來收押石崇時，石崇正在金谷園樓上宴客，因此他對綠珠說：「我今日為了你得罪人，被人誣陷，犯了罪要被收押了。」綠珠哭著說：「我當死在君前。」話說完就跳樓自殺了。杜牧不禁為綠珠的貞節深感佩服和讚嘆！

對著荒園，詩人感嘆昔日的繁華今日何在？「繁華事散逐香塵」是多麼感慨的一句話。當日石崇過著奢侈的生活，隨著他的死亡金谷園的繁華就像灰塵煙屑般的消散了，而今只剩下一座荒蕪的園子，同樣的流水，同樣的春草，卻已不是昔日石崇的繁華莊園。而今石崇不在，綠珠不在，昔日的繁華也不在了，詩人看到的是滿園的野草和聽到四處啼鳥的怨聲，這些繁華往事就像塵香般飛逝、飄走，怎能不令他感慨萬分？這首詩的下半段是對綠珠的褒揚，所謂「日暮東風怨啼鳥，落花猶似墜樓人。」這「啼鳥」的怨，可看成是代綠珠抒發「有情人不能終成眷屬」的滿腔怨懟。而「落花」一詞，更見作者對綠珠墜樓一事的同情和無奈。「落花」一詞帶有很多的惋惜和讚嘆等感情。

這首詩是實景和虛景互現，四句中有八個景，有香塵、流水、春草、落日、東風、啼鳥、落花、墜樓人。流水和春草、東風和啼鳥，這些本是令人感到快樂的美景，可是詩人卻用來反襯愁緒和怨情。黃昏之時，詩人對著園中的流水和春草在遐想，忽然東風送來鳥兒的叫聲。春日黃昏的鳥鳴，和流水、春草都是令人心曠神怡的賞心美事，但詩人卻說「流水無情」、「怨啼鳥」，使這首詩染上深深的憂愁和怨情，原來這些哀怨都是爲了綠珠這位墜樓人而起的。詩人筆下的綠珠是有情有義的貞節女人，讀之令人同悲不已！

（賞析者：林素美）

夜雨寄北——李商隱

君問歸期未有期，巴山夜雨漲秋池。何當共剪西窗燭？卻話巴山夜雨時。

此詩應作於唐宣宗大中六年（八五二）。據余金龍〈李商隱〈夜雨寄北〉詩考〉：「李商隱於唐宣宗大中二年八月二十三日，自桂管幕隨扈送行幕主鄭亞貶至循州，九月九日到任，隨後隻身北返，返京時已是冬末。所以李商隱在大中二年無暇有『巴蜀之遊』。」《樊南乙集序》：「七月，尚書河東公守蜀東川，奏為記室。十月得見，吳郡張黯見代，改判上軍。」可知李商隱入梓州幕，幕主柳仲郢。《全唐文》：「今遣節度判官李商隱侍禦，往渝州及界首已來。」宋代司馬光《資治通鑑》：「（大中六年）……是時柳仲郢鎮東蜀，設奠於荊南，命從事李商隱為文。」陳寅恪〈李德裕貶死年月及歸葬傳說辯證〉：「大中六年夏，奉柳仲郢命至渝洲迎送杜悰赴淮南節度任，並承命乘便至江陵，路祭李德裕歸柩。」劉學鍇、余恕誠《李商隱詩歌集解》：「有大中六年巴蜀之遊一說。」

首聯：寫身不由己的無奈思念之情。以設問方式流露自然情感，回覆歸鄉無期的心曲。「君問歸期未有期」，「期……期」用類字，但重字不重意。

尾聯：以情寫景，採預言示現手法，預示未來相聚的時空中，一起回憶今日的巴蜀之遊，並期盼「剪燭西窗」之日及早到來。

此詩押上平聲四支韻，韻腳：期、池、時，為首句入韻之仄起格七言絕句。

此詩象徵詩人一生仕途不順的哀愁，並寄託著對家國責任難盡的鬱結孤憤，進而向天一問：何時是歸期？何時才能笑看如今的巴山夜雨之淒清？似乎正是寄託於那樣一瞬間的回望中，詩人期待著有一天能跳脫出個人的逆境與時代的黑暗。以詩代柬，在巴山異地雨夜的情景，令愁煞人的思鄉情切如池水般滿溢。在「君問歸期」、「未有期」的問答中；在「巴山夜雨」、「共剪西窗燭」的時空往復中，營造出含蓄的美感，原本淒苦的巴山夜雨，竟有蘊藏著酸澀的幸福感。清代紀昀《玉谿生詩說》：「探過一步作結，不言當下云何，而當下意境可想。作不盡語每不免有做作態，此詩含蓄不露，卻只是一氣說完，故爲高唱。」葉燮《原詩》：「寄託深而措辭婉。」俞陛雲《詩境淺說》：「清空如話，一氣循環，絕句中最爲擅勝。詩本寄有，如聞娓娓清談，深情彌見。」

（賞析者：徐月芳）

寄令狐郎中——李商隱

嵩雲秦樹久離居，雙鯉迢迢一紙書。休問梁園舊賓客，茂陵秋雨病相如。

此詩應作於唐武宗會昌五年（八四五），李商隱還自鄭州，居洛陽，患肺癆病，令狐綯書信問訊，故他以詩回報。

首聯：首句寫詩人與友人令狐綯遠隔，以寓思念；二句寫收到書信後心中的快感。「嵩雲秦樹久離居」，詩人居洛下（河南洛陽）以嵩雲自比，令狐綯在朝中（陝西長安）任右司郎中，以秦樹託比。「雙鯉迢迢一紙書」，漢樂府〈飲馬長城窟行〉：「客從遠方來，遺我雙鯉魚；呼兒烹鯉魚，中有尺素書。」雙鯉借代爲書信。

尾聯：以因病免職，閒居茂陵的司馬相如自比，傾訴寂寞無聊的心情。以

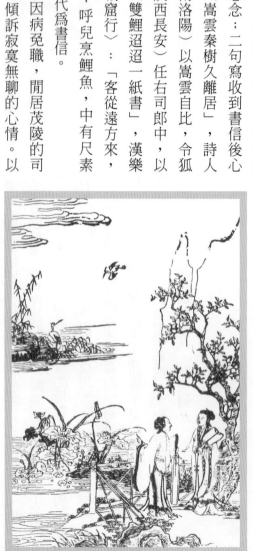

「梁園」、「茂陵」自比司馬相如。前句出自晉代葛洪《西京雜記》：「梁孝王好營宮室苑囿之樂，作曜華之宮，築兔園。園中有百靈山，山有膚寸石、落猿巖、棲龍岫；又有鴈池，池間有鶴洲鳧渚。其諸宮觀相連，延亙數十里，奇果異樹，瑰禽怪獸畢備。主日與宮人賓客弋釣其中。」司馬相如在開封做了八年的梁園賓客。後句據《史記．司馬相如列傳》：「相如嘗稱病閒居，不慕官爵……拜爲孝文園令……既病免，家居茂陵。」後以茂陵指代司馬相如。

此詩押上平聲六魚韻，韻腳：居、書、如，爲首句入韻之平起格七言絕句。第三句「舊」字宜平而用仄，「賓」字宜仄而用平以救，是當句自救，仍合律。

此詩用典貼切，平淡雋永，感情含蓄。清代紀昀《玉谿生詩說》：「一唱三嘆，格韻俱高。」劉學鍇《唐代絕句名篇賞析》：「有感念舊恩故交之意，卻無卑屈趨奉之態；有感慨身世落寞之辭，卻無乞援望薦之意；情意雖談不上深厚濃至，卻比較直率誠懇。」

（賞析者：徐月芳）

爲有 ——李商隱

爲有雲屏無限嬌，鳳城寒盡怕春宵。無端嫁得金龜婿，辜負香衾事早朝。

此詩應作於唐宣宗大中五年（八五一）詩人補太學博士時。《舊唐書．文苑傳下》：「大中……三年入朝，京兆尹盧弘正奏署掾曹，令典牋奏。明年，令狐綯作相，商隱屢啓陳情，綯不之省。弘正鎮徐州，又從爲掌書記。府罷入朝，復以文章干綯，乃補太學博士。」清代馮浩《玉谿生詩集箋注》：「大中五年，盧弘正卒於鎮，徐府罷，商隱入朝，復以文章干綯，乃補太學博士。……十月改判上軍，……商隱當先至東都謁謝，乃至東川。」《新唐書》：「高宗給五品以上隨身魚銀袋，以防召命之詐，出內必合之。三品以上金飾袋。垂拱中，都督、刺史始賜魚。天授二年（六九一），改佩魚皆爲龜。其後，三品以上龜袋飾以金。」李商隱終老幕職，晨入昏出，簿書無暇，與詩中女子所嫁金龜婿無異。

首聯：描寫在華美雲母屏風的閨房內，嬌羞女主人正享人生幸福，此時京城冬去春暖，衾香時刻怕春宵苦短。

尾聯：說明爲何「怕春宵」，因爲丈夫在朝爲官，必須上早朝，自己仍是孤單寂寥。「無端嫁得金龜婿」，「金龜婿」，《舊唐書．輿服志》：「天授元年，改內外所佩魚皆爲龜，三品以上龜袋用金飾。」借指爲官的夫婿。

此詩押下平聲二蕭韻，韻腳：嬌、宵、朝，爲首句入韻之仄起格七言絕句。

此爲閨怨詩。「無端嫁得金龜婿」，語淺意深，春情春怨，和盤托出。與王昌齡〈閨怨〉：「悔教夫婿覓封侯」，李益〈江南曲〉：「早知潮有信，嫁與弄潮兒。」異曲同工。清代姚培謙《李義山詩集箋注》：「此作戲一體貼之詞。『無端』二字下得妙，其不言之意應如此。」馮浩《玉谿生詩集箋注》：「言外有刺。」

（賞析者：徐月芳）

隋宮

李商隱

乘興南遊不戒嚴，九重誰省諫書函？春風舉國裁宮錦，半作障泥半作帆。

此詩應作於唐宣宗大中十一年（八五七）正月，李商隱赴江東鹽鐵推官任，沿隋煬帝開鑿的運河至揚州，目睹隋朝遺跡，鑑往知來。

首聯：寫隋煬帝趁興遊江都，「不戒嚴」顯其肆無忌憚，「九重誰省諫書函」無視於臣子的規勸，言失臣之心，亦表達作者對國君的焦慮。

尾聯：寫「舉國裁宮錦」用於陸路馬騎和水路風帆，突顯隋煬帝耗盡民脂民膏的奢侈昏淫，實諷刺晚唐國君荒於政事。「障」爲合律，在此應讀平聲。

此詩押下平聲十五咸韻，韻腳：函、帆。首句末字「嚴」是借用鄰韻「鹽韻」押韻，爲首句入韻之仄起格七言絕句。

此爲詠史詩，揭露隋煬帝縱欲拒諫，不顧國家安危和人民生計，以致國家滅亡。雖明指隋煬帝昏庸逸樂，其實暗指唐宣宗荒廢國政，言簡意賅，具諷刺之深意。以古諷今，屬於四度空間的寫法。清代沈德潛《說詩晬語》：「義山（李商隱）近體，襞績重重，長於諷諭。中多借題攄抱，遭時之變，不得不隱也。詠史十數章，得杜陵（杜甫）一體。」何焯《義門讀書記》：「『春風』二句，借錦帆事點化，得水陸繹騷，民不堪命之狀如在目前。」姜炳璋《選玉谿生詩補說》：「後二不下斷語，而中邊俱到。」

（賞析者：徐月芳）

瑤池 ── 李商隱

瑤池阿母綺窗開，〈黃竹〉歌聲動地哀。八駿日行三萬里，穆王何事不重來？

此詩應作於唐武宗會昌六年（八四六）三月，武宗崩，嘆皇帝服丹藥求仙無益，人世間修短隨化，終期於盡。

首聯：寫西王母綺窗開，不見穆王，唯聞天下百姓動地哀歌。顯示求仙是虛無妄誕之想，視爲人類追求長生的悲劇。典出《穆天子傳》：「丙辰，天子遊黃臺之丘，獵於苹澤，有陰雨，天子乃休。日中大寒，北風雨雪，有凍人。天子作詩三章以哀民。詞曰：『我徂黃竹，幅員閟寒』。」作者借〈黃竹〉哀歌以寓穆王之崩，運用神話故事，一寫仙境；一寫人間，是屬於四度空間的筆法。

尾聯：寫西王母自問爲何穆王未赴三年之約，暗述唐武宗求仙崩天。典出《穆天子傳》：「吉日甲子，天子賓於西王母，乃執白圭玄璧，以見西王母。……乙丑，天子觴西王母於瑤池之上，西王母爲天子謠曰：『白雲在天，山陵自出。道里悠遠，山川間之。將子無死，尚能復來。』天子答之曰：『予歸東土，和治諸夏，萬民平均，吾顧見汝，比及三年，將復而野。』」《列子・周穆王》：「穆天子不恤國事，不樂臣妾，肆意遠遊……遂賓於王母，觴於瑤池之上，西王母爲天子謠，王和之，其辭哀焉。」穆天子與西王母遇於崑崙山，約三年後相會，但因穆天子駕崩，故無法重回瑤池。作者寫「穆王何事不重來」，是反用典故的思維。

此詩押上平聲十灰韻，韻腳：開、哀、來，爲首句入韻之平起格七言絕句。

作者不作正面議論，卻以西王母心中的疑問作詰。這種藉神話傳說諷刺時事的寫法，是希望對唐朝君臣迷信長生不死之術提出警示。通篇構思巧妙，用心良苦，諷刺辛辣，韻味無窮。清代紀昀《玉谿生詩說》：「盡言盡意矣，而以詰問之詞吞吐出之，故盡而不盡。」葉矯然《龍性堂詩話》：「『八駿日行三萬里，穆王何事不重來』之句，皆就古事傳會處翻出新意，令人解頤。」

（賞析者：徐月芳）

嫦 娥——李商隱

雲母屏風燭影深，長河漸落曉星沉。嫦娥應悔偷靈藥，碧海青天夜夜心。

此詩應作於唐文宗大和四年（八三〇）。大和元年春，李商隱上玉陽東山學仙，與玉陽西山靈都觀女冠宋華陽相識相戀，曾勸其下山，共結連理，而宋不允。〈月夜重寄宋華陽姊妹〉詩：「偷桃竊藥事難兼，十二城中鎖彩蟾。應共三英同夜賞，玉樓仍是水晶簾。」首句述既想入道修仙，又想過正常的夫妻生活，是不可能的。「彩蟾」、「嫦娥」皆月的借代詞，「碧海青天」亦如「鎖彩蟾」。李商隱於大和三年年底，獨下玉陽入天平軍節度使（駐鄆州）令狐楚幕，應爲次年慨嘆之作。

首聯：雲母光亮剔透做屏風，室內呈現冷清氛圍，此時屋內人獨對燭影已久，惆悵的心情躍然紙上；再寫室外，銀河漸漸西移，曉星隱耀。可見此人整夜無眠，顯出孤獨。從三度空間「雲母屏風燭影深」的人間，寫到四度空間「長河漸落曉星沉」的天上，時、空交錯下，幽隔張力更加強烈。

尾聯：據漢代劉安《淮南子・覽冥訓》：「羿請不死之藥於西王母，姮娥竊之以奔月。」以嫦娥（按：后羿之妻原名「姮娥」，後爲避漢文帝劉恆名諱，故更名爲「嫦娥」。）隱喻自己「心」的清冷孤獨，用「悔」字寫具體的事實，作者與嫦娥寂寥苦悶相感應。以神話題材寫作，亦屬四度空間的筆法。

此詩押下平聲十二侵韻，韻腳：深、沉、心，爲首句入韻仄起格七言絕句。

此詩抒寫身處孤寂中的感受，在黑暗汙濁的現實包圍中，精神上力圖擺脫塵俗，追求高潔的境界，而往往使自己陷於更孤獨的境地。清高與孤獨的孿生，以及由此引起的既自賞又自傷，被詩人用精微而富於含蘊的語言呈現，精緻傷感，蘊含深厚。明代敖英《唐詩選脈箋釋會通評林》：「此詩翻空斷意，從杜詩『斟酌姮娥寡，天寒耐九秋』變化而來。」清代沈德潛《唐詩別裁》：「孤寂之況，以『夜夜心』三字盡之。」姚培謙《李義山詩集箋注》：「此非詠姮娥也。從來美人、名士，最難持者末路，末二語警醒不少。」

（賞析者：徐月芳）

賈 生——李商隱

宣室求賢訪逐臣，賈生才調更無倫。可憐夜半虛前席，不問蒼生問鬼神。

此詩應作於唐宣宗大中二年（八四八）二月，李商隱出任昭州。清代馮浩曰：「義山（李商隱）退居數年，起而應辟，故每以逐客逐臣自喻……上章亦以賈生自比。此蓋至昭州修祀事，故以借慨。」上章即〈異俗・二〉：「賈生兼事鬼，不信有洪爐。」

首聯：「求賢」訪「逐臣」，可見古時讀書人的「遇」與「不遇」且看國君一人。想漢文帝夜召青年才俊、議論風發的賈誼，待賢之謙，幾已達到「野無遺賢」的地步。暗諷漢帝實刺唐皇，借賈誼的懷才不遇實亦自憐未遇明主，此屬四度空間的懷古詩。

尾聯：寫漢文帝當時虛心垂詢、凝神傾聽，「不自知膝之前於席」的情狀傳神地表達出來，但何以不問社稷，而問鬼神？「可憐……虛」、「不問……問」，前後句對比映襯更顯無奈。

此詩押上平聲十一眞韻，韻腳：臣、倫、神，爲首句入韻之仄起格七言絕句。

此爲詠史詩，借古諷今，象徵作者的無奈。晚唐朝堂牛李黨爭，傾軋甚烈，李商隱捲入其中，仕途多舛，漂泊天涯，遂使其內心慨嘆不已。「可憐夜半虛前席，不問蒼生問鬼神。」將典故反用。宋代嚴有翼《藝苑雌黃》：「文人用故事有直用其事者，有反其意而用之者……李義山（李商隱）詩『可憐夜半虛前席，不問蒼生問鬼神。』雖說賈誼，然反其意而用之矣……直用其事，人皆能之；反其意而用之者，非識學素高，超越尋常拘攣之見，不規規然蹈襲前人陳迹者，何以臻此！」胡仔《苕溪漁隱叢話》：「古今詩人以詩名世者，或只一句，或只一聯，或只一篇。『宣室求賢訪逐臣，賈生才調更無倫；可憐夜半虛前席，不問蒼生問鬼神。』此李商隱也……凡此皆以一篇名世者。」明代胡應麟《詩藪》：「晚唐絕……『可憐夜半虛前席，不問蒼生問鬼神。』皆宋人議論之祖。間有極工者，亦氣韻衰颯，天壤開、寶。然書情則愴惻而易動人，用事則巧切而工悅俗。世希大雅，或以爲過盛唐。具眼觀之，不待其辭畢矣。」清代袁枚《隨園詩話》：「然鬼神之理不明，亦是蒼生之口。嗣後武帝巫蠱禍起，父子不保，其時無前席之問故耳。余故反其意題云：『不問蒼生問鬼神，玉谿生笑漢文君。請看宣室無才子，巫蠱紛紛死萬人。』」

（賞析者：徐月芳）

瑤瑟怨

溫庭筠

冰簟銀床夢不成，碧天如水夜雲輕。雁聲遠過瀟湘去，十二樓中月自明。

本詩作年不詳，詩題爲〈瑤瑟怨〉，故屬閨怨詩，描寫怨女深夜思念良人之作。

瑤瑟，瑤，玉之美者；瑟，絃樂器。《世本》：「瑟，庖羲作，五十絃，黃帝破爲二十五絃。」瑤瑟，美玉裝飾的華貴之瑟。冰簟銀床，形容華貴的寢具。冰簟，涼爽的竹蓆；銀床，金銀裝飾的臥床。瀟湘，湖南省境內的湘水，在零陵縣西與瀟水合流，世稱這一帶雲霧瀰漫的景色爲瀟湘。十二樓，《史記・封禪書》：「方士有言黃帝時，爲五城十二樓以候神人於執期。」此處泛指京都的高樓，或名門閨秀所居的高樓。唐人稱美女爲神仙，十二樓爲神仙所居，或寓此意。

詩人起筆，時、空、人俱見：怨女

睡在涼蓆和華麗的床上，還是睡不著；這是近景。但見秋夜淨空如水，雲影輕盈；一群過境的雁，鳴聲掠過瀟湘飛去；這是遠景。此時，十二樓中，月色正明。

這是一首閨怨詩，詩題和詩旨均含渾蘊藉，讀來煞費思索。此乃溫氏詩詞本色。詩評家稱溫氏詩詞除「側豔」外，別無可取。題爲〈瑤瑟怨〉，詩中既無瑟的聲影，也甚少怨的氣息；甚至連主人翁的身影也很迷離。僅在首句「夢不成」三字中恍惚出現，彷彿有一位怨女在此。但，此詩的美點也正在此，雖不聞不見「瑤瑟」，更無「怨」字，而「冰簟銀床夢不成」一語，似可解作瑤瑟已一彈再彈，怨聲已由瑟聲傳出；當秋夜已深時，乃黯然就寢於華貴的冰簟銀床上，原想入夢，夢中與怨的對象相見吧；卻輾轉不能入睡，夢也做不成。睡不著，難免悵望碧空：夜清如水，輕雲飄搖，這是視覺摹寫。此刻正好一群過境的雁，鳴叫著，由遠而近，再由近而遠，越過如夢幻般的瀟湘而去，這是聽覺摹寫。以上三句連用冰簟、銀床、碧天、夜雲、雁聲、瀟湘等辭彙，累積成似乎很美好的時空情境，但詩人卻以此爲對立面，強烈對襯出結句：十二樓中，怨女還是怨，無情的秋月依舊自明。值得玩味處，即在這個「自」字，秋月全不在意人間悲歡，兀自放光明。怨女之怨，於此乃見。

孫洙評云：「通首布景，只『夢不成』三字露怨意。」

（賞析者：熊智銳）

馬嵬坡

——鄭 畋

玄宗回馬楊妃死，雲雨難忘日月新。終是聖明天子事，景陽宮井又何人？

首句「玄宗回馬楊妃死」中的「玄宗回馬」是指安史之亂結束，唐明皇從四川騎馬回到京城長安，做太上皇，其實那楊貴妃早已在馬嵬坡下縊死了。詩人將兩者並提，暗示唐明皇的「回馬」是楊貴妃用死換來的。一生一死，兩相並置，含義深刻，所以「雲雨難忘日月新」。

前兩句寫史而語法交錯。語法當爲：「玄宗回馬日月新」，「雲雨難忘楊妃死」。如今兩句揉合交錯，令人印象鮮明；第一句寫一生一死兩件大事，第二句寫一悲一喜兩種情懷。

第一、二句對仗，且對仗巧妙。日月雖已改變，而唐明皇對於楊貴妃當年的雲雨情愛，始終不能忘記。然而他在馬嵬坡下能夠遣高力士賜楊貴妃死，畢竟是聖明天子才做得到的事情。

後兩句「終是聖明天子事，景陽宮井又何人」，唐明皇能夠縊死楊貴妃，是「聖明」之舉，眞是如此嗎？「景陽宮井」指的是陳後主帶了妃子逃到景陽宮井中被俘一事。聖明的唐明皇，與昏庸的陳後主並置，立意雖敦厚，但暗含諷刺之意。

詩中處處是對比，前二句寫經過馬嵬坡的今昔、生死、悲喜，後兩句寫聖明天子是虛、亡國昏君是實。

本詩爲七言絕句，押上平聲十一眞韻：新、人。

（賞析者：黃美惠）

已涼

韓偓

碧闌干外繡簾垂，猩色屏風畫折枝。八尺龍鬚方錦褥，已涼天氣未寒時。

這是一首寫景寓情詩，人在境中，情於言外。詩以工筆手法，丹青賦色，描繪入微地寫詩人所欽慕的美人深閨繡戶，穠豔奪目的陳設。先寫室內，次寫床中，不露情思，而情思自在言外。

前三句堆滿了富貴人家的家具和陳設，材質具體（碧玉欄杆、彩繡簾子、剔紅雕漆的屏風、龍鬚草蓆、錦緞被褥），顏色鮮明。

詩由室外逐漸移向屋內，逐步深入的描寫，從門外碧綠的欄杆，到門上低垂的繡花簾子、門內的剔紅雕漆屏風上，掛著一幅攀花折枝圖，在房裡的床上鋪著八尺長龍鬚草蓆，蓆上又有方形的織錦被褥，這便是「已涼」天氣，沒有到寒冷的時候了。詩的描寫從高到低，由遠而近，從戶到床，戛然而止。末句立刻轉換成對季節的描述；這樣的季節，勾起詩人對欽慕美人深閨繡戶的情思。句末點出「已涼天氣未寒時」的季節變化，而通篇沒有一個「情」字，沒有一個字觸及「人」，藉周圍景物點染情思，而情思愈加深遠。

清代袁枚《隨園詩話》云：「人問：詩要耐想，如何而耐人想，余應之曰：『八尺龍鬚方錦褥，已涼天氣未寒時』……耐想也。」寫情詩言外別具深情，所以耐人尋味。

本詩為七言絕句，押上平聲四支韻：垂、枝、時。

（賞析者：黃美惠）

金陵圖——韋莊

江雨霏霏江草齊，六朝如夢鳥空啼。無情最是臺城柳，依舊煙籠十里堤。

本詩一名〈臺城〉，原作見《浣花集》卷四，僖宗中和三年（八八三），詩人客遊江南後作。臺城，即古建康（今南京市）宮城，爲六朝故都。六朝，指東吳、東晉及南朝宋、齊、梁、陳，均建都於臺城，又稱建康、建業、金陵，即今南京市。臺城，梁武帝餓死處，故址在今南京市北玄武湖畔，其城唐末尚存。

詩人藉弔古以抒情：江上細雨霏霏，江畔草色青齊；六朝事蹟已如夢一般過去了，於今只聞鳥兒空自鳴叫。最無情是臺城的垂柳，依舊籠罩在煙霧濛濛的十里長堤上。

這是一首弔古寄情的詩。首句以江上細雨霏霏、江畔綠草青齊，速寫出江南美景，是喜調；爲以下悲調作伏筆。六朝故都金陵，瀕臨長江，城內有秦淮河、玄武湖，背倚紫金山，鍾靈毓秀，景色壯麗。詩人但以江雨、江草作焦點，乃畫龍點睛筆法。美景喜調之下，緊接著哀景悲調紛至沓來：六朝如夢，轉眼成空；好鳥無感，兀自空啼；垂柳無情，依舊繚繞於十里長堤。依孟子知人論世之旨，試窺作者寫本詩的背景：韋莊爲晚唐詩詞大家，曾穿梭於西蜀王建與唐末昭宗、哀帝之間，唐亡，乃勸王建稱帝。寫此詩時，深感唐紀垂危，國脈難保，乃興起六朝如夢的感慨。江雨江草雖一片榮景，但鳥空啼、柳依舊，六朝人事已煙消霧散；鳥柳無心無情，反突顯詩人多情多感。「空啼」、「無情」、「依舊」連環呈現，最具強烈意緒。

今人劉永濟云：「六朝如夢」一切皆空也。「依舊」之物，唯柳而已，故曰「無情」。然則有情者不免感慨可知矣。此種寫法，王士禎所謂「神韻」也。

（賞析者：熊智銳）

隴西行——陳　陶

誓掃匈奴不顧身，五千貂錦喪胡塵。可憐無定河邊骨，猶是深閨夢裡人。

陳陶〈隴西行〉共有四首，這是第二首詩；《唐詩三百首》只收此首。隴西，即今甘肅寧夏隴山以西一帶，通稱是邊塞之地。〈隴西行〉本來就是樂府詩「相和歌」、「瑟調曲」中的舊題，內容都是描寫邊塞戰爭之事，陳陶〈隴西行〉借樂府舊題來寫唐代的邊塞戰爭，詩人有感於戰爭帶給人民的痛苦和災難，所以他寫這些邊塞詩替人民發聲。

前兩句「誓掃匈奴不顧身，五千貂錦喪胡塵。」描寫戰爭的慘烈。「貂錦」是指那些頭戴著貂皮帽，身穿貂裘作成錦袍的將士，所以詩一開始就描寫將士們爲了掃平匈奴視死如歸的精神，最後這一隊五千多名的將士全犧牲了，戰死在胡地。這兩句描寫戰爭的慘烈，

也描寫將士的奮不顧身。詩人以漢朝的邊塞敵人「匈奴」爲開頭，是借漢以喻唐。

後二句「可憐無定河邊骨，猶是深閨夢裡人。」是此詩最感人的地方。簡單十四個字，道出人類最深沉的哀痛。詩人只是客觀描繪戰爭帶給人類的不幸，古往今來有多少在無定河邊捐軀的將士，就有多少在家中盼望丈夫歸來的可憐妻子，她們哪裡知道自己的丈夫早已經爲國捐軀？所以用「可憐」一詞來哀悼這些葬身無定河邊的屍骨，用「猶是」來串連他們可憐的妻子，那些深閨中的思婦，她們日盼夜望，等著良人歸來，可是她們哪裡知道所有的等待只是一場空？這句「可憐無定河邊骨，猶是深閨夢裡人。」是對戰爭無情最好的說明。

這首詩是悲壯的，是哀傷的。前兩句用精鍊的語言描寫全軍覆沒，敘述了一個慷慨悲壯的戰爭場面。後兩句則筆鋒一轉，點出了此詩的主題，描寫將士家中妻子們正等著良人歸來，殊不知他們全成了無定河邊的屍骨！明揭戰爭帶來的悲慘景象，也直接寫婦人等待的落空，有什麼文辭比這些控訴更能表達戰爭的無情，更能替征夫和他的家人發聲呢？這首詩之所以能撼動人心，就在作者對戰爭無情的控訴是如此的有力和深刻。

（賞析者：林素美）

寄人——張泌

別夢依依到謝家，小廊回合曲闌斜。多情只有春庭月，猶爲離人照落花。

以詩代柬，表達內心的話，自古相同。本詩前兩句寫夢境魂夢依依，回到伊人的繡閣，心中留戀不捨。後二句寫一夢醒來所見；「只有」請世間最多情的月亮，替我這個浪跡天涯的遊子，映照眷顧這暮春庭前的落花啊。

首句「別夢依依到謝家」，詩中「謝家」指繡閣。唐代溫庭筠〈更漏子〉詞：「香霧薄，透重幙，惆悵謝家池閣。」華鍾彥注：「唐李太尉德裕有妾謝秋娘，太尉以華屋貯之，眷之甚隆，詞人因用其事，而稱謝家。蓋泛指金閨之意，不必泥於秋娘也。」詩中「謝家」原指唐朝名妓謝秋娘的住所，後來多以「謝家」、「謝橋」代稱冶遊尋歡所在，可見張泌夢裡依依之人，應是才貌出衆的青樓名妓。

第二句「小廊回合曲闌斜」，寫別夢中似曾相似的景物：看見小小的走廊環著曲折的欄杆，有些傾斜的樣子。但是一夢醒來，卻在自己的床上，便含有無限的留戀。

第三、四句「多情只有春庭月，猶爲離人照落花」，詩中「落花」正點明暮春時節，同時又暗示青春消逝，歡情不再。人物都無情散去，只有多情的月亮仍憐惜著落花。而「海上生明月，天涯共此時」（張九齡〈望月懷遠〉），遠在天涯的伊人此時一定和自己一樣仰望著它，再將情思投向它。然而，明月也是無情物，「何事常向別時圓」（蘇軾〈水調歌頭〉）、「明月不諳離恨苦，斜光到曉穿朱戶」（晏殊〈鵲踏枝〉）。

月亮又一直是物是人非的見證：「秦時明月漢時關」（王昌齡〈出塞〉）、「只今唯有西江月，曾照吳王宮裡人」（李白〈蘇臺覽古〉）、「淮水東邊舊時月，夜深還過女牆來。」（劉禹錫〈石頭城〉）；張泌〈寄人〉詩意也相同。

全詩爲七言絕句，押下平聲六麻韻：家、斜、花。

（賞析者：黃美惠）

雜　詩

——無名氏

近寒食雨草萋萋，著麥苗風柳映堤。等是有家歸未得，杜鵑休向耳邊啼。

這首詩寫遊子鄉愁。詩的節奏獨特，一般七言的節奏是「二　二／三」，如「清明　時節／雨紛紛」；而這首詩頭兩句節奏卻爲「一　二　一／三」（「近　寒食　雨／草萋萋」、「著　麥苗　風／柳映堤」）然而卻叶絕句平仄韻，爲近體詩中少見，這些卻是有意變調求新了。

每句首字用「近」寒食、「著」麥苗、「等是」有家、「休向」耳邊啼等，情感樸素眞摯，語言淺顯如口語：將近寒食節的時候，雨中的青草顯出很茂盛的樣子。春風吹拂在麥苗上，與楊柳的顏色在堤岸上輝映。我們這些作客異鄉的遊子，雖然都有自己的家，但卻不能歸去。因此希望引人發愁的杜鵑鳥，不要在我的耳邊啼叫了。

前兩句寫寒食節前所見的景色：「近寒食

雨草萋萋，著麥苗風柳映堤。」——故鄉此時想必亦是此景。

後兩句寫所聞的聲音——到處是杜鵑的啼聲：「等是有家歸未得，杜鵑休向耳邊啼。」「不如歸去！不如歸去！」命杜鵑停止啼鳴，來解除鄉愁，看似無理，卻正見情切，正見無奈，思歸的情緒，寫來入情入理。

類似的情感，詩詞中所見多有，如「蜀客春城聞蜀鳥，思歸聲引未歸心」（雍陶〈聞杜鵑〉）、「不如歸去，不如歸去，一聲動我愁，二聲傷我慮」（方孝孺〈聞鵑〉），但都不如這首無名氏的〈雜詩〉反用其意來得深刻。

全詩爲七言絕句，押上平聲八齊韻：萋、堤、啼。

（賞析者：黃美惠）

七絕樂府

渭城曲——王維

渭城朝雨浥輕塵，客舍青青柳色新。勸君更盡一杯酒，西出陽關無故人。

渭城是秦代咸陽古城，在今陝西省西安市西北。〈渭城曲〉亦有題作〈送元二使安西〉，或〈陽關曲〉、〈陽關三疊〉。陽關是在今甘肅省敦煌西南，自古爲赴西北邊疆的要道。

此詩主旨原爲送別之作。當安史之亂爆發後，兵力得大量外調以制衡因政局動盪所引起的外族侵擾。王維送友人奔赴安西，與此同期的詩作尚有〈送張判官赴河西〉、〈送劉司直赴安西〉等。當作者送別友人臨近分別時，也設想到戰爭對未來所產生的影響，經此一別，憂心重重。

然而前兩句寫景卻以清新抒情的筆調烘托，「朝雨」、「輕塵」、「青青」、「柳色新」，將送別的場景刻畫

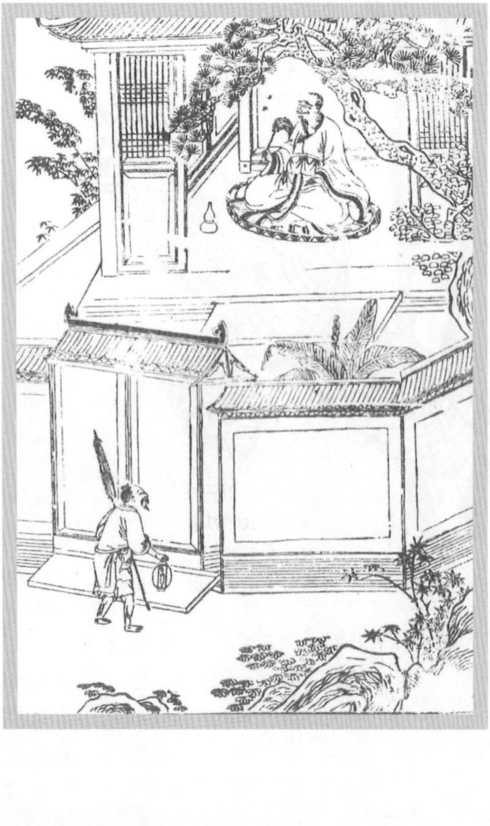

得明朗脫俗，「浥」字的動態漫衍，尤將潮潤的空氣優雅細緻地全面籠罩詩境。在如詩如畫的情景之中，送別友人赴安西出使，權將一股離愁化爲勸酒的行止表現，似欲掩蓋心中的記掛之情，直至最後結尾方才道出西出「陽關」之外，便無故人可以相敘的意圖。

詩人如高明的攝影師，剪裁了最爲關鍵的幾個鏡頭，不以濫情的哀傷敘寫別情，反倒以自然的詩畫場景引動意旨，後半首旁敲側擊地進入主題，在觥籌交錯之中，暗示即將遠去的友人珍重，將別情以出人意表的方式進行鋪設，意新理愜，十分高明。

《史鑑類編》曾讚譽：「王維之作，如上林春曉，芳樹微烘；百囀流鶯，宮商迭奏；黃山紫塞，漢館秦宮。芊綿偉麗於氤氳杳渺之間，眞所謂有聲畫也。」不只稱讚王維高明的寫景技藝，亦讚賞王維鋪排延伸的各種變化，此詩亦可視爲匠心獨運的範例。

（賞析者：張寶云）

秋夜曲

王　維

桂魄初生秋露微，輕羅已薄未更衣。銀箏夜久殷勤弄，心怯空房不忍歸。

此詩在郭茂倩《樂府詩集》中列為「雜曲歌辭」，主旨寫閨怨之情。以秋天季節的特性作為敘寫的引子，時節變化但遠方的行人未歸，少婦的秋夜因而觸景傷情。

起首的「桂魄」、「初生」、「秋露微」，從神祕迢遙的月宮中，懷想一株桂樹之魂魄開始寫起，秋天月夜的淒清再搭配露珠微細的生發動態，將各方隱藏的細節，透過詩人敏銳的覺察一一點明。第二句「輕羅已薄未更衣」，將視覺的焦點轉到少婦身上的衣著，說她只披著輕薄的羅衣卻未更換成較為保暖的衣物，彷彿少婦的心思並無暇注意外界氣候的轉變，令人不禁生起憐香惜玉之心。

第三句「銀箏夜久殷勤弄」的「銀箏」一詞，有視覺的亮度亦有聽覺的聲響，在秋夜裡不斷撩撥著、傳遞著。末句「心怯空房不忍歸」的揭示，才使讀者意會到，正是由於她深深地思念著遠行的丈夫，夜不能寐，因而不願獨守空房，只有借彈箏來排遣淒涼寂寞的情懷。拈出「怯」字來表達含蓄悲切的情感。正因心怯空房、愁緒難忍，所以才遲遲不能回到令人感傷的空閨之所。

此詩上半首寫景物，意在言外，下半首先寫結果再寫原因，語極委婉，情極細膩，將少婦未能言明的心理活動通過巧妙的構思，讓讀者若有所悟，低迴不已。

原《唐詩三百首》的編者蘅塘退士評此詩云：「貌為熱鬧，心實淒涼。非深於涉世者不知。」則以更為深致的評論眼光，將少婦幽微的心境點明。

（賞析者：張寶云）

長信怨

王昌齡

奉帚平明金殿開，且將團扇共徘徊。玉顏不及寒鴉色，猶帶昭陽日影來。

〈長信怨〉可說是王昌齡描寫宮怨的代表詩作。起首兩句，看似描述平日瑣事，但實爲三、四兩句宮怨之深鋪陳。雖然，從「且將團扇共徘徊」一語，已可臆度詩中主角可能因爲失寵而自悲自憐，但從三、四兩句的比喻，才令人恍然失寵者內心的悲痛與淒怨。從寒鴉可自在飛越昭陽殿，且身上還能帶著朝陽日影，反觀容顏如玉的自己長居深宮，非但君王未曾探視，甚至幽居愁悶之景況，還不如渾身漆黑的烏鴉。從而感嘆：徒具美貌的自己，不僅不如其他妃嬪，甚至不如異類的醜陋烏鴉。「不及」、「猶帶」二語強烈且深刻的對比，更加映照出失寵者的悲酸、苦怨。一般說來，宮怨詩之怨，常表現於直言因君王未臨幸受冷落，或因長居深宮無人聞問而自傷，或因與其他嬪妃爭寵而失意，或因人老珠黃情難堪，但此詩「借『寒鴉』、『日影』爲喻，命意既新，措詞更曲」（李鍈《詩法易簡錄》）。全詩用語雖然委婉，且不帶任何批判意味，但「優柔婉麗，含蘊無窮，使人一唱而三嘆」（沈德潛《唐詩別裁》）。近代朱庭珍《筱園詩話》更謂此詩「用意全在言外對面，寓人不如物之感，而措詞微婉，渾然不露。又出以搖曳之筆，神味不隨詞意俱盡，十四字中兼有賦比興三意，所以入妙，非但以風調見長也。」換言之，意在言外、比喻巧妙、對比鮮明，使得此詩向被譽爲：是王昌齡宮怨詩中，既出色又具情態的佳作。

（賞析者：孫貴珠）

出塞——王昌齡

秦時明月漢時關，萬里長征人未還。但使龍城飛將在，不教胡馬渡陰山。

〈出塞〉是王昌齡描寫邊塞的作品中，評價相當高的一首詩。此詩一開始先寫景，以「月」與「關」，勾勒邊塞景物與情境，映照出孤冷、蒼茫之感。接著，「萬里長征人未還」，點出詩人心中對征戰將士戰死沙場的憐惜。三、四兩句，則對邊防塞外的景況，賦予想像：如果當年戍守邊疆的飛將軍李廣仍在，怎會讓胡人輕易犯界侵略！短短兩句話，寄託詩人對戍邊戰士犧牲衛國的同情，同時又希望這種勞民傷力的邊防戰事能夠盡快結束，更感嘆朝廷沒有足以擔當大任的將才。王昌齡以邊疆戰地的景物、歷史，作為詩歌創作主旨，而非著力於描繪塞外風光，且將衛國制敵之激情鎔鑄於四句詩中，不僅深沉蘊藉、韻味無窮，悲壯渾成的詩意，更是令人百讀不厭，無怪乎有「神品」、「壓卷」之美譽。

王昌齡以雄健的筆力，融合寫景、抒情、敘事、議論等面向，譏刺，抨擊朝中因將帥無能，所付出的代價。全詩雖然只有四句二十八字，但卻言簡意賅地道出邊疆戰事不斷，朝廷竟無良將的悲劇與窘況。

王世貞《藝苑卮言》更以：「于鱗（李攀龍）言唐人絕句當以此壓卷，余始不信，以少伯（王昌齡）集中有極工妙才。既而思之：若落意解，當別有所取；若以有意無意、可解不可解間求之，不免此詩第一耳」，予以至高評價。

（賞析者：孫貴珠）

出塞——王之渙

黃河遠上白雲間，一片孤城萬仞山。羌笛何須怨楊柳，春風不度玉門關。

〈出塞〉是王之渙描寫邊塞艱苦與征人離思之作，亦名〈涼州詞〉。此詩一開始以動態描寫的手法，勾勒詩人西望黃河的感受，由近而遠的景觀視覺、「一片」與「萬仞」的用字對比，帶出涼州地處險惡、位居孤絕之境的意象。第三句轉入邊塞詩中常見的用語「羌笛」，牽引出戍守邊疆戰士的苦情。在唐人與邊塞有關的詩作中，「羌笛」乃係極富代表性的語詞，從「更吹羌笛關山月，無那金閨萬里愁」（王昌齡〈從軍行〉）、「北風吹羌笛，此夜關山愁」（劉長卿〈從軍〉六首之三）、「戎鞭腰下插，羌笛雪中吹」（李頎〈塞下曲〉）、「爲問邊庭更何事，至今羌笛怨無窮」（高適〈金城北樓〉）等詩例，可清楚看出羌笛悲涼愁怨之音色，與邊塞詩淒苦離傷氛圍的呼應連結，以及詩人喜用此一語詞入邊塞詩之習慣。然而，王之渙此詩卻被譽爲「以其含蓄深永」（《唐詩摘鈔》）超越以上諸作，關鍵就在於詩人藉由〈折楊柳〉、春風、玉門關的巧妙組合，一方面表達出〈折楊柳〉一曲與征夫離愁的情感繫聯，一方面藉此暗喻遠在京城之君王，未能體恤邊疆士兵的駐邊艱辛與思鄉之心，因而營造出餘韻無窮之感。整體而言，此詩婉曲含蓄之思，深沉蘊藉之情，不僅意味深長，更使人一唱三嘆，不愧爲邊塞詩中膾炙人口的佳篇。

（賞析者：孫貴珠）

清平調（三首）——李　白

其一

雲想衣裳花想容，春風拂檻露華濃。若非群玉山頭見，會向瑤臺月下逢。

其二

一枝紅豔露凝香，雲雨巫山枉斷腸。借問漢宮誰得似？可憐飛燕倚新妝。

其三

名花傾國兩相歡，常得君王帶笑看。解識春風無限恨，沉香亭北倚闌干。

〈清平調〉是李白三首聯章的樂府絕句。聯章的詩歌，是指詩的意義，一貫而下，相互關聯。我們要品賞這首詩，可從四個方面來細細品味：首先用古人的老方法，「讀詩百遍，其義自現」。也就是用慢讀品詩法（Slowly read poetry）。〈清平調〉是唐代新歌。樂史〈李翰林別集序〉

云：「天寶中，李白供奉翰林，時禁中初種木芍藥，移植興慶池沉香亭前。會花開，上賞之，太眞妃從，上曰：『賞名花，對妃子，焉用舊樂詞爲？』命李龜年持金花牋，宣賜白，爲〈清平調〉詞三章。」可知李白的〈清平調〉三首，是新詞配以舊曲。宋代王灼的《碧雞漫志》，也記載此事。

細讀此詩，可知創作的背景，是在春天二三月的夜晚，宮中沉香亭的芍藥花開放，唐明皇和楊貴妃一起賞花。唐明皇覺得對貴妃，賞芍藥，如果沒有新詞，豈不煞風景？於是高力士去把李白找來，命他創作新詞來描寫新景。這時（天寶元年至四年）李白正在宮中任翰林供奉。翰林供奉一職，是皇帝身邊的機要祕書，當時李白正在長安酒肆喝酒，如杜甫〈飲中八仙〉所說的「李白斗酒詩百篇，長安市上酒家眠。」高力士奉命到長安市上酒家把李白找來寫詩。這時李白已喝醉酒，高力士把李白帶回宮中沉香亭，李白已爛醉如泥，相傳李白要高力士替他脫靴，並把高力士的帽子拿來當酒後吐穢物的盛具。

李白在醉中寫〈清平調〉，眞是天才奔溢。我們細讀此詩，「雲想衣裳花想容，春風拂檻露華濃。」又「一枝紅豔露凝香，雲雨巫山枉斷腸。」可知唐明皇和楊貴妃賞芍藥，是在春夜露水濃重的時候，「露華濃」、「露凝香」，是夜晚，不是白天。

那晚李白面對唐明皇和楊貴妃，他雖已酒醉，依然看清貴妃是穿白色的上衣下裳，所以起句「雲想衣裳花想容」，李白正面看楊貴妃，用雲朵的白，形容貴妃的衣裳；以芍藥的紅豔，形容貴妃的容貌。詩的起句貼切，而充滿高度的想像。

第二，詩要多用比興，也就是意象（Imerage）的使用，以達暗示或象徵的效果。這三首詩中，都以紅豔的芍藥，暗示或象徵楊貴妃的美豔，如「花想容」、「一枝紅豔露凝香」、「名花傾國」，

都是寫芍藥之美，也是暗示貴妃之美。

第三，由寫實世界，跳脫爲超想像世界，即由第三度空間（3th Dimensional）的寫實世界，進入第四度空間（4th Dimensional）的想像世界。這第四度空間美學，例如「若非群玉山頭見，會向瑤臺月下逢。」描寫君王與貴妃在沉香亭賞花，如同仙境一般，好比西王母在群玉山裡會衆仙的仙境，再不然就如同西王母居住在瑤臺一樣。其次，「一枝紅豔露凝香，雲雨巫山枉斷腸。」也是想像中的詩歌美學，用「雲雨巫山」的典故，將貴妃比喻成「巫山神女」，典出宋玉的〈高唐賦〉，宋玉推薦楚頃襄王與巫山神女幽會，而巫山雲雨尚不如貴妃與明皇的恩愛；且用漢宮趙飛燕受寵於成帝，趙飛燕輕能掌上舞而得寵，亦如楊貴妃紅芍藥般美豔的容顏。

第四，李白在醉中詠歌，醉酒的情境，很容易將母語寫入詩中。李白的先人被流放西域碎葉，碎葉是今日土耳其的吉爾吉斯。李白的父親娶了當地的胡人女子爲妻，所以李白是胡、漢混血兒。他五歲時隨父母回到四川，因此川話是他的母語。〈清平調〉用了三次川話，用四川方言入詩，也是這首詩的特色。例如：「雲想衣裳花想容，春風拂檻露華濃。」其中「拂」是川話，指擦拭，就好似春風擦拭千門萬戶的門檻一般。其次「若非群玉山頭見」，其中「山頭」是川話，「山頭」是山裡，如川話「屋頭」、「房頭」，是指屋裡、房裡的意思；因此群玉山頭，是指群玉山裡，而非群玉山上。再如「借問漢宮誰得似？」其中「得」字也是川話，「得」字應解釋為「能夠」、「可以」。四川方言「得」的應用十分普遍，例如「這個川娃，要得！」是指這個四川女孩，好得可以。李白詩中借問漢宮誰可以或能夠與楊貴妃相比，下句便承上句，只有可愛的趙飛燕，當她化好新妝，才可以與楊貴妃相比擬。李白在醉中寫詩，無意間，將川話寫入詩中。其他如李白的〈菩薩蠻〉：「平林默默煙如織，寒山一帶傷心碧。」其中「傷心碧」也是川話，指寒山一帶非常綠，或極綠。「傷心碧」是非常綠，有時也可以換成「碧得傷心」，所以「傷心碧」是指極綠，或很綠，或非常綠的意思。李白是曠世的天才，尤其是醉後寫詩，想像力特別活躍，由第三度空間寫實的美學，跳躍進入第四度空間的詩歌想像美學，更顯得這三首詩，眞是「要得」！

（賞析者：邱燮友）

金縷衣——杜秋娘

勸君莫惜金縷衣，勸君惜取少年時。花開堪折直須折，莫待無花空折枝。

「金縷衣」是以金絲編織的衣服爲名的曲調。唐代樂府新題，仿自古樂府，因而帶有民歌風味，語多重疊是民歌質樸的特色。本詩前兩句即用了「勸君莫惜」、「勸君惜取」，後兩句用了「花開堪折」、「無花空折」等幾乎一樣的句型。重複的詞句容易朗朗上口，故音樂性高。再者，樂府不講究平仄，用字比較自由，遣辭也較口語。

這也是一首勸喻詩，卻無嚴肅的勵志意味，可能出自於以聲色事人的侍妾，全詩帶有浪漫的民歌色彩。以「金縷衣」和「花」的寄意，勸君不要看重金縷衣那些珍貴的服飾，勸君應該更加愛惜可貴的年少時光。青春的光陰，好像鮮花一般的可愛，花朵到了可以攀折

的時候，就應該攀折；不要等到花朵凋謝之後，再去攀折空無所有的枝頭啊！有愛情可求時便去求，有機會就去探險萬里路，去追逐地平線……；請不要等到青春消逝，而徒嘆辜負。

首句用「勸君莫惜」，二句用「勸君惜取」，對比強調手法。三四句既用比喻手法，又用重疊手法，使「花」、「折」重複出現。這首小詩因爲言辭重複，意思淺白，比喻貼切，所以膾炙人口。

有關杜秋娘與〈金縷衣〉源由及晚年寫照。根據唐文宗大和七年（八三三），杜牧在金陵見到年老色衰且孤苦無依的杜秋娘，傾聽其訴說平生，「感其窮且老」，寫下長篇五言古詩〈杜秋娘〉詩（并序）：「秋持玉斝醉，與唱〈金縷衣〉。」自注：「『勸君莫惜金縷衣，勸君須惜少年時。花開堪折直須折，莫待無花空折枝。』李錡常唱此辭。」意旨「李錡常唱此辭」，並沒有說這首七絕是誰作。《全唐詩》歸入無名氏雜詩之一，但後世與《唐詩三百首》多歸入杜秋娘的作品。

全詩爲七絕樂府，押上平聲四支韻：時、枝；首句末字「衣」，借用鄰韻五微。

（賞析者：黃美惠）

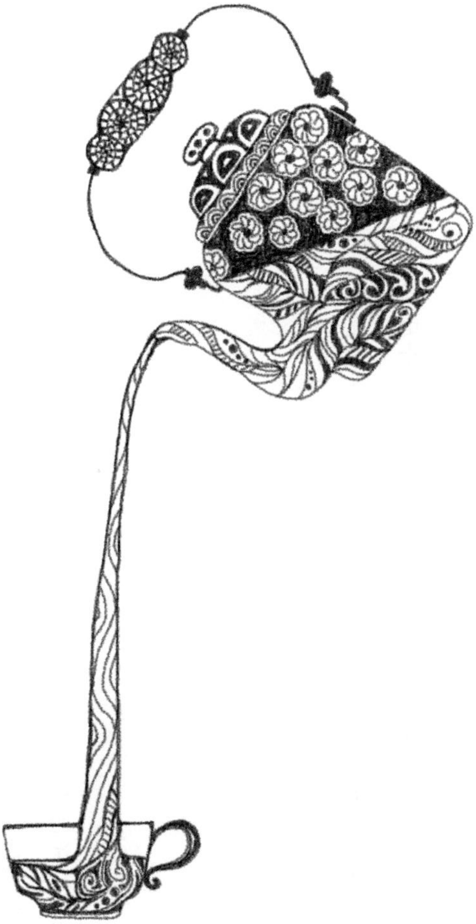

附錄：詩人簡介

張九齡

張九齡（六七八～七四〇），字子壽，韶州曲江（今廣東韶關）人，人稱「張曲江」。天資穎悟，七歲能屬文。武周長安二年（七〇二）及進士第，授右拾遺。玄宗時，得宰相張説舉薦，任集賢院學士，後拜中書侍郎。開元二十二年（七三四），遷中書令，任右丞相。後因極言直諫，遭李林甫、牛仙客等讒謗，貶爲荊州長史。不久，辭官歸里。開元二十八年，卒於曲江私宅，享年六十三。著有《曲江張先生文集》。

李白

李白（七〇一～七六二），字太白，祖籍隴西成紀（今甘肅天水）。先世因罪流徙西域碎葉，五歲時，隨父遷居四川綿州青蓮鄉，自號青蓮居士。二十五歲離川，後入贅故相許圉師家，定居於湖北安陸。玄宗天寶元年（七四二），因道士吳筠推薦，奉詔入京，任翰林供奉。他在長安爲官三年，終因權臣讒謗，黯然離去。天寶十五載，安祿山反，永王李璘起兵，招李白爲幕僚。後永王兵敗，李白因此獲罪當誅，幸得郭子儀相救，始保住性命。晚年投靠族叔李陽冰，最後病卒於當塗，年六十二。李白才情橫溢，其詩文高妙清逸，世譽爲「詩仙」。著有《李太白集》。

杜甫

杜甫（七一二～七七〇），字子美，祖籍湖北襄陽，出生於河南鞏縣。開元二十三年（七三五）應試不第，開始漫遊齊趙；其間與李白、高適等過從甚密。天寶十載（七五一）獻〈三大禮賦〉，玄宗奇之，命待制集賢院。安祿山陷長安時，往謁在靈武即位的肅宗，拜左拾遺。上元元年（七六〇）春，入四川，定居於成都浣花溪畔；後入嚴武幕府，任檢校工部員外郎，故世稱「杜工部」。代宗大曆五年（七七〇），他避亂衡州，行經耒陽，遇洪水受困，斷糧；縣令遣舟接濟。是年冬，病逝於洞庭湖舟中，享年五十九。杜甫詩作關懷民間疾苦，詩風「沉鬱頓挫」，世譽爲「詩聖」，著有《杜工部集》。

王維

王維（七〇一～七六一），字摩詰，山西太原人。開元九年（七二一）進士，歷任太樂丞、監察御史、給事中等職。天寶末，安祿山反，他不及逃出，被俘；遂服藥下痢，假稱瘖病，被囚於洛陽普施寺。亂平後，幸有一首〈凝碧詩〉，表達出他對朝廷的忠誠，因而減輕罪名。肅宗上元二年（七六一），轉爲尚書右丞，後卒於官，年六十一。有《王右丞集》傳世。王維好佛道，其詩充滿禪意，空靈脫俗，閒淡幽靜，以臻天人合一之境，堪稱盛唐自然詩第一大家，素有「詩佛」之譽。

孟浩然

孟浩然（六八九～七四〇），名浩，字浩然，襄州襄陽（今湖北襄陽）人。據辛文房《唐才子傳》云：「少好節義，詩工五言。」早年隱居鹿門山，四十歲到長安應試，落第而歸。他曾在祕書省和諸名士聯句，以「微雲淡河漢，疏雨滴梧桐」一聯，震驚四座。與張九齡、王維友好；一度成爲張九齡僚屬。開元二十八年（七四〇），他病疽初癒，適王昌齡來訪，兩人縱情飲酒、食鮮，致疾發身亡，享年五十二歲。著有《孟浩然集》。

王昌齡

王昌齡（六九八～七五六），字少伯，山西太原人，一說江寧或京兆人。登開元十五年（七二七）進士，補祕書郎。二十三年，中博學宏詞科，調汜水尉，後遷江寧丞，因事貶龍標尉，世稱「王江寧」或「王龍標」。晚年有感於世事紛擾，棄官隱居江夏。安史之亂後，遭刺史閭丘曉迫害身亡，下場悲慘。王昌齡以七絕見長，陸時雍《詩鏡總論》評云：「王龍標七言絕句，自是唐人騷語，深情苦恨，襞積重重，使人測之無端，玩之無盡。」故有「七絕聖手」之譽。

邱　爲

邱爲，生卒年不詳，蘇州嘉興（今浙江嘉興）人。天寶二年（七四三）進士，曾任太子右庶之職。爲人謙恭好禮，善事繼母，素有孝子之譽；且享有高壽，卒年九十六。據說他八十餘歲，繼母還健在，辭官後朝廷感其孝心，仍給一半俸祿，讓他得以養親。善詩，常與王維、劉長卿等唱和。其詩多五言，以描寫田園景物、湖光山色爲主，風格清幽淡雅。著有《邱爲集》，然已失傳。

綦毋潛

綦毋潛（約六九二～約七五五），字孝通，荊南（今湖北荊州）人，一說爲虔州（今江西贛州）人。由於家族中排行第三，故人稱「綦毋三」。開元十四年（七二六）進士，歷任宜壽縣尉、集賢院待制、校書郎、右拾遺、著作郎等職。以名位不達，乃掛冠歸隱。與王維、張九齡、李頎、儲光羲、韋應物等友善。其詩工於寫幽寂之景。《全唐詩》存詩二十六首。

常建

常建，生卒年不詳，陝西長安人。開元十五年（七二七）進士，和王昌齡等人同榜登科。據《唐才子傳》云：「大曆中，授盱眙尉。仕履頗不如意，遂放浪琴酒，有肥遯之志。後寓鄂渚，招王昌齡、張僨同隱，獲大名於當時。」是知他在仕途失意之餘，往來名山勝水間，過著放浪不羈的生活。其後隱居鄂州武昌（今湖北武昌）一帶，以詩文會友，聲名大噪。其詩多詠田園山水，清新自然之調，堪與王維、孟浩然、儲光羲等並駕齊驅。著有《常建集》。

岑參

岑參（七一五～七七〇），河南南陽人。早歲孤貧，發憤向學，天寶三載（七四四），登進士第；曾任兵曹參軍。然他一心想爲國家建功立業，天寶八載第一次出塞，在安西四鎮節度使高仙芝幕府掌書記。三年後，返回長安。天寶十三載，第二次出塞，出任安西北庭節度使封常清的判官。代宗時，曾官至嘉州刺史，世稱「岑嘉州」。晚年入蜀，依杜鴻漸，卒於成都，年五十六。今有《岑嘉州集》七卷行於世。

元結

元結（七二三～七七二），字次山，號漫叟，今河南洛陽人。少年時荒誕不羈，十七歲始折節讀書，師事元德秀。天寶十二載（七五三）及進士第。安史之亂時，因討賊有功，遷監察御史，進爲水部員外郎。代宗即位，授著作郎，又遷道州刺史。他於道州任內，關心民瘼，德惠百姓，頗有政績。後以養親之名，歸隱於樊上，著書自娛。著有《元次山文集》。

韋應物

韋應物（約七三七～七九一），京兆長安人。年少尚俠，初以三衛郎事玄宗，後始悔悟，折節讀書。其人生性高潔，平居每焚香掃地而坐，超然於物外。曾爲洛陽丞，後出任江州、滁州、蘇州等地刺史，故人稱「韋江州」、「韋蘇州」。其詩風和王維相近，以描寫山水田園爲主，且帶有感傷頹廢的情調。白居易〈與元九書〉評其詩云：「高雅閒淡，自成一家之體。」著有《韋江州集》十卷，《全唐詩》收錄其詩五百六十三首。

柳宗元

柳宗元（七七三～八一九），字子厚，河東解縣（今山西永濟）人，世稱「柳河東」。德宗貞元九年（七九三）進士，曾任祕書省校書郎。順宗立，擢爲禮部員外郎。憲宗時，因永貞革新失敗，貶爲永州司馬。元和十年（八一五），出任柳州刺史。四年後，卒於柳州任上，年四十七。因政績卓著，深得柳州百姓愛戴，又有「柳柳州」之稱。有詩文六百餘篇傳世；其著作《柳河東集》，乃好友劉禹錫整理編定。

孟郊

孟郊（七五一～八一四），字東野，湖州武康（今浙江吳興）人。早年喪父，生活貧困，又屢試不第，直到貞元十二年（七九六），始登進士第。五十歲，補爲溧陽縣尉；然其本性狷介，又與世俗格格不入，屢遭排擠，五十四歲便掛冠求去。五十六歲時，因與韓愈一見如故，被推薦到河南尹鄭餘慶處做官，從而定居洛陽，與韓愈、張籍等人唱和，生活較爲安定。五十九歲，因逢母喪，辭官。六十四歲，鄭餘慶又邀他入幕府，赴任途中，暴斃身亡。

陳子昂

陳子昂（六六一～七〇二），字伯玉，梓州射洪（今四川射洪）人。幼年家境富裕，好任俠使氣，年十八，尚未知書；後閉門讀書，立下宏遠的抱負。他初到長安，沒沒無聞，先以千金購得名琴，相約隔日彈奏。明天，當眾毀琴，並傳發所撰詩文，一夕之間，名滿京城。二十四歲及進士第，上書論政，爲武后所重，擢麟臺正字。後因老父年邁，解官歸侍。終爲故鄉縣令段簡所害，冤死獄中，年四十二。著有《陳伯玉文集》。

李頎

李頎，生卒年不詳，河南潁陽（今河南登封西）人。開元二十三年（七三五）進士及第，曾出任新鄉縣尉。其性格疏放超脱，厭薄世俗。與王維、高適、王昌齡等人有來往，詩名遠播。其詩以邊塞題材爲主，風格豪放，慷慨悲涼，尤擅長七言歌行體。《全唐詩》收錄其詩三卷，後人輯有《李頎詩集》。

韓愈

韓愈（七六八～八二四），字退之，河南河陽（今河南孟縣）人，其先嘗居昌黎，故自稱「昌黎韓愈」。三歲喪父，由兄嫂撫養成人。貞元八年（七九二）進士及第，先後在節度使董晉、張建封幕中任職；後入朝任監察御史，因上疏議事，貶爲陽山縣令。憲宗時，始還京，官國子博士；又因諫迎佛骨，貶爲潮州刺史。穆宗即位，召爲國子祭酒，轉官兵部侍郎、吏部侍郎、京兆尹兼御史大夫等職。年五十七，卒於長安。有《昌黎先生集》傳世。

白居易

白居易（七七二～八四六），字樂天，下邽（今陝西渭南）人。出生六、七月，已能默識「之」「無」二字；五、六歲即學作詩。十六歲入長安謁顧況，顧氏讀其〈賦得古原草送別〉詩有「野火燒不盡，春風吹又生」句，大爲激賞。二十歲後日夜苦讀，致口舌成瘡，手肘成胝。二十九歲登進士第，授翰林學士、校書郎，歷任蘇州刺史、河南尹、太子少傅等職。卒年七十五。後宣宗以詩弔之：「童子解吟〈長恨〉曲，胡兒能唱〈琵琶〉篇。」可見其〈長恨歌〉、〈琵琶行〉二詩流傳之廣。著有《白氏長慶集》七十一卷。

李商隱

李商隱（八一三～八五八），字義山，號玉谿生，懷州河內（今河南沁陽）人。九歲，喪父。十七歲時，河陽節度使令狐楚愛其才，引爲幕府巡官，命與其子令狐綯遊。文宗開成二年（八三七），經令狐綯引薦，登進士第。次年試博學宏詞科，不中。後赴涇原節度使王茂元幕府掌書記，並娶王氏女爲妻。由於令狐綯爲牛黨，王茂元屬李黨，他從此身陷「牛李黨爭」中，備受排擠，一生仕途坎坷，潦倒以終。工詩，擅駢文，著有《樊南甲、乙集》各二十卷及《李義山詩集》三卷。

高適

高適（七〇六～七六五），字達夫，滄州渤海（今河北滄縣）人。二十歲曾至長安，求仕不遇。壯年時，漫遊於梁、宋（今河南開封、商丘）一帶。天寶初，因前往拜見滑州刺史李邕，而與李白、杜甫成爲朋友。他晚年得志，歷任蜀、彭二州刺史，遷西川節度使。代宗時，召爲刑部侍郎、左散騎常侍，封渤海縣侯。卒年六十。今有《高常侍集》八卷傳世。

唐玄宗

唐玄宗（六八五～七六二），名隆基，謚明，亦稱「唐明皇」。睿宗第三子，因誅韋后有功，立爲太子。先天元年（七一二）繼位，在位四十五年。前期勵精圖治，以張九齡、姚崇、宋璟爲相，締造了「開元之治」。後期沉迷酒色，寵幸楊貴妃，終於釀成安史之亂，京師淪陷，倉皇奔蜀。後太子（肅宗）即位，亂平，始返長安，以「太上皇」自居。晚年抑鬱而終，七十八歲駕崩。新、舊《唐書》稱玄宗多才多藝，知音善書，工詩能文。《全唐詩》存其詩一卷。

王勃

王勃（六五〇～六七六），字子安，絳州龍門（今山西河津）人。六歲能文章，九歲讀顏師古《漢書注》，便指出其中錯誤，撰《指瑕》十卷。十二歲時，以神童被舉薦於朝廷。年十五，對策高第，授朝散郎。曾戲作〈檄英王雞文〉，諷刺諸王沉迷於鬥雞；高宗讀後，大不悅，廢其官職。他於是遠遊江漢。後來，其父因罪貶爲交趾（今越南北部）令；王勃前往省親，渡海溺水，驚悸致病而卒，得年二十七。今有《王子安集》十六卷傳世。

駱賓王

駱賓王（六四〇～六八四），字觀光，婺州義烏（今浙江義烏）人。七歲能賦詩，初爲道王府屬官，後調爲長安主簿。高宗時，武后專政，他屢次上疏諷諫，除臨海縣丞，故後世稱之爲「駱臨海」。武后稱制，他參與徐敬業起兵，並撰〈討武曌檄〉一文，呼籲各郡縣將士共討武氏。徐敬業兵敗後，駱賓王亡命他鄉，不知所終。中宗時，詔求其文，得數百篇，今有《駱臨海集》十卷傳世。

杜審言

杜審言（約六四五～七〇八），字必簡，祖籍襄陽；其父爲河南鞏縣令，因家居鞏縣，亦作鞏縣人。他是杜甫的祖父。擅長五言詩，工文章，頗恃才傲物。少時與李嶠、崔融、蘇味道合稱「文章四友」。高宗咸亨元年（六七〇）舉進士後，出任隰城縣尉，復爲洛陽丞。武后時，任著作佐郎。中宗時，爲國子監主簿，修文館直學士。有文集十卷。如〈贈崔融二十韻〉云：「十年俱薄宦，萬里各他方。雲天斷書札，風土異炎涼。」此類描寫遊宦四方的詩作，足以代表其詩之特色。

沈佺期

沈佺期（約六五〇～七一四），字雲卿，相州內黃（今河南內黃）人。高宗上元二年（六七五），登進士第，由協律郎，累除給事中、考功員外郎。曾因受贓遭彈劾，但朝廷未予追究。《舊唐書．文苑傳》云：「佺期善屬文，尤長七言之作。與宋之問齊名，時人稱爲『沈宋』。」沈、宋曾媚附張易之，由於善寫應制詩，頗得武后賞識，然世人譏其無行。後張易之敗，二人均遭貶謫。中宗時，得召見，拜起居郎，兼修文館直學士。其文集已佚，後人輯有《沈佺期集》。

宋之問

宋之問（約六五六～七一二），字延清，汾州（今山西汾陽）人，一說虢州弘農（今河南靈寶）人。上元二年（六七五）進士。其人相貌堂堂，能言善辯，頗得武后青睞。與閻朝隱、沈佺期等媚附張易之，據說他甚至曾爲張氏奉溺器。及張敗，貶瀧州（今廣東羅定）。後諂事太平公主，復見用。睿宗立，遭流放欽州（今廣西欽州）；玄宗時，詔賜死。《舊唐書．文苑傳》云：「尤善五言詩，當時無能出其右者。」其文集亡佚，後世輯有《宋之問集》。

王灣

王灣（六九三～七五一），號爲德，洛陽人。開元元年（七一三）進士，與學士綦毋潛相善。開元年間，馬懷素上書請校正群籍，延請碩學巨儒校勘宮中藏書；王灣時爲滎陽主簿，亦參與校書之列，後編成《群書四部錄》。不久，又與陸紹伯等同校麗正書院。終爲洛陽尉。據《唐才子傳》云：「詞翰早著，爲天下所稱。」《全唐詩》存其詩十首，以〈次北固山下〉最著名。

劉長卿

劉長卿（約七〇九～七八〇），字文房，河間（今河北河間）人。開元二十一年（七三三）進士。曾任監察御史，但因個性耿直，爲人誣陷，仕途不順，屢遭貶謫，後爲潘州南巴尉、睦州司馬，終至隨州刺史，故世稱「劉隨州」。他擅長五言近體詩，幾乎占全部詩作的五分之四，故時人權德輿譽之爲「五言長城」。其詩結構縝密，格律嚴謹，字斟句酌，多有佳句。有《劉隨州集》行於世。

錢起

錢起，（七一〇～七八二），字仲文，吳興人。天寶十載（七五一）入京赴考，因所作試帖「曲中人不見，江上數峰青」二句，頗受考官青睞，遂擢置高第。後授祕書省校書郎，累官尚書考功郎中，故人稱「錢考功」。大曆中，與劉長卿、皇甫冉、司空曙、盧綸、李益等被譽為「大曆十才子」。其詩早期關心民生疾苦，後逢安史之亂，心境稍有變化，隱居藍田時與王維往來，互有詩作酬答。晚年賦詩則多歌功、頌德、寫景、應酬之作。有《錢考功集》十卷傳世。

韓翃

韓翃，卒年不詳，字君平，河南南陽人。天寶十三載（七五四）進士。先為平盧、淄青節度使侯希逸幕僚；後罷職，閒居十年，宣武節度使李勉復聘為幕僚。德宗時，以「春城無處不飛花」知制誥，終中書舍人。工於詩，據《唐才子傳》云：「興致繁富，如芙蓉出水，一篇一詠，朝士珍之。」足見其詩清新可愛，饒富情趣，為時人所重。著有詩集五卷。

劉昚虛

劉昚虛（按：「昚」，或作「慎」），生卒年不詳，字全乙，號易軒，奉化（今江西奉新）人。自幼聰穎，八歲能文章，並得玄宗召見，封爲「童子郎」。開元二十一年（七三三）登進士第，任洛陽縣尉，後遷夏縣令，累官至崇文館校書郎。由於他官運不佳，壯年便辭官，遊歷各地，與賀知章、包融、張旭交遊，人稱「吳中四友」。又和孟浩然、王昌齡、高適等，互有詩文往來。《全唐詩》收錄其詩一卷。

戴叔倫

戴叔倫（七三二～七八九），字幼公，潤州金壇（今江蘇丹陽）人。曾出任撫州刺史，吏治清明，而獲朝廷褒美。後遷容管經略使，綏靖蠻荒，威名遠揚。德宗嘗賦〈中和節〉詩，遣使者寵賜詔寫本於容州，世以爲榮。其詩長於比興，興寄悠遠，每有驚人之作。有文集十卷。其生平事跡，可見諸《新唐書》本傳、《唐才子傳》。

盧綸

盧綸（七三九～七九九），字允言，河中（今山西永濟）人。天寶末進士，但因安史之亂而未任官；亂平後，重新應試，卻屢試不第。素有詩名，爲「大曆十才子」之一。後爲宰相元載與王縉推薦，任集賢殿學士、祕書省校書郎、監察御史等職；又因政爭受到牽連，終身不被重用。渾瑊鎮河中，起用爲元帥判官；從此展開長達十二年的軍幕生活，而寫下不少邊塞詩。德宗時，欲以戶部郎中徵召入朝，可惜他已辭世。有集十卷傳世。

李益

李益（七四六～八二九），字君虞，隴西姑臧（今甘肅武威）人。出生於官宦之家，其父祖皆在朝爲官。大曆四年（七六九）及進士第，任鄭縣尉；後因久未升官，內心鬱悶，遂棄官漫遊燕、趙（今河北一帶）。幽州節度使劉濟曾邀他入幕；不久，又爲邠寧節度使僚屬。他從軍達二十年，風流有詞藻，憲宗聞其名，召爲祕書少監、集賢殿學士；又出任侍御史，遷禮部尚書後致仕。卒年八十四。有《李益集》傳世。

司空曙

司空曙（七二〇～七九〇），字文明，廣平（今河北永年）人。《唐才子傳》稱其「磊落有奇才」，「性耿介，不干權要。家無甔石，晏如也。」大曆年間進士，曾任洛陽主簿、劍南節度使幕僚、長林縣丞，累官左拾遺，終水部郎中。與盧綸爲表兄弟（二人相差近二十歲），時有詩歌往來，如〈喜外弟盧綸見宿〉。其詩情致高遠，頗有名氣；《唐才子傳》評云：「屬調幽閒，終篇調暢，如新花笑日，不容薰染。」有《司空曙集》傳世。

劉禹錫

劉禹錫（七七二～八四二），字夢得，河南洛陽人。貞元九年（七九三）進士。順宗時，擢屯田員外郎，入爲監察御史，和王叔文、柳宗元、呂溫等相善，爲「永貞革新」之核心人物。改革失敗後，貶爲朗州司馬。元和十年（八一五），召還；後遊玄都觀，作〈戲贈看花諸君子〉詩以譏諷權貴，復出爲連州刺史。歷任夔州、和州刺史。文宗大和二年（八二八）回京，不久遷太子賓客，世稱「劉賓客」。年七十一，卒。

張籍

張籍（約七六七～約八三〇），字文昌，和州烏江（今安徽和縣）人，一作蘇州吳人。貞元十五年（七九九）登進士第。元和初年，出任西明寺太祝，因長久不得遷調；至五十歲，眼疾纏身，故友人孟郊戲贈詩云：「西明寺後窮瞎張太祝，縱爾有眼誰能珍？天子咫尺不得見，不如閉口且養眞。」後經韓愈推薦，爲國子博士，遷水部員外郎、主客郎中。大和二年（八二八），又出任國子司業，故世稱「張水部」、「張司業」。其詩長於樂府，多警句。著有《張司業詩集》八卷。

杜牧

杜牧（八〇三～八五二），字牧之，京兆萬年（今陝西西安）人。出身官宦之家，祖父即宰相杜佑。大和二年（八二八）進士，因秉性剛直，受人排擠，在江西、宣歙、淮南諸節度使做了十年幕僚。三十六歲，遷爲京官，不見容於宰相李德裕，出爲黃州、池州、睦州、湖州刺史。晚年累官至中書舍人。其詩雖爲軟香偎紅、綺麗婉約之作，但時時流露出憂國愛民的思想情感。後人爲了與杜甫區別，稱他爲「小杜」。有《樊川文集》二十卷傳世。

許渾

許渾，生卒年不詳，字用晦，潤州丹陽（今江蘇丹陽）人。為宰相許圉師六世孫。大和六年（八三二）進士，曾為當塗、太平縣令，後出任潤州司馬。宣宗大中三年（八四九）拜為監察御史，歷任睦、郢二州刺史，頗有政聲。晚年歸隱，退居丹陽丁卯橋邊，暇日整理平時所作詩，為《丁卯集》。其詩以五、七言律詩為多，格調豪爽秀麗，句法圓熟工穩，聲律自成一格，人稱「丁卯體」。

溫庭筠

溫庭筠（八一二～八七〇），字飛卿，太原祁（今山西祁縣）人。嘗從劉禹錫、李德裕習詩文，受劉禹錫採民歌作新詞影響頗大。他面貌醜陋，但才思敏捷，經常八叉手而成八韻，一篇律賦遂告完成，世稱「溫八叉」。平生未中進士，又因行為不檢，經常出入青樓酒館，為士大夫所不齒。仕途坎坷，官止國子助教。其詩詞豔麗唯美，然詞名遠勝於詩名。

馬戴

馬戴，生卒年不詳，字虞臣，華州（今陝西華陰）人。武宗會昌四年（八四四）進士。大中初，於太原李司空幕府掌書記，以直言獲罪，貶爲龍陽尉，後得赦還京。懿宗咸通年間，應辟佐大同軍幕，後擢爲國子、太常博士。卒於官。因工詩屬文，與賈島、姚合、許棠、殷堯藩等時有酬唱。其詩擅近體，尤精於五律，故被譽爲晚唐第一家。著有《會昌進士詩集》一卷。

張喬

張喬，生卒年不詳，池州（今安徽貴池）人。據《唐才子傳》云：「有高致，十年不窺園以苦學。詩句清雅，迥少其倫。」當時東南多才子，他與許棠、喻坦之、劇燕、吳罕、任濤、周繇、張蠙、鄭谷、李栖遠，並稱「十哲」，俱以詩馳名。昭宗大順年間，京兆府解試，試〈月中桂〉詩，張喬表現最爲亮眼，然主考官李頻以許棠久困場屋，首先舉薦；讓他錯失此一良機。後黃巢之亂起，隱居九華山以終。

崔塗

崔塗（八五四～？），字禮山，僖宗光啓四年（八八八）進士。據《唐才子傳》云：「工詩，深造理窟，端能竦動人意；寫景狀懷，往往宣陶肺腑。」謂其詩往往深及義理，寫景抒懷，均出自肺腑之言，每能感動人心。由於他長年漂泊在外，壯年至巴蜀，老大遊隴山，家寄江南，故詩中充滿離別幽怨之情，格調蒼涼，意味俱遠。《全唐詩》收錄其詩一卷，今人整理成《崔塗詩集》。

杜荀鶴

杜荀鶴（八四六～九〇四），字彥之，號九華山人。出身微賤，相傳爲杜牧已出之妾所生。幼好學，有詩才，然屢試不第，至大順二年（八九一），因梁王朱全忠（朱溫）相助，始以第八名登科。由於與朱溫素有交情，後又受薦爲翰林學士，遷主客員外郎。據《唐才子傳》云：「頗恃勢侮慢縉紳，爲文多主箴刺，眾怒欲殺之，未得。」雖然其詩憂傷惋嘆，格調頗高；其人才華洋溢，風度淹雅；但觀其行事作風，實爲有才無行之士。

韋莊

韋莊（八三六～九一〇），字端己，長安杜陵（今陝西長安東北）人。他半生窮困，三十歲入京應試，遇上黃巢之亂。後從長安到洛陽，於僖宗中和三年（八八三）春避亂南下，寫沿途所見亂象，以〈秦婦吟〉一詩揚名，時稱「秦婦吟秀才」。昭宗乾寧元年（八九四）中進士，出任校書郎，奉命入川，投入王建幕下，掌書記。昭宣帝天祐四年（九〇七）朱溫篡唐，王建稱帝，是爲「前蜀」，任命他爲相。有詩集名《浣花集》。其詞與溫庭筠齊名，爲花間詞派之代表。

僧皎然

皎然上人，生卒年不詳，俗姓謝，南朝宋山水詩人謝靈運之十世孫，字清晝，吳興人。據《唐才子傳》載：「初入道，肄業杼山，與靈徹、陸羽同居妙喜寺。」是知他曾與靈徹、陸羽同住，又和顏眞卿等名士交遊，有詩集十卷。他在文學、佛學、茶學等方面造詣頗深，爲當時著名的詩僧、茶僧。所著《詩式》，爲唐代重要的詩歌理論，對後世詩學影響甚鉅。

崔顥

崔顥（約七〇四～七五四），汴州（今河南開封）人。開元十一年（七二三）進士；天寶中，爲尚書司勳員外郎。據《唐才子傳》云：「少年爲詩，意浮豔，多陷輕薄；晚節忽變常體，風骨凜然。」後歷遊邊塞，描寫軍旅生活，詩境開闊，堪與南朝江淹、鮑照相媲美。然崔顥平生好賭、嗜酒，又重色，相傳他娶妻但擇美貌，一不稱心，便拋棄再娶，前後曾換妻三、四次。如此有才而無行，頗爲人所詬病。

祖詠

祖詠，洛陽人，生卒年不詳。開元十二年（七二四）進士，與王維交誼頗深，又與儲光義、王翰、邱爲等爲友，多所唱和。中進士後未得官，張說在并州引爲駕部員外郎，短暫居官。約於開元十三年歲末離京歸汝墳（今河南汝陽、汝州間），以漁樵自終。王維有〈贈祖詠〉詩云：「結交三十載，不得一日展。貧病子既深，契濶余不淺。」感傷他貧病交迫，流落不遇，情見乎辭。《全唐詩》存詩一卷。

崔曙

崔曙（約七〇四～七三九），宋州（今河南商丘）人。據《唐才子傳》云：「少孤貧，不應薦辟。志況疏爽，擇交於方外，苦讀書，高棲少室山中。」開元二十六年（七三八）登進士第，授河內尉，第二年病故。曾以〈試明堂火珠〉詩得名，其中「夜來雙目滿，曙後一星孤」句，頗得玄宗讚賞，取爲狀元。其詩言辭眞切，尤其送別、登高等類作品，足以使人潸然淚下。

皇甫冉

皇甫冉（約七一六～七六九），字茂政，安定（今甘肅涇川）人。後爲避戰禍，寓居丹陽（今江蘇丹陽）。天寶十五載（七五六）進士，曾任無錫尉、左金吾衛兵曹參軍，仕終拾遺、左補闕，爲「大曆十才子」之一。其人品高尚，據《唐才子傳》云：「當年才子，悉願締交，推爲宗伯。」爲當時文壇領袖。因身逢戰亂，故多漂泊感慨之作，其詩「造語玄微」，精妙婉麗，《唐才子傳》云：「可平揖沈、謝，雄視潘、張。」後世有詩集三卷傳世。

元稹

元稹（七七九～八三一），字微之，河南洛陽人。貞元十九年（八〇三），與白居易同登書判拔萃科，並入祕書省任校書郎。元和元年（八〇六），授左拾遺，其間雖爲憲宗賞識，卻因觸犯權貴，貶爲河南縣尉；後丁母憂，服除，拜監察御史。穆宗時，擢爲祠部郎中兼知制誥，入翰林爲承旨學士。文宗朝加檢校禮部尚書，歷任尚書左丞、宰相、御史大夫等職。卒於武昌節度使任上，享年五十三。著有《元氏長慶集》。

薛逢

薛逢，生卒年不詳，字陶臣，蒲州河東（今山西永濟西）人，會昌元年（八四一）進士，累官祕書省校書郎、侍御史、尚書郎。以持論鯁切，爲劉瑑所排，出爲巴州（一云嘉州）刺史，召爲太常少卿，歷給事中，終祕書監。生平見新、舊《唐書》本傳、《唐才子傳》等書。工詩善賦，尤工七律，亦擅書法，以才名著於時。《全唐詩》存詩一卷。

秦韜玉

秦韜玉，生卒年不詳，字仲明，京兆（今陝西長安）人。從小具有文采，擅長作詩，其詩「恬和瀏亮」，頗受好評。但人品不佳，累試不第，後諂媚大宦官田令孜，不到一年，官至丞郎，兼管鹽鐵事務。黃巢之亂時，從僖宗入蜀，中和二年（八八二）特賜進士及第。田令孜又拔擢他為工部侍郎、神策軍判官。有《投知小錄》三卷行世。《唐才子傳》有傳。

裴迪

裴迪，生卒年不詳，關中（今陝西）人。曾任蜀州刺史，累官尚書省郎。早年與王維過從甚密，晚年隱居輞川、終南山，來往更為頻繁。因此，其詩多半與王維酬唱。又與杜甫、李頎等相友善。今存詩二十九首，見諸《王右丞集》中，多為寫景唱和之作。《全唐詩》有小傳。

王之渙

王之渙（六八八～七四二），并州（今山西太原）人。與其兄王之咸、王之賁均有文名。天寶年間，因和王昌齡、高適、崔輔國等聯吟，而聲名大噪。由於他不屑追求功名，故生平事跡，無從稽考。《唐才子傳》有小傳。儘管其詩文亡佚泰半，《全唐詩》僅收錄絕句六首，卻首首堪傳。如〈登鸛雀樓〉、〈涼州詞〉等爲其代表作；「旗亭畫壁」的故事，更是膾炙人口。

李端

李端（七四三～七八二），字正己，趙州（今湖北趙縣）人，大曆五年（七七〇）進士。少時慕神仙，一度隱居嵩山修道。曾出任祕書省校書郎，後因病辭官，居終南山草堂寺。建中年間出爲杭州司馬，不知所終。與柳中庸、張芬等酬唱，詩名大振；與錢起、李益等被譽爲「大曆十才子」。《全唐詩》存詩三卷。

王建

王建（約七六七～八三〇），字仲初，潁川（今河南許昌）人。大曆十年（七七五）進士。歷任渭南尉、侍御史；大和中，出爲陝州司馬。相傳他隨軍塞外，成天弓、劍不離身。數年後歸來，定居咸陽原上。早年曾遊於韓愈門下，爲忘年之交。據《唐才子傳》云：「與張籍契厚，唱答尤多。工樂府歌行，格幽思遠。」由於王建富有才思，所作詩皆極出色，尤以〈宮詞〉一百首別開生面，最爲人所稱道。

權德輿

權德輿（七五九～八一八），字載之，秦州（今甘肅秦安北）人。不到二十歲，即以文章著稱。曾先後入河南黜陟使韓洄、江西觀察使李兼二公幕府；後德宗聞其才，改官左補闕，遷起居舍人、知制誥，進中書舍人。元和五年（八一〇），拜禮部尚書、同中書門下平章事。據《唐才子傳》云：「德輿能賦詩，工古調樂府，極多情致。」除了擅詩，他更精通儒術，蘊藉風流，令人景仰，故成爲當時縉紳們的表率。

張祜

張祜（約七八五～約八四九），字承吉，清河（今河北鉅鹿附近）人。出身望族，家世顯赫，人稱「張公子」，素有「海內名士」之譽。長慶中，令狐楚曾推薦他為官，未果，後辟諸侯府；然其生性落拓不羈，終因個性不合，自動請辭。後一度客居淮南，因鍾愛丹陽曲阿地，築室退隱於此。其詩以宮體得名，有集十卷。《唐才子傳》有小傳。

賈島

賈島（七七九～八四三），字浪仙，一作閬仙，范陽（今河北涿州）人。早歲家貧，科舉又連連失利，故曾落拓為僧，法名無本。十九歲遊長安，以詩為韓愈所知賞；後拜韓愈、張籍、孟郊為師，與王建、李益、馬戴、姚合、朱慶餘等人詩酒來往，酬唱甚密。因膽大有才，詩名轉高，遂還俗應進士舉，然考運不佳，年近五十，始登進士第。為官後，又因不善與人相處而遭誹謗，出為遂州長江主簿，世稱「賈長江」；後遷普州司倉參軍。年六十五，卒於官舍。

李頻

李頻，生卒年不詳，字德新，睦州壽昌（今浙江建德）人。據《唐才子傳》云：「少秀悟，長，盧西山。多記覽，於詩特工。」他曾攜詩稿走千里，請給事中姚合評論，姚合大加嘆賞，即以女妻之。大中八年（八五四）進士及第，任祕書郎，累遷侍御史、建州刺史。李頻生性耿介，守法不阿，又能以禮治下，故政績卓著，深得百姓愛戴。其詩充滿憂國憂民情懷，雖作於晚唐，風格卻與劉長卿相似。

金昌緒

金昌緒，生平不詳，一說曾居錢塘（今浙江杭州）。《全唐詩》僅錄其詩一首。

西鄙人

西鄙人，意指西北邊塞的人。相傳〈哥舒歌〉爲西北邊塞人所創，可見這是一首民歌，作者是誰，不得而知。

賀知章

賀知章（六五九～七四四），字季眞，晚號四明狂客，會稽（今浙江紹興）人。少年即有詩名，武周證聖元年（六九五）進士；經高宗、武后、中宗、睿宗、玄宗五朝，歷任國子四門博士、太常博士、禮部侍郎、太子賓客、祕書監等職。爲人曠達，不拘禮法，善談笑；晚年尤放誕，世稱「賀監」。與張旭、包融、張若虛，號稱「吳中四士」。又與李白、王璡、李適之、崔宗之、蘇晉、張旭、焦遂，並稱爲「飲中八仙」。《全唐詩》存詩一卷。

張旭

張旭，生卒年不詳，字伯高，蘇州吳（江蘇蘇州）人。他是一位詩人，也是著名的書法家。生性嗜酒，每大醉，號呼狂走，爲杜甫所詠「飲中八仙」之一。據說他酒後下筆寫草書更能傳神，世號「張顚」，又有「草聖」之譽。曾任常熟尉。時人以李白詩歌、裴旻劍舞及張旭草書，並列爲「三絕」。《全唐詩》存詩僅六首。《舊唐書・李白傳》附有張旭小傳。

王翰

王翰，生卒年不詳，字子羽，并州晉陽（今山西太原）人。少年時，放蕩不羈，恃才傲物。睿宗景雲元年（七一〇）進士。曾因詩才，受先後任并州長史張嘉貞、張說二人賞識，後張說入朝爲相，召他爲祕書正字，又擢升通事舍人，累官駕部員外郎。張說罷相後，出爲汝州長史，徙仙州別駕。後貶道州司馬，未到任，卒於途中。其詩豪放壯麗，可惜多半散失。原有詩集十卷，已亡佚；《全唐詩》收錄其詩一卷，僅十四首。

張繼

張繼（約七一五～約七七九），字懿孫，襄州（今湖北襄樊）人。天寶十二載（七五三）進士及第。大曆末，出任檢校祠部員外郎，後爲洪州鹽鐵判官。其詩善用白描法，造景絕美，爲人所稱道。著有《張祠部詩集》。《全唐詩》存詩四十餘首。《唐詩紀事》、《唐才子傳》有傳。

劉方平

劉方平，生卒年不詳，河南人。爲匈奴族後裔，南遷後漢化，改姓劉。其人皮膚白皙，容貌俊美。工詞賦，善畫山水，隱居於潁水濱，不仕。曾爲蕭穎士所賞識；與皇甫冉、元德秀、李頎、嚴武等相善，時有詩文往來。有詩一卷。《唐才子傳》有傳。

柳中庸

柳中庸，生卒年不詳，名淡，以字行於世，河東（今山西永濟）人。大曆年間進士，曾授官洪府户曹，未赴任。據柳宗元〈先君石表陰先友記〉云：「柳氏兄弟者，先君族兄弟也。最大並，字百存，爲文學，至御史，病聵遂廢。次中庸、中行，皆名有文，咸爲官，早死。」可見他是柳宗元的族叔伯，御史柳並是他兄長；他與弟柳中行，皆有文名，可惜早卒。另蕭穎士愛其才，而把女兒嫁給他。盧綸、李端、張芬等爲其詩友。《全唐詩》收錄其詩十三首。

顧況

顧況，生卒年不詳，字逋翁，號華陽眞逸，江蘇蘇州人。肅宗至德二載（七五七）進士，嘗爲韓滉節度判官。向與柳渾、李泌相善。德宗時，柳渾輔政，擢爲祕書郎；後李泌爲相，舉薦爲著作郎。終因志不在此，掛冠求去，隱居於茅山，以壽終。其人生性詼諧，善詩歌，工畫山水。著有《華陽集》。《唐才子傳》有傳。

朱慶餘

朱慶餘，生卒年不詳，名可久，以字行之，越州（今浙江紹興）人。敬宗寶曆二年（八二六）進士。據范攄《雲溪有議》載，相傳他應試前嘗干投行卷，賦〈閨意獻張水部〉（又名〈近試上張水部〉）一詩，上呈時任水部員外郎的主考官張籍。後張籍贈詩云：「越女新妝出鏡心，自知明豔更沉吟。齊紈未足人間貴，一曲菱歌敵萬金。」朱慶餘果然金榜題名，此事遂傳爲美談。有集一卷。《唐才子傳》有傳。

鄭畋

鄭畋（八二五～八八三），字臺文，滎陽（今河南成皋）人。會昌二年（八四二）進士。劉瞻鎮北門，聘爲從事；後劉瞻拜相，薦爲翰林學士，又遷中書舍人。僖宗乾符中，爲兵部侍郎、同平章事；不久，出任鳳翔節度使。又因殺賊有功，授檢校尚書左僕射。其人氣度非凡，美風儀，且飽讀詩書，尤工賦詩。有詩一卷，今存十六首。新、舊《唐書》有傳。

韓偓

韓偓（八四四~九二三），字致光，京兆萬年（今陝西長安）人。昭宗龍紀元年（八八九）進士，曾佐河中幕府，召拜左拾遺，累遷諫議大夫。歷翰林學士、中書舍人、兵部侍郎。後因忤逆朱溫，貶濮州司馬，再貶榮懿尉；又徙爲鄧州司馬。天祐二年（九〇五），詔復原官，不赴任，南依王審知而卒。韓偓乃李商隱連襟韓瞻之子，自幼有文才，故頗得李商隱賞識。有《翰林集》一卷、《香奩集》三卷傳世。《新唐書》有傳。

陳陶

陳陶，生卒年不詳，字嵩伯，自號三教布衣，其祖籍或作鄱陽（今江西鄱陽），或云嶺南（今兩廣一帶），亦作劍浦（今福建南平），莫衷一是。他早年遊學長安，始終沒考上進士，因此寄情山水，漫遊江西、福建、江蘇等地。大中年間，退隱洪州西山（今江西新建），學仙求道以終老。有《文錄》十卷傳世，《全唐詩》收錄其詩二卷。《唐才子傳》有傳。

張泌

張泌，生卒年不詳，字子澄，安徽淮南人。曾仕南唐，爲句容縣尉，累官至內史舍人。有詩一卷。見《全唐詩》小傳。一說以爲唐末張泌與南唐張佖非同一人，何者爲是，仍待考證。

杜秋娘

杜秋娘，生卒年不詳，金陵（今江蘇南京）女子。年十五，爲李錡妾。李錡滅籍後，入宮，穆宗命爲皇子傅姆。漳王廢，賜歸故里。杜牧〈杜秋娘詩并序〉，可視爲其生平小傳。

無名氏

不知作者是誰，無從考起。

國家圖書館出版品預行編目資料

唐詩三百首新賞／邱燮友等合著. -- 初版.
-- 臺北市 : 五南, 2017.06
面； 公分

ISBN 978-957-11-9199-7（精裝）

831.4 106008195

唐詩三百首新賞

總 主 編— 邱燮友
作　　者— 邱燮友、黃麗容、張寶云、孫貴珠、王珍華
徐月芳、王碧蘭、林素美、劉奇慧、黃美惠
熊智銳、簡彥妗
發 行 人— 楊榮川
總 經 理— 楊士清
副總編輯— 黃文瓊
責任編輯— 吳雨潔
封面設計— 吳佳臻
出 版 者— 五南圖書出版股份有限公司
地　　址：106台北市大安區和平東路二段339號4樓
電　　話：(02)2705-5066　傳　　真：(02)2706-6100
網　　址：http://www.wunan.com.tw
電子郵件：wunan@wunan.com.tw
劃撥帳號：01068953
戶　　名：五南圖書出版股份有限公司

法律顧問　林勝安律師事務所　林勝安律師

出版日期　2017年6月初版一刷
定　　價　新臺幣850元